D1179168

Karin Wahlberg

HET DERDE MEISJE

the house of books

Eerste druk, augustus 2008
Tweede druk, september 2008

Oorspronkelijke titel
Blocket
Uitgave
Wahlström & Widstrand, Stockholm
Copyright © 2006 by Karin Wahlberg
Published by agreement with Salomonsson Agency
Copyright voor het Nederlandse taalgebied © 2008 by The House of Books,
Vianen/Antwerpen en Edith Sybesma

Vertaling
Edith Sybesma
Omslagontwerp
Studio Jan de Boer BNO, Amsterdam
Omslagfotografie
Klaas den Besten, Vianen
Foto auteur
Kenneth Ruona
Opmaak binnenwerk
ZetSpiegel, Best

ISBN 978 90 443 2229 3
D/2008/8899/131
NUR 332

De milieus in dit boek zijn voor een groot deel gebaseerd op de werkelijkheid. Ik heb me bewogen tussen Småland en Skåne, tussen Oskarshamn en Lund. Maar sommige dingen heb ik veranderd als mij dat beter uitkwam. Dit is een verzonnen verhaal. Ook de personages die erin voorkomen, zijn bedacht. Eventuele overeenkomsten met de werkelijkheid moeten aan de fantasie van de lezer worden toegeschreven.

Lund, november 2005
Karin Wahlberg

Inleiding

Het bericht stond op dinsdag 10 september te lezen in de *Sydsvenskan*, op de pagina met het lokale nieuws van Lund. Toen, en niet eerder.

Het was vlak na elven 's ochtends. Hij was met een schok wakker geworden in zijn bed in zijn flatje aan de Kulgränd, aan de noordkant van Lund, midden tussen de akkers. Hij had snel zijn kleren aangetrokken en flink doorgetrapt naar de stad en was daar het Espresso House binnengeslopen dat in hetzelfde pand zat als de abonneeservice van de *Sydsvenskan,* pal tegenover het druipende groen van het Lundagårdpark. Het café zat godzijdank nog niet vol met studenten. Met de zekerheid van een slaapwandelaar raapte hij de verschillende katernen van de krant bij elkaar die verspreid lagen over een paar lege tafeltjes en ging vervolgens op een barkruk zitten aan de plank voor het raam. Hij werkte het korte artikeltje woord voor woord door, zin voor zin, keer op keer opnieuw, en hij merkte niet eens dat hij de helft van de koffie op zijn schoot morste.

Het meisje achter de bar, dat strak naar zijn nek had gekeken, zag wat er was gebeurd.

'O, nee hè?' barstte ze op iets te luide toon uit en ze kwam met een doekje in de hand naar hem toe.

Zwijgend tilde hij de krant op terwijl zij de koffie opdepte.

'Je mag wel een nieuw kopje.'

Hazelnootbruine ogen, warm en hartelijk. Ze rook naar zeep en kaneel. Of iets in die richting. Iets lekkers.

Verward keek hij beurtelings naar haar en naar de vlekken op zijn spijkerbroek.

'Graag,' wist hij dan toch uit te brengen.

'Daar is het toilet, als je het uit wilt spoelen,' zei ze met een brede glimlach en ze wees verder het lokaal in.

Eerst bleef hij besluiteloos zitten, hij durfde de krant niet neer te leggen aangezien hij er nog niet mee klaar was. Hij wilde de inhoud nog een paar keer opslurpen; hij wilde zeker weten dat hij echt nergens overheen had gelezen. Heel zeker.

De afgelopen week had hij elke dag in de krant gezocht en hij was zich langzamerhand steeds opgewondener en koortsiger gaan voelen.

Nu stond het zwart op wit.

Man dood aangetroffen in het Blok

Op maandag 9 september werd een dode man aangetroffen in een werkkast in het hoofdgebouw van het Universitair Medisch Centrum van Lund, dat het Blok wordt genoemd. Volgens rechercheur Gillis Jensen van de politie van Lund is het nog onduidelijk of het om een patiënt gaat. De politie wilde niet in detail treden over waar in het gebouw de desbetreffende werkkast is gesitueerd. Wel is duidelijk dat het niet om een verpleegafdeling gaat.

De man was waarschijnlijk al enige tijd dood, maar pas na sectie kan er iets over de doodsoorzaak worden gezegd. Er zijn op dit moment geen directe vermoedens dat er een misdrijf in het spel zou zijn.

Hij stopte en las de laatste zin nog eens. Hij liet tot zich doordringen wat daar feitelijk stond. *Geen directe vermoedens van een misdrijf.*

De spieren in zijn wangen trokken. Zijn gezicht was de afgelopen dagen strakker geworden, maar nu gingen zijn mondhoeken ongemerkt omhoog. De opluchting was echter van korte duur en vluchtig als de zoele nazomerwind buiten voor het raam. Hij had geprobeerd aan zichzelf te ontsnappen, te ontkomen aan wat hij had aangericht. Maar het leek wel of hij vanbinnen en vanbuiten, van het diepst van zijn ziel tot op zijn huid, onder een dikke laag teer zat.

Een bange, mislukte idioot.

Hij kon in de gevangenis belanden. Net als alle andere bange, mislukte idioten.

Rustig dacht hij daarover na. Hij zag de tijd die voor hem lag. De herfst, het duister, de gure zilveren nevel die zich als een vochtig waas over de stad zou leggen. Een barmhartige duisternis om je in te verstoppen totdat het weer tijd werd om het licht in te stappen. Later werd alles gemakkelijker. Wanneer de sneeuw was gesmolten en sneeuwklokjes opkwamen en een zee van sterhyacinten de grond voor de universiteitsbibliotheek bedekte. Dan zou hij kunnen bijkomen.

Onze verslaggever heeft gesproken met het hoofd van de beveiliging van het ziekenhuis, Allan Nilsson, die geen aanvullende informatie had. Hij acht het onwaarschijnlijk dat de veiligheid van de patiënten op dit moment in het geding zou zijn.

Dat was het. Een kort artikeltje dus, dat ook niet op de voorpagina werd aangekondigd. Kort en anoniem. Niets bijzonders, met andere woorden, gewoon een bericht van een noodlottige gebeurtenis zoals er zoveel waren.

Hij haalde diep adem, voelde zijn schouders naar beneden gaan en zijn lichaam ontspannen. Ik moet stoppen met denken, zei hij tegen zichzelf. Zo moet ik het doen. Mijn hersenen helemaal niet meer gebruiken. De stekker eruit en de harde schijf wissen.

Maar hoe meer hij zijn best deed om niet meer te denken, des te energieker ging de machinerie aan het werk. Het hele verloop van de gebeurtenissen versnelde. Draaide rond. Liet de glimmende fietssturen voor het raam kronkelen als slangen.

Bovendien werd er in het artikel met geen woord gerept van een briefje. Hij werd kalmer. Als hij er beter over nadacht, pakte er veel in zijn voordeel uit.

Dus liet hij zich van zijn kruk glijden, ging naar het toilet, deed de deur op slot en spatte water op de koffievlek, vooral om een soort normaal gedrag te vertonen. Hij constateerde dat het net leek of hij in zijn broek had geplast, maar dat deed er niet echt toe in het grote geheel.

Het meisje achter de bar knikte vriendelijk naar hem toen hij terugkwam. Ze zag er goed uit, constateerde hij in weerwil van zijn erbarmelijke toestand. Eigenlijk was ze niet echt knap, maar ze had een ongewoon, vreemd uiterlijk dat hij aantrekkelijk vond. Maar ze leek vooral vrolijk, en dat maakte indruk op hem op een dag als vandaag. Altijd eigenlijk. Ze droeg een zwart shirt dat om haar borsten spande. Haar schort was ook zwart en zat strak om haar heupen geknoopt. Aan haar oren bengelden dunne zilveren ringetjes en ze had een krijtwit lint, als een verband, strak om haar hoofd gewikkeld, zodat haar zwarte haar aan de achterkant krulde. Hij vroeg zich af waar ze oorspronkelijk vandaan kwam. Van een exotische eilandengroep ergens ver weg misschien. Maar ze sprak accentloos Zweeds.

Hij dwong zichzelf ertoe om haar aandacht te beantwoorden, hij knikte even en wist ook een glimlach tevoorschijn te toveren. Heel even. Het zou het mooiste zijn als ze hem meteen weer zou vergeten. Misschien kon hij later terugkomen om te kijken of ze er nog was.

Hij ging weer zitten en streek met zijn handen over de krantenpagina. Er stond dus niets in over een briefje. Dat constateerde hij nu wat droger, minder koortsachtig. Hij had dat blaadje dus niet in zijn zak gestopt. Was het er in de verwarring niet van gekomen? Wat zinloos. Een boodschap die zijn doel nooit zou bereiken. Maar hij had het er toch verdorie wel in geprꝏt?

Hij voelde nu al hoe leeg het de komende tijd zou zijn. Niets om zijn gedachten aan op te hangen. Om van alle kanten te bekijken. Aan de andere kant was het een zegen dat hij niet meer sporen had achtergelaten dan nodig was. Zinloos, maar toch mooi.

Hij duwde zijn kin in zijn hand en keek uit het raam. Zijn kaken waren zo strak gespannen dat zijn kiezen er pijn van deden.

Het was 's nachts nat geweest. De straatstenen van de Kyrkogatan waren aan het opdrogen. De zachte septemberzon zou binnenkort de gevel van het universiteitsgebouw bereiken en die witter en scherper maken en gasten naar de cafétafeltjes lokken die nog op de trottoirs en de pleinen stonden. Een zoele, late zomerwarmte. Een laatste zucht.

Bus twee denderde voorbij in noordelijke richting naar Annehem. Hij was bijna leeg. Hij had maar één keer de bus genomen in Lund, en dat was toen hij naar huis moest met twee tassen boeken die hij bij elkaar had gesprokkeld in drie verschillende antiquariaten. Zware medische vakboeken, behoorlijk dikke pillen. Hij had ze voor een schijntje op de kop getikt.

Een aanhoudende stroom van fietsers met tassen op de rug of bengelend aan het stuur sloeg de hoek van de Lilla Gråbrödersgatan om, op weg naar de juridische faculteit. Het studiejaar was pas begonnen en de stad was plotsklaps van karakter veranderd, had zich uit zijn zomersluimer losgemaakt en was in actie gekomen, was volgestroomd met nieuwe en oude studenten, met enthousiasme en tintelende verwachting. Een schril contrast met zijn eigen innerlijk.

Maar velen zouden zich eenzaam voelen, bedacht hij. Leeg vanbinnen. Hij wist wat dat wilde zeggen. En dat je het niet zo gauw zag, omdat ze allemaal jong waren en daarom geacht werden gelukkig te zijn.

Het donkere meisje met de haarband had een nieuw kopje voor hem neergezet. Hij proefde er voorzichtig van, het was hete, sterke koffie. Tegelijkertijd keek hij naar twee vrouwen van hooguit vijfentwintig, die op het trottoir voor het raam stonden te praten. Hun lach drong door de ruit heen. Zelfbewust zwaaiden ze met hun lichaam, overdadige gebaren, de een droeg een flitsend knalroze shirt met gele rozen.

Vrijheid, dacht hij. Ze zijn vrij. Bruine blote armen, haar dat door de zon was gebleekt en uit speldjes en elastiekjes sprong en dunne nekken bloot liet met zachte kuiltjes aan de onderkant van de schedel. Weerloos, in zekere zin. Om daar zacht je hand op te leggen, voorzichtig te strelen met je vingertoppen.

De een keek plotseling op en keek hem door de ruit heen recht aan. Alsof ze zich bespied had gevoeld. Hij hield zijn koffiekopje voor zijn gezicht, keek haar strak aan over de rand maar glimlachte niet, ook al was daar alle aanleiding toe. Ze zag er namelijk goed uit en had die zeldzame sexy blik.

Meteen daarna gaven de vriendinnen elkaar een arm en liepen over de Kyrkogatan de schaduw van het Lundagårdpark binnen. Hij keek naar hun ruggen. De knappe liep er als een bakvis bij op platte roze schoenen. Ze had een beetje O-benen. Ze verdwenen onder de iepen in de richting van de rode bakstenen burcht van de Academische Vereniging.

Het was inmiddels bijna twaalf uur geworden. Hij pakte zijn jas, maar trok die niet aan, knikte naar het meisje achter de bar en verliet het café. Vervolgens bleef hij een halve minuut op de stoep voor het café staan. Hij probeerde te voelen of de impuls hem naar de krantenafdeling van de Stadsbibliotheek zou drijven of in zuidelijke richting naar de Grote Markt. Naar het mensengewoel.

Het werd het laatste. Hij liet zijn fiets staan.

Met grote stappen en zwaaiende armen zigzagde hij over het trottoir. Er waren veel mensen onderweg. Hij keek recht voor zich uit. Hij was zichzelf weer meester. Hij nam met nieuwe interesse waar dat een groep Japanse toeristen voor de zware, grijze domkerk stond. Het toeristenseizoen was dus nog niet voorbij. Misschien het strandseizoen ook nog niet. Het water van de Sont was warm en het weer was stabiel. Misschien kon hij naar Lomma Beach fietsen en in een zandkuil de laatste glinsterende zonnestralen meepikken? Of zou hij naar de Gerdahal gaan om te fitnessen?

We zien wel, dacht hij, en hij schoof alle beslissingen, grote en kleine, voor zich uit.

I

Gotland, donderdag 20 juni, de dag voor midzomeravond

Toen Jan Bodén met een zware tas in elke hand overeind wilde komen, merkte hij voor het eerst dat hij wankelde. In ieder geval was het voor het eerst dat hij het niet meteen wegwuifde.

Hij kreeg het koud. Vlak daarna werd hij bibberig. Maar hij bleef staan waar hij stond.

Eigenlijk was het geen wankelen, als puntje bij paaltje kwam. Hij was ook niet duizelig of onvast op zijn benen. Het was meer een hinderlijk gevoel van onevenwichtigheid. Dat hij niet stevig stond. De enige verzachtende omstandigheid was dat hij toevallig ver van huis was, op Gotland, in de slijterij, om precies te zijn voor de oostelijke poort van de ringmuur van Visby. Bovendien was het de dag voor midzomeravond en iedereen was druk aan het inslaan voor het feest. Het was een enorm gedrang. Niemand had tijd om notitie van hem te nemen, zelfs Nina niet.

Waar was ze nou, verdorie?

Zijn vrouw had net betaald en haar portefeuille dichtgeklapt toen ze plotseling rechtsomkeert maakte, zich langs de dichte rij wurmde waar ze net doorheen gekomen waren, om opnieuw de winkel in te gaan. Pal de drukte in, er schijnbaar door opgeslokt. Had ze iets gezegd voordat ze was verdwenen? Iets wat hij niet had gehoord toen hij daar zwak en ellendig stond nadat hij bier en sterkedrank in groene plastic tassen had gepakt?

Bodén hervond langzamerhand zijn evenwicht, hij deed een paar stappen naar achteren, ging wijdbeens tegen de muur staan bij de kassa's en keek spiedend rond of hij zijn vrouw zag. Hij wachtte geduldig. Hij had jaren training gehad, ze was altijd wat omslachtig bezig, dat had hem meer dan eens geërgerd. Nu vond hij het echter niet zo erg om nog een paar minuten hersteltijd te hebben, dan hoefde hij haar er niet in te kennen. Het was zo vernederend om niet volmaakt te zijn. Hoe hij zich voelde ging alleen hemzelf aan. Voorlopig.

Was hij oud aan het worden?

Maar hij had geen haast. Dat probeerde hij zich in te prenten, alsof hij het uit een zelfhulpboek had. *De rest van je leven ligt voor je. Het wachten wordt er niet korter op als je vol negatieve gevoelens zit.*

Hij was niet degene die dat soort lectuur mee naar huis nam, maar hij had er natuurlijk wel iets uit opgepikt. 'Een hartsaangelegenheid'. De pomp, de motor van het leven, kon haperen bij een man van zijn leeftijd. Hij bevond zich in de gevarenzone. Continu.

Hart en vaten. Ziel en pijn.

Twee collega's hadden het afgelopen cursusjaar een hartinfarct gehad, ze leefden allebei nog, maar hadden hun leven anders moeten inrichten. Ze waren nog steeds ten dode opgeschreven, in ieder geval in de ogen van Bodén. Maar wie niet, dacht hij, en er ging een huivering door hem heen. Vroeg of laat gaat iedereen dood, maar hij had een sterke voorkeur voor laat. En zonder lijden. Geen pijn of ellende.

Hij ging na wat hij voelde. De wankelheid kwam niet uit zijn borstkas. Zijn hart tikte netjes door. Het leek bovendien alsof het gevaar weer geweken was. Hij stond weer gewoon op zijn benen en de omgeving was gestabiliseerd. Hij moest zich in het vervolg dus niet meer nodeloos druk maken. Misschien was het psychisch. Een inzinking! Niet dat dat nou iets voor hem was, maar onder bepaalde omstandigheden ging het nog. Een tijdelijke inzinking was te verkiezen boven een defect aan de grote, vitale organen.

De hele zomervakantie lag voor hem. Daar was hij op gekleed, hij droeg nonchalante vrijetijdskleding, grofweg elk jaar hetzelfde. Zijn Tofta-kloffie. Niets wat schuurde of strak zat. Een stopverfkleurig windjack dat hij al heel lang had, een donkerblauwe tennistrui van een snobistisch merk die hij van zijn dochter had gekregen, een oude blauwe spijkerbroek die lekker zat, donkerblauwe sokken en zwarte Ecco-sandalen die zeker een jaar of zes à zeven oud waren.

Hij had zijn lichaamsgewicht gelijk verdeeld over beide voeten, als een soldaat op wacht. Desalniettemin merkte hij dat hij een drukkend gevoel in zijn hoofd kreeg. De paniek lag op de loer en kwam plotseling tot een uitbarsting. Als vuurwerk dat warme golven naar zijn hals stuwde, achter zijn ogen bonsde en flakkerde als vonken.

Maar hij was niet van plan in elkaar te zakken. Dat hoorde niet. Zeker niet in de slijterij, als de een of andere dronkenlap.

Met je wil kun je bijna alles sturen. Of met je intellect. Daarvan was hij volledig overtuigd. Als je dat niet kon, was je een slappe sukkel.

Hij probeerde daarom het proces te stoppen, zijn inwendige organen te manipuleren, de stijgende druk en de zachter wordende geluiden. Hij ademde beheerst, zoals bij yoga. Hij had Nina in actie gezien. Een rechte rug, kleermakerszit, armen zwaar langs het lichaam en de handpalmen omhoog. Misschien kon het ook staande. Langzaam in, langzaam uit. Controle. Beheersing. Ogen openhouden, ook al zou hij ze wel willen sluiten. De baas worden over de angst door die angst binnen te gaan. Door alles gewoon over je te laten komen zonder tegenstand te bieden. Zijn oren zaten dicht en suisden alsof er vette watten in gestopt waren. Beide oren, niet alleen het rechter. Dat was nieuw, en bijzonder onprettig. Een dof bonzen.

Maar hij bleef staan. Niet stevig, maar wel rechtop. Er kon hem niets ergs gebeuren. Maar het leek wel of de ruimte kromp, de lucht werd dikker, het geroezemoes verstomde en het gerinkel van flessen verdween in de verte.

Toen begon het weer te draaien. De tl-buizen schommelden heen en weer. Maakten op een onberekenbare manier slagzij.

Verdomme!

De angst ging met hem op de loop. Hij kreeg kramp in zijn maag, die zich als een paling kronkelde. Er moest lucht uit, hij boerde een paar keer voorzichtig en dat hielp. Afkloppen! Hij hoefde niet meteen over te geven, misschien maar goed dat hij een lege maag had.

Wat was dit? Een prop in zijn oren?

Absoluut niet.

Aan zijn rechteroor hoorde hij al een tijdje wat minder zonder dat hij er iets aan had gedaan. Het was langzaam slechter geworden en daarom had hij het gemakkelijk kunnen negeren. Dat lag ook in zijn aard. Er moest een heleboel gebeuren, wilde hij naar de dokter gaan. Dat wist hij en dat wist Nina ook. Dus bemoeide ze zich er tegenwoordig zelden mee. En zijn lichaam had hem tot op heden nog nooit voor grote problemen gesteld. Bovendien was hij in relatief goede conditie. Dat moest helpen.

Maar het tere punt bleef zitten waar het zat, diep in zijn binnenste. Het schaafde en prikte. Het belette hem om hulp te zoeken.

Hij was bang. Bang voor de dood. Dat was volstrekt normaal.

Toch had hij de waarheid nog niet onder ogen willen zien. Dat dit iets anders was dan eerst. En hij wilde het al helemaal niet op een briefje hebben. Of horen uit de mond van een dokter die kon oordelen over de levenden en de doden.

Met de koppigheid van een gek klampte hij zich daarom vast aan de illusie dat hij grofweg de oude was. Op die manier had hij zichzelf ruimte verschaft en tijd om eraan te wennen en het gevoel van onmacht van zich af te zetten. Hij had een redelijk functionerende strategie ontwikkeld om ergens nog eens naar te vragen als hij het niet had verstaan, zonder dat het opviel. Of viel het wel op?

Plotseling voelde hij zich weer beter en hij merkte dat hij graag wilde dat Nina kwam. Was ze maar haast klaar met wat ze ook maar aan het doen was daarbinnen tussen de flessen.

Hij dacht dat hij Nina's scherpe silhouet zag – ze was altijd mager geweest, met bijna platte borsten – achter een rood aangelopen man achteraan in de winkel tussen de planken met rode en witte wijnen. Hij wiste het koude zweet van zijn voorhoofd. Er zat beslist iets in zijn hoofd. Dat boorde zich naar binnen. Ontkiemde. Misschien wel zo groot als een...

Hij durfde er niet aan te denken. Niet aan pingpongballen en niet aan tennisballen.

Macaber.

Was hij al ten dode opgeschreven? Had hij zo'n gezwel waar geen mens iets van wil weten en nog minder door getroffen wil worden? Het was zó angstaanjagend dat het woord weigerde plaats te nemen in zijn voorstellingswereld.

Koppig vulde hij zijn bewustzijn met aanzienlijk trivialere zaken. Zoals dat hij nieuw asfaltpapier op het dak van het zomerhuis moest aanbrengen, dat hij de buurman thuis in Oskarshamn moest vragen of hij minstens een keer per week het gras wilde maaien als het ging regenen, dat hij over een nieuw tuinhuisje moest nadenken voor de kinderen die het huis uit waren, maar in de zomer met een vriend of vriendin thuiskwamen. Hij was inmiddels zo ver gevorderd met zijn bouwplannen dat hij had besloten om de nieuwe buurman verderop langs de weg te negeren, die de mening had verkondigd dat de huiseigenaren de percelen niet moesten laten 'verrommelen' door er te veel bouwsels op te zetten. Daar had die nieuwkomer zich niet mee te bemoeien!

Er viel met andere woorden genoeg te doen. Er was zo oneindig veel wat hij wílde doen.

Ruim een uur later waren ze met een winkelwagentje onderweg naar de parkeerplaats. Nina had intussen de fles Baileys betaald waarvoor ze de winkel opnieuw was binnengegaan – voor bij de koffie op midzomeravond, ze moesten immers ook iets voor de vrouwen hebben. En daarna moesten ze nog servetten en andere aanvullende dingen kopen bij de Coop. Jan Bodén was als een willoos hondje achter haar aan gelopen. Gelukkig had hij zichzelf weer in de hand. Ook al hield hij het rode plastic handvat van het winkelwagentje stevig vast.

Toen ze bijna bij de Saab waren, legde Nina haar hand op zijn onderarm en gaf er een kneepje in.

'Wat is er met je?'

Ze klonk bijna teder.

'Niets. Hoezo?'

'Je lijkt zo afwezig.'

Echt? dacht hij, en hij probeerde te doen alsof hij verbaasd was. Tegelijkertijd overwoog hij haar de waarheid te vertellen. De druk een beetje te verlichten. Zijn last met Nina te delen. Dichter bij haar te komen.

Hij draaide zijn hoofd naar haar toe en wilde gaan vertellen.

Nee, besloot hij opeens. Nu niet. Ze zag er zo verdomd zelfbewust uit. Ze keek de andere kant op en glimlachte voldaan naar de middeleeuwse ringmuur met zijn vestingtorens, de zevenentwintig die nog over waren van de oorspronkelijke negenentwintig. Dat zag hij wel, hoe slecht hij er ook aan toe was. En natuurlijk was de muur, die stil in noordelijke richting kronkelde naar Nordergravar, een werelderfgoed, om precies te zijn de best bewaarde stadsmuur van Noord-Europa, maar ze maakte toch een op een onbewoond eiland gestrande Robinson van hem. En ze werd een vreemde voor hem.

Maakt niet uit, dacht hij en hij nam, net als zij, in zich op wat hij voor zich zag. Een middeleeuwse wereld in oker, grijs en baksteen achter het solide kalkstenen bouwwerk. De drie zwarte houten torens van de domkerk staken omhoog als de oren van een waakzaam konijn. Sommige dingen zijn bestendig, constateerde hij. Het brakke water van de Oostzee was vaag op de achtergrond te zien. De hemel onschuldig blauw, maar helder.

Midzomertijd. De zon zou nog lang niet ondergaan. Eigenlijk alleen maar voorzichtig achter de horizon duiken om heel vroeg in de ochtendschemering terug te keren.

Het was onbetwistbaar een fraai panorama. En zo mogelijk nog mooier vanaf zee, naar zijn mening. Groots en kleinschalig tegelijk, met koopmanshuizen, kerkruïnes en pakhuizen die tegen de Klinten op kropen, waar lage stenen en houten huizen langs nauwe steegjes loom in de hete zon lagen. Een oude, versleten stad, die toch zijn glans nooit verloor. Zelfs niet tijdens het ergste noodweer. Bij nader inzien kwam de stad het beste tot zijn recht op een grijze novemberdag.

En dat moest op de een of andere manier verwoord worden, ook al was het nu juni en midzomer. Maar Bodén voelde zich er niet voor in de stemming.

'Goh, wat mooi!' barstte Nina uit.

Hier liep hij met de grootste angst van zijn leven, terwijl zijn vrouw in trance raakte door een ringmuur die daar al vanaf het eind van de dertiende eeuw stond. Het was de vraag hoe hij dichter bij haar zou kunnen komen. Of liever, hoe hij dichter bij zichzelf zou durven komen.

'Ik moest er net weer aan denken dat ik Pierre Eland ben tegengekomen op de boot,' zei hij daarom maar plompverloren.

'O,' zei ze.

En zweeg abrupt.

Ze waren met een van de nieuwe veerboten uit Oskarshamn gekomen. Het was een rustige overtocht, alleen een milde bries over het water van de Oostzee. Maar toch probeerde Jan Bodén die zachte wind de schuld te geven van wat er gebeurde. Nadat hij de helling vanaf het bovenste dek was afgereden en verder naar het winkelcentrum bij Österport. Het kwam in grote trekken overeen met wat er een paar uur later in de slijterij gebeurde.

Het bestaan dat opeens even schommelde om zich snel daarna te stabiliseren. Heel even maar en daarom te verwaarlozen.

De wurgende ervaring in de slijterij was niet nieuw, maar het was de ergste aanval tot nu toe. Misschien kwam het doordat hij daarvóór op zee had geschommeld en er een storing was opgetreden in zijn evenwichtsorgaan. Of iets dergelijks.

Nu zat hij achter het stuur en reed zonder al te veel problemen achteruit het parkeervak uit. Hij zou Nina niet zo snel vragen om te rijden. De Saab was volgeladen, maar minder efficiënt ingepakt nu de kinderen niet meer meegingen. De hele achterbank lag vol met tassen en zakken.

Ze passeerden de Gutawal, reden een klein stukje in de richting van de zuidelijke poort in de ringmuur, daarna pal naar het zuiden over de twee rotondes, en toen waren ze de stad uit. Het eiland was net een schijf die uit zee oprees. Daarboven, op de rotsen, liep de weg naar Klintehamn. De zee breidde zich aan de ene kant uit, de ondergaande zon strooide zilver over het water. Jan Bodén tuurde er tevreden naar. Aan de andere kant zat het regiment.

De auto reed bijna vanzelf. Ze hadden het huisje al dertig jaar. Of liever, híj had het al dertig jaar. Toen hij nog heel jong was, had hij het geërfd van een suikertante die zelf geen kinderen had.

Het was een geschenk uit de hemel. Maar in het begin was het huisje eerder een last. Verantwoordelijkheid en gebondenheid. Schilderen, harken, regenpijpen repareren, tonnetjes verwisselen, het water afsluiten en de pomp bij de bron binnenhalen voor de winter. Zijn ouders namen de verantwoordelijkheid over, wat een tijdlang een zegen was, maar waardoor hij zich later als het ware verstrikt voelde in dankbaarheid en verwachtingen van hun kant dat ze het huisje mochten gebruiken wanneer Nina en hij er zelf gebruik van wilden maken. Uiteindelijk ging het mis. Het draadje knapte. Hij hield zich er gedeeltelijk buiten. Nina en zijn moeder namen het touwtrekken voor hun rekening.

Pierre Eland was dus met dezelfde veerboot gekomen.

Bodén had net zijn ligstoel in de salon op het voorschip verlaten en was op weg naar het toilet toen hij tegen hem aan liep. Pierre Elgh. Hij wist meteen zijn naam weer, ook al moest het bijna veertig jaar geleden zijn dat ze elkaar voor het laatst hadden gezien. Maar er waren in zijn jeugd dan ook maar weinig mensen geweest met zo'n exotische voornaam. Hij had een Franse moeder. De vreemde klank van de voornaam werd echter overschaduwd door de achternaam. Het maakte niet uit wat Pierre deed, iedereen maakte er altijd 'Eland' van. Ook al vertoonde zijn in die tijd tengere lichaam weinig overeenkomsten met het dier in kwestie.

Daar stond Pierre Eland dus, nu lang en goedgebouwd, met blond, krullend haar als een stralenkrans om zijn hoofd. Hij bekeek hem vriendelijk geïnteresseerd, terwijl Bodén in zijn meelijwekkende onvastheid zo onopvallend mogelijk probeerde iets stevigers te vinden om zich aan vast te houden dan de gladde binnenwand van de veerboot.

Pierre Eland maakte wel een nieuwsgierige indruk. Hij gluurde naar hem met een scherpte die Bodén ergerde. Hij moest een paar kleine pasjes maken, als bij een snelle foxtrot, om rechtop te kunnen gaan staan en respectabel recht in de ogen van Pierre Eland te kunnen kijken die fors vergroot werden door dikke brillenglazen.

Hij had gemengde gevoelens, zacht uitgedrukt. De onvermijdelijke vergelijking lag altijd op de loer. Hoe was het hun in het leven vergaan? Bijvoorbeeld.

Pierre Eland blaakte van gezondheid.

'Dat is alweer even geleden,' begon hij vrolijk.

'Ja, dat kun je wel zeggen.'

Zo begon je een gesprek. Pierre Eland was alleen op reis, kreeg Bodén te horen.

'Ik ga midzomer vieren bij vrienden in Sysne,' zei hij. 'En jij?'

'Mijn vrouw en ik hebben een zomerhuisje in Tofta,' zei Bodén.

'O, hebben jullie een huisje op Gotland. Hebben jullie dat al lang?'

'Ja, al jaren. Geërfd,' zei Bodén, en Pierre Eland knikte.

'Wat leuk,' gaf hij als commentaar, zoals het hoort.

En daar was Bodén het natuurlijk mee eens. Waarna hij de volgende verplichte vraag stelde: 'En wat doe jij tegenwoordig?'

'Ik zit in de gezondheidszorg,' zei Pierre Eland plagerig.

Je kon horen dat hij iets verborg. Tegelijkertijd keek hij nogal tevreden. Zelfingenomen zelfs.

'Zo,' zei Bodén, en hij besefte dat dat van alles kon betekenen, van transporteur in ziekenhuisgangen tot het een of andere verdomde professoraat. Hoewel dat laatste wel een beetje onwaarschijnlijk was. Pierre Eland was echt geen uitblinker. Vroeger in ieder geval niet. Maar zijn uiterlijk was op dit moment allesbehalve bescheiden. Eerder zelfverzekerd. Evenals zijn kleding, ook al bestond die uit de verplichte spijkerbroek en een shirt. Maar er waren verschillende manier om kleren te dragen. En je had verschillende merken.

Je lichaam onthult wie je bent. Pierre Eland had een rechte houding. Kaarsrecht bijna.

'En jij?' vroeg hij.

'Leraar.'

Pierre Eland leek eerst te weifelen. Maar toen veranderde zijn gelaatsuitdrukking; hij knikte en glimlachte weer en vond kennelijk dat de tijd rijp was om de waarheid zonder geveinsde bescheidenheid op tafel te gooien.

'Ik ben arts.'

Het hoge woord was eruit. Bodén wilde er net commentaar op geven toen Pierre Eland kuchte.

'Chef-arts,' lichtte hij toe.

Pierre Eland had het dus echt goed gedaan. Hij had de schade dus op miraculeuze wijze ingehaald toen ze eenmaal van school af waren. Een laatbloeier, dacht Bodén, niet zonder een steek van jaloezie.

Pierre Eland had het thuis niet gemakkelijk gehad, wat hij zich ervan herinnerde. Zijn vader was verdwenen. Had hij zichzelf doodgeschoten? Of was het een ongeluk geweest? Misschien wist Pierre zelf niet eens hoe het zat. Als puntje bij paaltje kwam wist je erg weinig over de thuissituatie van je klasgenoten in je jeugd. Daar had je het bijna nooit over met elkaar. Wellicht ving je weleens toevallig iets op van een gesprek dat je ouders op gedempte toon met elkaar voerden als ze dachten dat de kinderen het niet hoorden. Zo kwam je soms dingen aan de weet. De vriendjes zelf wisten alleen het meest noodzakelijke. Welke moeders altijd een boterham afsneden en de spikkeltjesworst tevoorschijn haalden als het nodig was, welke moeders zelden protesteerden als ze naar binnen glipten als het pijpenstelen regende, welke vaders een auto hadden en welke een bijzondere auto. Dat ongeveer, en misschien nog een paar dingen. Bijvoorbeeld wie het extra goed had. Maar dat waren er niet zo veel. Maar verder was er nauwelijks iets wat interessant was, behalve eventuele zussen als je daar de leeftijd voor kreeg. Bodén had er zelf geen. Die van Pierre was knap, maar onbereikbaar.

En hier stonden ze dus, Pierre Eland, de laatbloeier, en hijzelf die ternauwernood rechtop kon blijven staan.

'Heb je een gezin?' vroeg Bodén verder.

'We zijn uit elkaar. We waren uit elkaar gegroeid. De kinderen vonden het niet zo erg, ze waren ons geruzie zat,' zei Pierre laconiek.

Bodén knikte.

'En jij?'

'Getrouwd met Nina, die ken je misschien nog wel.'

Zag hij roze vlekken op de wangen van Pierre Eland?

'Nina Gustavsson uit de parallelklas?'

'Ja, precies,' zei Bodén.

'Ja, die ken ik nog wel.'

Bodén knikte.

'Indrukwekkend. Dan zijn jullie zeker al lang samen?' zei Pierre Eland, en hij deed zijn best om te glimlachen.

Bodén knikte weer, maar er was iets in de toon van Pierre wat hem niet zinde. Nina en hij waren niet al vanaf hun schooltijd bij elkaar, maar hij had geen energie om dat uit te leggen. Dat ze niet gescheiden waren, was waarschijnlijk pure laksheid. Dat zei hij ook niet.

De eerste reis van het seizoen naar het huisje in Tofta werd in plechtige stilte afgelegd. De eenvoudige schoonheid van het eiland trof hem elke keer weer. Misschien steeds sterker naarmate de jaren verstreken. De heldere, witte glans van de kalksteen en de zee eromheen. De weelderige begroeiing van de bermen. Het hoog opgeschoten slangenkruid met diepblauwe kaarsen, akeleien met tere blauwe, roze of witte hoedjes, de roodpaarse sterren van de ooievaarsbek, het wit van de reukloze kamille – gemakkelijk te verwarren met margrieten – het vuurrood van de klaprozen en natuurlijk de korenbloemen. De klassieke midzomerbloemen. Hij keek af en toe in zijn oude flora die in het huisje lag.

Nina had een milde glimlach op haar lippen. Er waren jaren verstreken, maar zij was nog dezelfde. Misschien wat beter in vorm gebleven dan hij. Ze was eigenlijk alleen maar van kleur veranderd, langzamerhand verbleekt. Haar huid was dunner en witter. Het haar niet grijs zoals dat van hem, maar van een onbestemde, doffere kleur bruin dan vroeger. Ze had nog steeds een recht afgeknipt pagekapsel met een pony op haar voorhoofd. Maar de fysieke breekbaarheid was gezichtsbedrog. Ze was sterk en vermoedelijk moediger dan hij.

Haar handen rustten nu op haar schoot. Bodén wierp er een blik op, keek vervolgens weer door de voorruit. De smalle geelgouden trouwringen waren versleten en hadden hun plaats ingenomen, ze hadden zich genesteld en een groef achtergelaten om de linkerringvinger. Lange, rechte vingers. Mooie handen, sterk ook. Hij had ze altijd mooi gevonden, maar het drong nu tot hem door dat hij ze al heel lang niet meer had aangeraakt. Het was er niet van gekomen. Plotseling was het verlangen er weer. Hij was een teer, ontvankelijk kind. Daarom legde hij voorzichtig zijn hand op de hare. Zijn warme hand, met mollige vingers, op haar koude hand. Hij voelde een lichte trilling, maar ze liet haar hand liggen. Ze antwoordde met een kneepje in zijn hand, maar trok toen de hare terug alsof ze zich had gebrand en begon in een uitbarsting van plotseling enthousiasme, of mogelijk van spontaniteit, met beide handen door de lucht te wapperen.

'Wat zijn we gelukkig dat we dit allemaal hebben,' zei ze, en in zijn oren klonk het een beetje te opgetogen.

Ze spreidde haar handpalmen uit naar de weilanden die in een doffe warmtenevel baadden. Hij zag de schapen die rond de eenzame molen graasden, een witgekalkt geval zonder wieken. Als een geslepen potlood dook vervolgens de kerktoren van Tofta op. Een klein eindje verder, vlak voor de camping, sloeg hij af naar de smalle zomerweg die regelrecht naar het huisje en het strand leidde.

Hij stopte bij de brievenbussen op de splitsing. Oorwurmen, een paar natte folders voor tuinmeubelen en voor een pizzeria, meer zat er niet in. Hij hoorde zelfs dat hij op het platteland was. De wind door de boomtoppen, de zee in de verte. Zo erg was het dus nog niet met hem gesteld. Hij kon het verschil nog steeds merken.

Er streek een frisse wind over zijn wang, en hij ademde de verzadigde geur van dennennaalden in voordat hij het portier dichtsloeg en langzaam verder reed, de Malvavägen in.

Bij de meeste huisjes stonden auto's. De bewoners waren gearriveerd. Het was zomer.

2

Midzomer

Jan Bodén was nog niet op het strand geweest, wat opmerkelijk was. Juist die lange wandelingen heen en weer over het zand naar het vissersdorp Gnisvärd stelde hij normaal gesproken heel erg op prijs. De gedachten die nieuwe wegen vonden of gewoon pauze namen om plaats te maken voor een gevoel van lichtheid. Hij had ergens gelezen dat je ogen af en toe een weids uitzicht nodig hadden. Als ze niet voortdurend tegen compacte hindernissen botsten, tegen muren, dichte hekken of huisgevels aan de overkant van de straat, kwamen je hersenen tot rust. En een ruimere horizon dan die bij het strand van Tofta had je nergens.

Toen ze de vorige avond waren aangekomen en zich in het huisje hadden ingericht, wilde Nina hem mee hebben naar het strand om te kijken of het zeewier dat tijdens de stormen van de winter in zwarte stroken was opgehoopt al opgeruimd was. Om langs het water te lopen terwijl de golven voorzichtig aan hun schoenzolen snuffelden, verder de strandweiden op te lopen en te knikken naar het zacht grijsblauwe en harige wildemanskruid dat in het tegenlicht een witte stralenkrans had.

Om te doen wat ze altijd deden. Constateren dat het ook dit jaar weer zomer zou worden.

Maar hij had geen tijd, zei hij. Hij wist natuurlijk wel wat hem weerhield, al wilde hij net zo graag als zij. Maar hij was er nog niet aan toe om haar in te wijden in het geheim van zijn gebrekkigheid. Hij bood aan dat hij het vuur in de open haard aan zou hebben als ze thuiskwam. De vloeren waren koud en het vocht moest eruit. Dus ging zij alleen naar het strand, wat hem in zekere zin verbaasde. Hij had misschien gedacht dat ze zou vinden dat de gezamenlijke strandwandeling wel een dag kon wachten en dat ze meteen met het eten konden beginnen.

Ze bleef een paar uur weg, wat hem zo mogelijk nog meer verbaasde. Hij vond het zelfs een beetje eng. Een slecht voorteken. Zijn vrouw die genoot van de eenzame wandeling.

Op midzomeravond was de wind koud, maar het was helder. Het zou niet regenen. Hij besloot het gras niet te maaien. Het gazonnetje aan de achterkant was niet groot. De rest was wildernis, behalve een smal strookje aan de voorkant. De dennenbomen lieten hun dennenappels en naalden vallen op het dunne laagje aarde. Harken kon ook niet. De begroeiing was spaarzaam en kwetsbaar. Het laagje aarde op de zandgrond dun.

Ze sleepten de tuinmeubelen uit de schuur, zetten ze onder de overkapping op de veranda. Hij controleerde of de warmtelampen het deden. Nina maakte gauw beslag voor een aardbeientaart en zette die in de oven. Aardbeien hadden ze echter niet.

Kon hij niet naar de weg lopen, naar Margus, om een paar pond te kopen? En dan naar de ICA Bysen bij de camping voor de slagroom die ze gisteren waren vergeten.

Ja, natuurlijk! Voor twee boodschappen mocht hij de auto wel nemen, dacht hij. Hij had de fiets nog niet uit de houtschuur gehaald, en de banden zouden wel leeg zijn.

Zouden ze nog op tijd zijn voor de dans om de meiboom in het vissersdorp? Dat was de vraag. Het begon om drie uur en de buren kwamen om zes uur.

'Vind je het erg als we het overslaan?'

Nina keek hem met een schalkse blik aan vanuit de deur naar de keuken.

'Nee, helemaal niet. De kikkerdans kan ik wel missen,' zei hij, en hij kreeg plotseling zin om haar te omhelzen, maar dat kwam er ook niet van.

Om de een of andere ondoorgrondelijke reden kon hij die paar stappen in haar richting niet zetten.

Het werd een koude avond, maar een zonder muggen. Ze hadden wollen truien aan of fleecetruien. Daar zaten de Gardelins, de

Hellgrens, de Karlströms en de Enekvists. Haring en nieuwe aardappeltjes, zure room, bieslook en een borreltje.

Jan Bodén nam maar een klein slokje. Of nog niet eens. Hij dronk ook niet zo veel bier. Hij probeerde net zo te doen als anders. Redelijk vrolijk en enthousiast. Hij zong mee met de drinkliederen en vulde de glazen bij. Die van de gasten, maar zijn eigen glas niet.

'Zeg, Karlström, wil je nog een neut?'

De buren gingen weg, maar niet zo laat als vroeger, en dat was maar goed ook.

Ze ruimden af, liepen moe en muisstil naast elkaar heen en weer, totdat het smalle aanrecht helemaal vol stond. Als een ritueel. Ze lieten de afwas staan. Nina trok haar nachtpon aan net toen Bodén naar buiten ging.

Hij stak de kaars aan op de wc. Hij plofte neer met zijn broek naar beneden, alsof hij nu pas kon ontspannen. Door het raampje zag hij vaag de grijsblauwe nacht buiten. Het zou niet helemaal donker worden.

Daarna ging hij bij de vlaggenmast naar boven staan turen. De langste dag van het jaar. En ook de lichtste nacht. Toch kon hij de sterren zien.

Daar is het universum, dacht hij. Daar is de eeuwigheid.

3

Een hardnekkig gezoem om haar hoofd. Augustus, wespen-
maand. Heet en benauwd.

Cecilia Westman stond weer voor een verhuizing – de boeken
in dubbele papieren tassen, alle kleine spulletjes in dozen van verschillende groottes, de kleren in dezelfde koffers en tassen ge-
propt waarin ze die een jaar geleden hierheen had gebracht.

Zij was alleen nog overgebleven op de grote, muffe etage. Altijd de laatste!

Ze bukte snel, maar sloeg niet naar de wesp. Ze wilde hem niet
direct aanmoedigen om zijn angel in haar te steken. Haar voorhoofd glom van het zweet, ze voelde zich helemaal niet fris, ze
trok ietwat verstrooid een blonde lok achter haar oor en ging
naar de stapel staan kijken die de ruimte tussen haar bed en haar
bureau in beslag nam.

Haar kamer was een pijpenla aan de achterkant van de flat.
Net een cel. De weinige meubels zouden blijven staan en daar
was ze blij om. Een doorgezakte spiraal en een te klein bureautje.
De flat aan de Tullgatan waar ze naartoe zou verhuizen was leeg,
op een matras na die ze had geleend. Daar zat ze niet mee. Ze
keek met dankbaarheid uit naar een soort vrijheid. Om zelf te
mogen beslissen. Ze had wat meubels van haar oma geërfd; die
zou ze daar neerzetten, gecombineerd met spullen van Ikea en
van de rommelmarkt.

Het afgelopen jaar had ze met twee vriendinnen op een goed
adres gewoond, de Gyllenkroks allé, pal tegenover het Stadspark
in het centrum van Lund. Maar het gezin dat in het buitenland
woonde, zou terugkeren en het was tijd om uit elkaar te gaan. Ze

vond het niet erg, constateerde ze, terwijl ze door het appartement slofte en afscheid nam. Daarna legde ze haar oor tegen de voordeur. Geen geluiden in het trappenhuis. Ze wachtte op Karl.

Voor het eerst zou ze woonruimte voor zichzelf alleen krijgen. Niet groot, maar met haar naam in het contract en op het naambordje. Studentenflats, gedeelde appartementen, bij een hospita wonen of onderhuren, dat hoefde nu niet meer. Dankzij het geld dat ze van haar oma had geërfd was ze een treetje hoger geklommen in de woninghiërarchie. Ze had een flat gekocht. Ze had zich gesetteld. Maar daarom zat ze nog niet vast. Nog niet!

Cecilia's vierentwintigste verjaardag naderde met rasse schreden. Ze kreeg het benauwd bij het idee dat het daarna richting vijfentwintig ging. En vanaf daar ging het razendsnel naar de dertig. Daar moest ze al helemaal niet aan denken.

Alles wat ze mee zou nemen stond nu op één plek bij elkaar. Er slingerden geen spullen meer rond en ze was niets vergeten, wat een prestatie op zich was, gezien het feit dat het haar ook deze keer niet was gelukt om op tijd te beginnen. Ze had de neiging om altijd de grenzen op te rekken, maar op de een of andere manier kwam het altijd goed. Soms stelde ze haar omgeving wel erg zwaar op de proef, maar daar was ze ook aan gewend geraakt.

Cecilia's moeder was altijd het meest gestrest geraakt doordat ze kennelijk zoveel moeite had om op gang te komen en doordat ze de hoeveelheid tijd die ze nog had veel te optimistisch inschatte, maar ook zij berustte nu. Voor Cecilia zelf was het de sport om net als een loper op de vijftienhonderd meter te verrassen met een spurt in de laatste ronde. In slechts een paar luttele maar des te intensievere uurtjes was ze dus als een wervelwind rondgerend en had kleren, beddengoed, boeken en kaarsenstandaards bij elkaar geraapt, evenals het eenvoudige huisraad. Op het eind gooide ze de inhoud van het badkamerkastje ongesorteerd in haar toilettas, propte die zo vol dat de kunststof zo strak gespannen zat als de huid van een vetgemest varken. Toen was ze klaar. Ze hield zelfs tijd over.

Dus wandelde ze rond met haar handen op haar heupen als een overwinnaar op het slagveld. Natuurlijk had ze het voordeel van een niet onaanzienlijke dosis routine waarop ze kon terugvallen.

Het was niet de eerste keer dat ze verhuisde. Sommige spullen waren de doos nog niet uit geweest sinds haar vorige verhuizing. Ronduit vergeten dat ze die had.

Emmy's vader was zijn dochter komen helpen en Trissans moeder de hare. Ze waren met grote auto's gekomen en hadden gezeuld en gesleept. De moeder van Trissan had bovendien de kamer van haar dochter schoongemaakt, ze had gedweild en de ramen gelapt, terwijl Trissan zich vermoedelijk aan het inrichten was in haar nieuwe appartement in de Bytaregatan midden in de stad. Als ze er tenminste niet tussenuit geknepen was om te gaan trainen in de Gerdahal of om ergens in een café te gaan zitten, dacht Cecilia een tikkeltje jaloers, maar ze probeerde er niet bij stil te blijven staan.

Bij nader inzien vond ze het bijna zielig, een moeder die voor haar dochter schoonmaakte. Haar moeder was bovendien nogal opdringerig en ze bemoeide zich overal mee. Cecilia had de discussies in Trissans kamer wel gehoord, ook al hadden ze geprobeerd zacht te praten.

Zij was gewend zichzelf te redden. En ze maakte gemakkelijk vrienden. Zoals Karl.

Ze was opgegroeid als enig kind van een alleenstaande moeder die altijd al veel van haar werk had gehouden. Veronika was arts, chirurg. Cecilia was altijd trots geweest op haar sterke moeder. Natuurlijk zou ze gekomen zijn als Cecilia het haar had gevraagd. En als ze niet op huwelijksreis was geweest.

De bruiloft was gezellig geweest, meer ontspannen dan ze zich had voorgesteld. Ze kon voor zichzelf zelfs toegeven dat de nieuwe man van haar moeder wel oké was. Hoewel dat niet vanzelf gegaan was. Ze had zich geschaamd dat ze niet hartelijker was geweest, maar ze was niet in staat zich anders te gedragen. Haar halfzusje Klara was wel aldoor een bonus geweest.

De dunne, groene zijden japon die ze zelf had gedragen op de bruiloft lag bovenaan in de ene tas, want die mocht niet al te veel kreuken. Claes, de nieuwe man van haar moeder, vond dat die mooi bij haar ogen stond.

Als het niet zo drukkend heet was geweest, had ze de badkamer kunnen schoonmaken. Bijvoorbeeld. Of de keukenkastjes. Om

Trissan en Emmy te verrassen wanneer die de volgende ochtend allebei hier kwamen om de gemeenschappelijke ruimtes schoon te maken.

Maar het was niet de warmte die haar tegenhield. Karl kon trouwens ook elk moment komen.

Het mooiste aan Karl was dat hij een auto had, bedacht ze, en ze kroop over het bed in haar oude kamer naar het raam toe, om te kijken of hij er al aan kwam. Hij had weliswaar maar een oude Toyota Starlet, een roestbak die waarschijnlijk de kleinste combi op de markt was, maar hij reed. En voor haar was dat genoeg. Ze moesten er maar zo veel mogelijk in proppen, ook op de voorstoel. Zelf kon ze wel op de fiets naar de nieuwe flat. Misschien hoefden ze dan maar drie keer te rijden.

In de verte hoorde ze auto's. Er stegen stemmen op van de binnenplaats, ook af en toe een schelle lach. Ze stak haar hoofd naar buiten en keek naar beneden. Geen Karl, maar wel vier mensen om een wankel tuintafeltje dat op een grasveldje van postzegelformaat vol pollen was gezet. Daarnaast hield een ongesnoeide seringenstruik, die een groots opgezet asfalteerproject ternauwernood had overleefd, moedig stand. De rest van de binnenplaats was deprimerend donker.

Ze keek recht op een kale schedel, bruinverbrand en glimmend als een koperen pan. Maar het was niet die oudere buurman die haar van haar stuk bracht. Ook niet zijn mollige vrouw met zwartgeverfde krulletjes en een linnen jurk in een natuurlijke kleur. Misschien de jongere vrouw, tenger en ietwat futloos onderuitgezakt, die nipte van iets geels in een limonadeglas. Wortelsap misschien. Lang donker haar dat als een kleed over haar rug hing. Hoe hield ze het uit in deze hitte? De vrouw zat daar echter als een koningin. En Cecilia wist waarom.

De man naast haar raakte haar onderarm aan, als een schepper die leven geeft aan een bonk klei. Hij streelde haar licht met zijn vingertoppen, zo uitermate voorzichtig en discreet dat het niemand kon ontgaan.

En die man was Jonathan.

Cecilia staarde naar hem. Heel even zou ze willen dat blikken konden doden. Ze kon in ieder geval ongestoord gluren. Omdat ze hem van bovenaf zag, bleef zijn gezicht verborgen. Ze zag vooral het door de zon gebleekte haar, dat krulde bij zijn oren, en dan natuurlijk de benen, in een bermudabroek loom uitgestrekt onder het tuintafeltje. Hij droeg een ongestreken katoenen overhemd met korte mouwen. Natuurlijk droeg hij een overhemd. Nooit een T-shirt.

Ze slikte, haar tong zat als een plankje tegen haar verhemelte. Maar haar ogen waren helder als bergmeertjes en absoluut niet vochtig. Er was ook geen zware huilbui op komst. Eerder opgekropte kwaadheid.

Ze bleef met haar bovenlichaam over de vensterbank hangen. Als vastgeplakt. Ze zag hoe zijn lange vingers koppig heen en weer streken.

Je bent van mij, wilde hij tegen de donkerharige zeggen.

Maar ik ben in ieder geval niet van jou, dacht Cecilia opstandig, en ze merkte tegelijkertijd op dat de andere twee aan het tafeltje heen en weer begonnen te schuiven op hun stoel. Dat zouden de ouders van het meisje wel zijn, nam ze aan. Het waren in ieder geval niet zijn ouders. En toen begon ook Jonathan heen en weer te draaien op de stoel. Hij voelde zich vermoedelijk bekeken. Zijn arm bewoog niet meer over de arm van het meisje. In plaats daarvan ging zijn blik onzeker omhoog.

Maar toen had Cecilia haar hoofd al bliksemsnel naar binnen getrokken alsof ze zich aan een gloeiend hete plaat had gebrand.

Waar bleef Karl nou?

Het mooiste van Karl was dus dat hij een auto had. Zeker wanneer je voor een verhuizing stond. En hij was een geschikte vent. Hij kwam altijd zonder tegensputteren.

Er waren altijd mensen zoals Karl, en dat was een geluk.

Hij had nog meer goede punten. Alleen maar, als puntje bij paaltje kwam. Zijn enige fout was eigenlijk dat hij van Ylva was.

Hoewel het raam op de haak stond, was het benauwd binnen. Haar hoofdhuid jeukte door het vocht, en de straaltjes liepen onder haar oksels vandaan. Ze droeg alleen een zwart hemdje en een kakikleurige korte broek, en toch smolt ze bijna. De bordeauxrode en uitgerekte behabandjes zakten af, ook al was ze relatief breedgeschouderd. Ze merkte het nauwelijks. Ze dacht aan andere dingen. Ze dacht aan wat ze zojuist had gezien. Ze probeerde het te verwerken, ze was ontzettend blij dat zij het donkere meisje op de tuinstoel beneden niet was.

Toch stak het haar. Een beetje wel, in ieder geval. Misschien vooral omdat het haar eraan herinnerde hoe goedgelovig ze was. Ze had zich laten wijsmaken dat ze iets voorstelde. Ze had geloofd wat hij zei, ze had de oneerlijke bijklank niet gehoord. Ze had niet tot zich laten doordringen waartoe hij nog meer in staat zou kunnen zijn, dingen die niets met liefde te maken hadden. Ze hoorde en zag wat ze wilde. Ze was toondoof in haar verliefdheid.

Nooit meer!

Ze schudde haar hoofd alsof ze het nare gevoel af wilde werpen, maar toch raakte ze het complexe verlangen niet kwijt. Ze miste de roes. Hem niet. Jaloers dacht ze aan het meisje. Haar zelfingenomen, arglistige glimlach. Jaloers op de wolk waarop ze zweefde daarbeneden in de tuin.

Nog wel...

Haar topje plakte om haar middel. Ze maakte haar riem een gaatje losser, maar dat haalde niets uit. Ze was een meter zevenenzestig lang en had het figuur van een zandloper, maar plat van opzij. Brede schouders, een duidelijke taille, maar geen boezem van betekenis. Hoe ze haar buik ook inhield en haar borstkas uitzette, hij werd niet groter. Ze deed elke dag haar best het te accepteren. Of ze nam van de rijken en gaf aan de armen, zoals de juffrouw in de lingeriezaak het noemde, en duwde haar kleine borsten van de zijkant naar het midden in de beugelbeha en bewerkstelligde daarmee een duidelijk zichtbare, zij het niet vreselijk diepe kloof.

Ze had ergens een flesje mineraalwater. Ze liep lusteloos rond om het te zoeken. Het stond in de hal bij de voordeur bij een berg afval. Zes dichtgebonden plastic supermarkttassen. Ze keek er vermoeid naar. Hoe hadden Emmy en Trissan zich dit voorgesteld? Wie moest volgens hen deze stinkbommen opruimen? Zij, natuurlijk. Ze hadden de rotzooi voor haar laten staan. Vuile egoïsten. Ze kon de zakken niet laten staan gisten tot de volgende dag. Vliegen, maden en een heleboel andere nare beestjes zouden vast 's nachts eitjes leggen in de vochtige lucht. En haar eigen ver-huisspullen waren nog niet eens weg, laat staan dat haar kamer was opgeruimd. En vanavond ging ze uit. Ze liep achter op sche-ma. Een heel stuk achter.

Cecilia klemde haar kaken nijdig op elkaar en pakte de afval-zakken vast, terwijl ze boos terug begon te denken. Hoewel dat absoluut nergens goed voor was, maar dat deed er niet toe. Haar gedachten gingen er als het ware vanzelf vandoor. Ze herinnerde zich plotseling weer dingen waar ze al een paar dikke, vette stre-pen door had moeten halen.

Zoals de kamerverdeling, hoe was die eigenlijk gegaan? Was het toevallig zo gelopen dat zij de kleinste kamer kreeg, zo krap dat je er bijna niet nog een persoon in kon persen zonder een schoenlepel te gebruiken? Hadden Emmy en Trissan gewoon toe-vallig de twee grotere kamers aan de straatkant gekregen? Toeval of geluk of waar ze het dan ook maar voor wilden laten door-gaan. Echt niet! Ze was gewoon voor een voldongen feit gesteld. Emmy en Trissan hadden hun eigen territorium keurig op tijd af-gebakend door koffers en dozen in de mooiste kamers te zetten en net te doen of dat toevallig was.

'We moesten ze toch érgens neerzetten,' zei Emmy, en ze pro-beerde ongelukkig te kijken, maar gaf niet aan dat een van hen bereid was te ruilen. Emmy en Trissan hadden achter haar rug om een afspraak gemaakt. Ze hadden daar niet over gecommu-niceerd, iets waar Trissan anders zo dol op was. Ze studeerde nog psychologie ook! Ze deden net alsof ze niet aan haar hadden ge-dacht. Maar het was maar voor een jaar, had ze gedacht. En ze kon er niet hemel en aarde voor bewegen, vooral niet als ze onder één dak moesten wonen. En iemand moest de kleinste kamer nemen. Misschien was zij het ook wel geworden als ze er lootjes om hadden getrokken.

'Je moet overal van tevoren over nadenken,' mompelde ze in zichzelf op weg de trap af. Afspraken maken. Duidelijke taal spre-ken. Hoe moeilijk dat ook was.

Maar de huur hadden ze gezusterlijk in drie gelijke delen ver-deeld.

'We gebruiken toch allemaal de keuken en de woonkamer het

meest, of niet?' zei Emmy, en ze keek haar met haar onverstoorbare bruine kraaloogjes aan. Alsof ze alvast oefende hoe ze voor de rechtbank moest optreden. Duidelijk en vastbesloten en zonder te veel emotie.

Cecilia had haar om de een of andere onduidelijke reden niet tegen durven spreken. Omdat ze laf was, zeker. Of omdat het twee tegen één was.

Emmy studeerde rechten, en Trissan, die eigenlijk Therese-Marie heette, wilde psycholoog worden. Cecilia wist het nog niet, ze had niet zo'n duidelijk doel voor ogen. Ze zag wel welke kant het op ging. Dat was af en toe best zwaar. Vooral wanneer ze een verkeerde richting insloeg, wanneer ze niet goed wist wat ze nou echt het allerliefste wilde van alle dingen die ze wilde. Ze vond zo veel dingen leuk. Ze wilde graag boeiende mensen ontmoeten, maar ook alleen zitten lezen en schrijven. Ze wilde anderen helpen, luisteren en goede raad geven, maar ook iets belangrijks vertellen, zich vastbijten in een extra moeilijk probleem, het onderzoeken en oplossen. Misschien een belangrijke maatschappelijke kwestie. De vraag was in dat geval: welke kwestie?

Vaak wilde ze dat het allemaal voorbij was. Niet dat ze meteen met pensioen wilde, maar dat ze haar plaats in het leven had gevonden. Dat ze alleen maar mee hoefde te surfen.

Haar boeken over volkenkunde, literatuurwetenschap en Scandinavische talen zaten ingepakt. Ze had trouwens geen boekenkast. Misschien mocht ze Karl lenen en kon ze hem ertoe verleiden een ritje naar Ikea te maken. Dan mocht Ylva ook mee. Hoewel er dan natuurlijk minder plaats was in de auto voor spullen. En ze had een heleboel nodig. Als ze het kon betalen.

Maandag begon alles weer. Ze zou op de studentenadministratie aan de Helgonavägen zitten om syllabi te verkopen en mee te helpen bij het begin van het cursusjaar. Ze had een halve baan weten te krijgen bij het Scandinavisch Instituut, en dat kwam goed uit met de kosten voor haar nieuwe huis. De rest van de tijd zou ze verder studeren, een besluit dat ze had genomen toen haar grote beroepsdroom in duigen viel.

Drie maanden lang had ze elke dag een uur heen en een uur

terug gereisd met de Pågatrein naar Hässleholm, moe en stijf als een wandelende tak, om te ontdekken dat het leven op een redactie te veel van hetzelfde was. Keer op keer hetzelfde. Ze werd er triest en zwaarmoedig van, misschien nog het meest vanwege de teleurstelling.

'Dus de jonge, veelbelovende invaljournaliste heeft het niet naar haar zin?' had de redactiesecretaris gevraagd.

Ze schaamde zich. Referaten van vergaderingen, openingen, sportverenigingen – allemaal anders, maar toch hetzelfde. Te oppervlakkig, te veel stukjes en beetjes. Maar ze had het hart niet om hem dat voor de voeten te gooien. Ze wilde meer. Ze wilde zich ergens in verdiepen en wist dus niet goed waarin, alleen niet in de sportclubs van Hässleholm.

'Het leven is een serie herhalingen,' zei haar moeder droog toen ze haar belde.

'Maar ik wil vlammen, in ieder geval een beetje,' beweerde Cecilia in de hoorn.

'Vlammen kan heel vermoeiend zijn.'

Cecilia had de pauze natuurlijk wel gehoord, lang en doodstil. Niet eens een veeleisende ik-weet-het-beter-zucht. Het ziekenhuis, de afdeling, de patiënten, dat was de as waar het leven van haar moeder hoofdzakelijk omheen had gedraaid. Een goede dokter. Een kundig chirurg. De rest, wat er overbleef, had Cecilia gekregen.

Had haar moeder spijt?

'Ik had geen keus,' legde Veronika uit. 'Ik moest in ons onderhoud voorzien.'

Haar stem was zacht, ze stelde zich kwetsbaar op en smeekte bijna om begrip. De angstvallig onuitgesproken vragen van haar moeder. Heb ik het goed gedaan? Heb je reden om je te beklagen over je jeugd?

'Ik klaag niet,' zei Cecilia daarom, en ze klonk zo resoluut en flink als ze kon.

'Dat waren de voorwaarden, anders had ik een andere baan moeten nemen,' ging Veronika verder met haar pleidooi.

'Het is al goed, mama,' zei Cecilia rustig, en ze liet haar niet uitspreken.

Ze had gedacht dat het gesprek over haar zou gaan. Over haar beroepskeuze en haar onzekere toekomst. Niet over de schuldgevoelens van haar moeder.

Ze stapte de binnenplaats op, de vuilniszakken bengelend aan haar handen, en probeerde zich schrap te zetten voor de aanblik van de tuintafel, maar het koffiedrinken was afgelopen en het tafeltje leeg. Ze gooide de zakken snel weg en klom langzaam de trappen weer op. Ze zocht naar haar mobieltje tussen de rommel in de kamer. Ze moest Karl achter zijn broek zitten, anders kwam ze hier nooit weg.

Toen kwam hij. Hij vulde de hele deuropening.

'Aardig dat je wilt helpen,' zei ze, en ze ontweek zijn blik.

Vond hij het misschien een te grote verhuizing?

'Dit wordt een makkie,' zei Karl, alsof hij haar had horen denken. 'En we gaan immers naar beneden, geen trappen op. En je hebt toch geen piano?'

Ze ging op haar tenen staan en gaf hem een stevige zoen op zijn wang.

'Zal ik wat te eten gaan kopen?'

Alles was naar binnen gebracht, en de kapstok in de hal, die naar beneden gekomen was toen ze de zware Afghaanse bontjas uit de Kringloopwinkel eraan had gehangen, hing weer. Ze durfde de bontjas niet in de kelder te leggen voor het geval er ongure beestjes op af zouden komen.

Karl was ontegenzeggelijk een doortastende man, constateerde ze. Niets was bezwaarlijk of te veel. Het witte T-shirt fladderde boven zijn korte broek. Hij had smalle heupen en brede schouders. Andersom was ook goed geweest. Het zat 'm in andere dingen. Zijn glimlach. Zijn ogen. Zijn manier van doen.

Ze kon geen nee zeggen, ook al had ze niet direct honger.

'Een beetje yoghurt, misschien.'

'Verder niet? Iets stevigers, bedoel ik.'

'Nee, ik geloof het niet, ik moet vanavond immers nog weg, maar neem jij maar wat je wilt, ik betaal.'

Ze diepte haar portemonnee op, ze dacht dat ze nog een paar

bankbiljetten had. Ze stond naast hem in het halletje. En dat was krap.

'Is dit genoeg?'

Een honderdje.

'Zeker! Maar moet je niet iets in huis hebben voor morgenvroeg? Wanneer je wakker wordt, dus. Brood, sinaasappelsap, melk, koffie of thee?'

Het klonk alsof hij van plan was samen met haar te ontbijten. Helaas was dat alleen iets om stilletjes van te dromen.

'Het is nog lang geen morgen,' zei ze, en ze wapperde met het bankbiljet. 'Dit is alles wat ik heb. Anders moet ik meegaan om te pinnen.'

Hij ging weg. Ze ging languit op de onopgemaakte matras op de vloer liggen. Ze kon zich er niet toe zetten om de dozen open te maken en met uitpakken te beginnen. Ze had in principe haar hele leven nog voor zich. Daarom keek ze naar het plafond en de muren. Ze was gelukkig. Ze waren wit en pas geverfd.

Toen Karl terugkwam sliep ze natuurlijk.

'Heb ik je wakker gemaakt?'

'Nee, het is oké.'

Ze keek slaapdronken om zich heen. Ze luisterde naar nieuwe geluiden. Auto's die dichterbij klonken. In plaats van op de vierde woonde ze nu op de tweede verdieping.

Het was nog steeds licht buiten. Ze had geen lampen, schoot haar te binnen. Dan moest ze maar op de tast naar binnen gaan als ze vannacht thuiskwam. Of het licht op de wc aandoen en de deur open laten staan.

'Leuke flat,' was het commentaar van Karl, die op een doos zat met een slappe pizza in zijn handen. 'Heb je hem gekocht?'

Ze knikte.

'Moet een lekker gevoel zijn om voldoende geld te hebben.'

Ze slikte haar aardbeienyoghurt door. Hij dronk bier.

'Ik heb wat geld van mijn oma geërfd,' zei ze zacht.

Waarom ze zich daarvoor zou moeten schamen, wist ze zelf niet. Er was zelfs nog wat geld over, een mooie reserve voor als de koelkast kapotging of de spoelbak van het toilet het begaf, of als de buizen lek sprongen en ze een vakman nodig had, zoals

38

Claes had gezegd. Hij overdreef altijd zo. Het leek in ieder geval knap onwaarschijnlijk dat al die dingen tegelijk zouden gebeuren, maar je wist het natuurlijk nooit.

In ieder geval had ze het bijna allemaal zelf gedaan. Ze had advertenties nageplozen, ze had veel appartementen bezichtigd, ze had gebeld en gevraagd, ze had zich in het papierwerk verdiept en had een eigen contactpersoon bij de bank gekregen. Ze had de touwtjes in handen en was erg tevreden met zichzelf.

Het was geen pronkerig appartement, tweeëndertig vierkante meter, een kamer aan de straatkant en een keuken aan de achterkant die groot genoeg was om in te zitten, en daartussenin een halletje en een piepkleine badkamer. Hier kon helemaal niemand binnendringen. Niemand hoefde zich te bemoeien met wat zij aan het doen was. Niets was 'gedeeld' of 'gemeenschappelijk', zoals in de flat aan de Gyllenkroks allé. Of in de uitgewoonde studentenflat op twee minuten van het Mårtensplein en de slijterij, beter kon eigenlijk niet. Toch was ze die halsoverkop ontvlucht.

Ze woonde nog maar net een dag in de studentenflat toen ze in de keuken een mooie man aantrof en werd overrompeld door innerlijke paukenslagen en trompetgeschal. Een knetterend vuurwerk voerde haar mee. Ze werd van de aarde weggerukt, zweefde hoog door de lucht, werd met huid en haar opgeslokt door de mooiste man die ze ooit had ontmoet.

Jonathan.

Maar op den duur word je moe van zoiets. Of je raakt teleurgesteld. Of dodelijk beledigd.

Ze was er sindsdien in geslaagd hem niet meer te zien. Ze had hem ver buiten haar gezichtsveld gehouden. Ver weg, achter de horizon, en ze was vastbesloten er niet weer in te trappen.

Nu had hij dus een nieuwe vriendin. De zoveelste. Natuurlijk. Steeds weer een nieuwe. De stad was kleiner dan je zou denken, ondanks de ruim veertigduizend studenten. Dat sommigen daarvan elkaar ontmoetten als raderen die in elkaar haken, was niets bijzonders.

Ze zat op de matras met haar knieën opgetrokken tegen haar kin. Ze had niet de puf om op te staan. Ze zette het lege yoghurtbekertje op de vensterbank. Ze sprong op toen het mobieltje in

Karls zak ging. Ze zag dat hij snel even naar haar keek voordat hij opstond en met zijn rug naar haar toe opnam.

'Hoi,' hoorde ze hem kort en als het ware berouwvol zeggen. 'Fijn dat je belt. Ik ben zo bij je.'

Klonk hij blij? Misschien. Misschien niet.

Cecilia zei niets, ze bleef zitten met haar armen om haar benen, leunde met haar hoofd op haar knieën.

'Dat was Ylva,' zei Karl.

Ze knikte.

'Ik moet weg.'

Ze knikte weer.

'Bedankt voor je hulp,' riep ze hem na op het moment dat de deur bijna dichtviel.

Ze was niet in staat op te staan. Het licht sijpelde naar binnen. De kraan in de keuken drupte. Ten slotte krabbelde ze op om de druppende kraan dicht te draaien. Ze ging voor het keukenraam staan en keek naar een merel die ijverig aan een regenworm trok.

Een rustige avond in augustus, in mijn eigen huis, dacht ze tevreden.

Natuurlijk was ze laat.

Om de een of andere onnaspeurbare reden moest ze eerst de stereo aansluiten, ook al had dat best tot de volgende dag kunnen wachten. Ze zette muziek op, begon wat kleren in de kast te hangen, kopjes, borden en glazen in de keukenkastjes te zetten en liep rond om te kijken hoe ze het wilde hebben.

Het was al half negen toen ze uit de douche kwam. Acht uur stond er op de uitnodiging. Ze moest helemaal naar de wijk Djingis Khan. Ze besefte dat ze een taxi moest nemen. Die kwam bijna meteen nadat ze had gebeld. Haar haar was nog niet droog, maar verder was ze er klaar voor.

De auto zette haar af aan de ene kant van het autovrije gebied. Ze keek uit over een wirwar van okerkleurige appartementencomplexen, net dozen die in nauwe cirkels op elkaar waren gestapeld met een zandbak in het midden. Ze was er nog niet eerder geweest, ze was er alleen langsgereden. Oorspronkelijk gebouwd voor studentengezinnen, maar nu was de clientèle tamelijk gemengd, wat je niet in de laatste plaats kon zien aan de verschillende, soms halsbrekende manieren waarop de gordijnen waren gedrapeerd.

Ze hield de uitnodiging in haar hand, dwaalde over de smalle paden en besefte dat ze de weg moest vragen. Ten slotte vond ze het, een beschutte en goed verzorgde binnentuin met schaduwrijke bosjes en een schommel naast de zandbak. Dachten haar vrienden na over kinderen? Ze wist niet waarom ze het benauwd kreeg bij die gedachte.

De voordeur stond open. Er stroomde muziek naar buiten. Ze stapte naar binnen.

Ester en Leo waren drie jaar ouder dan zij. Leo serveerde drankjes op de veranda. Ester, die ze had leren kennen op de training in de Gerdahal, was kleurrijk als een vonkenregen en ze droeg een korte, rode jurk. Slank en soepel wrong ze zich door de gasten heen met een schotel decoratieve hapjes balancerend op één hand.

'Er is meer wijn, en een voedzame vissoep,' riep Ester met luide, hese stem om het geroezemoes te overstemmen.

Voor de helft waren het bekende gezichten. Voor de rest vermoedelijk vrienden van Leo. Artsen of artsen in opleiding. Ester was een nieuwbakken verloskundige. Sommigen van de vrouwen waren vermoedelijk ook verloskundigen, raadde Cecilia.

De stemming kwam er steeds meer in. Ze hadden veel bij te praten na de zomervakantie.

Cecilia merkte dat de wijn haar meteen naar het hoofd steeg. Ze was uitgedroogd. Ze raakte druk in gesprek met een jongen die buitengewoon leuk was voor een techneut. Vooral leuker dan ze had gedacht toen hij stilletjes achter haar aan had gedrenteld tijdens de training in de sporthal. Als een hondje dat bang was voor slaag. Hij droeg niet de bril met het stalen montuur van de ingenieur en zijn haar was niet kort in de nek, maar hij had vlotte sproeten op zijn neus en rood krullend haar. Helaas bleef hij nu ook meteen weer aan haar plakken. Hij bleef achter haar aan lopen en ze kwam bijna niet van hem af.

Ze redde zich door bij een groep meiden in de keuken te gaan staan. Iedereen had hele verhalen. Luide stemmen, veel gelach.

Hun wangen gloeiden, het knalroze shirt dat ze tussen de verhuisspullen had gevonden zat perfect, haar decolleté glom, haar blote armen waren gebruind.

Ze hielp met brood snijden, kreeg een knuffel van Leo en een kus van Gustav Stjärne, de eeuwig glimlachende gouden jongen, toen ze probeerde zich door de hal heen te wurmen. Die was nauw. De voordeur stond nog steeds open, waardoor het voorzichtig doortochtte. Er druppelden nog steeds mensen binnen. Een paar gasten stonden op de binnenplaats te paffen.

Ze wilde net op Karl aflopen, die vooraan in de woonkamer stond, om hem nogmaals te bedanken voor de hulp. Misschien met meer dan woorden. Ze zag Ylva op dit moment niet, dus er was geen risico. Maar ze stond opeens wat wankel op haar benen. Ze droeg schoenen met hoge hakken en puntige neuzen. Ze pakte zich aan de muur vast. Karl kreeg haar in het oog, glimlachte warm en deed een stap in haar richting. Ze stak haar armen omhoog ter voorbereiding op een omhelzing. Maar net op dat moment keek ze toevallig door de open voordeur naar buiten.

Ondanks de duisternis van de augustusnacht zag ze wie er binnenkwamen. Wie er mooi aangekleed voor de deur stonden met bloedeloze gezichten in het koude licht van de buitenlamp. Zij in een zedig witte, lange jurk en met een zonnebloem in haar hand. Haar lange haar los over haar schouders. Net een bosnimf. Hij met zijn arm om haar heen. Hij keek Cecilia echter recht in de ogen en nam haar taxerend op.

Ze heeft een centenbakje, constateerde Cecilia, voordat ze in Karls armen tuimelde.

Tegen drie uur wilde ze naar huis. Ze had een paar uur achter de rug waarvan ze niet in detail verslag zou kunnen doen. Ze viel zomaar in slaap en werd wakker met haar hoofd op de kussens van de bank toen iemand aan haar trok om te dansen. Het was Karl. Maar dat hielp niet, ze kon niet overeind komen. Ze bleef zijn hand echter vasthouden en trok hem naast zich op de bank. Hij was verbazingwekkend meegaand, dus vermoedde ze dat Ylva al naar huis was. Bovendien was hij niet helemaal nuchter meer, om niet te zeggen straalbezopen, maar wat maakte haar dat uit? Hij sloeg stoer een arm om haar heen en trok haar onhandig tegen zich aan, alsof het hem geen bal uitmaakte als de mensen hen zagen. Maar aan de andere kant leek niemand te reageren, het was laat en niemand lette meer zo goed op. Ze liet haar zware hoofd op zijn schouder vallen, wreef vergenoegd met haar wang langs zijn overhemd als een spinnende kat. Het was net of het nu eindelijk tot hen was doorgedrongen dat ze bij elkaar hoorden.

Toen voelde ze iets hards. Een hand die onder haar rok greep en tussen haar bovenbenen op een manier die pijn deed. Krabbende nagels, vingers die niet streelden of teder waren, die alleen maar graaiden.

Ze deed haar ogen wijd open. Ze staarde in een glimmend gezicht en rook de muffe dranklucht. Ze zag een ijskoude scherf in de blauwe irissen en pupillen die haar blik niet beantwoordden.

Wat gebeurde er?

Dit was echt niet wat ze zich had voorgesteld!

Maar hij hield niet op. Hij trok en krabde en grijnsde op een nare, gluiperige manier.

Ze raakte heilig verontwaardigd, maar meer nog teleurgesteld. Hij niet! Nooit had ze gedacht dat die sympathieke Karl ook zo kon zijn. Maar als de drank was in de man, was de wijsheid kennelijk in de kan. Ze had de geruchten heus wel gehoord, maar die als onzin afgedaan.

Ze was weer eens blind en dom geweest. Ze probeerde los te komen en maakte aanstalten om op te staan, maar hij duwde haar naar beneden. Ze duwde zijn borstkas met beide handen van zich af en liet zich tegelijkertijd met een bons op de grond vallen. Niemand leek notitie van hen te nemen. Plotseling voelde ze een vaste greep om haar ene arm en ze zag een hoofd boven haar zweven. Na een poosje wurmen was ze los en werd ze door twee sterke armen opgetild.

Ze stond verward op het parket in de woonkamer. Gustav Stjärne. Hij stond rustig naar haar te kijken.

'Je komt er wel bovenop,' zei hij.

Ze schonk hem een dankbare blik. Ze wankelde toen ze probeerde haar rok naar beneden te trekken. Waar waren haar schoenen?

Ze wilde weg. Meteen.

Maar ze kwam niet verder dan de veranda, ze moest beter de baas worden over haar lichaam voordat ze naar huis ging. Nuchter worden. Ze had haar bekomst van droomprinsen. Ze wilde non worden. Zelfs met Gustav, die haar had geholpen, wilde ze niets te maken hebben. Nu in ieder geval niet. Ze had er schoon genoeg van.

Ze leunde met haar onderarmen op het houten hekje toen ze een schaduw over zich heen zag vallen en handen om haar middel voelde, een vaste greep die doelbewust verder omhoogging. Maar niet hardhandig. Ze draaide zich om om te zien wie het was.

Jonathan.

Zonder het meisje.

Hij liet haar los, maar bleef staan en liet glimlachend zijn armen zakken. Een verzoenende glimlach. Ze wist precies waar het om ging en beantwoordde zijn glimlach niet.

De heerlijke zoetheid van de bevestiging.

Ze wist het zo goed omdat ze het herkende. De scène met alle rekwisieten zat al in haar. Werd in een fractie van een seconde afgespeeld. Kleine, bijna onzichtbare bewegingen, maar doodeenvoudig om te interpreteren. Het grote samensmelten van een jij en een ik die een wij worden.

Rood, warm en prettig.

Maar na geluk komt ongeluk. Dat wist Cecilia.

Lust brengt onlust met zich mee.

Als een roes gevolgd door een kater. Door misselijkheid en vernedering. Een pijnlijke vagina.

Nee, dat nooit meer!

Een minuut later nam ze afscheid, omhelsde de gastvrouw die glitter in haar zwarte haar had gesprayd en bij Leo op schoot zat. Ze beloofden dat ze elkaar gauw weer zouden zien bij de ski-gymnastiek in de sporthal. Ester en Leo zouden een uitnodiging krijgen voor haar housewarmingparty zodra ze de boel op orde had. Ze zag de lichtblauwe ogen van Gustav Stjärne, die rustig naar haar keek vanuit de woonkamer. Ze gaf hem een kort maar dankbaar knikje.

De lucht voelde koel aan en Cecilia was dun gekleed. Ze belde als een gek met haar mobiel om een taxi, terwijl ze naar de weg waggelde. Over twintig minuten op z'n vroegst kon er een wagen komen. Er moesten zoveel studenten naar huis, werd haar gezegd. Ze had het koud, ze trok het dunne vest dichter om zich heen, overwoog of ze terug zou gaan, maar ze wilde naar huis. En als ze toch moest wachten, kon ze net zo goed alvast gaan lopen.

Ze werd gauw nuchter door de frisse lucht. Ze begon steeds vaster te lopen over het fietspad naar het centrum. Haar tas hing over haar schouders, en ze draafde zo snel ze kon onder de snelweg door en verder de Tunavägen af, langs het studentencomplex Sparta en vervolgens in de richting van de professorenbuurt. Ze kwam nauwelijks een kip tegen, alleen af en toe een auto op de weg en een paar tegemoetkomende fietsers, vermoedelijk onderweg naar huis na hun nachtelijke oefeningen. Toen ze tussen de villa's aan de Tunavägen kwam zag ze de krantenjongen en ze kreeg een katterig gevoel. Weer een nacht van haar leven verspild.

Haar schoenen waren net martelwerktuigen. Ze had het in ieder geval nu wel weer warm en ze begon een vrolijk deuntje te neuriën om de pijn te verdrijven. Ze zou de volgende dag zeker tien blaren hebben, op elke teen één, maar het was te koud om op blote voeten te lopen.

Ze was bijna bij de Hortus Botanicus en wilde schuin oversteken naar het schoolgebouw van Spyken. Daarna hoefde ze alleen nog maar een eindje over de Södra Esplanaden. Ze wilde dat ze schoon beddengoed op de matras had gelegd voordat ze was weggegaan. Nu zou ze alleen nog puf hebben om het oude dekbed over zich heen te trekken.

Het ritme van de avond en de nacht dreunde nog steeds door haar hoofd, dat ook nog bonsde vanwege de wijn. Ze neuriede nog steeds, volhardend, bijna hysterisch, om het schuren van haar schoenen te verdringen en omdat ze niet durfde te stoppen. Ze moest alle boze geesten op een afstand houden. Het donker en de eenzaamheid.

De Hortus lag in een compact duister naast haar. Tussen de wiegende hoge bomen loerde de angst. Ze keek die kant niet op, maar keek naar de andere kant van de straat, waar statige herenhuizen over haar waakten, weliswaar verborgen achter donkere heggen en met zwarte ramen, maar daar woonden in ieder geval mensen. Ze had het niet meer koud. De wind die haar wangen streelde, was alleen verkoelend.

Ze stopte met neuriën. De stad was in diepe rust. Ze hoorde zelfs nauwelijks geluid van de snelweg. Alles was vredig.

Voorzichtig begon ze weer zachtjes te neuriën. Toen hoorde ze iemand achter haar aan komen. Fietsbanden reden zacht de heuvel af. Misschien iemand die ze kende, iemand van het feest, iemand die misschien dezelfde kant op moest als zij, met wie ze samen op kon lopen of bij wie ze misschien zelfs achterop kon.

Ze bevond zich precies ter hoogte van de Östervångvägen toen ze zich omdraaide om te zien wie het was. Op hetzelfde moment klonk er een fluitend geluid. Een onbeschrijflijke pijn trof haar.

Toen werd het zwart.

4

Oost west, thuis best!

Dat commentaar liet Veronika Lundborg zich zonder bedenken ontvallen terwijl ze zich zo uitgebreid uitrekte dat haar rug ervan kraakte. Ze kroop weer in elkaar en bleef als een spinnende kat in bed liggen. De plaats naast haar was leeg. Ze had dus tegen dovemansoren gepraat, maar dat gaf niets. Nog een minuutje, dan moest ze zich vermannen en opstaan. Ze stelde het nog even uit onder het dunne zomerdekbed dat ze tot aan haar neus had opgetrokken. Zachte overtrekken. De oude waren het fijnst, stukgewassen en behaaglijk. Ze streek met haar ene voet langs haar onderbeen, dat jeukte. Haar voetzool was stroef en de huid droog als schuurpapier. Een voetbad, dacht ze. Net als een slang vervelde ze over haar hele lichaam, ook al had ze zich volgens alle regels van de kunst ingesmeerd.

Huiselijk licht sijpelde door de dichte gordijnen van de slaapkamer naar binnen. Nazomergele stralen, moe, een tikkeltje voorzichtig en aanmerkelijk zachter dan het wittige daglicht in Griekenland.

De herfst naderde, de weemoed groeide in haar hart, maar toch hield ze van dit jaargetijde, ondanks het aspect van vergankelijkheid en verrotting. Na de zomer begon het nieuwe jaar. Niet op 1 januari. Dan was het overal te laat voor. Nadat je een hele poos vrij was geweest, had je de meeste energie en dienden zich nieuwe mogelijkheden aan. Dat had ze als schoolkind al geleerd. Een nieuw schooljaar, nieuwe leraren, uitzicht op verbetering. Gewoon een nieuwe kans. Later werd dat allemaal veel moeilijker.

En nu zou er een nieuwe tijd aanbreken voor de kleine Klara. Ze zou naar de crèche gaan.

Het was bijna negen uur. Vlak voor middernacht had de taxi hen voor hun huis afgezet. De koffers stonden nog ingepakt in de hal beneden.

'Zei je iets?'

Claes stond in de deuropening in zijn onderbroek en T-shirt met hun dochter op zijn arm. De mooiste mensen die ze zich kon voorstellen. Ze glimlachte onder het dekbed. Ze zag dat Claes' neus en wangen rood en schilferig waren. Hij had een pet op moeten zetten, maar ze kon praten als Brugman, het hielp toch niet. Hun dochter had natuurlijk een zonnehoed opgehad en zonnebrand met een hoge beschermingsfactor.

'Nee, niets bijzonders,' antwoordde ze. 'Alleen dat het zo prettig is om thuis te slapen.'

Ze stak haar armen uit naar Klara. Ze was over haar toeren geweest toen ze midden in de nacht thuiskwamen, ze moesten haar tussen zich in leggen. Uiteindelijk was ze in slaap gevallen.

Het was een lange reis geweest. Eerst met de boot over, daarna met de bus naar het vliegveld op Kos, en vervolgens de vlucht naar Zweden. Veronika was nooit eerder op huwelijksreis geweest, ook al had ze al een huwelijk achter de rug. Toen was het er niet van gekomen, ze weten het aan geldgebrek. Ze waren jong en begrepen misschien niet dat er dingen waren waar je niet lichtzinnig mee om moest gaan. Maar Claes en zij waren wel op reis gegaan, met Klara, want die was te klein om haar ergens uit te besteden. Reizen met een klein kind was beter gegaan dan ze hadden verwacht. Ze waren genoodzaakt het rustiger aan te doen en vonden een loom, aangenaam ritme.

Het was ook de eerste keer geweest dat ze in Griekenland was. Ze hadden lukraak een bestemming uitgekozen. Ze vonden een klein eiland in de Griekse archipel dat Kalymnos heette. Een van duizend eilanden.

Ze gingen naar de keuken. Claes haalde brood uit de vriezer en stopte het in de magnetron om te ontdooien.

'Er is geen melk,' zei hij teleurgesteld.

'Dan moet je de koffie maar zwart drinken.'

Veronika zette het keukenraam open. Het huis had een weeklang dichtgezeten. De lucht die naar binnen drong was koel en fris. Claes slofte in zijn ochtendjas naar de brievenbus.

'Niet te geloven hoe hoog het gras is opgeschoten,' zei hij toen hij terugkwam en de kranten op de keukentafel gooide.

'Wind je daar nu niet over op.'

'Ik wind me niet op. Maar het gaat zichzelf niet maaien.'

Veronika zette de koffie aan en smeerde een boterham voor Klara, die met een slab voor in de kinderstoel zat. Claes verdiepte zich in de krant. Toen hij door het sportkatern bladerde, schitterde de trouwring breed en geel. Ik vraag me af of hij hem omhoudt, dacht ze. Haar vorige man had het algauw ongemakkelijk gevonden een ring te dragen. Hij knelde. Dat zei hij in ieder geval toen hij hem afdeed en op een plankje van het badkamerkastje legde. En daar bleef hij liggen. Ze was teleurgesteld maar hield zich groot. Ze geloofde in een soort vrijwilligheid in naam van de liefde. Ze besefte niet dat ze toen de bitterheid al binnenliet die later zou ontkiemen. Maar wat had ze dan moeten doen? Vermoedelijk knelde het hele huwelijk. Een tijdje later wist zij haar ringen ook kwijt te raken. Ze liet ze per ongeluk in de zakken van haar doktersjas zitten. In de wasserij waren ze nooit gevonden. En een jaar later ging Dan verhuizen, en toen was dat sprookje uit.

Afgezien van Cecilia.

'Hoe zou het met Cecilia's verhuizing zijn gegaan?'

Ze keek op de klok aan de muur van de keuken. Het was al tien uur. Maar het was zondag en te vroeg om haar te bellen. Haar oudste dochter lag de halve dag in bed wanneer ze vrij was.

'Vast wel goed,' dacht Claes, met zijn neus nog in de sportverslagen. 'Anders bel je haar even, als je het wilt weten.'

'Ja, zo meteen.'

Pas om één uur toetste Veronika Cecilia's mobiele nummer in, maar ze kreeg geen gehoor. Een nummer van een vaste telefoon had ze nog niet gekregen. Het kon wel even duren voor haar dochter dat had geregeld.

Veronika begon uit te pakken, ze schudde het zand uit de zakken van de korte broeken en draaide een paar wassen. Aan de koelkast hing de brief met informatie over kinderdagverblijf het Hommeltje. De volgende dag om tien uur moesten zij en Klara er voor het eerst heen. Dat was een plechtig moment. Ze had op latere leeftijd nog een kind gekregen, en nu zou ook deze jongste dochter beginnen aan de lange en hopelijk leuke en vormende weg van kinderdagverblijf naar kleuterschool en verdere schoolopleidingen. Ze waren op kennismakingsgesprek geweest bij het Hommeltje. Claes was er ook bij. Het was het derde dagverblijf dat ze bezochten. Bij de keuze om Klara daarheen te sturen, waren ze op hun gevoel afgegaan, niet op de pedagogiek.

'Voor mijn part mogen ze alle ideeën hebben die ze maar willen, als ze maar aardig zijn en goed op de kinderen passen,' vond Claes.

Maar hij was toch ook sceptisch, en de twijfel groeide hoe dichter ze deze magische eerste dag naderden. Klara had ernstig en zwijgend naar de kinderen gekeken tijdens het bezoek. Toen de juf haar ronddroeg en de lokalen liet zien en al het speelgoed slaagde ze erin een voorzichtig glimlachje op Klara's lippen te toveren, en Veronika was opgelucht. Haar dochter schreeuwde in ieder geval niet alles bij elkaar. Maar Claes was daarna krijtwit in zijn gezicht naar buiten gewankeld. Hij zei dat hij het gevoel had dat hij voor een amputatie stond. Omdat ze hun dochter aan vreemde mensen afstonden. Als ze goede ouders waren die het beste voorhadden met hun kind, moesten ze dan toch niet zelf voor haar zorgen in plaats van haar bloot te stellen aan verwaarlozing en slechte verzorging?

'Je overdrijft,' zei Veronika luchtig.

De stem kwam uit een gelouterd moederhart, van iemand die het eerder had meegemaakt en die daarom niet zo gauw bang was.

'Maar dat is immers alweer zo lang geleden,' ging Claes nog steeds twijfelend verder. 'Sindsdien is het veel grootschaliger geworden. De gemeente heeft geen geld. Ze pakken de kleintjes in een lawaaiige omgeving bij elkaar en er wordt slecht toezicht gehouden. Die juffen sloofden zich alleen maar uit toen wij daar waren.'

'Hoe weet je dat?'

'Ik heb gelezen dat er wordt bezuinigd. Te weinig leidsters en te grote groepen. De kinderen bijten elkaar,' meende Claes met een bezorgde rimpel tussen zijn wenkbrauwen.

'Maar niet op het Hommeltje.'

'Hoe weet jíj dat?'

'We zien het wel,' zei Veronika bits.

Wat moesten ze ook anders? Ze waren twee moderne mensen die nu eenmaal in deze maatschappij leefden. Ze werkten allebei, en beiden hielden ze van hun werk. Ze hielden ook van hun huis, maar een eigen huis hield een hypotheek in en die bracht verplichtingen mee. Ze hadden beide inkomens nodig. Dat wist Claes evengoed als Veronika. En zij verdiende meer dan hij. Dat wist hij ook.

Als er iemand thuis moest blijven, dan was hij het.

Claes ging met de auto boodschappen doen, maar eerst reed hij langs het politiebureau. Hij wilde zien hoe hoog de stapel was die op hem wachtte, maar tot zijn opluchting zag hij dat zijn bureau even leeg was als toen hij het zes maanden geleden had verlaten om met ouderschapsverlof te gaan. Ik ben niet onmisbaar, dacht hij. Natuurlijk niet!

Dus leek het er in alle opzichten op dat het een echt nieuw begin zou worden, wittebroodsweken waarin hij het rustig aan kon doen voordat het weer echt hectisch werd en hij weer gevangenzat in taken en plichten die aan hem trokken, onderzoeken en rapporten die streden om voorrang, dingen die hij wel moest uitstellen, misschien helemaal moest proberen te vergeten om er niet in te verdrinken. In de postkamer ontdekte hij dat zijn postvak tot boven aan toe vol zat. 'Inspecteur Claes Claesson' stond er op een plastic strookje onder zijn vakje. Hij werd verrast door een warm gevoel dat hem doorstroomde toen hij dat zag. De vreugde om erbij te horen. Dit was zijn werkplek. Hier stond zijn naam. Hier werd op hem gewacht.

Hij klopte tegen de stapel, drukte zijn nieuwsgierigheid de kop in en liet hem liggen. Hij zou uren blijven zitten als hij de briefopener eenmaal in een envelop had gezet. Hij ging ervan uit dat hij het merendeel vermoedelijk meteen in de prullenbak kon gooien.

Om een uur of drie dronken ze koffie op de veranda. De wespen vlogen onophoudelijk rondjes boven de suiker op de ontdooide kaneelbroodjes. Maar ze bleven stoïcijns zitten. Ze wilden profiteren van de korte tijd dat ze de veranda nog konden gebruiken. Spoedig zou de gure herfst het overnemen.

Ze maakten een praatje over de heg met buurman Gruntzén, die nu in het grote gele huis woonde met een twintig jaar jongere Thaise. Zijn vorige vrouw en hun twee kinderen hadden de idylle verlaten. Niemand van de buren wist waarheen, en niemand durfde het te vragen.

'Ze is in verwachting,' zei Veronika terwijl Claes de grasmaaier naar buiten rolde.

'Hoe weet je dat?'

'Dat kon ik zien.'

Claes verbaasde zich er niet meer over dat zintuigen, waaronder het gezichtsvermogen, zo verschillend waren en zo selectief. Ondanks het feit dat hij als politieman getraind was om ook op details te letten, waren zwangerschappen kennelijk een blinde vlek, tenzij de negen maanden echt bijna om waren.

Om half zes aten ze. Voor de verandering kookte Veronika. Spaghetti met gehaktsaus. Het gazon was gemaaid. De gehakselde grassprieten lagen in stroken op de grond.

Veronika leek afwezig. Ze wreef stil en peinzend met haar wijsvinger over haar neus.

'Is er iets?' vroeg Claes.

'Waarom neemt Cecilia niet op?' vroeg ze, met een rimpel tussen haar wenkbrauwen.

'Ze zal het wel ergens druk mee hebben.'

Veronika wilde de stem van haar oudste dochter horen. Ze miste haar. Veronika en Cecilia hadden elkaar niet meer gesproken sinds ze op reis waren gegaan. Ze hadden heel wat te bespreken.

Eerder die dag barstte ze van nieuwsgierigheid, ze wilde weten hoe het was in het nieuwe appartement, ze wilde Cecilia horen vertellen, ze wilde luisteren naar de vreugde in haar stem. Maar ze wilde zelf ook vertellen over hun buitenlandse reis en natuurlijk ook over de bruiloft. Wat vond Cecilia? Was Gunilla, de zus van Claes, niet reuze hartelijk? Zijn broer daarentegen was wat rustiger. En dan zijn vrouw. Die was nogal aanwezig. En was het niet geweldig dat de koster zo ontroerd was geweest? Hij stond wat achteraf en wist zijn tranen niet te bedwingen.

Maar dat hoefde nu niet meer. Als haar dochter maar opnam. Of zelf belde. Op de een of andere manier iets van zich liet horen.

Ze pakte de draadloze telefoon weer van de keukentafel en toetste snel het nummer in. Ze wachtte een hele poos. Toen legde ze de telefoon weer op het grenen tafelblad neer. Ze keek op en keek Claes recht in de ogen.

Bange vermoedens, bestaan die? dacht hij.

*

Ester Wilhelmsson was om drie uur begonnen aan haar dienst op de kraamafdeling en mocht nu bijna naar huis. Het was even na negenen en ze kwam haast niet meer vooruit. Voordat ze begon had ze thuis de meeste rommel van het feest, dat ze als geslaagd beschouwde, opgeruimd. Maar ze had nog heel wat slaap in te halen.

Alle verloskamers waren die middag min of meer continu bezet geweest. Als je moe was kon je het beter druk hebben dan dat je maar wat zat te hangen.

'Op jullie leeftijd kun je nog een nacht doorhalen en de volgende dag weer werken,' zei Ann-Britt.

Ja, misschien, maar nu lonkte het kussen. En Leo. Ze hoefde alleen nog de status in te vullen van een vrouw die een natuurlijke bevalling had gehad en verder zou gaan naar het patiëntenhotel. Daar was ze gauw mee klaar. Het verloop was vlot en efficiënt geweest. De vrouw kwam binnen met volledige ontsluiting en de bevalling begon bijna meteen. De vrouw die een tweeling verwachtte, had daarentegen nog even te gaan. Ester had haar overgedragen aan Rigmor.

Ze ging even snel de kamers langs om afscheid te nemen. De

kraamvrouw en de vader verkeerden in de zalige toestand die alleen een pasgeboren kindje kan geven. Ze had het mooiste vak van de wereld gekozen, bedacht ze, ook al was ze nu dood- en doodop. Daarna ging ze de aanstaande moeder van de tweeling succes wensen. Ze liet zich niet verleiden tot een vruchteloze discussie over hoe de bevalling zou verlopen. Of er ingegrepen zou moeten worden. Tot nu toe was alles goed gegaan. Maar het onderwerp was die middag toch onvermijdelijk een paar keer aan de orde geweest toen het stil leek te staan. De moeder was verschrikkelijk moe. Ester en de zuster hadden haar zo goed mogelijk opgepept. Ze probeerde de voortdurende vraag te ontlopen of een keizersnee niet beter zou zijn. Ze wist dat de verloskundige die het van haar had overgenomen veel meer ervaring had dan zijzelf. Als zij de moeder niet kon helpen met een natuurlijke bevalling dan kon niemand het. Maar de dienstdoende arts was een onzekere factor. Een voorzichtig mens. Maar hij was tamelijk nieuw, dus er was nog een arts in huis met meer kennis en competentie.

'Is die nieuwe echt klaar met zijn artsenopleiding?' grapte Josefin op een dag tijdens de koffie. 'Ik vind het zo'n kluns.'

Ze kon hard zijn, en ze was de enige niet. Soms werden er keiharde oordelen geveld. Ester bevond zich in een lastig parket, aangezien haar solidariteit schommelde. De nieuwe arts was een vriend van Leo. Ze wilde zo graag dat hij populair en leergierig zou blijken te zijn. Dat had ze graag tegen Leo willen zeggen. Nu vertelde ze hem de waarheid niet. Ze zei niets. Al kende ze hem niet erg goed, toch was het pijnlijk. Maar het zou wel goed komen met hem. Hij was eigenlijk niet zielig, maar best knap en succesvol op andere terreinen, voor zover zij had begrepen. Maar dat waren misschien maar geruchten.

Ze haalde haar portefeuille uit het kluisje en haastte zich naar de kelder om zich te verkleden. In de fietsenstalling haalde ze haar mobieltje tevoorschijn, vooral uit gewoonte. Drie nieuwe berichten. Ze luisterde het eerste bericht af terwijl ze de fiets met één hand de helling op duwde. Een vreemde stem vroeg haar om een nummer te bellen. Ze kon het zo gauw niet opschrijven, maar ontdekte dat alle drie de berichten precies dezelfde inhoud hadden. De derde keer lukte het haar het nummer te onthouden zonder dat ze het hoefde te noteren.

Toen ze voor de vrouwenkliniek stond met het eveneens rode, bakstenen gebouw van KNO voor zich toetste ze het nummer in. Het kwam haar op de een of andere manier bekend voor.

Er kwam een vreemde man aan de lijn, terwijl er op hetzelfde moment een ambulance voor kwam rijden, waaruit een brancard met een oude man erop werd gerold. Dit is mijn werkplek, en dat is de bedrijfswagen, bedacht ze, en ze sloeg haar ogen neer om zich beter te kunnen concentreren. Ze kon het moeilijk verstaan.

'Ik weet niet waar het over gaat,' zei ze. Had iemand misschien een verkeerd nummer gedraaid?

Met gemengde gevoelens herhaalde ze haar naam. Was het wel zo'n goed idee om te vertellen hoe ze heette? Stel je voor dat het een onguur type was.

Daarna begreep ze dat het ernst was. De intensive care. Iemand die ze misschien kende. Bewusteloos. Wie? Leo?

Wanhopig reed ze haar fiets weer terug. Ze holde de gang in naar het hart van het ziekenhuis, het Blok, zoals het genoemd werd, met zijn twaalf verdiepingen.

De tiende verdieping, had hij gezegd. Absoluut geen haast. Maar hoe kon je nou langzaam lopen wanneer je het door je hele lichaam voelde kriebelen?

*

Ze wilden net gaan slapen toen de telefoon ging.

'Het is voor jou,' zei Claes Claesson tegen zijn vrouw.

Hij bleef naast haar staan. Hij zag hoe haar hoofd als het ware onder zijn eigen gewicht voorover viel. Het kroezige haar viel als een gordijn naar beneden en verborg haar gezicht. Daarna begon ze over haar hele lichaam te trillen.

5

'We noemen dit een tumor, maar hij is goedaardig,' zei de arts.

Jan Bodén was duizelig. Niet alleen vanwege alle onderzoeken – al om acht uur hadden ze water in zijn gehoorgangen gespoten, hem een rare bril opgezet en hem alle kanten op gekiept totdat hij bijna moest overgeven – maar ook omdat hij het stellige gevoel had dat het niet om hem ging, iets wat hem als een grijze schaduw had gevolgd sinds de schokkende gebeurtenis in de slijterij van Visby.

Hij was driehonderd kilometer van huis. Het ziekenhuis in zijn woonplaats had hem doorverwezen naar de specialisten van het Universitair Medisch Centrum in Lund, wat onmiskenbaar een veilig gevoel was. Maar tegelijkertijd was het een slecht teken, aangezien het betekende dat het niet om een routineaangelegenheid ging. Dat snapte hij ook wel. Hij zou zich veilig en in zekere zin uitverkoren moeten voelen. Dankbaar dat hij in een tijd leefde waarin de medische vooruitgang zijn weerga niet kende, zoals iemand zei, maar zo ver was hij nog niet. Ook al deed hij zijn uiterste best om in ieder geval een beetje vrolijk te zijn. Maar dankbaarheid was er vandaag nou juist niet bij.

'Het komt prima in orde, dat zul je zien,' had de directeur gezegd, een vrouw met een volle boezem, gekleed in een topje, die Kerstin Malm heette en door iedereen Malmen werd genoemd. Ze gaf kordaat een kneepje in zijn schouder toen hij het doktersbriefje overhandigde. Aan haar oorlellen bengelden zilveren veren als parmantige uitroeptekens onder een roodgeverfd pagekapsel. Ze stonden in haar kantoortje op het oosten, terwijl de ochtendzon op het bureau scheen. De lucht was compact en broeierig.

Het nieuwe schooljaar was net begonnen en Kerstin Malm had het druk, iets waarvan haar licht voorovergebogen lichaamshouding en snelle ademhaling getuigden, evenals de stapels op haar bureau en het aantal ongeduldig trappelende voeten voor haar deur. Ze had haast. Veel meer werd er daarom niet gezegd. Ze hadden niet eens tijd om er even bij te gaan zitten.

Hij slofte weg, wrong zich tussen gillende leerlingen op de gang door, was opeens een vreemde vogel die op stijve benen het schoolplein opliep en de plek waar hij de afgelopen vijfentwintig jaar had gewerkt de rug toekeerde. Hij voelde zich leeg.

Maar wat had ze moeten zeggen? Het was bovendien mogelijk dat Kerstin Malm echt meende wat ze zei. Dat ze geloofde dat het een kwestie was van even naar het ziekenhuis en dat alles dan weer als vanouds was. Net als wanneer je je auto wegbrengt voor een servicebeurt.

Hij schonk anders trouwens nooit veel aandacht aan wat de matrone Malm vond en dacht. Dus waarom nu dan wel?

En zijn baas had natuurlijk, net als Nina en alle anderen die hij tegenkwam die hem hardnekkig en ritmisch op de rug beukten, last van een soort dwangmatig optimisme, ze hadden een rijtje woorden paraat die ze tussen de zieke en zichzelf konden plaatsen, hoe slecht het er ook voor stond. Niet in de laatste plaats omdat het zelden erg aangenaam was om te praten met iemand die ten dode opgeschreven was. Aan de andere kant was het ook zo simpel als wat om van alles uit te kramen als het jezelf niet betrof. Die bittere ervaring had Bodén al opgedaan. Hij had niemand, absoluut niemand, met wie hij zijn last ten diepste kon delen. Hij ergerde zich alleen maar aan de opgewekte woorden en werd er moe van. Hij herkauwde elke opmerking als een klein kind. Hij probeerde zwakke plekken te vinden. En de vragen stapelden zich op.

Waarom?

Hij was kwetsbaar geworden, hij voelde zich slap en was niet in de laatste plaats teleurgesteld in zichzelf. Hij vond het vreselijk om zichzelf als zwak te zien. Hij dacht dat hij boven al die emotionele flauwekul stond; wat niet gemeten of wetenschappelijk bewezen kon worden, was lucht, niets om je druk over te maken.

Hij was niet voor niets natuurwetenschapper. Iemand die rationeel dacht en daadkrachtig optrad. De inwendige luchtzakken viel hij met strenge logica en scherp intellect aan. Continu. Ook 's nachts. Hij werd met een zwaar hoofd wakker van alle dromen. Hij droomde normaal nooit. Maar nu was alles anders. Hij herkende zichzelf niet meer. Hij probeerde iets te doen aan zijn eigen kwetsbaarheid met behulp van vragen die een statistisch of wiskundig antwoord vereisten.

Niemand had het over angst gehad. Niemand bracht het onderwerp eenzaamheid ter sprake.

Hij was als puntje bij paaltje kwam op zichzelf aangewezen. Alleen met zijn ongerustheid. En hij was doodsbang.

Hij zat zwijgend in een draaistoel op de afdeling KNO in Lund in iets wat een gecombineerde spreekkamer en kantoor leek te zijn, helemaal achteraan in een verscholen gang. Als een soort stil eindstation van het leven, dacht hij ironisch, in een dappere poging om de angst de baas te blijven. 'Evenwichtsonderzoek' stond er op de deur. Hij voelde zich niet bepaald evenwichtig.

Toch was het een opluchting dat niemand hem had gezien. De gang was leeg toen hij hierheen was gelopen na een spartaans ontbijt in het patiëntenhotel van het ziekenhuis. Een beetje koffie, meer kreeg hij niet naar binnen. In Lund kende niemand hem, godzijdank.

De hele dag onderzoeken, dus. 's Ochtends een nystagmografie, daarna een audiogram bij het audiologisch centrum, daarna een ooronderzoek bij chef-arts en tevens professor Mats Mogren, bij wie hij nu zat. Daarna lunch, en daarna moest hij terug naar dokter Mogren voor een zogenaamd otoneurologisch onderzoek en een completerende anamnese, dat wil zeggen nog meer vragen, en dan koffiepauze, waarna ter afsluiting een bezoekje aan nog een dokter. Dit alles zou uitmonden in een beoordeling en eventueel een operatie, voor zover hij het begreep. Misschien zou hij zelfs een afspraak krijgen voordat hij naar huis ging; dat zou natuurlijk mooi zijn. Iets om je bestaan naar in te richten.

De periode ervoor en het leven erna.

Tegen de avond zou hij hopelijk in meer ontspannen toestand dezelfde weg terugnemen als hij de vorige dag was gekomen. Hij keek er al naar uit. De trein naar Alvesta, overstappen op de trein naar Växjö en dan de bus, Rasken gedoopt, naar huis.

Op de weg hierheen had de naam van de busverbinding hem opgevrolijkt. De associatie met taaie inwoners van Småland die onvermoeibaar hadden gezwoegd op stenige, schrale akkers had hem tot zijn verbazing opgepept. Ze hadden nieuwe grond in cultuur gebracht. Een volk dat tegen een stootje kon. Van hen stamde hij af. Als zij toen konden overleven, de mensen die niet wegliepen naar Amerika, dan zou hij dat nu ook doen. De omstandigheden waren bovendien vandaag de dag veel beter. En hij was er beslist niet de man naar om meteen op te geven.

Maar waar moest hij de moed vandaan halen? God had hij lang geleden al uit zijn leven verwijderd. Een goede God bestond niet. Niet zoals de wereld er tegenwoordig uitzag. Een rechter die op de laatste dag levenden en doden oordeelde, alle zondige stakkers die de andere wang niet hadden toegekeerd, was niet echt iemand om troost bij te zoeken. En liefde en genade dan? Had God het niet ook over de ware liefde? Kon die hem ook omvatten? Een man die te elfder ure het roer omgooide. Die 's Heren tempel zelden had bezocht. In de kerk schitterde hij door afwezigheid, behalve toen de kinderen belijdenis deden, en toen had hij de grootste moeite gehad om wakker te blijven.

Zou hij nog kunnen bewijzen dat hij het waard was om van te houden?

Maar God eiste geen bewijzen, was het niet zo? Geen examens of andere bijzonderheden. God kon hem, een arme, zondige mens, in genade aannemen zoals hij was.

Jan Bodén had nog nooit zoveel van het leven gehouden als nu. De levenslust zinderde in hem, doorstroomde hem dagelijks. Als een passie, een gloed die hem op de been hield. Soms kreeg hij er rillingen van.

Maar daar vertelde hij niemand over, zeker Nina niet.

Misschien was het haar toch opgevallen dat hij was veranderd. Ook al leek ze bezig met andere dingen. Met praktische zaken of wat het ook was. Hij wist het niet zo precies. Zij had haar leven en hij het zijne, dat was in de loop der jaren steeds duidelijker geworden. In ieder geval kon zij hem in zo'n machteloze situatie niet helpen. Ze had weliswaar aangeboden om met hem mee te gaan naar Lund, maar dan moest hij haar ook steunen en daar had hij geen zin in en ook de kracht niet voor. Hij had beloofd dat hij in de loop van de dag zou bellen om verslag uit te brengen.

Werd hij nu doorstroomd van een spiritualiteit waarvan hij nooit eerder iets had gemerkt? Dingen die hij spottend had beschouwd als pure flauwekul. Belachelijke dingen waaraan mensen bij gebrek aan een echte taak hun leven wijdden.

Toen hij zondag in de trein zat op weg naar Lund en de zon langzaam zag ondergaan boven open plekken in het bos en wijde, golvende velden raakte hij als het ware bedwelmd door geluksgevoelens. De trein raasde voort, hij staarde naar buiten en slikte. Voor het eerst zag hij echt waar hij naar keek, en van verrukking begonnen de tranen te vloeien.

Afgezien van het bestaan van hogere machten lag zijn leven nu in de handen van professor dr. Mats Mogren. Zijn titels stonden voor competentie en ervaring. Hij mocht niet klagen. Mogren zag er jong uit voor een professor. Maar het zou wel zo zijn dat Bodén zelf oud was geworden.

Aan de wand naast de onderzoeksstoel hing een plaat met een getekend mannetje. 'Booggangen. Hoekversnelling' stond er boven het mannetje, dat verdrietig keek. Waarschijnlijk omdat hij zich niet goed voelde en duizelig was. Dat was Bodén ook geweest. Of liever, onvast op zijn benen.

'We hebben de MRI-scans gekregen die in Oskarshamn zijn gemaakt, en ik zal ze nog een keer bekijken, samen met de collega die de operatie gaat uitvoeren,' informeerde dokter Mogren hem, die er niet uitzag alsof hij de greep op het bestaan gauw zou verliezen. Geef mij zo'n dure baan, dacht Bodén met een steek van afgunst.

Hem werd ook verteld dat het om een operatie van een hele dag zou gaan, waarbij KNO-artsen werden afgelost door neurochirurgen, wanneer men de gevoeliger delen van de hersenen binnenging.

Heel ernstig, dus, dacht Bodén. Ze houden in zijn hersenen zitten peuteren.

's Middags zou hij uitvoeriger informatie krijgen.

'We zullen nog tijd genoeg hebben om het te bespreken,' benadrukte Mogren meer dan eens.

En toen was het lunchtijd.

Jan Bodén tuimelde naar buiten, het felle zonlicht in. Hij stond, nog duizelig, voor de deur van de KNO-polikliniek en vroeg zich af waar hij naartoe zou gaan. Hij had nog steeds geen trek, maar hij zou toch iets naar binnen moeten werken. Aan de overkant van de straat zag hij een roze kiosk. In het wit geklede mensen zaten ervoor te eten in de zon. Hij liep erheen.

Er stond een lange rij. Groene pyjama's onder witte jassen, klompen en sandalen, en af en toe een taxichauffeur of een patiënt met gewone kleren aan. De baklucht was bijna niet te harden, maar het wachten duurde maar kort. Kennelijk een populaire fastfoodtent, worst met aardappelpuree en een heleboel Thaise gerechten. De eigenaars, afkomstig uit een land in Zuidoost-Azië, werkten zich opgewekt in het zweet. Bodén bestelde kip tandoori met rijst en nam het dienblad mee.

Er zaten verdomme wespen bij de afvalbak waar mensen ijspapiertjes in hadden gegooid. Hij vond een tafeltje voor zichzelf op het trottoir.

Hij keek naar het rustige verkeer, dat voornamelijk bestond uit fietsers en af en toe een ambulance. En natuurlijk naar alle mensen in witte jassen die voorbijgleden als zwanen in een vijver. Ik moet er maar aan wennen, dacht Bodén. Hij knabbelde voorzichtig aan de kip en haalde zijn flora in kleur uit zijn jaszak. Een oude bekende die toevallig mee geglipt was van Gotland. Die had hij nu nodig. Gedrukt in 1950, gebonden in oranjerode stof met drie rechtopstaande plantjes van het klein hoefblad op de voorkant en met liefdevol getekende gekleurde plaatjes die in zijn jeugd een gids waren geweest bij zijn aarzelende belangstelling voor de botanica. Hij zocht troost bij zilverschoon, aar-ereprijs en het driekleurig viooltje. Ze kwamen voor zijn ogen tot leven, hij voelde de warmte van de open plek in het bos op zijn rug en hij rook de warmte die van de grond opsteeg. Hij bewoog zich in gedachten ver de natuur in. De stilte in.

Toen hij de kippenpoot had afgekloven en de laatste rijstkorrels had opgegeten, ontdekte hij een bekende die haastig naar de roze kiosk kwam lopen. Het was onmiskenbaar Pierre Elgh in volledig artsentenue. Hij hield zijn blik strak op het asfalt gericht. Hij had wat meer kleur in zijn gezicht gekregen sinds ze elkaar voor het laatst hadden gezien, viel Bodén op. Pierre Eland sloeg zijn ogen op en keek hem aan. Bodén maakte zich gereed om te groeten en een praatje te maken. Pierre wist natuurlijk niet dat hij in Lund was. Hoe moest hij dat weten?

Maar Pierre Eland knikte alleen even kort, sloeg af alsof hij zich bezwaard voelde en liep een andere kant op.

Bodén raakte in verwarring, terwijl op hetzelfde moment drie arts-assistenten in te grote jassen om hem heen draaiden met hun dienbladen, op zoek naar een vrij tafeltje. Het leek Bodén een goed idee om zijn plaats te verlaten, hij stond op en liep de verdere beproevingen van de middag tegemoet.

Maar eerst pakte hij zijn mobieltje en belde Nina. Hij meldde dat alles in orde was. Vanavond zouden ze verder praten.

Toen toetste hij nog een nummer in.

*

De taxi reed langs de portier. Het Blok schoot vlak voor de neus van de auto als een reusachtige grijze muur omhoog. Een onpersoonlijke kolos die samen met de beide torens van de domkerk het karakteristieke silhouet van Lund vormde, dat van mijlenver te zien was. De oudere ziekenhuisgebouwen doken lichtelijk verschrikt weg in de schaduw van deze knoert. Het terrein op zich was niet groot.

Veronika Lundborg betaalde en stapte uit de auto, ze voelde zich als een mier zo klein toen ze door de glazen draaideuren van de hoofdingang naar binnen ging.

Haar ongerustheid was gedurende de rit alleen maar toegenomen. Ze staarde leeg voor zich uit. Net een luchthaventerminal, zo galmt het hier, dacht ze, staande tussen steen en beton. Ze kon wel flauwvallen, zo benauwd had ze het gekregen. Ze zag een cafetaria die zich aan één kant langs de hoge ramen uitbreidde. Bepaald niet sfeervol. Niets kon op dit moment gezellig zijn.

Ze had het koud, hoe warm het buiten ook was. Ze was natuurlijk wel eerder in het Universitair Medisch Centrum van Lund geweest, ze had er zelfs korte tijd colleges gevolgd in het begin van haar studie medicijnen. Het leek ontzettend lang geleden. In latere tijd had ze hier nog wel cursussen gevolgd, maar daar had ze niets aan, ze snapte de bewegwijzering toch niet. Haar ogen flitsten onrustig heen en weer. Ze liep meteen maar naar de receptie.

'Ik moet naar de afdeling neuro-intensive care,' zei ze, en ze leunde over de balie heen.

Ze probeerde ritmisch te ademen. Ze sidderde voor wat ze zo meteen zou zien. Hersenletsel. Cecilia was zo'n mooi, gaaf babytje geweest. Ze herinnerde zich haar geboorte nog als de dag van gisteren, ook al was het meer dan twintig jaar geleden. De komst van je eerste kind vergeet je nooit. Elke stap van het langzame ontsluitingsproces tot het moment waarop ze het spartelende lichaampje er eindelijk uit perste. Geweldig.

En nu had iemand dit kind iets aangedaan. Haar letsel toegebracht.

'De tiende verdieping. Lifthal A,' zei de receptioniste vriendelijk en ze wees naar de ene kant van de entreehal, ver voorbij de cafetaria, de kiosk en de kapper.

Het was midden op de dag, bezoekuur, en er stonden veel mensen te wachten voor de liften. Ongeduldig holde ze op het eerste 'pling' af en belandde tot haar verbazing in een kajuit, wat haar enigszins opvrolijkte midden in alle ellende.

Een lichte gang leidde naar de afdeling intensive care. Hulpeloos bleef ze staan. Ze zag overal blauwe deuren.

Waar was Cecilia?

Ze sprak een verzorgster aan, die op haar beurt een verpleegster riep, die haar welkom heette.

'Dus u bent de moeder van Cecilia Westman,' zei ze. 'Ze ligt hier.'

Zwijgend bracht de verpleegster haar naar een IC-unit helemaal achteraan. Twee bedden, waarvan één leeg. In het andere lag Cecilia.

Door het raam op het zuiden scheen de zon naar binnen. De

hemel was verpletterend blauw op deze hoogte en het uitzicht was prachtig, alsof je door de lucht zweefde.

Een lichaam in een bed. Onwezenlijk stil. Daar lag ze, wit in haar gezicht, met haar ogen dicht en een geschoren hoofd, met een buisje in haar keel aan de beademing. Geen contact mee te krijgen, ze werd in slaap gehouden.

Maar ze was het wel. Het was Cecilia.

Veronika liet zich op de stoel naast het bed zakken, ze pakte haar hand voorzichtig vast zodat de naald op de rug van de hand haar geen pijn zou doen. De hand was warm. Ze leefde. Voorzichtig streelde ze de wang van haar dochter. Geen reactie natuurlijk. Maar het zou goed komen, dacht de neurochirurg met wie ze telefonisch had gesproken. En hij zou het wel weten. Die woorden weerklonken met hun heldere klank in de duistere wanhoop.

Het kwam goed.

'De dokter komt zodra hij klaar is op de operatiekamer,' zei de verpleegster, die rustig door de kamer bewoog, het machinepark rond het bed controleerde, slangen rechttrok, curves en waarden aflas die rood oplichtten op het scherm.

'Wie doet nou zoiets?' barstte Veronika uit.

Zonder iets te zeggen legde de verpleegster een hand op haar schouder. Veronika voelde de haat in zich branden en klemde haar kaken op elkaar.

Die ellendeling! Een lafaard die haar kind voor dood had laten liggen. Ze wilde terugslaan zodat de stukken eraf vlogen.

Ze haalde trillend adem. Langzaam werd ze weer rustig.

Cecilia leefde. Dat was het belangrijkste. Ondanks alles.

*

Een akoestisch neuroom.

Zo heette dat kreng.

'Zoals ik vanochtend al zei: we noemen het een tumor, maar hij is goedaardig,' zei professor Mogren.

Dit was zijn tweede afspraak bij deze arts, en Bodén had het idee dat hij hem een beetje begon te kennen. Een sympathieke man, niet arrogant en ook geen droge wetenschapper.

Hij durfde zich voorzichtig te ontspannen.

'Als hij op een andere plaats had gezeten,' ging Mogren verder, 'dan hadden we ons er misschien niet druk om hoeven maken.'

'Hij.' Dat klonk alsof het over een persoon ging. Een lelijkerd met een ziel en verstand die je moest manipuleren. Die leefde. Hij bestond uit cellen die zich ongeremd deelden, zonder gevoel voor grenzen en omliggende weefsels. Hij had amok gemaakt en was een vijand geworden.

'Hij groeit, maar blijft op zijn plaats. Hij verspreidt zich niet. En in de regel groeit hij langzaam. Een derde deel groeit heel lang helemaal niet. Vaak zijn het kleine tumoren, dan laten we ze zitten en houden de patiënt onder controle.'

Maar die van hem was dus niet klein. Wat een stomme pech. Hij zag de witte knikker opeens voor zich.

'Het nare is dat dit type tumoren op een vervelende plek zit. Als hij groeit, drukt de tumor tegen omringend weefsel in de achterste hersenholte en dan blijft er minder plaats over voor de hersenen,' zei professor Mogren, en hij wees naar zijn eigen achterhoofd.

Bodén wilde niet meer horen.

'Ik herhaal het nog eens, hij verspreidt zich niet,' ging Mogren verder, aangezien hij Bodéns reactie duidelijk zag. 'Hij zit op de gehoor- en evenwichtszenuw, maar als we de tumor in zijn geheel weghalen, dan komt hij niet terug.'

Nu keek de arts echt blij. Dit was goed nieuws voor Bodén.

'Veel patiënten zijn bang voor duizeligheid, ze denken dat het een teken is van een hersentumor, maar het is eigenlijk een ongewoon symptoom. Duizeligheid is meestal ongevaarlijk, maar wel lastig, natuurlijk.'

Dat kon je wel zeggen, Bodén had lange tijd gewoonweg lopen slingeren. Maar er waren natuurlijk ook andere dingen die spookten, besefte hij nu.

Kan angst je bestaan aan het schommelen brengen?

'Hoewel er soms sprake is van een zekere verstoring van het evenwicht, een onvastheid, als je deze tumor hebt...'

Bodén schrok nog steeds van het woord 'tumor'. Hij werd er misselijk van.

'En er treedt bijna altijd een verslechtering op van het gehoor. Als dat een gevolg is van de tumor, is het eenzijdig. En de meeste patiënten hebben last van tinnitus, van oorsuizingen.'

Bodén knikte. Oorsuizingen en een slechter gehoor. Hoelang liep hij daar eigenlijk al mee rond? Dat viel moeilijk te zeggen. Altijd moeilijk om achteraf te zeggen wanneer het was begonnen. Vooral omdat hij zijn ogen er bewust voor had gesloten.

Het was al wat later in de middag. De zon daalde naar de muur van rode baksteen achter het raam. De KNO-kliniek zat een stukje van het Blok af, in een van de oudere gebouwen, wat versleten maar gezellig.

Professor Mogren laste een wat langere pauze in zodat hij vragen kon stellen. Bodén zocht koortsachtig in zijn geheugen naar alle vragen die sinds het horen van de diagnose door zijn hoofd waren gegaan, alles waar hij een antwoord op wilde hebben, maar hij kon niets bedenken.

O ja, de kinderen.

'Is het erfelijk?' vroeg hij.

'Meestal niet,' zei de arts.

'Dus mijn kinderen krijgen dit niet?'

'Waarschijnlijk niet.'

Mogren leek hier ook verder op in te willen gaan, hij wist kennelijk zo'n beetje alles van deze ziekte, maar Bodén zag dat hij stopte. Toen liet hij het er verder maar bij zitten.

'En dan de operatie zelf.'

De arts ging verzitten, hij leunde over het bureau en pakte een uitdraai uit zijn status. Achter hem stond een kast met mappen en videobanden, waarvan de bovenste planken leeg waren. Ruimte voor nieuwe gevallen, dacht Bodén. Zoals hijzelf.

'De grootte van uw tumor is dusdanig dat we aanraden hem te laten verwijderen, anders…'

Het werd stil.

Wat anders? Zijn hart draaide om in zijn borst, maar Bodén zweeg.

'U wordt weer helemaal beter,' benadrukte de arts. 'De operatie kan op meer manieren worden uitgevoerd.'

Doe de beste en de veiligste maar, dacht Bodén.

'Na de koffie spreekt u met een van de artsen die u gaan opereren. U komt korte tijd op de intensive care te liggen, net als alle patiënten die pas zijn geopereerd, en daarna gaat u naar een verpleegafdeling bij neurochirurgie. Oké?'

Bodén knikte.

'Maar het zal betekenen dat u het gehoor aan het rechteroor helemaal kwijtraakt... Maar zoals ik het hier zie,' zei professor Mogren terwijl hij naar een blaadje keek, 'hoort u in principe toch niets met dat oor.'

Bodén knikte.

'En u zult wat duizelig zijn na de ingreep, maar dat gaat weer over,' ging Mogren vol vertrouwen verder.

Het klonk hoopvol. Als het niet erger was...

Professor Mogren schoof heen en weer op zijn stoel, hij keek Bodén als het ware van onderaf aan en trok zijn wenkbrauwen op, zodat er rimpels in zijn voorhoofd verschenen. Instinctief bereidde Bodén zich op iets onaangenaams voor.

'Er bestaat een risico dat bij de ingreep de aangezichtszenuw, de nervus facialis, wordt beschadigd.'

'O?' zei Bodén.

Hij dacht dat hij inmiddels aan onaangename dingen gewend was, maar nee. Die houterige zwijgzaamheid had hem weer te pakken. Moedeloos zag hij ervan af te vragen wat een dergelijke beschadiging exact zou inhouden. Aan de arts was goed te zien dat het geen pretje was. Hij wilde het hele plan meteen opgeven. Of misschien proberen iemand te vinden die het beter kon.

'Ik zeg niet dát het gebeurt,' ging professor Mogren stug verder, want het informatie-uurtje was nog niet voorbij. 'Maar we kunnen niet garanderen dat de zenuw níét wordt beschadigd wanneer we het binnenoor ingaan.'

Bodén besefte dat als Nina erbij geweest was, ze meteen op deze eventualiteiten was ingegaan. Dat ze precies had willen weten hoe kundig de chirurg was, dat ze zou vragen of er echt geen betere was, enzovoort. Hij miste haar energie wel een beetje, en dat ze zo praktisch en doortastend was. Als verpleegkundige wist ze natuurlijk bovendien wat die beschadiging inhield.

'Een beschadiging van de nervus facialis aan de kant waar

wordt geopereerd, houdt een halfzijdige aangezichtsverlamming in. Maar die is vaak van voorbijgaande aard,' zei de arts geruststellend.

Bodén probeerde zich een halfzijdige aangezichtsverlamming voor te stellen, maar het lukte niet. Alles leek te zweven. Het werd ongrijpbaar en wazig.

'Maar soms is het blijvend. Dan gaat de aangezichtsmimiek verloren.'

Aha, dacht Bodén. Hij verroerde geen vin, maar zijn hart begon steeds harder te bonzen.

'En dat is natuurlijk vervelend. De mondhoek hangt dan naar beneden. Dus wordt het moeilijk om aan die kant te glimlachen. En het wordt ook moeilijk om de bovenlip op te trekken, om je tanden te laten zien, zeg maar. Ook houdt het in dat het moeilijk wordt je oog dicht te doen, maar dat valt gedeeltelijk te verhelpen met plastische chirurgie.'

Bodén wilde opeens geen verdere informatie meer hebben. Hij wilde niet eens proberen zich voor te stellen hoe mismaakt hij zou zijn. Hij was ondanks alles aan het einde van de weg gekomen en had zich gebogen voor het naakte feit dat hij kanker had en dat hij moest doen wat hem werd gezegd. Niet tegenstribbelen. Zich laten opereren. Het niet nodeloos ingewikkeld maken, wat hij volgens Nina altijd deed.

De doodsangst, die hij gedeeltelijk achter zich had gelaten, veranderde op dat moment in een galopperende levensangst.

Hoe zou de rest van zijn leven eruitzien?

Toen was het koffiepauze tot half vijf. In het Blok zat een cafetaria, dat had een verpleegster hem verteld. Wel leuk voor de afwisseling, dacht hij en hij liep die kant op. Hij had zeker een en ander om te overpeinzen in de tussentijd. Daarna moest hij nog even terug naar de afdeling KNO, om met een dokter Ljungberg te spreken, die hem zou opereren. Hij hoopte dat hij daarna nog genoeg tijd zou hebben om te voet naar het station te gaan. Anders moest hij een taxi nemen.

Hij duwde zijn zwarte schoudertas met overnachtingsspullen achter een stoel in de gang, zodat hij die niet mee hoefde te slepen. Als iemand hem meenam, maakte het ook niet uit. Er zat niets waardevols in. Hij ging nu op een andere manier met materiële zaken om. Hij was nonchalanter geworden. En daardoor vrijer.

Het was nog steeds warm. Een heerlijk jaargetijde. Hij had zijn jasje uit kunnen trekken, maar in de zakken zaten de bezittingen die hij ondanks alles niet kwijt wilde raken. Huissleutels, portefeuille en een zonnebril van een klassiek pilotenmodel, Ray-Ban, die hij jaren geleden voor veel geld had gekocht.

En de flora in kleur.

Pure sentimentaliteit om die mee te zeulen, maar hij kon het niet laten. Misschien was het lichtelijk belachelijk, maar de flora gaf hem het idee dat hij een leven had gehad. In bepaalde opzichten misschien zelfs een goed leven. Die gaf hem een gevoel van veiligheid.

Toen hij tien jaar werd, had hij de flora van zijn moeder cadeau gekregen. Hij wist niet meer of hij er blij mee was geweest. Kinderen van nu lachten zich waarschijnlijk slap om een flora. Hij herinnerde zich ook niet of hij meer cadeautjes had gekregen, om mee te spelen of minder serieuze dingen mee te doen.

Maar de flora ging overal mee naartoe. In die tijd persten alle schoolkinderen planten, die ze plukten in de zomervakantie, en ze maakten eigen herbaria. Achteraf klonk dat leuker dan het was geweest. Een taak voor in de zomervakantie die hij almaar voor zich uit schoof totdat de planten waren uitgebloeid, en hij moest bedelen om een paar duffe exemplaren die een ijverig meisje toevallig overhad. Op de voorkant van de flora zat een donkerbruine vlek, zo groot als een duimafdruk. Hij wist nog dat Laxen hem een duw had gegeven in het sprookjesbos, zodat de chocolademelk over de rand klotste. Ze zaten met rubberlaarzen aan diep in het mos met de hele klas. Hij was als de dood dat zijn moeder de vlek zou ontdekken. Dat ze het erg zou vinden. Dat ze met haar droge handen over de kaft zou strijken en hem verwijtend aan zou kijken. Dat ze hem een schuldgevoel zou bezorgen omdat hij niet dankbaar genoeg was. Dat hij zich niet de welopgevoede zoon toonde die zuinig was op wat hij kreeg. Het was natuurlijk een duur boek.

Er kwam een schrale wind om de zuidvleugel van het plompe

gebouw heen. Hij liep de trap af en stak het geasfalteerde plein over naar de ingang van het Blok, die in een donkere, vochtige kuil lag. Hij zag een man met een blauwpaarse verkleuring in het gezicht. Hij werd gloeiend heet vanbinnen. Hij besefte wat hij zelf zou moeten doormaken. Een mismaakt gezicht viel moeilijk te combineren met zijn dagelijkse werk voor de klas. Het zou moeilijk worden orde te houden. Was het niet erg genoeg dat hij slecht hoorde? Moest hij nu in de ziektewet? Dat wilde hij niet, ook al had hij het de laatste tijd af en toe zwaar gehad.

Hij werd teruggeworpen in de tijd, naar het voorjaar. De zon brandt door het raam van het lokaal. De leerlingen liggen half over hun banken en rekenen in stilte. Af en toe klinkt er geschraap van stoelen en harde potloden. Hij corrigeert natuurkundeproefwerken. Hij zit achter zijn lessenaar en voelt zich tevreden dat hij de tijd goed benut. Misschien wordt hij zelfs een beetje slaperig.

Plotseling gaat de deur open. Anni komt binnen, ze loopt langs zijn lessenaar, slaat met hooggeheven hoofd af naar de achterste rij. Ze is dus toch gekomen. Hij had gehoopt dat ze weg zou blijven. Anni, de enige die hij niet de baas was. Ze zou niet in deze klas moeten zitten. Ze zou overgeplaatst moeten worden naar, ja, hij wist niet waarheen, maar hier paste ze niet. Ze had op zich wel aanleg, maar ze was destructief in haar luiheid.

Alle hoofden gaan omhoog. Rode gezichten volgen Anni. De arbeidsrust is in één klap weg. Ze doen mee aan een toneelstuk. Waarin Bodén machteloze pogingen doet om de stilte en de concentratie terug te brengen, terwijl Anni een schreeuwende behoefte heeft om in het middelpunt te staan. Om er te zijn.

'Waar kom jij vandaan?' zegt hij, en hij probeert autoritair en verbeten te kijken. En hij hoort haar stem, het licht nasale dialect uit de buurt van Stockholm. Maar hij verstaat de woorden niet. Geluiden die hem niet bereiken. Hij kijkt zwijgend in de ravenzwart opgemaakte ogen achter in de klas. Ogen die hem niet loslaten, die hem aan het bord vastnagelen.

Of beter gezegd: die hem gevangen houden.

Hij gaat door met nakijken. Rustig en beheerst slaat hij blaadjes om. Maar kennelijk heeft Anni iets gezegd waar een antwoord

70

op moet komen, een sarcastische repliek. Rijen hoofden zijn nog steeds naar hem toegekeerd. Hij voelt de blikken. Verwachting die brandt als vuur. Ze wachten het effect af. Ze eisen zijn zure, rake antwoord. De aanval die Anni de mond snoert, haar zo mogelijk een beetje tammer maakt. Dat hoort bij hun ongeschreven afspraak. Want dit is entertainment op hoog niveau, denkt hij mat, en hij wil net tegen hen zeggen dat ze door moeten gaan met rekenen, de les is nog niet afgelopen, waneer er ergens van de voorste rij klinkt: 'Ben jij nou een vent?!'

Een zweepslag. Het komt hard aan. Hij doet zijn mond open en bereidt een tegenzet voor, wil lik op stuk geven.

Maar wie was het?

Wie had hem in plotselinge overmoed deze oneerbiedige opmerking voor de voeten geworpen?

Hij wist het nog steeds niet zeker, al had hij natuurlijk verdenkingen in een bepaalde richting. Nu maakte dat niet uit. Wat de leerlingen niet wisten, was dat hij allang een beproefde methode gebruikte om het respect terug te winnen. In duidelijke taal: wraak.

Met een zekere voldoening had hij dus gereageerd door een iets lager cijfer te geven dan hij eerst van plan was geweest. Voor twee vakken bovendien. Weliswaar wist hij niet helemaal zeker of hij het goede doelwit had, maar wie zei dat het leven eerlijk was?

Dat zei hij ook tegen de jonge leerling die met hoogrode wangen en ijs in zijn blik op de laatste schooldag naar hem toe kwam.

'Dit stuurt mijn hele toekomst in de war,' schreeuwde de jongen, en hij wapperde vol van haat met de bruine envelop voor Bodéns neus.

Hoogmoed komt voor de val, dacht Bodén zonder een spier te vertrekken. Je moet niet denken dat alles altijd gemakkelijk gaat.

Nu stond hij in de enorme entree van het Blok. Zijn hart sloeg op hol. Dat overkwam hem tegenwoordig steeds, net wanneer hij dat helemaal niet kon hebben. En daarna kreeg hij het heet en sloegen de vlammen hem uit.

Halfzijdige aangezichtsverlamming valt niet volledig uit te sluiten.

Hij voelde aan zijn wang.

Was hij verder goed gezond? Afgezien van de tumor, dus?

Professor Mogren had onlangs die vraag gesteld, en als het braafste jongetje van de klas had hij meteen geantwoord: 'Jazeker! Helemaal gezond.'

Maar was hij dat ook echt? Moest de pomp niet op de een of andere manier worden nagekeken? Voordat ze het mes in hem zetten?

Warme golven overspoelen hem, zijn hartslag dreunt, hij wordt duizelig, moet gaan zitten, gaat met zijn blik op zoek naar een zitplaats, hij ziet een eindeloze rij bankjes, maar ze lijken allemaal bezet door zware lichamen. Is dit het begin van een hartinfarct? Hij heeft een extreem zware tijd gehad. Hij voelt een brandend gevoel in zijn borst. Hij probeert zijn ademhaling onder controle te krijgen. Hij staat midden op een looproute, hij zou dichter bij de muur moeten gaan staan, maar hij komt niet van zijn plaats. Hij ziet een in het wit geklede jongeman in een wapperende doktersjas zijn kant op komen. Dat komt goed uit. Bodén zet een paar wankele stappen in de richting van de jas.

'Waar is de eerste hulp?' weet hij uit te brengen, en ziet op hetzelfde moment dat de man iets bekends heeft.

'Achter het Blok. U moet om het hele gebouw heen,' zegt de man in de witte jas, en hij maakt een breed gebaar met zijn arm.

Dat is een heel eind lopen, beseft Bodén. Een onvoorstelbaar eind lopen onder deze omstandigheden. Zijn paniek groeit. De arts knijpt in zijn tas van de kiosk, hij lijkt er snel vandoor te willen, maar ziet Bodén plotseling schijnbaar met nieuwe ogen. Hij verandert van gedachten. Bodén ziet iets glinsteren in zijn ooghoek. Goede wil, denkt hij. Er komt een gevoel van veiligheid over hem. Een arts laat iemand in nood nooit stikken.

'Ik zal u er wel heen brengen. Ik weet een kortere route,' zegt de man, en hij wijst naar de andere kant van de hal.

Ze lopen op een holletje langs de kiosk en de cafetaria, Bodén op wankele benen een stukje voor de jongeman uit. Hij verlangt naar een bed. Hij wil alleen maar gaan liggen met zijn ogen dicht, maar hij moet zijn blik op de stenen vloer gericht houden. Hij voelt continu pijn in zijn borst. Hij kan niet praten.

Zal hij op tijd bij de eerste hulp komen?

Hij moet rustig worden. Hij heeft de juiste man aan zijn zij. Eentje in een witte jas. Maar waar heeft hij hem eerder gezien? Koortsachtig doorzoekt hij zijn geheugen. Echt geschikt dat hij de tijd neemt om hem de weg te wijzen. Dat zal hij nooit vergeten. Never! De jonge arts zal het wel heel erg druk hebben, en eigenlijk geen tijd hebben om met verdwaalde patiënten rond te hollen. Maar het is zijn roeping. De verdomde plicht van een arts.

Ze komen in lifthal A. Een volle lift komt net naar beneden en er stromen mensen op hen af.

'Pardon,' zegt een vrouw die in het gedrang tegen Bodén aan stoot.

De stem komt hem op de een of andere manier bekend voor. Hij slaagt erin zich om te draaien, maar ze is verdwenen, en zelf is hij bij een trappenhal aangekomen.

Vervelend, al die mensen die hij niet kan thuisbrengen. Net als in een boze droom. De arts jaagt hem voor zich uit en blijft zelf een halve pas achter hem lopen. Bodén voelt de geruststellende aanwezigheid van de man achter zich. Ze komen door nog een lifthal voor beddentransporten. Geen levende ziel. Ze lopen door naar ellenlange gangen, die verlaten weergalmen en waar ook weer geen mens te bekennen is. Vreemd, in zo'n groot ziekenhuis. Hij denkt dat ze zich achter de centrale hal bevinden, maar hij is zijn richtingsgevoel gedeeltelijk kwijt. Hij voelt zich steeds slapper. Hij hijgt. Hij druipt van het zweet en veegt zijn voorhoofd af.

'Herkent u me niet?'

Hij blijft staan. Hij hoort de ademhaling van de man achter zijn rug. Een droge toon. Geen begrijpende of vriendelijke klank. De tweeklanken klinken heel erg bekend. Iets van thuis. De brede vocalen. Een rollende r aan het begin van de woorden, een keel-r middenin.

Bodén wankelt wanneer hij probeert zich om te draaien. Tegelijkertijd kijkt hij of hij ergens wegwijzers ziet. Waar is hij? Hoe komt hij weer bij de uitgang? Hij ziet alleen vlakke muren, een gladde vloer als van een balzaal, waarin een mat middaglicht zich weerspiegelt. Het licht valt schuin door een glazen wand die uitzicht biedt op een lege, trieste binnenplaats.

Gesloten deuren. Collegezalen, natuurlijk, denkt Bodén. Hij

blijft zijn benen bewegen. Hij durft niet stil te staan, hij is bang dat hij dan in elkaar zakt. Hij wil naar buiten, maar hoe? Zijn blik dwaalt onrustig rond. Hij kan zich absoluut niet meer oriënteren. Hij gluurt voorzichtig naar zijn metgezel, die zwijgend terugglimlacht. De angst smeult in hem. Het is geen aardige glimlach. Koud en stijf.

Kent de man in de doktersjas hem ergens van?

Kennen ze elkaar?

Hij kijkt om zich heen. Nog steeds geen mens te zien, zo ver als het oog reikt. Op de klok aan een van de pilaren is het vijf voor half vijf. Dat is niet best! Hij moet over vijf minuten bij dokter Ljungberg in de KNO-kliniek zijn. Hij moet weg. Hiervandaan. Dit gebouw uit.

Hij strompelt verder. Voelt zich een dwalende gek. Het is stil en uitgestorven, en hij moet plassen. Een paar meter verderop ziet hij een toilet. Twee zelfs. Hij loopt in de richting van de deuren, maar voelt een greep om zijn schouder die hem afremt. De hand van de man is hard als ijzer. Hij verliest zijn evenwicht en zet een paar struikelende stappen in de richting van de dichtstbijzijnde deur. Hij knalt ertegenaan, zodat zijn borstkas er pijn van doet en hij bijna geen lucht meer kan krijgen. In zijn val blijft zijn jas aan de deurkruk hangen. De deur glijdt open. Vanaf de vloer ziet hij een rode schoonmaakemmer.

Hij staat duizelig en moeizaam op met een zere knie.

'Zijn we hier wel goed?' stamelt hij in een poging de arts, of wat het ook voor iemand is, te vermurwen. Misschien is het de duivel zelf wel.

Het haar dat over zijn gezicht was gevallen strijkt hij weer naar achteren over zijn schedel en hij merkt dat zijn handen trillen.

'Ja. Dit is goed,' zegt de man in het wit kortaf.

Als een opgejaagde rat, denkt Bodén, en hij volgt met zijn ogen de witte revers tot aan het naambordje. Hij dwingt zichzelf goed te kijken, te focussen. Donkere letters op een witte ondergrond. En hij ziet wat er staat.

Hij wordt vanbinnen stil van schrik. Zijn blik gaat langzaam omhoog terwijl hij zijn nek gebogen houdt. Hij laat zien dat hij de mindere is en smeekt zonder woorden om genade.

Ze staan in gespannen afwachting tegenover elkaar. Bodéns oren suizen, zo erg heeft hij het nog nooit meegemaakt. Een orkaan blaast door hem heen. En hij denkt bij zichzelf dat hij nog nooit zo dicht bij een hartinfarct is geweest. Zo dicht bij de dood. Want hij heeft pijn op de borst en zijn mond is droog.

De man tegenover hem is echter één brok ijs. Of haat. Hij kent geen mededogen.

Maar waarom?

Hij heeft wel een vermoeden. Hoewel het moeilijk is dat te vangen. Hij schraapt zijn keel, probeert zijn stembanden gebruiksklaar te maken.

'Wat apart jou hier te zien,' zegt hij, en hij glimlacht reflexmatig en vleiend.

Hij kan maar beter al zijn tanden bloot lachen voordat de aangezichtsverlamming toeslaat.

'Ja, hè?' antwoordt de jongeman, die minstens een kop groter is dan Bodén.

De man met de witte jas aan doet een stap in zijn richting. Bodén deinst terug, maar heeft moeite met achteruit stappen. Hij staat niet stevig meer. En met een siddering ziet hij de doktersjas als het ware opbollen, opzwellen. Als een hijgende stier komt de man op hem af.

De angst grijpt hem bij de keel. Hij begint langzamerhand te begrijpen waar het om gaat. Hij wil onderhandelen. De man naar de mond praten.

'Kunnen we er niet over praten?'

'Volgens mij zijn we uitgepraat.'

'O?'

'Hebt u dat niet ooit gezegd? "Discussie gesloten"?'

Opengesperde neusgaten van opgekropte haat. Zijn gezicht is wit en verkrampt. Geen erbarmen. Volkomen genadeloos.

Bodén draait zich om, zet weer een paar wankele stappen. Maar hij komt nergens. Hij voelt een arm om zijn nek. En het lichaam van de arts, die zich van achteren over hem heen buigt. Die tegen zijn rug duwt terwijl hij zijn arm om zijn strottenhoofd klemt. Bodén wordt misselijk, kokhalst en snakt naar zuurstof.

Hij probeert de arm weg te trekken, die steeds harder duwt. Hij krabt met zijn nagels door de gladde stof van de doktersjas heen. Hij slaat op de onderarm van de man, maar het helpt allemaal niet. De druk wordt alleen nog maar groter. Verschrikkelijke pijnen die nog erger worden. Hij is bezeten door angst. Lucht. Alles voor een ademteug.

Hij wordt ergens heen geduwd. Welke kant op weet hij niet, maar hij wordt in een hokje zonder ramen gestopt. Misschien stoot hij zich ergens aan. Hij voelt zijn been. Maar het is niets vergeleken bij geen lucht te hebben. Zijn hoofd doet pijn, zijn keel wordt dichtgesnoerd. De pijn is niet te harden. De arm blijft meedogenloos duwen. Ergens voelt hij iets nats. Hij plast in zijn broek. Misschien ook nog iets anders. Hij weet het niet. Zijn lichaam schokt. Zijn armen zakken naar beneden. Hij valt op de grond. In een melkachtige leegte. Iemand staat uit te hijgen. Een doffe bons in de verte.

Daarna niets meer.

*

Veronika ging goed zichtbaar in de open ruimte voor de cafetaria in de toegangshal staan. De ergste drukte was voorbij en de meeste tafeltjes waren leeg. Ze wist niet hoe de vriendin van Cecilia eruitzag. Ze heette Ester en ze had een bepaalde voorstelling van haar uiterlijk. Donker, kort haar en bruine ogen.

Op de enorme werkplek vond een personeelswisseling plaats. Een stoet van lemmingen liep naar de uitgang en verder naar de parkeergarages of de fietsenstallingen voorbij de geasfalteerde keerzone. Ze wist dat ze graag naar buiten wilden. Zijzelf ook. In dit binnenmilieu bij uitstek was het verlangen naar frisse lucht constant aanwezig. Gesloten gangen, ziekenhuisbedden in hermetisch gesloten zaaltjes, vergaderkamers en kantoortjes die soms niet eens ramen hadden.

Zojuist was ze toevallig een man uit haar eigen stad tegengekomen, maar hij leek haar niet te hebben herkend. Vermoedelijk was hij ziek, daarom zou hij hier wel zijn. Hij liep langs in gezelschap van een jonge arts, wiens gezicht haar ook op de een of andere manier bekend voorkwam. Misschien was het zijn zoon. De wereld was kleiner dan je soms dacht.

Haar ogen brandden van moeheid, maar door de bruine kleur die ze in de Griekse zon had opgedaan zag ze er toch uitgerust uit. Ze pakte haar lippenstift en had net wat kleur aangebracht toen Claes naar haar mobiel belde. Ze bracht in het kort verslag uit van Cecilia's toestand. Na de operatie was ze nog steeds stabiel. Daarna luisterde ze naar zijn rustige verhaal over de eerste wendag op het Hommeltje. Een beetje saai misschien, maar Klara kon het wel aan. Nu maakte zij het dus niet mee om nog een kind voor het eerst naar de crèche te brengen. Op dit moment kon het haar ook niet schelen. Misschien had dit ook een bedoeling. Claes klonk betrokken en niet meer zo sceptisch. Klara vond haar speelkameraadjes leuker dan het speelgoed, vertelde hij. Ze mochten zich gelukkig prijzen met zo'n spontane dochter. Uit de crèche had Claes haar meegenomen naar het politiebureau, waar hij het rooster aanpaste. Louise Jasinski had aangeboden hem nog een poosje te blijven vervangen als het nodig was.

'Het is toch nog maar voor een paar dagen. Denk je niet?'

Veronika zweeg. Ze wilde de vrijheid hebben zo lang bij Cecilia te blijven als nodig was. Daarom hield ze een slag om de arm.

'Ik heb geen idee. Het kan nog wel even duren.'

Ze zag een slanke vrouw in een witte jas, met een gitzwarte vlecht op haar rug, die kennelijk iemand zocht.

'Ik moet nu stoppen. Ik bel je later.'

Ze liep op de vrouw af.

'Ben jij Ester?'

Ze gingen met hun dienblad aan een tafeltje bij het raam zitten. Veronika vond haar meteen sympathiek. Haar bewegingen waren soepel en ze glimlachte veel.

'Fijn dat de politie je kon vinden. Ik wil je heel hartelijk bedanken voor je hulp,' begon Veronika.

'Zoveel bijzonders heb ik niet gedaan,' verontschuldigde Ester zich.

'Hoe kwam het dat de politie jou belde?'

'Naderhand hebben de daders, of misschien was het maar één

persoon die haar heeft neergeslagen, haar tas in de bosjes gegooid. Die heeft de politie gevonden. Er zat een uitnodiging in met het adres en telefoonnummer van Leo en mij.'

Veronika knikte.

'Maar ze hadden haar portefeuille eruit gehaald,' zei Ester.

'Onder de omstandigheden is dat een verlies van niets,' zei Veronika, en dat meende ze ook.

Hadden ze haar daarom neergeslagen? Vanwege het geld? Dat had ze zich natuurlijk al vaker afgevraagd. Het kon, maar dan was een leven ook niets meer waard. Mensen die zo ziek waren dat ze iemand voor een paar bankbiljetten en een pinpas doodsloegen, zouden voorgoed opgesloten moeten worden!

'Komt het goed met haar?' vroeg Ester voorzichtig.

'Jawel, maar het zal tijd kosten, en hoeveel ze eraan overhoudt weten ze natuurlijk nog niet, maar ze hopen dat ze volledig herstelt. Eerst wordt ze nog een week kunstmatig in slaap gehouden, kennelijk hebben de hersenen rust nodig na de operatie. Zo doen ze hier met alle patiënten. Ze had een epiduraal hematoom, een bloeding tussen het schedeldak en het hersenvlies, ze is meteen geopereerd, zodra ze hier binnenkwam. Maar ik weet niet hoelang ze daar al gelegen had...'

Haar stem stokte.

'Maar ik weet hoe laat ze ongeveer bij ons wegging. Dat heb ik ook tegen de politie gezegd. Rond half vier 's ochtends,' zei Ester ijverig.

'Ze hebben haar pas om een uur of zes gevonden. Een man die naar zijn werk ging. Dus dan lag ze daar misschien...'

Veronika moest opeens huilen bij de gedachte dat haar dochter zo eenzaam en verlaten was geweest. Het was een eigenaardig en tegelijkertijd aangenaam gevoel dat ze zich ongeremd kon laten gaan. Misschien was het gemakkelijker tegenover deze volkomen onbekende vrouw.

'Maar het was een geluk dat ze op tijd is gevonden,' zei Ester met een voorzichtige glimlach.

'Ja, dat wel,' zei Veronika, en ze droogde haar glimmende gezicht af. 'De neurochirurgen hebben in ieder geval het bloed laten wegvloeien en de stukken bot opgetild die tegen het hersenweefsel drukten. Ze hebben een drukmeter ingebracht om de druk in de schedel te controleren.'

Ze was een spraakwaterval. Ze had de behoefte om alles eruit te gooien wat ze had opgekropt. En Ester knikte; ze bleef rustig zitten en keek haar aan, kennelijk zonder de wens om te vluchten.

'Ze willen er zeker van zijn dat de druk in de hersenen niet te hoog wordt,' ging ze verder. 'Dat het hersenweefsel voldoende doorbloed wordt zodat er geen verder letsel ontstaat. Ze heeft ook een dunne kunststof katheter in de hersenen die met een machine is verbonden die de stofwisseling in de hersenen controleert. Epileptische aanvallen – die heeft ze niet gehad – en koorts leiden tot een verhoogde stofwisseling, die op haar beurt tot celdood leidt, en dat willen ze op verschillende manier zien te voorkomen.'

Ester merkte op dat ze dan zeker ook wel antibiotica en geneesmiddelen tegen epilepsie kreeg, en Veronika knikte. Het was gemakkelijker om met iemand te praten die er iets van wist, dan hoefde je niet alle details uit te leggen, dus vertelde ze meer dan ze anders gedaan zou hebben.

'Daarna laten ze haar langzaam bijkomen uit de narcose. Het wordt een lange revalidatie.'

'Maar het komt goed, daar gaat het om. En Cecilia is een taaie en ze heeft een goede conditie,' onderbrak Ester haar enthousiast.

Veronika knikte. Cecilia was altijd actief geweest. Een levendig kind.

'Mag ik je iets vragen?' vroeg ze, en ze vouwde het papieren servet op terwijl ze naar woorden zocht. 'Een rare vraag misschien, maar was Cecilia… ongelukkig toen het gebeurde?'

Esters wimpers waren lang en recht. Ze keek naar haar handen.

'Nee, niet dat ik weet. Op het feest bij ons leek ze het naar haar zin te hebben. Ze was blij met haar flatje. En wie zou dat niet zijn? Er zijn er veel die van het ene onderkomen naar het andere verhuizen, het duurt jaren voordat je iets goeds hebt. Cecilia had net al haar spullen overgebracht. Karl had haar geholpen.'

'Ken je Karl?'

Ester knikte.

'Wat aardig van hem om te helpen. Misschien krijg ik nog eens de kans om hem te bedanken.'

'Wie weet,' zei Ester.

Veronika was zich ervan bewust dat ze eigenlijk een antwoord wilde hebben op een andere vraag. Ze wilde niet weten of Cecilia ongelukkig was, maar of ze gelukkig was. Ze wenste haar dochter alle geluk. Maar geluk kun je niet voor iemand bestellen. Je kunt het iemand alleen van harte toewensen.

*

'Waar blijft Jan Bodén, verdorie? Ik wacht nu al een halfuur. Ik wil naar huis.'

Dokter Ljungberg had spreekuur in de KNO-kliniek. Hij tilde zijn bril op en masseerde de rode moeten in zijn neus, terwijl hij met zijn andere hand de hoorn vasthield. Hij zag er moe uit.

'Geen idee,' zei Mats Mogren aan de andere kant van de lijn. 'Hij zal wel naar huis zijn. Misschien had hij het gevoel dat hij alles wist wat hij moest weten.'

'Nou, daar zullen we het dan maar op houden.'

Ljungberg hing op en zei tegen de enige verpleegster die hij zag, de degelijke Irene, dat als Bodén opdook ze maar tegen hem moest zeggen dat hij kon bellen als hij wilde.

Toen ging hij naar de 'knechtenkamer' onder de hanenbalken, nam een slok oude koffie, maakte een praatje met de collega die nachtdienst had en de behoefte had om zijn zorgen te spuien over het geploeter op de spoedeisende hulp dat hem te wachten stond. Daarna verkleedde hij zich, liep de trappen af, stapte de heldere septemberlucht in en sprong op zijn fiets. Hij had vijfendertig minuten om het werk van zich af te fietsen.

6

Alle kinderen zijn weer anders, dacht rechercheur Claes Claesson.

Hij had weer een halve dag op het kinderdagverblijf het Hommeltje achter de rug. Ella vloog overal doorheen, Petrus met zijn grote bruine ogen bleef meestal op zichzelf en Martin met zijn blonde haar, een beetje bleek en ziekelijk met een eeuwige loopneus, was nogal een zeurpiet, vond Claes. De leidsters waren ook allemaal anders. Hij vond Marie het leukst. Het was de vraag of Klara er niet ook zo over dacht. Juf Marie was, ook al zou je het bijna niet hardop durven zeggen, een nogal mollige vrouw, bij wie het gewicht op de goede plaatsen zat. Ze was vooral vrolijk en resoluut, een geslaagde combinatie, en ze had zachte kuiltjes in haar wangen.

Toen hij op sokken op een kinderstoeltje zat, had hij het gevoel dat hij zich op de totaal verkeerde plaats bevond. Niet omdat hij nooit op een kinderdagverblijf had willen werken, maar omdat hij het gevoel had dat iets hem op smadelijke wijze afhandig werd gemaakt. Net zoiets als teruggefloten worden vanwege een valse start terwijl je net lekker op gang kwam. Hij probeerde niet te geeuwen en besefte dat hij zijn werk meer had gemist dan hij had willen inzien.

Op aandringen van Veronika had hij in ieder geval hun oppas gebeld, Maria, de vriendin van Lasse, de zoon van zijn collega Janne Lundin. Ze was werkloos en stond ingeschreven bij het arbeidsbureau, maar ze kon helpen als ze daar niets voor haar hadden. Maar Klara's eerste dagen op de crèche, daar moest hij zelf bij zijn. Morgen kon Maria eventueel 's middags komen, zodat hij even achter zijn bureau kon gaan zitten op het politiebureau.

Dat was plotseling ontzettend belangrijk geworden. Misschien kon hij ook nog even met zijn collega's koffiedrinken. Hij had de laatste tijd weinig contact gehad met volwassenen.

's Ochtends hadden de leidsters hem uitgenodigd om in hun personeelsruimte koffie te komen drinken. Het plan was dat Klara eraan zou wennen dat hij in de buurt was. Wat verlegen zaten ze daar, twee leidsters en hij, beleefd een praatje te maken. Hij was zich ervan bewust dat deze twee voor zijn oogappel zouden zorgen. Hij deed zijn best om een gezellige knakker te zijn, omdat hij duidelijk het gevoel had dat dat iets zou uitmaken voor hoe ze Klara zouden behandelen. Misschien had hij het mis, maar het waren allemaal maar mensen, en word je vriendelijk behandeld, dan ben je zelf ook vriendelijk. Het was net zoals Veronika zei: aardige patiënten krijgen een betere behandeling. Misschien niet puur medisch, maar het is menselijk om zeurpieten te mijden en het is gemakkelijk om wat extra tijd te besteden aan mensen die prettig in de omgang zijn.

Het zoele septemberweer hield stand. Op weg naar huis deed hij boodschappen. Klara viel in de buggy in slaap. Nu zou ze de hele avond actief zijn, besefte hij, als de ervaren peutervader die hij nu was.

Bij de post zaten foto's van de bruiloft die zijn zus Gunilla had gestuurd. Ze zaten aan de keukentafel, Klara en hij. Het centrum van het huis, waar ze de meeste tijd doorbrachten, behalve 's avonds, wanneer hij en Veronika op de bank in de woonkamer neerploften. Klara zat in de kinderstoel en speelde met het eten. Het raam bood uitzicht op de voorkant van hun perceel, op het tuinpad. Hij keek graag naar buiten, volgde de jaargetijden aan de hand van de knoestige appelboom die niet al te ver weg stond.

Hij had een potje peutervoeding opengemaakt. Klara vond maar twee smaken lekker, kalfsvlees met dillesaus en vegetarische lasagne. Hij was eerder van mening geweest dat kinderen alles moesten eten. Als ze dat niet deden, waren ze verwend. Die zienswijze had hij abrupt moeten opgeven. Hij had trouwens over nogal veel dingen zijn mening moeten herzien, en dat deed hij gemakkelijk, zonder dat het schaamrood hem naar de kaken steeg. Het was eerder een gezond teken, en bijna zoiets als deel uitmaken van een continue stroom zorgen en verdrietjes die alle ouders op de hele wereld door alle tijden heen hebben gehad. Dus had hij potjes ingeslagen, en dat was echt niet omdat hij niet kon koken, maar alleen als voorzorgsmaatregel voor het geval hij te veel aan zijn hoofd zou hebben terwijl Veronika weg was.

Langzaam bekeek hij de foto's van de trouwerij. Hij vond zichzelf er jonger uitzien dan hij zich voelde, wat natuurlijk een aangename verrassing was. Veronika straalde. Een brede lach en een grote bos haar. In haar lokken waren witte bloemen vastgemaakt. Het bruidsboeket had hij besteld, maar op aanwijzing van Veronika. Het was verrassend goed zichtbaar als je naging hoe licht de bloemen waren.

Ook Cecilia straalde op de foto's. Het lange, door de zon gebleekte haar hing los over haar schouders. Ze droeg een groene jurk die haar mooi stond. Voor de verandering stond ze naast hem en niet twee meter van hem af, zoals anders. Ze had Klara, haar kleine zusje, op de arm.

Een echt gezin, dacht hij. Al wist hij natuurlijk dat er veel varianten mogelijk waren, kinderen hier en daar, met of zonder vaders of moeders en soms twee van elk. Hij was vooral verbaasd en tegelijkertijd belachelijk trots dat hij dit allemaal voor elkaar had weten te krijgen. Hij had niet gedacht dat hij iemand zou ontmoeten met wie hij het lang zou kunnen uithouden. Een relatie hebben was één ding, maar elke dag samen was iets heel anders.

Dingen kunnen snel veranderen! Cecilia's lange, golvende haar was nu afgeschoren. Dat zou een grote schok voor haar zijn als ze weer wakker werd. Maar haar groeit weer. Erger waren eventuele restverschijnselen, zoals Veronika het noemde. Handicaps, zichtbaar of verborgen. Veronika klonk positief. Hij had het hart niet om haar optimisme te bederven met vragen en twijfels. Zou Cecilia echt zonder blijvend letsel uit dit ernstige hersentrauma kunnen komen?

Hij zweeg dus. Hij wilde het niet nog erger maken. En wat had hij er voor verstand van? Veronika was degene met de medische kennis. Zelf bereidde hij zich altijd op het ergste voor, dan viel het altijd mee. Maar zo werkte het niet bij Veronika. Nu in ieder geval niet. Bovendien was Cecilia zijn dochter niet, en dat maakte het heel anders.

Hij mocht helpen met wat hij kon, en daarom had hij de politie in Lund gebeld. Het lag altijd gevoelig om je met het werk van collega's te bemoeien. Hij was zo nederig te woord gestaan door de receptie dat hij bijna uit zijn vel was gesprongen. Hij had zich met rang en al voorgesteld. Na een aantal keren te zijn doorverbonden kreeg hij een aardige man aan de lijn, rechercheur Gillis Jensen.

'We weten niet wat er is gebeurd,' zei Jensen, 'maar we doen ons best. Misschien is het zinloos geweld geweest, dat zou heel goed kunnen. We hebben op dit moment problemen met een bende die 's nachts mensen in het centrum van Lund neerslaat met zilverkleurige honkbalknuppels. We hebben een vermoeden wie het zijn en proberen de leden van de groep te identificeren. We hebben het idee dat het jongeren zijn ergens uit een buitenwijk. Problemen met bendes zijn er tegenwoordig overal, niet alleen in de grote steden... Jullie zullen die problemen toch ook wel hebben?'

'Niet zo uitgesproken,' zei Claesson, voornamelijk om aan te geven dat hij luisterde.

'Maar we hebben nog niet genoeg bewijs voor een aanklacht. Arme jongeren. Ze zullen wel het gevoel hebben dat ze niet meetellen.'

Vermoedelijk moesten ze zich erop instellen dat ze de dader niet zouden vinden, besefte Claesson. Hij zou zijn best doen om Veronika op dit punt de werkelijkheid onder ogen te laten zien. Niemand om ter verantwoording te roepen. Maar tot nog toe had ze het feitelijk niet vaak over de dader gehad, maar had ze zich vooral beziggehouden met Cecilia's verwondingen, wat de neurochirurgen hadden gedaan, wat ze nog gingen doen, hoe knap ze waren en dat het veel erger had kunnen zijn.

Cecilia had dood kunnen zijn, maar dat woord noemden ze niet. Dood. Iedereen concentreerde zich op het tegenovergestelde. Ze leeft in ieder geval nog, dat zeiden ze, bijna als een mantra.

Misschien moesten ze ook eens over de vraag nadenken in hoeverre Cecilia zelf deel had gehad aan het gebeurde, bedacht

Claesson, maar hij besefte dat het niet gemakkelijk zou zijn om dat met Veronika te bespreken. Hij kon zo denken, het was per slot van rekening niet zijn dochter. Cecilia was misschien op een plaats geweest waar jonge vrouwen niet horen te zijn, in ieder geval niet 's nachts en zeker niet alleen. Het is niet veilig in de stad. Niet voor iedereen. Dat soort gelijkheid bestond niet. Misschien ging Cecilia bovendien met dubieuze types om? Wat wisten ze eigenlijk van haar leven? Veronika dacht dat ze een heleboel wist. Ze belden vaak met elkaar, haar dochter en zij. Vast nog vaker dan hij wist. Hij had het gevoel dat ze bij voorkeur belden wanneer hij niet thuis was.

Hij stond erbuiten en had geprobeerd daar niet dramatisch over te doen. Veronika en Cecilia hadden een lang leven samen gehad, meer dan twintig jaar, voordat hij in beeld kwam. Wat kon hij anders verwachten? Maar hij wilde zo graag helpen. Hij wilde dat het allemaal goed ging.

Dat hij nu nog sterker het gevoel had dat hij een buitenstaander was, moest hij maar accepteren.

Hij had Klara net uit de kinderstoel getild toen de telefoon ging. Iemand kuchte bij wijze van inleiding. Zijn aandacht was verdeeld doordat hij met de draadloze telefoon achter zijn dochter aan moest lopen, die de hal in stiefelde.

'U spreekt met Nina Bodén, ik woon een eindje verderop in de straat.'

Claesson zocht naar een gezicht, maar hij kwam er niet op wie ze was. Intussen ging Klara tussen de schoenen zitten en stak haar arm in een vieze hardloopschoen van hem, maar ze beet er nog niet in.

'Neem me niet kwalijk dat ik zomaar bel,' ging ze verder, en Claesson hoorde dat er iets was gebeurd, de stem klonk gespannen en geforceerd. 'Maar ik weet niet goed waar ik heen moet. En u bent immers van de politie... Mijn man is namelijk niet thuisgekomen.'

Claesson haalde diep adem en dacht aan alle weggelopen mannen die een nieuwe vrouw gevonden hadden of om andere, vaak financiële, redenen de benen hadden genomen. Met zijn ogen strak op Klara gericht, die nu nog alleen haar handen in de ene schoen na de andere stak, begon hij preciezere vragen te stellen. Hoelang was hij al weg? 'Een dag.' Was hij wel eens eerder weggebleven? 'Nee, nooit.' Was hij gedeprimeerd? 'Nee,' zei ze, en hij hoorde een zekere aarzeling. Had ze de politie gebeld? Ja, maar daar vond men dat ze het nog even moest aanzien, meestal komen ze weer terug. Was haar man op zijn werk geweest?

'Nee. Hij heeft ziekteverlof.'

'Is hij ziek?'

'Niet echt ziek, maar hij moet geopereerd worden.'

Ben je dan niet ziek? vroeg Claesson zich af. Hoewel er natuurlijk een groot verschil is tussen gewond zijn en ziek zijn. In het eerste geval was er een reparatie nodig, terwijl je in het laatste geval in bed lag en niet de puf had eruit te komen.

'Mag ik vragen waaraan?'

'Gewoon een kleine tumor.'

Gewoon!

'O?'

'Een goedaardige tumor achter het oor.'

En toen kwam het hele verhaal van het bezoek aan de KNO-kliniek in Lund.

'Hebt u daarheen gebeld?'

'Ja,' zei Nina Bodén, en haar stem liet het afweten. 'Na de koffiepauze verscheen hij niet op zijn afspraak, maar daar zochten ze verder niets achter,' zei ze huilerig. 'Ze dachten dat hij vond dat hij genoeg informatie had gekregen en naar huis was gegaan.'

*

Het was avond.

Veronika maakte voor de tweede nacht haar bed op in de familiekamer achteraan in de gang van de afdeling neuro-intensive care. Er zat een keukentje naast. Het was stil. Ze had zojuist een kopje thee gezet. Twee huilende mensen, een man en een vrouw, hadden 's middags aan de tafel gezeten. Daarna had ze hen niet meer gezien. Was hun zoon overleden? Of hun dochter? Ze wist het niet. Ze zou het nooit weten. Ze wilde het ook niet weten.

Het was geweldig dat ze plaats voor familie hadden op de afdeling. Veel mensen kwamen van ver, net als zij. Vannacht mocht ze nog blijven, daarna zou ze ergens anders overnachten. Misschien in de flat van Cecilia, als ze daarbinnen kon komen.

Ze kroop in het logeerbed; ze wist zeker dat ze slecht zou slapen. Dat kon ook niet anders. Het was warm en bedompt. Dat kon ze accepteren. De gedachten ook. Ze kon de onzekerheid nu nog wel verdragen.

Ze stortte niet in en dat was mooi.

Het bestaan was kleiner geworden. Ze bewoog langzaam van Cecilia's bed, door de gang met de blauwe deuren, met de lift op en neer naar de cafetaria op de begane grond, die allengs een steeds minder onpersoonlijke plek was geworden. Het zou niet lang meer duren, dan zouden ze van achter de toonbank naar haar knikken.

Ze was nog niet buiten geweest. Deze kleine wereld was groot genoeg voor haar. Het wachten bood veiligheid. De tijd was even onbeweeglijk als Cecilia.

Het werd ochtend, en het werd avond.

Cecilia lag op haar rug met haar ogen dicht. Geen beweging, hoelang ze ook bij haar bleef. Zelfs geen trilling in haar oogleden. Ze zou onder narcose blijven totdat de zwelling in haar hersenen afgenomen was. Elke keer dat ze bij het bed van haar dochter zat, was het hetzelfde.

Alleen de verpleegsters wisselden elkaar af. Er kwamen nieuwe bij en oude gingen weg.

De slangen boezemden haar geen angst in. Ook de apparatuur niet. Het beademingstoestel, de microdialyse, de druppeltellers. Moderne, geavanceerde medische technologie. Vast en zeker de beste die er bestond, zelfs op wereldniveau. Ze maakte zich ook geen zorgen over de competentie van de artsen, verpleegkundigen en verzorgsters, en ze was er ook van overtuigd dat ze hun best zouden doen. Ze waren trots op hun werk, net als zijzelf, en deden er alles aan om het proces zo goed mogelijk te laten verlopen. Daarom hadden ze voor de zorg gekozen. Ze wilden iemand worden door anderen te helpen.

Ze wilden genezen. Of anders troosten en de pijn verzachten.

Maar het was net of al die flinke vrouwen Cecilia van haar hadden afgenomen. Haar dochter was een taak geworden. Een lichaam dat gecontroleerd moest worden. Cijfers die rood oplichtten of stroken papier die uit een apparaat kwamen. De druk in de hersenen achter het opgelapte schedelbeen, zuurstoftoevoer, hartslag, hoeveelheid urine, elektrolyten, zuurbase, microdialyse. Wassen, recht leggen, masseren, buigen en strekken van ledematen die anders stijf zouden worden.

Een voorwerp van zorg en aandacht.

Ze was nooit alleen met haar dochter. Niemand had nog iets over Cecilia gevraagd. Niemand kende haar. De verpleegsters hoefden niet te weten wie ze was. De handen die het lichaam verzorgden deden wat ze moesten doen, ongeacht wie daar toevallig in dat bed lag.

Veronika droeg voorzichtig de ziel van haar dochter, totdat ze wakker zou worden. Zij was de enige schakel met Cecilia's identiteit.

Een moeder. En een dochter.

Claes belde. Ze had het licht al uitgedaan, maar de luxaflex nog niet neergelaten. Ze wilde naar buiten kunnen kijken, naar de nachtelijke hemel.

'Om elf uur morgen verwacht Gillis Jensen je op het politiebureau.'

Er was een afspraak gemaakt, en daar was ze op dit moment tevreden mee. Haar gedachten waren graag bezig met plannen maken. Concrete acties. De slotenmaker, de bank, het Scandinavisch Instituut, de vriendinnen met wie Cecilia een flat had gedeeld. Hoe heetten ze ook weer?

Dat moest ze uitzoeken. Morgen.

De tiende verdieping. Ze zweefde door de nachtelijke lucht. Een vliegtuig knipperde. Het vloog de kant van Sturup op om daar te landen. Waar kwam het vandaan? Misschien uit Stockholm.

Overmorgen kwam Dan. Dat constateerde ze met een zekere vrees. Daarom kon ze niet slapen. Al was dat misschien niet het enige. Ze maakte zich zorgen. Ze lag in bed te woelen. Ten slotte stond ze op en trok haar jas aan.

Ze moest nog een keer gaan kijken of alles goed was met Cecilia. Ze sloop door de gang waar het licht gedempt was. De afdeling was in ruste. Ze hoorde zachte stemmen en zag een feller licht dat uit de unit naast die van Cecilia kwam. Ze begreep dat er iets was gebeurd of dat er een nieuwe patiënt was binnengekomen die aan de apparatuur gelegd moest worden. Of misschien werd er een lichaam afgelegd. Voor een laatste afscheid. Ze constateerde dit allemaal in het voorbijgaan; ze was zelf zo vaak in actie geweest 's nachts.

De deur naar de kamer van Cecilia stond open. Het nachtlampje aan haar hoofdeinde brandde, met het licht gericht op het beademingstoestel. Verder was het schemerig. Net toen ze de deur in ging, schoot een man langs haar heen. Hij drong zich naar buiten toen zij naar binnen ging. Veronika draaide zich om, zag hem snel door de gang verdwijnen. Een lange man met een rechte rug en een soepele gang, die zijn voeten een beetje naar buiten zette. Een witte broek, witte klompen en een doktersjas. Hij verdween snel van de afdeling. De deur van mat geslepen glas viel achter hem dicht.

Was er iets met Cecilia gebeurd?

Met haar hand tegen haar borstbeen geduwd als om zichzelf te kalmeren liep ze angstig naar het bed toe. De deken lag glad, geen plooitje te zien. Haar blik ging naar het gezicht. Het buisje in haar mond was via een aansluitslang met het beademingstoestel verbonden. Het was er niet uitgetrokken. Alles deed het. Cecilia zag er net zo uit als anders. Nee, niet net als anders, maar zoals ze er tegenwoordig uitzag, nu alle spieren slap waren en haar ogen dicht.

Ze hoorde een verpleegster kuchen. Ze schrok op. Ze had haar niet gezien door de glazen wand.

'Is er iets?' vroeg ze.

Het was een van de aardige zusters. Het klonk niet afwijzend, eerder vragend.

'Nee, ik kon gewoon niet slapen.'

Veronika maakte aanstalten om zich terug te trekken. Om niet te storen.

'Het is natuurlijk niet gemakkelijk voor u.'

De verpleegster had haar handen in haar jaszakken en haar schouders hingen naar beneden. Zo signaleerde ze dat ze tijd had. Veronika knikte zwijgend. Het was een grote troost voor haar dat ze daar gewoon stond. Iemand met een vragende en bijna tedere blik, die haar reactie zonder ergernis afwachtte. Iemand die aandacht had voor haar en niet naar het bed, de apparaten of de druppelteller keek.

'Is er iets gebeurd?'

'Nee, hoezo?' vroeg de verpleegster, en ze trok verbaasd haar wenkbrauwen op.

'Ik dacht dat de dienstdoende arts hier was geweest?'

'Nee, er is niets gebeurd, voor zover ik weet. U ziet het zelf, ze slaapt lekker.'

Ja, natuurlijk, dacht Veronika. Dan hoef ik me nergens zorgen over te maken.

'Wilt u een slaapmiddel? Ik bedoel, het is hier allemaal nogal vreemd voor u. En er is veel gebeurd.'

'Nee, dank u wel, dat is niet nodig.'

Ze wilde niet zeggen dat ze slaaptabletten in haar toilettas had zitten. Ze had er nog niet een genomen, maar dat was ze nu wel van plan.

Even later viel ze met een zwaar gevoel in slaap. Maar het werd een onrustige nacht, en haar slaap was dun als ijs van één nacht.

7

Woensdag 4 september

Ester Wilhelmsson was op de fiets onderweg van haar huis in de wijk Djingis Khan. Het was half zeven en ze was laat. Leo en zij hadden de vorige avond ruzie gehad. Eigenlijk de eerste keer dat het er behoorlijk hard aan toe ging, maar eens moest de eerste keer zijn, dacht ze ferm en ze kneep in het stuur van haar fiets. Tegelijkertijd kon ze wel huilen.

Ze had een hekel aan ruzie. Wie niet? Maar zij misschien nog meer dan andere mensen. Ze was niet assertief. Ze had nooit veel ellende meegemaakt, ze was eraan gewend dat mensen haar goed behandelden. Haar ouders zelfs met zijden handschoenen aan, net als haar broers. Het schatje. Het prinsesje van het gezin. Ze was het gewend dat er positief naar haar werd gekeken. Altijd hoorde ze hoe leuk ze was. Dat ze echte verpleegstershanden had. Vast en zacht. 'Je bent rustig en vriendelijk,' zei haar begeleider tijdens haar praktijkstage bij verloskunde. Ze wilde er bijna tegenin gaan. Rustig en vriendelijk zijn, was dat haar rol in het leven? Niet flink, grappig en ad rem zoals Cecilia. Cecilia kreeg weleens het deksel op haar neus, maar iedereen dacht dat ze daar wel tegen kon. Misschien had ze zelfs wel wat tegengas nodig, zoals Leo zei. Maar Ester had af en toe een verdrietige glans in Cecilia's ogen gezien. Aan onverdiende kritiek had zij even weinig behoefte als wie dan ook.

Ester voelde zich opeens opgesloten. Alsof ze zich verstopte achter haar zachtheid en aardigheid. Het werd tijd die van zich af te schudden. Misschien werd ze daarom aangetrokken tot Cecilia's eigenwijsheid. Haar lef. Zij wilde ook lak hebben aan dingen. Ergens moest zij dat ook in zich hebben. Diep in haar binnenste, waar de woede pruttelde.

Ze kneep harder in het stuur en ging sneller fietsen. Ze trapte stevig door, en toen ze door de Professorenwijk reed, had ze de tijd ingelopen.

Verloskundigen namen anders gemakkelijk de regie over. Hoe vaak had ze dat niet gehoord? Ze waren al generaties lang een zelfstandig ras, trots op hun beroep, dat had ze al tijdens de introductiecursus van de opleiding gehoord. Tot die bandeloze kracht had ze zich aangetrokken gevoeld, iets wat ver af stond van de verwachtingen van eeuwige lieve glimlachjes en meisjesachtige schattigheid. Het was een vak, maar daarnaast nog zoveel meer. Zelfstandig zware beslissingen nemen, maar dat was stimulerend. Veiligheid en steun bieden tijdens het meest cruciale moment van het leven. Ze was tot nog toe geen enkele verloskundige tegengekomen die spijt had van haar beroepskeuze.

Ester wist waaraan het haar ontbrak. Aan duidelijkheid. Ze voelde zich vaag, met als het ware weke contouren. Maar als ze van zich af beet, kreeg dat een boemerangeffect. Heel naar. Dan was ze dagen van slag. Een koude kramp in haar buik en plotselinge huilbuien.

Alle mensen zijn in wezen aardig en ze hóúden van elkaar, dacht ze.

Dus glimlachte ze, en alles kwam vanzelf weer goed, zonder dat ze er moeite voor hoefde te doen. Ester hield met heel haar hart van Leo, en daarom kon ze niet in slaap komen van alle opwinding. Een grote gaap en daar lag hij met zijn rug naar haar toe te snurken als een idioot en zij werd nog bozer. Maar ze huilde niet, wat op zich een teken was van beginnende ontwikkeling en volwassenheid.

Zou hun gezamenlijke leven zo worden? Bij hem stuitte ze op een muur, terwijl zij daar lag en een soort harmonieuze oplossing wilde. Een oplossing waarvan?

Waar ging de ruzie eigenlijk over?

Hij was laat thuis, hij had het heel druk gehad in het ziekenhuis, dat zei hij meteen. Bovendien was hij daarna gaan trainen in de Gerdahal. Nee, ze misgunde hem zijn training niet.

Zo'n beetje de hele dag door interessante gevallen, zei hij, en hij begon te vertellen. Met haar dat nog nat was van de douche en alle kanten op stond, gebaarde hij wild terwijl hij de pesto-salade naar binnen werkte die zij snel in elkaar had geflanst terwijl ze wachtte tot hij thuis zou komen. Intussen had ze naar de radio geluisterd. Ze was geboeid geraakt door een programma over de stilte die steeds verder verdween. Zodoende zat ze nog met haar gedachten bij het pijnlijke maar toch prettige gesprek met de moeder van Cecilia en met de klank van de radiostem in haar oren. Iemand die haar iets had ingefluisterd. Die tot haar door was gedrongen. Rustgevend als een slapende kat.

Leo kletste maar door. Hij bracht verslag uit van zijn medische handelingen, stap voor stap, zonder een detail over te slaan. Moest ze dat allemaal weten? Maar hij moest het kwijt. Hij vertelde enthousiast hoe hij had gevoeld en geknepen, patiënten had doorgestuurd naar de röntgenafdeling en de spoedeisende hulp voor een beoordeling, hierheen had gebeld en daarheen, dat hij er gelukkig aan had gedacht bepaalde laboratoriumtests te laten uitvoeren – misschien had hij ook dingen vergeten, maar dat kreeg ze niet te horen – en toen naar de operatiekamer. En hij mocht assisteren, dankzij het feit dat de chef-arts kennelijk iets in hem zag. Zei hij. Een zenuwachtige bedoening, hij stond gespannen over de wond gebogen, al die vaten die onder de weefsels verborgen lagen, die niet beschadigd mochten worden. Hij bracht met trillende hand arterieklemmen aan, probeerde zich te oriënteren, hij haalde uit elkaar en verbond, deed wat hem werd gezegd. Weliswaar verloor de chef-arts aan het einde zijn geduld en nam hij het over. Ze moesten toch een keer klaar zijn! zei hij, en toen ging hij weg. Leo mocht zelf de buik dichtnaaien. Verantwoordelijkheid stimuleert je. En de operatieassistente was heel geschikt. Ze ergerde zich er niet aan dat het zo lang duurde bij hem. Als puntje bij paaltje kwam, vond ze vast wel dat hij goed werk leverde. Misschien veiliger dan de andere nieuwelingen.

Zijn veren waren glimmend gepoetst.

Ze keek hem chagrijnig aan. Waarom gunde ze hem dit niet?

Maar iets zat haar niet lekker. Ze werd net een recalcitrant kind. Het was niet voor het eerst, en waarschijnlijk ook niet voor het laatst. Ze was het bewonderen zat. Dat was haar rol, op haar stoel tegenover hem aan de keukentafel.

En toen vertelde hij dat een van de *meisjes* de afdeling had moeten runnen terwijl hij op de operatiekamer was. Zijn zelfvoldaanheid ergerde haar. Het *meisje* met de lange paardenstaart dat drie maanden na hem op de afdeling was gekomen, moest braaf op haar beurt wachten. Op het leuke dat iedereen wilde. Opereren.

Esters blik bleef aan het arrogante trekje in Leo's mondhoeken plakken. Daar zaten ook kleine gele stukjes pestosalade.

Langzaam kwam de woede opzetten. Het besef dat haar plaats in hun gemeenschappelijke bestaan geen toeval was en ook niet iets van voorbijgaande aard was pijnlijk. Er was een patroon ontstaan. Dat was er aldoor al geweest. En het ging niet meer weg.

Hij keek langs haar heen uit het raam, als een veldheer die zijn leger inspecteert. Hij praatte onbekommerd door over nog meer grote daden. Maar hij stelde geen enkele vraag over haar dag.

Als ze erover nadacht, had hij al vanaf het begin een matige interesse getoond voor bevallingen of gynaecologie. Maar zij dacht dat dat nog wel anders zou worden. Of misschien deed het er niet zoveel toe. Je hoefde je toch niet per se heel erg voor elkaars werk te interesseren. Dacht ze toen.

Een pas afgestudeerde arts die elke dag nieuwe ontdekkingen deed en een verse verloskundige die naar zijn idee met onbenulligheden bezig was zaten dus ieder aan een kant van een eenvoudige grenen tafel, die opeens was uitgegroeid tot het formaat van een oceaan.

Misschien zouden ze er later toch wel over kunnen praten, dacht ze, en ze fietste om de hoek van de vrouwenkliniek, een gebouw van oudere datum dat zich dapper staande hield in de schaduw van het overweldigende Blok. Ze moesten er gewoon eens rustig, zakelijk en volwassen over praten.

Maar hoe kreeg ze hem zo ver dat hij naar haar luisterde en niet boos werd? Geloofde ze echt in een verstandige, volwassen houding? Dat je met woorden, door te praten tot een compromis, tot overeenstemming kon komen? Op het werk waren woorden bijna heilig. Je kon er alle problemen mee oplossen. 'We moeten erover praten.' 'Waarom heeft niemand iets gezegd?' 'Ja maar, dan moet je dat gewoon zeggen.' Praten, praten, praten. Maar was het wel zo simpel? Waarom praatten ze dan niet echt met elkaar? En wat deed je met alle dingen die niet in woorden te vangen waren? Die pijnlijk en moeilijk waren. Die van alles op gang brachten en waar je slecht van ging slapen, een nachtrust die onregelmatig was als een straat van kinderhoofdjes. En wat deed je eraan dat sommige mensen pakten wat ze wilden hebben, ongeacht de woorden? Leo nam zijn plaats in, wát zij ook zei of deed. Er was geen meetlat te koop waarmee je kon meten wat eerlijk was. Was het bijvoorbeeld mogelijk samen te beslissen om thuis helemaal niet over het werk te praten?

Kon zij zich verzoenen met het idee dat ze minder waard zou zijn? Net als dat er dokters op de afdeling waren die haar opeens niet meer zagen staan wanneer er een andere dokter bij kwam.

Deze onaangename grauwsluier was snel gekomen. Binnen enkele weken.

En ze waren nog wel zo gelukkig geweest.

En wat erger was, hij scheen het niet te merken. Maar toen hij eindelijk begreep dat ze echt boos was, nadat ze hem wakker had gemaakt en ze volop ruziemaakten, toen had ze er opeens geen zin meer in. Hij was boos en beledigd, en zij kreeg een droge mond. Ze probeerde het goed te maken. Ze sloeg haar armen om zijn naakte bovenlichaam, ze legde haar hoofd in de kuil van zijn hals en viel in slaap terwijl hij haar aaide als een kind.

Ze had niet verteld dat ze de moeder van Cecilia had gesproken. Daarvoor was de timing niet goed. Ze wist bovendien dat hij alleen luisterde als hij zin had. Als het niet interessant genoeg was, schrikte hij er niet voor terug om halverwege een zin op te staan en de tv aan te zetten. En dat vond ze vreselijk.

Het is de rol van de ondergeschikte om te volgen. En ook om te zeuren. Als een moeder. Zo wilde ze niet worden.

Ze bedacht dat ze Cecilia's moeder graag nog eens wilde ontmoeten. Dat was een sympathieke vrouw. Met een vastomlijnde persoonlijkheid. En wat Leo nog moest worden, dat was zij al. Chirurg.

*

De ochtendbespreking was afgelopen.

Staande in de krappe personeelsruimte dronken de artsen daarna koffie uit plastic bekertjes. Twee minuten, vervolgens verspreidden ze zich over de verschillende afdelingen van de vrouwenkliniek.

Hij stond achteraan, hij had nog niet geleerd dat je er snel bij moest zijn, dus de kan was leeg toen hij wilde inschenken. Hij gooide het wegwerpbekertje beteuterd in de metalen afvalbak, verliet het gedrang en liep de gang op. Hij ging braaf staan wachten op de arts met wie hij meeliep, een vrolijke, energieke man van vijfenveertig die nooit in een plotseling kruisverhoor losbarstte om zijn kennis te testen, zoals sommige anderen die beweerden dat ze dat voor zijn eigen bestwil deden.

Een groot deel van de werkdag kwam het eropaan om soepel mee te bewegen. Om geen kritische vragen te stellen, en daar had hij ook helemaal geen aanleiding toe. Daar was hij nog veel te nieuw voor. De truc was om net genoeg interesse te tonen, mee te doen zonder je vast te bijten, vragen te stellen, maar niet te vaak. Met andere woorden, een evenwichtsact uitvoeren waarvan hij 's avonds zo moe was dat hij doodop in bed viel.

Hij had ook andere dingen aan zijn hoofd, maar die zette hij van zich af. Hij had veeleisend werk, dat al zijn aandacht vroeg. Dat stimulerend was en spannend, maar ook gevaarlijk. Hij vond het echt doodeng.

Er mocht nooit iets fout gaan.

Hij stond dus te wachten. De tl-buizen glommen op de pas geboende lichtgrijze linoleumvloer. De gang was lang. De deuren gaven toegang tot de spreekkamers van artsen. Achteraan in de gang was de collegezaal.

Het zou wel even duren voor de chef-arts kwam. De discussie in de personeelskamer, ver van zijn eigen beginnersniveau, was opgewonden. Verlangend keek hij naar de verspreide formaties van doktoren die enthousiast belangrijke dingen bespraken, terwijl ze zich langzaam verplaatsten in de richting van de glazen deur naar het trappenhuis dat naar de verschillende afdelingen leidde.

Een werkgemeenschap, dacht hij. Ze horen erbij.

Hij bleef alleen achter, met nog een vrouw die bij het kopieer-apparaat stond, en een paar studenten die voor de collegezaal aan het eind van de gang rondhingen.

Hij was al een paar keer van plan geweest ermee te stoppen, en had dat plan al bijna in praktijk gebracht. Hij wilde niemand pijn doen. Op een keer durfde hij het niet aan, was naar de wc geslopen en daar blijven zitten om zijn vingers niet diep in een warme vagina te hoeven steken om het aantal centimeters ontsluiting van de baarmoederhals te meten terwijl de barende vrouw jammerde en onwillig haar benen spreidde. Maar meestal zette hij zich ertoe het onderzoek uit te voeren, ook al voelde hij zich een indringer en wilde hij het allemaal zo snel mogelijk achter de rug zien te krijgen.

Het was vooral zacht en vochtig. En de verloskundige stond te wachten. Wat dacht hij ervan? 'Vijf centimeter,' zei hij een keer op de gok. Puur wensdenken, vond zij dat. Met drie mochten ze al blij zijn! Hij stond voor gek in zijn witte doktersjas in de verloskamer en hij keek de aanstaande ouders bewust niet aan. Wat een vernedering.

Plotseling maakte een van de chef-artsen zich los uit de groep uit de personeelskamer. Hij wist niet hoe de man heette. Hij voelde dat zijn kaken zich spanden en dat hij een droge mond kreeg. Had hij iets fout gedaan? Alweer?

'Heb je even tijd?' vroeg de chef-arts glimlachend terwijl hij met de sleutels in zijn broekzak rammelde.

Was het een ironische glimlach? Hij had zijn jas los en droeg er een wit overhemd en een gestreepte stropdas onder.

Tijd? Hij had alle tijd van de wereld.

'Jawel,' stamelde hij, en hij durfde zijn blik niet eens te laten zakken naar het naambordje om te kijken hoe de man heette.

'Ik heb je iets te zeggen, maar dat moeten we maar even op mijn kamer doen.'

De stem van de chef-arts was nog steeds gedempt, maar hij rammelde nog hardnekkiger met zijn sleutels.

'Ik zal je niet lang ophouden.'

Hij stond immers te wachten. Hij was bang zijn post te verlaten. Dat zag de chef-arts.

'Zeg maar even dat je wat later komt,' wuifde de chef-arts zijn aarzeling weg.

Dus ging hij de personeelskamer binnen en gebaarde dat hij wat later naar verloskunde zou komen, en daarna liep hij met de gedistingeerde man een kamer binnen waar boekenplanken en bureau overladen waren met papieren en dikke boeken in het Engels en zelfs in het Duits.

'Doe de deur dicht.'

Hij duwde de deur dicht, maar bleef onzeker vlak achter de drempel staan.

'Kom verder,' zei de chef-arts, en hij wees naar de stoel bij het bureau. 'Ja, onder ons gezegd en gezwegen...'

De man leunde naar voren en dempte zijn stem, alsof de muren oren hadden.

'Je komt als geroepen, zie je.'

Staalgrijze ogen en gladgeschoren, glimmende jongenswangen. Hij glimlachte nog steeds. Continu, maar het was een moeilijk te interpreteren glimlach, wat te gepolijst en afgemeten. Net als de zachte handen die de man op elkaar legde, waaraan zowel een trouwring als de bredere doctorsring prijkte.

Hij zat op de bezoekersstoel en kreeg een kleur van onzekerheid.

'Het is altijd prettig voor ons als er een nieuwe collega bij komt. En dat jij een man bent, moet als een groot voordeel worden gezien. Daar kan ik net zo goed eerlijk over zijn.'

Opeens rook hij dat er iets prettigs en begerenswaardigs kwam.

'We moeten dus realistisch zijn,' ging de chef-arts verder, die Nordin heette, hij had intussen het naambordje gelezen. Docent en chef-arts Eskil Nordin. 'Iemand moet voor de vooruitgang binnen ons specialisme zorgen,' vond Nordin. 'Ontwikkeling leidt tot succes. En als we succes willen hebben, kunnen we de hele gynaecologie niet alleen maar aan vrouwen overlaten.'

Hij hoorde natuurlijk wel wat zijn oudere collega zei. Maar door de directheid dacht hij dat hij het niet goed had verstaan, ook al wist hij dat er in bepaalde geledingen over werd gemord dat de meerderheid van de gynaecologen in opleiding vrouw was. Een evenwichtige verdeling was altijd het beste. Geen twijfel mogelijk! In ieder geval als het die kant op ging.

Hij zat opeens een stuk lekkerder. Zijn rug rechtte zich. Misschien was het oneerlijk en ouderwets wat de man wilde aanduiden, maar de wereld was nu eenmaal niet eerlijk.

Zijn anders zo gespannen lippen waagden een voldaan glimlachje.

Iedereen moest vechten met de wapens die hij had. Hij was gewoon van het goede soort. Daar zou hij profijt van hebben. Dat hij zelf soms het gevoel had dat hij niet op zijn plaats was, gaf dus niet de doorslag. Veel patiëntes vroegen om een vrouwelijke gynaecoloog. Maar dat moest hij manmoedig dragen. Per slot van rekening had hij datgene wat uiteindelijk leidde tot macht en status.

'En dan wil ik ook nog zeggen dat er heel interessant onderzoek wordt gedaan op ons vakgebied,' ging de chef-arts verder, en hij legde zijn stropdas goed over zijn borst. 'Je zult de behoefte voelen je te verdiepen. Vroeg of laat wil je dat. Alleen de slapjanussen zetten niet door.'

Hij knipperde zwijgend met zijn ogen om aan te geven dat hij het er in grote lijnen mee eens was.

'Wat ik wil zeggen, is dat je maar naar mij toe moet komen als je het gevoel hebt dat je eraan toe bent je verder te ontwikkelen. Ik heb een heleboel interessante ideeën waar we gemakkelijk mee verder kunnen. Ik bedoel, dat geploeter met patiënten is niet het enige. We hebben een geweldig vak, moet je weten. Obstetrie en gynaecologie. Een prachtvak met veel mogelijkheden voor chirurgisch, endocrinologisch of verloskundig onderzoek. Dan kun je congressen afreizen, je staat in de belangstelling en krijgt een heel ander leven. Rijker, als het ware.'

Hij knikte weer zwijgend, nog steeds met een glimlach op zijn lippen. Hij kon zijn mondhoeken niet meer naar beneden krijgen. Maar wat moest hij antwoorden?

Niets.

Hij hoefde geen antwoord te geven, opeens voelden ze elkaar zonder woorden aan, net als twee ongeschoren cowboys in het wilde Westen.

Chef-arts en docent Eskil Nordin draaide zich om naar zijn computer. Het gesprek was afgelopen.

Gustav Stjärne rende in een gelukzalige roes de trappen af naar de afdeling verloskunde op de begane grond.

*

Ester had zich in de kelder verkleed, ze had haar portefeuille en haar sleutels in haar kluisje opgeborgen en maakte nu haar naambordje en broche op de witte jas vast, terwijl ze wachtte tot het tijd was voor de overdracht.

Ze was in gedachten. Nauwelijks twee jaar geleden had ze Cecilia voor het eerst ontmoet. Ze leerden elkaar kennen in de krappe kleedkamer van de Gerdahal, waar je zo dicht op elkaar stond dat je iedere beweging moest plannen om niemand per ongeluk een dreun te verkopen. Dat je daarnaast ook nog een gesprek begon, was niet vanzelfsprekend. Daar was meer voor nodig.

Cecilia was een van die zeldzame mensen met wie je gemakkelijk contact maakte. Er was een bepaalde wederzijdse nieuwsgierigheid gewekt door alle trainingen die ze zwetend en wel hadden afgewerkt. Er waren veel anderen die Ester nauwelijks zag. Cecilia was levendig. Ze straalde een energieke vrolijkheid uit. Ester had natuurlijk wel gezien dat een van de jongens graag naast haar ging staan. Dat zag ze, ook al was de grote zaal propvol met zwaaiende armen en spartelende benen. Eerst dacht ze dat ze een stel waren. Hij studeerde aan de technische hogeschool, dacht ze. Misschien had ze hem een keer gezien met een shirt aan met het logo van die school op de rug.

Er viel wel wat te speculeren tijdens die trainingen. De technische jongen hijgde Cecilia in de nek, maar ze draaide hem koeltjes de rug toe toen het uur om was; ze bleef niet met hem staan kletsen. Er was dus toch niets tussen hen, concludeerde Ester. En dat klopte ook, vertelde Cecilia later. Hij was gewoon erg opdringerig.

Wat wist Ester nog meer van Cecilia? De politie had haar dat gevraagd. Op de een of andere manier had ze eerder weinig geweten van het gezin waaruit ze kwam, maar dat was niet zo gek. Ze hadden allemaal maar een vaag idee van elkaars achtergrond.

Als je eenmaal uit huis was, vertelde je er net zo veel of zo weinig over als je zelf wilde. Ook kon je dingen verzinnen of een rookgordijn leggen. Al kwam je daar niet lang mee weg. Een studiegenote van haar had haar eenvoudige afkomst veranderd en was opeens dochter van een diplomaat geworden. Maar dat was een hachelijke onderneming. Als je anders bent, wekt dat de nieuwsgierigheid op, en Lund was een kleine stad.

Maar Cecilia deed niet geheimzinnig en ze was ook geen opschepper. Ze vertelde kort dat ze dappere pogingen deed om aan de nieuwe man van haar moeder te wennen. Ze had een vader en twee halfbroers in Stockholm en een nieuw klein zusje, Klara. Op dit moment had ze geen vriendje. Ester voelde aan dat er in het verleden een hoop gedoe was geweest waar Cecilia niets over zei. Dat ze al een hele poos bevriend was met Karl was bekend, maar Karl had Ylva.

Anders zou je kunnen denken dat zij iets hadden.

Haar gedachten werden onderbroken. Tijd voor de overdracht. Het grote overzicht was volgeschreven. De initialen van de opgenomen patiënten stonden aangetekend, evenals de tijdstippen waarop het water was gebroken of de weeën waren begonnen. De helft was al bevallen en lag te wachten totdat ze verder mochten naar het patiëntenhotel of naar de kraamafdeling, om plaats te maken voor nieuwe patiënten. Als die kwamen. Het ging in golven. De ene minuut was het razend druk. De volgende minuut was er niets te beleven.

De collega's die nachtdienst hadden gehad wilden naar huis. Je zag aan hun gezicht hoe moe ze waren. Om de grote tafel midden in het vertrek was de intensiteit opeens hoog. Ze zaten in kleine groepjes met de koppen bij elkaar en brachten verslag uit. Volgens de werkverdeling was zij samen met Lotten, een van de nieuwere verzorgsters. Aangezien ze zelf niet zo ervaren was, werkte ze liever samen met een van de oudere, meer geroutineerde verzorgsters. Maar Lotten was wel een harde werker en ze gaf haar nooit onnodige kritiek. Ze was meer iemand die in discussie ging als het nodig was.

Ester was nog maar net in de voornaamste beproeving van het werkende leven geïntroduceerd, de overal aanwezige pikorde. Zo waren mensen nu eenmaal, zei haar moeder. Soms was het praktisch, maar meestal was het een middel om anderen eronder te houden. En het verpestte helaas ook de sfeer, zodat er minder te lachen viel.

Zij en Lotten moesten twee al bevallen patiënten overnemen en één die nog moest bevallen.

'Het schiet niet erg op,' zei de verloskundige die verslag deed. 'Kijk maar of jij het kind er langs natuurlijke weg uit krijgt.'

Ze gaf Ester een vriendschappelijke por in de zij. Dat voelde goed aan, het was niet vervelend bedoeld.

'Het vordert langzaam, met zwakke weeën, en het is een heel gegoochel met het infuus. We willen de baarmoeder immers niet opjagen en een scheur riskeren in het oude keizersneelitteken.'

'Nee.'

'De moeder is doodmoe van de weeën en ze heeft het na nog een nacht helemaal gehad. Ze wil gewoon van alle ellende af.'

Ester knikte.

'Ze wil nu meteen een keizersnee, maar ik heb haar overgehaald om te wachten tot jij er bent. Ik dacht dat jij misschien wat meer tijd zou hebben. Ik heb haar helaas een beetje verwaarloosd, het was vreselijk druk en ik ben met bevallingen op andere kamers bezig geweest.'

Ze geeuwde zo dat je het amalgaam kon zien.

'Vijf centimeter ontsluiting. Er zit toch wel vooruitgang in.'

Esters wangen gloeiden. Het werk kreeg haar in de greep, ze werd er energiek van. Deze concrete taken. Zo praktisch en zo duidelijk.

Weg was de nare smaak van de ruzie van vannacht. Zij en Lotten kwamen met nieuwe krachten bij de vrouw die een kind zou krijgen. Na een ontbijtje en een ruggenprik konden ze haar misschien uit bed halen. Het lichaam en niet in de laatste plaats de baarmoeder in beweging krijgen.

Ester streek het partogram glad, als om zich te concentreren. Ze was zich er opeens heel erg van bewust dat ze het goede vak had gekozen.

'Daar kunnen we onze tanden in zetten,' bracht Lotten uit.

'Ja,' zei Ester, en ze stond op met haar competentie trots op haar smalle schouders. 'We gaan erheen en dan zullen we zien of we de batterijen kunnen opladen.'

'Anders moet je maar met de dokter bespreken hoelang dit zo nog kan,' zei de verloskundige. Het was het laatste wat ze zei voordat ze klossend wegliep door de gang op haar witte klompen.

Ester keek op haar horloge. Half acht. Ze pakte de map en liep naar de verloskamer. Ze deed de deur langzaam open en glipte geruisloos het vertrek van de sluimerende vrouw en haar uitgeputte echtgenoot binnen. Het was er bedompt en schemerig. Alleen de lamp boven het aanrecht was aan.

*

Veronika ademde in. Een hortende, half gesmoorde ademhaling, net als toen ze een kind was en opeens ontdekte dat ze alleen was.

Het rook vooral naar uitlaatgassen. Taxi's en auto's van wachtende familieleden met stationair draaiende motoren. Het was net of de lucht niet bewoog beneden in de kuil tussen de beide vleugels van het centrale blok. Ironisch genoeg zaten er patiënten met infusen en neuskapjes van doorzichtig plastic gekoppeld aan zuurstofflessen op een bankje bij de uitgang te roken. De peuken werden niet al te precies in een cementen bloempot schuin voor hen gegooid.

Ze keerde het Blok de rug toe, liep met snelle pas naar de hoofdoprit van het ziekenhuis, langs het hokje van de portier. Aan de overkant lag het kerkhof, ook zoiets. De lucht was hier vermoedelijk niet veel schoner, maar het stonk hier niet. Ze zwaaide met haar armen terwijl ze in zuidelijke richting naar het centrum liep. Haar hoofdhuid plakte van het zweet, ze deed haar jas uit en maakte nog een knoop van haar katoenen blouse los.

Ik kan mezelf nog steeds oppeppen, zei ze tegen zichzelf. Dat is mooi. Net zo belangrijk als dat je de ongerustheid en het verdriet toe kunt laten.

Het was nog steeds ongewoon warm voor de tijd van het jaar. Het zag ernaar uit dat het een schitterende herfst zou worden.

Het autoverkeer drong zich koppig het nauwe, middeleeuwse

centrum binnen, de rijen voor het stoplicht op de kruising bij de Allerheiligenkerk werden steeds langer, de uitlaatgassen wolkten op en omhulden de voetgangers voor de zebra. Ze sloeg de Sankt Laurentiigatan in naar het station. Ze liep nog steeds rechtop, trots dat ze de weg zo goed kon vinden, ook al woonde ze niet in Lund. Ze kwam bij het Clemensplein en moest even bij het bruidshuis gaan kijken, een eindje de Karl XI:s gata in. Er leken twee grote etalageramen bij gekomen te zijn, vol witte dromen.

De jurk die zij daar het afgelopen voorjaar had besteld, was inmiddels gebruikt. Het was natuurlijk geen bewust plan geweest zich zo op te doffen, ze had niets duurs of opvallends willen dragen. Het moest liefst zo eenvoudig zijn dat je haar nauwelijks opmerkte. Wat daar nou zo belangrijk aan was.

Cecilia had de zaak gevonden. Ze gingen er toen vooral heen om zich te oriënteren. Een uur later had ze een mouwloze satijnen jurk gekocht in een kleur die toffee heette, of donker champagne. De vierkante halslijn zat op de goede hoogte, een beetje spannend, niet te braaf, terwijl het ook weer niet te bloot was. Van boven was ze mager, net een geplukte kip, en ze had geen zware buste. De banen vielen zacht en zwaar tot op de neuzen van haar schoenen. Een jasje van chiffon in dezelfde kleur werd losjes onder haar buste geknoopt en verborg de blote schouders.

Plotseling kreeg ze zin om naar binnen te gaan. Om te vertellen hoe het allemaal was verlopen. De vrouw van de winkel was behulpzaam en sympathiek geweest. Meer dan gewoon aardig, dacht Veronika. Iemand met genoeg energie om zich volledig in te zetten voor haar werk. Ze creëerde een warme sfeer om zich heen. Dat moest natuurlijk ook als je een goede zakenvrouw was, maar dat was niet altijd aanleiding genoeg. Professioneel vriendelijke mensen had je zo veel, en dat was vaak ook alles.

Maar wat kon je ook nog meer verlangen?

Al dat gepraat over bejegening. Wanneer was dat begrip op de agenda gezet? Ze dacht na. Toen de afstand zo groot was geworden dat de leegte veranderde in een lichamelijke pijn die steeds erger werd? Die in je gewrichten, je nek en je buik ging zitten. Toen vriendelijkheid en toeschietelijkheid, de smeerolie in het contact tussen mensen, niet meer vanzelfsprekend waren, maar meer iets wat je kon eisen. Weggerationaliseerd in starre, gestreste organisaties. Wat gewone, vriendelijke mensen altijd hadden gedaan, een praatje maken met elkaar en vragen hoe het gaat, was opeens iets bijzonders geworden, iets wat bij professioneel gedrag hoorde.

'Professioneel' was trouwens ook zo'n woord dat haar de laatste tijd begon te ergeren. Knisperdroog en volkomen leeg omdat het alles inhield. Een professionele chirurg was vakbekwaam.

Maar moesten de professionals ook meegevoel hebben? Sympathiek zijn?

Ze ging de winkel niet in. Dat was een té persoonlijke actie geweest onder de huidige omstandigheden. Ze zag zichzelf nog niet opscheppen over haar eigen bruiloft, banaal en vervuld van zichzelf vertellen dat de jurk zo goed had gezeten, dat de kapster haar haar zo mooi had gedaan met de bloemspelden, dat ze een mooi boeket had gehad met crèmekleurige rozen, hortensia's en ranonkel, dat ze zevenentwintig gasten hadden ontvangen op de Herrgården, die heerlijk eten hadden gekregen: zalm, hertenbiefstuk en vlierbessenijs, en dat ze wat afgelachen hadden.

Zo was het! Ze hadden een gezellig bruiloftsfeest gehad.

Maar dan zou die aardige mevrouw misschien vragen hoe het met haar dochter ging, die erbij was toen ze kwam passen. Beide dochters waren er weliswaar bij, maar er bestond een zeker risico dat Cecilia ter sprake zou komen. En dan zou ze instorten. Dan zou ze medelijden met zichzelf krijgen en voor de ogen van de mevrouw in tranen uitbarsten.

Ze had haar rechte houding nu nog nodig. Ze moest zich nog groot houden. Ze moest alleen zijn.

Ze nam de volgens haar kortste route naar het politiebureau, over het spoor via de nieuwe spoorbrug waarvan het bruggenhoofd bij het oude expeditiekantoor stond. Aan de ene kant zat Lunda Fiets, een fietsverhuurbedrijf. Zou ze er een huren? Daar kon ze echter niet toe besluiten en ze liep verder, de houten trap op die door enkele etages geparkeerde fietsen werd geflankeerd. Voor het eerst van haar leven was ze in een parkeergarage voor tweewielers. Dit was ongetwijfeld een stad waardoor je je het best per fiets kon bewegen.

Het politiebureau zat op de hoek van de Byggmästaregatan. Een solide gebouw van rode baksteen. Ze meldde zich, moest even wachten, en drentelde ongeduldig door de foyer. Toen kwam Gillis Jensen haar halen.

Hij was een man met rimpels in zijn gezicht en hij sprak met een zacht Skåns accent.

'Het gaat over uw dochter,' zei hij.

'Ja.'

Meer wist ze niet uit te brengen. Het werd opeens allemaal zo triest. Misschien omdat ze nu buiten de beschutte omgeving van het ziekenhuis was. Tussen gewone, gezonde mensen die geen in elkaar geslagen en in slaap gehouden dochter in een ziekenhuisbed hadden liggen.

'Ja, we hebben hier een paar spullen liggen. Haar kleren, onder andere, waar de technici naar kijken... en de inhoud van haar tas.'

De pinpas had Veronika al kunnen blokkeren. Cecilia's portefeuille was weg. Haar mobieltje was ook niet teruggevonden, wat ze ook niet echt had verwacht. Cecilia had geen abonnement, maar kocht beltegoed.

Er gingen zoveel dingen door haar hoofd. Ze kon zich moeilijk concentreren. Ze keek naar de inhoud van de plastic zak. Lippenbalsem, een kam, een roze lippenstift. Verder niets. Zo naakt, armzalig bijna.

'Geen sleutels?' vroeg ze.

'Nee, helaas. We hebben de deur door een slotenmaker laten openen. We hebben een kijkje in haar flat genomen, zoals we u ook al hadden laten weten. We denken niet dat er iemand anders binnen is geweest. Er is niets kapot of zo.'

Gillis Jensen keek alsof hij haar gedachten had gelezen.

'Zo gaan we altijd te werk... vooral om te zien of we iets kunnen vinden wat...'

'Ja, natuurlijk.'

'We hebben niets gevonden wat meteen gekoppeld kan worden aan wat er is gebeurd. Vooral verhuisdozen en tassen.'

'Ja, dat kan ik me voorstellen.'

'We moeten voorzichtig zijn met raden, maar hoogstwaarschijnlijk is de dader geen bekende van haar. Dat begrepen we van haar vriendin...' Gillis Jensen haalde een blaadje tevoorschijn en las daarvan voor. 'Ester Wilhelmsson, die uw dochter trouwens heeft geïdentificeerd. Volgens haar was Cecilia alleen weggegaan van het feest. Ze wilde een taxi nemen.'

Maar waarom had ze dat dan niet gedaan? Waarom toch niet? Ik moet tegen Cecilia zeggen dat ze nooit 's nachts alleen over straat moet gaan. Daar moet ik nog eens extra op hameren.

Wat dacht ze nu? Hameren? Dat was al genoeg gebeurd.

Het beeld van haar geschoren hoofd doemde met een klap bij haar op. Gesloten oogleden, de nog onzekere toestand achter het opgelapte schedelbeen.

Misschien wordt ze nooit weer normaal!

Veronika balde haar handen tot vuisten. Ze besefte tegelijkertijd hoe onzinnig het was dat ze Cecilia de les wilde lezen. Ze was volwassen. Ze kon doen wat ze wilde.

'Hoe is het trouwens met haar?' vroeg hij plotseling.

'Goed. Naar omstandigheden.'

Nu was ze bezig de riem van haar tas om haar vingers te winden. Er ging een scheut van pijn door haar lichaam. Haar concentratie vloog weg en haar blik ging heen en weer tussen de verschillende voorwerpen op het bureau. Het scherm van de computer, een briefopener, mappen, stoffige, zwarte balpennen in een witte porseleinen mok met het logo van de politie.

Het had weinig zin dat ze hier zat. Rechercheur Jensen zou ook wel meer te doen hebben.

Maar Jensen maakte helemaal niet de indruk dat hij haar weg wilde hebben. Hij zat onwrikbaar op zijn plaats. Hij wipte niet eens op zijn stoel. Zijn oorlellen waren lang en knalrood, en aan de plooien in zijn oogleden zag je dat hij al enigszins op leeftijd was. Hij leek net een vriendelijke bloedhond. Ze bleef zitten. Opeens kon ze zich er niet toe zetten om op te staan. Ze wilde dit door de zon verwarmde, benauwde vertrek met zijn peinzende, ongevaarlijke stilte niet verlaten. Gillis Jensen was geen prater. Zijn handen lagen zwaar en roerloos op het bureau.

'Praat ze?' vroeg hij ten slotte op zachte toon.

Ze schudde haar hoofd.

'We gaan haar later verhoren.'

Ze knikte. Volgens de neurochirurg zou Cecilia zich niets herinneren van de tijd dat ze onder narcose had gelegen. Barmhartig genoeg zou ze zich ook de mishandeling niet herinneren, had de arts gezegd. Ze zou amnesie hebben voor het gebeurde, zoals ze dat noemden. Wat zat de mens toch mooi in elkaar, dat hij het kwaad en het beestachtige niet hoefde te onthouden. Al wist ze dat dat niet altijd opging. Er waren mensen die in hun herinnering de vreselijkste kwelling van seconde tot seconde opnieuw beleefden. Dan zou je toch de voorkeur geven aan leegte?

Zo veel overpeinzingen en vragen waarvan het antwoord op zich zou laten wachten. Ze moest geduld hebben.

'Komt het vaak voor?' vroeg ze in plaats daarvan nerveus.

'Wat bedoelt u?'

'Komt het vaak voor dat jonge vrouwen in Lund op straat worden neergeslagen?'

Ze klonk gekrenkt en haar toon was scherp.

'Nee,' zei Jensen zonder weg te kijken. 'Het komt voor, zoals op zoveel andere plaatsen. Maar vaak, dat zou ik niet willen beweren.'

'Wat zit er gewoonlijk achter?'

Hij streek over zijn kin.

'Dat verschilt. Het ligt eraan wie het heeft gedaan. Ik vermoed dat u over het motief nadenkt?'

Ze knikte.

'Soms is er geen motief, behalve dat iemand slaat omdat hij iets moet afreageren.'

Natuurlijk, dacht ze. Het verbaasde haar niet. Alleen dat het kwaad haar nu ook had getroffen en niet alleen andere mensen.

'Vaak is het een bende,' zei Jensen. 'Dat was altijd al zo. In een groep word je stoerder, je identiteit wordt versterkt doordat je ergens bij hoort. U kent die motorclubs wel. Vandaag de dag hebben veel mensen het gevoel dat ze erbuiten staan. Er is niet voor iedereen plaats in de maatschappij. Hier in Lund hebben we een paar bekende, min of meer criminele groeperingen, net als in veel andere plaatsen.'

Criminele groeperingen. Het klonk als een plaag. Net als de sprinkhanen in Egypte.

'Kent u haar vrienden?' vroeg hij.

Ze reageerde met een schouderophalen.

'Eventuele vriendjes die haar om de een of andere reden kwaad zouden willen doen?'

Ze staarde naar buiten. Het was heiig. De ramen hadden een mat waas van viezigheid.

'Nee.'

Met zulke idioten gaat mijn dochter niet om, dacht ze koeltjes.

Veronika kwam de binnenplaats niet op, aangezien de poort op slot zat. Ze kon dus niet kijken of ze kon raden welke fiets van Cecilia was. Ze had trouwens ook geen fietssleuteltje.

Ze had het hele stuk naar de Tullgatan voor niks gelopen. Nu liep ze voor het gebouw langs en kon in ieder geval een glimp van Cecilia's flat opvangen. Ze rekende uit dat het het appartement met de twee gapende, lege ramen op de tweede verdieping moest zijn. Het flatgebouw was minstens honderd jaar oud. Bruinrode baksteen, een donkere façade op het zuiden, die opgehaald werd door witte kozijnen. Rode zonnestralen glommen in de ramen.

Waarom had ze geen fiets gehuurd? Ze voelde haar benen niet meer. Ze overwoog even of ze het hele eind terug zou lopen naar de fietsverhuur bij het station, maar daar had ze de energie niet voor. Bovendien had ze andere dingen te regelen. Een hotelkamer. Een plek waar ze terecht kon totdat ze toegang zou krijgen tot de flat van Cecilia.

Maar kon ze daar vervolgens echt haar intrek nemen? Ze voelde een knoop in haar maag toen ze haar ogen langs de muur van de flat liet gaan. Hier woonde Cecilia. Zij niet. Het zou een inbreuk zijn om tussen de verhuisdozen van haar dochter te gaan zitten zonder dat ze haar om toestemming had gevraagd. Haar eigen moeder zou daar in een vergelijkbare situatie niet voor zijn teruggeschrokken. Die zou zonder blikken of blozen alles in orde gemaakt hebben zoals zij het het beste vond. Zich hebben vergrepen aan de bezittingen en de dromen van haar dochter, en bovendien zou ze zo brutaal zijn geweest om zich daarna beledigd te voelen als er iets werd veranderd of verplaatst. Ze verwachtte nog eerder een complimentje.

Haar moeder bedoelde het altijd zo goed. Die woorden klonken nog steeds in haar oren. Veel later had Veronika begrepen dat haar moeder het inderdaad goed bedoelde. Ook al was het niet helemaal onbaatzuchtig.

Toch dacht ze dat ze zelf bepaalde minder fraaie eigenschappen van haar moeder niet had. Haar moeder was trouwens allang dood en begraven.

Ze liep langzaam over de Södra Esplanaden in oostelijke richting. Ze wandelde in de schaduw van de iepen, die nog steeds malse groene blaadjes hadden. Ze sloeg de Bankgatan in naar het Mårtensplein.

Ze verdrong de beelden. De klap. De pijn. Had ze nog tijd gehad om te schreeuwen? Had ze de dader nog in het gezicht kunnen kijken? En dan het lichaam, dat zwaar op het scherpe asfalt viel. Guur en nat van de dauw. Levenloos en onbeschermd.

Stel je eens voor dat er niemand langs was gekomen! Ze moest er niet aan denken.

Dat was zó'n vreselijke gedachte dat de pijn door haar lichaam sneed, en ze moest even blijven staan en haar ogen dichtknijpen totdat het weer over was.

Een jongen die zo mager was als een windhond met wilde, groene pieken sprong op het laatste nippertje opzij voor een bus die langsdenderde. Hij kwam vlak voor haar op het trottoir terecht. Hij had een zware spijkerriem om met kettingen die rammelend over zijn heupen vielen. Zijn vriendin kwam haastig achter hem aan lopen met schommelende borsten die bijna uit haar decolleté floepten. Het superkorte rokje met witte stippen op een roze ondergrond bedekten haar slip maar nauwelijks toen ze zich vooroverboog om een zoen in ontvangst te nemen. Het waren net twee kleurige papegaaien. Toen Veronika langs hen heen liep, leek zijn tong in haar keel te verdwijnen.

Dat doet ze goed, dacht ze. Zonder te kokhalzen.

Het was net of ze weer wat opknapte. Slaapdronken keek ze om zich heen. Het was de tijd van het jaar waarin de studenten net weer in de universiteitsstad waren aangekomen voor het begin van het nieuwe studiejaar. Het enthousiasme vibreerde in de ongebruikelijke septemberhitte die als een verdicht, honinggeel waas boven de stad hing. Jonge mensen met dromen die nog niet verwoest waren, dacht ze. Ze dacht terug aan haar studententijd. Toen ze nog leergierig was en een ontdekkingsreis door dikke boeken, gecomprimeerde syllabi en onleesbare collegeaantekeningen nog zin had. Een eeuwigheid studeren voor een tentamen in de bibliotheek, waar een zware atmosfeer hing en eeuwig met stoelpoten werd geschraapt. Nachten met veel te veel koppen koffie. Ze bleef maar drinken, totdat ze stijf stond van de cafeïne en barstende hoofdpijn en trillende handen had. De opluchting daarna wanneer ze het tentamen had gehaald.

Het liep tegen tweeën. Het werd drukker. Een boerendorp dat een universiteitsstad was geworden, een bisschopsstad en een centrum voor de verpleging van zieken. Buiten de academische wereld was er nog veel meer, dat wist ze wel. Bekende verpakkingsindustrieën, farmaceutische industrie en hoogtechnologische bedrijven die bleven uitbreiden. Cecilia had vakantiewerk gezocht en had een zomer lang schoonmaakwerk gedaan bij Tetra Pak. Een paar jaar geleden, voor ze aan haar tijdelijke aanstelling als journaliste begon.

En waarom stopte ze daar nu mee? Dat was dom van haar.

Haar gedachten werden opeens moederlijk-betweterig. Hoe moet het nu met haar inkomen als ze lang wegblijft? Cecilia was nog niet eens aan haar nieuwe baan begonnen, en ze had voor de helft van haar studiefinanciering willen leven. Er kwamen een heleboel praktische vragen bij haar op. Met wie moest Veronika contact opnemen terwijl Cecilia onder narcose was? De ziektekostenverzekering en het bureau studiefinanciering. Ook met de sociale dienst? Ze voelde zich slap als ze aan alle telefoontjes dacht die ze moest plegen in deze bureaucratische wirwar. Maar misschien was er een maatschappelijk werker die haar kon helpen?

Ze moesten het samen doen. Zij, Claes, en misschien ook Dan, de vader van Cecilia. Dat kwam wel goed. Ze had weliswaar een goed salaris, maar ook een nieuw huis met hoge hypotheeklasten. Ze vond dat Dan krenterig was geweest tijdens Cecilia's jeugd.

Of zijn nieuwe vrouw had erachter gezeten. Hij wees continu naar Veronika's mooie baan. 'Je bent verdorie dokter, je hebt geld zat.' Ze dolf altijd het onderspit. Je kon geen zinnige discussie voeren. Dus hield ze haar rug recht. Er waren mensen die het slechter hadden. Alleenstaande vrouwen met een laag inkomen. Trotse vrouwen. Natuurlijk redde ze het wel.

Het regelt zich allemaal wel, als Cecilia maar weer beter wordt, dacht ze. Dat is het enige wat telt.

Ze draafde langs een rijtje witte, gele en roze lage huizen bij het busplein. Een ervan was een vakwerkhuis. Het leek een hotel van het huiselijke soort. Ze werd erheen getrokken en kwam een kwartier later weer naar buiten nadat ze een gezellige kamer had gereserveerd met bloemetjesbehang en een lila sprei, waarvan de kleur terugkwam in de bekleding van de hoge fauteuil. Ze had in ieder geval voorlopig een plek, en ze liep weer verder in noordelijke richting. Terug naar 'het lazaret'. Zo noemden de mensen het hier, net als bij haar thuis.

'Dus je dochter ligt in het lazaret!'

De namen varieerden. Ze was een plattelandsarts, en wanneer ze een collega een brief moest sturen, moest ze zelf altijd in het geneeskundig adresboek nakijken hoe het ziekenhuis van de desbetreffende plaats heette. Avesta, Lycksele en Enköping hadden een lazaret. Maar Gällivare, Norrtälje en Oskarshamn een ziekenhuis. Tot zover was alles in orde. Maar dat het Vrinneviziekenhuis in Norrköping zat en Ryhov in Jönköping moest je maar net weten. Of anders opzoeken.

Oskarshamn, waar zij werkte, kromp steeds meer in door alle fusies overal. De afdeling spoedeisende hulp moest afslanken. Daar viel geld mee te besparen. Er waaiden allang winden van verandering. Soms windstoten. Ze had nauwelijks puf meer om over de toekomst na te denken, of om argumenten te zoeken voor de ene of de andere oplossing. Je kon er toch geen zinnig woord over zeggen hoe het in de toekomst zou worden.

Ze stond bij de Markthal aan het Mårtensplein. Ze had een lichte hoofdpijn die koppig tegen haar slapen bonsde. Ze schermde haar ogen af tegen de zon en ging met een turende blik over de zwermen mensen die zaten te eten en te drinken.

Het meisje dat daar aan een tafeltje zat te giebelen had Cecilia kunnen zijn. De onzekerheid was een loden last. Ze haalde een paar keer hoog en krachteloos adem, streek haar haar achter haar oren en probeerde na te gaan of ze iets moest eten. Haar maag was waarschijnlijk leeg, maar sinds ze in Lund was, had ze geen trek meer gehad. Daarom liep ze door, maar wel wat langzamer. Haar voeten deden zeer. De zolen van haar schoenen waren te dun.

De eenzaamheid was verstikkend. Af en toe voelde ze een brok in haar keel. Haar ogen brandden, maar bleven droog.

Ze had niemand met wie ze haar last echt kon delen. Claes deed wat hij kon. Hij wás er in ieder geval. Het ijs tussen hem en Cecilia was met veel lawaai en gekraak gebroken. Op de bruiloft leek het plaats te hebben gemaakt voor open water. Godzijdank!

Die zinloze jaloezie. Een eeuwige angst om niet nummer één te zijn. Terwijl zij plaats genoeg had voor twee. Verschillende plekjes, maar even dichtbij. Niemand anders kan ooit de plaats van een kind in het hart van een moeder overnemen.

Morgen kwam Dan. Hij had haar ge-sms't hoe laat hij zou komen. Maar ze geloofde het pas als ze hem zag.

Ze was bij een smal, autovrij deel van de straat gekomen en stond nu weer voor een van ouderdom kromgetrokken en scheef gebouw van rode baksteen met trapgevels en met de domkerk er zwaar en grijs achter. Ook hier zat een café. Doen ze in Lund nog wel iets anders dan koffiedrinken? dacht ze. Het was hier een waar paradijs voor enthousiaste koffiedrinkers.

'De Librije', las ze op het bord buiten. Gebouwd in de vijftiende eeuw. De middeleeuwse bibliotheek van de domkerk, vandaar de naam. Later was het pand in het bezit gekomen van de universiteit. In de achttiende eeuw werd er op de bovenste verdieping een schermzaal ingericht. De vader van de Zweedse gymnastiek, Pehr Henrik Ling, was in de eerste jaren van de negentiende eeuw schermkampioen geweest en hij gaf de studenten les in schermen en gymnastiek.

Niet te geloven!

Lund was oorspronkelijk een Deense stad geweest, dat wist ze wel, en ze meende het ook te kunnen zien. Aan de bouwstijl met trapgeveltjes, vakwerk en lage huizen aan de straat. Maar wanneer was Skåne Zweeds geworden?

Haar kennis van de geschiedenis was rudimentair. Claes wist het antwoord vermoedelijk wel. Waarom hadden mannen doorgaans meer interesse voor geschiedenis? Het was zelfs zo erg met haar gesteld dat ze niet wist in welke eeuw het was geweest. En al helemaal niet bij gelegenheid van welke vrede Skåne bij Zweden was ingelijfd.

Ze moest toch maar wat eten. Daarom ging ze naar binnen, kocht een blikje Ramlösa-mineraalwater en een broodje en ging op een lege stoel voor het heiligdom zitten. Haar jas legde ze naast zich neer. Ze trok het blikje open en dronk zo gretig dat het water langs haar kin liep. Ze wurmde zich uit haar schoenen. De zon had nog steeds kracht.

Ze had maar een minuutje willen bijkomen, maar ze bleef zitten. Het was bijzonder rustig. Een jong stel een paar meter bij haar vandaan praatte zachtjes met elkaar, hun hoofden gebogen. Het was niet moeilijk te raden wat ze zeiden. Liefdesbetuigingen als lieve strelingen.

Ze overwoog of ze de domkerk in zou gaan. Ze had nog maar een vage herinnering aan de keer dat ze daar voor het laatst was geweest. Een middeleeuwse klok was een van de attracties. Maar dan moest je daar waarschijnlijk klokslag twaalf uur zijn, wanneer een stoet van figuren zich mechanisch verplaatste. Een andere keer dan maar.

Ze deed haar ogen open en zag een kind aan komen stappen. Het meisje liep waggelend omdat de grond zo ongelijk was. Ze viel, maar huilde niet. Ze stond op zoals kinderen doen en ging verder met de onuitputtelijke energie die helaas meestal minder wordt met de jaren.

Ze was Klara niet vergeten. Maar ze wist zeker dat haar jongste dochter het goed maakte. Claes zorgde voor haar. Dat was een grote troost en een heel verschil met toen Cecilia klein was geweest. Toen stond ze er alleen voor.

Een wesp streelde haar rechterhand. Hij kwam af op het zoet van het broodje dat ze had gegeten. Ze hield haar hand stil en de wesp vloog algauw weer weg. Ze keek naar haar eigen armen.

Het verblijf aan de Middellandse Zee had effect gehad. Haar trouwring glinsterde tegen haar bruinverbrande huid.

Wat leek de reis naar Griekenland alweer lang geleden!

Nog maar een paar dagen terug scheen een brandend hete zon op een stenig strand en een azuurblauwe zee. Een zonnehoed en een watermeloen. Loom en traag. Claes op het badlaken naast haar. Vrij en ontspannen. Gelukkig, misschien zelfs?

Haar mobiel sneed door haar dagdromen heen. Ze was blij de stem te horen, maar tegelijkertijd was ze op haar hoede. Een telefoontje van thuis kon eisen betekenen. Van haar werk. Else-Britt wilde weten hoe het met haar ging.

'Dat weet ik eigenlijk niet,' zei Veronika.

Doodse stilte aan de andere kant en een verdacht lange pauze. Else-Britt was vermoedelijk door de leiding van de afdeling aangewezen om te bellen.

'Veronika, ik begrijp dat je hier misschien geen antwoord op kunt geven, maar we vragen ons af hoelang je van plan bent weg te blijven.'

De vraag was uiterst voorzichtig gesteld. Het leven ging door terwijl zij was gestrand.

Hoelang blijf ik weg? dacht ze. Wat kon ze daarop antwoorden? En hoe zou ze zich ooit op andere patiënten kunnen concentreren?

'Ik weet het niet,' herhaalde ze.

'Ja, met het oog op het rooster...'

Veronika probeerde enigszins gestructureerd te denken. In dagen, of misschien in weken. Maar het lukte haar niet.

'Ik kom deze week in ieder geval niet.'

De zucht die volgde, was nauwelijks hoorbaar, maar hij was er wel.

'Hoe is het met haar?'

Else-Britt was oké. Ze liet zich niet alleen door de baas om een boodschap sturen. De vraag was oprecht gemeend, niet zomaar een formaliteit.

'Ik weet het niet. Op dit moment wel goed. Dat zeggen de neurochirurgen in ieder geval.'

Ze leunde met haar voorhoofd tegen de opgewarmde zand-

steen van de domkerk, die honderden jaren geleden stevig was ge-
metseld.

'En hoe gaat het met jóú?'

Else-Britt was zachter gaan praten.

'Het gaat wel.'

'Het is natuurlijk niet gemakkelijk.'

'Nee. We moeten het beste er maar van hopen.'

Veronika hoorde zelf dat ze monter klonk. Ze wilde terugnemen wat ze had gezegd en precies zo droevig klinken als ze was.
Maar dat kon niet. Ze was er sinds jaar en dag aan gewend om
opgewekt te zijn. Ze had zich aangeleerd om optimistisch te zijn
en zich niet te laten kisten, om zich te wapenen tegen onrecht en
mislukkingen. Met boos of veeleisend zijn schoot je niets op.
Monter en kwiek zijn, daar kwam je verder mee. Of waarom niet
flink? Waar kon ze anders op bogen om geaccepteerd en geres-
pecteerd te worden als de minderheid die ze ondanks alles in haar
vak was geweest? Artsen, dat waren mannen, en vrouwen waren
verpleegsters. En dan zaten er nog een paar tussen zoals zij.

Ze had zo veel willen zeggen. Maar ze zweeg. Ze durfde de
kraan niet open te zetten. Bovendien wist ze niet of Else-Britt wel
tijd had om onder werktijd een stroom van ongesorteerde, droe-
vige ontboezemingen aan te horen .

En wat moest ze zeggen? Woorden waren toch niet toereikend.
Ze kon op geen enkele manier duidelijk maken in wat voor situatie ze zat.

'Hou je haaks.'

Hoe doe ik dat? dacht ze.

8

Weer die dwingende stem.

'Waarom doen jullie niets?'

Claes Claesson was betrokken geraakt bij iets wat niet zijn werk was. Maar desalniettemin.

'Nu zijn er al twee dagen voorbij en ik heb nog niets gehoord.'

Nina Bodén klonk eerder boos dan ongerust of verdrietig. De toonloze en wat zeurderige stem bracht onaangename associaties mee waarvan de oorsprong ver terug lag in de tijd. Daarom was hij getraind in meebewegen. Zijn lieve moeder was toch heel wat grappiger geweest, ook wanneer ze als een razende tekeerging. Ze was vooral voorspelbaarder, in ieder geval voor hem. Ze leed aan wat hij nu een hogere-kringenneurose zou noemen. Opeens kon ze er niet meer tegen om opgesloten te zitten, ze knapte als een dorre tak en verloor zorgeloos de controle die ze verder haar hele leven doelbewust nastreefde. Beleefd en vriendelijk moest je zijn, en liefst ook nog opgewekt.

Maar waarom had de centrale haar in vredesnaam naar hem doorverbonden? Hij wist het antwoord natuurlijk wel, het was de snelste manier voor de telefoniste om van een lastig gesprek af te komen. En bij de centrale wisten ze niet dat hij officieel nog niet weer aan het werk was. Hij had langer verlof gekregen vanwege de wendagen in de crèche. Hij zat hier zelf ook alleen maar om weer te wennen, dacht hij lichtelijk geamuseerd, maar dat zou wel lukken. Hij wilde niet vervelend zijn. Hij was eerlijk gezegd erg blij dat hij ergens mee aan de slag kon gaan. Met iets volwassens.

Maar niet met de verdwenen echtgenoot van Nina Bodén. Claesson had trouwens niets met verdwijningen te maken, niet met weggelopen katten en ook niet met verdwenen mannen. Dat deed de afdeling opsporing.

Dat zei hij ook.

'Maar ze doen er niets mee. Gaat het er altijd zo aan toe bij de politie? "Afwachten" is het enige wat ze zeggen. En hoelang moet ik dan wachten? Er kan hem wel iets overkomen zijn!'

Ze klonk nu een tikkeltje vulgair, en dat kende hij niet van zijn eigen moeder. Het zou wel van de stress komen. Boos en verongelijkt, dat was geen prettige combinatie. En het was evenmin prettig dat ze hem zojuist had gevraagd de zaak persoonlijk op zich te nemen. Deed ze misschien een beroep op hem om een goede buur te zijn? Hij wilde er geen potje van maken op het werk door voor kennissen aan de slag te gaan, ook niet voor iemand die bij hem in de straat woonde.

Dus probeerde hij tijdens het gesprek te verzinnen hoe hij dit verder aan moest pakken zonder haar voor het hoofd te stoten. Misschien kon hij toch de collega eens aan zijn jasje trekken, wie het ook was, met wie ze eerder had gesproken, maar van wie ze de naam niet meer wist. Eens horen hoe het ervoor stond. Vermoedelijk gebeurde er niet veel, maar dan kon hij in ieder geval met een gerust geweten beweren dat hij er alles aan had gedaan.

'Er moet iets gebeuren,' hield de stem koppig vol.

Ja, dacht hij. Dat willen ze allemaal. Bijna ongeacht wat er was gebeurd. Gewoon dat er beweging in zat.

'Is u iets te binnen geschoten dat u wilt vertellen?' hoorde hij zichzelf vragen. 'Vaak is het immers zo dat...'

'Wat dan?'

Verdomme, dacht hij. Nu liet hij zich toch meetrekken in deze vermoedelijk volkomen triviale verdwijning. Want voor zover hij wist, ging het niet om een ontvoering. De man zat waarschijnlijk onder een palmboom een cocktail met een parapluutje te drinken. Of hij lag in de armen van een geheime minnares. Claesson zou bijna jaloers op hem worden.

'Vaak komen bepaalde dingen na een tijdje bij je boven. Je realiseert je dat bepaalde dingen niet lijken te kloppen,' verduidelijkte hij.

Het werd doodstil. Hij vroeg zich af of ze nog steeds kwaad was of dat ze nadacht.

'Wat voor dingen dan bijvoorbeeld?'

Haar stem klonk nu vriendelijker. Hij had zich nog steeds geen exact beeld gevormd van deze bezorgde echtgenote, maar dat begon nu langzamerhand te komen.

'Alles wat met de plotselinge verdwijning van uw man te maken kan hebben,' zei hij, terwijl hij een struise vrouw voor zich zag met een hoogrood gezicht, geen nek, en een parelketting onder haar hangkin.

Hij wist zelf niet waar hij die parelketting vandaan haalde. De enige die hij kende die een dergelijk collier had gehad en dat ook had gebruikt, was zijn moeder. De familieparels. Nu had Gunilla ze. Maar hij had ze haar nog nooit zien dragen.

Het was weer stil.

'Nee,' zei ze toen. 'Niets wat hiermee te maken heeft.'

O nee, waar dan wel mee? dacht hij bij zichzelf.

Maar aangezien de zaak wat hem betreft oninteressant was, hield hij zijn mond en hij keek op zijn horloge. Hij kon hier nog een uur blijven. Hij wist het gesprek op een beleefde, neutrale toon te beëindigen en hing op.

De ochtend op de crèche was even loom-gezellig en onschuldig geweest als gisteren. Klara durfde wat dichter bij de andere kinderen te komen, maar ze was een voorzichtig meisje. Ze bleef bij hem in de buurt, al werd dat allengs minder. Hij was onder de indruk van de bewuste pedagogische aanpak. Hij had zich in zijn onnozelheid voorgesteld dat de leidsters er vooral voor zorgden dat de kinderen zich geen pijn deden bij het spelen. Nu zag hij dat de dag een duidelijk ritme had. Elke ochtend dezelfde liedjes. Klara was gek op 'Hansje pansje kevertje' en wiegde mee met haar hele lichaam. Ze klapte enthousiast in haar handjes, maar ze was te klein om met haar vingers omhoog te klimmen. Een van de leidsters had een grote, pluizige, roze kever die op het hek klom. De kinderen gilden van opwinding wanneer die tevoorschijn werd gehaald.

Het meest opzienbarende wat er vandaag was gebeurd, was dat Martin, die er nogal klein en zwak uitzag, met zijn bord op het hoofd van een meisje had geslagen. Dagmar heette dat arme kind. Ze had twee minuten gebruld, toen was het over. Er zat meer pit in dat ventje dan je zou denken. En Dagmar bleef niet lang boos.

Hij was er al met al best tevreden over dat hij mee 'moest' om Klara te laten wennen. Als het bij één kind bleef – en daar leek het wel op, Veronika was toch al bijna zesenveertig – dan was dit zijn kans om te zien hoe het Hommeltje met de kleintjes werkte.

Al die kleine ukken, dacht hij. Die op een dag gemeentepolitici zouden worden, vuilnismannen, IT-consultants, verzorgsters, diaconessen. Maar ook prostituees, dieven, moordenaars en verkrachters.

Maria paste nu op Klara. Ze zouden naar de speeltuin in het stadspark gaan. Misschien ook even bij de dieren kijken. Ze konden het goed vinden samen, daar hoefde hij zich geen zorgen over te maken. De een kon beter met kinderen overweg dan de ander. Er waren waarschijnlijk maar weinig mensen die echt een hekel hadden aan kinderen, maar sinds hij Klara had, was het hem opgevallen dat er beslist mensen bestonden die van nature goed met kinderen konden omgaan. Dat was aangeboren. Net als bij Maria.

In de gang liep hij Janne Lundin tegen het lijf. Lundin was niet bij het koffiedrinken geweest, dat trouwens wat minder gezellig was verlopen omdat Louise Jasinski nogal bokkig deed. Alsof ze niet blij was dat hij er weer was. Zou het een strijd om de macht worden? Op zich maakte hij zich er geen zorgen over. Hij had genoeg zelfvertrouwen.

'Leuk je hier te zien,' zei Lundin.

'Ik mocht even weg. Maria, de vriendin van jouw Lasse, past op Klara.'

Lundin knikte. Tegelijkertijd keek hij benauwd, alsof hij aan het watertrappelen was.

'Wat erg van Cecilia!' zei hij.

Claesson knikte.

'Hoe is het met haar?'

'Het is nog wat onzeker.'

'Ja, ja.'

'Maar Veronika zegt dat de prognose gunstig is.'

'O, nou, wat fijn!'

Lundin droeg als gewoonlijk een geruit overhemd met korte mouwen. Zijn neus was schilferig. Hij stond met gebogen nek schuin op Claesson neer te kijken. Lundin had een keer gezegd dat het maar sporadisch voorkwam dat hij iemand recht in de ogen kon kijken. En wanneer dat dan toch een keer gebeurde, dacht hij dat hij een reus had ontmoet.

'Maar ze moet natuurlijk van ver komen,' zei Claesson.

'Weten ze al wat er is gebeurd?'

'Nee. Waarschijnlijk hetzelfde als altijd. Zinloos geweld op een rommelige zaterdagnacht wanneer de mensen wat te veel op hebben.'

'Het is me wat. Het komt dichtbij, zo binnen je eigen gezin.'

Weer een zwijgend knikken.

Lundin hoefde hem niet meer te feliciteren met zijn pas gesloten huwelijk, zoals de andere collega's. Hij en Mona waren ook op de bruiloft geweest. Van zijn collega's had hij trouwens een mooie glazen schaal van Orrefors gekregen.

Verder werden de mensen om hen heen zwaar op de proef gesteld. Ze moesten tussen felicitaties en medeleven heen en weer laveren.

Rechercheur Lennie Ludvigsson zat op zijn tegenwoordig steeds bredere achterste. Hij rolde met zijn wijsvinger over de draadloze muis. Cijfers en plaatjes flitsten over het scherm.

Ludvigsson had hun chef, Gottfrid Ohlsson, die algemeen Gotte werd genoemd, in beroemdheid voorbijgestreefd. Hij had niet minder dan twee kookwedstrijden gewonnen, terwijl Gotte slechts kon bogen op één eerste prijs voor zijn huisje van speculaas in een wedstrijd van het tijdschrift *Alles over eten*. En dat was bovendien jaren geleden. Wel had Ludvigsson de prijzen samen met zijn vrouw gewonnen en bestonden er sterke vermoedens dat zij de creatieveling was van hen beiden. Maar Ludvigsson was evengoed een kei achter de pannen.

Claesson was erachter gekomen dat Ludvigsson tegenwoordig bij Opsporing zat en misschien wel degene was die de zaak van de in Skåne verdwenen man uit Småland onder zijn hoede had. Deze leraar, Jan Bodén, die welgemoed en gezond, voor zover zijn vrouw niet had gelogen, met de bus uit Oskarshamn was vertrokken naar Växjö en vandaar met de trein verder was gereisd naar Lund voor een gepland onderzoek in het grote lazaret. Daar hielden alle sporen op. In de KNO-kliniek, om precies te zijn.

'Dus hier zit je nu,' begon Claesson.

Ludvigsson schoof heen en weer op zijn bureaustoel. Er kwam een vetrol boven de boord van zijn overhemd uit met pasgeknipt, borstelig rood nekhaar.

'Jazeker!' zei Ludvigsson en hij tuurde naar Claesson, die in de deuropening stond.

'Heb je het naar je zin?'

'Ja, zeker weten!'

In de blauwe ogen met krijtwitte wimpers stond de vraag 'Wat kom je doen?' geschreven. Maar die vraag zou Ludvigsson niet stellen. Hij wachtte af wat Claesson zou zeggen. De hiërarchie zat in het ruggenmerg.

'Heeft er een Nina Bodén gebeld over haar echtgenoot?'

'Eh...'

Zijn wangen werden roze. Ludvigsson begon in de papieren op zijn bureau te rommelen.

'Ja,' zei hij met een nog roder gezicht en hij hield het formulier omhoog. 'Het zit al in de computer,' ging hij verder, als het ware om zijn ijver te bevestigen, en hij wees naar het beeldscherm.

'Mooi,' zei Claesson.

Ludvigsson keek nog steeds bezwaard. Waar ging dit nou weer om?

'Ik bedoel dat het mooi is dat we niet nalaten ons ook voor deze burger in te zetten.'

Claesson moest zelf bijna lachen om zijn hoogdravende formulering. Ludvigsson staarde hem aan.

'Is er iets bijzonders?'

'Nee.'

'Is het geen hotemetoot of zoiets?'

Claesson schudde zijn hoofd, maar hij liet Ludvigsson nog even zweten. Vooral omdat hij daar zelf lol in had. Hij zou het wel te lang een beetje saai hebben gehad. En van de aanblik van Louise Jasinski was hij ook niet vrolijker geworden.

'Nee, zijn vrouw heeft mij alleen een paar keer opgebeld,' zei hij ten slotte.

'O?'

Nu werd Ludde echt nerveus en hij greep de muis met zijn korte vingers stevig vast, alsof hij het gevoel van onbehagen kon neutraliseren door onmiddellijk iets te gaan zoeken op het scherm, het maakte niet uit wat.

'En ik wilde mijn contact met Nina Bodén beëindigen door haar erover te informeren dat de zaak van haar echtgenoot in bijzonder goede handen is.'

Daarop verliet Claesson de kamer van Ludvigsson, wiens gezicht nu dezelfde tint had als zijn vuurrode haar.

*

Ester Wilhelmsson had steriele handschoenen aangetrokken en stond over het bed gebogen. Er steeg een zure lucht van helder vruchtwater op. Geconcentreerd volgde ze de donkere hoofdhaartjes die tevoorschijn kwamen en even snel weer verdwenen wanneer de wee over was. De warme lamp boven de babytafel was aan en verspreidde een benauwde warmte. Ze zweette onder haar oksels ook al droeg ze een wijde jas. Een paar haartjes bleven irritant genoeg aan haar voorhoofd plakken. Ze probeerde ze weg te blazen.

De harttonen van het kind op de strook die uit het CTG-apparaat kwam, baarden Ester zorgen. Het ging langzaam, té langzaam. Alsof er te veel tegenstand was. Ze werd ongeduldig. Ze was nog te nieuw in het vak om koelbloedig te durven zijn. Ze wilde dat het voorbij was. Ze wilde het donkere hoofdje van de baby steeds verder tevoorschijn zien komen in de vagina totdat het breedste stuk naar buiten kwam, het hoofdje in de vulva laten staan, het met haar hand tegenhouden, tegen de moeder zeggen dat ze moest stoppen met persen en geduldig de volgende wee moest afwachten in een plechtige en geforceerde stilte. Daarna moest het allemaal snel gaan, de rest van het hoofdje moest bijna vanzelf komen, daarna de vertrouwde grepen om de schouders eruit te halen. Eerst naar beneden duwen en dan naar boven. Het lijfje dat naar buiten gleed. Spartelde. En dan eindelijk de verlossende schreeuw.

Maar zover was het nog lang niet. Gisteren had ze de bevalling gedaan van een moeder met een eerdere keizersnee die het niet meer zag zitten, maar waar het ten slotte wel op gang gekomen was. Het lichaam wilde baren, de weeën werden vanzelf regelmatig, krachtig en effectief. De uren gingen voorbij, maar niet met zinloze pijn. Het vorderde. Er zat vooruitgang in. De enorme inspanning droeg vrucht. Het kind op de buik. Eindelijk! En daarna de onbeschrijflijke voldoening. De rust en daarna het geluk.

Maar nu leek alles stil te staan. Geen vooruitgang. De weeën waren kort en volgden elkaar snel op, en de moeder was uitgeput. Ester durfde niet te wachten, ze boog zich naar Lotten toe en vroeg haar fluisterend hulp te halen. Misschien konden ze het proces versnellen met een vacuümpomp.

Lotten stapte de gang op waar het koeler was en zag meteen de nieuwe arts bij het kantoortje staan met zijn handen in zijn jaszakken. Verder was er niemand.

'We hebben hulp nodig,' deelde ze kortaf mee.

Hij keek haar verschrikt aan. Hij was knap en leek best aardig, maar ze was niet van plan medelijden met hem te hebben.

'Nu meteen!' benadrukte ze scherp, en ze keerde terug naar de verloskamer en rekende er koelbloedig op dat hij achter haar aan zou komen.

Maar er kwam niemand.

Ester liet niets blijken. Ze stelde de vader gerust en steunde de moeder. Complimenteerde haar.

'En nu moet je je mond dichthouden om geen lucht te laten ontsnappen en dan verzamel je al je kracht beneden.'

De vrouw vertrok haar gezicht en perste zo hard dat haar hoofd opzwol en vuurrood werd. Haar lichaam slingerde en kronkelde. De arm van haar man duwde van onderen tegen haar hoofd.

De curve zag er nog steeds zorgwekkend uit. Misschien waren de schommelingen nog wel dreigender. Ester probeerde de paniek onder controle te houden, maar de angst schoot als een school vissen door haar buik. Ze was bang voor een ramp. Voor datgene wat nooit mocht gebeuren. Een levenloos kind. Een beschadigd kind. En voor de schuld.

Ze wilde het kind eruit hebben. Nu meteen.

Ze keek Lotten weer in de ogen. Ze fronste haar wenkbrauwen, Lotten knikte en snelde weer naar buiten.

Waar zit die kerel toch? dacht ze boos. Had hij niet iemand anders kunnen halen, als hij vond dat hij er zelf nog niet klaar voor was?

Een van de verloskundigen zat aan tafel in het kantoor. Geen arts te zien.

'We hebben hulp nodig daarbinnen.'

Lottens smalle lichaam was ongeduldig en wilde alweer weg. De verloskundige trok onmiddellijk de telefoon naar zich toe en begon het piepernummer in te toetsen.

'Toch niet die nieuwe?' liet Lotten zich ontvallen.

'O nee! We moeten iemand hebben die iets kan,' zei de verloskundige met nadruk.

Lotten haalde een vacuümpomp en een paar verlostangen voor het geval dat, en ging snel weer naar binnen. Ze legde alles klaar voor de bevalling. Klemmen, navelbandjes, een schaar, een roestvrijstalen schaal voor de placenta. Ze haalde verdovingsmiddelen tevoorschijn, naalden en spuiten. Ze wachtte nog met het openen van de steriele verpakking van de vacuümpomp totdat ze daartoe opdracht kreeg.

Seconden van wachten. De tijd verliep traag, bijna stil als de eeuwigheid, terwijl de harttonen van de foetus uit het CTG-apparaat tikten, nu eens met veel tussenruimte, in een lage frequentie, dan weer steeds sneller. Ester was als het ware aan de grond genageld op haar klompen. Lotten stond op haar plaats, klaar om snel van start te gaan. Weldra zou het voorbij zijn.

Toen ging de deur open en er stroomde koelere lucht naar binnen. Dokter Åkesson stond daar en glimlachte. Ester voelde haar moed groeien en haar bange voorgevoelens minder worden. De verantwoordelijkheid ging als een estafettestokje verder, naar de arts, en ze kreeg opeens weer energie. Åkesson deed zijn doktersjas uit en pakte een paar handschoenen, keerde zich om en fluisterde iets tegen iemand achter zich. In het halfduister kon Ester vaag Gustav Stjärne onderscheiden.

'Jij mag de pomp inbrengen, dan help ik je. Je bent er nu al een paar keer bij geweest,' hoorde ze Åkesson tegen hem zeggen.

De kamer vibreerde. Het was bijna tijd voor de grote gebeurtenis.

'Ik moet weg,' klonk de benauwde stem van Gustav. 'Ik moet naar de wc.'

Åkesson haalde zijn schouders op en liet hem weggaan. De deur ging weer dicht. Hij trok de handschoenen aan en knikte naar Lotten dat ze de verpakking mocht openen.

'Nu duurt het niet lang meer,' stelde hij de moeder gerust, terwijl hij zich over haar heen boog. 'Ik ga nu een kapje op het hoofd van de baby zetten. Bij de volgende wee help ik mee.'

De moeder kreunde, het deed pijn. Hij bracht het kapje aan, zoog met de pomp de lucht eronder weg en hield het handvat losjes in zijn hand. Ester was er klaar voor. De moeder lag met haar ogen dicht stil te wachten. De hele kamer zat vol energie klaar.

Terwijl de deur opengleed en Gustav Stjärne binnenkwam, kwam eindelijk de wee, en de vrouw schreeuwde tussen het persen door.

'Stil, mond dichtknijpen en persen!' maande Åkesson haar terwijl hij hard naar beneden trok, om daarna in een half cirkelvormige beweging naar boven te gaan toen het hoofdje een eindje naar beneden gekomen was. Het was moeilijk. Lotten duwde met een geroutineerd gebaar op de buik. Het hoofdje kwam langzaam tevoorschijn en opeens was het eruit. Het kapje werd eraf gehaald, Ester pakte het hoofdje vast, maar de weeën waren zwak en dat maakte het een hele klus om het lijfje eruit te trekken.

Toen hing het kindje eindelijk grijsbleek en stil in haar handen. Åkesson vroeg Lotten of ze de kinderarts wilde roepen, terwijl Ester het meisje op de buik van de moeder legde en het kleine lijfje met een handdoek droogwreef. Jammerende kreetjes, die langzamerhand steeds zekerder en harder werden, en ten slotte kwam de verlossende schreeuw.

Gustav Stjärne doet raar, dacht Ester een poos later toen ze met de papieren aan de gang was. Maar dat zou ze voor zich houden en er beslist niet met Leo over praten.

*

Er klonk een dreunend geluid boven de daken van de gebouwen. Veronika hield haar hand boven haar ogen en keek omhoog. Ze zag rotorbladen opstijgen. Het helikopterplatform was net een reusachtig etensbord op het dak van het Blok.

Ze liep naar de hoofdingang, snelde langs de informatiebalie, de kapper en de kiosk en nam de lift naar boven. Op de tiende verdieping stapte ze uit. Ze raakte hier al aardig thuis en knikte naar de verpleegsters in de lange gang met de blauwe deuren. Ze glimlachten terug.

Cecilia lag in een kamer op het westen. Veronika bleef in de deuropening staan. Het zachte middaglicht viel schuin over de rug van Dan Westman.

Ze kon zich niet herinneren dat hij zulke afhangende schouders had gehad. Onhandig stond hij een stukje van het bed af, dichter bij het voeteneinde dan bij het hoofdeinde. Ze constateerde dat de verpleegster die op de achtergrond bezig was een van de koelen was. Veronika vond haar niet aardig. Correct en vast en zeker flink en vaardig. Ze leek het het best naar haar zin te hebben met de apparatuur en de patiëntenstatus. Meten en invullen. Op slinkse wijze had ze er bij Veronika op aangedrongen dat ze meer aan zichzelf moest denken. Dat ze vaker eens een kopje koffie moest gaan drinken, meer rust moest nemen, de frisse buitenlucht ingaan, lange wandelingen maken en goed eten. De verpleegster wilde haar bij het bed weg hebben, maar durfde dat niet op de man af te zeggen. Ze verpakte haar eigen gemak als zorg voor haar.

Maar hoe kun je nou aan jezelf denken als je kind er zo slecht aan toe is? Maar ze had het advies nu dan toch opgevolgd en een lange wandeling gemaakt over het kerkhof aan de overkant.

Dan zag grauw. Ze keken elkaar onwennig aan. Als twee standbeelden uit een ver verleden.

'Mijn god!' wist Dan ten slotte uit te brengen, en hij keek haar verschrikt aan.

Veronika had ontegenzeggelijk een voorsprong, bijna twee dagen aan het ziekbed van haar dochter, en bovendien had ze vaker gezien wat er met een menselijk lichaam kan gebeuren. Maar haar ogen waren er toch nog niet aan gewend. Ze keek met tederheid naar het kale hoofd. Ze leken zoveel op elkaar, Dan en Cecilia. Dat zag je pijnlijk duidelijk nu het haar eraf was. Dezelfde bobbelige vorm van het hoofd en de ietwat puntige oren.

Ze legde haar hand op zijn rug.

'Het ziet er erger uit dan het is,' fluisterde ze. 'Het komt goed.'

Hij wrong zijn handen in onmacht.

'Hoe kun je dat in godsnaam zeggen? Er zit nauwelijks leven meer in...'

Zijn stem schoot uit. De zuster wierp boze blikken door het glas vanaf haar bureau in het kantoortje van de unit.

'St! Niet zo...'

Veronika hield haar wijsvinger tegen haar lippen. We moeten Cecilia ontzien, dacht ze. Je wist nooit wat er tot haar doordrong. Ze had absoluut geen keuze, ze kon zich niet afschermen voor wat er om haar heen gebeurde. Ze kon de kamer niet verlaten, niet tegenspreken of op een andere manier protesteren.

'Kan ik iemand spreken? Die er verstand van heeft,' vroeg hij iets rustiger.

Veronika knikte.

'Aan het eind van de middag komt er altijd een dokter de ronde doen.'

Ze ging aan het hoofdeinde zitten. Ze streek voorzichtig met haar vingertoppen over het kale hoofd. Ze voelde dat er stoppels op kwamen en hoorde het gelijkmatige, bijna slaapverwekkende ritme van het beademingstoestel naast het bed. Kleppen gingen open en dicht. Het toestel stond afgesteld op vijftien ademhalingen per minuut.

Dan durfde iets dichterbij te komen. Hij stond vlak achter Veronika. Toen stak hij voorzichtig zijn hand uit.

'Ze is warm,' zei hij.

Veronika knikte. En ze ging voorzichtig opzij.

Drie ernstige volwassenen in een klein kamertje. De neurochirurg, Dan en Veronika. Beide ouders bij elkaar, dat was lang niet meer gebeurd, dacht Veronika.

De arts was net uitgesproken. Al die woorden. En ze klampten zich aan elk ervan vast.

Veronika vond de chirurg sympathiek, ze dacht niet dat hij hen wijs zou maken dat de prognose gunstig was, alleen om er zelf beter op te staan. Hij leek met beide benen op de grond te staan, en vermoedelijk vaker in een operatiekamer dan op de golfbaan.

Cecilia was bewusteloos geweest toen ze haar zondagochtend om een uur of zes binnenkregen, werd hun verteld. Veronika had het allemaal al eerder gehoord, maar ze had deze herhaling nodig. Niet omdat ze het niet begreep. Maar dat herkauwen, die eeuwige verklaringen en beschrijvingen en het regelen van praktische zaken boden een tegenwicht tegen de angst, ook al hield dat maar heel even stand. Ze konden het verdriet voor zich uit schuiven, Dan en zij. De grote pijn, die zo onbegrijpelijk was.

Dan kreeg te horen wat zij al wist. Dat ze Cecilia meteen hadden geopereerd en dat ze alle pas geopereerde patiënten een tijdje onder narcose hielden totdat het oedeem, de zwelling, minder geworden was.

'Dus als alles volgens plan verloopt, halen we haar in de loop van de volgende week uit de narcose.'

Een vaste stem. Een verzorgd Skåns accent. Geen angst. De arts wist wat hij deed en keek hen recht in de ogen.

'Cecilia zal zich niets meer van de gewelddadige overval herinneren.'

Gewelddadige overval, dacht Veronika. Ze had de pech dat ze zich in de buurt van een slecht mens had bevonden. Dat ze neergeslagen en mishandeld was en ernstig gewond door een verrekte idioot!

Ze voelde haar wangen weer gloeien.

'En vermoedelijk zal ze zich ook niets meer herinneren van de minuten voor de klap. Daar moet u op voorbereid zijn. Misschien weet ze nog dat ze van het feest is weggegaan en welke route ze heeft genomen. Het kortetermijngeheugen zit in het deel van de hersenen dat de hippocampus wordt genoemd. Maar waarschijnlijk heeft dat kortetermijngeheugen de laatste indrukken nog niet over kunnen brengen naar andere delen van de hersenen met langetermijngeheugenfuncties voordat ze het bewustzijn verloor. De overbrenging is waarschijnlijk afgebroken.'

'Dat is mooi,' liet Dan zich ontvallen.

'Dat vinden veel van onze patiënten wel, ja.'

'Hoe gaat het daarna verder?'

De angst hing te trillen in de kamer. Dan had zijn vraag eruit geperst.

'De meeste patiënten herstellen goed. Daar rekenen we in het geval van Cecilia ook op.'

Er volgde een goed getimede pauze, waarin de arts vol vertrouwen glimlachte. Veronika kon het niet laten terug te glimlachen. De meeste patiënten herstellen goed. Dat kon niet vaak genoeg gezegd worden. Die verklaringen en prognoses. Sommige ervan namen ze in zich op, andere durfden ze niet te geloven.

'Als het echt heel erg was geweest, zou ik het zeggen,' voegde de arts er zachter aan toe. 'Het is belangrijk om geen valse verwachtingen te wekken.'

Veronika bevond zich ditmaal aan de andere kant. Aan de kant van de ontvanger. Ze probeerde niet te denken dat dit op de een of andere manier nuttig zou zijn. Dat ze hierna een duidelijker en betrouwbaarder arts zou zijn en meer empathie zou hebben. Ze was toch maar gewoon wie ze was. En nu was ze net zo'n ongelukkig familielid als al die anderen.

Dans gezicht glom. Hij was uit zijn gewone doen geraakt door de spanning. Hij stelde zoveel vragen, wilde keer op keer dezelfde garanties hebben. Veronika schaamde zich bijna. Hij klonk zo boos. Geschokt en agressief. Tegelijkertijd had ze medelijden met hem. Ze wilde zijn wanhoop op de een of andere manier verzachten.

Maar de arts gaf geen blijk van ergernis. Hij zei het nog eens. Zette de meeste misverstanden recht. Maar de angst kon slechts tijdelijk getemd worden. Hij wist wel dat de vragen over een paar dagen weer konden opduiken, alsof hij nooit iets had gezegd. Veronika dacht aan al die keren dat het verplegend personeel beledigd was geweest wanneer patiënten zeiden dat ze niet geïnformeerd waren. Ook al hadden ze geduldig bij het bed gezeten om het uit te leggen. Maar zo ging het nu eenmaal. Het was menselijk.

'Wanneer uw dochter hier uitbehandeld is, gaat ze voor revalidatie naar Orup, een voormalig sanatorium een kilometer of twintig van Lund, aangezien ze hier staat ingeschreven. Het ligt er erg mooi. Ze zal minstens drie maanden niet kunnen werken of studeren. Bereidt u zich er maar op voor dat ze minstens een halfjaar moe blijft, misschien nog wel langer. Ze zal minder initiatief nemen, zich minder goed kunnen concentreren en een korter lontje hebben.'

Mijn hemel, dacht Veronika. Maar dat is allemaal onbelangrijk. Al ze maar wakker wordt. En zichzelf nog is.

Het was rond acht uur 's avonds. Veronika en Dan zaten aan een tafeltje in café-restaurant Finn bij de Kunsthal aan het Mårtensplein. Ze hadden diverse deuren van restaurants opengedaan en het te lawaaiig gevonden en de bezoekers te jong en waren ten slotte door vragen hier terechtgekomen.

Lamsfilet, rösti en rode wijn met haar ex-man. Na twintig jaar. Veronika nipte van de wijn en vond de situatie gek genoeg niet eens zo dramatisch.

De vlam van de kaars schitterde in het glazen blad dat op het donkerblauwe tafelkleed lag. De kaarsenstandaard was een ijzeren creatie die de fantasie prikkelde. Robuust, zoals het hele etablissement. De wanden waren tot aan het plafond en de geverfde ijzeren balken toe behangen met affiches van verschillende kunsttentoonstellingen. Een intieme sfeer, met verankering in vroegere tijden.

Een lekkere rode wijn, dacht Veronika. Ze beschikte niet over het arsenaal van woorden om de subtiele geuren en smaken te onderscheiden. De fles kwam uit Sicilië. Ze draaide het glas met haar vingertoppen om de voet rond. Ze keek om zich heen door het lokaal. Het zat behoorlijk vol. Een lange tafel met alleen vrouwen. Mollige, magere en vrolijke, met bungelende oorhangers en bijpassende sjaaltjes om de hals, allemaal van middelbare leeftijd, die de quiche, de pastasalade en de wijn uit een box thuis hadden verruild voor een gezelligere, lossere omgang in de kroeg. Aan een kleiner tafeltje zat een man in een Noorse trui verliefd te kijken naar een vrouw die haar lange, futloze haar eens zou moeten knippen. Ze waren ouder en gezetter dan de twee die bij de domkerk naast haar hadden gezeten.

Ze leek wel achtervolgd door verliefde stelletjes.

Aan haar eigen tafeltje heerste een onrustige, bedeesde stilte. Ze zeiden niet veel. Ze keek Dan niet aan. Ze zaten zwaar op hun stoelen, als grijze schimmen uit het verleden.

Hij hief zijn glas.

'Proost, op...'

Ja, waar moesten ze op drinken?

'Op Cecilia,' vulde ze aan, en ze probeerde te zien of hij dat aanstootgevend vond.

Hij had doffe, donkere wallen onder zijn ogen en zijn huid was grover. Hij had nog dezelfde hangwangen en diepliggende ogen. Hij was aantrekkelijk, ondanks de slijtage. Levend, dwars door de knagende ongerustheid en de vermoeidheid heen. Sommige mensen bleven dat, het was niet eerlijk.

'Proost, dat ze weer gezond mag worden,' zei hij.

Ze knikte. Ze was zo afgepeigerd dat ze niet eens meer kon huilen. De brok in haar keel was op weg geweest naar boven toen hij haar in de ogen keek, maar nu leek hij als een nevel op te lossen. De wijn hielp daarbij. Ze had haar spieren zo lang gespannen gehouden dat haar lichaam niet meer wist dat het ook anders kon. Toen ze ontspande, sloeg de vermoeidheid toe.

Ze liet haar blik weer over hem heen gaan. Ze kon het niet laten hem te evalueren en was zich ervan bewust dat hij waarschijnlijk hetzelfde deed bij haar. De jaren waren hard voor hem geweest. Dat zou wel door die ellendige sigaretten komen, waar zij horendol van was geworden. Maar onlangs was hij gestopt. Hij kleedde zich tegenwoordig netter. Gewoner, een overhemd en een bruin jasje. Vermoedelijk zocht zijn vrouw zijn kleren voor hem uit. Veronika vermoedde dat zijn nieuwe vrouw, die nauwelijks nieuw meer was, hogere maatschappelijke ambities voor hem had dan zijzelf ooit had gehad. Of de tijden waren veranderd. Netheid was in de mode. Maar hij zag er nu wel wat saaier uit. Minder vuur.

Twintig jaar geleden had zíj met hem geslapen, bedacht ze.

Ze stond er versteld van dat ze nog steeds reageerde op zijn geur. Zijn uitwaseming zat kennelijk in haar geëtst. Feromonen, dacht ze. Ze had er laatst een artikel over gelezen in het *Artsenblad*. Vluchtige substanties die via de reukzin fysiologische processen en bijbehorende gedragspatronen activeren bij de ontvanger. Die lust opwekken. Die mensen naar elkaar toe trekken en hen er onbewust toe brengen om met behulp van hun reukzin een partner te kiezen.

Ging het echt zo?

Ze richtte haar steeds waziger blik op zijn vingers, op de donkere haàrtjes tussen zijn knokkels. Ze herinnerde zich niet dat ze harig waren. Maar hoe het was om met hem te vrijen wist ze dus nog wel. Als een gevoel van volheid. Zijn handen en de aardse, kruidige geur van leer. En de zachtheid midden in de stoot. Rusteloos en doelbewust. Hij ging onmiddellijk op haar avances in. Hij was even licht ontvlambaar als petroleum. Helaas ook even vluchtig. Een man van het moment. Vastbesloten, ook wanneer hij zich verscheurd had moeten voelen door schaamte en schuldgevoelens. Maar naderhand glipte hij weg naar al het andere, waar ze eerst niet zoveel van had geweten.

Dat was toen. Hoe het er nu mee stond, daar moest ze niet eens aan denken.

Het was twintig jaar geleden dat híj met haar had geslapen. En niet alleen met haar, ook met een heleboel andere vrouwen, verdomme.

Of misschien toch niet zoveel, dacht ze. In haar gedachten waren het er meer geworden. Maar op zich was één andere vrouw al genoeg geweest om haar hele wereld op zijn kop te zetten. Misschien was het kleinzielig en onvolwassen van haar. Hij vond dat ze overdreef. Hij had gewoon een scheve schaats gereden en bedoelde daar eigenlijk niets mee. Die ander betekende niets. Of die anderen, als het er toch meer waren. Dat zei hij. Hij wilde helemaal niet scheiden. Hij wilde haar. Aldoor en tegelijkertijd. Maar hij kon het haar niet duidelijk genoeg uitleggen. Niet zo dat ze tevreden was met zijn uitleg.

Ze schaamde zich dat ze niet goed genoeg was, dat ze niet voor de volle honderd procent voldeed, en daardoor brokkelde haar zelfvertrouwen volledig af. Ze was niet geliefd.

Was ze koppig en kleingeestig geweest? Had ze haar kalmte moeten bewaren, zodat ze niet het zoveelste echtpaar in de echtscheidingsstatistieken werden? Had ze zich hardnekkiger moeten inzetten voor het kerngezin en voor een duurzaam herstel? Hun gemeenschappelijke leven was in ieder geval niet saai geweest, daar lag het niet aan.

Maar ze was jong. De twijfel knaagde. Het was toch het beste zoals zij het deed. Het was niet gemakkelijk, absoluut niet. Maar wel noodzakelijk.

Ze eindigde haar gedachtegang met een beetje wijn. Ze liet de smaak langs haar verhemelte rollen. Vervolgens zette ze haar glas langzaam neer.

'Wanneer is Skåne bij Zweden gekomen?' hoorde ze zichzelf vragen.

Dan fronste zijn voorhoofd en keek haar verbaasd aan. Hij hoefde echter niet na te denken.

'In 1658, bij de vrede van Roskilde.'

Ze knikte. Dat had ze wel gedacht.

Ze schaamde zich ook een beetje en draaide met haar duim aan haar trouwring. Die vraag had ze aan Claes willen stellen.

De jongen

Wat buiten de herinnering blijft.

Het jongetje is vier. Hij staat op de veranda in de warme zon. De zeebries speelt op de achtergrond. Roerloos staat hij daar, als het ware gevangen in zijn angst, met zijn mollige voetjes in sandalen met zwarte riempjes. Hij heeft een beetje O-benen, zoals kinderen vaak hebben. Een korte broek, een pleister op zijn ene onderbeen – iemand heeft in ieder geval de tijd genomen die erop te plakken – en rode vlekken van muggenbeten op armen en benen. Over zijn bolle buik een truitje met een blauwe dolfijn erop.

'Papa en mama komen zo,' zegt hij zacht met zijn hoofd naar beneden en een norse gelaatsuitdrukking.

Hij durft niet op te kijken en zich ook niet te verroeren. Hij staat stil, volkomen overgeleverd aan de volwassenen.

'Niet zo, maar later.'

De stem van de vrouw is energiek en afwezig. Ze neemt de witte kunststof tuintafel af met een roze doekje. Ze verwijdert rode ringen van gemorste wijn. Vervolgens zet ze de stoelen recht, snel en efficiënt, zodat de stoelpoten tegen het houten plankier stoten. Ze staat met de rug naar hem toe.

Hij staat helemaal aan de rand, waar rozen, lavendel, ridderspoor, margrieten en koningskaarsen achter hem groeien op de zacht glooiende helling.

'Papa en mama komen zo,' herhaalt hij, aangezien er niet naar hem geluisterd wordt.

Een beetje trillend ademt hij in. Zijn hoofd hangt zwaar naar beneden. Zijn pony valt voor zijn ogen en hij kijkt naar zijn tenen zonder iets te zien. Hij heeft vieze, kapotte nagels. Zomervoeten. Stiekem kijkt hij af en toe naar de vrouw in de gele zomerjurk en met het opgestoken haar. Ze is nu bezig was van een droogrek te halen.

'Papa en mama komen...'

Het laatste woord slikt hij in. Zijn stem is zwakker, maar nog net zo overtuigend. *Ze komen zo.* Natuurlijk komen ze zo! De auto stopt straks voor de deur en dan laten ze hem instappen.

Een spuugbelletje in zijn mondhoek. Maar geen tranen.

'Vanavond,' zegt de vrouw, en ze gaat het huis in met een armvol schone lakens.

Misschien hoort hij wat de vrouw daarna zegt tegen de man binnen in het vreemde huis met een heleboel donkere kamers.

'Ik vraag me af hoelang ze hem hier bij ons willen laten blijven.'

De woorden treffen hem hard. Het antwoord van de man is niet te verstaan. Misschien zegt hij wel niks.

'Mijn god, wat een onverantwoordelijke mensen!' gaat ze verder, want ze is niet tevreden.

Hoort het jongetje dit, ook al is dat niet de bedoeling?

Of is het onbewust wel haar bedoeling? Dat het kleine jongetje begrijpt wat zij voor hem moet doorstaan. Dat ze boos en verontwaardigd is. Dat ze zich er behoorlijk over opwindt.

Dat er zulke onverantwoordelijke ouders bestaan!

Die niet op hun kinderen passen. En die haar bovendien in een lastig parket brengen.

Want zij zegt geen nee wanneer het arme kind in principe al op de stoep staat. Zo is ze niet.

9

Zondag 8 september

Van de films die Nina Bodén voor het weekend heeft gehuurd heeft ze er niet een gezien. Ja, stukjes ervan. Verder heeft ze vooral door het huis gefladderd.

Eerst heeft ze er een Amerikaans en tamelijk voorspelbaar liefdesdrama in gestopt, daarna een wat ambitieuzer opgebouwde Japanse film over de verfijnde en terughoudende wreedheid van de samoerai. Ze besefte algauw dat ze allebei niet geschikt waren voor een vrouw van middelbare leeftijd die zojuist haar man meende te hebben verloren. Wat had ze dan gedacht? Een vergeefse vlucht.

Foetsie, weg!

Na tweeëndertig jaar. Ze had het nagerekend. Ze hadden in ieder geval hun zilveren bruiloft gevierd. Maar zou er nog een gouden bruiloft komen?

Veel rijke, maar ook trage en inspannende jaren.

Tot haar ontsteltenis ontdekte ze nu dat ze hem lange tijd niet zo had gemist als nu. Eerder had ze zich voorgesteld dat ze hem liever kwijt zou zijn dan rijk en dat ze hem helemaal niet zou missen. Dat ze verder zou gaan, op weg naar andere avonturen. Dat was alleen een kwestie van tijd, zoals zij het toen zag.

Het leven was te kort om het aan onbenulligheden te verspillen. Daar was ze allang achter. Maar dat inzicht was steeds sterker geworden en een bom onder hun huwelijk geworden. Als ze genoeg moed had, blies ze de boel op en dan was ze vrij.

Binnenkort.

Maar nu doemde het besef dat ze geen idee had waar hij zat onverwacht als een grijze muur voor haar op. Ze stond erbuiten.

Voor het eerst was ze helemaal alleen. Het was helemaal niet wat ze zich ervan had voorgesteld.

Die rotvent! Waar zat hij in vredesnaam?

Ze staarde uit het raam. Mooi weer, natuurlijk. Jammer dat ze niet naar buiten kon. Dat ze niet naar buiten wílde.

Had iemand hem iets aangedaan? Haar boosheid ging snel over in weke angst. Ze zag zijn van pijn verwrongen gezicht voor zich. Ze voelde een tederheid die ze van zichzelf niet had verwacht, en verrassend genoeg was dat een prettig gevoel. Ze jammerde voorzichtig terwijl ze haar tranen liet stromen, ze sloeg met haar handpalmen tegen de muur. Ze voelde zich net een kind. Op welke schouder kon ze nu leunen?

En waar kon ze haar boosheid op richten?

Ze durfde zich in ieder geval te laten gaan. Nu pas was de dam gebroken. Ze huilde alles bij elkaar

Zo'n harde ben ik dus ook weer niet, dacht ze. Ze snoot haar neus en depte haar gezicht met koud water. Er kon immers iemand komen. Op zich hoefde ze dan de deur niet open te doen, maar toch. Misschien kwam de politie nog langs. Al twijfelde ze daar wel aan, ze waren bepaald niet voortvarend bezig, maar je kon niet weten. Hier moest een keer een eind aan komen. Vroeg of laat zou ze onvermijdelijk een of ander bericht krijgen.

Maar wat moest ze in de tussentijd beginnen?

In een laatste, wanhopige poging om haar zinnen te verzetten stopte ze de derde film erin en ging kaarsrecht op de bank zitten met de afstandsbediening in haar hand. Mooie beelden. Een verhaal over een arm Iers gezin dat voortploeterde op een lapje schrale grond, volgens de tekst op de achterkant. Waarom had ze dat uitgezocht? Misschien omdat ze iets zocht wat ver van haar eigen leven af stond. Een ander soort ellende, niet te vergelijken met haar eigen ongeluk.

Maar het was een vergeefse poging. Het was loodzwaar allemaal. Had ze niet iets luchtigers kunnen huren? Maar een kluchtig liefdesverhaal zou ze nu misschien ook niet kunnen verdragen. Ondanks alles werd ze tot de ellende aangetrokken.

Ze moest iets doen, maar ze wist niet in welke richting haar dadendrang moest gaan. Ze had inspecteur Claesson de wind van voren gegeven, maar hem nog niet onder vier ogen met haar groeiende onmacht geconfronteerd. Een nogal dikke man die Ludvigsson heette had gebeld. Ze was op het politiebureau geweest en had hem ontmoet. Hij zou meer moeten bewegen. Minder vet en meer langzame koolhydraten. Groen denken. Ze stond op het punt dat tegen hem te zeggen, maar deed het toch maar niet.

En de twee agenten die bij haar thuis waren geweest, dat was ook niet veel soeps. Ze zouden wel gewoon hun werk doen. Een jonge vrouw met een te grote jas aan, of misschien leek dat zo omdat ze zo kort van stuk was, en een wat robuustere man, een echte agent, die het woord deed. Vragen, vragen en nog meer vragen. Maar geen antwoorden.

Het allerlaatste levensteken was uit Lund gekomen. De politie daar was natuurlijk ingeschakeld. Een arts van de KNO-kliniek had gezegd dat Jan zich absoluut niet abnormaal had gedragen toen hij daar wegging. Een assistente bij de balie had ook een paar woorden met hem gewisseld en zij zei hetzelfde. Jan had gevraagd waar hij koffie kon drinken, en de assistente had hem twee mogelijkheden aan de hand gedaan: naar de roze kiosk aan de overkant gaan, of naar het hoofdgebouw, het Blok.

Daarna hielden alle sporen op.

De kinderen belden, en dat maakte het erger. Ongerust stelden ze keer op keer dezelfde vraag. In principe de enige vraag die je kon stellen.

Waar is hij gebleven?

Zij had Eva-Lena. Ze wist bovendien álles. Eva-Lena was de enige die ze volledig vertrouwde, en die er altijd voor haar was. Die als het ware wachtte op een nieuw verslag dat ze geacht werd als een kostbaar geschenk aan haar voeten te leggen. Maar ze kon Eva-Lena niet aldoor lastigvallen. Die had haar eigen leven, dat ook niet altijd even leuk was. Ze zat vast aan een klootzak van een kerel en had nog niet genoeg moed bijeengeraapt om zich los te maken. Wanneer ze zover was, zou dat een hoop herrie geven, dacht Eva-Lena. En ze zou zo arm worden als een kerkrat. Het was de vraag of het dat waard was. Altijd dezelfde vraag. En altijd dezelfde onbestemde antwoorden. Wat was wel iets waard?

Dat wist je van tevoren nooit. Je kon niet in de toekomst kijken. Als ze hem dood had kunnen slaan zonder gepakt te worden, had ze dat lang geleden al geprobeerd, zei Eva-Lena met een ruwe lach, en daarmee deed ze het allemaal als volslagen onmogelijk af.

Maar was het wel zo onmogelijk?

Nina Bodén peinsde nu over die ingewikkelde vraag. Had ze zich ooit laten ontvallen dat ze Jan dood wenste? Ooit?

Eva-Lena was de laatste tijd wel wat kortaf geweest. Of verbeeldde ze zich dat maar? Nee, zoiets verbeeld je je niet, dat had ze dan toch wel geleerd in het leven. Het was net of Eva-Lena haar niet meer wilde kennen, maar waarom, dat zei ze natuurlijk niet. Ze was waarschijnlijk nooit iemand geweest die de koe bij de horens vatte. Ze rekende erop dat anderen haar gedachten lazen en de problemen voor haar oplosten als ze maar lang genoeg bleef mokken.

Dergelijke dingen was Nina ontgroeid.

Op miraculeuze wijze was ze erin geslaagd de hele vorige week te werken. Het was prettig iets omhanden te hebben, een goede afleiding. Ze reed plichtsgetrouw rond in haar witte autootje om huisbezoeken af te leggen. Van dinsdag tot donderdag ging ze naar dorpen in de omgeving, aangezien Gullbritt ziek was, en iemand haar district over moest nemen. Het bos waar ze doorheen reed, troostte haar. De rode huisjes met herfstasters en chrysanten voor de deur ook.

Daar wist nog niemand van haar zorgen. Daar had ze geen last van nieuwsgierige blikken en hoefde ze zich niet te verantwoorden voor wat Jan had gedaan. Wat dat dan ook was.

Typisch Jan!

Thuis was het erger. De mensen vroegen waarom Jan zo lang wegbleef. Hoe was het gegaan in het lazaret in Lund? Het was lastig, al die praatjes, en ze bleef het liefst binnen. Want hoe vaak kon ze het nog opbrengen om te zeggen dat ze van niets wist? Dat de politie naar hem op zoek was, maar dat zijzelf niet het flauwste vermoeden had waar hij zat. Dat klonk geheimzinnig en men nam er zelden genoegen mee. Het moest herhaald en verduidelijkt worden. Ze wilden haar laten vertellen, haar dingen laten zeggen die ze helemaal niet wist, ze wilden haar het liefst goed bewaarde geheimen laten onthullen. Want niets heeft zo'n aantrekkingskracht als geheimen. Maar ze trapte er niet in.

'Geen idee,' wist ze met bijna toonloze stem uit te brengen, en ze probeerde niet bits of snauwerig te klinken, want dat zou de mensen nog maar nieuwsgieriger maken en hun fantasie nog meer stimuleren.

Maar het was absoluut niet gemakkelijk. Ze was ongerust en tegelijkertijd gedroeg ze zich bijna als een treurende weduwe, terwijl haar gedachten om iets heen cirkelden wat haarzelf nog het meest dwarszat. Het onbestemde. Waar ze geen idee van had. Waar ze misschien buiten gehouden was. Had Jan geheimen?

Ze was achter zijn bureau gaan zitten en had alle laatjes doorzocht. Daarna had ze geprobeerd alles zo terug te leggen dat hij niets zou merken.

Wanneer hij terugkwam.

Als hij terugkwam.

Nee, ze vond niets wat hij zou moeten verbergen. Maar toch was ze niet tevreden. Er was iets gebeurd. Maar wanneer was de verandering opgetreden? Als er tenminste een verandering was.

Ze schommelde heen en weer, ze wilde geen leeuwen en beren zien waar ze niet waren.

Was het niet gewoon dat het met de jaren wat verflauwd was, wat stiller tussen hen? Zoals bij de meeste mensen. In zekere zin een zegening. Het leven werd gelijkmatiger en kwam in de ruststand terecht, alsof ze het zo hadden afgesproken en het ook zo wilden houden. Ze waren heel gewoon in het stadium aangekomen waarin je de minder leuke dingen van elkaar accepteerde. Weliswaar ging het af en toe niet van harte, maar het leven was nu eenmaal weerbarstig, niets ging vanzelf.

Maar die vreugdeloosheid, wanneer was die gekomen? En dat ze niet meer praatten, waardoor er speelruimte ontstond voor iets anders?

Hoe goed kende ze Jan?

Ze belandde weer bij het keukenraam, haar armen stijf over elkaar geslagen voor haar borst. Ze zag de buurman zware tassen met boodschappen uit de auto halen. Zijn vrouw trippelde met een paar tassen met kleren achter hem aan. Nina Bodén kende niemand die zoveel kleren kocht als haar buurvrouw. Altijd het nieuwste. Ze zag eruit als een overjarige puber. Haar man zag haar graag zo, beweerde ze. Nina Bodén had bijna willen zeggen wat ze er zelf van vond, maar ze had haar mond gehouden. In haar vak moest je op je woorden passen. Ze was veroordeeld tot eindeloos begrip, geduld en empathie.

En iedereen moet op zijn manier zalig worden, dacht ze, en ze zag de man weer naar buiten komen. Hij had zich verkleed. Hij liep op klompen naar de garage en rolde de grasmaaier naar buiten. Gadverdarrie, het gras!

Haar boosheid kwam weer opzetten. Ze liet haar armen zakken en was bijna in een ongecontroleerde schreeuw uitgebarsten als inspecteur Claesson niet buiten voorbij was komen wandelen met de kinderwagen. En toen hij eenmaal voorbij was, hoefde het niet meer.

Waarom had Jan haar zo alleen laten zitten? Ze kon niets doen. Zich hooguit op het ergste voorbereiden. Het gazon moest worden gemaaid en zij wist niet eens hoe ze de grasmaaier aan de praat moest krijgen.

Resoluut deed ze de keukenkast open om een bezigheid te zoeken.

Misschien zou ze snel even een cake bakken, dacht ze wat constructiever. Of Finse vingers, of chocoladewafeltjes. Of waarom geen schuimpjes? Ze deed de koelkast open om te kijken hoeveel eieren er nog waren. Vier. Nou ja, dat was genoeg. Dan maar geen schuimpjes, ze kon zich concentreren op een cake en wat kleine koekjes. Boter had ze ook. Ze gebruikte nooit margarine om te bakken. Altijd roomboter. Anders loonde het de moeite niet.

Bakken was echt een troost, dacht ze, en ze knoopte haar schort voor. Haar mobieltje ging. Ze keek naar de display en glimlachte. Mooi, dan heb ik iets lekkers bij de koffie, dacht ze en ze hield de telefoon tegen haar oor.

*

Veronika lag op de bank. Claes had Klara meegenomen in het wagentje om de ontbrekende boodschappen, zoals melk, te gaan doen. Het was in de loop van de dag warm geworden in de kamer, er hing een zware lucht, ze hoefde geen plaid over haar benen te leggen. Ze had de hele dag in de tuin gewerkt. Ze had aarde onder haar nagels en haar hele lichaam voelde murw aan. Eindelijk durfde ze haar ogen te sluiten en ze viel in een diepe slaap.

De voordeur ging open en weer dicht. Ze hoorde Claes en Klara in de hal. Ze lag nog wat te doezelen. In het licht van de ondergaande zon zag ze hoe de glazen mobile voor het raam in verschillend gekleurde lichtcirkels tegen het plafond werd weerkaatst.

Claes stond in de deuropening.

'Heb je nog wat kunnen slapen?'

Ze knikte.

'Een poosje.'

'Mooi zo!'

Ik heb toch maar de beste man van de wereld getrouwd, dacht ze tevreden. Klara probeerde bij haar op de bank te klauteren. Ze hing ontzettend aan haar moeder nadat die een week in Lund was geweest.

'Ga je morgen weer naar het Hommeltje?' vroeg Veronika, terwijl ze over Klara's haar streek.

Klara luisterde niet. Ze had een paarse pen te pakken gekregen van een farmaceutisch bedrijf, die ze krampachtig vasthield terwijl ze schrijlings op Veronika zat. Daarna liet haar dochtertje zich op de grond glijden en Veronika stond op, nam Klara op de arm en liep naar Claes toe in de keuken. Ze zette Klara neer en sloeg haar armen om zijn nek. Ze wilde goedmaken dat ze morgen weer weg moest. Ook al had hij zich daar niet over beklaagd.

'Hoelang blijft Dan?' vroeg hij, alsof hij haar gedachten had gelezen.

'Dit weekend nog. We lossen elkaar af.'

Meer vroeg hij niet.

IO

Claes Claesson had een paar uurtjes op het politiebureau doorgebracht terwijl Klara op het Hommeltje was. Het was nu meer dan een week geleden dat Cecilia gewond was geraakt. Veronika was weer naar Lund om erbij te zijn wanneer ze haar langzaam uit de narcose haalden.

Het personeel van de crèche vond dat Klara het geweldig deed. Hij hoefde zich er helemaal geen zorgen over te maken dat Klara huilde als hij wegging. Dat was normaal. Als hij weer was vertrokken, was ze al snel weer vrolijk en tevreden, getuigden ze uit één mond. In hun circulaires noemden ze zichzelf geen leidsters of juffen – het idee alleen al! – maar pedagogen. Altijd die pogingen om je status te verhogen, om anderen anders naar je te laten kijken, dacht hij. Toch zit het in de mens, dat opstellen van de rangorde.

Eigenlijk maakte hij zich er eerder zorgen over dat Klara het op een goeie dag helemaal niet meer erg zou vinden dat hij wegging. Dat ze hem vrolijk uit zou zwaaien, zoals sommige kinderen deden, en net zo lief bij Marie bleef als bij hem. Zo had hij het zich in zijn vaderlijke ijdelheid beslist niet voorgesteld.

Maar nu zat hij aan zijn bureau met een stapel papieren voor zich die hij in mappen moest stoppen. Misschien zou hij voortaan zelfs het juiste document kunnen vinden als hij het nodig had. Het meeste was in de prullenbak beland. De papierloze maatschappij was niet alleen een utopie, bedacht hij, maar wat hem betreft zelfs niet wenselijk. Ook al bezweek de informatiesamenleving bijna onder haar eigen gewicht, toch hield hij liever iets in zijn hand dan dat hij de computer moest opstarten. Het was net of hij het vanaf het scherm minder makkelijk opnam.

Het meeste op zijn afdeling was nog bij het oude. Je moet niet denken dat er revolutionaire dingen gebeuren alleen omdat je een tijdje weg bent, dacht hij. Het was bijna saai dat alles nog hetzelfde was. Een paar nieuwe voorstellen, een paar veranderingen in bepaalde procedures, hier en daar een nieuw gezicht in de kantine, dat was het.

Voor het eerst in lange tijd betrapte hij zichzelf erop dat hij zich afvroeg of het geen tijd werd van baan te veranderen. Een snelle afweging zei hem echter dat hij dan zou moeten verhuizen. Dat had hij eerder gemakkelijk kunnen doen, maar nu was dat zo'n ingrijpende en veelomvattende beslissing dat hij besefte dat het bij dromen zou moeten blijven. Hij zat muurvast met zijn vrouw, zijn kind en zijn huis, net als de meeste andere mensen. De enige grote verandering waar mensen kennelijk wel toe neigden, was een scheiding.

Louise Jasinski was ook net gescheiden. Ze had haar rijtjeshuis verkocht en was naar de stad verhuisd. En ze maakte echt geen tevreden indruk. Ze leek voornamelijk boos. Maar het was ook niet haar wens geweest. Ze had hem wel iets verteld toen hij ouderschapsverlof had en zij bezig was met de moord in het washok. Ze was bij hem thuis geweest en had behoorlijk in de put gezeten. Haar ex-man had een nieuwe, jongere vrouw gevonden en dacht op die manier gelukkig te zullen worden. Niets nieuws onder de zon, met andere woorden, maar de vraag was hoelang je je gedrag door zoiets moest laten bepalen. Ze was tegenwoordig onberekenbaar en nukkig. Benny Grahn was van mening dat ze een goede beurt nodig had.

Iemand die je er niet van zou kunnen betichten dat hij er maar wat op los leefde, was Gotte; die ruilde nooit iets in voor iets nieuws. Hij was van een generatie die er een eer in stelde om trouw te zijn in het huwelijk en loyaal op het werk. Gotte zou nog tot volgend jaar zomer doorwerken en dan had hij nagenoeg zijn hele werkende leven op een en dezelfde plaats doorgebracht. Bij de politie in Oskarshamn. Zijn opvolger zou waarschijnlijk een ambitieuze jurist zijn. Er zou een andere wind gaan waaien. Claesson zou niet hoeven verhuizen om variatie te hebben.

Nina Persson was terug van ouderschapsverlof en zat weer net zo mooi opgemaakt en met net zulke lange, fraai gemanicuurde nagels als altijd bij de receptie. Hoe ze dat voor elkaar kreeg met een klein kind begreep Claesson niet; waarschijnlijk kenden alleen vrouwen dat geheim. Hij had het gevoel dat de collega's nu over het algemeen aardiger waren voor Nina. Hij zou het niet toegeven, maar ze hadden haar opvallende blonde verschijning weleens aangegrepen voor minder fijngevoelige macho-opmerkingen, maar nu leek het wel alsof zowel Nina als zijzelf volwassener waren geworden. Kwam dat doordat ze moeder was? Ze moest nu een ander mens beschermen.

Ze glimlachte extra breed naar hem. Misschien omdat ze nu beiden ouders van een klein kind waren. Hij knikte terug, maar vond het enigszins gênant om op het werk over de kinderen te praten, ook al deed hij het desnoods wel. Over haar Alvar en zijn Klara.

Toch was hij in gedachten vooral met Louise Jasinski bezig. Dat ze afstandelijk was, kon natuurlijk meer oorzaken hebben dan haar scheiding. Ze ontliep hem. Vanochtend zat ze met haar kamerdeur open te werken, maar ze had nauwelijks opgekeken om te groeten toen hij langsliep. Dat was niets voor haar. Toen ze contact met hem opnam tijdens het onderzoek naar de moord in het washok en de zaak van het verdwenen schoolmeisje dat meibloemen verkocht, was ze doodmoe en gestrest geweest van het leidinggeven en van de rommelige situatie thuis – het was niet moeilijk te begrijpen wat erger was – maar dat had ze niet op hem afgereageerd. Al was het mogelijk dat hij doof en blind was geweest in zijn behaaglijk ontspannen gevoel van inspecteur met ouderschapsverlof.

Nu het werk als hoofd van de afdeling haar eindelijk goed afging, zou ze het vermoedelijk niet leuk vinden om het stokje weer terug te geven, dat begreep hij wel. Leidinggeven moet je leren en dat kost tijd, en voor een vrouw was het niet gemakkelijker, ook al hoefde het niet per se moeilijker te zijn. Er was zo ongelooflijk veel gezeur over machtsverdeling naar sekse en gelijkheid en al dat soort dingen. Hoe dan ook, macht en de mogelijkheid om invloed uit te oefenen had voor bepaalde mensen een sterke aantrekkingskracht. Des te sterker, mocht je aannemen, als hun verdere leven zo'n wending had genomen dat het een bonus was om iets te hebben waar ze zich in konden vastbijten. Het werk was een veilig toevluchtsoord.

Voor kinderen zorgen was ook geen feestje, daar was hij wel achter. Die ervaring deelde hij vermoedelijk met veel vaders in dezelfde situatie. Maar dat zei hij niet. Hij wilde geen scheve, triomfantelijke glimlachjes van alle bemoeizuchtige vrouwen die mannen maar stumpers vonden.

Veronika deed niet mee aan dat soort stiekeme onderdrukking en zijn zus trouwens ook niet, maar je had vrouwen die dat wel deden. Liljan was er zo een die het probeerde. Veronika en zijn twee jaar oudere zus Gunilla waren allebei sterke vrouwen. Als kind had hij een strenge maar liefdevolle leerschool gehad. Zijn contact met Gunilla was in de loop der jaren warm gebleven, terwijl het contact met zijn jongere broer Ulf juist wat was bekoeld. Volgens hem kwam dat vooral door diens vrouw Liljan, een echte muts. Hij hield het nooit erg lang met haar uit en Veronika ook niet. Liljan had een groot talent om het altijd nét fout te doen. Ze bemoeide zich overal mee en was te opdringerig. Ulf werd steeds stiller en hield zich steeds meer afzijdig, wat natuurlijk zijn eigen keus was. Hij verstopte zich achter Liljan, merkte Veronika op.

Claesson was zich altijd bewust geweest van de betekenis van zijn oudere zus. Nu gaf hij voor zichzelf bovendien toe dat hij onder de indruk was van haar. Ze werkte hard. Ze was hoofd personeelszaken, had vier zoons en een ietwat wereldvreemde man. Maar ze kon het allemaal wonderbaarlijk goed aan en bleef er goedgehumeurd bij. Misschien door haar aangeboren geestkracht.

Het was altijd gezellig om bij zijn zus en haar drukke gezin in Stockholm op bezoek te gaan. Hij was niet blind voor het feit dat Gunilla bepalend was geweest voor zijn eigen voorkeur voor zelfstandige vrouwen. En misschien ook voor het belachelijke gevoel van trots omdat hij nu zelf een groot huis vol leven had.

Bij nader inzien had hij nooit kunnen leven met een vrouw die niet zelf iets was. In eerdere relaties was er altijd te veel of te weinig van iets geweest. Wijn of water. In zijn relatie met Katina, de vrouw met wie hij samen was toen hij Veronika leerde kennen, had het aan vuur ontbroken. Het was eigenlijk nooit echt iets geworden, en dat kwam waarschijnlijk niet alleen doordat ze elkaar uitsluitend in het weekend zagen.

Eva, de vrouw met wie hij de langste, noodlottigste liefdesrelatie had gehad, liet hem anderzijds helemaal opbranden. Dat was een heel gecompliceerde geschiedenis. Af en toe bedacht hij dat hij zich gelukkig mocht prijzen dat die tijd achter hem lag. Dat hij zich daaraan had weten te ontworstelen, en dan ook nog vrijwel zonder kleerscheuren.

Hij trok het bovenste bureaulaatje open. Stoffige pennen, paperclips in verschillende formaten en oude memoblaadjes achterin. Die legde hij op zijn bureau en las ze voordat hij ze weggooide.

Hij zat hier achter zijn bureau overbodig te zijn, en dat was een vreemd, om niet te zeggen beangstigend, gevoel. De collega's om hem heen werden opgeslokt door zaken waar hij nauwelijks iets van wist. Niemand had een reden hem ergens in te betrekken. Ze liepen langs, net zoals Louise zonet. Er kwam wel eens iemand een praatje maken in de deuropening, maar dat was dan ook alles. Peter Berg had vrolijk gegroet. Hij zag er onbeschaamd fit en vrolijk uit. Zijn pokdalige, bleke wangen leken een gezondere kleur te hebben gekregen. Of het lag aan zijn kleren, die modieuzer waren en kleuriger. Hij droeg een oranje shirt onder zijn zwarte trui.

Claesson betrapte zich erop dat hij zich een buitenstaander voelde, het gevoel dat gepensioneerde collega's waarschijnlijk ook hadden als ze hun oude werkplek bezochten. Collegialiteit was beperkt houdbaar.

Vlak voor elven werd er gebeld. Hij schrok er bijna van, maar het kwam hem goed uit. Hij verveelde zich dood. Toen hij opnam, ging hij ervan uit dat het Veronika was, die vanuit Lund belde, en dat moest kunnen.

Het telefoontje kwam wel uit de Zuid-Zweedse universiteitsstad, maar het was niet zijn vrouw (een benaming waar hij nog aan moest wennen). Hij hoorde rechercheur Gillis Jensen van de politie van Lund zijn naam noemen, en hij ging ervan uit dat die hem in zijn beleefde Skåns iets wilde vertellen over de mishandeling. Claesson had zelf een week geleden contact met hem opgenomen over Cecilia. Hadden ze iemand opgepakt?

Maar het ging niet over Cecilia. Het ging over Jan Bodén.

Zijn wangen werden heet. De gesprekken met de vrouw van Bodén schoten door zijn hoofd. Nina Bodén, die hij effectief had doorgesluisd naar Ludvigsson, had nog steeds geen gezicht. Hij vond dat ze een nare stem had. Die constante, luid verwijtende toon. En misschien schaamde hij zich ook wel een beetje dat hij haar willens en wetens bij iemand anders had gedumpt, niet direct bij de eerste de beste, maar toch. En ook al was dat een verstandig en logisch besluit geweest, toch was het dat kennelijk in dit geval niet, omdat zij bij elkaar in de straat woonden. Een feit waaraan zij veel belang hechtte. Buren, dacht hij. Praatjes over de heg en ander gesmiespel. In haar ogen deed hij niets.

*

Veronika hield een stapeltje kaarten in haar hand die haar oudste dochter had gekregen. Leuke plaatjes en vrolijke, optimistische uitroepen.

Word gauw beter! Hou vol! We weten dat je een vechter bent! We missen je! We zien elkaar gauw!

Ze kwamen overal vandaan. Van oude jeugdvrienden en nieuwe kennissen die Veronika niet eens van naam kende. Maar wat was ze blij dat Cecilia zoveel mensen kende die aan haar dachten.

Ze boog zich naar het oor van haar dochter.

'Cecilia, iedereen denkt aan je,' fluisterde ze vrolijk. 'Sara heeft een paar keer gebeld. En Ester komt bijna elke dag. En je hebt kaarten gekregen van Kristoffer, Magdalena, Sanna, Johanna, Ylva, Calle... Ja, een heleboel mensen hebben iets van zich laten horen. Kind, wat heb je een grote vriendenkring, het is geweldig!'

Ze legde de handvol kaarten op het nachtkastje. Daar stond de foto van de bruiloft al. Vrolijk en blij keken ze recht in de lens. Cecilia's lange haar glansde in het licht.

Het bleef warm. In het ziekenhuis bleef het gelijkmatig koel, maar buitenshuis plakten de kleren aan je lijf. 's Nachts werd het wel frisser.

Veronika was de hoofdingang van het Blok uit gekomen en liep door naar de Lasarettsgatan. Ze stopte bij de kruising en tuurde tegen de zon in. Het was lunchtijd en er waren veel mensen op de been. Het ziekenhuisterrein was niet groot, maar dichtbebouwd. Achter het Blok torenden nieuwe formaties op, massieve gebouwen waarin onderzoekslaboratoria en allerhande collegezalen gehuisvest waren.

Voor het eerst sinds het ongeluk zong ze inwendig. Ze merkte de kille windvlaag bijna niet die door haar kleren ging en haar tranen deed opdrogen. Een onmiskenbare voorbode van de naderende herfst, al zou het nog wel even duren voor de sombere, grijze dagen van november weer aanbraken. Eerst kwamen er nog heldere dagen in verzadigde kleuren. Een mooie tijd voor revalidatie, dacht ze. Wanneer de lucht nog openstaat voor de zon. En voor het leven.

Ze was onderweg naar de kantine van het ziekenhuis, waar ze zou lunchen met een oud-studiegenoot. Op dit moment was ze innig dankbaar voor gezelschap. Ze had behoefte aan praten. Weliswaar had ze Claes al gebeld, maar dat gesprek was noodgedwongen kort geweest. Zodoende had ze nog veel over wat ze moest vertellen. Ze borrelde over van eindeloze blijdschap. Het was hetzelfde gevoel als toen ze pas was bevallen. Die euforie was zo onbeschrijflijk, maar toch was er een sterke behoefte die in woorden uit te drukken.

Ze hadden een keerpunt bereikt.

Na dagen in Lund, die in een krampachtig vacuüm waren verlopen, viel de spanning eindelijk weg. Ze had van zichzelf niet te veel mogen hopen. Tegelijkertijd had de hoop dat alles weer net zo zou worden als vroeger al haar tijd in beslag genomen. Ook 's nachts. Ze had gedroomd dat Cecilia zich, net als in een film, uitrekte op het ziekenhuisbed, loom en uitgeslapen, met haar lange blonde haar golvend over het kussen. Dat ze met een licht ironische glimlach zei: 'Jeetje, mam, wat doe jij hier?' Vervolgens keek ze verbaasd om zich heen en vroeg: 'En wat doe ík hier?'

Cecilia zou volledig herstellen. Dat dachten de neurochirurgen, maar soms was het net of patiënten geen geloof durfden te hechten aan goed nieuws. Een eigenaardigheid waar ze vertrouwd mee was. Patiënten die weigerden te beseffen dat ze echt genezen waren. Er was een diagnose gesteld, kanker misschien, maar nu was het gevaar geweken. Ondanks lange verklaringen en pogingen om hen te overtuigen bleef de gedachte aan het ergste leven, sterk en bijna verlammend. 'Weet u honderd procent zeker dat het nooit meer terugkomt?' Nee, natuurlijk niet. Doodsangst veranderd in leven in angst. Maar als je uitging van het ergste, kwam je in ieder geval nooit bedrogen uit.

Hier had ze niets kunnen betekenen, ze kon er alleen zíjn, en dat was ze niet gewend. Maar ze had zich er langzamerhand in geschikt. Eigenlijk verlangde ze niet zoveel meer dan alleen bij Cecilia te mogen zijn. Ze maakte zich klaar om haar dochter met open armen te ontvangen, hoe ze er ook aan toe zou zijn. Ze probeerde alle plannen los te laten, grote zowel als kleine. Wat moest ze anders?

Maar af en toe was ze best boos.

Je had een andere vader moeten hebben, dacht ze toen ze over Cecilia's stoppeltjeshaar aaide. Dat is mijn schuld, niet die van jou, meisje. De vader die ik je heb bezorgd is in ieder geval een heel weekend bij je geweest. Toen is die egoïst weer weggegaan. Hij is 'm gesmeerd, net als altijd. Maar wij zijn gewend onszelf te redden, jij en ik. En nu hebben we bovendien Claes. Ik weet dat je hem niet mag, maar dat komt nog wel, ook al kan het even duren. Je zult zien dat het goed komt.

Gisteren had ze die zwijgende tirade afgestoken. Altijd zwijgend. Er waren verpleegkundigen in het vertrek, als onzichtbare schaduwen, maar altijd aanwezig. Sommigen van hen kende ze intussen. De mensen die ze had willen leren kennen, die ze aardig vond.

Zo had ze daar ook vanmorgen gezeten. De arts was er ook. Het was een mooie nazomerdag, ideaal voor een uitstapje, dacht ze. De kamer zweefde in botergele zonneschijn. Het was er onvermijdelijk benauwd, er hing niet bepaald een zilte zeelucht en geen aardse dennengeur, maar wel een soort verlangen daarnaar. Misschien een voorgevoel.

Opeens stopten haar gedachten. Cecilia's oogleden trilden. Het buisje zat nog in haar mond. Ze was oraal geïntubeerd. Het ademhalingstoestel zorgde voor de ademhaling, met net zulke regelmatige schokken als eerst. Maar de narcose was niet meer zo diep. Lichte, onrustige bewegingen. Friemelende vingers. Een hand die omhoogging. Ze werd langzaam wakker, net als Doornroosje.

Veronika hield haar adem in. Haar dochter wist haar ooglid een paar millimeter op te tillen. Haar ogen bewogen slepend in de halvemaan onder de donkere wimpers. Ze kon de iris vaag in de kier onderscheiden. En vervolgens de pupil. Veronika zocht er enthousiast naar.

'Hier ben ik. Zie je mij?'

Ze boog naar voren en hield haar gezicht vlak boven dat van Cecilia. Ze viel bijna voorover op het bed. Opeens zag Cecilia haar. De zwarte pupil was recht op haar gericht.

Toen viel haar ooglid weer dicht.

Opeens kwam de ommekeer. Veronika glimlachte onwennig naar de arts en de verpleegster. Toen moest ze hun de rug toekeren om zich te vermannen en het uitbundige geluk dat haar plotseling vervulde een plaats te geven. Ze keek naar buiten. Het prachtige uitzicht vanaf de tiende verdieping maakte haar op dat moment gewichtloos. De grenzeloze openheid en schoonheid. Het vlakke landschap dat samenvloeide met de Sont en dat haar vertrouwd geworden was. De dunne lijn van de Sontbrug boven het water, de verbinding met Kopenhagen, Denemarken en het vasteland van Europa. De Turning Torso, die als een vuurtoren in de haven van Malmö stond en een schroefbeweging naar de hemel maakte.

Haar hart sprong op. Haar tranen stroomden.

Alles kan op slag veranderen. Dat is zo eigenaardig in het leven!

En nu had ze met een oud-studiegenoot afgesproken in de kantine.

Toen ze met de lift naar beneden was gegaan vanaf de afdeling neurochirurgie besefte ze tegen wil en dank hoe thuis ze hier geworden was. Ze had zich snel aangepast aan deze gesloten wereld, die eigenlijk heel erg op haar eigen werkomgeving leek, maar dan kleiner en sterk doortrokken van de eeuwige, grote vragen.

Het leven en de dood.

Misschien ook het geluk. En het verdriet.

Het leven van alledag, maar dan door een brandglas gezien. Ze had zich niet achter haar beroepsidentiteit kunnen verschuilen. Wat er gebeurde, raakte haar. Al die anderen niet.

Cecilia had een kamergenoot gekregen. De hoogtechnologische unit was ontworpen voor twee patiënten. De vorige ochtend hadden ze een bed naar binnen gereden. Brommerongeluk, had ze opgevangen. Vermoedelijk geen helm. Had achterop gezeten. Het gebeurde in een flits, daarna was niets meer hetzelfde.

Er waren kamerschermen om het bed van de jongen gezet, maar toch ging de koortsachtige activiteit die daarachter heerste niet aan haar voorbij. Mensen in witte kleren en gele schorten renden heen en weer. Ze spraken op gedempte toon. Ze wist heel goed wat dat inhield. Uit consideratie was ze zo veel mogelijk bij Cecilia's bed weggebleven. Ze kwam de ouders op de gang tegen, grauw en in elkaar gedoken. De vader met het logo van de boerenbond op zijn shirt. Verdwaasd en onhandig.

De zaal, de familiekamer, de gang, de lifthal. Alles veilig geregeld.

Al die liften, had ze gedacht terwijl ze stond te wachten. Gedurende bepaalde tijden van de dag waren ze continu in bedrijf. Ze gingen op en neer, dwongen haar ertoe snel in te stappen voordat ze weer weggingen. Soms nam ze de trap naar beneden. Tien verdiepingen, een eitje voor een kerngezonde vrouw. Ze had ook een paar keer de trap naar boven genomen. Ze had beweging nodig, ze wilde het werken van haar hart en de kracht in haar benen voelen, en daarmee de ongerustheid verdrijven, ook al was het maar voor even. Ze had ook het stiltecentrum achter de receptie in de toegangshal gevonden. De deur stond altijd op een kier, maar ze was er nog niet binnen geweest. Ze wilde daarmee wachten totdat Cecilia helemaal wakker was. Dan zou ze erheen gaan en een kaars aansteken. Maar in de bibliotheek was ze wel geweest. Daar had ze wat in tijdschriften zitten bladeren. Ze vond het moeilijk om zich op langere teksten te concentreren. Gedichten lezen lukte wel.

Vorige week waren ze elkaar tegen het lijf gelopen, Christina Löfgren en zij. Ze kwamen elkaar tegemoet gerend in de grote hal, ze hadden geen van beiden een eerlijke kans om weg te kijken of net te doen alsof ze elkaar niet hadden gezien, ook al lag dat misschien voor de hand. Veronika kwetsbaar zonder vaste grond onder de voeten en Christina gehaast aan het werk.

Ze waren beiden niet erg veranderd sinds hun studietijd. Toen hadden ze veel met elkaar opgetrokken, ze konden goed met elkaar opschieten en hadden veel lol samen. Bovendien hadden ze elkaar een jaar geleden nog ontmoet op een artsencongres in Göteborg. Het contact was dus al hervat. Ze wisselden een paar zinnen bij de klapdeuren. Veronika was niet van plan geweest te vertellen wat ze daar deed, dat ging te ver, maar Christina Löfgren, die in de vrouwenkliniek werkte, had het snel uit haar gekregen.

'Wat is er gebeurd?'

Een kort antwoord was genoeg, de rest begreep Christina wel, en ze trok onmiddellijk haar agenda uit het borstzakje van haar witte jas.

Er zijn mensen die niet loslaten, dacht Veronika. Mensen die hun vriendschappen niet laten verkommeren. Ze voelde zich ontroerd en dankbaar.

Veronika was nog niet eerder in de kantine geweest. Kennelijk ging Christina daar ook niet bepaald vaak heen. Hoewel Veronika eigenlijk nog geen trek had gehad sinds ze in Lund was, was etenstijd toch een welkome onderbreking, waar ze meestal naar uitkeek en waarvan ze een klein ritueel had gemaakt. Meestal ging ze naar het restaurant bij de ingang of naar een tentje dat MatAkuten heette en in een tamelijk verscholen gang op dezelfde verdieping zat, waar een paar tafels ongezellig voor de deur stonden. De bediening was er snel, geen culinaire hoogstandjes, maar voor de variatie was het prima. Ze was ook al eens bij de roze kiosk geweest, een eindje van het Blok af, waar ze buiten aan een wit plastic tafeltje Thais had zitten eten. Iemand had haar getipt dat het eten in het patiëntenhotel goed was, maar daar was ze nog niet geweest; ze wist niet waarom niet.

Eerst was het de bedoeling geweest dat ze een kamer in het patiëntenhotel zou krijgen, maar dat bleek vol te zitten. Na een paar nachten in het gezellige hotel in de stad had ze via het ziekenhuis een goedkope kamer voor familieleden gekregen in een rood bakstenen gebouw aan de Sofiavägen, dicht bij het ziekenhuis maar aan de andere kant van het kerkhof.

De eetzaal was licht en gezellig. Ze wachtte nog even met bestellen. Ze zocht een plaatsje waar ze goed zichtbaar was en sloeg de *Sydsvenskan* open. Ze bladerde snel langs de conflicten en oorlogshaarden. Misschien was er een bioscoop waar ze naartoe kon gaan. De avonden werden onvermijdelijk lang. Ze liep vaak door de stad, wat op zich een troost was. Ze miste Klara en Claes natuurlijk wel. Maar hun tijd kwam weer. Als ze een goeie film uitzocht, had ze er misschien nog wat aan, dacht ze, en ze pakte enthousiast het katern Lund & Sport.

'Man dood gevonden in het Blok'. Het was een kleine kop, maar hij maakte haar nieuwsgierig. Dode mensen in een ziekenhuis, dat was niet ongewoon, maar deze man was in een werkkast gevonden, en dat was ontegenzeggelijk origineel. Het prikkelde de fantasie. Hij kon er maximaal een week dood hebben gelegen. Die arme schoonmaakster die hem had gevonden, dacht ze. Maar dat je kon verdwijnen in het Blok leek haar volkomen realistisch, zo cynisch was het wel. Het gebouw leek gemaakt om in te verdwijnen. Groot en anoniem. Om nog maar te zwijgen van het systeem van onderaardse gangen. Enorme doolhoven waarin je kon verdwalen. Of kon worden overvallen.

Maar er stond niets in over gangen. Een werkkast was het. Vermoedelijk met weinig ventilatie. Het moest afgrijselijk gestonken hebben. Vreemd dat niemand het had geroken.

Ze keek op van haar krant. Nog steeds geen Christina te zien, maar ze had tijd genoeg, ze kon wachten. Ze tuurde naar buiten en liet haar blik vervolgens door het vertrek gaan. Ze had zichzelf erop betrapt dat ze voortdurend op zoek was naar de dader. Naar het gezicht van de ellendeling die Cecilia had neergeslagen. Dat was zinloos, dat wist ze wel, maar ze kon het niet laten. Ze wilde weten of je het kon zien.

Kon je het van iemands gezicht aflezen als hij of zij slécht was?

Ze schrok niet eens terug voor haar eigen woordkeus, maar liet het woord een poosje door haar hoofd gaan. Ze vroeg zich af of je het leven van een ander mens kapot kon maken zonder slecht te zijn. Was het genadiger als ze de dader als een gefrustreerde stakker zag? Of als een zieke?

Hoe ze haar best ook deed, ze was nog te kwaad om zo te kunnen denken. Dat kwam later wel. Ze merkte in ieder geval wel dat ze iets minder fel was geworden.

Er was een groep jonge artsen aan de lange tafel naast haar komen zitten. Het hadden co-assistenten kunnen zijn, maar iets in hun lichaamstaal zei haar dat ze vermoedelijk zelf pijnlijke en moeilijke beslissingen hadden moeten nemen. Ze hadden gevoeld wat het was om bang te zijn om fouten te maken en niet tegen je taak opgewassen te zijn.

Ze praatten hard. Vier jonge mannen. Op het eerste gezicht leken ze nogal arrogant. Slecht leken ze haar in ieder geval niet, constateerde ze, terwijl ze hoorde hoe een van hen een heel verhaal hield over een acute oproep die hij onlangs had meegemaakt. Hij wilde vertellen, hij was trots en opgewonden. Dat gaat er wel af, dacht ze. Jammer genoeg, misschien. Een andere jongeman, met zwart haar en een bleek gezicht alsof hij zelden buiten kwam, vertelde over een operatie. Ze ving genoeg op om te begrijpen dat het om open chirurgie ging, niet om een kijkoperatie. Ze voelden zich nog gestimuleerd, ze leerden nieuwe dingen. Groeiden. Maakten vorderingen. Ze waren niet moe, maar keken nog steeds vooruit, dacht ze afgunstig. Ze vroeg zich af hoeveel van hen uiteindelijk afgestompt en cynisch zouden worden en terug zouden kijken. Logge, grijze olifanten worden. Net als zijzelf.

Soms in ieder geval.

Tot een jaar geleden had ze het altijd naar haar zin gehad op haar werk. Voordat ze met zwangerschapsverlof ging. Ze deed dingen die ze kon en waar ze trots op was. Vooral chirurgie in de onderbuik. Uren stond ze in de operatiekamer, ze kwam moe thuis met een zere rug en gevoelloze benen, maar met een voldaan gevoel dat ze goed werk had geleverd.

Ze werd kwaad als ze eraan dacht hoe het nu was. Een deel van de zwaardere chirurgie was haar afgenomen in ruil voor lichtere, kleinere ingrepen. 'Jij bent daar zo handig in,' zei haar baas. Niemand van de drie nieuwe mannelijke collega's die haar chef erbij had gehaald wilde ze uitvoeren. Statusverlagend en moeilijk. Hoe meer techniek en hoe groter de afstand tot de patiënt, des te hoger de status. Maar dat zei hij niet.

Al die gesprekken met vaak ontevreden patiënten waren zwaar en vermoeiend. Ze kwam afgepeigerd thuis. De nieuwe collega's hadden duidelijk gespecificeerd met welke terreinen ze zich bezig wilden houden voordat ze een voet op de afdeling zetten. Degenen die daar al waren, moesten inschikken.

Zij was nergens in gekend.

'Je was moeilijk te bereiken,' zei de chef toen ze hem daarmee confronteerde. Ze hield haar rug recht en probeerde hem te dwingen haar aan te kijken. Hij ontkwam er niet aan. Het was de derde werkdag na haar verlof, toen het haar langzaam begon te dagen hoe de plannen waren.

'Ik was thuis,' zei ze kortaf, zonder het hem verder in te peperen. Ze had de goede smaak om er niet bij te zeggen dat ze geen geheim nummer had.

Toen ze later een van de nieuwe collega's de trieste litanie hoorde afdraaien dat de patiënten vroeger tevredener waren, dat de artsen een hogere status hadden, meer verdienden en meer te vertellen hadden vergeleken met nu, kon ze hem wel in zijn gezicht slaan. De lust tot verzet was gewekt. De oude vrouw tegen de stroom in.

De meeste dingen waren nu feitelijk beter. Er overleden minder patiënten en het leven was beter en langer geworden. De behandelingen waren minder agressief, er waren minder bijwerkingen, medicijnen in plaats van operaties, wat minder belastend was. Maar ze beet op haar tanden en zei niets.

Een van de gezichten aan de tafel naast haar kwam haar bekend voor. Terwijl ze zich afvroeg waar ze hem eerder had gezien, zag ze Christina Löfgren aankomen. Ze had een andere collega bij zich, wat een teleurstelling was voor Veronika. Ze wilde rustig zitten praten. Het kostte haar ontzettend veel moeite om over koetjes en kalfjes te praten nu ze niet in vorm was. Ze herkende de man vaag, die tot haar opluchting verder de zaal in liep.

'Wie was dat?' vroeg ze.

'Pierre Elgh,' zei Christina Löfgren. 'Anesthesist.'

Veronika knikte. Ze kon zelf het gerinkel van het vallende kwartje horen. Elgh was een paar keer in haar ziekenhuis opgedoken toen de vaste anesthesisten vrij waren. Ze had hem vooral in groene kleren op de operatiekamer gezien, wat de herkenning natuurlijk bemoeilijkte. Het was een aardige man. Als ze het goed had, kwam hij uit dezelfde streek als zij.

*

Claes Claesson maakte koortsachtig aantekeningen. Hij voelde zich een beetje schuldig. Hij wist dat hij dit meteen aan Louise Jasinski had moeten doorgeven. Hij had haar zelf gevraagd om nog even de leiding te houden totdat Veronika weer thuis was en Klara gewend was op de crèche. Maar nu hij Gillis Jensen toch aan de lijn had en bovendien eerder contact had gehad met de vrouw van Jan Bodén, kon hij de gegevens ook wel opnemen. Maar een eventueel onderzoek zou hij niet doen. Daar zou hij op korte termijn niet genoeg tijd voor hebben.

'Wil je nog eens herhalen wat er op het briefje stond?' vroeg hij.

Hij hoorde Jensen de cijfercombinatie oplezen en schreef op: 33 52 23.

Hij wist niet waarom hij de cijfers spontaan twee aan twee bij elkaar zette, alsof het een telefoonnummer van zes cijfers was.

'Heb je ook een netnummer?' vroeg hij.

'Wat?'

'Grapje. Het is net een telefoonnummer.'

'Misschien wel. Of een code van iets. Een combinatie van een kluis, een simpel hangslot of een computer.'

Claesson vroeg zich af wie dat zou kunnen uitzoeken, maar riep zichzelf tot de orde. Dit was een zaak voor de politie van Lund, niet voor hen.

Ze beloofden dat ze contact zouden houden. Daarna bleef hij met zijn aantekeningen voor zich zitten.

De ongerustheid van mevrouw Bodén was terecht geweest. Hij zocht naar haar voornaam, maar kwam er niet op. Hoe dan ook, haar man was niet naar een minnares gevlucht. En ook niet weggelopen voor grote belastingschulden.

Hij was dood.

*

Emmy en Trissan hadden om tien uur afgesproken, en nu was het al vijf over.

Emmy zat te wachten in Oma's café, nota bene. Het café lag aan de ene kant van het Knut de Groteplein, recht tegenover het station. Ze gingen er niet vaak heen, maar nu hadden ze het zo afgesproken.

Ze voelde zich naakt en vreemd zoals ze daar zat. Ze zag geen enkele bekende. Dat was een van de redenen dat ze elkaar hier zouden ontmoeten. Hier zouden ze ongestoord kunnen praten.

Met andere woorden, het was niet toevallig dat ze die ontmoetingsplaats hadden gekozen. Aan dat besluit was een tamelijk lange procedure voorafgegaan. Ze hadden een paar dagen gesms't en naar elkaars mobiel gebeld zonder contact te krijgen, wat op zich eigenaardig was, maar natuurlijk eenvoudig te verklaren viel. Ze hadden geen van beiden veel behoefte om elkaar te zien. Even een poosje niet.

Ze hadden een overdosis van elkaar gehad en hadden nu behoefte aan een minder intensieve periode met meer afstand. Emmy in ieder geval wel. Ze had het even helemaal gehad met haar vriendin en ze ging ervan uit dat dat wederzijds was. Hetzelfde gevoel als na het eten van een groot bord havermoutpap.

Maar ze hadden beiden het lef niet om dat op de man af te zeggen en misschien was dat maar goed ook. Soms gaan dingen vanzelf over als je even afwacht totdat de gevoelens bedaard zijn en je weer anders tegen de dingen aan kijkt.

Ze had er bovendien geen tijd voor. Ze kon niet tegen die emotionele discussies die haar uitputten en die de angst die ze sowieso al had nog groter maakten. Ze had een enorme hekel aan ruzie. Ze was er gewoonweg bang voor. Bang om oog in oog te staan met Trissan, die nooit een duimbreed toegaf.

Als ze er alleen maar aan dacht, kreeg ze al de kriebels. Ze nam een slok hete cafè latte. De damp verwarmde het puntje van haar neus. Ze had het koud, ook al was het mooi weer. Ze sliep al heel lang niet genoeg. En ze at ook niet goed. Als een mus. Ze pikte hier en daar wat kruimels op. Maar daar genoot ze op een bepaalde manier van.

Haar studie slokte al haar tijd op. Ook de nachten. Dat wilde ze zelf zo. Ze had haar besluit genomen. Ze had een doel, wat ze deed was zinvol, en dat spoorde haar aan. Eindelijk was het net of het leven echt was. Háár leven en háár plannen. En voor het eerst eiste ze rust op voor zichzelf. Omdat ze ervan genoot zich te concentreren. Om niet rond te dartelen en met vrienden te lunchen en koffie te drinken. Om niet meer een paar avonden per week uit te gaan en 's ochtends vroeg thuis te komen. Om niet te gaan shoppen in Malmö of Kopenhagen.

Ze was in een stadium aanbeland waarin ze koppig alles uit het leven verwijderde wat er niet toe deed. Net alsof ze naalden en blaadjes uit een emmer bosbessen haalde, dacht ze.

Het was lang geleden dat ze bosbessen had geplukt.

Plotseling kreeg ze heimwee naar Småland, wat haar anders zelden overkwam. Maar ruzie hebben met je beste vriendin was zo onprettig dat de eenvoud van Älmhult opeens een goed alternatief leek. Maar dat duurde niet lang. De huivering waarmee ze aan Trissan en Cecilia en al die andere dingen dacht, ging langzaam over.

Ze hadden natuurlijk niet in één huis moeten gaan wonen, Trissan en zij. De vriendschap nooit op die manier op de proef moeten stellen. Ze hadden Cecilia ook niet moeten vragen erbij te komen, maar dat was wijsheid achteraf. Ze konden de flat samen niet betalen en Cecilia was op zoek naar woonruimte. Ze kenden haar van de studentenflat, uit de tijd dat Cecilia met Jonathan Lönn ging. En ze was aardig, dat was het probleem niet. Maar ze was... Emmy zocht naar woorden. Cecilia was gewoon hun type niet. Ze wist dat je zo niet moest denken, maar Cecilia was misschien wel wat te truttig. Maar dat klopte bij nader inzien ook niet, realiseerde ze zich. Te veel op zichzelf? Nee, dat ook niet. Moeilijk te plaatsen? Ja, misschien wel.

Trissan had ongetwijfeld ook haar minpunten, maar ze begreep in ieder geval precies wat Emmy bedoelde zonder dat ze veel hoefde te zeggen. In dat opzicht leken ze op elkaar, Trissan en zij. En dat was mooi. Want Cecilia en zij hadden een heel andere kijk op de dingen. Ze was zo bescheiden, ze liet zich de kaas van het brood eten.

Maar dat was ook niet waar.

Cecilia zat meestal op haar kamer in de grote flat zonder veel drukte te maken. Maar eigenaardig genoeg merkte je heel goed dat ze er was. Misschien draaide ze wat muziek of zoiets, of schreef ze in haar ontelbaar vele schriften.

Emmy zag voor zich hoe Cecilia in elkaar gedoken op het onopgemaakte bed zat met een schrift op schoot en kaarsen voor het raam en op haar bureau. De meidenkamer aan de achterkant was wat donker. Cecilia hoefde bovendien niet een heleboel spullen netjes te houden, er paste toch niet veel in, dacht ze terwijl ze haar lange, dunne nagels inspecteerde. Die konden wel een beurt gebruiken. Een paar lagen nieuwe, frisse, doorzichtige lak. Sobere eenvoud, dat was het geheim.

De serveerster van het café schoof een blad met verse koffiebroodjes in de vitrine. Haar oog viel op de versgebakken lekkernijen. Ze zagen er heerlijk uit, maar ze nam niets. Haar maag was zo leeg als een pas geplunderde kassa.

Ze dronk van haar koffie met melk, terwijl ze zich afvroeg of Cecilia niet een soort zwijgende macht uitoefende. Ze hield de boot af met haar en Trissan. Daarmee hield ze hun nieuwsgierigheid in stand. Alsof ze hen in spanning wílde houden. Haar doel was om Trissan en haarzelf schuldgevoelens te bezorgen, omdat zij luxe, grote kamers aan de kant van het Stadspark hadden en soms hun vriendenclub op bezoek hadden. Feesten gaven en de woonkamer en de keuken vol mensen hadden.

Ze zeiden nooit tegen Cecilia dat ze niet mocht komen.

Maar nodigden ze haar uit?

Misschien niet direct, maar het sprak toch vanzelf dat ze welkom was, dat hoefden ze toch niet te zeggen?

Zo was het toch?!

Ze ging het bij zichzelf na. In ieder geval zou zijzelf in die situatie gewoon gekomen zijn. Maar Cecilia kwam zelden haar kamer uit. Ze bleef in haar hokje zitten terwijl de feesten in volle gang waren.

En toen kwam Karl.

Soms kwam hij bij Cecilia op bezoek. Emmy, die nu met blote, koude benen langzaam met de lange lepel in de koffie zat te roeren, wist het weer. Hoe Karl als het ware de hele hal in beslag had genomen. Ze kon het kriebelende gevoel nog steeds gemakkelijk oproepen.

Ze vond het moeilijk om op haar kamer te blijven wanneer ze zijn diepe stem bij de deur hoorde. Ze had zich niet kunnen bedwingen en had klusjes gezocht in de keuken of in de woonkamer, zodat ze de hal door moest.

Soms bleven ze even staan praten, zij en Karl. Totdat Cecilia kwam. Cecilia deed altijd zo raar wanneer Karl er was. Stil en geheimzinnig. Met continu die geforceerde glimlach, zo lief en heilig dat je er doodmoe van werd.

Ze liet de lepel los, zodat die in de koffie plofte en er een paar druppels op haar shirt spatten. Twee bruine vlekjes op de roze ondergrond tussen de gele rozen. Ze veegde ze weg. Je zag er bijna niets van. Soms nam Cecilia Karl mee naar haar kamer. Tamelijk vaak, bij nader inzien. Altijd, eigenlijk.

En daar was het krap, dacht Emmy, terwijl ze haar ogen dichtkneep en het kleine kamertje in haar gedachten riep. Een pijpenla met een hoog plafond. Heel krap, met een bed, een bureau en een heel klein beetje loopruimte. Je zat daar boven op elkaar, dacht ze. Huid tegen huid. Karls lichaam. Solide en sterk. Dan lag je voor je het wist in bed. Dat stond daar zo uitnodigend.

Haar bloed joeg bonzend naar haar onderlichaam.

Emmy beet op haar onderlip. Maar iedereen wist dat Karl met Ylva ging, dat meisje met die grote bos haar. Blonde krullen, net engelenhaar. Ze waren al heel lang een stel.

Dus waar was Cecilia nu eigenlijk mee bezig?

Daar konden ze het altijd over hebben, zij en Trissan. En na deze vreselijke gebeurtenis kon je je afvragen wat Karl wist. Ze had hem niet gebeld om het te vragen. Misschien moest ze dat wel doen. Er was beslist aanleiding voor een gesprek. Misschien was hij wel in het ziekenhuis bij Cecilia op bezoek geweest. Ze scheen in slaap te worden gehouden. Dat had Trissan gezegd, die meer wist, want zij had met de moeder van Cecilia gesproken.

Misschien zat Karl wel bij haar. Trouw te wachten aan haar ziekenhuisbed.

Haar pupillen vernauwden zich. Haar hart maakte een sprongetje, maar niet van vreugde. Ze voelde opeens een kille tocht in haar blote nek. Ze had haar haar met een metalen speld opgestoken. Ze wilde het niet losmaken om haar nek te verwarmen. De sprietige knot stond haar goed. Tien minuten voor de spiegel in de badkamer. En daarna haar wimpers, een klein beetje kleur maar, voor een natuurlijke look.

De grote vraag was: waar was Karl eigenlijk mee bezig? Waarom had hij Cecilia zo vaak opgezocht? Was het echt nog steeds aan met Ylva?

De deur ging open. Het was Trissan niet, maar een jonge, mollige vrouw in een verbleekt shirt met een kind op de arm. Emmy keek haar met afschuw aan. Vervolgens keek ze op haar horloge en overwoog of ze haar syllabus tevoorschijn zou halen en haar aantekeningen, maar ze had er geen puf voor. Trissan kon elk moment komen. Ze had een excuus nodig om gewoon wat te zitten niksen.

Ik geef haar nog vijf minuten, bedacht ze.

Zelf had ze er al een college op zitten, dat om acht uur vanochtend was begonnen. Of eigenlijk om kwart over acht. De juridische faculteit hield nog steeds vast aan het academisch kwartier, dat had ze al tijdens de introductiecursus geleerd. Een overblijfsel uit de tijd toen studenten nog geen horloges hadden. Ze kregen vijftien minuten om naar de collegezaal te komen vanaf het moment dat de domkerk het hele uur had geslagen.

Ze was dus vroeg opgestaan. Het onderwerp dat werd behandeld was belangrijk met het oog op de toekomst. Contractrecht. De lat voor dit blok lag hoog. Je moest hard werken als je een goed cijfer wilde halen. Pas om een uur of drie had ze de boeken dichtgeslagen en was ze naar bed gegaan. Eerst had ze nog de wekker gezet en de wekfunctie van de telefoon en de mobiel ingeschakeld om er zeker van te zijn dat ze op tijd op zou staan. Het enige wat ze niet had gedaan, was haar moeder bellen om te vragen of ze haar wilde bellen voordat ze naar haar werk bij Ikea ging. Dat deed ze af en toe, maar nu dacht ze er pas na middernacht aan.

Nu voelde ze dat ze slap werd van moeheid. Haar gedachten werden onsamenhangend en ze begon zich te ergeren dat Trissan haar liet wachten. Typisch Trissan. Altijd even optimistisch over hoeveel tijd ze nog had. Of liever, altijd even onverschillig tegenover anderen.

Het was vernederend om te wachten totdat je koffie koud was en langzaam inzakte.

Zou ze er nog een bestellen?

Het machtsevenwicht was zoek. Het waren altijd de hotemetoten die als laatsten binnenkwamen. Trissan nam het niet zo nauw met de tijd, terwijl Emmy geduldig wachtte. Als een trouwe hond. Bij die gedachte alleen al wilde Emmy plotseling opstaan en weglopen.

Maar ze bleef zitten. Nu ze hier eenmaal was, kon ze het net zo goed achter de rug zien te krijgen. Het contact weer oppakken, hoe het ook zou worden.

Anders moest ze studeren.

Ze trommelde met haar vingers.

Haar mobieltje lag op tafel. Ze pakte het op en legde het weer neer.

De telefoontjes die waren voorafgegaan aan hun besluit elkaar in Oma's café te ontmoeten, schoten weer door haar hoofd. Eerst hadden ze het erover gehad om naar de Lundagård te gaan, de meest legendarische lunchroom van de stad, vlak bij het oude academiegebouw. Ze hadden er heerlijk gebak en zelfgemaakte chocola, maar aangezien Trissan nu in de Bytaregatan woonde en in principe alleen de deur maar uit hoefde, gaf zij de voorkeur aan Oma's café. Vooral omdat het daar rookvrij was. In café Gräddhyllan, waar ze anders graag kwamen en waar het ouderwetser was en stiller, mocht je wel roken. Trissan was net gestopt.

Emmy staarde nu naar café Gräddhyllan schuin aan de overkant, dat in een laag, geel gebouw zat. Er ging net een studiegenoot naar binnen. Haar eenzaamheid werd steeds duidelijker. De dikke moeder met haar kleine kind zat aan het tafeltje naast haar. Emmy keek weer met weerzin naar haar, naar het blubberige lichaam, de bleke huid, de goedkope kleren en niet in de laatste plaats naar het kind dat zat te kliederen. Ze werd er bijna misselijk van. De moeder was van haar eigen leeftijd. Ze huiverde. Kinderen kwamen in haar plannen niet voor. Of pas veel, veel later. Wanneer ze klaar was. Wanneer haar droomprins was opgedoken. En haar kinderen zouden schatjes zijn.

Ze dacht genietend aan haar plannen. Ze had een vast doel, en de weg erheen kon je spellen als 'stress', maar ook als 'zinvol'. Na de zomervakantie werd het nog drukker, dan liep de studie onverbiddelijk ten einde. Ze raakte in paniek wanneer ze dacht aan wat daarna kwam. Haar ongerustheid over de toekomst had haar flink te pakken. Ze sliep slecht en was al vier kilo afgevallen, terwijl ze eerder ook al niet dik was. Haar verstandige ik zei haar dat ze op moest passen. Tegelijkertijd genoot ze ervan dat ze haar ene been over het andere kon slaan en achteloos haar voet achter haar kuit kon steken.

Ze was vast van plan zich als bedrijfsjurist te profileren. Wat haar nu het meest irriteerde, was dat ze net een weerhaan was in haar omgang met Trissan, en dat klopte helemaal niet met het beeld dat ze van haar eigen toekomstige zelf had. Ze wilde doelgericht en rechtlijnig zijn. Niet berekenend, dat klonk te zakelijk en te koel, maar toch stond haar gedroomde zelfbeeld daar niet zo ver van af. Misschien liever gedreven. En ze was van plan dat doel op de een of andere manier te bereiken.

Ze keek op haar horloge. Trissan was nu zestien minuten te laat. Ze zou haar nog precies drie geven. Dan was het mooi geweest.

Wat namelijk niet hardop was gezegd tijdens het lange proces waarin Trissan en zij hadden gewikt en gewogen waar ze zouden afspreken, was dat het in principe niet uitmaakte wat Emmy vond. Ze deden toch altijd wat Trissan wilde. En in de kleine dingen zag je hoe de verhoudingen lagen, dacht Emmy.

Het was maar goed dat ze nu allebei ergens anders woonden. De bevrijding was groter dan ze had kunnen voorzien, ook al zat ze nu een eind uit het centrum, aan de Örnvägen in West, in een trieste tweekamerflat uit de jaren zestig met zulke dunne muren dat ze schudden als de voordeur dichtviel.

Maar ze had nu een eigen deur die ze dicht kon doen. En dat gaf rust. Vooral nu, na die nare gebeurtenis met Cecilia. Ze gaf het niet graag toe, maar ze had geen tijd. Dat had ze gewoon niet. Haar dagen waren overvol. En in zekere zin maakte dat woekeren met de tijd haar belangrijk. Een rustig tempo was in haar wereld niet goed genoeg. Alleen voluit gaan was goed.

Opeens was het net of haar bezigheden een muur vormden tegen de buitenwereld. Maar ook een ladder. Waarmee ze naar de top kon klimmen.

Ze had zich daarover een paar opmerkingen laten ontvallen in het gesprek met Trissan. Dat had ze natuurlijk niet moeten doen. Trissan studeerde psychologie en kon het niet laten haar belerend te vertellen dat het leven toch echt meer was dan stress en carrière. Het kon toch niet de bedoeling zijn dat je je hele leven in angst zat, en depressies en fobieën had, vond Trissan, en ze klonk alsof ze het tegen een vijfjarige had. Trissan hoefde zich geen zorgen te maken over de toekomst, dacht Emmy. Veel mensen schenen zich zo beroerd te voelen dat zij in ieder geval zeker kon zijn van werk. En zelf was ze van plan later te gaan genieten van wat er nog meer was in het leven. Als ze haar doel had bereikt.

Het was niet zo heiig meer, het was helder en droog. Vannacht was het vochtig geweest. Straks zou ze weer in de bibliotheek gaan zitten studeren. Of misschien moest ze even naar Eden fietsen op het oude ziekenhuisterrein bij de Paradisgatan? Ze zat graag in de grote, lichte studiezalen van het wat modernere gebouw. Ze vond het ook leuk dat er studenten van allerlei studierichtingen door elkaar zaten. Studenten economie, politicologie, medicijnen en hier en daar een letterenstudent. Ongetwijfeld droeg dat ook bij aan de reputatie van Eden als een van de beste plekken om contacten aan te knopen. En dat had er weer toe geleid dat ze vanochtend vroeg nog een keer extra in de spiegel had gekeken voor ze van huis ging.

Ook al wist ze dat Karl daar tegenwoordig maar zelden zat. Hij was net begonnen met werken.

*

Rechercheur Claes Claesson begreep zichzelf niet, maar op deze heldere septemberdag was hij op weg om slecht nieuws te brengen. Hij moest naar een vrouw toe om haar te vragen of ze een lijk in een tamelijk vergevorderde staat van ontbinding wilde bekijken, om vast te stellen of het haar man was.

Het lichaam was gisteren in Lund gevonden, en in de *Sydsvenskan* had kennelijk vandaag al een kort bericht gestaan over deze onbekende man die dood was aangetroffen op een merkwaardige plek. In een werkkast in het ziekenhuis. Maar het bericht was lokaal verspreid en niet tot Småland doorgedrongen. Want het had een paar uur geduurd voordat de politie in Lund het vermoeden kreeg dat het om een man van middelbare leeftijd uit Oskarshamn zou kunnen gaan die een week geleden als vermist was opgegeven.

Hij had zich al jaren niet meer met dergelijke zaken hoeven bezighouden. De taak was er niet minder onaangenaam door geworden. Maar hij had het aan zichzelf te wijten, hij had aangeboden erheen te gaan. En daar zat ook wel iets in. Al was het maar omdat hij vond dat hij een concrete taak nodig had. En misschien om Louise Jasinski gunstig te stemmen.

Ze was nog steeds kortaf. Weliswaar had ze hem wel een blik waardig gekeurd in de drie minuten die ze hem schonk. Maar het ging niet van harte. Hij had het eigenaardige en onaangename gevoel alsof hij als een jongen met de pet in de hand stond te wachten op haar aandacht.

Ze zat achter haar bureau en ging niet eens rechtop zitten toen hij binnenkwam. Een drukbezette vrouw. Heel druk.

Hij had geprobeerd zijn vrouwen, Louise Jasinski en Erika Ljung, te steunen. En wat was zijn dank?! Ljung hield zich nog rustig, ze werkte hier nog niet zo lang. Maar Jasinski! Die had echt haar plek opgeëist in zijn afwezigheid.

Nu zat hij in de auto en hij wond zich steeds meer op. Een uitstekende manier om zijn gevoel van onbehagen voor de moeilijke taak van zich af te zetten. Maar hij moest het natuurlijk gewoon laten passeren, hij voelde zich te goed om ruzie met haar te maken. Vermoedelijk zou hij zich beter voelen zodra hij niet meer van haar vriendelijkheid afhankelijk was. Nu stond hij bij haar in het krijt omdat ze zo aardig was nog wat langer voor hem in te vallen, nu hij nog niet volop aan de slag kon gaan.

Hij reed op de automatische piloot naar Kolberga. Hij kende de weg als zijn broekzak. Zijn hersenen maalden maar door.

Nina Bodén, dacht hij om op een ander spoor over te gaan. Hij prentte de naam in zijn geheugen om daar geen fout mee te maken. Zíj zou in ieder geval gauw duidelijkheid krijgen. Uit haar onzekerheid verlost worden. En dat was niet leuk.

Ze woonde bij hem in de straat, maar vijf huizen van de villa die Veronika en hij nu bijna twee jaar geleden hadden gekocht. Van die koop hadden ze geen spijt, hij in ieder geval niet, ook al was het duur en was er veel onderhoud. Dat had je nu eenmaal met pittoreske houten huizen. Met kleine ruitjes en erkers.

Straks zou hij Klara ophalen, even naar de ICA gaan, en daarna naar huis om naar het niet gemaaide gras te kijken dat vast weer een paar millimeter gegroeid was in de loop van de dag. Zolang hij alleen was met Klara kon hij het niet maaien. Hij moest haar voortdurend in de gaten houden. Nog even en dan zou de zeis eraan te pas moeten komen.

De confrontatie die hem wachtte, was ondanks alles erger dan die met Louise Jasinski. Zij was net een klein kind dat haar hakken in het zand zette en zich verkneukelde over haar dwarsheid totdat het begon te vervelen.

Gelukkig belde Veronika toen hij de Kolbergavägen verliet. Tenminste één vrolijk geluid vandaag, dacht hij. Ze hadden het ergste gehad. Cecilia had haar ogen geopend en dat niet alleen, ze had haar herkend. Daar was Veronika in ieder geval rotsvast van overtuigd.

Dus mijn vrouw komt hopelijk snel thuis, dacht hij opgelucht. Niet alleen omdat dat praktisch was, met Klara. Het was leeg in huis zonder Veronika. Hij miste iemand om de dagelijkse dingen mee te bespreken, die eigenlijk niet zo bijzonder waren. Waarom had hij eerder zo koppig vastgehouden aan het beeld van zichzelf als eenling? Een mens weet niet altijd wat voor hemzelf het beste is.

Maar de hoofdzaak was ondanks alles dat het de goede kant op ging met Cecilia. Verder was het eigenlijk allemaal onbelangrijk. Laat het nu ook zo verdergaan, dacht hij. Hij zette de auto voor het huis op straat neer, waar ze hem kon zien. En de buren ook, van wie de meesten wel wisten wie hij was. De villawijk was een rustige idylle met weinig verkeer. Eigenlijk waren het alleen de bewoners die hier langsreden.

De wijk was in de jaren dertig ontwikkeld, de weg was smal en de percelen waren groot, evenals de huizen die oorspronkelijk van hout waren gebouwd. Kleinschalig en mooi. Eén huis was in witte baksteen verpakt en viel daardoor uit de toon. Evenals het perceel van de Bodéns, dat als enige was verdeeld. Het oude huis was afgebroken en had, waarschijnlijk in de jaren zestig of begin jaren zeventig, plaatsgemaakt voor een twee-onder-een-kapwoning, die met moeite op het perceel paste. Twee gezinnen, elk aan een kant van de sombere, fantasieloze creatie waar hij nu voor stond. Het dak leek zwaar te drukken op het huis van donkerbruine baksteen met donker gebeitste rouwranden om de ramen.

Hij raapte al zijn moed bij elkaar.

Rode kalksteen van Öland leidde naar de deur. Het viel hem op dat er geen onkruid tussen de stenen stond. Wel was het gras ook hier aan maaien toe.

Privé was hij niet bijzonder oplettend. Misschien niet nieuwsgierig genoeg, dat zei Veronika in ieder geval. Maar hij was Nina Bodén beslist nog nooit eerder tegengekomen. Ze zag er helemaal niet uit zoals hij zich had voorgesteld, ze leek jonger en minder bemoeizuchtig. Ze was tenger, bijna mager en had steil, recht afgeknipt haar tot over haar oren. Ze droeg een blauw-wit gestreepte blouse met een hoge hals, een soort spijkerbroek en Scholl-sandalen. Maar aan haar kleuren zag hij dat ze eerder zestig was dan vijftig. Haar haar was dof en grijsblond en haar gezicht krijtwit. In ieder geval toen ze hem in het oog had gekregen.

Van een introductie kwam niets terecht.

'Jullie hebben hem gevonden,' zei ze al in de hal, en ze ging met haar vingers naar het bismarckcollier om haar hals.

De woonkamer was licht, met ramen aan de tuinkant. Hij wist dat Jan Bodén leraar was geweest. Boekenkasten en grote reproducties boven de bank. Zat zijn vrouw misschien ook in het onderwijs, gaf ze les aan de basisschool? Veel kunsthandwerk,

zelfgeweven stoffen en een paar amateuristische olieverfschilde-
rijen aan de muur.

'Ik voelde dat hij dood was, maar ik wilde het niet geloven,' zei
ze met gebroken stem voordat hij iets had kunnen zeggen. 'Ik had
met hem mee moeten gaan!'

'We weten nog niet of het uw man is, maar het zou kunnen…'

Hij was op een blauwe bank gaan zitten. Achter hem lag een
kussen van grijs schapenleer.

'Het zou kunnen?'

'Er is een man dood aangetroffen in een ruimte voor schoon-
maakartikelen in het Universitair Medisch Centrum van Lund.'

'Godallemachtig! Hoe is hij daar terechtgekomen?' viel ze hem
in de rede.

'Dat weten we niet. Nóg niet.'

'Maar u denkt dat hij het is?'

'Dat vermoeden we, maar we hebben uw hulp nodig voor de
identificatie.'

Ze vloog omhoog uit de stoel en ging in het licht voor het raam
staan met haar gezicht naar de tuin. Hij zag haar rug schokken
en haar hoofd vooroverzakken.

Hij vertelde kalm hoe ze te werk zouden gaan en zei verder niet
veel meer. Hij zat daar gewoon. Hij vroeg voorzichtig of er iemand met haar mee kon gaan, en ze zei dat dat wel goed kwam.
Hij zag een foto van twee vriendelijk glimlachende kinderen met
studentenpetten op de piano staan. Op een geloogde buffetkast
stonden meer foto's van de kinderen. Een dochter en een zoon.

'Waar wonen ze?'

'De een in Stockholm en de ander in Lund. Ik zal ze straks bellen. Ze…'

Ze liep naar de keuken, scheurde een stuk keukenrol af, kwam
weer terug en liet zich in de fauteuil zakken.

Hij zat waar hij zat. Rustig, naar voren geleund, en wachtte af.

De telefoon sneed door de stilte.

Ze kwam snel overeind. Hij verbaasde zich over de plotselinge
energie waarmee ze zich naar de hal verplaatste en de hoorn van
de haak rukte.

'Hoi,' zei ze met een dikke en tegelijkertijd tedere stem.

Een van de kinderen, dacht hij.

Hij ging voor het raam staan, zag dat hun borders niet beter gewied waren dan de zijne, en dat de tuinmeubelen van wit plastic op een mooi plekje stonden.

Ze had haar stem gedempt, fluisterde bijna.

'Ik red me wel... Nee, nu niet... Maar ik weet dat ik op jou...'

De toon was kinderlijk. De rest hoorde hij niet, maar hij vulde het zelf in. Maar ik weet dat ik op jou kan rekenen.

*

'Heb jij Karl nog gezien?'

Trissan was hijgend Oma's café binnengekomen en had haar mobieltje en haar roodlederen agenda op tafel gelegd. 'Therese-Marie Dalin' stond er in gouden letters voorop. Hij ging maar net dicht. Behalve dat hij dienstdeed als portefeuille, had ze er een adresboek in en plastic hoesjes met foto's van broertjes en zusjes, de hond bij haar ouders thuis en oude vrienden en vriendinnen.

Emmy was zelf overgestapt op elektronische aantekeningen. Haar Palm Pilot zat in haar tas, een Mulberry van naturelkleurig leer die ze met kerst had gekregen nadat ze haar moeder ervan had weten te overtuigen dat het een langetermijninvestering was. Zo'n dure tas had haar moeder nog nooit voor zichzelf gekocht. Dat had ze meer dan eens gezegd.

Emmy vond niet dat ze verwend was. Niet als ze om zich heen keek en het leven van haar studiegenoten in ogenschouw nam. Auto's, buitenlandse reizen, veel uitgaan, appartementen rond de Hortus Botanicus of aan de Karl XI:s of de Karl XII:s gata. Er waren er niet veel die genoegen zouden nemen met de Örnvägen, en zelf was ze ook niet van plan er lang te blijven. Binnen afzienbare tijd wilde ze er weg.

Trissans ogen keken Emmy recht aan. Emmy keek niet weg. Deze keer niet.

'Hoezo?' vroeg Trissan.

'Nou, Karl moet een van de laatsten zijn geweest die Cecilia heeft gesproken voor... Zullen we hem bellen?'

Doodse stilte.

'Waarom?'

Trissans stem klonk ijzig. Emmy bloosde.

'Ik dacht dat hij misschien meer wist.'

'Niet meer dan haar moeder, toch zeker? Die heb ik immers gesproken.'

'Hoe was het met haar?'

'Ze klonk oké. Ze ging maar door over Cecilia's hersenoperatie.'

'Oei!'

Emmy beet op haar onderlip en voelde dat ze wit wegtrok.

'Maar ze wordt weer normaal,' zei Trissan.

Emmy voelde vaag hoe vreselijk het zou zijn als ze niet weer normaal werd.

'Maar oké, bel jij Karl maar als je wilt,' zei Trissan opeens.

Emmy vond dat Trissan haar raar aankeek. Kritisch en streng.

'Er waren immers een heleboel mensen op dat feest in Djingis Khan,' begon Emmy eromheen te draaien om het ongemakkelijke gevoel kwijt te raken.

'Ja...?'

'Misschien haar ex ook wel.'

'Jonathan Lönn, die idioot,' liet Trissan zich ontvallen. 'Heb jij hem in het laatst nog gezien?'

Emmy schudde haar hoofd.

'Die idioot,' herhaalde Trissan iets minder heftig.

'Hij is wel knap,' zei Emmy, en ze wist dat het absoluut geen kwaad kon om dat te zeggen, niemand zou hem aan haar koppelen.

'Vind je?'

Ze verraadt zich, dacht Emmy. Trissan kreeg opeens een kleur.

'Ken jij het meisje dat het feest gaf?' vroeg Trissan, om van onderwerp te veranderen.

Emmy schudde haar hoofd.

'Misschien weet ik het als ik haar zie.'

'Iemand uit de Gerdahal,' zei Trissan.

'Ja.'

Trissan ademde diep in en boog zich over het tafeltje heen.

'Je vraagt je af wat daar is gebeurd,' zei ze met een zakelijke stem, die tegelijkertijd barstte van de verborgen nieuwsgierigheid.

Emmy haalde haar schouders op.

'Moeten we niet bij haar op bezoek?'

'Denk je?' vroeg Trissan.

'In het ziekenhuis dus,' hield Emmy vol.

'Maar ze is toch bewusteloos,' zei Trissan.

'Daarom kunnen we er toch nog wel naartoe?'

Het idee om naar het ziekenhuis te moeten gaan riep een puur fysieke afweerreactie op. Maar tegelijkertijd had het ook iets aanlokkelijks.

Misschien dook Karl wel op. Het leven zit vol toevalligheden. Maar dat zei Emmy niet.

Het was een prachtige dag, die na een koel, vochtig begin was overgegaan in een zoele ochtend. Nu was het zo warm dat ze hun jas uit konden doen.

Emmy en Trissan hadden afgesproken dat ze toch maar in het ziekenhuis op bezoek zouden gaan. Ze pepten elkaar op om niet terug te krabbelen. Ze hadden een taak, huiswerk dat ze moesten doen om een voldoende te krijgen voor het leven. Om geen schuldgevoel op te lopen.

Maar Trissan moest eerst nog een paar dingen doen, en zo stelden ze de onaangename taak nog even uit. In de tussentijd zou Emmy in Eden gaan zitten studeren.

Er viel opeens een stilte. Veel meer hadden ze elkaar niet te zeggen, maar toch konden ze niet uit elkaar gaan.

Emmy liet haar fiets staan. Ze liepen samen op. Langzaam. Ze kwamen langs café Gräddhyllan in het korte stukje straat tot aan de juridische faculteit dat voetgangersgebied was geworden. Ze hadden bijna weer het oude gevoel van saamhorigheid te pakken toen ze bij de Kyrkogatan kwamen, op de hoek bij de klantenservice van de *Sydsvenskan*, waar ook het Espresso House was. Ze wachtten in de zoele lucht totdat ze konden oversteken. Het was druk.

Emmy zag geen studiegenoten aan de tafeltjes buiten. Ze wierp een snelle blik door het raam van het café om te zien wie daar zaten, en keek recht in het gezicht van een man die haar van achter zijn koffiekopje gadesloeg.

Een nieuwe flirt? dacht ze. Maar ze had gemengde gevoelens. Het was beslist niet iemand die ze eerder had ontmoet.

Of wel?

Ze keek weg en volgde Trissan naar de overkant van de straat, tussen de bomen van het Lundagårdpark. Ze was niet gevleid of vrolijk. Eerder wat onzeker. Ze was het gewend om aandacht te krijgen en kon het zich veroorloven om eerder afwijzend dan dankbaar te zijn, en om lang en breed te klagen dat ze het vertikte om een object te zijn. Maar nu zei ze niets. Trissan praatte. Het geroezemoes van de stad klonk steeds verder weg. Ze waren het Kungshuset net gepasseerd. Er stond een groepje studenten voor de poort van de scheve toren, Trissan groette twee van hen. Emmy kreeg een steentje in haar schoen. Trissan bleef praten en ze knikte zwijgend als antwoord. Ze bleef staan om haar schoen te legen, maar draaide zich niet om. De ogen van de man brandden nog steeds in haar rug.

De jongen

'Wat een sterke koffie.'

De stem van vader is niet hard, maar kalm, zodat je er buikpijn van krijgt.

We zitten muisstil rond de tafel. Filippa likt aan haar ijsje. Ze snapt niet dat het niet zo mag lekken. Over haar hand. Straks komen er nog druppels op het lichte tafelkleed.

'Ik dacht dat je wel van sterke koffie hield,' zegt moeder, en schenkt zichzelf in.

Het is een zondag, lang geleden. We zijn net klaar met eten. Moeder heeft afgeruimd. Vader is thuis, en dan zitten we bij elkaar, want hij is niet zo vaak thuis. Zijn werk is zo belangrijk dat hij vaak weg moet. Hij helpt anderen die ziek zijn en het moeilijk hebben.

'Maar dit is puur vergif.'

Vader liet zijn kopje staan.

Zelf bijt ik voorzichtig de chocola van het ijs, zodat er geen stukjes losraken en op het tafelkleed vallen.

Moeder heeft extra mooi gedekt. Net zoals vader het wil. Op z'n zondags met een tafelkleed en bloemen.

Bloemen zijn de specialiteit van mijn moeder.

Soms gaat moeder met vader mee op reis. Vader vindt dat moeder wel kan wegblijven van haar werk, dat belachelijk is volgens hem. Laat anderen maar grafkransen en bruidsboeketten maken. Het is belangrijker dat zijn vrouw met hem meegaat. Want vader heeft haar nódig. En vader verdient zoveel dat moeder niet hoeft te werken. En de kinderen, Filippa en ik, moeten wat zelfstandiger worden, vindt hij. Niet klein worden gehouden door hun moeder.

Ze worden er niet minder van als ze bij tante Kerstin zijn, zegt hij.

Tante Kerstin is aardig. Ze woont in het huis naast ons en haar kinderen zijn de deur al uit. Maar toch is ze niet zoals moeder.

'Zie je niet dat ze knoeit,' zegt vader met afschuw, en kijkt naar Filippa's mollige handjes, die druipen van het vanille-ijs.

Moeder scheurt een stuk keukenpapier af, neemt het ijsje van Filippa over en maakt haar handen schoon. Filippa begint te huilen.

'Hier!' zegt moeder. Ze likt snel het druipende, gesmolten vanille-ijs op en geeft het ijsje weer aan Filippa.

Filippa zit stil te eten. Haar mond is wit. Het ijs drupt weer van haar kin.

'Heb je me niet gehoord? Pak dat kind haar ijsje af!'

Vader is boos, hoewel zijn stem nog wel vriendelijk klinkt.

Moeder strijkt het haar van haar voorhoofd, buigt zich naar Filippa en probeert het ijsje uit haar vingers te wurmen, maar Filippa houdt het stokje stevig vast.

'Nee,' zegt Filippa vastberaden.

Moeder stopt. Ze mag het ijsje houden. Moeder veegt met het stuk keukenpapier over Filippa's kin om de druppels op te vangen.

'Ben ik een keer vrij en dan zit ik met zulke varkens aan tafel!'

Nu is de stem van vader harder.

Ik weet niet waar ik moet kijken om aan mijn vaders blikken te ontkomen.

Ik ben geen varken, ziet vader dat niet? denk ik, en ik probeer net te doen of er niets aan de hand is. Ik bungel voorzichtig met mijn benen terwijl ik naar het tafelblad kijk en naar de bloemen in de groene vaas. Ik knijp mijn ogen dicht tegen de zon, die door het raam naar binnen glipt en als een goudgele vlek op tafel gaat liggen.

Dan voel ik vaders hand op mijn hoofd. Ik móét vader wel aankijken. Ik neem een aanloopje en dan kijk ik naar de kleine zwarte gaatjes in zijn ogen. Ik kijk er recht in. Dat doe ik snel.

Dan weer naar het tafelblad en de bloemen.

'Alles goed met mijn zoon?' vraagt vader.

'Mm,' zeg ik en ik knik.

Daarna blijf ik knikken, ik kan er niet mee stoppen.

'Ja, het is een flinke jongen,' zegt moeder met een blije glim-lach.

Dan stop ik met knikken en glimlach terug. Een grote glimlach voor mijn moeder.

Dat ziet vader.

'Heb je misschien ook nog een glimlachje over voor mij?'

Vader glimlacht zelf niet wanneer hij dat zegt. Maar ik moet doen wat hij zegt. Dus maak ik mijn lippen zo breed mogelijk. Ik hou mijn mond gespannen in een glimlach, mijn hele gezicht ver-stijft ervan. Ik span mijn lichaam, mijn armen, mijn vingers en mijn buik. Ik doe zo mijn best om vrolijk te kijken dat ik er bijna van ga trillen.

Vader staart me aan.

'Dank je wel,' zegt hij.

Hij zegt dank je wel! Dan is het gelukt, denk ik.

Ook al kun je dat nooit zeker weten.

Na het eten is moeder in de keuken bezig. Filippa is met haar poppen aan het spelen op de keukenvloer.

Vader komt mijn kamer binnen. Het is er schoon en opgeruimd zodat er niets is om over te klagen. Voor alle zekerheid werp ik een blik op het bed, zie dat er geen vieze kleren liggen en kijk naar mijn boekenkast. Ik wil er zeker van zijn dat de boeken er netjes in staan en dat er niet her en der speelgoed ligt.

'Ik bof maar met jou,' zegt hij.

Ik schuif heen en weer op mijn bureaustoel en kijk omhoog naar mijn vader, die naast me staat.

'Wij lijken op elkaar, jij en ik,' zegt vader. 'Op een dag groeit er iets groots uit jou.'

Als vader dat zegt, is het zo. Iets groots.

'Maar dan moet je serieus zijn, zoon.'

Ik knik. 'Serieus', een zwaar woord.

Daar lig ik lang over na te denken voor ik ga slapen. Ik denk en denk om de geluiden die moeder maakt te verdrijven. Ze pro-beert niet te schreeuwen.

Dan hoor ik wat ik niet wil horen. Het bijna holle geluid wan-neer moeders hoofd tegen de muur bonkt.

Ik word iets groots, net zoals vader zegt. Dan maak ik de dienst uit, denk ik terwijl ik in bed lig en niets kan doen. Niet eens slapen.

11

Zaterdag 14 september

Emmy was op een laag muurtje voor het station gaan zitten. Dat stond daar om te voorkomen dat fietsers de reizigers neermaaiden die gehaast de voetgangerstunnel naar het spoor in doken of uit kwamen. Achter haar was een fietsenstalling ter grootte van een voetbalveld. De fietsen stonden zo dicht naast elkaar dat de sturen in elkaar haakten.

Emmy wachtte. De zon stond laag. En terwijl ze wachtte, werd het herfst.

Ze huiverde en keek nu eens naar de mensen, dan weer naar het treinverkeer. De pendeltrein Sten Stensson Stéen kwam binnen om meteen daarna weer te vertrekken richting Malmö. Vermoedelijk kwam hij uit Eslöv. Ze wist toevallig wie Sten Stensson Stéen was. Een van haar docenten deed er alles aan om hen tussen de bedrijven door wat algemene kennis van Skåne bij te brengen. Het was een fictieve inwoner van Eslöv. Er bestonden oude films over deze eeuwige student, die alle records had gebroken en het academisch milieu niet wilde verlaten. Ze moest er niet aan denken! Zelf wilde ze niets liever dan afstuderen. Werken en geld verdienen. Dan begon het echte leven.

Eeuwige studenten had je nu niet meer voor zover zij wist. De centrale dienst voor studiefinanciering had daar een eind aan gemaakt. Je moest elke studieperiode goed benutten. Had je geen resultaten, dan kreeg je geen geld. Ze kregen zes jaar, niet meer en niet minder. Het was een harde werkelijkheid en zij leefde ook met die stok achter de deur, bedacht ze, en ze keek op haar horloge.

Ze was mooi op tijd. Overdreven mooi op tijd, zelfs. Ze was

vroeg wakker geworden en had zich aangekleed en opgemaakt in een toestand van opwinding. Toen ze klaar was, had ze geen rust en ze was veel te vroeg naar het station gefietst. Hoe ongeduldig ze ook was, ze vond het wachten nog wel leuk ook. Ze keek om zich heen en bereidde zich langzaam voor.

Ze had voor alle zekerheid twee kaartjes uit de automaat gehaald, zodat ze de trein niet zouden missen als hij pas op het allerlaatste moment kwam. Sommige mensen waren altijd laat. Net als Trissan.

Maar met Karl was het natuurlijk iets anders. Ze was ervan overtuigd dat hij een serieuze jongen was die hard aan zijn onderzoek werkte. Een slechte keus, zou Trissan gezegd hebben. Een stumper die zich begroef in zijn werk en geen oog had voor de buitenwereld.

Maar hij heeft een doel, dacht ze, en haar blik werd bijna wazig van plaatsvervangende trots. Ze vond mensen die iets wilden aantrekkelijk. Die vooruit wilden komen. Die het leven niet door hun vingers lieten glippen. En dat hadden ze duidelijk gemeen, Karl en zij.

Ze keek weer op haar horloge. Hier zat ze als een muurbloempje.

Hij zou wel druk bezig zijn met een of ander experiment in het Biomedisch Centrum, dacht ze om het goed te praten dat hij op zich liet wachten. Iets gecompliceerds wat je niet zomaar kon onderbreken.

Ze hadden bij toeval na een training in de Gerdahal tegelijkertijd hun fiets gepakt. Dat was de dag nadat Trissan en zij Cecilia in het ziekenhuis hadden bezocht.

Kijk, dat was nog eens geluk hebben!

Of ze had het slim aangepakt, dacht ze, niet zonder zelfkennis.

De sporthal in de Professorenwijk was de best bezochte van het land. Een modern heiligdom waar iedereen naartoe werd getrokken. Niet alleen studenten en werknemers van de universiteit, maar iedereen. Zelfs gepensioneerden.

Het afgelopen voorjaar had ze Karl op een dag toevallig op de fiets van het ziekenhuis zien komen. Daarom bleef ze even onder de hoge kastanjes naast de Helgonavägen staan en constateerde dat hij zijn fiets niet in de zee van fietsen vlak voor de ingang neerzette, maar een paar meter doorreed naar de nieuwe stalling.

Na die dag veranderde ze haar gewoonte. Daar was bovendien meer plaats.

Ze ging ook op andere tijden. Ze ging helemaal niet meer naar de circuittraining, wat anders het beste uurtje was om contacten op te doen, aangezien ze in kleinere groepjes werden verdeeld die langs de verschillende onderdelen gingen. Maar aangezien Karl daar eigenlijk nooit kwam, maar koos voor krachttraining met halters, ging zij daar voortaan ook heen. Die was even effectief en bovendien een halfuur korter.

Deze week was het net geweest of er iets in de lucht hing, bedacht ze.

Ze zag hem natuurlijk meteen toen de muziek startte en ze begonnen te rennen. Haar knieën knikten. Aan de overkant van de grote, galmende zaal, die bomvol was met mensen die als een kudde olifanten rondjes renden, zag ze zijn kortgeknipte haar boven de hoofden van alle anderen uit in de buitenste rij. Zelf bleef ze in de middelste rij. En ze keek voor zich, wat ook wel moest als ze niet onder de voet gelopen wilde worden. Ze volgde de zwaaiende paardenstaart en de zware gang van het meisje voor haar. En deed net of ze hem niet zag. Maar van zijn aanwezigheid kreeg ze vlinders in haar buik.

Toen pakte ze een matje en zorgde ervoor dat ze een plekje kreeg achter de instructeur, vanwaar ze de hele zaal goed kon overzien.

Ze kon hem zien zonder dat ze zelf gezien werd. Het kon immers zijn dat Ylva hier was, of iemand anders. Ze wilde hem spreken wanneer hij helemaal alleen was. Ze wilde hem of zichzelf niet in verlegenheid brengen.

Karl was sterk, constateerde ze al snel. Zij voerde haar eigen bewegingen gedachteloos uit. Haar lichaam deed zijn werk en zij kon zich op andere dingen concentreren. Haar ogen gingen de hele tijd naar het wandrek waar Karl stond. Met grote, duidelijke en krachtige bewegingen volgde hij de instructeur. Geen zielige slapjanus, maar een echte man, dacht ze.

En dat dacht ze nu ook terwijl ze op de matig warme kalkstenen muur zat te huiveren.

Toen ze daarna de ijzeren staven moesten pakken om de armspieren te trainen, zag ze dat hij een donkerblauwe nam. Hij was een van de sterksten. Achttien kilo. Niet dat ze anders brute kracht of opzwellende spieren aantrekkelijk vond, juist niet. Maar nu was het net of alles wat ze eerder had gevonden niet meer van toepassing was. Ze was er zwaar van onder de indruk hoe geweldig Karl was. Ze vond hem bijna mooi.

Zelf was ze van het kinderachtige gedoe met de groene staaf van tien kilo afgestapt en overgegaan naar rood: twaalf kilo. Als Karl nu toevallig haar kant op keek, zou hij het zien. Zien hoe ze zweette, op haar tanden beet en de staaf zo ontspannen en tegelijkertijd zo geconcentreerd mogelijk optilde. Hij zou haar smalle, welgevormde bovenarmen zien, die duidelijk uitkwamen in haar strakke rode topje. Hij zou zien dat ze niet wiebelde, maar stabiliseerde met haar buikspieren. En haar buik werd nog platter dan hij al was. En haar buste zwol op door het aanspannen van de borstspieren.

Na afloop was ze in de kleedkamer Ester tegengekomen. Ze was lang, donker en atletisch, maar ze keek niet vrolijk. Ze kenden elkaar nauwelijks, de laatste keer dat ze elkaar hadden gezien was in het ziekenhuis bij Cecilia. Emmy had graag nader met haar willen kennismaken, maar daar had ze nu geen tijd voor.

Ze trok haar joggingpak aan – douchen deed ze thuis wel – en liep snel weg om op tijd bij de fietsenstalling te zijn.

Ze kwam precies op het goede moment.

Een paar seconden na haar kwam Karl door de glazen deur naar buiten in een zwart trainingspak en met zijn haar nat van het zweet.

Hoe ze erin slaagde een gesprek te beginnen wist ze niet. Ze handelde als in een droom, maar ze was uiterst geconcentreerd. Dat zou Trissan hebben gezegd als ze het te horen kreeg. Wat natuurlijk nooit zou gebeuren.

Er brandde een vuur, er was hoop, een vonk, en haar zintuigen stonden open voor alle ideeën van de wereld.

'Louisiana,' bracht ze uit. Ze moest hebben aangevoeld dat hij van kunsttentoonstellingen hield. Of dat hij wel zin had in een uitstapje. Verder gingen haar gedachten niet eens. Aan hotelkamers, romantische dineetjes of luxe ontbijtjes viel nog niet te denken.

Eén ding tegelijk.

Maar het ging haar niet speciaal om de kunst. Het was het hele pakket. De treinreis naar Helsingborg, koffiedrinken op de pont naar Helsingør met Deense koffiebroodjes erbij, met de trein naar het pittoreske Humlebæk, een langzame wandeling in de zon onder tere beuken vanaf het stationnetje naar de kunsthal. Zij aan zij, misschien hand in hand, door alle zalen. En dan lekker lunchen op een plek vanwaar ze uitzicht hadden over de Sont en Zweden konden zien liggen. Wijn of Elefantbier. Of allebei.

Kon het romantischer? dacht ze, terwijl ze daar op het muurtje zat met haar turkooizen lamswollen trui over de schouders en haar gladde haar los.

'Ah, zit je hier?'

Ze schrok ervan. Idioot genoeg had ze hem niet gezien. Met een nonchalant glimlachje stond hij nu voor haar. Ze stond op en keek hem aan terwijl hij zijn zonnebril op zijn voorhoofd schoof.

*

'De meeste veranderingsprocessen mislukken', las Veronika in *Arts vandaag.*

Het was zaterdagochtend en ze was nog in haar ochtendjas. De krant lag opengeslagen op de keukentafel, maar waarom ze op een zachte septemberochtend dit artsenblad zat te lezen terwijl ze niet eens naar haar werk hoefde, wist ze zelf nauwelijks. Ze had niet de puf om iets aan te pakken. Ze was ontzettend moe, bijna misselijk, en was mechanisch begonnen de stapel post en kranten die zich de afgelopen week had opgebouwd door te spitten.

Buiten voor het keukenraam was de tuin aan het ontwaken. Nevelige zonnestralen kleurden de kastjes warmgeel. Het koffiezetapparaat pruttelde. Na alle dagen dat ze van huis was geweest, was de geur van versgezette koffie en geroosterd brood een overweldigende sensatie.

Lekker thuis, dacht ze, en ze trok haar ochtendjas steviger om zich heen. De zon was overdag nog krachtig, maar Claes had de verwarming nog niet aangezet, dus 's ochtends was het fris.

Haar spanningshoofdpijn werd langzaam minder. Ze zaten tegenover elkaar in een rustige, ontspannen stilte. Zij en haar man. Net als altijd.

Ze wachtten totdat Klara wakker zou worden uit haar ochtendslaapje. Ze was al om zes uur in de weer geweest. Ze was bij hen in bed gekropen en had hen met haar geklets en haar drukte vermaakt.

Claes was samen met haar opgestaan. Daar was Veronika in haar droomloze halfslaap blij mee. Ze lag voor pampus. Ze sliep beter op haar eigen kussen en moest veel slaap inhalen. Klara was weer in slaap gevallen, nadat ze haar ontbijt voor de helft had opgegeten en nuchter had geconstateerd dat er op deze stille zaterdagochtend weinig te beleven viel. Een sikkeneurige vader en een doodse schemering buiten. Of hoe ze ook dacht, hun dochter van anderhalf.

'Net wat ik altijd al zeg,' zei Veronika.

Ze ging door met commentaar geven op wat ze las. Het was nog niet zo lang geleden dat ze niemand had om tegenaan te praten. Toen Cecilia het huis uit was, bleef ze moederziel alleen achter in haar heel wat minder charmante bungalow uit de jaren zestig.

Het artikel was gebaseerd op een proefschrift, een studie die aantoonde wat ze altijd al had geweten. Leidinggevenden op hogere posten en politici wilden eigenlijk helemaal geen structurele veranderingen. Voor het oog veranderden ze wat, ze verschoven, combineerden en haalden uit elkaar en probeerden geld te besparen zonder voldoende verankering in de dagelijkse praktijk.

Eerder had ze altijd artikelen over de gezondheidszorg gelezen die duidelijk verband hielden met haar eigen werkplek. Maar nu was de wereld opeens groter geworden. En onrustiger. Die was uitgebreid met de afdeling neurochirurgie in Lund, en ze hoopte in haar onschuld dat ze het daar perfect voor elkaar hadden, dat ze effectieve routines en grondige kennis hadden. Geen beginners of klungels, geen holle structuren die de veiligheid van de patiënt in gevaar brachten.

Maar mensen bleven mensen, ze bedoelden het meestal goed, maar dat was niet altijd voldoende. Tot dusver had ze competentie en welwillendheid gezien aan het bed van Cecilia. Zorg en aandacht. En af en toe irritante onhandigheid, die ze door de vingers probeerde te zien.

Het was haar eigen angst die haar opjoeg. Door haar kennis zag ze meer dan de meeste mensen. Maar ze deed haar best om een zo inschikkelijk mogelijk familielid te zijn. Om de verpleging niet te storen en de aanpak niet te bekritiseren.

Ze wilde immers alleen maar dat het allemaal goed zou komen. Het personeel moest zich niet op haar concentreren, maar op Cecilia.

Toen ze wegging, was alles goed geweest met haar dochter. Haar blik was minder wazig. Ze reageerde als iemand iets tegen haar zei. Ze deed haar ogen open en dicht. Ze kneep in haar handen. De donkere verpleegster, die Veronika het aardigst vond, was van mening dat ze goed vooruitging. Binnenkort kon ze van de beademing af. Cecilia reageerde op het apparaat met haar eigen, spontane ademhaling. En de intracraniale druk was stabiel.

Het was niet gemakkelijk om haar te verlaten en weer naar Oskarshamn terug te gaan. Maar Dan zou ook dit weekend uit Stockholm overkomen. Hij had gevraagd of dat goed was. Net alsof zij daarover ging. Het was toch ook zijn dochter, ook al had zijzelf of Cecilia daar eerder weinig van gemerkt, dacht ze balorig. Toch had hij het contact tijdens haar jeugdjaren wel onderhouden, ook al was het hapsnap en sporadisch.

Claes was voorzichtig en had alleen maar aardige dingen gezegd toen ze de vorige avond aan een late maaltijd hadden gezeten. Hij vertelde dat Klara al aardig gewend was op de crèche en dat ze zich goed kon redden. En dat was precies wat ze wilde horen.

'Wil je nog koffie?'

Hij had de thermoskan in zijn hand.

'Nee, dank je wel.'

'Weet je het zeker?'

'Ja, ik ben een beetje misselijk.'

'Neem dan nog een boterham.'

Ze pakte een snee volkorenbrood en smeerde er boter op.

'Fijn om weer thuis te zijn,' zei ze. Ze stak haar hand uit over de tafel om zijn wang te strelen, maar trok haar hand snel weer terug.

'Scherp?'

'Ja,' zei ze, en ze keek diep in zijn groen gemêleerde ogen.

'Maak je je zorgen?'

'Ja,' zei ze. 'Maar het is te doen.'

Hij woelde door haar haar.

'Heb je nog iets uit Lund gehoord?' vroeg ze, ook al wist ze in haar hart wel dat het zinloos was. Ze zouden de dader niet vinden.

'Ja,' zei hij. 'Maar niet daarover.'

*

Het licht schoot haar pupillen binnen en explodeerde in haar hoofd.

Ze verzette zich, sloot haar ogen zo snel ze kon en probeerde tegelijkertijd haar hele gezicht samen te trekken, hoewel dat bijna ondoenlijk was. Zachtjes liet ze zich in de put wegzakken. De barmhartige leegte in.

Zwaar en zonder lichaam rustte ze in de nevel. Als lood. Niet als een fladderende citroenvlinder op een dag in de zomer. Niet zwevend door de ruimte als een engel. Gebonden. Ze zat ergens in vast, waarin was niet duidelijk.

Waar was ze? Wie was ze?

Ze bengelde, zweefde, gleed door het heelal.

Weer die trillingen, en met duizelingwekkende snelheid werd ze uit het donker bovengehaald. Haar keel deed zeer. Ze proefde een vieze smaak en had een droge mond. Ze wilde slikken en de stromende verkoeling voelen. Ze probeerde het. Nee, dit wilde ze niet, het lukte niet.

Ze zakte snel weer weg.

Ergens voelde ze het kriebelen. Maar waar? En geluiden. Woorden. Een stem, zacht en stroef.

Het kriebelen ging door alsof er een vlieg over haar warme

huid liep, ze wilde het weg hebben. Maar dat lukte niet. Zwaar, stom en onbeweeglijk.

Waar zat het eigenlijk? Op haar hand, misschien. Niet pijnlijk, maar enerverend. Weg ermee! Ze wilde het uitschreeuwen, maar dat ging niet. Ze wilde zich krabben, maar dat ging ook niet.

Toen verdween het. De rust keerde weer. Opgelucht kon ze weer wegdrijven naar nergens.

Maar toen was het er weer. Het gefriemel. Het gekriebel. Koppig, maar ver van haar. Er gaat iets omhoog. Zwaar en traag. Haar hand. Daar zit hij. De vlieg.

Ze wrikt haar oogleden moeizaam open. Wit licht. Scherp en meedogenloos. Een geur van kunststof. Maar ook van mens. En warme huid. Die streelt. Haar aldoor aanraakt. Losse woorden maken zich los uit de warboel en krijgen langzaam betekenis.

'Lieve Cecilia!'

*

De klopper sloeg tegen de voordeur. Nina Bodén vloog van de bank en bekeek zichzelf in de halspiegel. Geen tranen. Haar ogen waren alleen wat opgezet. Ze trok haar donkerblauwe trui recht en ging opendoen.

Daar zul je haar hebben, dacht ze, en ze keek Eva-Lena strak aan, die alleen voor de deur stond met drie lelies in haar hand. Ze leken al te verwelken. Bernt was er niet bij. Dat was ook beter. De zon scheen op Eva-Lena's haar, zodat het rood werd als van een vos.

Ze wisten beiden niet wat ze moesten zeggen. Eva-Lena al helemaal niet, die had horen te condoleren, maar dat was niet haar sterke kant. Niet zoals het nu was. Het was gemakkelijker geweest als ze eerder was gekomen. Meteen. Dan waren er geen woorden nodig geweest. Dan was het genoeg geweest als ze gewoon zichzelf was.

Maar dat had ze nu eenmaal niet gedaan.

'Kom binnen,' zei Nina ten slotte.

Op hetzelfde moment overhandigde Eva-Lena eindelijk de bloemen. Rouwbloemen, dacht Nina onwillekeurig, maar ze bedankte en zette ze vervolgens in een hoge Orreforsvaas van donkergroen glas die ze had gekregen toen ze vijftig werd. Het was een mooie vaas. De bloemen leken er ook van op te knappen.

De twee buurvrouwen gingen naar de keuken. Of ze nu trek hadden in koffie of niet, ze wilden allebei koffiedrinken. Wat moest je anders?

'Ik kon niet eerder komen,' verbrak Eva-Lena de stilte. 'Je weet, Bernt...'

Ze stopte. Nee, dit was echt niet het moment om over Bernt te praten, die sukkel, die zo'n grote plaats had ingenomen in hun gesprekken de laatste jaren. En ze kon vandaag nog geen blauwe plek laten zien aan Nina, die verpleegkundige was. Eva-Lena had al heel lang door dat Nina er genoeg van had en met steeds minder belangstelling naar haar kwetsuren keek. Er veranderde immers toch niets, leek ze te bedoelen. Eva-Lena líét zich gewoon in elkaar slaan en ging nooit naar de politie, ook al had Nina talloze keren tegen haar gezegd dat ze dat moest doen. 'Het is onacceptabel,' zei ze. 'Krenkend. Hij speelt de baas over jouw leven.' Eva-Lena wist van zichzelf wel dat ze er altijd met een smoesje onderuit probeerde te komen. Het werd zomer en ze gingen naar hun huisje. Of het was winter en ze gingen op skivakantie. En Eva-Lena kon er niet alleen op uit zonder Bernt. In haar dooie eentje. Daar had ze het geld ook niet voor, maar dat zei ze natuurlijk niet met zoveel woorden, dat klonk al te vrekkig. Maar ze voelde dat Nina dat toch wel vermoedde. En misschien Jan ook wel, ook al bemoeide hij zich er niet zo mee. Hij zei in ieder geval niets. Hij maakte zich alleen druk om haar. Hoe het met haar ging. En het was gek, maar als ze eenmaal weg waren, was Bernt zo schattig als wat. Maar dat vertelde ze niet. Ja, aan Nina. Maar niet aan Jan.

Ze had natuurlijk dromen. Verboden dromen. Daar vertelde ze ook niet over. Maar als ze geluk had, kon haar leven op een veel elegantere manier veranderen dan door middel van een scheiding. Elke dag genoot ze in haar hulpeloosheid van die zoete droom. Bernt kon een ongeluk krijgen. Hij kon zich doodrijden als hij dronken achter het stuur zat. En dan zou alles natuurlijk helemaal anders worden.

Ze keek uit het keukenraam. Op de vensterbank stond een foto van Jan. De tranen brandden in haar keel. Het was een recente foto, die er eerder niet had gestaan. Jan was bruinverbrand en de wind blies door zijn dunnende haar met diepe inhammen. Waarschijnlijk was de foto op Gotland genomen. Zee en een lichtblauwe lucht met witte wolken. Een foto die Nina van de zomer had gemaakt.

'Hoe is het met je?' vroeg ze voorzichtig en ze beet op haar lip.

Ze had een brok in haar keel. Jan zag er zo ontzettend gezond en goed uit op de foto. Rijzig in half profiel. Zijn nek licht gebogen en zijn bovenlichaam bloot. De foto was op borsthoogte afgeknipt. Zijn warme torso. De zilte smaak.

'Het gaat wel,' zei Nina boven de koffiebus met beugelsluiting die ze openmaakte.

Ze mat koffie af en vroeg zich tegelijkertijd bozig af waarom Eva-Lena niet eerder langs was gekomen. Waar had ze gezeten, verdorie? Maar ze keek niet naar haar buurvrouw. Op de een of andere manier kon het haar niet schelen. En ze had definitief geen puf om ernaar te vragen.

Eva-Lena zat als op een gloeiende plaat op het voorste puntje van de stoelzitting. De gestreepte stof was door Nina zelf geweven op een cursus op Gotland, en met die stof was ook de blauwgeverfde keukenbank in boerenstijl bekleed. Het was allemaal zo krankzinnig bekend.

Nina haalde kopjes uit de kast.

'We zullen maar in de woonkamer gaan zitten,' zei ze.

Eva-Lena hielp haar met de kopjes met blauwe bloemetjes erop. Ze probeerde zich natuurlijk te bewegen, hoewel niets natuurlijk was. De sfeer was zo gespannen als een scheringdraad.

Het was Eva-Lena nooit eerder opgevallen dat de keukenklok zo hard tikte. Het was hier ook nooit eerder zo leeg geweest, ook al was Jan zelden thuis uit school als zij daar was. Alles was op een akelige manier hetzelfde. Ze zag zijn schoolboeken op een stapel in de buffetkast in de woonkamer liggen. Die hij nooit had gebruikt. En zijn lerarenagenda lag erbovenop. Ze wilde de kaft openslaan, kijken of zijn naam erin stond, met snelle, zachte halen, maar ze deed het niet.

'Ik heb alleen een paar beschuitjes,' klonk Nina's stem uit de keuken.

'Dat is toch prima,' zei Eva-Lena, en ze besefte dat ze beter iets lekkers had kunnen meenemen voor bij de koffie in plaats van bloemen. Op zo'n beetje elke vrije plek stonden mooie boeketten met witte kaartjes tussen de bladeren. De zoetige bloemengeur was verstikkend. Het was nog een hele klus geweest om de goeie soort uit te zoeken. Ze had natuurlijk beter een paar broodjes en een kardemomkrans bij bakker Nilsson kunnen halen.

Toen zaten ze tegenover elkaar met de lage salontafel tussen hen in. Nina in de Bruno Mathssonstoel en Eva-Lena op de blauwe bank in strakke Deense stijl. Ze streek met haar hand over het kussen van schapenleer dat naast haar lag. Ze vormde haar lippen.

'Wat zeiden ze?' vroeg ze ten slotte.

'De politie, bedoel je?'

Eva-Lena knikte. Nina antwoordde niet meteen. Ze kwam half overeind om gemakkelijker koffie te kunnen inschenken uit de rode thermoskan.

'Niet zoveel,' zei ze. Ze ging zitten en keek de tuin in.

Ze ontwijkt me, dacht Eva-Lena.

'Ze weten niets,' zei Nina ten slotte met een zucht, alsof ze dit al duizend keer had verteld. 'Misschien was het zijn hart. Wie weet. Of een hersenbloeding. In ieder geval had dat ding achter zijn oor er waarschijnlijk niets mee te maken, daar was de KNO-arts heel duidelijk in. De lijkschouwing moet uitwijzen wat het geweest is.'

Ze vertelde zo zacht en toonloos dat Eva-Lena doodstil moest zitten en haar oren moest spitsen om het te verstaan.

'Ja, maar íéts weten ze toch wel!' barstte ze uit, en ze ging snel met beide handen door haar rode, kortgeknipte haar.

'Jawel,' zei Nina, en ze keek haar buurvrouw aan. 'Dat hij op een rare plek is gevonden.'

Eva-Lena hield haar adem in. Ze wist natuurlijk al waar, dat had ze in de krant gelezen, maar het was iets heel anders om dat uit de mond van een direct betrokkene te horen. En directer betrokken dan Nina kon niet.

'Het is een raadsel hoe hij daar terechtgekomen was,' zei Nina fluisterend. Haar stem was gebroken en haar ogen waren wazig door de tranen.

Eva-Lena beet op haar tanden. Ze kreeg de kriebels.

'Ja, inderdaad,' mompelde ze, en ze begon vervolgens op haar onderlip te kauwen.

De wijzers van de keukenklok verplaatsten zich nog steeds luidruchtig en monotoon zonder zich er iets van aan te trekken dat het huis was getroffen door dood en verdriet.

'Een werkkast,' zei Nina eindelijk snikkend, en Eva-Lena staarde haar aan. 'Hoe was hij daar in godsnaam terechtgekomen?'

Haar blik ging naar Eva-Lena, die het moeilijk vond in de verschrikte, bloeddoorlopen ogen te kijken. Ze kon geen woord uitbrengen.

'Misschien was hij verdwaald,' piepte ze ten slotte.

'Verdwaald? Zo erg kun je toch niet verdwalen!' raasde Nina verder.

Eva-Lena werd bleek en reageerde alleen met een geschrokken schouderophalen.

Want het was inderdaad een raadsel. Jan, die altijd overal de weg kon vinden, verstandig en kundig, zou nooit de kluts kwijtraken en verdwalen. Nooit van zijn leven. Zelfs niet met dat groeisel, hoe heette het ook alweer, achter zijn oor. Zo groot als een erwt. Een tumor van niks die ze eenvoudig konden verwijderen, had ze begrepen. Ook al liet hij doorschemeren dat hij zich wel een beetje zorgen maakte. Dat hij misschien zelfs wel bang was. Maar wie zit niet in de piepzak voor een operatie, aan zijn hoofd nog wel. Voordat zij aan haar galblaas werd geopereerd, had ze ook een paar nachten heel slecht geslapen.

De zon ging onder en het begon af te koelen. De grote ramen aan de tuinkant maakten het overdag warm in de kamer, maar als het donker werd, koelde het razendsnel af. Eva-Lena miste haar sjaal. Maar ze bleef op de bank zitten, niet in staat om op te staan; haar lichaam voelde zwaar aan en ze was eeuwig dankbaar dat Nina haar niet had gevraagd wat ze de afgelopen week had gedaan.

Helemaal niets, namelijk. Ze had alle tijd van de wereld gehad om naar Nina toe te gaan, maar het was er niet van gekomen. Zo ging dat soms. Alsof ze er zelf niets aan kon doen. Bernt had haar in ieder geval niet tegengehouden. Die was of op zijn werk geweest, of dronken, of bezig zijn roes uit te slapen. En het bedrijf liep goed, of hij er nu was of niet, dankzij de goede werknemers over wie hij altijd pochte. Die hij had dankzij zijn buitengewoon grote mensenkennis en zijn fantastische vermogen om goede mensen aan zich te binden. Ze had het tot vervelens toe gehoord. En in de loop der jaren was ze gaan begrijpen dat zij daar vermoedelijk ook bij hoorde.

Een vrouw die haar mond hield en deed wat hij zei.

Iets in zijn gedrag gaf haar echter het idee dat hij het had opgegeven. Tenminste voorlopig. Hij had niet eens de energie om tegen haar tekeer te gaan. En verbijsterend genoeg zat er ook verdriet in die constatering. Er was niemand die nog dicht bij haar kwam. Niemand bemoeide zich met haar. Op geen enkele manier. Niet met slaan en niet met strelen.

Ze was verlaten.

Als verlamd was ze aan haar kant van de twee-onder-een-kapwoning blijven zitten achter half dichtgetrokken luxaflex. Ze had nooit gewerkt, altijd alleen de huishouding en de tuin gedaan. Kinderen waren er nooit gekomen en dat was haar grote verdriet. Ze bleef waar ze altijd had gezeten, in haar huis, haar vesting, die meer op een gevangenis was gaan lijken. Ze had verlangd naar een menselijke stem, een arm om haar schouders, een knuffel, maar ze kreeg niets. Nina had niet eens aangeklopt. Ze was geen steun komen zoeken in haar verdriet. Vreemd, dacht Eva-Lena. Dat was vanzelfsprekend en logisch geweest tussen twee oude vriendinnen.

Wat had Nina weerhouden?

Hoeveel had ze door?

De telefoon rinkelde. Nina stond op om op te nemen. Het was in ieder geval niet een van de kinderen, dat hoorde Eva-Lena wel. Het werd een kort gesprek. Afgekapt en onaf.

Toen Eva-Lena daarna in de hal stond, had ze het idee dat Nina elders was met haar gedachten. Ze was sterk, dacht Eva-Lena. En taai. Nu al bezig zich uit de as op te richten.

Nina was niet degene die kapot zou gaan aan de eenzaamheid. Dat was zijzelf.

*

De geluiden waren anders dan zonet. Het was ook niet meer dezelfde vage schaduw. Deze was langer en smaller.

'Ik ben het, Jonathan.'

Ze onderscheidde de stem en probeerde haar ogen open te sperren.

... Jonathan... Jonathan?

Geluiden die als sneeuwvlokken door de lucht dwarrelden.

Maar de hemel was pikzwart. Ze dreef voort. Duizelig en koud.

En ze kon haar oogleden maar een heel klein stukje open krijgen. Het waren net zware gordijnen.

'Hoe is het?'

Die stem weer. Diep en zacht. Warm als zonlicht. Geel als de zon, als een meloen.

Rond, geel en zoet.

Ze probeerde in gedachten het vruchtvlees door te slikken. Het koele, zoete sap in haar droge, opgezette keel. Maar de pijn was zo hevig dat ze haar ogen dicht moest doen en diep moest inademen, en ze hoorde een klikkend geluid naast haar. Het klonk als een apparaat. En haar tanden duwden tegen iets hards. Iets rubberachtigs. Ze probeerde erin te bijten.

'Je mond niet dichtdoen!'

Het commando kwam van een andere stem. Zijdezacht, maar resoluut, een stem die ze herkende. Toen stopte ze met bijten. Ze wilde verdwijnen. Haar ogen dichtdoen en zich laten vallen.

'Ik moet aldoor aan je denken.'

Die zware stem wilde haar weer terughalen.

Aan mij denken.

Aan wie dan?

*

Het was een tas van een gewoon model. Een schoudertas van zwart kunstleer met een rits en een voorvak. Nina Bodén zag hem opeens duidelijk voor zich.

'Een gewone reistas,' zei ze gedecideerd tegen de politieman in Lund, wiens naam ze even kwijt was. 'Er zijn waarschijnlijk duizenden van dat soort tassen. Niets bijzonders.'

Uitgerekend deze schoudertas bleef echter nog lang daarna door haar hoofd spoken.

Want Jan had die zwarte kunstleren tas toch zeker meegenomen toen hij wegging?

Dat had ze in ieder geval tegen de politieman gezegd, die haar ernaar vroeg toen ze eerder die week, op die vreselijke dag, in Lund op het bureau was. Hij had een Deense achternaam. Jensen was het, dacht ze. En hij sprak een diep en gezellig soort Skåns. Dat moest je hebben, dacht ze. In dit werk.

Bij thuiskomst had ze overal gezocht, in de kasten, de schuur en de garage, en ze had de tas niet gevonden. Ze had zich dus niet vergist. Jan had hem bij zich gehad.

Jensen had eigenlijk helemaal niet naar een tas gevraagd. Hij had gevraagd of ze de voorwerpen herkende die hij in doorzichtige plastic zakken voor haar had neergelegd.

Waren die spullen van Jan?

Ja, dat was zo, zei ze.

Ze werd nog steeds stil vanbinnen toen ze aan dat moment dacht. De plotselinge tederheid ten opzichte van die dingen. Zijn portefeuille, zijn sleutelbos, zijn pennen, zijn mobiel en zijn oude flora lagen daar volkomen naakt en verlaten op het bureau. Als honden die hun baasje kwijt waren.

En toen vroeg Jensen of ze het idee had dat er iets ontbrak. Dat kon ze op het eerste gezicht niet bedenken. Ze was er immers ook niet bij geweest toen hij met de bus naar Växjö ging om vandaar de trein te nemen.

Pas toen ze de kamer van rechercheur Jensen aan de Byggmästaregatan wilde verlaten, schoot haar de tas te binnen. Daar zaten natuurlijk zijn toilettas en zijn pyjama in.

Daarna had ze niets meer van de politie in Lund gehoord. Maar de tas had een wirwar van pijnlijke gevoelens en gedachten losgemaakt die haar elk uur van de dag bleven achtervolgen.

Was Jan zo verward geraakt dat hij spullen liet slingeren? Was hij het overzicht kwijtgeraakt? En ze zag hem voor zich als een eenzaam kind dat de weg uit een doolhof niet kan vinden. Dat steeds meer in paniek raakt en ronddoolt en stuntelt. Bij die gedachte alleen al brak bij haar de dam. Arme Jan!

En ze was niet eens meegegaan.

Dat wilde Jan niet hebben. Toch had ze het wel voor elkaar kunnen krijgen. Tot nog toe hadden ze voor- en tegenspoed gedeeld. Ze kende hem goed, ze wist dat ze het alleen maar duidelijk had hoeven zeggen, dan was hij wel gezwicht. En dan had zij zich niet zo ellendig eenzaam en vergeten hoeven voelen. Dan had ze niet met zoveel vraagtekens gezeten. Dan was ze er elk moment bij geweest en dan had ze een logische verklaring gehad.

Hij had haar niet meegenomen, maar zijn flora wel!

Dat oude boek dat hij als kind op zijn verjaardag had gekregen, had hij dus meegenomen. Dat moest iets betekenen, dat begreep ze natuurlijk wel. Voorzichtig, bijna teder, had ze het boek daarom opgepakt van de balie op het politiebureau in Lund en de kaft door de plastic tas heen geaaid als een bezwering. Of liever als een daad van liefde. Ze had een gevoelige, zachte Jan gevonden. Een deel van zichzelf dat hij goed verborgen had gehouden. In ieder geval voor haar.

Of had de tijd haar blind gemaakt?

En dan dat nummer, bedacht ze. De cijfers die Jensen haar had voorgelegd: 33 52 23.

Ze herkende het telefoonnummer niet meteen, en Jensen scheen haar te geloven. Waarom zou ze ook liegen?

Toch ergerden die cijfers haar. Een blaadje met een nummer van iemand die ze helemaal niet kende, gevonden in Jans ene zak.

De linkerhelft van het tweepersoonsbed was al twee weken lang niet beslapen. Ze stond met haar rug naar het bed toe, wipte heen en weer op haar voeten, alsof ze een aanloopje nam. Ze had al eerder in de kast gekeken, op zoek naar de zwarte kunstlederen tas.

Maar ze had de kleren niet aangeraakt.

12

Maandag 16 september

Nu begon hij pas echt.

'Inspecteur Claes Claesson', stond er zwart op wit bij zijn deur. Weliswaar slechts een uitwisselbaar plastic naambordje, en nieuw was het ook niet. Maar het was net of hij het voor het eerst zag.

Dit was zijn kamer, dacht hij, en hij hing zijn jas aan de haak achter de deur en stroopte met een voldaan gevoel de mouwen van zijn overhemd op. Zijn plaats in het werkende leven. Een gezellige kamer schuin op het westen. Dat was niet helemaal onbelangrijk, met het oog op de vele uren die hij op het werk doorbracht.

Nu zou hij serieus aan de slag gaan. De wat futloze stemming waarin hij de afgelopen week had geleefd, was deze ochtend snel veranderd in majeur. En hij had rechtop op zijn fiets gezeten toen hij over het fietspad naar het centrum reed.

Vandaag zou hij er vanaf het begin bij zijn. Niet aan komen kakken wanneer iedereen al een paar uur bezig was. Veronika zou Klara naar het Hommeltje brengen. Ze ging pas vanmiddag weer naar Lund.

Louise Jasinski keek hem van opzij aan terwijl ze naar de vergaderzaal liepen.

'Leuk dat je er weer bent,' zei ze, en ze glimlachte bijna.

Verbluft wilde hij zich eerst een zuur 'meen je dat nou?' of zoiets laten ontvallen, maar in plaats daarvan antwoordde hij dat hij het ook echt heel leuk vond om weer terug te zijn, en trok zijn lachspieren zo hard aan als hij kon. Maar hij vroeg zich inwendig af wat ze eigenlijk wilde. Enerzijds was hij al een hele week weer aan het werk, ook al kwam hij vandaag pas voor het eerst weer meteen 's ochtends. En anderzijds was ze tot nog toe kortaf en afstandelijk geweest. Was ze dat vergeten?

De briefing begon. Het weekend was geweest zoals weekends meestal waren. Dronkenschap, ruzies, vechtpartijen, inbraken, verkeersovertredingen. En ook nog een brand in een appartement. Roken in bed, dacht Jesper Gren, die erheen was geweest. Claesson constateerde tevreden dat de meeste dingen bij het oude waren gebleven. Alsof hij geen dag weg was geweest.

De enige behalve Louise die echt was veranderd, was Peter Berg. Hij had altijd een kleurloze en tamme indruk gemaakt. Hij ging op in de massa, iets waar hij in zijn beroep voordeel van had. Hij deed het altijd goed bij de mensen. Hij kwam vriendelijk en ietwat kwajongensachtig over. Het was de vraag of hij bij sommige vrouwen geen moederlijke gevoelens opwekte. Een jongen die hun zoon had kunnen zijn en daarmee een dankbaar voorwerp voor hun goede zorgen. Nu was dat volgens de geruchten precies wat er was gebeurd. Iemand had Berg onder zijn hoede genomen. En als Lundin niet helemaal verkeerd geïnformeerd was, dan was het een politieman uit Kalmar. Hij heette Nicko en had een achternaam die bijna niet te spellen viel, zo moeilijk. Dubbel pech, dacht Claesson. Homo én allochtoon.

Even voor drieën belde Gillis Jensen uit Lund. Claessons gedachten gingen twee kanten op toen hij de Skånse stem hoorde. Ging het over de mishandeling van Cecilia of over de dood van Jan Bodén?

Het was het laatste.

*

Met haar jas als een zeil achter zich aan vloog Christina Löfgren de trappen van de vrouwenkliniek op. Ze moest naar de derde verdieping. Altijd via de trap. Bijna nooit met de lift. Die luxe stond ze zichzelf hooguit toe als ze nachtdienst had en in het holst van de nacht ruw werd gewekt. In ieder geval naar boven.

Het was lunchtijd. Ze had de sleutel van de auto van de kliniek al in haar hand. In de gang voor de personeelskamer stond Gustav

Stjärne op de lichtgrijze linoleumtegels op haar te wachten. De vloeren glommen in het licht van de tl-buizen. Evenals zijn blonde haar, dat een tikkeltje lang was over de oren.

'Bel me als er iets is,' zei ze kordaat en ze gaf hem de sleutels. Maar dat zou hij niet doen. Dat wist ze. En dat was een probleem. Er was moed en volwassenheid voor nodig om je zwakheden te tonen. En aan beide ontbrak het hem, voor zover zij begreep.

Ongeacht naar welk van de zestien consultatiebureaus voor aanstaande moeders hij toe moest, het was bijna een catastrofe. In ieder geval volgens haar, maar die mening deelde kennelijk niet iedereen. Zijn inzet zou twijfelachtig zijn, en hij zou blootgesteld worden aan een druk waar hij eigenlijk niet rijp voor was. Er was zeker een roostertechnisch probleem ontstaan, anders zouden ze de jonge en onervaren Gustav nooit hebben gestuurd, dacht ze. Waarschijnlijk was een meer ervaren kracht verhinderd. Of wilde niet. Zo ging dat soms. Zelf knapte ze altijd op van een ritje door de natuur. Het was ontspannend om de gangen van de afdeling en de benauwde spreekkamers even te verruilen voor het open veld. Dan zat ze altijd doodstil in de auto naar de radio te luisteren. Thuis was er veel meer kabaal.

Het werk bestond voor een groot deel uit het uitschrijven van ziekenbriefjes. Zwanger zijn was natuurlijk geen ziekte, maar wel zwaar lichamelijk werk. Steeds minder werkplekken schenen ruimte te hebben voor iemand die niet alles kon. Misselijkheid, rugpijn, een waggelende gang, stijve benen en slecht slapen vanwege een bewegende buik en een blaas die voortdurend geleegd moest worden, vielen nauwelijks te combineren met keihard werken in een afgeslankte organisatie. Aanpassing en flexibiliteit waren begrippen die onderweg verdwenen waren.

Soms dacht ze cynisch dat haar taak op het consultatiebureau net zo goed vervangen kon worden door een stempel dat op het ziekenbriefje werd gezet. Als je het zo bekeek, was het eigenlijk geen probleem om Gustav te sturen. De verloskundigen hadden al een beoordeling gemaakt. Hij hoefde alleen de papieren nog maar in te vullen.

Maar hoe het ook zij, je mocht het belang van het intermenselijk contact niet onderschatten. Niet alleen voor de patiënt, maar ook voor de arts. En vaak kwamen er ook andere dingen uit naar voren. Misschien iets wat onmiddellijk ingrijpen vergde, een verwijzing of een onderzoek. Of misschien een vraag die een goed gefundeerd antwoord, gebaseerd op kennis en ervaring, vereiste. Meer dan Gustav kon bieden.

Was hij bang voor de patiënten? Daar leek het wel op. Maar tegelijkertijd vonden velen hem charmant. Het wisselde, met andere woorden. Hoe idioot zijn voorschriften ook waren, een deel van de patiënten was erg tevreden. Wat op zich wel weer aangaf hoe belangrijk de manier van bejegenen is.

Ze zag zijn rechte, witte nek door de gang verdwijnen. Hij ging zich verkleden. Wat kon ze nog meer doen behalve kritisch zijn? Niets, natuurlijk. Het was trouwens haar verantwoordelijkheid niet, ze hoefde zich er niet mee te bemoeien.

En met een beetje geduld viel er vast nog wel iets van hem te maken.

Ze had trek. Ze haalde haar weight-watchersbakje uit de vriezer, waar ze een voorraadje had, maakte een snee in het plastic en zette het bakje in de magnetron. Het geroezemoes om de tafel kwam als een muur op haar af. Ze had een weliswaar gezellige maar drukke ochtend achter de rug. Veel aanstaande moeders. Het kindertal steeg. Ze hadden het zelfs over een babyboom. Een kleintje dan.

Ze vroeg zich af of ze met haar maaltijd achter haar bureau zou gaan zitten om tenminste even op adem te komen voordat ze zich weer in nieuwe avonturen met de medemens zou storten. Ze had ooit voor dit werk gekozen vanwege de patiënten en niet vanwege het papierwerk. Ze voelde zich aangetrokken tot het concrete, dat wat iets betekende. En daar had ze nooit spijt van gehad. Maar veel mensen ontmoeten vergde veel van je.

Een collega wilde echter dat ze aan tafel kwam zitten. Ze zat net toen het haar te binnen schoot van de auto, en ze vloog snel de gang in.

Gustav kwam naar haar toe lopen, in gewone kleren, hij was godzijdank nog niet weg.

'De auto staat bij KNO,' riep ze. 'Er was hier geen parkeerplaats.'

Hij hief zijn hand in een vaag gebaar dat hij het had begrepen. Misschien was hij gewoon verlegen? Nu leken zijn wangen kleur te krijgen. En hij glimlachte, al waren zijn lippen gespannen. Hij was waarschijnlijk blij dat hij meetelde, net als de meeste mensen. Vooral degenen die dat niet gewend waren.

Altijd dat gedoe met die auto, dacht ze, terwijl ze terugliep en aan tafel ging zitten. Altijd was er wel een hobbel die je moest nemen in het onregelmatige tempo van alledag. Maar het was niet anders, en dingen waar je niets aan kon veranderen moest je naast je neerleggen. Zoiets eenvoudigs als een vaste parkeerplaats voor de auto van het ziekenhuis viel kennelijk niet te regelen. Daarvoor was de organisatie te groot en te ondoorzichtig. De ene instantie ging over de parkeerplaatsen, de andere over de zorg. En tussen die twee was nooit contact.

Er was een nieuwe week begonnen. Straks zou zij de pieper voor verloskunde overnemen. Ze zat hier eigenlijk best goed tussen haar collega's. Weliswaar moest ze nog snel wat materiaal bij elkaar zoeken voor de vergadering vanavond, die ze in een zwak moment had beloofd te zullen houden. En vannacht was ze thuis oproepbaar. Ze hoopte maar dat ze mocht slapen.

Ze had nog niet gekeken wie de dienstdoende arts was die in het ziekenhuis zou blijven. Op haar verzoek gaf een collega haar over de tafel heen het weekrooster aan.

'Bingo!'

Hij lachte plagerig. Christina constateerde koel dat de voorwaarden voor een ongestoorde nacht niet de allerbeste waren. Het kon gewoon niet slechter.

'Shit!'

'De lamme leidt de blinde.'

Nu werden er meer grapjes gemaakt rond de tafel.

Weer een fout in het rooster, dacht ze, maar ze wist dat het te laat was om er iets aan te doen. Ze was altijd slordig in het controleren van het voorlopige rooster. Aan de andere kant moest iemand Gustav op sleeptouw nemen. Dat kon niet anders. Maar om hem met Annika Holt samen in te roosteren, ging wel ver. Zij was immers ook nog maar net droog achter de oren.

Gustav Stjärne was een instabiele factor, zacht uitgedrukt. Ze vermoedde dat de kliniek zich een probleem op de hals had gehaald, maar op dit moment zouden nog veel mensen hem verdedigen als ze iets zei. De tijd was er nog niet rijp voor. Annika Holt daarentegen kon wel wat, maar ze was onzeker. Maar je wist in ieder geval wat je aan haar had, terwijl Gustav ongrijpbaar was. Glad als een stuk badzeep en met een voorkomen alsof hij de competentie in eigen persoon was.

Hij had het veel te hoog in de bol, stelde ze vast. Maar soms liet hij een betere kant van zichzelf zien. Gek genoeg.

Ze kon het niet combineren.

*

Weer stond rechercheur Claes Claesson voor de bruin geverniste eikenhouten deur van Nina Bodén. Hij was met de auto, die goed zichtbaar pal voor het huis stond. Ze schoot niet op. Was ze er niet?

De ramen zaten dicht, maar de gordijnen en de luxaflex niet. Toch leek het huis gesloten en onneembaar.

Claesson dacht dat het minder te maken had met het sterfgeval dan met de bombastische architectuur. Oostblokstijl. Het dak stak over en beschaduwde de ramen, de baksteen was donker en zwaarmoedig.

Hij constateerde dat iemand het gras had gemaaid. Zijn eigen gazon was trouwens ook pas gemaaid. Dat was in het weekend gebeurd. Hopelijk zou hij de grasmaaier niet vaker tevoorschijn hoeven halen dit seizoen. De nazomer was onverbiddelijk overgegaan in de herfst.

Het was nu nog steeds zacht, maar straks zou de natuur in een verzadigde gloed liggen wachten op de kou en de lange, witte rust.

Uiteindelijk stond Nina Bodén dan toch in de deuropening. Ze was korter dan gemiddeld. Misschien leek ze kleiner doordat ze mager was, tenger op de wat dorre, broze manier die oude dames eigen was. Broze botten en breuken zouden waarschijnlijk nog komen. Dat idee werd hem ingegeven door de ervaring met zijn eigen moeder. Ze was al op leeftijd toen ze pochte dat ze de rok nog aankon waarin ze zich had verloofd, ook al had ze vervolgens drie kinderen gebaard.

Het recept van zijn moeder was trouwens simpel. Na zeven uur niets meer eten, luidde haar advies. Of liever haar vermaning. Maar hopelijk zou Nina Bodén haar botten niet breken, aan het eind was het een ellende geweest met zijn moeder. Eerst had ze haar ene heup gebroken en vlak daarna de andere. Maar dat ze licht was, was wel een voordeel. Ze hield vol zonder mopperen en zorgde ervoor dat ze snel weer op de been was. Dapper zijn hoorde bij haar deftige opvoeding. Niet klagen en vooral niet bij de pakken neerzitten.

Verder waren er geen overeenkomsten tussen Nina Bodén en zijn keurige moeder, dacht hij. Hij verbaasde zich weer over de lichte woonkamer, die gezellig was ingericht en waar de zon vanuit de tuin naar binnen stroomde en tegen de witte wanden werd weerkaatst.

Nina Bodén stond nu midden in de kamer. Ze leek wat onzeker en liet haar schouders hangen. Haar kleding was eenvoudig en comfortabel zonder eigenlijke pasvorm. Een lange broek en een shirt. Ze zou haar voordeel kunnen doen met mensendieck voor een betere houding. Daar was weer de stem van zijn moeder: 'Kin omhoog, rug recht, buik in en borst vooruit! En vergeet niet recht voor je te kijken. Nooit naar de grond!'

Weer trad hij als boodschapper op. Nina Bodéns ogen keken hem verschrikt aan toen hij het bericht overbracht.

'Gewurgd…?'

Ze sloeg haar ogen neer en trok wit weg. Ze liet zich in de leunstoel zakken en bleef als een trillend vogeltje op het puntje van het kussen zitten.

'Hoe het in detail is gebeurd weten ze nog niet,' zei Claesson.

Ook haar lippen waren wit. Ze had de witte Scholl-sandalen uitgeschopt. Schoeisel voor mensen die in de zorg werken, dacht Claesson toen hij ze op de wollen vloerbedekking zag staan. Nina Bodén keek naar haar tenen, of waar ze haar blik dan ook maar heen liet gaan. Naar binnen, vermoedelijk. Haar haar viel naar voren en verborg haar gezicht. De pony was dun en recht afgeknipt, net als de rest van het doffe, asblonde haar dat tot aan het puntje van haar kin reikte.

Inmiddels verstond hij de kunst om zijn heil niet te zoeken bij flauwekulpraatjes. Dus ging hij op de bank zitten, net als de vorige keer. We hebben graag een vaste plaats, dacht hij. Hij trok de pijpen van zijn spijkerbroek recht over de knieën, leunde naar voren en vouwde zijn handen.

Hij wachtte.

Het was moeilijk een sfeer van vertrouwen en verstand van zaken te creëren terwijl hij enkel veronderstellingen had om vanuit te gaan. Pure gissingen zelfs. Ze wisten nog niet veel. Het was verleidelijk om in het wilde weg te speculeren en daarbovenop nog wat losse opmerkingen te maken over hoe het in het algemeen vaak ging. Om maar iets te zeggen. En om de mensen te geven wat ze wilden hebben. Een echt antwoord. Concreet en begrijpelijk.

De vragen die volgden, waren namelijk zelden gemakkelijk te pareren.

'Waarom moest dat hem nou overkomen?' mompelde ze.

Daar kon hij natuurlijk geen antwoord op geven. Evenmin als op de volgende vraag waarvan hij wist dat die zou komen.

'Waarom daar? In Lund? Het moet een vergissing zijn geweest.'

De innerlijke tegenstrijdigheid van de catastrofe. Net als over ijsschotsen springen, dacht hij. Er was eigenlijk maar één begaanbare weg, en die was simpel. Maar toch moeilijk. Eerlijkheid en tijd. De waarheid vertellen zonder het onderzoek in de war te schoppen. Beseffen dat mensen geen computers zijn.

Terwijl hij een stilte liet vallen, probeerde hij onwillekeurig te raden wat Nina Bodén zojuist had gegeten. De geur kwam uit de keuken en was niet doordringend. Misschien visbollen. Hij had sinds zijn studententijd geen visbollen in kreeftensaus meer gegeten. Het was een goedkope maaltijd, lekker met gekookte aardappelen erbij. En heel gemakkelijk klaar te maken.

Ze snoot haar neus en keek hem vanonder haar pony aan.

'De patholoog heeft uw man extra zorgvuldig onderzocht,' zei hij, met de nadruk op 'extra'. 'Hij denkt dat uw man van achteren gewurgd zou kunnen zijn. Bijvoorbeeld doordat er een arm om zijn nek werd geklemd.'

Hij zei niet dat ze dit *mugging* noemden, dat het slachtoffer zich moeilijk kon verdedigen ook al zorgt de doodsangst vaak voor een verdubbeling van zijn krachten. Hij trad niet in detail. Hij moest uitleg geven in het tempo waarin zij bereid was zijn antwoorden tot zich te nemen.

De patholoog had kleine bloedingen aangetroffen in de halsspieren, puntbloedingen in de ogen en enkele schrammen in het gezicht. Niet veel. Niets wat op zich stand zou houden in de rechtszaal. Niet zonder andere bewijzen.

'Het is allemaal zo raar! Een werkkast is toch een eigenaardige plaats om te sterven.'

Claesson knikte, maar had wel vreemdere plaatsen meegemaakt. Een voorraadkast, de kofferbak van een auto, een speelhuisje, het bed van een minnares. Dat laatste was bij nader inzien misschien nog niet zo vreemd.

'En nu dit. U denkt dus dat hij is vermoord?'

'Dat valt niet uit te sluiten,' zei Claesson.

Een slag om de arm houden, dacht hij. Dat deed hij altijd.

'Ik kan het niet geloven.'

Een koppige snauw.

Hij ging er niet op in en hoorde zijn maag luid knorren, maar hoopte dat zij het niet hoorde. Hij had maar één broodje gehad tussen de middag en was nu uitgehongerd.

'Ik moet dus tegen mijn kinderen zeggen dat hun vader is vermoord!'

'Vindt u het een beter idee als ik met hen praat?'

'God, nee!' barstte Nina Bodén uit en zweeg toen abrupt.

Er klonk een zachte bons. Had ze een kat? vroeg Claesson zich af.

'Wie zou Jan nou willen vermoorden?' ging ze twijfelend verder.

Maar toch klonk het niet helemaal verbaasd. Eerder alsof ze benieuwd was.

'Het moet een vergissing zijn. Ze hebben zich vergist. Absoluut,' argumenteerde ze verder.

Ze gaat automatisch uit van meer daders, dacht hij. Dat zal de invloed van de media wel zijn. Benderuzies en groepsverkrachtingen. Alles leek in groepen plaats te vinden.

'Dat valt nu nog niet te zeggen. We moeten eerst verder onderzoek doen. Daarom wil ik u vragen of uw man vijanden had of verwikkeld was in een conflict.'

Ze staarde weer met een lege blik naar het wollen vloerkleed onder de salontafel. Dat was licht, en de tafel had een glazen blad, dus hij zag haar kleine, mollige voeten in donkerblauwe sokken door de tafel heen. Ze was helemaal in het donkerblauw. Dat was ze de vorige keer ook, meende hij.

Weer een geluid uit een aangrenzend vertrek. Alsof iemand zich omdraaide in bed. Waren ze niet alleen? Of zat de kat opgesloten?

'Nee,' zei ze hoofdschuddend.

Ze zou geen vijanden kunnen bedenken.

'In ieder geval geen vijanden die in Lund wonen. Ook geen vrienden. We kennen niemand in Lund.'

Dat maakte het wel vreemd, dat was hij met haar eens.

'Als ik er nog eens verder over nadenk, moeten het wel rovers zijn geweest,' ging ze verder, en haar stem klonk vast en gedecideerd.

Claesson keek haar niet-begrijpend aan.

'Kunt u dat nader toelichten?'

'Zijn tas is immers weg.'

Hij knikte en voelde zich dom. Van een tas was hem niets bekend. Zo gedetailleerd was het verslag vanuit Lund niet geweest.

'Weet u wat er in de tas zat?'

'Een schone onderbroek, een schoon overhemd, een toilettas, misschien een boek. Hoewel hij waarschijnlijk vol wasgoed zat als hij maandag is verdwenen. Hij is er op zondag heen gegaan, en zondagnacht heeft hij in het patiëntenhotel geslapen. Dat weet ik zeker. Ik heb zondagavond met hem gesproken en maandag met de mensen van de hotelreceptie toen hij niet thuiskwam.'

'Zat er verder niets in de tas?'

'Dat weet ik niet. Ik heb hem niet ingepakt.'

'En nu is hij weg?'

'Ja.'

Als het een overval was, was het wel een magere buit, dacht hij. Nina Bodén had alle bankpassen geblokkeerd zodra duidelijk werd dat haar man niet thuis zou komen zoals voorzien. Ze was een ordelijke vrouw. Op die manier had ze het hun tevens moeilijker gemaakt om Jan Bodén op te sporen. Nu maakte dat niet meer uit, maar als hij nog in leven was geweest, had hij aanwijzingen kunnen achterlaten in de vorm van creditcardbetalingen bij benzinestations, hotels of reisbureaus.

'De politie van Lund heeft een briefje met een nummer gevonden. Ik weet dat ze u hebben gevraagd of u het herkende.'

'Ik kan het nummer niet in ons adresboek vinden. Ook niet in dat van Jan. Ik heb er geen idee van wiens nummer het is. Helaas.'

Ze liet niet merken dat het haar dwarszat dat er een onbekend telefoonnummer in de zakken van haar man was gevonden.

'U vindt de dader toch wel?'

Zelfs dat kon hij niet beloven.

'We doen ons best,' zei hij, hij stond op en liep naar de hal.

Voordat zij de voordeur achter hem dichtdeed, zag hij dat de deur van de slaapkamer aan de andere kant van de hal dicht was.

Was dat ook al zo toen hij binnenkwam?

Het was fris buiten. Hij draaide de contactsleutel om en reed langzaam weg. Hij zag een herenfiets tegen de muur staan, half verborgen achter de bosjes.

Dus had ze de fiets van haar man aan de kant geschoven. Ze kon de aanblik zeker niet verdragen, dacht hij, toch enigszins verbluft.

*

Ze moest naar buiten.

Ze zag wel waar het schip strandde. Ze had in ieder geval melk nodig.

Nina Bodén stak haar voeten in haar goed ingelopen zwarte instappers en trippelde weg, haar blik strak op de grond gevestigd. Ze probeerde de brandende blikken niet te voelen van de mensen die haar verdriet nauwlettend in de gaten hielden.

En dan wist nog niemand wat er echt was gebeurd. Alleen dat van die tumor. En dat hij het misschien aan zijn hart had gehad.

Onder normale omstandigheden zou ze het omgekeerde gedaan hebben. Zou ze links en rechts naar iedereen geknikt hebben. Ze was bij zoveel mensen thuis geweest, dat kon ze haast niet meer bijhouden. Thuisbezoek, ziekenbezoek. Zoveel ontboezemingen had ze zwijgend moeten aanhoren. Ze was de drempel over gestapt, behoedzaam, want mensen die hulp nodig hebben, hebben een dunne huid. Wanneer hun privéleven openligt, moet je zowel vriendelijk als gewoon beleefd zijn.

Soms was het zo benauwd en muf bij de mensen thuis dat ze zou wensen dat ze daar niet heen had gehoeven. Dat ze ander werk had gekozen, in een fabriek of zo. Ze probeerde al die lotgevallen van zich af te zetten. Ze ging het bos in, schilderde en bakte. Want vergeten kon niet. En de meeste dingen sleten wel. Elke wijkzuster kreeg haar deel. Was ooggetuige geweest van eenzaamheid in een armzalige omgeving die geen hulp kon bieden. Het was lang niet altijd liefdeloosheid die ze zag. Misschien onhandigheid, angst en oude conflicten waarin de mensen bleven vastzitten.

En nu lag haar eigen leven op straat. Een instantie had aangeklopt. Een overmacht waar ze niets tegen kon beginnen.

Nu had het leed haar getroffen. Ze was niet langer degene die bij de mensen thuis kwam. Maar degene die opendeed en binnenliet, zij het schoorvoetend. De politie.

Ze werd duizelig en probeerde ritmisch adem te halen. Maar het werd een angstige, benauwde ademhaling, hoog in haar borstkas.

Ik weet me geen raad, dacht ze. Wat moet ik nou? Ik kan niets dóén. Helemaal niets.

Toen kwam de boosheid. Die overviel haar midden in haar onmacht en vormde een diepe, etterende krater.

Waarom was hij in vredesnaam niet op een normale manier doodgegaan? Zo zette hij haar op het eind nog voor gek.

Gesmoorde gevoelens wilden naar buiten, maar ze slikte en stopte ze weg. Ze rook de geur van nat gras. Ze kwam een beetje tot bezinning. Ze hoopte dat de volgende golf hier niet meteen achteraan kwam, want dan kon ze wel omkeren. Ze probeerde die in ieder geval tot de terugweg uit te stellen. Ze kon een extra rondje door het bos maken, dan kon ze daar wel huilen. Haar verdriet eruit gooien en jammeren naar de toppen van de dennen.

Thuis moest ze alles onderdrukken, een bijna onmenselijke opgave.

Ze moest ervoor zorgen dat ze niet alles kwijtraakte.

De geur van gras vermengde zich met een zwakke vleug van rozen, een late soort, die aan zee bloeide. De nachten waren koel, maar nog niet koud. Het water hield warmte vast. De geur kroop voorzichtig haar neusgaten in. En het gras was fris en nog vochtig. Ze gluurde naar opzij. Lange sprieten lagen afgeknipt in de tuin.

Dus zo vaak maait hij niet, dacht ze. Het gazon was hobbelig en het zat vol mos. Maar de goudsbloemen en de asters langs het tuinpad stonden er mooi bij.

Ze liep langs het huis van de inspecteur. Daar was ze natuurlijk veel vaker langsgekomen. Nu keek ze voorzichtig op, voor het geval hij buiten was. Ze deed haar best om ongeïnteresseerd te kijken. Om net te doen als iedereen. Terwijl iedereen waarschijnlijk ongegeneerd over het hek zou hebben gekeken en hebben genoten van de aanblik van de tuin. Waarom zou je anders ook al die moeite doen van snoeien, maaien en wieden?

Om ook 'gewoon' te doen, keerde ze zich daarom helemaal om naar het groen geverfde hek. Het houten huis van de inspecteur stond een eindje verder op het perceel. Dat wist ze natuurlijk al. Maar nu wekte het op een andere manier haar belangstelling. Of liever, de eigenaar wekte haar belangstelling.

Een gezellig huis, constateerde ze. Wel veel onderhoud. Een geverfde houten villa met een puntdak, kleine ruitjes en een krakkemikkige garage ernaast. De garage snakte naar een verfje. De ramen waren niet onderhoudsvrij, zoals die van hen. Maar charmant. Ze had ook liever zo'n huis gehad, maar dat wilde Jan niet.

Ze zag het kind voor de villa rondstappen over het gazon. Het meisje probeerde een houten kar over het hobbelige grasveld te duwen. Op en neer over de graspollen, maar ze bleef vaak steken. Nu begon het kind te gillen.

Nina Bodén versnelde haar pas en was het huis al voorbij voordat Claesson haar in het oog kon krijgen.

Ze liep door naar de ICA. Ze pakte een winkelmandje en liep naar de kant-en-klaarproducten.

Ze was niet uitgerangeerd. Als mens. Als vrouw trouwens ook niet. Maar het was niet meer zo prettig – een ander woord kon ze op dit moment niet verzinnen – en het deed haar minder wanneer Pierre haar in de armen nam en naar haar staarde.

Ik heb zin in roomtaart, besloot ze, en ze liep terug naar de zuivelafdeling om room te pakken. Volvette. En aardbeienjam.

Plotseling merkte ze dat er iemand achter haar kwam staan. Een lang iemand. Kerstin Malm, de directeur van Jan z'n school.

Ze voelde een groeiende paniek in haar borst.

Niet aan de werkkast denken, hield ze zichzelf voor. Geen woord erover! Praat je niet vast! Niets zeggen, vooral niet midden in de ICA! De dochter van Laila zat achter de kassa, dat had ze al gezien toen ze binnenkwam. Het meisje was weliswaar niet al te vlug van begrip, ook al was ze nauwkeurig en erg aardig, maar je wist nooit wat ze thuis vertelde.

'Ik vind het zo erg.'

De woorden daalden als een zachte wolk naar beneden. Meer zei Kerstin Malm niet. Ze hield haar hoofd niet schuin, dus Nina wist toch haar keel open en haar ogen droog te houden. Ze hoefde niet te huilen.

'We missen Jan,' ging Kerstin Malm op dezelfde onsentimentele maar toch warme toon verder. 'En we leven met u mee,' zei ze, en ze legde haar hand op Nina's schouder, knikte met bedroefde ogen en liep vervolgens rustig door naar de groenteafdeling.

Nina Bodén bleef verbaasd staan en probeerde tot bedaren te komen.

Kerstin Malm is een goed mens, dacht ze kalm. Ook al had Jan niet altijd alleen goede woorden voor haar over. Het slagschip, de kolonel, die teef, en hoe hij haar niet allemaal had genoemd in de loop der jaren. Vooral in de tijd dat het beschuldigingen regende.

Maar dat was lang geleden. Wat een verschil, dacht ze nu. Kerstin Malm wist hoe je iemand met een groot verdriet moest benaderen zonder zich op te dringen. Zonder zelf alle ruimte in beslag te nemen. Of zonder weg te lopen.

Pas toen Nina Bodén weer ter hoogte van de tuin van de inspecteur was aangeland, kwam de volgende vraag bij haar op.

Zou zijn school ook in het onderzoek betrokken worden?

Zouden zijn collega's verhoord worden, nu er niet meer sprake was van een natuurlijke doodsoorzaak? Geen ziekte, maar...

Nee, dat woord durfde ze nog niet in haar mond te nemen.

*

Christina Löfgren was laat, ook al had ze daar een hekel aan. Ze wilde graag de touwtjes in handen houden en niet voor gek staan.

's Middags had ze op verloskunde, op de begane grond, gewerkt. Tussendoor was ze een paar keer naar haar kamer op de derde verdieping geglipt en ze had genoeg materiaal bij elkaar gesprokkeld voor de lezing van vanavond. Het was op zich niets bijzonders, gewoon de normale maandagvergadering met de collega's. Maar je moest toch wel een beetje voorbereid zijn. Als het even kon, moest je ook overheadsheets met cijfers hebben. Ze in de computer invoeren was wel heel ambitieus.

Ze stond nu over haar inleiding na te denken terwijl ze de weeen bekeek, de reactie van het kind op de curve en de algemene sfeer in de verloskamer waarnaar ze was geroepen. Was de vader doodsbang? Hij keek zo ernstig. Wilde hij de bevalling achter de rug hebben, het liefst met behulp van een keizersnee, of had hij er nog vertrouwen in?

'Het ziet er goed uit,' zei ze even later, ze knikte en liet hen alleen.

In het kantoortje was het stil. Ze zag Gustav Stjärne samen met een verloskundige een kamer verderop in de gang binnengaan. Meteen daarna kwam er een verzorgster naar buiten.

'Wat was er aan de hand?'

'Een bloeding. Maar ze heeft geen pijn en geen weeën en het kind is voldragen, dus ze kan waarschijnlijk weer naar huis.'

De beroemde slijmprop, dacht Christina. De slijmerige bloeding die de aanstaande moeders de hoop gaf dat er eindelijk iets ging gebeuren. Maar ze moesten ook weeën hebben, anders ging het niet. En die lieten soms lang op zich wachten.

Niets bijzonders, dat kan Gustav alleen af, dacht ze, en ze bleef zitten. Ze piekerde nog steeds over de inleiding van haar praatje van vanavond. Anders maakte ze zich daar niet zo druk om, maar ze was zich er terdege van bewust dat het onderwerp enerzijds een lage status had omdat er geen chirurgie bij kwam kijken, en anderzijds omdat het ver buiten het referentiekader van de meeste collega's lag. Ze wilde niet belachelijk overkomen. Als er over een onderwerp grapjes werden gemaakt, dan had dat ook zijn weerslag op degene die het presenteerde. En ze maakten liever grapjes over moeilijk te duiden, vage, psychische aandoeningen dan over duidelijke klachten. Zelden over kanker of hevige bloedingen. Ze wilde geloofwaardig zijn. Ze wilde hen wakker schudden.

Lichaam en ziel als een eenheid. Dat was moeilijk.

Ze werd naar een andere verloskamer gehaald. De barende moeder lag zwijgend met haar ogen dicht op de volgende wee te wachten. Ze leek in zichzelf verzonken. Toen kwam de pijn in alle hevigheid opzetten, het was een kracht die haar liet kronkelen, en ze wierp zich in een wijde boog achterover en schreeuwde het uit.

'Blijf liggen!'

De vermaning van de verloskundige was kortaf. Het drong niet tot de vrouw door.

'Blijf liggen,' herhaalde de verloskundige. 'Hoofd naar voren. Niet achterover. Naar beneden duwen!'

De verloskundige spreidde de schaamlippen om te kijken hoe ver het hoofdje al was. Christina zag op het strookje dat de harttonen zich tussen de weeën door weer herstelden, maar het was het eerste kind en het zou nog een tijdje duren. Het hoofdje zat nog vrij ver weg. En de harttonen waren niet heel geruststellend.

Ze ging Gustav Stjärne halen. Het was goed als hij erbij was, ook al was het in veel opzichten gemakkelijker zonder hem. Meestal stond hij toch maar in de weg.

Er waren mensen in het kantoor.

'Hoe is het met die bloeding?' vroeg ze.

'Ze gaat naar huis,' zei de verloskundige nog voor Gustav antwoord kon geven. 'Ze mag terugkomen wanneer ze weeën heeft.'

Gustav zei niets, hij bladerde onhandig door de papieren van het consultatiebureau en ging weg om te dicteren. Christina liep achter hem aan en ging in de deuropening staan.

'Is er iets wat je zou willen vragen?'

Ze wilde hem de kans geven een vraag te stellen zonder er gekleurd op te staan tegenover de verloskundige.

'Nee.'

Hij boog zijn nek en keek in de papieren. Hij zette een vinkje op de lijst van diagnoses die hij aan de secretaresse zou geven, maar zette de dictafoon nog niet aan zolang zij daar stond.

Hij is onzeker, dacht ze. Ze herkende de symptomen. Hij had rust nodig om na te denken, en liefst geen toehoorders.

'De harttonen verslechteren. Kun je komen?' vroeg de verloskundige die uit de kamer was gekomen die zij net had verlaten.

De verloskundige was ook tamelijk nieuw en onzeker. Het was fijn dat ze om hulp vroeg.

'Kom mee,' zei Christina tegen Gustav, die de dictafoon liet staan.

Ze stapten de kamer in, die vibreerde van ongerustheid. De barende vrouw had er net weer een wee op zitten en zakte achterover in de kussens, nog steeds met haar ogen dicht, en zocht met haar hand naar het lachgasmasker. Ze hield het voor haar mond, haalde een paar keer diep en gretig adem en ging ervan uit dat ze in een nevel zou verdwijnen. Maar het apparaat stond anders ingesteld. Er kwam nu enkel zuurstof door het masker, om het voor het kind gemakkelijker te maken.

Gustav Stjärne was schuin achter Christina gaan staan. Het was net of hij haar voor zich wilde hebben, als een schild. Ze had geen puf hem naar voren te trekken. Hij moest zelf maar laten zien wat hij waard was.

Er was nog geen aanleiding om in te grijpen. De verloskundige en de aanstaande moeder voelden zich veilig nu zij er was. De natuur was tot veel in staat. Het was de kunst om op het juiste moment in te grijpen. Om niet te verstoren wat vanzelf goed ging. Maar ook niet te lang te wachten. Ervaring, dacht ze. Die was onmisbaar. In die zin begreep ze Gustav Stjärnes onzekerheid wel. Die was gewettigd. Het duurde lang voor je ervaring had opgedaan. Vele uren aan het bed van vrouwen in barensnood. Situaties oplossen die op het oog op elkaar leken, terwijl in de praktijk elk geval uniek was. Weten wat je moest doen omdat je het verschil zag tussen wat normaal was en wat afweek.

Stond Gustav op het punt om flauw te vallen? Het was angstwekkend stil achter haar. Ze keek om en zag dat hij nog stond. Hij verstopte zich nog steeds achter haar schouders. Ze gaf hem een knikje en kreeg een knipoog terug. Ze keek weer naar het bed en naar het CTG-apparaat met de curve waaruit de toestand van de baby af te lezen was. Ze bedacht dat het gek was dat je je aan sommige mensen zo snel ergerde. Haar knagende irritatie begon weer de kop op te steken. Ze zou zich er te goed voor moeten voelen om die te tonen, maar ze kon er niet meer tegen.

Waarom moest hij koste wat het kost gynaecoloog worden?! Het was een moeilijk specialisme. Had hij dat wel door? Je moest er verstand en gevoel voor hebben, zelfkennis en uithoudingsvermogen. En de moderne vrouw stelt eisen. Geef haar eens ongelijk.

En je moest doortastend zijn. Niet aan de grond genageld staan toe te kijken.

Of erger nog, weglopen.

Nu had hij bijvoorbeeld dichter bij het bed kunnen gaan staan, zodat hij het beter kon zien. Dat maakte een meer betrokken en leergierige indruk. Ze zei nog steeds niets tegen hem. Ze paste er wel voor op om zich te gedragen als een moeder die haar verlegen en bange kind naar voren duwt. Ze hoefde geen medelijden met hem te hebben. Hij kon het net zo goed leren als iemand anders. Bovendien kreeg hij steun, zowel van bovenaf als van onderop. Van lieve verpleegsters en verloskundigen. Blond en onzeker, daar kregen ze moederlijke gevoelens van. Misschien niet allemaal, maar zo waren er genoeg. Zo was het altijd. En de rode loper was al uitgerold. Een van de vrouwelijke arts-assistenten had Gustav glunderend uit de kamer van Eskil Nordin zien komen.

Ze hadden al een plaats voor hem klaar. Er moest alleen nog over de voorwaarden nagedacht worden.

Zelf was ze zo ver nooit gekomen. Zo verschillend kon het zijn. Gustav was, hoe onwaarschijnlijk ook, uitverkoren. Wat nog geen garantie was dat hij de juiste keuze was.

De temperatuur in de verloskamer was gestegen. De warme lamp boven de babytafel was aan. Een droge warmte. Er lag een witte badstof handdoek te wachten op het kleine lijfje. Het roestvrijstalen wagentje stond al klaar naast het kraambed. Een groen kleed, een bakje voor de placenta, navelbandjes, een schaar en arterieklemmen.

Het was allemaal licht en nieuw. Het kind zou verwelkomd worden in een spiksplinternieuwe wereld waar nog geen krasje op zat. Een pas gerenoveerde kraamafdeling.

De vader leek nog steeds afgesneden van zijn omgeving. Hij zat nu voorovergebogen op de stoel zijn schoenen te bestuderen. Zijn hart klopte waarschijnlijk in zijn keel. Misschien was hij niet eens de vader van het kind. Of wel, maar was hun relatie verbroken.

Wat wist ze ervan? Behalve dat je van alles mee kon maken.

*

Licht als op een altaartafel. Hemels en helder.

Maar niet zo fel meer als eerst. Niet meer zo ijzig wit.

Toch sneed het door haar hoofd toen ze probeerde haar ogen te openen. Maar het kwam maar van één kant.

Een lamp. Een brandende lamp. Een brandende, warme lamp.

Haal hem weg, dacht ze. Ze sloot haar ogen en het schijnsel verdween. Er bleef alleen een rood vlak over.

In de verte klonk een stem. Zangerige, fluisterende woorden. Helder en zacht.

'Cecilia, lieverd, hoe is het nu met je?'

De stem was warm. De stem mocht haar. Niet die van haar moeder, maar van de goede fee. Maar haar moeder hield ook van haar.

'Misschien wil je even alleen zijn met haar,' zei de fee, terwijl ze zachtjes over haar voorhoofd streek.

Iemand kuchte. Het klonk als een man. De fee was dus niet alleen. Ze werd een beetje nieuwsgierig. Ze wilde kijken. Ze probeerde haar oogleden op te tillen, maar toen was het felle licht er weer. Dat prikte als een scherpe naald. Dus kneep ze haar ogen weer dicht.

'Oei, wat een diepe frons,' zei de goede fee. 'Die lamp staat je kennelijk niet aan. Wacht maar, dan draai ik hem opzij.'

De fee begreep het! De fee begreep alles. Ze hoefde de pijn niet met armen en vingers tegen te houden, ze hoefde de kramp in haar ledematen niet meer te voelen.

'Ik zit daar, als er iets is,' zei de fee tegen degene die ze nog niet had gezien.

Ze hoorde het geritsel toen ze verdween. Maar ze was vooral bezig met luisteren naar dat andere. Een piepende stoel en een schrapend karretje. Of was het andersom? Een stoel die schraapte en een karretje dat piepte, ze kon de geluiden niet zo goed uit elkaar houden.

Er viel iets donkers over haar heen. Een schaduw. Nu zou er misschien niet weer zo'n pijnscheut door haar hoofd gaan als ze op wilde kijken.

Dus probeerde ze haar oogleden open te wrikken. Het ging moeizaam, maar het lukte.

Eerst belandde ze in nevel en mist. Ze knipperde het waas langzaam weg. Ze liet haar wimpers op en neer gaan en haar ogen als bollen ronddraaien.

Ze had geleerd hoe het moest.

Toen viel haar oog op iemand in witte kleren. De fee droeg ook wit, maar dit was iemand die groter was. En breder. Ze zocht naar een hoofd. Bovenaan moest het zitten. Stukje bij beetje tilde ze haar oogleden op. Naar de bovenkant van het witte lichaam.

Daar kwam geluid vandaan. Voorzichtig, zacht gemompel.

'Cissi!'

Cissi? Wie was dat?

'Cissi,' fluisterde de stem weer, bijna huilerig.

Cissi dit en Cissi dat!

Ze wist het weer. En was beledigd.

Het was lang geleden dat ze Cissi heette.

Tegenwoordig heette ze Cecilia.

Ja toch zeker?

Absoluut!

Dat zou hij moeten weten. Dat zou iederéén moeten weten.

Ze moest proberen dat gezicht vast te houden. Zodat ze hem kon zien. Het was in ieder geval geen fee.

Een draak misschien?

Jee, dat was lachen, zeg!

Ze nam een aanloopje en wist haar oogleden open te krijgen. Maar ze vielen als zware dekzeilen weer neer.

Met een nieuwe krachtsinspanning sperde ze haar ogen open. Ze keek recht vooruit. En toen omhoog.

Hij was het.

Wil niet, wil niet, wil niet! Het geluid echode in haar hoofd, weergalmde zonder zachter te worden.

Ze kon niet op zijn naam komen, want het bloed stroomde alle kanten op in haar lichaam. En het meeste kwam in haar hoofd terecht. Daar stapelde het zich op en werd dik en stroperig. Het bonsde en dreunde op een akelige manier.

Ze wilde wegrennen. Naar buiten. Vluchten.

Maar ze zat vast. Aan handen en voeten gebonden. Zwijgend en zwaar.

'Ze is wat onrustig, geloof ik.'

Dat was de stem van de fee. Die kwam haar redden. Haar meenemen.

'Ga hier maar even zitten wachten. Ze wordt zo wel rustiger,' zei de fee.

Maar nee! Dit was fout, fout, fout! Zeg tegen hem dat hij weg moet gaan.

Alsjeblieft...

Nu hoort ze hem niet. Misschien is hij weg.

Ze haalt rustiger adem. Fijn.

Het is alsof er water door haar hoofd stroomt. Het klatert in plaats van dat het kleverig en dik wordt rondgepompt. En er komen beelden. Filmbeelden.

Er klinkt een kuchje van opzij. Hij zit er nog!

Ze probeert toch naar de film te kijken, maar die komt niet. Niet de film die ze wil zien, met een mooie, heldere hemel en een glinsterende zee.

Er ontrolt zich iets anders. Geen goede film.
Een slechte.
Een rotfilm.
Die wil ze nu níét zien. Niet weer. Die wil ze voorgoed vergeten.

*

Ze zou het dus over een moeilijk onderwerp hebben, namelijk over onzichtbare processen die je niet door middel van een operatie of met behulp van medicijnen kon stoppen. Over de pijn in een volkomen normale onderbuik. Een schrijnende, brandende pijn die jonge vrouwen hun zelfvertrouwen ontnam. In ieder geval het vertrouwen in hun vermogen om in de liefdesroes en de hitte van het moment een mannelijk lid toe te laten.

Christina Löfgren wapende zich al bij voorbaat tegen de bijna onzichtbare maar dodelijke spot. De collega's, in ieder geval sommige, zouden een beleefde ongeïnteresseerdheid aan de dag leggen. Al was het maar om een barrière op te werpen tegen hun eigen innerlijke taboes. En tegen de onmacht. Maar misschien vergiste ze zich.

Iedereen had deze jonge patiëntes gezien en geprobeerd hen naar zijn beste vermogen te behandelen. Met zalfjes en antibioticakuren, maar niets hielp. De patiënten kwamen terug. Keer op keer, soms acuut.

Ze had wat van de koffie gedronken en was vervolgens teruggegaan naar de verloskamer. Ze liet nu haar blik heen en weer gaan van het CTG-apparaat naar de dikke buik. De persweeën gingen snel voorbij. Al die korte maar regelmatig terugkerende samentrekkingen hadden toch hun nut gehad. Tegelijkertijd waren ze mild voor het kind.

Maar het duurde lang. En de aanhoudende pijn vergde veel van de moeder, ook al was ze nog niet helemaal uitgeput. De verloskundige deed wat ze kon, ze bleef de vrouw onvermoeibaar aansporen. Rustig en vastberaden hield ze de moed erin.

Straks wordt er een kind geboren. En het zal goed gaan, dacht Christina. Ze maakte zich geen zorgen. Ze vroeg zich alleen af of ze een vacuümpomp zou gebruiken.

Maar er was nog geen reden om in te grijpen in het natuurlijk verloop. Er hing een optimistische en tevens kalme sfeer in het vertrek, ondanks de terugkerende pijn van de vrouw. Ze had dit zó vaak meegemaakt dat ze de tel allang kwijt was.

Ze had het voorrecht dat ze een baan had waarin ze deel mocht hebben aan het grootste gebeuren van het leven, en daar was ze dankbaar voor. Ze beschouwde het nooit als een vanzelfsprekendheid. Het gaf haar een kick, net als de verloskundigen. Er kwam een nieuw mensje ter wereld. Verloskundigen klaagden zelden. Ze hadden hun beroep met zorg gekozen.

Ze richtte haar blik op de vagina, die tussen de beensteunen te zien was. Het bekken dat royaal gespreid werd doordat de benen zwaar naar opzij vielen.

De aanstaande vader was weer wat actiever geworden en uit zijn stoel gekomen. Maar hij kwam niet bij het bed staan. Hij bleef afwachtend op een halve meter afstand. Ze spoorde hem niet aan om dichterbij te komen. Dat moest de verloskundige maar doen, die kende het echtpaar beter. Misschien was hij niet gewenst. Misschien wilde de moeder afstand houden. Misschien zou er een vaderschapstest worden uitgevoerd zodra het kind geboren was.

De weeën leken iets langer te duren en het kind herstelde zich nog steeds behoorlijk in de pauzes. En toen kwam de volgende perswee, als een oerkracht, versterkt en verlengd door het enthousiasme en de aansporingen van de verloskundige. De vrouw had een hoogrood, opgezet gezicht, ze hield haar mond dicht en de lucht binnen, en perste. Het werkte aanstekelijk, dacht Christina. Het maakte niet uit hoeveel bevallingen ze had meegemaakt, ze moest de impuls om zelf mee te persen altijd weer onderdrukken.

Eindelijk had de vrouw de slag te pakken. Opeens zakte het hoofd van het kindje. Nu nog maar een heel klein stukje.

'Ik ben hier niet meer nodig,' fluisterde ze tegen de verloskundige en ze glipte naar buiten.

Dat Gustav daar stond te lummelen was al mooi genoeg, dacht ze.

'Er is telefoon voor je,' zei een verzorgster, die de hoorn op de balie had gelegd.

Het was Veronika Lundborg.

Ik heb eigenlijk geen tijd, dacht ze, maar tegelijkertijd voelde ze zich schuldig. Veronika had het moeilijk.

Ze haalde haar agenda tevoorschijn, terwijl Ester met bloed op haar witte jas voor haar stond te gebaren.

'Hoi,' zei Christina kortaf in de hoorn.

'Hoi,' klonk de stem van Veronika dof in de verte. 'Stoor ik?'

'Mag ik je zo terugbellen?'

'Natuurlijk!'

Ze gooide de hoorn erop en liep achter Ester aan naar een andere zaal. Een placenta die niet losliet.

De pas bevallen vrouw zag bleek en haar man nog bleker, maar ze keken met een gelukkige blik naar het gezichtje van het kind. Christina bond snel een plastic schort voor en trok steriele handschoenen aan. Het viel haar op dat niet alleen de moeder wit was weggetrokken, ook Ester leek geen fut meer te hebben. Misschien is ze zwanger, dacht ze.

Christina wond de navelstreng om haar hand om meer grip te krijgen en stelde zich erop in slechts één snelle poging te doen. Ester had vermoedelijk al het mogelijke al geprobeerd. De moeder had veel bloed verloren en zag zo wit als een laken. De wandklok wees half vijf aan toen ze langzaam verschillende kanten op trok, zonder te rukken, want dan zou de navelstreng knappen. Maar de placenta bleef zitten waar hij zat. De vrouw moest onder narcose worden gebracht.

Misschien is Annika Holt inmiddels binnen, dacht ze. Misschien kon ze de placenta er in de operatiekamer uit halen? Zelf moest ze naar haar vergadering.

Of Gustav? Een manuele verwijdering van de placenta moest hij inmiddels wel onder de knie hebben.

Ze stroopte haar handschoenen af.

Gustav stond voor de deur. De bevalling van de vrouw op kamer acht was gelukkig goed verlopen.

'Goed dat ik je zie,' zei ze even kordaat als altijd wanneer ze tegen hem praatte.

Als tegen een kind. Of tegen een hond.

'Kun jij een manuele placentaverwijdering doen?'

Hij leek terug te deinzen, maar ze deed net of ze dat niet zag. Ze interpreteerde zijn zwijgen als een bevestiging.

'Mooi. Bel anesthesie en praat met de patiënte. Maar doe het snel!'

Ondanks de duidelijke instructie bleef hij met hangende armen staan.

'Aan de slag!'

Met een groeiend gevoel van onbehagen hees ze zich de trappen op. Toen ze op haar kamer was, belde ze voor alle zekerheid nog even naar de afdeling. Ze kreeg Ester niet aan de lijn, maar wel een andere verloskundige. Ze zei dat ze haar moesten bellen als er problemen waren. Wat ze op zich niet hoefde te zeggen. Natuurlijk zouden ze haar roepen als het nodig was.

'Annika Holt is er,' zei de verloskundige.

'Mooi.'

Dan kan ik die placenta uit mijn hoofd zetten, dacht ze, en ze pakte haar overheadsheets bij elkaar en liep naar de collegezaal.

Er stonden brie, peren en mineraalwater op tafel. Het was nu ruim kwart voor vijf. De collega's zouden niet op tijd komen, dat wist ze. Artsen kwamen nooit op tijd.

De chef liet zijn secretaresse zeggen dat hij niet zou komen. Hij zei het in ieder geval, dat was mooi, dacht ze. Ze had hem er wel graag bij gehad. Een van de chef-artsen kwam binnenlopen, sneed een groot stuk brie af en pakte een peer, terwijl hij verontschuldigend zei dat hij helaas niet kon blijven luisteren. Hij moest thuis van alles regelen. Ze knikte zwijgend. Ze kon maar beter realistisch zijn. Een simpel stuk kaas oefende een grotere aantrekkingskracht uit dan wat zij te vertellen had.

Maar toen de vierde collega met een verontschuldigende glimlach op het kaasplankje af kwam en meedeelde dat hij eigenlijk had willen blijven, kon ze zich niet meer inhouden.

'Dan had je wat mij betreft beter helemaal weg kunnen blijven.'

Hij lachte om de grap die geen grap was, maar bleef niet.

'Meer zullen er wel niet komen,' zei ze ten slotte tegen het kleine groepje van vier dat overbleef.

Op dat moment ging de deur open en kwam Gustav binnen.

'Wat doe jij hier?'

Hij had het verstand te blozen.

'Ik wil het graag horen,' zei hij.

Ze vroeg niet verder. Ze nam aan dat hij het verwijderen van de placenta aan Annika had overgedragen. Maar dan had hij er toch bij moeten blijven. Alle leersituaties waren waardevol. En zo interessant was haar voordracht nu ook weer niet.

Terwijl ze verslag deed van de pas opgezette hulp aan vrouwen die pijn hadden bij het vrijen, steeg de temperatuur in de zaal. Er kwamen nog meer mensen binnendruppelen en ten slotte was bijna de helft van de stoelen bezet. Men was oprecht geïnteresseerd en er werden veel vragen gesteld, wat ze niet had verwacht.

Tevreden holde ze daarna naar beneden, naar de afdeling verloskunde. Op het moment leek alles onder controle te zijn.

'Hoe is het met de placenta gegaan?' vroeg ze aan Annika.

'Goed,' zei ze.

'En Gustav?'

'Ik vond het goed dat hij naar jouw lezing ging,' zei ze.

Het was de bedoeling dat dat genereus klonk, dat begreep Christina wel, maar de snelle beweging van haar mondhoek was haar niet ontgaan.

'Dus je wilde hem er niet bij hebben?'

Annika Holt kreeg een hoofd als een boei.

*

Het gebeurde in de flat Parentesen, lang geleden. Ze had haar best gedaan om het te vergeten.

In een studentenflat in een van de twee boogvormige gebouwen die tegenover elkaar stonden met een platgetrapt grasveld ertussen. Grijze gebouwen die in alle bescheidenheid pal in het centrum stonden, half verborgen achter hoge kastanjebomen en min of meer aan het zicht onttrokken door de studentenflats Dackegården en Korpamoen, de klassieke bolwerken van studenten uit Småland.

Ze was al een paar keer verhuisd en begon zich trouwens ook te oud te voelen voor een studentenflat, dus verwachtte ze er niet veel van. Maar toch was ze blij met de kamer.

Al de tweede dag werd ze overrompeld.

Dat gebeurde in de gemeenschappelijke keuken, die uitkeek op de binnenplaats. In het midden stond een eettafel met een rood-gestreept zeil. Aan beide zijden van de keuken stonden kasten, een fornuis en een koelkast in vrij behoorlijke staat.

Ze keek in de kastjes en laatjes om zich te oriënteren en zocht een plek voor haar spullen.

Een superknappe medicijnenstudent – al wist ze toen niet wat hij studeerde – stond in het andere keukendeel. Hij was vissticks aan het bakken. Ze zag hem meteen; zo'n aantrekkelijke man zag je niet vaak.

Ze pakte de koekenpan en deed er een klontje boter in. Vervolgens brak ze twee eieren in een schaal, voegde twee eetlepels water toe en een snufje zout en roerde met een vork. Hij stond de hele tijd achter haar. De grote eettafel groeide uit tot een toneel tussen hen. Een enorm podium waarop zij de enige twee acteurs waren.

Er waren ook een paar toeschouwers, wie dat waren wist ze later niet meer. En dat ze niet alleen waren, bezorgde haar ge-mengde gevoelens. Ze was bang om meteen aan het begin al stom te worden gevonden, of belachelijk of ijdel.

Het was dus simpeler geweest als ze alleen waren geweest. Maar nu was het niet anders, en ook al wist ze dat ze zich mis-schien belachelijk maakte, toch kon ze zich niet bedwingen. On-mogelijk.

Hij begon te flirten. Eerst snelle blikken, maar al tamelijk snel werd hij duidelijker. Ongegeneerd en bijna aandoenlijk overdre-ven. Hij blies kusjes door de ruimte en boog als een hoflakei. Glinsterende ogen, schitterende tanden, een lach. Zo levend! Zo verschrikkelijk veel leven.

Verbaasd keek ze hem aan, zij het nog niet onverdeeld gevleid. Eerder beschaamd. Hij gedroeg zich als een gek, het was te veel van alles.

Ze kon deze merkwaardige, uitbundige stroom van gevoelens toch niet beantwoorden? Deze pauwachtige vrijage had twee kanten. Alle veren opgezet. Het was aan een kant schandelijk om ten prooi te vallen aan primaire driften. Maar even erg was het als je niet eens een poging waard was.

Hierover raakten de bewoners langzamerhand in twee duidelijke kampen verdeeld: degenen die geïmponeerd waren en degenen die Jonathan verafschuwden.

Maar het liet niemand koud.

Haar al helemaal niet.

Ondanks zijn overdreven elegante gedoe vond ze hem op een eigenaardige manier onweerstaanbaar. Dat deze mooie man zoveel energie in haar stak. Al die hartverwarmende aandacht.

Dat hij er goed uitzag, was een verzachtende omstandigheid. Het wat overspannen theatrale kon je als charmant en vitaal uitleggen. Hij was niet beheerst of gereserveerd. En al helemaal niet doorsnee. Ze had nog nooit zo'n man meegemaakt.

En die hele bundel dromen spreidde hij over haar uit en over niemand anders. Ze werd er warm van en het bloed klopte heftig door haar aderen. Hij wilde háár en niemand anders.

En ze leefde in de overtuiging dat ze de enige was. Wat moest ze anders denken? Zij was speciaal, degene naar wie hij dag en nacht had gezocht.

Dat iemand zo kon liefhebben.

Dat er zo van haar gehouden werd.

En de liefde vergoelijkte alles. Tot het haar uiteindelijk ter ore kwam dat hij een halfjaar eerder iets met een andere studente uit de flat had gehad. En met nóg een. Met twee of drie tegelijk. Toen luisterde ze niet. Toen waren haar zintuigen niet meer zo scherp.

Maar toch!

Áls het waar was, dacht ze enigszins wanhopig in haar behoefte om haar grote liefde te beschermen. Als het waar was waarop ze zinspeelden, dan was het ditmaal toch niet hetzelfde. Want met haar was het anders.

Dit was serieus.

En ze bleef haar ogen sluiten. Om haar heen waren er mensen die ervan uitgingen dat het met wiskundige wetmatigheid maar één kant op kon gaan.

Ze kregen gelijk.

Want toen begon het circus.

*

Christina Löfgren hing op. Ze was thuis in haar keuken aan de Stjärngatan.

'Was dat het ziekenhuis? Moet je erheen?' riep haar man vanaf de bank.

'Nee. Het was Veronika Lundborg.'

Twee van haar zoons lagen op pubermanier languit op de hoekbank voor de tv, ieder aan een kant van haar man, die recht-op in de hoek zat. Zijn overhemd open en op sokken. Hij zat er ontspannen bij. Zelf bleef ze in stand-bypositie.

Door de glazen wand naar de patio zag ze de milde duisternis. Geen gure nevel zoals in november en ook niet de compacte, zwarte duisternis van december. Het wordt een zachte nacht, dacht ze.

De deur, die op een kier stond, deed ze dicht. De geluiden van de snelweg verstomden. De kat die naar binnen was geslopen lag als een kleedje naast een van haar zoons.

Ze bleef staan. De lage tuinlamp wierp een zacht schijnsel om-hoog naar het gebladerte van de prachtmagnolia, de trots van hun tuin. In het voorjaar had hij schitterende bloesems en in de herfst glimmend rode kokervruchten. Onder de harige zaadman-tels kon je de bloemknoppen al zien. De grond in Skåne was niet schraal en het klimaat ook niet. Je had er rijke, vette aarde en zachte winters.

Veronika had verteld dat ze van de politie de sleutel van de flat van haar dochter had gekregen . Er was in ieder geval een matras waar ze op kon liggen. Verder zag ze er verhuisdozen en overvolle papieren tassen met boeken. Ze wilde een bed voor Cecilia ko-pen. Een comfortabel bed, met het oog op het letsel van haar dochter, zei ze. En ze barstte in tranen uit. Een snikkend huilen, wat niets voor haar was, maar wat ze waarschijnlijk nodig had. Ze huilde om de willekeur van het bestaan, maar ook uit dank-baarheid dat het zo was gegaan.

Ze ging naar het washok. Dat was niet groot. Ze pasten maar net in dit huis met z'n allen, ook al stond de auto op straat, sinds de garage een kamer voor twee van de jongens was geworden. Maar ze dachten er niet aan te verhuizen. Ze woonden hier naar hun zin in hun eengezinswoning in de zogeheten Planetenwijk, die in de jaren vijftig was gebouwd. Mooie, gele baksteen om het kleine plaatsje heen waar je heerlijk vrij zat.

Ze had het deurtje van de wasmachine nog niet opengedaan toen een van haar zoons kwam vertellen dat er iemand voor haar aan de telefoon was.

Annika Holt.

*

Heen en weer. Hitte en roes. Ze was volkomen overgeleverd aan de emotionele stormen die in haar woedden. Maar toen het haar ten slotte duidelijk werd dat hij ook met andere vrouwen omging, maakte ze het uit. Definitief en vastbesloten. En ze trok zich terug als aangeschoten wild.

Na een sombere periode was ze er aardig overheen en de toekomst zag er weer rooskleurig uit.

Toen kwam hij terug. Berouwvol kroop hij in haar armen. Ze verzette zich. Ze bleef stokstijf staan.

Maar hij gaf het niet op.

Met een heldere blik boordevol schuldgevoelens keek hij haar recht aan. Hij stond vlakbij. Zo dichtbij dat ze geen verweer had. Zonder met zijn ogen te knipperen beloofde hij dat hij het nooit meer zou doen. Want zij tweeën waren immers voor elkaar gemaakt. Stom van hem dat hij dat nu pas begreep. 'Sorry, lieve, lieve, lieve Cissi. Ik heb een gouden hartje voor je gekocht.'

Ze stak haar neus in zijn haar, dat naar een frisse lentewind rook. Het was een sterke, onweerstaanbare geur. Haar hart begon te bonzen en haar onderlichaam ook. Ik kan hem niet laten schieten, dacht ze vrolijk. Ik kan hem niet laten staan. Dat wil ik niet. Hij heeft me nodig.

En ze genoot van de zoetheid van de vergeving.

En merkte niet dat hij was binnengedrongen.

Ze zag alleen een kind dat zich aan haar vastklampte. Dat haar nodig had, want zij kon vergeven. En het kind was een iel ventje, en tegelijkertijd een viriele, grote man. Dat maakte haar verward en zwak. Hij streelde haar, hield van haar, hij was teder en honingzacht. Zij was het lieflijkste wezen dat hij ooit had ontmoet.

's Ochtends was er champagne en alles wat erbij hoorde. En dan kroop hij weer in bed. Net als eerst. Als pasgeleden.

En ze bloeide op, ze kon zo ver ze maar wilde over de oude spoorweg naar de golfbaan rennen zonder moe te worden. En 's avonds wisselden de lekkernijen elkaar af. Ze scheurde nieuwe recepten uit bladen en stond daarna in de keuken van de flat steeds wellustiger liefdesgerechten te bereiden.

Op een avond stapte ze zijn kamer aan het andere eind van de gang binnen. Ze wilde bij hem in bed kruipen. Maar daar lag al iemand.

De dag daarna kwam hij razend en tierend haar kamer in. Hij rukte haar deur open, stormde naar binnen en brulde met bloeddoorlopen ogen dat ze verdomme moest begrijpen dat ze eerst moest kloppen! Wie dacht ze wel dat ze was? Ze moest het in haar domme kop zien te krijgen dat hij niet haar lijfeigene was.

Eerst was ze stomverbaasd en misschien een beetje bang. Maar de vernedering had een uitlaat nodig. Het magma borrelde en siste en ze schreeuwde terug.

Hij hield zijn hoofd zelfverzekerd achterover. Zij stond naast haar bed en hij keek arrogant op haar neer. Hij ging niet weg.

De haat groeide en het speeksel liep in haar mond. Voor het eerst van haar leven spuugde ze iemand in het gezicht.

Toen brak de hel los.

Ze kreeg zo'n keiharde klap dat ze eerst dacht dat ze doof geworden was. Toen trok hij haar shirt uit. Scheurde het in stukken. Smeet haar op het bed, zodat ze met haar hoofd tegen de muur knalde. Hij trok de rits van haar spijkerbroek open en duwde haar tegen de matras toen ze wilde vluchten. Hij duwde haar bovenbenen uit elkaar en ging met zijn hele gewicht op haar liggen. Trok haar onderbroek uit en duwde zijn lid naar binnen. Hij hield zijn hand op haar mond, zodat haar schreeuw werd gesmoord terwijl hij in zijn opwinding steeds sneller pompte.

Ze dacht dat er nooit een eind aan kwam.

*

Christina Löfgren had haast.

Ze was tegen de meeste problemen opgewassen en niet te beroerd om haar handen uit de mouwen te steken. Chaotische situaties stimuleerden haar. In ieder geval achteraf.

Dus haastte ze zich meteen naar de operatiekamer, zoals ze met Annika Holt had afgesproken.

De patiënt werd net onder narcose gebracht toen ze binnenkwam. Ze had onderweg snel een operatiemuts en een mondkapje gepakt, trok snel de operatiejas aan en ging klaarstaan om te assisteren. De keizersnee werd met bravoure uitgevoerd en het kind maakte het goed. Terwijl Annika aan het hechten was, liep zij naar de afdeling gynaecologie. Daar was iemand met bloedingen, had Annika Holt verteld. Ze kreeg ook te horen dat Gustav op zijn post was bij verloskunde. Dat dacht Annika in ieder geval; zo hadden ze de taken verdeeld.

Ze maakte een praatje op de afdeling, dat hoorde bij de geneugten van het werken, en kreeg te horen dat het bloeden gedeeltelijk was gestopt. Ze wisselde een paar woorden met de patiënte, die een Engelse thriller lag te lezen. Daarna ging ze naar verloskunde, waar het druk geworden was.

Ze zag Gustav niet.

Malmö en Karlskrona wilden allebei een prematuur doorsturen. Ze belde de respectieve ziekenhuizen op. Te vroege weeën en een bloeding, rapporteerden ze, in beide gevallen dreigde het een vroeggeboorte te worden. Ze nam contact op met de afdeling neonatologie om te horen of ze hierover geïnformeerd waren. Dat was niet het geval. En daar hadden ze weinig plaats. Zoals gewoonlijk, dus. Een van de kinderen konden ze in ieder geval zeker opnemen, ze hadden één couveuse ter beschikking, als de bevalling doorzette. De kinderarts beloofde te bellen wanneer hij had gekeken hoe het zat met een eventuele plaats voor het tweede kind. Anders moest hij een plaats regelen op de afdeling neonatologie van een ander ziekenhuis, en dan moest Christina voor ambulancevervoer zorgen.

Ze hing op. Na nog een aantal telefoontjes werd ten slotte besloten dat beide moeders welkom waren. Christina informeerde de verloskundigen, belde vervolgens naar de operatiekamer om te horen of Annika Holt klaar was. Dat bleek het geval. Ze informeerde haar over de nieuwe gevallen die in aantocht waren.

Vervolgens ging Christina Löfgren naar de keuken en haalde een kop koffie uit de automaat. Ze goot er veel melk in, omdat het al zo laat was. Vermoedelijk zou ze moeilijk in slaap kunnen komen. Ze overlegde even bij zichzelf of het wel zin had om naar huis te gaan. Ze besloot van wel. Transporten konden langer duren dan verwacht. Annika kon het wel aan. En bovendien was ze in vijf minuten in het ziekenhuis als het nodig was.

'Waar is Gustav?'

'Hij zit op kamer drie,' zei de verloskundige die op de bank zat met een bord keso met plakjes banaan.

Ik moet hem nog even spreken voordat ik wegga, dacht Christina, en ze liep naar kamer drie om hem naar buiten te lokken.

Ze deed de deur voorzichtig op een kiertje open.

In het zwakke schijnsel van het nachtlampje zag ze de vrouw op bed liggen. Haar buik welfde zich als een heuvel. Er was verder niemand. Alleen Gustav. Hij zat op een stoel met zijn rug naar de deur. Niet stijf rechtop en afwachtend, zoals gewoonlijk, maar met een kromme rug. Hij zat dicht bij het hoofdeinde.

Ze knipperde met haar ogen om ze aan het halfduister te laten wennen, maar bleef in de gang staan. Met stomme verbazing zag ze dat hij de hand van de vrouw vasthield, terwijl hij met een verfrommelde badstof handdoek voorzichtig haar voorhoofd depte.

Ik begrijp niets van die man, dacht ze. Als ze niet zo cynisch was geweest, had ze misschien een traantje weggepinkt.

Voorzichtig duwde ze de deur dicht.

De jongen

Filippa rent rondjes over het grind om het grote klimrek heen. Dat is gemaakt van donker hout dat lang buiten heeft gestaan. Ze weet niet of ze erop durft te klimmen. Haar rode jurk komt tot halverwege haar bovenbenen. Vermoedelijk is ze bang dat ze haar knieën schramt als ze naar boven kruipt. Maar ze is ook bang aangelegd. Mijn zus is een bange schijter.

Zelf hang ik een eindje verderop op een bankje. Ik doe net alsof ik daar niet met mijn kleine zusje ben.

Een meisje met een geel regenjack aan zit helemaal boven op het klimrek. Ik begrijp dat Filippa daar ook heen wil. Dat ze op het hoogste punt wil staan vanwaar ze uitzicht heeft over het hele park. Het klimrek bestaat uit een soort piepkleine kamertjes die als kratten boven op en naast elkaar zijn gezet. Maar als Filippa de top wil bereiken, moet ze moediger worden. Ik ga mezelf in ieder geval niet voor gek zetten door naar haar toe te gaan en haar naar boven te helpen.

Ze zeurt nog niet. Ik besluit om te blijven zitten waar ik zit, ook al verveel ik me dood. Eigenlijk ben ik te groot voor speeltuinen. In ieder geval wanneer ik daar niet met vrienden ben.

Maar mijn zusje is te klein om alleen naar de speeltuin te gaan, zegt mijn moeder. Broers en zussen moeten elkaar helpen, daar zeurt ze altijd maar over door.

Het is zondag en het weer is niet mooi genoeg voor een uitstapje, maar wel mooi genoeg om buiten te spelen. Er zijn ongewoon veel kinderen in de speeltuin. En ook ongewoon veel vaders, die met hun kinderen meegekomen zijn. Ze duwen de kleintjes op de schommel, zetten ze op de wip, tillen ze van het klimrek, vangen ze op bij de glijbaan. Zo gaat het in gewone gezinnen. Dat heeft mijn vader nog nooit gedaan.

Ik droom er allang niet meer van dat mijn vader een keer mee-gaat. Het was natuurlijk super geweest om met mijn vader te sho-wen, om te bewijzen dat hij echt bestaat en dat hij lang is, en sterk. Maar daar is geen denken aan.

Uitgerekend mijn vader is anders. Hij heeft zo veel belangrijke dingen te doen, dingen waar anderen iets aan hebben, zegt mijn moeder.

Daarom vraagt mijn moeder mij om mee te gaan. Het moet stil zijn in huis. Geen geluid. Mijn vader mag niet worden gestoord. Hij heeft rust nodig om zich op zijn moeilijke werk te kunnen concentreren, zegt mijn moeder voor de zoveelste keer. Maar ze klinkt vermoeid wanneer ze dat zegt. En een beetje bang. Maar zo klinkt ze altijd.

Mijn vader zit iets belangrijks te schrijven in zijn kamer. Mijn vader is heel knap, zegt oma. Intelligent. Dat is mooi. Dat word ik ook als ik groot ben: belangrijk en intelligent, zodat de mensen tegen me opkijken. Mijn vader zit achter een groot bureau met stapels papieren erop en hij heeft de deur meestal dicht. Hij con-centreert zich.

Maar je weet natuurlijk nooit wanneer de deur openvliegt en hij naar buiten komt stormen. En ook niet of hij vrolijk of boos is. Dat kun je nooit zo precies weten. Zo is het met mensen die belangrijke dingen doen. Die mogen een beetje anders zijn, zegt oma.

'Ik vertrouw op mijn zoon,' zegt mijn moeder, en ze glimlacht naar me.

Ze heeft groot vertrouwen in me. Dat ik ervoor kan zorgen dat Filippa uit de buurt blijft. Want mijn moeder moet zelf thuisblij-ven voor het geval mijn vader iets nodig heeft. Een kopje koffie, bijvoorbeeld.

Nu heeft mijn zusje eindelijk al haar moed bij elkaar geraapt en is naar de eerste etage geklommen. Parmantig staat ze daar, met haar eigenwijze rode jurk aan en haar roze stoffen schoenen, en zwaait naar me. Laat haar maar lekker, denk ik, en ik blijf zit-ten. Ik zwaai niet eens terug. Ik prik met mijn gymschoen in het grind. Ik zie dat ze graag hoger wil klimmen, maar daar is ze te laf voor. Dat zie ik aan haar ogen. Maar de hoogte en het avontuur lokken, dus zet ze voorzichtig haar voet op de volgende tree. Ze probeert of ze het durft.

Een zoele wind gaat door de bomen. De speeltuin ligt beschut met struiken eromheen, en aan één kant staan er lage houten gebouwtjes. De dames die toezicht houden zitten daar door de week. En daar mogen de kinderen naar binnen als het regent en dan krijgen ze drinken en broodjes. Dat weet ik nog van toen ik klein was, lang voordat ik naar school ging. Nu zit ik in de derde klas.

Alle deuren zijn dicht en er zitten groene luiken voor de ramen. In de schuur staan trapauto's en kruiwagens, er zijn springtouwen, ballen, emmers en schepjes. Achter de gebouwtjes groeien brandnetels. Daar heb ik me een keer aan geprikt toen ik klein was.

En een eindje verderop is het kerkhof. Daar ligt opa.

Opeens gaat iedereen weg. Het is tijd voor de lunch, en de vaders nemen hun kinderen bij de hand en gaan naar huis. Alleen Filippa en ik blijven over. En de schommels, die leeg heen en weer bungelen en een paar vergeten zandbakspeeltjes, een bal en een blauw shirt dat een kind in het gras heeft laten liggen. Er is niemand meer naar wie Filippa toe kan klimmen. Het meisje met het gele regenjack is ook weg.

Het is altijd rot om als laatste over te blijven. Net als het vergeten speelgoed. Ik heb trek en droom ervan om aan een gedekte tafel te gaan zitten, maar ik durf niet naar huis. De zon schijnt. Dat maakt het nog erger. Ik voel me slap.

Mijn moeder heeft beloofd dat ze ons zou halen. Wanneer precies weet ik niet. Dat weet ze zelf waarschijnlijk ook niet. Ze durft nooit een vaste tijd te noemen, ook al heb ik een horloge en kan ik goed klokkijken.

'Dat ligt eraan,' zegt ze.

Het ligt er altíjd aan, denk ik.

Toch is de speeltuin de beste plek om met Filippa naartoe te gaan. Waar zouden we anders heen moeten? We kunnen niet zomaar wat rondhangen. Dus besluit ik dat we hier blijven, ook al is het wel wat saai.

Ik gooi lusteloos met een paar stokken, sta op en schop tegen de plastic voetbal die iemand heeft laten liggen, zodat die in de richting van het kerkhof vliegt, maar ik heb geen puf om erachteraan te hollen. Filippa is langzaam op weg naar beneden. De tijd kruipt. Nu heb ik niet alleen trek, maar ook dorst.

Dan komen ze.

Ze zijn met z'n vieren. En ze zijn zeker een jaar of drie, vier ouder dan ik. Ik hoor de wind door de spaken van hun fietsen. Ze slippen zo hard dat het zand achter hun banden opstuift. Ze springen van hun fietsen, die ze op de heuvel laten liggen en springen ieder op een schommel. Maar ze schommelen niet. Ze zitten er alleen maar op.

Als een muur.

En ze staren naar me.

Ik krijg een koud gevoel in mijn buik. Ik besef dat ik Filippa van het klimrek moet zien te krijgen. We moeten hier weg.

'Dus jij moet op je zusje passen,' zegt een jongen met zulk blond haar dat het wit lijkt. Hij heeft kettingen over zijn jeans hangen, zijn grijns is breed en kil en hij kijkt opzij om de instemmende blikken van zijn vrienden op te vangen. 'Wat krijg je daarvoor?'

Zijn grijns wordt nog breder. Een wolvengrijns.

Ook de jongen die op de schommel naast hem zit, glimlacht dreigend. Hij heeft een kaal hoofd. Dat lijkt groot omdat hij een tenger lichaam heeft. Zijn kleren slobberen. Zijn hoofd lijkt wel een witte champignon met doffe schaduwen van stoppels.

Ik zit op dat bankje rotopmerkingen te verzinnen. Dat maakt me moediger, maar ik weet dat ik maar beter mijn mond kan houden. Mijn lippen zijn net kleverige stukjes tape. Wat ik ook zou zeggen, ze zouden me toch te pakken nemen.

De wet van de jungle is heel eenvoudig. Dat weet ieder kind.

Ik dwing mezelf een grove schatting te maken van de afstand naar Filippa. Ik zie dat ze niet verder naar beneden komt en met open mond staat te staren alsof ze niet goed bij haar hoofd is.

Het is eigenlijk niet zo ver naar haar toe, maar de schommels staan ertussen. Ik overweeg er zo snel mogelijk in een wijde boog heen te rennen, terwijl ik intussen tegen Filippa schreeuw dat ze van het klimrek moet springen. Dan kan ik haar hand vastpakken en met haar wegrennen naar de straat een eindje verderop.

Zo bedenk ik dat.

Dus buig ik mijn hoofd, ik zuig lucht op door mijn neusgaten, ik zet aan en vlieg ze alle vier voorbij. Ik ren achter de schommels langs, voel dat ik de vijand misleid, maar kom niet verder dan halverwege. Ik val met een klap op mijn neus in het zand. Er komt bloed uit en even krijg ik geen lucht. Een van hen heeft me pootje gehaakt, en twee anderen storten zich bliksemsnel op me.

Maar ze weten niet met wie ze van doen hebben, denk ik aldoor. Ze weten niet hoeveel ik kan hebben. Dat ik me overal doorheen sla.

Dat ik niet de eerste de beste ben.

De jongen met het witte haar draait me hardhandig op mijn rug, gaat schrijlings op mijn borstkas zitten, duwt mijn armen boven mijn hoofd tegen de grond en houdt mijn polsen zo stevig vast dat ik een schrijnende pijn voel. Ik kan me niet bewegen. Ik kan alleen recht in de koude ogen van de bleke jongen vlak boven me kijken. Ik durf niet eens te slikken. Ik heb mijn mond vol speeksel. Ik krijg zin hem recht in zijn gezicht te spugen. Zijn akelige ijsblauwe ogen stralen uit dat hij de baas is en dat hij me haat, ook al begrijp ik niet waar die haat vandaan komt. Ik ken alleen mijn eigen haat.

Maar de jongen met het witte haar is ook bang. Dat zie ik. Het zweet staat op zijn voorhoofd, zijn haar plakt bij zijn oren. Hij ziet er steeds wilder uit, hoe meer ik mijn best doe om los te komen. Alsof hij ook heeft geleerd dat je het nooit moet opgeven.

Hij drukt mij steeds harder tegen het zand. Zijn hoofd is nog steeds akelig dichtbij. Zijn bovenlip trilt. Zijn angst wordt zichtbaar. Dat rotjoch is bang, denk ik, en ik zet mijn hielen resoluut in het zand, zet me schrap en probeer me te bevrijden.

Dan duwt hij zo hard dat zijn lippen er wit van worden.

Machteloos hoor ik de anderen naar het klimrek toe lopen. Ze zijn van plan Filippa eraf te halen! Ik raak in paniek. Ik doe weer een poging om me los te wurmen en te schoppen. Als een paling kronkel ik heen en weer onder het lichaam van het bleke joch.

Maar dan komt er nog een boven op me zitten. Twee tegen een! En ik ben de kleinste. Ik heb geen schijn van kans.

Filippa schreeuwt niet. Ze slaan haar dus niet, denk ik, ook al wordt het langzamerhand moeilijk om helder te denken. Mijn hoofd voelt dik aan en is vol van één enkele gedachte: *ik moet Filippa redden.*

Het zal ze gauw genoeg vervelen, is mijn inschatting. Iedereen krijgt er uiteindelijk genoeg van. Zelfs mijn sterke vader. Daar kan ik op wachten.

'Ik heb haar,' hoor ik een van hen een eindje verderop roepen.

Dan hoor ik Filippa gillen. Het is geen krijsen, maar meer janken als een hond.

'Nu hou je je mond, anders zul je eens wat beleven,' brult dezelfde stem tegen Filippa. 'We gaan met haar achter het huisje zitten,' roept hij.

De bleke bovenop me kijkt om om te zien waar ze haar naartoe slepen.

'Weet je wat we nu gaan doen?' kwijlt hij dan boven mijn gezicht.

Ik geef geen antwoord. Ik hou mijn mond stijf dicht.

'Met zusjes van jongens zoals jij doen we wat we willen.'

'Je mag haar niet slaan,' weet ik uit te brengen, maar ik besef meteen dat dat stom is.

'Je mag haar niet slaan,' doet de bleke me natuurlijk meteen na. 'We slaan geen kleine meisjes, wat denk je wel?'

Mijn neus bloedt nog steeds, maar aan een bloedneus ga je niet dood, zegt mijn vader altijd. Ik heb eerder een bloedneus gehad. Wel vaker. Mijn neus springt lek wanneer ik boos word. Of bang. En nu heb ik nog een klap gekregen ook.

Ik lig met mijn rug op het zand en hoor Filippa niet meer. Ik bedenk dat haar wel van alles kan gebeuren, dat ze haar misschien meenemen, haar aan een kidnapper geven, misschien hebben ze wel duistere contacten met volwassenen die haar doorverkopen. Er zijn zoveel mensensmokkelaars. En pedofielen.

De jongen die op mijn benen zit, achter de bleke jongen, gaat plotseling staan en ik voel een vreemde pijn. Mijn bloed gaat weer stromen. Ik voel het kloppen, maar ik kan mijn benen in ieder geval weer bewegen.

'Ik ga even kijken,' hoor ik hem zeggen.

Hij is langer dan de anderen en heeft glad, zwart haar en verdwijnt in de richting waarin ze Filippa hebben weggesleept. Hij heeft een doffe stem, alsof hij praat in zijn slaap.

'Shit zeg, laat mij hier niet alleen,' schreeuwt de bleke jongen de andere na, maar hij blijft schrijlings op me zitten.

Nu kan hij zich alleen niet meer concentreren. Zijn greep om mijn armen verslapt. Hij begint zenuwachtig te worden, misschien wil hij achter de anderen aan gaan, want hij kijkt continu om. Misschien voelt hij zich net zo verlaten als ik.

Net wanneer ik van de situatie gebruik wil maken en mij los wil schoppen, hoor ik achter de gebouwtjes Filippa schreeuwen als een mager speenvarken. Een panische schreeuw die opstijgt naar de hemel en door merg en been gaat. Ik word woedend. Ik ruk me los, kom uit het zand omhoog, val nog een keer op mijn neus wanneer de bleke jongen mijn enkel vastgrijpt. Mijn neus gaat heviger bloeden, warm en plakkerig, maar ik voel het nauwelijks. Ik schop me weer los, sta op en ren hinkend Filippa's kant op. De bleke jongen zit me op de hielen, tussen de huisjes door, maar mijn benen hebben nieuwe krachten gekregen en ik ren als een bezetene.

Een doodlopend steegje in, waar ik abrupt afrem. De bleke jongen die achter me aan is gekomen, geeft me een duw. Dan staan we daar. Ik zie drie paar ogen. En Fillipa's witte bovenbenen, wijd gespreid zodat ik haar gleuf kan zien. Twee van de jongens staan met hun broek en onderbroek naar beneden. Filippa ligt neergekwakt op een grote steen. Haar jurk onder haar oksels en de roze stoffen schoentjes nog aan. Rood en roze, als verspreide delen van Filippa. Onder aan de steen groeien brandnetels.

Alles staat stil. We blijven allemaal een halve seconde als versteend staan.

Dan maak ik snel rechtsomkeert. Ik glip langs de bleke jongen en ren weer voor mijn leven. De speeltuin door, over het grasveld naar het kerkhof. Het lijkt wel of ik honden achter me hoor hijgen, roofdieren die steeds dichterbij komen. Dan word ik vastgepakt. Een ruk aan mijn arm en een harde klap in mijn nek. Ik krijg bijna geen lucht meer. Ik val op het gladde gras, ik glij uit. Ze zijn met z'n tweeën. En ze slepen me onverbiddelijk terug. Ze hebben ieder een been van me vast en trekken me achter de lage schuurtjes.

Filippa zit nog als een besmeurde pop op het rotsblok. Ze heeft strepen in haar gezicht van het huilen en ze kijkt naar de grond.

'Je houdt je kop,' zegt de blonde met een kwade blik naar mij.

Ik zeg niets.

'Beloof je dat?'

Ik blijf koppig zwijgen.

'Je hebt dit niet gezien.'

Ik zeg nog steeds niets.

'Begrijp je dat? Je hebt ons nooit gezien.'

'We kunnen het hem maar beter goed duidelijk maken,' zegt de kale wanneer ik niet reageer.

Ik voel handen die me omgooien. Me tegen de grond duwen. Dan haalt een van hen zijn piemel tevoorschijn.

En pist recht in mijn gezicht.

Mijn moeder stopt Filippa in bad. Ze heeft er badschuim bij gedaan. Mijn vader kijkt me ernstig aan.

'Liegen is het ergste wat je kunt doen,' zegt mijn vader met stroeve stem, en ik ben zo moe dat ik geneigd ben het overal mee eens te zijn.

Ik hou mijn hoofd gebogen, ik laat het als het ware losjes hangen, zodat het niet zo zeer doet als de klappen komen.

'Kijk me aan,' zegt vader.

Ik kijk snel even in zijn onbewogen gezicht. Ik zie een trilling onder zijn ene oog. Dat voorspelt niet veel goeds. Dat weet ik.

'Dus je durft me maar heel even aan te kijken,' zegt mijn vader en nu klinkt zijn stem heel bedenkelijk. 'Iemand met een zuiver geweten durft andere mensen in de ogen te kijken. En als je dat niet kunt, moet je het maar leren.'

Ik sper mijn ogen weer open, maar hou mijn hoofd nog steeds tussen mijn schouders. Ik staar mijn vader even recht in de ogen.

'Niet staren,' zegt mijn vader. 'Je blik moet recht en moedig zijn. Niet zwart.'

Oké, denk ik, en ik hef mijn hoofd een stukje op en probeer recht en moedig te kijken. Ik doe echt mijn best. Maar het helpt niet. En dat weet ik natuurlijk wel. De klap komt toch altijd.

'Je begrijpt wel dat ik je moet leren om niet te liegen. Ik zie aan je dat je liegt. Ik moet je leren om geen onrechtvaardige handelingen te begaan, waar blijven we anders,' zegt mijn vader, die nu een hoogrood, pafferig gezicht heeft. Er staat wit schuim in zijn mondhoeken.

'Mijn zoon mag de schuld niet afschuiven,' buldert hij.

Hij houdt zijn woede nu nog in, maar ik weet dat er geen weg terug is. De bodemloze razernij komt straks uit zijn mond spuiten als het vuur uit de bek van een draak. Maar toch hoop ik nog een beetje op een wonder. Ik denk elke keer dat hij misschien nog van gedachten verandert.

Maar mijn vader pakt met zijn ene hand mijn bovenarm stevig vast. Het is net een ijzeren klauw.

De eerste klap raakt mijn wang, die al dik was. Het doet zo'n pijn dat ik wou dat ik dood was. En ik weet dat het nog niet genoeg is. De ellende is nog niet afgelopen. Want het regent klappen, en ik weet dat ik het beter kan opgeven. Dat ik me slap moet houden als een pop. Of als een engel.

Alles wordt wit, rood en zwart, en mijn lichaam valt. Ik voel handen die armen en benen vastpakken en mij in iets zachts gooien. Op mijn bed. En ik droom dat ik diep in de matras verdwijn.

Maar de klappen blijven komen. Over mijn hele lichaam. Ik voel niet meer waar. Ik weet alleen dat dit me nooit meer zal overkomen als ik eenmaal groot ben.

Dan zal niemand mij een haar kunnen krenken.

En Filippa ook niet.

13

Claes Claesson had onrustig geslapen. Hij had om tien uur een afspraak met de directeur, Kerstin Malm, maar daar kwam het niet van.

Soms waren de nachten chaotisch zonder dat hij eigenlijk kon verklaren waarom. Hij spatte koud water in zijn gezicht en constateerde dat hij er onmiskenbaar beroerd uitzag. Maar het was niet alleen maar ellende met hem. Het was eerder zo dat er in hem twee tegengestelde gemoedstoestanden heersten. Dat had hij wel vaker, en hij deed nu wat hij altijd deed: hij probeerde niet somber te zijn en alles van de positieve kant te bekijken.

Hij voelde zich eenzaam, ondanks het gebabbel van Klara achter zijn rug in het tweepersoonsbed. En nu stond ze volkomen onweerstaanbaar bij zijn voeten in een rode pyjama, te wachten op een droge luier.

Misschien was hij een beetje jaloers. Dat hoorde bij de eenzaamheid. Maar hij wilde dat weinig verheven gevoel niet al te diepgaand analyseren. Jaloers zijn op een volkomen hulpeloze jonge vrouw met hersenletsel was zo laag, dat mocht hij van zichzelf niet. In ieder geval niet bewust. En hoe het met de ex-man van zijn vrouw zat, daar dacht hij al helemaal niet over na. Het leek er trouwens niet op dat ze elkaar vaak zagen. Dan en Veronika wisselden elkaar af, als hij het allemaal goed had begrepen.

Maar het feit dat hij erbuiten stond lag hem toch als een steen op de maag.

Het was in ieder geval leuk om aan het werk te gaan. Dat was in veel opzichten ongecompliceerd. Hij mocht van geluk spreken dat hij een baan had om naartoe te gaan, een baan die hij ook nog zelf had gekozen. Daar hoorde of las je nooit iets over, dat werken leuk was. Meestal ging het over stress en ontevredenheid. Hij had veel aan zijn ouderschapsverlof gehad. Tegenwoordig stelde hij ook prijs op een zogenaamd privéleven. Eerder had hij nauwelijks geweten wat het was, en had hij geleefd alsof elke dag de laatste kon zijn. Hij had weliswaar relaties gehad, zelfs langdurige, maar het werk kwam altijd op de eerste plaats.

Misschien was hij volwassener geworden, bepeinsde hij terwijl hij koffiezette en havermoutpap kookte voor zichzelf en voor Klara. Daar hield je het een hele poos op uit. Met vossenbessenjam.

Hij was van een heleboel vervelende, oninteressante taken af nu Louise Jasinski nog voor hem waarnam als chef. Het was net alsof je een zware, natte wollen jas uittrok en die inruilde voor een licht zomerjack. Nu mocht zij in die natte jas rondsjouwen, die zwaar over de grond sleepte. En ze was echt niet vrolijk. Terwijl hij beurtelings Klara voerde en zelf een hap nam, lukte het hem het korte krantenbericht door te nemen.

De man uit Oskarshamn die ruim een week geleden dood werd aangetroffen in een werkkast in het Universitair Medisch Centrum van Lund is waarschijnlijk gewurgd. Het onderzoek van de plaats delict heeft geen eenduidige aanwijzingen opgeleverd. De politie heeft een aantal tips binnengekregen, die nu worden geanalyseerd...

Hij spoelde de papborden af onder de koude kraan, zette ze in de vaatwasser en stopte de krant in zijn aktetas. Tegenwoordig kon hij nooit meer iets uitlezen.

De leider van het onderzoek in de zaak-Bodén was een officier van justitie in Lund. Didriksen heette ze, en dat was een goeie, volgens rechercheur Gillis Jensen. Malin Didriksen. Het klonk als iemand uit een Deense tv-serie. In Lund zouden ze de dader vinden. Daar gingen ze van uit. Want ze waren er tamelijk zeker van dat de dader een man was. Je moest behoorlijk sterk zijn als je een volwassen man die vecht voor zijn leven van achteren om zijn nek in bedwang kon houden. Weliswaar kon razernij soms ener-

gie genoeg opleveren om bergen te verzetten, maar het leek onwaarschijnlijk dat Jan Bodén door een vrouw was gewurgd.

'Als het tenminste geen Russische kogelstootster is,' zei Gillis
Jensen aan de telefoon.

'Maar die zie je hier niet veel,' antwoordde Claesson.

Daar moesten ze even om lachen. Er was zo weinig voor nodig.

Ze gingen nog even op die voet voort, met gepraat over niets.
Claesson vermaakte zich ermee. Normaal gesproken had hij het
tijdverspilling gevonden.

Hij maakte Klara's fietshelm vast en zette haar in het kinderzitje. Ze vond fietsen leuk. En hij vond het fijn om te bewegen.

Hij had tegenwoordig veel contact met Gillis Jensen. Het
blaadje met het getal van zes cijfers was in het laboratorium in
Skåne onderzocht. Het briefje was gevonden in de ene jaszak van
Jan Bodén, maar de vingerafdrukken erop waren niet van hem.
Het leek er dus op dat iemand het er na de moord in had gestopt.
Een afgescheurd lijntjesblaadje, zei Jensen. Niet zo groot, circa
vijf bij tien centimeter. En het kwam niet uit een collegeblok, volgens hun expert. De lijntjes waren zwart en er scheen nog een
dikkere kaderlijn op te staan. Alsof het blaadje van een soort formulier was afgescheurd waarop je een voorgedrukte tekst of een
logo verwacht zou hebben, dat er natuurlijk niet op stond. Een
kopie van het blaadje was onderweg naar Oskarshamn.

De vingerafdrukken kwamen in het register van de politie niet
voor. Dus waren ze niet van iemand die al eens bestraft was. Met
de analyse van DNA-sporen op het blaadje waren ze nog niet klaar.

Claesson had kopieën gemaakt van briefjes met de cijfercombinatie 335223 erop, met overal dezelfde afstand tussen de cijfers. Hij wilde die aan mensen voorleggen en hun creativiteit niet
in de kiem smoren door de cijfers te groeperen.

Combinaties van vier cijfers waren gebruikelijker. Zes cijfers
kwam iets minder vaak voor, behalve in telefoonnummers. Daar
had hij over nagedacht. Je had ook cijfercodes van kluizen of
safes met zes cijfers. Zowel bij een mechanische combinatie, zoals
Sargent & Greenleaf gebruikte, als bij de modernere met een
elektrisch slot. Dat had Benny Grahn, hun eigen technisch rechercheur, hem uitgelegd. De code bestond uit drie cijferparen.

Dezelfde groepering die je gewoonlijk voor telefoonnummers gebruikte. Hij was weer terug bij het begin, dacht hij, terwijl hij naar het Hommeltje fietste. Hij kon de simpelste oplossing niet loslaten. Zo was het vaak.

Het gewone kwam het vaakst voor.

Hij was vergeten om aan Gillis Jensen te vragen hoe ver de code-experts in Enköping waren. Hij had daar zelf jaren geleden een cursus encryptie gevolgd, ook al was het meeste nu weer weggezakt. Zo gaat dat als je het niet bijhoudt. Fijn dat er experts waren. De veiligheidspolitie had natuurlijk ook code-experts. Maar dat was het werk van Jensen.

Hij kreeg steeds meer zin om kennis te maken met deze man uit Skåne. Ze hadden inmiddels zo vaak telefonisch van gedachten gewisseld dat hij het idee had dat hij hem kende. Misschien kon hij een keer met Veronika mee die kant op gaan.

Misschien was er hem des te meer aan gelegen om Gillis Jensen persoonlijk te ontmoeten omdat hij dan druk kon uitoefenen op het onderzoek naar de mishandeling van Cecilia. Maar hoe het daarmee zou gaan, wist hij eigenlijk al. Vermoedelijk zou er niets uit komen. En ze hadden haar nog steeds niet kunnen verhoren.

Bij het Hommeltje was het rustig. Nog niet alle kinderen waren er. Hij hing Klara's rugzak en jas op, terwijl ze zelf haar rode rubberlaarzen met gele stippen uittrok. Ze had ze een paar dagen geleden gekregen en woonde er sindsdien in. Zware regenwolken hingen boven de hoge berken die het lage gebouw omringden, dus misschien kwamen de laarzen vandaag wel van pas.

Hij had dus een afspraak met Kerstin Malm. Je kon altijd beter een tijdstip afspreken, als dat mogelijk was. Vooral vlak na de vakantie, vermoedde hij, en hij fietste langs het politiebureau om een paar blaadjes op te halen.

Hij voelde zich toch een beetje een buitenstaander, en het deed hem al goed toen Peter Berg en Erika Ljung, die bij de koffieautomaat stonden, naar hem riepen.

'Hoe gaat ie?' vroeg Berg.

'Je ziet er ontspannen uit,' zei Ljung.

'Het gaat uitstekend,' zei hij.

'En jij bent met Bodén bezig?' vroeg Berg.

'Ja, dat komt zo uit,' antwoordde hij enigszins verontschuldigend, alsof hij zich probeerde te drukken.

'Mysterieus,' zei Berg.

'De werkelijkheid is zelden mysterieus.'

'Ik weet het.'

Louise Jasinski kwam haar kamer uit. Had ze zijn stem gehoord? Ze keek op van een vel papier dat ze al lopend las. Ze keek hem met een verbeten uitdrukking aan.

'Hoe gaat ie?' vroeg hij.

'Ja, best.'

'We zien elkaar straks! Ik moet ervandoor,' zei hij tegen alle drie, maar hij glimlachte extra naar Louise.

En ze glimlachte terug. Waarachtig.

Het Oskar College was een gebouw van één verdieping. De ingang had iets van een Chinese pagode, maar dan in een Smålandse uitvoering. De school besloeg een groot terrein, met een sporthal en andere gebouwen er dichtbij. Een groen gebied met onder andere sportvelden lag achter het schoolgebouw.

De meeste kinderen zaten vermoedelijk in de klas, want er was bijna niemand op het geasfalteerde schoolplein of in de gangen van de school. Claesson had verder het idee dat het er op scholen heel anders aan toeging dan in zijn tijd. Dat er maar af en toe een klassikale les was en dat de leerlingen veel tijd kregen voor zelfstudie, waarin ze vooral op de gangen en in andere werkruimtes rondhingen. Gebaseerd op het devies dat je zonder zelfdiscipline of onverzadigbare honger naar kennis nergens kwam.

Hij had spijt dat hij op de fiets was gekomen. De wolken waren blauwzwart.

Op de administratieve afdeling hingen overal bordjes. Het was een grote afdeling. Kennelijk had je nu meer directeuren dan tijdens zijn schooljaren. Sectordirecteuren werden ze genoemd, en het waren er drie. De baas van alles was geen rector, maar algemeen directeur. Je leerde continu bij, dacht hij. Toch bleef Kerstin Malm in zijn hoofd gewoon rector.

De deur stond open. Kerstin Malm zat achter een magnifiek bureau dat beladen was met mappen, stapels drukwerk en schriften.

Ze had een stevige handdruk.

'Gaat het lang duren?'

Goh, wat een haast, dacht hij.

'Ik bedoel, heeft het zin om koffie te halen? Het is immers tien uur,' glimlachte ze met roodgestifte lippen.

'Graag, lekker.'

Enkele minuten later kwam ze terug met een dienblad met twee aardewerken mokken met hete koffie en een schoteltje met twee mergpijpjes; die lustte iedereen. Ook op het bureau hadden ze er een voorraad van. Deze waren koud en de groene marsepein was hard. Vermoedelijk nog maar net uit de vriezer gehaald. Maar het ging om het idee.

'Ja, het is me wat,' begon ze. 'Er moet een vergissing in het spel zijn.'

Hij zei niets. De vrouw naast hem was ruim vijftig, lang en met zware botten, zoals wat molliger vrouwen dat bij voorkeur uitdrukten. Ze had mahoniekleurig haar, dat glad als een muts over haar oren hing en haar voorhoofd bedekte met een recht afgeknipte pony. Bengelende oorhangers met blauwe stenen. De kleur kwam discreet terug op haar oogleden. Het stond haar goed. Zeker omdat haar ogen ongeveer dezelfde kleur hadden. Ze droeg een lange broek en een jasje in een grijzige tint.

'Hoe deed Jan Bodén het hier op school?' begon hij.

'Goed.'

Het antwoord kwam snel. Hij wachtte af wat ze nog meer zou gaan zeggen. Ze keek naar de tafel waaraan ze zaten, een kleine ronde tafel met twee stoelen, die een afzonderlijk zithoekje vormden. Vermoedelijk juist bedoeld voor dit soort koffie-uurtjes, al hadden er wel papieren op tafel gelegen die ze eerst had opgeruimd. Ze stak twee kaarsen aan in driearmige blauwe kandelaars van de Nybro-glasblazerij. Hij herkende ze. Ze hadden er zelf twee thuis, maar dan in het wit. Hij vond het leuk dat ze er zoveel werk van maakte.

'Laat ik het zo zeggen,' zei ze, terwijl ze het gele papieren servet in driehoeken vouwde en haar nagel over de vouw haalde. 'Jan was een prima vakdocent en een uitstekend pedagoog.'

Ze fronste haar voorhoofd.

Maar… dacht hij.

'Maar hij was vreselijk onbeheerst. Of beter gezegd, hij werd steeds onbeheerster naarmate hij ouder werd.'

'Hoe uitte zich dat?'

'Ik geloof dat het ook te maken had met het feit dat hij slecht hoorde, maar dat niet wilde toegeven.'

Ze ging weer driftig verder met het vouwen van het servet.

'Ja?'

'En daarom zou hij immers ook worden geopereerd. En het vak van leraar is dan wel het meest fantastische dat er bestaat, dat je generaties jongeren gedurende een langere periode mag volgen, maar het is tegelijkertijd een zware baan als het niet lekker loopt.'

'Dat kan ik me voorstellen.'

'Aan leraren worden hoge eisen gesteld. Voor velen is het afzien. Die kijken uit naar hun pensioen, en bij die groep hoorde Jan waarschijnlijk.'

'Waarschijnlijk?'

'Ik heb het er nooit met hem over gehad. Dat had ik natuurlijk wel moeten doen.'

Kerstin Malm hield op met het mishandelen van het servet. Dat lag als een stijf pakketje naast haar mok. Ze boog naar voren, zette haar ellebogen op tafel en leunde met haar kin op haar gebalde vuisten.

'Die indruk had ik gewoon,' zei ze peinzend.

'Hoe kwam dat?'

'Hij hoorde bij de klagers.'

'Klaagde hij meer dan anderen?'

Ze zweeg. Leunde achterover en liet haar handen in haar schoot zakken.

'Nee, eigenlijk niet. Maar vroeger klaagde hij nooit. Het leek wel of hij de grip kwijt was geraakt.'

'Op de leerlingen?'

'Op het hele leven,' zei ze met een zucht van weemoed.

Dat waren grote woorden, die helaas bewaarheid waren. Jan Bodéns grip op het leven was voorgoed verloren gegaan.

'Wat houdt het in als het "niet lekker loopt" met een leraar?'

'Dat hij zijn vak niet bijhoudt. Dat hij weinig sociale vaardigheden heeft. Ordeproblemen.'

'Had Bodén problemen met orde houden?'

'Ja en nee. Oorspronkelijk werd hij als streng gezien.'

'Hoelang geleden is dat?'

'Nog maar een paar jaar geleden. Toen ik begon als sectordirecteur – dat was ik voordat ik algemeen directeur werd, zes jaar geleden – werd hij als streng maar rechtvaardig gezien. En dat bleef gedeeltelijk zo.'

'Bedoelt u dat hij niet alle leerlingen aankon?'

'Dat kan niemand.'

'Nee, natuurlijk niet. Maar wat liep er dan niet goed?'

'Het hoeft niet altijd om opstandige leerlingen te gaan die de dupe waren geworden van zijn soms te hoge eisen. Om de drie jaar wisselen de leerlingen. Maar soms krijg je het idee dat de reputatie van een leraar aan de volgende generatie leerlingen wordt doorgegeven, zodat ze de houding van hun voorgangers overnemen.'

'Maar wat deed hij dan?'

'Bij sommigen kun je met een blik volstaan om de schrik erin te houden. Of in ieder geval orde te houden. En met een paar scherpe opmerkingen. Het oude recept, met andere woorden.'

Hij knikte. Als er geen begrip of democratie is, dan ontstaat er een schrikbewind.

'Sommigen zouden wel iets van dat vermogen willen hebben. De leraren waar het altijd een rommeltje is in de klas,' ging ze verder.

'Maar in de hogere klassen toch niet?'

'Jawel, hoor. Daar heb je ook leerlingen die hun dagen liever niet in de schoolbanken zouden slijten.'

Plotseling leek ze last te krijgen van wroeging. Ze duwde tegen het overgebleven stukje mergpijp, dat ze waarschijnlijk had willen laten liggen, maar veranderde van mening en stopte het resoluut in haar mond.

Alle vrouwen hebben hun trucjes om hun inname van calorie-
en laag te houden, dacht hij. Of om zichzelf voor de gek te houden.

'Ik moet erbij zeggen dat Jan ook humoristisch kon zijn,' zei ze
terwijl ze uit het raam keek. Buiten was het bedenkelijk donker
geworden. 'Over het algemeen moet dat ook wel als je met mensen omgaat.'

Hij knikte.

'En dan had hij natuurlijk de cijfers nog als pressiemiddel. En
dan druk ik me voorzichtig uit.'

De donder rommelde onrustbarend en het begon te gieten toen
Claesson in elkaar gedoken over het schoolplein fietste. Kerstin
Malm stond hem voor het raam na te kijken. Hij wordt door en
door nat, constateerde ze.

Ze hield een blaadje in haar hand met de getallenreeks die hij
haar had gegeven. Een kopie. De cijfers zeiden haar helemaal
niets. Maar wie liet zich niet bedotten door het mysterie van de
getallen? Ze bleef in het schemerige daglicht staan peinzen. De
cijfers leken inderhaast neergekrabbeld. Ze helden licht naar
voren, de lussen van de tweeën waren onvolledig en de drieën waren zo slordig opgeschreven dat ze op de ene vijf leken.

Had Bodén een minnares gehad? Hij zou de eerste niet zijn. Ze
had een vage, en misschien ongegronde voorstelling dat de meeste getrouwde mannen van middelbare leeftijd altijd om zich heen
keken. Ze wisten niet goed waar ze thuishoorden, of in ieder
geval was er een drang om nog een paar andere armen uit te proberen. Misschien als een laatste reis voordat de leeftijd er een
punt achter zette. Dat was in ieder geval haar eigen bittere ervaring, en ze voelde zich niet echt geroepen iemand anders daar
deelgenoot van te maken. Voor geen van beide partijen waren
dergelijke zogenaamde affaires iets om mee te koop te lopen. Ze
had haar mond stijf dichtgehouden.

Maar dergelijke affaires kwamen over het algemeen uit, stelde
ze vast. In een betrekkelijk kleine stad als de hunne bleef er weinig geheim. En over Bodén en eventuele vriendinnen was haar
nooit iets ter ore gekomen.

Maar toch liet het haar niet los. Ze bleef staan, ook al zou ze het blaadje weg moeten leggen en aan het werk gaan. De post en de mail openen. Het was net of ze iets goed wilde maken, dacht ze, en ze liep langzaam om het gebogen bureau heen.

Het was zo donker geworden dat het wel avond leek. Ze deed het licht niet aan, maar bleef in het duister zitten. Eindelijk kwamen er drie lange donderslagen aanrollen. Ze wachtte op de volgende bliksemflits. Ze liet zich langzaam op haar bureaustoel zakken, alsof ze het oproerige hemelgewelf niet wilde storen. Op het scherm van haar computer glinsterde de Oostzee bij zonsopgang. Ze had de foto zelf genomen op een mooie zomerochtend vanaf de boot die naar de Blå Jungfrun koerste, het legendarische eiland in de monding van de Kalmarsund. De gewelfde granieten koepel van het eiland was het enige wat de horizon brak. De noordpunt van Öland zag je niet, maar ze wist dat die daar lag, nog een eindje verder. Die ochtend had ze zich tevreden gevoeld. Ze had haar capuchon opgezet, want er stond een koude wind. Maar het werd een warme dag, en haar man en zij aten de meegebrachte lunch op een rots die warm was van de zon. Misschien was ze zelfs gelukkig. Zo ondramatisch en eenvoudig als het leven soms kon zijn. En al die momenten bewaarde ze tegenwoordig als mooie herinneringen. Want licht en donker wisselen elkaar af, dacht ze weemoedig. Daarna was er een zware tijd aangebroken.

Ze steunde met haar hoofd op haar hand en keek naar het schouwspel. Violette wolken tegen een donkere onweerslucht, dunne wolken, als rouwsluiers, die langs een smalle strook van het helderste lichtblauw dreven. Het contrast en de rommelende dramatiek maakten haar schuldgevoel nog groter.

Toen kwam de bliksem en vuurde drie verblindende schichten af. Ze kneep haar ogen dicht tegen het felle licht en zette gauw haar computer uit. Nu beukte de regen tegen de ramen, ze zag bijna niets meer.

En ze zond een gedachte naar de inspecteur. Ze hoopte dat hij op tijd binnen was gekomen, maar dat zou wel niet. In ieder geval kon hij zo snel nog niet op het bureau gekomen zijn.

Ze praatte zachtjes in zichzelf. Ze probeerde verstandig te redeneren. Het was een zware last om een gewetensvol mens te zijn.

Ze had toch niets verkeerds gezegd? Iets wat verkeerd opgevat kon worden?

Maar ze kreeg sowieso al buikpijn omdat ze over iemand anders had gekletst. En toch had ze nog een heleboel niet verteld.

*

Een bos met paddenstoelen.

Daar wilde Veronika heen. Ze had er zo'n sterk verlangen naar dat ze even het gevoel had dat ze op een kronkelend pad van zachte dennennaalden in de schaduw stond. Ze stapte over wortels. Op de open plek voelde ze de warmte van de zon op haar rug. Ze zag cantharellen als glimmende blaadjes in het mos. Vergeelde berkenbladeren, dacht ze altijd voordat ze zich bukte en de onderste takken van de den oplichtte – oude takken met nog maar weinig naalden, die bovendien bruin waren – en de hele familie cantharel zag staan. De grote, goudgele hoedjes en de piepkleine ronde kindjes. Die liet ze staan, ze kon het wel weer terugvinden. Ze had haar vaste plekken. En nu ze haar paddenstoelenblik had ingeschakeld, zag ze ook trechtercantharellen. Net zo lekker, al zagen ze er minder aantrekkelijk uit met hun bruine hoedjes in het mos.

Ze stond zichzelf toe daar even te blijven, terwijl de roze wanden op haar af kwamen. Alsof ze in een marsepeintaart was beland. Ze voelde een lichte misselijkheid die ze zo goed en zo kwaad als het ging wist te onderdrukken. Het personeel van afdeling vierentwintig was erg aardig en ze heetten haar welkom. Een verpleegster, Gunilla, een vrouw van in de vijftig met bruine ogen en achterovergekamd haar in een speld, en een verzorgster, Jessika, van rond de twintig, bleek en ietwat mollig, met dik korenblond haar tot op haar oren. Natuurlijk heetten ze Cecilia ook van harte welkom. Haar in de allereerste plaats. Ze pakten haar hand en praatten met haar. Ze spraken haar persoonlijk aan, ook al kregen ze geen noemenswaardige reactie terug.

Zuster Gunilla pakte het dagboek erbij dat met Cecilia mee was gegaan sinds ze in het ziekenhuis was gekomen. Ze bladerde snel door de aantekeningen die het personeel en ook Veronika en

Dan hadden gemaakt. Korte en lange notities waar de patiënt later iets aan zou hebben, waardoor ze vat zou kunnen krijgen op de periode waar ze zelf niets van wist, die altijd in duister gehuld zou blijven. In het dagboek stonden ook foto's. Dat waren best heftige beelden. Die hadden ze haar nog niet laten zien. Dat kwam later wel.

'We blijven hierin schrijven,' zei zuster Gunilla glimlachend met haar pientere kraaloogjes, en ze legde het dagboek op het nachtkastje.

De misselijkheid ging niet over. Die bleef knagen en schrijnen, en Veronika vroeg zich af of ze een maagzweer ontwikkelde. Of gastritis. Ze had dit nooit eerder gehad. Ze ging in de stoel zitten; ze was het niet gewend om zielig te zijn. Ze besefte dat ze een zuurremmer moest innemen en moest proberen te slapen. Ze had kennelijk genoeg meegemaakt. De machinerie liet het afweten. Geen wonder misschien.

Cecilia had een eenpersoonskamer gekregen. Nadat ze van de beademing was gehaald, was ze overgebracht naar een zaal voor vier patiënten op de afdeling intensive care. Maar nu vonden ze haar goed genoeg voor een kamer op een gewone verpleegafdeling.

De afdeling zat op dezelfde verdieping, ze hadden Cecilia alleen de gang over hoeven rijden. Het uitzicht was er even prachtig, en het verveelde nooit. Het glinsterende water, de Deense kust met de hoofdstad, de Sontbrug en de Turning Torso, die de plaats van de kraan van de Kockumwerf had ingenomen als symbool voor Malmö.

Nee, daar hoorde je haar niet over klagen.

En toch begon ze te snikken zodra de verpleegsters hen alleen hadden gelaten. Ze keerde zich naar de schoonheid buiten, terwijl Cecilia languit op haar rug achter haar lag te rusten. Ze wilde haar verdriet niet aan Cecilia tonen, ook al wist ze dat haar dochter er waarschijnlijk toch niets van merkte.

Plotseling stond zuster Gunilla in de deuropening.

'Kan ik ergens mee helpen?'

'Nee,' snotterde Veronika, betrapt in haar ellende, en ze schudde haar hoofd. 'Het is allemaal in orde.'

'Het vergt veel van je,' vond zuster Gunilla. 'Dat is altijd zo. Daar moet je niet te licht over denken. En nu weer een omschakeling, een nieuwe afdeling, nieuwe mensen om kennis mee te maken.'

Veronika stond stil te luisteren. Ze hoorde elk woord, een opluchting midden in alle droefheid. Kennelijk kon ze de veiligheid van de afdeling intensive care niet loslaten. In ieder geval kon zij minder goed tegen de verhuizing dan Cecilia, die voornamelijk moe was. Ze sliep als een blok, als ze haar geen por gaven.

En toch was Veronika natuurlijk dankbaar voor deze stap in de richting van een langzame genezing. Een eerste station op weg naar revalidatie op de afdeling hersenletsel in Orup. Zij en Dan waren op de hoogte gesteld van de plannen, en dat gaf hun een veilig gevoel. Maar ze durfde er niet over na te denken hoe het met Cecilia zou gaan. Zou ze er echt weer helemaal bovenop komen, zoals sommigen zeiden? Maar er waren er ook die zich daar niet zo duidelijk over uitlieten.

Ze moest van haar houden, hóé ze er ook uit kwam.

Ze beet op haar onderlip. Ze wilde de angst een halt toeroepen. De misselijkheid was weg en was vervangen door een schrijnende, brandende pijn die zich in haar buik boorde. Ze ging krom staan, zakte weer op de stoel neer en wreef voorzichtig over haar buik.

'Hoe is het?'

Zuster Gunilla boog zich over haar heen en legde een hand op haar schouder.

'Het gaat al beter.'

'U hebt het natuurlijk ook extra moeilijk omdat u hier niet woont en niet eens thuis kunt slapen.'

Dat was ze met haar eens. Want ze had voortdurend last van een knagend heimwee. Ze had het zo erg niet gehad sinds ze volwassen was. Claes en Klara. De zee en het bos. Ook naar haar werk had ze heimwee, ook al was dat een dubbel gevoel. Hoe moest ze andere gehavende mensen helpen? Waarschijnlijk had ze vooral die dagelijkse routine nodig. Vroeg opstaan, werk aan de winkel. En ze miste haar collega's. Ondanks het dubbele gevoel was dat zo. Ze had eerder het gevoel gehad dat ze het ziekenhuis ontgroeide. Dat ze benadeeld werd sinds er een paar stoerdere mannelijke collega's bij waren gekomen. Dat het tijd werd voor iets anders. Ze kon beter weggaan dan een vergeefse strijd aanbinden! Maar nu wilde ze niets liever dan weer terug in het oude vertrouwde stramien. Nu de werkelijkheid zo onberekenbaar was geworden.

'Ik slaap de laatste tijd slecht,' verontschuldigde ze zich.

Gunilla knikte. Veronika begreep dat ze de verpleegsters hier niets nieuws vertelde. Iedereen leek te begrijpen hoe het met haar ging. Niet alleen met Cecilia. Ze vroeg zich af of ze zelf voortaan meer begrip zou hebben voor familieleden. Of ze minder oppervlakkig zou zijn, en meer oog zou hebben voor hun problemen. Ze hoopte het.

'Wij letten wel op Cecilia als u even naar buiten wilt,' zei Gunilla, en ze stopte een lok terug die uit haar haarspeld was ontsnapt.

De kramp in haar buik werd al minder. Veronika pakte haar jas en haar tas en aaide de rustende Cecilia over haar wang. Ze reageerde met het optrekken van haar neus.

'Dag, meisje, ik kom later vandaag weer terug.'

Gunilla zat nog bij Cecilia toen ze naar de liften liep. Ze stond een seconde te wachten, veranderde toen van gedachten en ging met de trap naar beneden.

Tien verdiepingen, ze was in een wip beneden.

＊

Ze verzweeg iets. Maar wat?

Claesson zat in zijn kamer. Dat kleren het beste drogen op het lichaam was een devies waarin hij nu probeerde te geloven. De jas hing druipend aan een hangertje op het toilet en de bordeauxrode trui hing over de radiator, terwijl zijn shirt het er aardig van af had gebracht. Het was een shirt met korte mouwen. Zijn broekspijpen plakten aan zijn bovenbenen, en dat zou waarschijnlijk de hele werkdag zo blijven.

Hij dacht na over de vrouw van het slachtoffer, Nina Bodén, terwijl de geur van natte kleren sterker werd naarmate de radiator, die hij ver had opengedraaid, warmer werd. De ruiten besloegen nog niet, maar dat was een kwestie van tijd. Hij had weinig zin om weer naar mevrouw Bodén toe te gaan. Hij werd zo ontzaglijk slaperig in haar bijzijn. Het huis ademde een vermoeide sfeer van middelbare leeftijd in de meest bange, wat brave vorm.

Dat was niet eerlijk van hem, maar dat hoefde hij van zichzelf ook niet te zijn. Hij kon vanmiddag wel met de buurvrouw gaan praten, die had hij nog niet gesproken. Dan nam hij wel een auto van het bureau.

Hij pakte de telefoon. Eva-Lena Bengtsson heette ze.

De deur ging open op een kier, waar twee angstige ogen door keken. Hij moest met zijn legitimatiebewijs wapperen, ook al verwachtte ze hem en hadden ze een tijd afgesproken.

Het huis was piekfijn aan kant en zo doods als het wordt wanneer alles zijn met behulp van een duimstok vastgestelde plaats heeft. Gepoetste meubels, veel fluweel, veel lampjes met klokvormige kapjes zowel voor het raam als op kleine tafeltjes, planten met stijve bladeren in witte sierpotten. Hij durfde er een eed op te zweren dat ze gehaakte toiletrolhouders had. Zo te zien had ze tijd over.

Eva-Lena Bengtsson verbaasde zich erover dat hij bij haar kwam. Ze was nog nooit met de politie in aanraking geweest, iets wat kennelijk nadruk verdiende, want ze zei het minstens drie keer. Weliswaar uitte ze die verbazing zachtjes, haar stem was dun als glas, en uit haar hele gedrag bleek dat ze een voorzichtige vrouw was. Maar toch koppig. Ze bleef het herhalen alsof ze haar onschuld er bij hem in wilde rammen.

Misschien was het verleden van haar man minder onberispelijk, dacht Claesson, en hij besefte dat hij dat in de computer moest nazoeken wanneer hij weer op het werk kwam. Misschien had hij te hard gereden of dronken achter het stuur gezeten.

'Bent u allang buren?' begon hij voorzichtig.

'Al heel wat jaren,' zei ze met een hoofdknik, en ze wendde haar blik af terwijl ze het in gedachten uitrekende. 'Vijftien jaar.'

Ze keek eindelijk op. Ze zag er goed uit voor haar leeftijd, dacht hij. Ze had nog iets meisjesachtigs, al was het dunne, maar onmiskenbare patina wel aanwezig in de vorm van een onderkin en fijnvertakte rimpeltjes rond mond en ogen. En de aderen op haar handen waren die van een vrouw van rijpere leeftijd.

'Hoe goed kent u elkaar?'

De kleur van haar gezicht werd merkbaar dieper.

'Tamelijk goed.'

'Ik begrijp dat u en uw man dit heel erg vinden.'

Ze knikte zwijgend. Ze was als het ware afgeleid en gekalmeerd, alsof de tijd nu langzamer verstreek.

'Heel erg verdrietig,' deed hij er een schepje bovenop.

Ze kuchte.

'We wisten er niet zoveel van,' mompelde ze.

Hij fronste zijn voorhoofd.

'Van zijn ziekte, dus. Jan had het daar nooit over.'

Claesson ontdekte dat hij het hier even slaapverwekkend vond als in de andere helft van de twee-onder-een-kapwoning. Het bedrukte hem hier haast nog meer. De levenloze ordelijkheid zette hem er weliswaar toe aan keurig rechtop in de fauteuil te zitten, maar tegelijkertijd was het treurig, al die energie die in afstoffen en dweilen was gestopt. Het schilderij boven de beige bank bestond bovendien uit een somber landschap in een kloeke gouden lijst. Hoge bergen en snelstromend water onder een hemel die weinig onderdeed voor de lucht die nu buiten te zien was. Die was nog steeds grijs, maar het regende niet. Misschien brak tegen de avond de zon nog door.

Ze had geen licht aangedaan. Het was net of ze zat te schemeren, ook al was het nog maar twee uur. In de stilte die er hing, klonk ver weg de sirene van een ambulance. Hij zat wijdbeens. Hij sloeg zijn benen niet over elkaar, omdat zijn broek nog niet helemaal droog was.

'Maar u hebt hem gesproken op de dag dat hij is verdwenen?'

Ze werd even snel bleek als ze zonet rood was geworden.

'Vermoedelijk is hij diezelfde dag vermoord,' ging hij nietsontziend verder.

Nu kreeg ze rode vlekken in haar hals.

'We weten nog niet wanneer de moord is gepleegd, maar waarschijnlijk op de dag dat hij naar de KNO-kliniek in Lund is gegaan. Maandag 2 september.'

Ze bleef hem geschrokken aankijken.

'En die dag hebt u hem aan de telefoon gehad.'

Ze was nog steeds sprakeloos.

'Hij belde mobiel,' ging hij verder.

Daarna zei hij niets meer.

Ze stoof weg, liep naar de keuken en draaide de kraan open. Ze liet het water stromen en kwam terug met een glas in haar hand, ging zitten en nipte ervan. Haar hand trilde. Ze was beslist geen doorgewinterde crimineel.

Natuurlijk had Bodén haar man kunnen spreken, maar dat leek niet het geval geweest te zijn. Eva-Lena Bengtsson zag er beroerd uit.

'Hoe weet u dat?'

'We vragen lijsten van gesprekken op. Dit is een moordonderzoek,' zei hij, op een toon alsof ze te stom was om dat te begrijpen.

'Hij belde gewoon zomaar.'

Haar stem was broos als porselein.

'O?'

'Hij vertelde iets over het onderzoek,' ging ze verder. 'Hij had een professor gesproken bij KNO. Een specialist. En kennelijk moest hij later nog naar een andere specialist, een van de artsen die hem zouden opereren...'

Toonloos ebde haar stem weg.

Daarna begon ze te huilen. Claesson besefte dat hij moest blijven zitten. In ieder geval tot ze zich weer een beetje had vermand.

'Had u een liefdesrelatie?'

Ze knikte.

'Hij betekende heel veel voor me. Het was zo'n goed mens,' fluisterde ze.

Dat klinkt goed, dacht Claesson. Ik vraag me af of zijn vrouw er ook zo over denkt.

*

Veronika reed naar het centrum.

Eerst de Getingevägen af, met het kerkhof aan de ene kant,

heuvelaf, en vervolgens pal naar het zuiden. Ze was op weg naar de domkerk. Ze zou een kaarsje aansteken.

Onderweg naar het centrum veranderde de Getingevägen vier keer van naam. Eerst werd het Bredgatan, rondom de universiteit en de domkerk Kyrkogatan, en vervolgens Stora Södergatan, om ten slotte bij Tetra Pak en Sankt Lars over te gaan in Malmövägen. Dan was je op weg de stad uit, richting Malmö en Kopenhagen.

Sinds ze Cecilia's fiets had gevonden op de binnenplaats was ze de omgeving gaan verkennen, ze had haar gevoel van onbehagen van zich af getrapt en geprobeerd zich moe te fietsen. Ze was naar het mooie park rondom het oude psychiatrisch ziekenhuis gegaan. Tegenwoordig werden de monumentale paviljoens voor andere doeleinden gebruikt door scholen, peuterspeelzalen en verschillende bedrijven. Ze was de rivier de Höje in westelijke richting gevolgd over het hobbelige pad langs de waterzuiveringsinstallatie en was in het dorp Värpinge gekomen. Daar was ze op het platteland, maar toch dicht bij de stad. Onderweg zag ze een oude molen aan de zuidkant van Flackarp, die zijn naakte wieken omhoogstak, en aan de andere kant Klostergården, met flatgebouwen uit de jaren zestig.

De dorpen in Skåne waren heel anders dan die in Småland. Ze zagen er idyllisch uit, die lange, lage huisjes met witgekalkte muren, waarvan je soms het vakwerk zag.

Maar toch had ze heimwee. Naar het karige, het minder bekoorlijke van thuis. Naar het donkere bos, de harde rotsen, de koelte van de Oostzee. En naar de rode huisjes met witte kozijnen.

Ze was de Allerheiligenkerk net gepasseerd, ze had voor een rood licht stilgestaan en was verder gefietst over de Bredgatan, toen ze tot haar ontsteltenis een echtpaar uit het pand van de begrafenisonderneming zag komen.

De ouders van de jongen van het brommerongeluk.

Veronika fietste door, maar het verdriet van de ouders bleef haar volgen.

*

De nachten waren nu donker. Daar voelde ze zich goed bij. Het was prettig studeren in het donker.

Emmy zat onder de lamp. Het was even na middernacht en ze zat in een wijde kakibroek en een zachte trui met lange mouwen op haar nagels te bijten, ook al zou ze dat niet moeten doen. Ze had haar haar met een elastiek in een knot gebonden, dus voelde ze de lichte tocht van het open raam.

Na een uitermate kort dutje om een uur of acht was ze weer alert en ze merkte hoe gemakkelijk ze de stof opnam. Haar koffiemok stond naast haar. Evenals een fles Coca-Cola light. Ze had ook wat snoep gekocht. Een klein zakje maar, maar ze moest zichzelf ergens mee belonen. Op het bureau lagen markeerstiften in verschillende kleuren, evenals plakbriefjes en pennen en potloden die ze met zorg had uitgekozen in de kantoorboekhandel van Grahn. Schrijfgerei was belangrijk. Het moest goed in de hand liggen en niet te dun zijn. Ze hield van potloden. Vulpotloden, maar ze kon de vullingen nooit vinden wanneer ze die nodig had. Ze moest netter worden, bedacht ze, en ze spuugde een stukje nagel uit. Maar veel zin had het niet, ze woonde hier dit studiejaar nog en daarna begon het leven echt. Dan ging ze iets anders doen, wát wist ze nog niet. Ze kon altijd naar huis gaan en op de zak van haar ouders teren. Een baantje zoeken om wat geld te verdienen en een lange reis maken. Naar een plaats waar weinig vrienden ooit geweest waren, zodat ze haar verhalen ongelimiteerd kon aandikken wanneer ze weer thuis was.

Al zou dat natuurlijk maar een noodoplossing zijn. Ze zou het liefst gaan werken. Dus maakte ze deze tweede keus voor zichzelf mooier dan hij was: als stoere meid de wereld door.

Het liefst wilde ze een stageplaats op een advocatenkantoor, om vandaar verder te gaan naar de rechtbank. Of misschien zou ze het daar zo naar haar zin hebben dat de rechtbank niet meer hoefde. Velen verging het zo. Die kregen andere aanbiedingen.

Ze ging op in de dromen, die haar een steuntje in de rug gaven tijdens het geploeter. Het hele idee was immers om een spannende baan te krijgen waarin je je kon ontplooien. Ze beulde zich niet af om werkloos te worden.

Ze inspecteerde haar nagels. Ze zagen er vreselijk uit. Ze moest ophouden met nagelbijten. Anders moest ze kunstnagels nemen, en daar had ze de tijd en het geld niet voor. Ze was net bij de tandarts geweest voor gebitsafdrukken en ze had een preparaat gekregen om haar tanden te bleken. Dat deed iedereen. Maar ze had het haar moeder niet durven vertellen. Die zou het idioot vinden om aan een mooi, jong en gezond gebit te sleutelen. Misschien richtte ze wel blijvende schade aan. Dus had ze maar gezegd dat het voor nieuwe lenzen was, toen ze om geld vroeg.

De stilte maakte haar rustig. De stad sliep. De nacht was van haar. Ze kon de tv van de buurman zachtjes horen. Die had hij meestal de hele nacht aanstaan. Hij had waarschijnlijk onregelmatige werktijden of hij was werkloos. Deze week waren al zijn meubels naar buiten gedragen. Ze dacht dat hij ging verhuizen, maar gisteren had ze hem nog naar binnen zien gaan. Misschien had hij nieuw meubilair besteld dat nog moest komen.

Ze sloeg een bladzijde om en probeerde zich te concentreren.

Het eerste wat ze hoorde, was het geluid van knappende takken. Ze was niet bang, ze woonde immers op de derde verdieping. Ze bleef zitten. Misschien was het wel een grote hond die op het stukje gras tussen de flat en de hoge seringenhaag wilde plassen.

Maar toen hoorde ze zacht fluiten, net een vogel op een vroege ochtend in mei. Maar nu was het september en de vogels floten allang niet meer. Ze dacht dat ze de onderbuurman een raam hoorde openen en sluiten. Vervolgens luisterde ze of ze geluid hoorde uit het trappenhuis, maar dat was niet zo. In plaats daarvan klonk het half ingehouden gefluit weer.

Was het voor haar bedoeld?

Ze deed haar bureaulamp uit en in het donker draaide ze aan de luxaflex, maar ze kon de grond niet zien. Het geluid van ritselende bladeren en brekende takken was weer vaag te horen. Haar hart ging sneller slaan, want nu hoorde ze zachtjes maar duidelijk haar naam vanaf de begane grond.

Wie was daar?

Ze trok de luxaflex omhoog, maar dat hielp niet genoeg, ze zag alleen de zwarte schaduwen van de seringenhaag, dus deed ze het raam open, ook al was ze wel een beetje geschrokken, en leunde naar buiten. Het was erg laat. Welke idioot kon daar nu staan?

'Hoi.'

Zijn gezicht lichtte wit op toen hij het naar haar ophief. Net als zijn ene hand, waarmee hij naar haar zwaaide.

Ze dacht dat ze het verkeerd zag.

'Mijn god, ben jij het?! Had je niet even kunnen bellen?'

Ze probeerde haar stem te dempen, om de buren niet wakker te maken. Ze zag in ieder geval dat de man onder haar wakker was, want het licht in zijn appartement viel als een melkwit schijnsel in de nacht.

'Ik ben mijn mobiel kwijt,' fluisterde hij terug.

Ze zag er nou niet direct geweldig uit, constateerde ze toen ze het raam dichtdeed om naar beneden te gaan en de voordeur open te doen, die al op slot zat. Maar ze had geen tijd om er iets aan te doen. Ze stopte de tas met sportkleren die midden in de hal stond gauw weg. De boel was nog nat. Na de training in de Gerdahal had ze haar handdoek en sportkleren meteen moeten uithangen.

Ze had hém daar vandaag niet gezien.

Mijn strakke studieschema komt in gevaar, constateerde ze toen ze de trap af liep. Daar was ze niet blij mee. Elke minuut was kostbaar. Ze ging voor het hoogste tentamencijfer en ze wilde geen vraag openlaten. Ze was als de dood dat ze het over zou moeten doen.

Hij stoorde haar!

Maar wat dan nog? Opeens had ze de pest aan dat eeuwige wedijveren. Dat vermoeiende geploeter zonder glamour. En ze had nog meer de pest aan zichzelf omdat ze zo negatief dacht. Dat ze niet eens onbevangen kon genieten van het fantastische feit dat een van haar aanbidders zo laat nog spontaan langskwam, maar dat ze de voorkeur gaf aan een celibatair bestaan.

Ze deed de deur open.

Wie laat ik in vredesnaam binnen, dacht ze. Ik ken die jongen nauwelijks.

Maar een beetje risico moet je durven lopen!

14

Donderdag 19 september

Therese-Marie Dalin, ook wel Trissan genoemd, hoorde eerst niets, alleen een ruisen in haar lege hoofd. Vervolgens kreeg ze spijt dat ze had opgenomen.

Het was een vrouwenstem. En toen de teleurstelling over was, wilde ze instinctief ophangen. Ze vermoedde dat het weer zo'n telefonische verkoper was, die haar een goedkoper abonnement of een verzekering wilde aansmeren. Ze zou haar verkooppraatje aanhoren en daarna resoluut nee zeggen. Ze klonken allemaal even beheerst en overtuigend, dacht ze. Ze zetten doodleuk een voet tussen de deur, maar dan telefonisch.

Maar de telefoonstem was onrustbarend vaag en voorzichtig, bijna nederig, en ze schaamde zich dat ze niet goed had geluisterd. Om het goed te maken, hield ze haar adem in en duwde de telefoon harder tegen haar oor om de boodschap op te kunnen vangen, maar het hielp niet omdat ze al op een heel verkeerd spoor zat. En in haar wankele toestand was het ook niet gemakkelijk om over te schakelen.

Ze was pas om drie uur in bed gedoken, en toen was ze verre van nuchter. Ze probeerde nu, terwijl ze het telefoontje braaf tegen haar oor hield, of ze dat inmiddels wel was. Daarom richtte ze haar blik op de poster aan de muur tegenover haar om te zien of die schommelde.

Hij schommelde. En haar benen waren zo slap als gekookte asperges. Dus liet ze zich op de stoel neerploffen. Intussen had ze wel begrepen dat er iets gebeurd was. Of eerder het tegenovergestelde: er was iets níét gebeurd.

Het was de moeder van Emmy. Ze bleef ontzettend vriendelijk, en daarom deed Trissan haar uiterste best. Ze humde beleefd en hoopte dat haar stem, die droger en heser was dan anders, haar niet zou verraden. Maar toen ze haar spraakorgaan probeerde te gebruiken, haar stembanden wilde aanspannen en de controle wilde nemen over haar tong en verhemelte, ontdekte ze dat die haar niet gehoorzaamden. De woorden schenen op eigen houtje naar buiten te willen komen, zacht en volkomen krachteloos.

Maar dat leek Emmy's moeder niet uit te maken.

'Ik schaam me dat ik je stoor. Misschien vind je het overdreven,' zei ze, en ze kuchte in de hoorn terwijl ze naar woorden zocht. 'Weet jij misschien waar Emmy zou kunnen zijn?'

'Nee,' bracht Trissan uit.

Ze had geen flauw idee. En hoe ze ook haar best deed, ze kon er met geen mogelijkheid veel interesse voor opbrengen. Misschien een tikkeltje nieuwsgierigheid. Emmy lag waarschijnlijk in alle rust in de armen van haar droomprins, wie dat ook zou kunnen zijn. Misschien die Karl op wie ze al zo lang een oogje had.

Maar dat kon ze natuurlijk niet zeggen.

'Ze neemt de telefoon niet op en ze reageert niet op sms'jes. Ik heb al twee dagen niets meer van haar gehoord.'

'O?'

Trissan begon zich af te vragen wanneer zij haar moeder voor het laatst had gebeld. Als het een week geleden was, was het mooi. En ze hadden echt geen contact dat ze als slecht zou omschrijven. Als je vaak met je moeder belde, kon dat best volstrekt normaal zijn, maar het kon ook een teken zijn dat je nog niet los genoeg was van thuis. Het klassieke fenomeen. Of dat iedereen zo verstrikt zat in de familierelaties dat niemand in staat was de ander ook maar een dag los te laten.

Ze studeerde niet voor niets psychologie.

In haar herinnering ging ze terug naar de tijd waarin ze samen in de flat aan de Gyllenkroks allé zaten. Emmy, Cecilia en zij. Ze herinnerde zich nu dat Emmy om de haverklap naar huis belde, en bijna nerveus angstig was in de korte gesprekken met haar ouders. Zijzelf en Cecilia belden lang niet zo vaak naar huis.

'Ik maak me nog niet meteen zorgen,' zei Emmy's moeder met

een lachje. Waarschijnlijk vond ze van zichzelf ook dat ze lastig was.

'Nee?' zei Trissan met schorre stem, en ze vroeg zich af wat er nu zou komen.

'Maar zou je me kunnen helpen haar te zoeken?'

Alsjeblieft zeg!

Trissan explodeerde zo'n beetje. De deur uit op zoek naar Emmy was wel het laatste waar ze zin in had. Ze wilde weer in bed kruipen.

'Ik bedoel, jij bent immers haar beste vriendin,' hoorde ze Emmy's moeder smeken.

En dat raakte haar.

Emmy's beste vriendin.

Die woorden drongen rechtstreeks haar hart binnen, dat zwaar te lijden had onder de minder prettige bijwerkingen van de alcohol. Haar hartslag dreunde door in haar hoofd. Ik word geheelonthouder, dacht ze, terwijl ze zich realiseerde dat ze het contact met Emmy de laatste tijd had laten versloffen. Daar moest ze iets aan doen. Dit kon zo niet. Beste vriendinnen mogen dat niet laten gebeuren.

Ze had het niet onder ogen willen zien. Ze hield zich liever vast aan het idee dat je een voorbijganger was in het leven van de ander, dat hun tijd samen voorbij was, omdat het niet meer klikte, dat ze uit elkaar waren gegroeid. Achter deze en soortgelijke argumenten had ze zich verschanst om niet te hoeven zien wat haar eigen eventuele aandeel hierin was geweest.

Maar het deed pijn.

Ze miste Emmy. En Cecilia ook, die op haar eigen laconieke, droogkomische manier een bijdrage had geleverd met een andere en misschien wat minder veeleisende houding ten opzichte van carrière en leven.

Eén ding stond vast, en dat was haar nu volstrekt duidelijk, dat ze onder normale omstandigheden uiteraard zou hebben geweten waar Emmy zat! Emmy zou het haar hebben verteld. Dat had ze niet kunnen laten. Er waren weinig geheimen die ze niet met elkaar gedeeld hadden.

Nu belde Emmy haast nooit meer. Maar als ze elkaar zagen, was alles verwonderlijk genoeg als vanouds. In ieder geval na een poosje. Net als laatst, vlak voordat ze bij Cecilia in het ziekenhuis op bezoek zouden gaan.

'Ja, natuurlijk wel,' hoorde ze zichzelf tegen Emmy's moeder zeggen.

'Dat is aardig van je. Het heeft geen haast... Al moet je er misschien niet heel lang mee wachten.'

Trissan hoorde de duidelijke koppigheid achter haar omzichtige woorden. Ze moest meteen op pad.

'Maar waar moet ik zoeken?'

Het werd stil aan de andere kant van de lijn.

'Zou je alsjeblieft naar haar huis willen gaan? Verder weet ik het ook niet...'

De stem zakte weg.

'Jij weet dat waarschijnlijk beter dan ik,' zei de moeder op krachtiger toon, en schoof daarmee haar zorgen af op Trissan.

Het was half elf. Trissan werd al moe bij de gedachte om op de fiets te moeten stappen, maar ze had het beloofd.

Ze spatte koud water in haar gezicht en dronk het hele literpak sinaasappelsap leeg, schoot haar jeans aan, trok een trui over haar hoofd en nam alle benodigde telefoonnummers van Emmy's moeder mee. Van haar werk, van thuis en haar mobiele nummer. Ze ging met de lift naar beneden en liep met de fiets aan de hand de binnenplaats af. Voor alle zekerheid belde ze Emmy zelf op toen ze voor haar flat op de Bytaregatan stond. Het mobieltje deed niets. De vaste telefoon ook niet. Maar dat was niet echt iets om je druk over te maken.

Emmy woonde in west, 'buiten' op het platteland, het arme kind, maar daar zou ze vast niet eeuwig blijven wegkwijnen. Trissan kwam langs het Grand Hotel, ging onder de spoorbrug door, langs de Kloosterkerk, stak schuin over naar de rechtbank, kwam langs het politiebureau op de hoek, reed een klein stukje over de Fjelievägen, daarna over het fietspad dat vlak achter de mooie gele gebouwen langs liep die lang geleden voor de spoorwegarbeiders waren gebouwd. Toen was ze doodop en ze ging steeds langzamer fietsen. Een paar heren speelden tennis op het centrale sportveld, verder waren de joggingpaden en sportvelden verlaten. Ze zwoegde langs een kleiner park met zo'n hoge, wilde begroeiing dat ze laat op de avond in het donker een andere route genomen zou hebben. Vooral na wat Cecilia was overkomen. Wat ze eerder alleen uit kranten en nieuwssites wist, was nu dichtbij gekomen.

Maar nu was het klaarlichte dag.

Ze had geluk, bij de zebra over de Fasanvägen stond het licht op groen. Zowel Emmy als Cecilia tuimelde ongesorteerd rond door haar gedachten. Haar hart bonsde nog steeds keihard. Haar trui plakte, ook al fietste ze niet eens zo hard. Ze ging nog langzamer rijden. Haar haar stond alle kanten op, ze was verre van fris, maar ze had in ieder geval haar tanden gepoetst voordat ze van huis ging. Even dorstig als een dolende in de woestijn en een beetje misselijk reed ze verder over het voet- en fietspad naar Papegojlyckan. Ze begon zich een beetje zorgen te maken over wat ze moest doen als Emmy niet thuis was. Ze had eigenlijk geen zin in meer en langere uitstapjes. Ze wilde naar huis, hoofdpijntabletten zoeken en in bed gaan liggen.

Zou ze het kunnen vinden? Ze was maar één keer bij Emmy thuis geweest. Ze wist nog dat er meer vrijwel identieke flats vlak naast elkaar stonden. Eindelijk bereikte ze de flats, die schijnbaar nonchalant waren neergesmeten in een autovrij gebied met geasfalteerde paden ertussen, en toen wist ze het inderdaad niet verder. Ze fietste op goed geluk tussen twee gebouwen door, terwijl ze langs de gevels omhoogkeek om te zien of ze daar iets herkende. Maar dat was onmogelijk. Rode baksteen, donkere raamkozijnen, net rouwranden, op het oog onmogelijk van elkaar te onderscheiden. Hoe ze haar hersenen ook afpijnigde, ze kon zich het huisnummer niet herinneren.

Ze belde Emmy's moeder. Die nam meteen op. Ze hoorde de teleurstelling in haar stem, maar ze kreeg het adres. Örnvägen 53 was het.

Trissan was bij een gebouw aangekomen waar op de kelderverdieping een filiaal van de stadsbibliotheek zat en ook een Coopwinkel. Daartegenover waren portieken met nummers in de zestig. Om tijd te sparen, wilde ze nu systematisch te werk gaan, maar ze zag nergens een bordje en er was niemand aan wie ze iets kon vragen, alleen een verwarde man die op de winkel afstevende. Die wilde ze liever niet aanschieten.

Daarom ging ze de bibliotheek binnen, maar er zat niemand achter de balie. Er zaten een paar kinderen in prentenboeken te bladeren. Ze had het bijna niet meer, maar ze draafde braaf langs de kasten totdat ze een nietsvermoedende bibliothecaresse vond.

'Waar is huisnummer 53?'

Daar had de bibliothecaresse geen idee van, maar ze kon wel wijzen waar de overzichtskaart stond. Redelijk dichtbij. Trissan was er praktisch langsgekomen en zou hem vast gezien hebben als ze niet zo moe was geweest. Ze had nog steeds dorst. In gedachten hield ze haar mond al onder Emmy's kraan. Haar misselijkheid was nu vermengd met hongergevoelens. Daarom snelde ze de Coop binnen, ze moest een bodem hebben, het liefst iets zoets. Ze vond verse broodjes en gigantische muffins. Mooi, dacht ze. Emmy heeft vast wel koffie in huis.

De zak bengelde aan haar hand terwijl ze de trappen op holde. Ze weigerde nog steeds al te diep na te denken over wat ze zou doen als Emmy niet thuis was. Maar dat was ze natuurlijk wel. Ze zou in de deuropening staan, slaperig en moe. 'Jee, wat doe jij hier?' zou ze zeggen, of iets in die trant, maar ze zou toch blij uit haar donkere, ietwat scheve ogen kijken en haar binnenlaten in de rommel. Of ze zou zeggen dat ze ongelegen kwam. 'Ongelegen' kon eigenlijk maar één ding betekenen. Dat er iemand anders bij haar was. Iemand die belangrijker was dan een vriendin.

Maar Trissan had zich in haar hoofd gezet dat ze koffie zou krijgen. Iets moest Emmy terugdoen als dank voor de moeite. Trissan zag de twee kamers voor zich. Rondslingerende merkkleding, accessoires, make-up, schoenen en natuurlijk alle boeken en syllabi en hier en daar vieze kopjes of een half opgegeten boterham op een vergeten bordje.

Ze drukte hard met haar wijsvinger op de bel. Het geluid plantte zich voort door het appartement en verdween. Er gebeurde niets.

Ze belde nog eens aan.

En nog eens.

Al met al vier keer. Toen klopte ze op de deur en legde haar oor ertegen.

Doodse stilte.

Donkere stromen wervelden op terwijl ze zó lang op de deur bleef bonzen dat haar knokkels er pijn van deden. Godallemachtig!

Ze beukte met haar hele hand, zo hard dat de buren eropaf hadden moeten komen als ze thuis waren. Ze keek door de brievenbus. Ze zag de deurmat, een paar reclameblaadjes en een witte envelop. Was de postbode al geweest, of was het post van gisteren?

Wat een vreselijke gedachte!

Maak het nu niet nog erger, vermaande ze zichzelf. Rustig en beheerst handelen. Als Emmy vannacht niet thuis was geweest, was daar natuurlijk een logische verklaring voor. Statistisch gezien was dat zo.

Ze moest de uitdaging aannemen en haar opsporen, daarom keerde ze om en liep een paar zware, teleurgestelde stappen de trap af. Maar op het moment dat ze het plan opvatte zichzelf te troosten door de broodjes en de twee muffins zelf op te eten, drong het tot haar door dat ze vergeten was aan de deur te voelen. Daarom ging ze weer terug naar boven en duwde de deurkruk naar beneden.

Tot haar verbazing gleed de deur open.

Ze bleef op de drempel staan. De lamp in de hal, een wit bolletje, was aan. De deur van de badkamer, schuin aan de overkant, stond op een kier, maar in de badkamer was het donker. Ze luisterde gespannen of ze geluiden hoorde. Maar het was doodstil. Er was niemand. Van angst hield ze haar adem in. Een zacht ruisen van afvoerbuizen, een deur die dichtsloeg in de verte, een kind dat schreeuwde, maar allemaal in andere appartementen.

Ze schudde haar hoofd. Typisch Emmy! Ze had zoveel haast gehad dat ze vergeten was af te sluiten. De deur viel niet vanzelf in het slot. Emmy mocht dankbaar zijn dat niemand haar appartement had leeggeroofd, dacht Trissan, en ze glimlachte naar een oosters geïnspireerde, robijnrode pantoffel met een opgekrulde neus, die midden in de hal lag. De tweede pantoffel zag ze niet.

'Hallo?'

Op haar voorzichtige roepen volgde alleen stilte. Ze vatte moed en stapte de hal in. Toen ging haar mobieltje.

Ze zag op de display dat het Emmy's moeder was. Ik kan niet opnemen, dacht ze. Niet nu. Ze drukte het gesprek weg en liep voorzichtig verder het appartement binnen. De keukenlamp was ook aan, er stonden twee bierflesjes op het aanrecht. Ik had gelijk, dacht Trissan. Emmy had iemand ontmoet. Ze wist dat Emmy zelden bier dronk, in ieder geval nam ze zelden grote hoeveelheden. Ze dronk liever wijn.

Ze draaide haar hoofd naar de slaapkamer. De luxaflex was neergelaten, het onopgemaakte bed lag in een dof duister. De lamp op het nachtkastje scheen zacht. Toen haar ogen gewend waren, constateerde Trissan weer dat Emmy waarschijnlijk haast had gehad toen ze wegging, want haar kleren lagen verspreid door de kamer.

Trissan ontspande enigszins, en vanuit de hal stapte ze nu de woonkamer binnen.

Ze had nog maar een paar stappen op het parket gezet toen ze abrupt bleef staan. Haar hand ging langzaam naar haar mond om een schreeuw te smoren. Ze keek in ontzetting naar de bank, ze knipperde niet eens met haar ogen.

Emmy lag op haar rug. Je zag meteen dat ze niet sliep. Haar lichaamshouding was stijf en onnatuurlijk, ze lag met haar nek achterover tegen de leuning en haar ene been was op de vloer gegleden. Haar ogen staarden onbeweeglijk naar het plafond. Haar mond hing open.

Ze had er geen idee van hoeveel minuten er verstreken, het leek wel een eeuwigheid. Emmy's moeder belde weer toen ze de voordeur hoorde opengaan en iemand met snelle stappen naar boven hoorde komen. Ze nam niet op.

Ze zat op de stenen trap voor de deur. Ze had koude billen. Ze had nog evenveel honger en dorst als eerst en voelde zich nog even beroerd, maar nu maakte dat niet meer uit. Ze was volkomen leeg.

Ze waren met meer. De ene agent ging naast haar op de trap zitten, het was een vrouw van haar eigen leeftijd. Lang, slank en met een korenblonde vlecht op haar rug.

'Ik heb mijn mobiel uitgeschakeld,' zei ze tegen de agente. 'Ik wil niet met haar moeder praten. Ze weet nog van niets.'

'Dat doen wij straks,' zei de agente met de vlecht en ze sloeg een arm om haar heen. 'Wij regelen dat wel.'

*

Een arts van de unit hersenletsel van de revalidatiekliniek van Orup, ruim dertig kilometer van Lund, zou Cecilia vandaag beoordelen. Kijken of en wanneer ze plaats voor haar konden maken. Veronika was te weten gekomen dat de unit goed bekendstond en dat de verpleging en de training er actief en breed waren.

Het hoofdeinde van het bed was omhooggezet. Veronika hield een spiegel vast en Cecilia pakte die met één hand beet. Hield hem dichterbij. Keek. Haar gezicht was bleek en mager. Ze was afgevallen, maar dat zag je niet zozeer. Ze was de oude, alleen was ze kaal. Van voren zag je niet zoveel van de verwondingen, die eruitzagen als zwarte inscripties op haar hoofd. Het genezingsproces was gaande. Een verband had ze niet.

Veronika had ook een foto van Cecilia bij zich, die op de bruiloft was gemaakt. Het personeel van de afdeling had voorgesteld om Cecilia kennis te laten maken met haar 'nieuwe' uiterlijk, en haar ook te laten beslissen of ze een pruik wilde zolang haar haar niet was aangegroeid. Ze had een briefje gekregen met het telefoonnummer van een pruikenmaker.

'Zij is knapper,' zei Cecilia, en ze wees naar de foto.

'Dat ben je zelf.'

'Dat zie ik ook wel!'

Ze probeerde ironisch te glimlachen.

'Kort haar staat je ook goed,' zei Veronika.

'Dit is niet kort. Dit is niks.'

Ze praatte wat lijziger dan anders, maar het was toch communicatie. Een beetje harrewarren, net als anders. Ze was zichzelf gebleven. Het was Cecilia, en Veronika juichte inwendig.

'Wil je een pruik?'

Cecilia dacht een hele poos na.

'Nee. Dat moesten we maar niet doen!'

Veronika barstte in lachen uit. Het was zo heerlijk om te lachen.

Cecilia ging snel vooruit, ook al had ze nog een lange weg te gaan.

'Zeg, Cecilia,' zei ze.

Cecilia draaide haar hoofd langzaam naar haar om.

'Je hebt een gezellig flatje.'

Cecilia keek haar zwijgend aan.

'Weet je nog, je flatje?'

'Misschien...'

'Je hebt er nog nauwelijks in gewoond.'

'O.'

'Aan de Tullgatan, weet je het weer?'

Cecilia was stil en dacht na.

'Nee.'

'Je was er net heen verhuisd toen het ongeluk gebeurde.'

'Juist ja.'

'Dus het staat er vol met verhuisdozen met al je spullen erin. Al heb ik wel een paar dingen uitgepakt.'

Weer stilte.

'Misschien weet ik het nog.'

'We kunnen je wel een beetje helpen om op orde te komen. Wat meubels meenemen uit Oskarshamn, een kastje, misschien kunnen we een boekenkast kopen. Vind je dat goed? Je kunt het later altijd weer anders doen.'

Cecilia kon zich niet meer concentreren. Ze keerde haar ogen dromerig naar het raam. Twee straaljagers tekenden witte strepen in de lucht.

*

Nina Bodén stond in de deur van het kantoor van de directie. Ze had verdriet, dat zag je in één oogopslag.

Kerstin Malm was blij dat ze het eerste contact al achter de rug had, toen in de ICA. Nu vroeg ze Nina Bodén of ze aan de ronde tafel wilde plaatsnemen; ze overwoog of ze de kaarsen op tafel aan zou steken, maar deed het niet. Buiten scheen de zon nog steeds, meer licht was niet nodig. Bovendien bestond het gevaar dat het korte gesprek dan te veel op een plechtigheid zou lijken. Dat wilde ze liever voorkomen.

Kerstin Malm had eigenlijk geen tijd om lang te zitten. Ze was natuurlijk van plan om naar de begrafenis te gaan als het zover was, maar dat hoefde ze de zwijgzame weduwe natuurlijk niet te vertellen. Ook niet dat de naaste collega's bezig waren een korte gedenkrede te schrijven. Dat merkte ze dan wel.

Nina Bodén zat kaarsrecht op de stoel. Ze maakte een volkomen futloze indruk, dus voelde Kerstin Malm zich geroepen om te beginnen.

'Ja, dit kwam wel heel onverwacht,' liet ze zich ontvallen.

Dat was zó'n stomme opmerking dat ze zich er zelf bijna in verslikte. Als je op zo'n manier overleed, was het natuurlijk altijd verrassend. Maar op school hadden ze desondanks geen crisisgroepen hoeven opzetten of andere bijzondere maatregelen hoeven nemen. Ze was het persoonlijk gaan zeggen in de klassen waaraan Jan de meeste lessen had gegeven. Ze had in het kort verteld wat er was gebeurd, zonder zich te laten verleiden tot speculaties. Ze lette goed op haar woorden. Je kon beter te weinig zeggen dan te veel, dat stond vast. Een onbezonnen woord kon je niet terugnemen, terwijl je iets wat niet was gezegd gemakkelijk alsnog kon vertellen. Het ideaal was vanzelfsprekend om je duidelijk en consequent uit te drukken.

De leerlingen waren natuurlijk ontdaan geweest. Dat vertelde ze in het kort aan Nina Bodén. Sommige kinderen hadden speciaal gezegd dat ze hem misten, zei ze, en ze zag nog net dat Nina Bodén tranen in haar ogen kreeg voordat ze haar gezicht naar het raam keerde.

Ze vertelde natuurlijk niet dat de leerlingen al gewend schenen aan Jans vervanger, een pas afgestudeerde jongeling met puistjes. Ze zei ook niet dat niet alleen de leerlingen, maar ook de collega's vonden dat het een lot uit de loterij was. De jonge leraar bruiste van energie en dat werkte aanstekelijk. Ze hadden al in bedekte termen aangegeven dat ze hoopten dat hij mocht blijven. Wat nu heel goed mogelijk leek.

Nee, je moet nooit denken dat je onmisbaar bent, dacht ze terwijl ze wachtte tot Nina Bodén zich weer had hersteld. In ieder geval niet op het werk. Alleen voor je naasten. Dat moest je goed onthouden. Een moeder of een vader was onvervangbaar. En een kind helemaal.

Ze zette de inktzwarte pijn van zich af. Als een haastige wind-vlaag, een schouderklopje of een glimlach uit een andere tijd.

Nina Bodén leek nauwelijks te hebben geluisterd. Ze zat daar maar, ze knikte niet eens. Alsof ze zich op iets anders zat voor te bereiden.

'Hoe gaat het nu met u?' vroeg Kerstin Malm daarom op gedempte toon.

Ze vond het bijna ongepast dat ze haar haar pas had geverfd en dat je dat nog kon ruiken. Ze lette erop dat ze niet al te ver naar voren boog.

'Het gaat wel.'

Een kort antwoord.

Ze kende mevrouw Bodén niet, maar ze had toch het idee dat ze haar verdriet niet kon uiten. Door haar hele verschijning mis-schien: dikke wallen onder de ogen, haar pony iets te lang – daar had ze zeker geen tijd voor gehad – een futloosheid in de gebo-gen schouders. Maar ze droeg wel een opzichtige, felrode over-hemdblouse.

'Mag ik iets vragen?' vroeg Nina Bodén, en verbrak eindelijk de stilte.

Nu komt het, dacht directeur Malm, en ze werd een beetje ze-nuwachtig.

'Natuurlijk, vraagt u maar,' zei ze met beheerste vriendelijkheid om het allemaal achter de rug te krijgen.

'Met wie had Jan op school contact?'

'Tja, vooral met de collega's uit de natuurwetenschappelijke hoek. Johansson, Rast, Lillebill...'

'Dank u, dan weet ik genoeg.'

'U kent hen vast beter dan ik,' glimlachte mevrouw Malm. Ze probeerde zich niet uit het veld te laten slaan nu ze zo bruusk in de rede was gevallen.

'Ik ken er wel een paar van.'

Directeur Malm knikte, zodat haar oorhangers heen en weer zwaaiden. Het waren zilveren veren.

'Maar ik wil weten of hij andere contácten had,' ging Nina Bodén verder. Haar wangen waren nu niet wit meer, maar roze.

Kerstin Malm zag het gevaar. Ze moest voorzichtig zijn.

'Niet dat ik weet... hm...'

Het keelschrapen verried dat ze probeerde tijd te winnen.

'Nee?'

'Waar denkt u aan?'

'U begrijpt vast wel wat ik bedoel.'

Nu keek Nina Bodén haar met samengeknepen lippen recht in de ogen. En Kerstin Malm, algemeen directeur van de plaatselijke scholengemeenschap, kwam in een soort kruisverhoor terecht waarvan de rolverdeling onduidelijk was.

'U bedoelt of hij een...?'

Kerstin Malm begreep niet waarom dat ene woord zo beschamend moeilijk uit te brengen was. 'Verhouding' klonk niet exact genoeg, 'minnares' te intiem, 'scharreltje' te oneerbiedig en 'buitenechtelijke relatie' te bureaucratisch.

'Of hij een vriendin had,' zei Nina Bodén onomwonden.

Kerstin Malm slikte.

'Daar heb ik eerlijk gezegd geen idee van.'

Ze loog. Ze had wel een idee, maar daar was dan ook alles mee gezegd. En dat idee had meer te maken met het feit dat ze op basis van eerdere affaires een bepaald soort gedrag van hem verwachtte. Jan was iemand van avontuurtjes. De oude affaire met die leerlinge spookte weer door haar hoofd, maar toen zat zij nog niet in de directie. Ze wist er wel van, net als bijna iedereen vermoedelijk. Ze konden echter niets bewijzen, dus kreeg het geen gevolgen, behalve dat die gebeurtenis Jan Bodén natuurlijk wel als een schaduw bleef achtervolgen. Dergelijke dingen kwamen op de meeste scholen voor, maar nu waren er tenminste duidelijke protocollen, dacht ze, en ondanks alles juichte ze die vorm van bureaucratie toe.

Haar nieuwsgierigheid was echter gewekt.

'Waarom denkt u dat?'

Ze vroeg het zo voorzichtig dat ze bijna stotterde.

'Ik heb een telefoonnummer gekregen van de politie.'

Kerstin Malm dacht dat ze wel wist om welk nummer het ging.

'Hebt u uitgezocht van wie het nummer is?'

Nina Bodén knikte.

'Wel geprobeerd, maar dat schiet niet op. Ik weet niet welk netnummer erbij hoort,' zei ze, en haar stem was vol van bittere daadkracht. 'Ik zoek dit tot de bodem toe uit,' ging ze met een strak mondje verder, terwijl ze resoluut met haar middelvinger op de tafel tikte. 'Het voelt rot om bedrogen te zijn.'

Kerstin Malm slikte. De lucht trilde dreigend. Ze hoopte dat de vrouw tegenover haar gauw haar kalmte weer zou hervinden. Vooral voor haar eigen bestwil. Zoveel boosheid, of liever bitterheid, daar had niemand iets aan, vooral niet als het naar buiten kwam.

Aan de andere kant moest ze het wel met haar eens zijn. Het is altijd rot om bedrogen te worden, en dat is nog zacht uitgedrukt. Het ergste was dat Jan dood was. Gedane zaken nemen geen keer, maar je kunt verder. Haar Jan-Olof was teruggekomen.

'Maar het is toch niet zeker dat het om het telefoonnummer van een vrouw gaat,' zei ze vergoelijkend. 'Het kan van alles zijn.'

Ze hoorde dat het daar niet beter op werd. Telefoonseks, pornocontacten en wie weet wat nog meer!

'Misschien ís het niet eens een telefoonnummer,' probeerde ze daarom.

En toen wist ze opeens waarom die cijfers haar zo bekend voorkwamen.

Niet het rijtje.

Maar de keuze van de cijfers.

*

'Ik zit op de Grote Markt,' antwoordde Karl op zijn mobiel, en ze hoorde het geroezemoes op de achtergrond. 'Kom ook hierheen, als je wilt. We zijn hier met een heel stel.'

'Er is iets gebeurd,' jammerde Trissan.

Waarschijnlijk hoorde hij wel hoe erg ze van streek was.

'Is het zó erg dat je het niet kunt vertellen?'

'Misschien wel. Maar ik kom eraan. Ik ben er over twee minuten.'

Het duurde vier minuten, omdat ze moest lopen. Haar fiets stond niet waar ze hem had neergezet, op straat, slordig genoeg, maar ze was zo totaal kapot geweest dat ze nauwelijks wist wat ze deed toen ze thuiskwam van de politie. Ze holde nu over de

Lilla Fiskaregatan. Het was rond half zeven. De winkels waren dicht en de stad was bijna uitgestorven.

Bij de politie hadden ze nog besproken of ze beveiliging nodig had. Ze hadden gevraagd of er niet iemand bij haar kon komen logeren, of dat ze naar haar ouders in Ystad kon gaan. Maar dat wilde ze niet. Daarom zou ze een alarm krijgen. Ze had toch buren die haar zouden horen schreeuwen als er iemand inbrak, dacht ze, maar tegelijkertijd realiseerde ze zich dat Emmy die ook had gehad. En wat had dat geholpen? Er was trouwens niet ingebroken bij Emmy. De deur was niet geforceerd. En Cecilia was buiten op straat neergeslagen.

Het was je reinste terreur, bedacht ze. Wie had het op hen voorzien? Of waren het twee verschillende personen?

Karl zat aan de bar. Jonathan Lönn was bij hem, die klootzak. Ze wist wat hij voor een type was, Cecilia had uitvoerig over hem verteld. Maar hij zag er ontzettend goed uit, constateerde ze. Helaas. En nu glimlachte hij.

'Hallo,' zei hij vriendelijk, en hij wilde ook een knuffel toen Karl er een kreeg.

Dus sloeg ze haar arm snel even om zijn nek en duwde haar wang tegen zijn stroevere wang, zodat zijn krullende haar in haar neus kriebelde.

'En dit is Leo,' zei Karl, en ze gaf hem gehoorzaam een hand. 'En dat is Gustav.'

Hij kreeg een knikje en zij een slap handje. Ze herkende hem vaag. Een regelmatig gezicht dat je gemakkelijk vergat. Bleke baardstoppels, een schrale huid, waarschijnlijk uitgedroogd in de zomer, misschien zeilde hij, hij had geen uitgesproken kledingstijl. Leo leek meer het donkere, moeilijke type. Er kon nauwelijks een glimlachje van af.

Ze ergerde zich aan het gedrang aan de bar, aan het feit dat iemand haar in de rug duwde en dat het een komen en gaan van mensen was. Ze was niet van plan een woord te zeggen met al die mensen om haar heen. Maar ze moest haar verhaal kwijt.

'Kunnen we geen rustiger plekje opzoeken?' vroeg ze.

Karl liet zich van zijn barkruk glijden en ging met haar mee naar buiten, het plein op. Ze was nog maar net de deur uit toen ze in huilen uitbarstte. Ze snikte, en begon haar verhaal terwijl de tranen over haar wangen stroomden. Karl vroeg haar een paar keer te herhalen wat ze had gezegd voordat hij begreep wat er was gebeurd. Vervolgens sloeg hij een arm om haar heen, even later ook zijn andere arm, en omhelsde haar stevig, heel stevig. Ze bleven een hele poos in elkaars armen staan. De geluiden boven haar hoofd gaven haar het idee dat hij ook huilde. Maar ze had haar oor tegen zijn warme borstkas en zijn grote hand op haar hoofd, en daarom kon ze het niet met zekerheid zeggen.

Stel je voor dat de tijd stil bleef staan. Ze was zo opgejaagd en verward in haar wanhoop dat ze ontdekte dat ze voor één keer in staat zou zijn om zich te laten gaan. Om zich over te geven aan het veilige gevoel, de zware, sensuele geur van zijn aftershave, de vastberaden omarming, de voldoening van het getroost worden en veel meer dingen die verrassend genoeg plotseling in haar opborrelden. Ze kreeg er vlinders van in haar buik en een zacht bonzend gevoel in haar onderlichaam.

Dat zou haar geheim blijven.

Wat de mensen op dit moment dachten en vonden liet haar opeens koud. Alles stond op zijn kop. Ze keek voorzichtig onder zijn arm door. Achter de grote ramen van het restaurant zag ze gezichten als witte manen.

Ze lieten elkaar los. Of misschien was hij het die haar losliet. Ze probeerde er geen punt van te maken. Ze had het koud en ze identificeerde Leo's bleke gezicht achter het raam. Hij keek naar hen. Ernstig en met grote ogen. Die andere jongen, Gustav, zag ze niet. Die was zeker even naar de wc.

Ze wilde niet naar binnen gaan om sociaal te doen. Ze had geen zin om haar best te doen voor een opgewekt praatje; ze zou toch geen woord over haar lippen kunnen krijgen.

Ze wilde eigenlijk niets. Al helemaal niet naar huis gaan.

'De politie heeft me gevraagd de namen van Emmy's vrienden op te schrijven.'

'Ja, natuurlijk,' zei Karl enigszins verstrooid.

'En de politie gaat contact opnemen met de juridische faculteit,' ging ze verder.

'Uiteraard,' zei hij toonloos.

Hij was er natuurlijk kapot van. Hij knipperde verdrietig met zijn ogen en keek over haar hoofd heen naar de Grote Markt. Vervolgens staarde hij haar recht in de ogen.

'Welke namen ga je aan de politie geven?'

'Maak je geen zorgen,' zei ze. Ze wist er zelfs nog een grapje van te maken en gaf hem een por. 'Ik vergeet jou heus niet.'

De jongen

De zon schijnt. 'Ik geloof dat ik de vogeltjes hoor fluiten,' zegt een van de meisjes uit de klas. Kortom, het is mooi weer voor de laatste schooldag.

Ik had een schone blouse uit de kast gehaald. Die had mijn moeder gestreken toen ik mee zou gaan naar de verjaardag van opa, die zeventig werd, maar dat was niet doorgegaan. Mijn vader wist daar op het laatste moment een stokje voor te steken. Ik weet nauwelijks meer waar de ruzie over ging, maar in ieder geval gingen we niet. Je snapt haast nooit waar mijn vader zich over opwindt. Het kan van alles zijn. Maar je voelt het aankomen. Wij allemaal. En we richten ons ernaar.

Toen zei hij tegen mijn moeder dat ze maar een lekker familiediner moest koken. Dat weet ik nog. Met lekkere wijn erbij. Het was belangrijker om met het eigen gezin bijeen te zijn, vond hij. Dat wij solidair waren en voor elkaar opkwamen. Toen dronken ze wijn, en ik weet niet goed meer wat wij kinderen deden. Ik zal de blouse wel uitgetrokken hebben en naar buiten zijn gegaan. Of naar mijn kamer.

Jemig, wat zal het fijn zijn als ik de baas ben over mezelf! Ik moet het nog een paar jaar zien uit te houden. Ik moet de middelbare school zien door te komen. Stèrk zijn. Me niet op de kop laten zitten.

Mijn moeder moest opa die dag bellen. Hij was natuurlijk teleurgesteld. En dat was mijn moeder denk ik ook. Hoewel ze aan de telefoon de hele tijd riep dat ze een andere keer zouden komen om zijn verjaardag nog eens dunnetjes over te doen.

Maar het wordt nooit hetzelfde als je later alsnog komt. Voor bepaalde dingen is het te laat, ook al doe je nog zo je best. Filippa's verjaardag hebben ze bijvoorbeeld nog nooit overgeslagen.

Maar de mijne wel. Vorig jaar. Ze waren weg. Mijn vader moest naar een conferentie en hij wilde mijn moeder mee hebben. Ik vond het allang best. Filippa ook, want die heeft immers haar vriend of vriendje, of wat het ook is. Maar mijn ouders hadden best even kunnen bellen. Of een verjaarscadeautje mee kunnen nemen. Maar ik heb er niets van gezegd. Ik heb hen er niet eens aan herinnerd.

Ik denk dat opa wel begrijpt hoe het zit. Maar wat kan hij eraan doen? Hij is ook erg ingenomen met mijn vader. Hij kan recepten uitschrijven voor medicijnen en goede behandelingen aanbevelen, en hij is iemand om over op te scheppen tegenover vrienden en kennissen. Vooral oma is trots. Ze heeft het er altijd over dat ik in de voetsporen van mijn vader moet treden en in die van mijn opa. In de familie van mijn vader is iedereen dokter. Je zou kunnen zeggen dat mijn moeder door mijn vader is gestegen op de sociale ladder. En haar ouders ook. En natuurlijk wil ik hetzelfde bereiken als hij. Iemand worden die bij iedereen respect afdwingt. Toen we een keer in de stad waren, kwam er bijvoorbeeld een vrouw op mijn vader af die zei dat hij haar had genezen. Dat vond mijn vader geweldig! Hij zei natuurlijk dat het gewoon zijn werk was en glimlachte van oor tot oor. Het moest bescheidenheid voorstellen, maar ik zag hem stralen. En mijn moeder stond naast hem en deelde in die glans.

Het is dus de laatste schooldag van het jaar. Ik ben van mijn leven nog niet zo zenuwachtig geweest als vanochtend. Maar ik liet niets blijken. Het is belangrijk om onaangedaan te lijken. Daar ben ik goed in.

Na 'Nu komt de bloeitijd' en de vermaning van de rector om de zomer goed te gebruiken en uitgerust en bruinverbrand terug te komen, gingen we naar ons lokaal. We hebben best een aardige mentor. Egon heet hij, en dat is niet leuk voor hem, maar hij doet het prima. Er zijn maar weinigen die iets bij hem durven uit te halen. Hij droeg ook een blouse, een flodderig geval met grote motieven over zijn jeans heen, een soort hawaïhemd, wat ons allemaal verbaasde. Egon is anders niet zo voor kleur. En in een blouse hadden we hem nog nooit gezien. Hij draagt meestal verwassen T-shirts. Een van de meiden in de klas vertelde dat hij ongetrouwd is. Niet dat zij wilde aanbieden om voor hem te zorgen, maar het verklaart dat hij er zo slordig bij loopt. Er is niemand die erop toeziet dat hij zich fatsoenlijk kleedt. Maar het maakt mij verder niet uit, want hij is wel aardig.

Toen kwamen de rapporten. We zouden voor het eerst een echt rapport krijgen, met cijfers van één tot vijf. Tot nu toe waren het beoordelingen geweest, en moesten mijn ouders naar de ouderavond om te horen dat ik het goed deed. Ik kon goed leren, daar schepte mijn opa over op en daar zeurde mijn vader ook altijd over. Hij zei dat het belangrijkste in het leven was dat je besefte dat je niets cadeau kreeg. Mijn vader had dat ook nooit gedacht. Hij had altijd goed zijn best gedaan, en hij vond dat ik dat ook moest doen. Het liefst de beste zijn. Anders zou hij er wel voor zorgen dat ik dat werd.

Een enorm gezeur, dus. Hij prentte me in dat je geen tweede kans krijgt in het leven. Je moet de mogelijkheid benutten wanneer die zich voordoet. Beweerde hij. Hij maakte er een heleboel heisa over dat ik niet ook de beste was in gymnastiek. Waarom niet? Dat was gewoon een kwestie van trainen, beweerde hij. Net als bij topsporters. Dat had hij vroeger ook gedaan. Maar volgens mij liegt hij dat. Ik heb oma er een keer naar gevraagd, en zij zei dat mijn vader niet bepaald een uitblinker was in sport. Eigenlijk presteerde hij maar matig op school, en moest hij proefwerken overdoen om hogere cijfers te krijgen en in Duitsland medicijnen studeren, omdat je daar eerder werd toegelaten. Maar dat geeft hij nooit toe. Ik denk dat ik het hem niet eens zou durven vragen. En eigenlijk maakt het ook niet uit, want hij heeft het wel voor elkaar gekregen. Hij heeft revanche genomen. En je wordt net zo'n goede dokter in Duitsland. Zo niet beter. Want daar stellen ze hogere eisen aan hun studenten, zegt mijn vader. In Zweden worden ze in de watten gelegd.

Egon zei dat hij het kort zou houden. Hij riep ons in een stevig tempo een voor een naar voren. We kregen de bewuste bruine envelop, en daarna waren we niet meer te houden. Iedereen wilde naar buiten om ergens op het schoolplein de envelop open te maken. En we hebben Egon volgend jaar weer, dus het maakte niet uit dat we de klas uit stormden.

Een paar meisjes gingen in een groepje staan, haalden het rapport eruit en hielden het zo dicht voor hun gezicht dat de anderen het niet konden zien. Sommigen juichten en anderen reageerden exact tegenovergesteld. Ze waren doodstil en zagen krijtwit. Egon had gezegd dat hij niemand een vijf had gegeven, daar wilde hij mee wachten tot de volgende klas, dan hadden we nog iets om naar te streven. Of ja, Stellan had natuurlijk wel een vijf voor gymnastiek, maar hij is dan ook fenomenaal.

Ik kwam thuis in een leeg huis. Filippa was bij haar vriend, of hoe je hem ook moest noemen. Hij is twee jaar ouder dan zij. Mijn moeder is er niet blij mee, maar ze kan Filippa niet tegenhouden. Ze heeft net de zesde klas afgemaakt. En ze zijn ook niet op die manier samen.

Ik ging op bed liggen, zette muziek op en begon door mijn stapel stripbladen te bladeren. Toen hoorde ik mijn moeder in de deuropening. Ik liet haar mijn rapport zien en ze was vol lof. Ze ging koffiezetten, ze had verse koffiebroodjes gekocht en we zaten even gezellig bij elkaar.

Een paar uur later kwam mijn vader thuis en ik besloot dat hij zelf maar naar mijn rapport moest vragen. Ik ging het hem niet uit eigen beweging laten zien, hoewel het een goed rapport was, ik was waarschijnlijk de beste van de klas, als ik dat mag zeggen zonder op te scheppen. Maar met hem weet je het nooit. Ik bedacht dat ik eerst moest kijken in wat voor humeur hij was wanneer hij thuiskwam. Dat varieert nogal. Soms is hij opgewekt. En soms helemaal niet. Dat weet je nooit van tevoren.

Mijn moeder stond bij het fornuis en was met het eten bezig. Mijn vader stond met zijn rug naar mij toe toen ik de keuken binnenkwam. Hij was bezig een fles wijn te openen.

'Weet je waar Filippa is?' vroeg hij met zijn rug naar mij toe.

'Nee,' zei ik, en ik glipte de wc binnen.

'Heb je er geen idee van waar ze is?' drong hij aan toen ik doorgetrokken had en weer naar buiten was gekomen.

'Nee.'

Mijn vader zei niets meer. Ik heb er een hekel aan wanneer hij niets zegt.

'Mama zegt dat je een mooi rapport hebt.'

Ik knikte.

'Wil je het mij niet laten zien?'

Mijn vader klemde zijn kaken zó hard op elkaar dat zijn wangen opbolden, vervolgens trok hij de kurk eruit en schonk zichzelf een scheut wijn in.

'Jawel,' zei ik, en ik ging naar mijn kamer, tilde mijn bureaulegger op en haalde de bruine envelop tevoorschijn.

Mijn vader vouwde het document open. Hij keek naar de cijfers. Hij keek er lang naar. Je kon een speld horen vallen. Mijn moeder, die achter hem bij het fornuis stond, begon met pannen te rammelen.

'Mooi, hè?' zei ze, op die montere manier die ze soms gebruikt wanneer ze mijn vader wil opvrolijken, en ze gaf me een vriendschappelijke knipoog.

Eindelijk keek mijn vader op. Hij keek me zwijgend aan. Zijn mouwen waren opgestroopt, weet ik nog. De donkere haartjes op zijn onderarmen gingen overeind staan.

'Geen enkele vijf,' zei hij, en hij sloeg met zijn ene hand tegen het rapport.

Voor de rest wil me niet veel meer te binnen schieten.

Dat was in ieder geval de eerste keer dat ik een rapport kreeg. En dat was moeilijk. Voor mijn vader, dus. Ik ben inmiddels langer dan hij. En binnenkort ook sterker.

En ik beloof mezelf nog eens dat in de toekomst níémand mij een haar zal kunnen krenken.

Niemand.

15

Vrijdag 20 september

Klara kreeg een warme trui aan onder haar jas, die aan de dunne kant was. De mouwen waren ook iets te kort, de zomer was een groeizame periode. Zouden haar schoenen ook te krap zijn? Claesson zette zijn duim tegen het harde, afgeschaafde leer bij de teen maar kwam niet bij de piepkleine teentjes.

Hij kwam overeind uit zijn hurkzit.

'Klaraatje, vandaag komt mama weer thuis,' zei hij.

'Maa,' brabbelde Klara terug.

'Ze moet met je naar de schoenwinkel om je voeten te laten meten.'

Hij fietste tegen de wind in naar het Hommeltje en hoopte dat Klara het niet koud had. Ze zat doodstil in het kinderzitje. Hij dacht na. Een moment van rust aan het begin van de dag. Niets aan je hoofd en een uitgerust lichaam.

Veronika zou maandag weer aan het werk gaan. Ze had er zin in, beweerde ze. Hij zag er in ieder geval naar uit om weer tegenover haar aan de keukentafel te zitten. En een kus in zijn nek te krijgen als hij de krant zat te lezen.

Cecilia was onderweg naar het ziekenhuis van Orup. Ze wachtten op een datum waarop de naaste familieleden geïnformeerd zouden worden over de revalidatieplannen. Hij begreep van Veronika dat hij daar ook toe gerekend werd. Naast haar vader, Dan Westman, natuurlijk en diens nieuwe gezin, dat feitelijk niet zo nieuw meer was. Een hele hoop mensen. De gevoelens ten opzichte van Cecilia's revalidatie waren gemengd. Het was moeilijk om te beseffen dat ze misschien in de naaste toekomst niet volledig zou herstellen. Misschien wel nooit, maar daar had niemand het over.

Waarom zou je het somberder inzien dan nodig?

Die somberheid kwam toch wel.

De kwelling van de eerste dagen hadden ze achter zich. Het hersenletsel was lokaal, zoals de arts zei. Er was een geïsoleerde bloeding opgetreden buiten de hersenvliezen, die echter wel een paar uur lang druk had uitgeoefend op het kwetsbare hersenweefsel voordat Cecilia werd gevonden en geopereerd. Dat hadden ze keer op keer herkauwd, en het aan bezorgde vrienden en kennissen uitgelegd en beschreven.

Het had dus erger gekund. Het kon altijd erger. Er is altijd een niveau onder het niveau waar jij je bevindt. Maar waar is de echte hel? Het is niet de dood. Die kan een verlosser zijn.

Cecilia kon haar lichaam normaal bewegen en had geen pijn. Ze was niet veranderd, vertelde Veronika. Maar ze was verschrikkelijk moe en traag, als hij het goed had begrepen. Ook had ze problemen met haar geheugen en kon ze zich moeilijk concentreren.

Ze zouden nog heel wat ritjes naar Skåne maken, besefte hij. Hij rekende erop dat hij binnenkort een keer mee kon. Als er tijd voor was, kon hij ook mooi bij zijn collega's in Lund op bezoek gaan.

Er hingen donkere wolken boven het politiebureau van Oskarshamn, maar het regende nog niet. De golven van de zee hadden schuimkoppen. Er kwam een koele wind uit het noorden en de Blå Jungfrun was door de mist haast niet te zien.

Na de ochtendbriefing liep Claesson met vastberaden stappen naar de kamer van Louise Jasinski. Nu was het moment gekomen, besloot hij en hij stapte naar binnen.

'Heb je het druk?'

Ze schudde haar hoofd. Ze was naar de kapper geweest. Ze had nog steeds een pony, maar de zijkanten stonden als vleugeltjes een stukje uit boven haar oren. Hij vroeg zich even af of hij het haar goed vond staan. Misschien was hij alleen maar laf en hield hij niet van veranderingen.

Hij deed de deur resoluut achter zich dicht.

'Hoe gaat het?'

Hij ging tegenover haar zitten.

'Goed,' zei ze, en ze draaide haar bureaustoel naar hem toe.

'Mooi zo! Lekker bezig?'

'Dat zei ik niet.'

Ze probeerde te glimlachen. En hij greep zijn kans.

'Je haar zit leuk,' wist hij snel uit te brengen.

'Dank je wel,' zei ze, en ze glimlachte voluit. 'Met het werk gaat het redelijk, maar het was wel zwaar, al met al.'

En toen begon ze over haar scheiding en andere perikelen. Ze spuugde het bijna uit.

'Je redt het prima.'

'Als jij het zegt,' zei ze, en ze keek beschaamd naar het bureaublad. 'Het ergste is nog dat niemand je meer aanraakt.'

'Wil je een knuffel?'

Ze lachte.

'Aardig van je, maar zo hoog is de nood nog niet gestegen. Maar misschien kun je me vertellen waar je mee bezig bent?'

Hij stond op, verdween naar zijn kamer en kwam terug met een map.

'Een zaak voor de politie van Lund,' zei hij. 'Maar er is een belangrijk verband met ons. Bodén woonde hier immers. Tot nu toe hebben we geen flauw idee van het motief. Hij was een gewone leraar, niet rijk en niet arm. Hij had een kleine, tamelijk ongevaarlijke tumor bij zijn oor, waaraan hij geopereerd zou worden. Kennelijk zat hij daar erg over in. Volgens zijn vrouw maakte hij van een mug een olifant, hij was doodsbang en raakte in een crisis. Hij dronk niet noemenswaard.'

'Hebben we hem in ons bestand?'

'Nee. Zelfs geen parkeerboete. Niemand die er iets van begrijpt. De collega's in Lund hebben geen idee, en ik ook niet. Misdrijven in de relationele sfeer komen het vaakst voor, maar het enige wat we hebben gevonden is een relatie met de buurvrouw.'

'Recent?'

'Ja. Zijn vrouw weet er waarschijnlijk niets van.'

'O?'

'Nog niet. Maar als ze het had geweten, dan had ze nooit tijd gehad om naar Lund te reizen om hem daar te vermoorden. Op het tijdstip waarop hij waarschijnlijk is vermoord ging zij de zieken in de dorpen af in haar witte autootje. Dat heb ik gecheckt. Ze is wijkverpleegster.'

Vervolgens haalde hij een kopie tevoorschijn van het blaadje uit Bodéns jaszak.

'Bodén heeft dit niet geschreven,' zei hij. 'Zijn vingerafdrukken zaten er niet eens op.'

Louise bekeek de cijfers zwijgend, ze tuurde ernaar en tuitte haar lippen terwijl ze nadacht.

'Het lijkt mijn eindrapport van de negende klas wel. Voornamelijk tweeën en drieën.'

'Was je zo slecht?'

Zijn verbazing was oprecht.

'Ik rommelde maar wat aan. Sommige mensen worden laat volwassen, weet je.'

*

Voor rechercheur Gillis Jensen van de afdeling Ernstige Delicten in Lund was het een drukke tijd. De zaak van de man die dood in een werkkast in het ziekenhuis was aangetroffen moest een poosje blijven liggen.

Ook andere zaken moesten wachten. De stapel nog niet geseponeerde zaken had hij naar de rand van zijn bureau geschoven. Daar lagen ze goed. De stapel zou niet hoger worden, dat had hij wel besloten. Dat betekende dus dat de zaken niet voorgoed bleven rusten. Absoluut niet.

Gillis Jensen was van nature een bezig baasje. Bovendien werkte hij snel, ook al zou je dat niet zeggen als je hem zag. Hij sprak bedachtzaam en met een zekere vertraging, alsof hij altijd naar woorden zocht. Ongeduldige mensen ergerden zich daaraan en probeerden hem op te jutten. Maar dat had geen zin. Het was namelijk zo dat Gillis Jensen altijd voorzichtig omsprong met zijn woorden. Alsof hij er bang voor was. Op achtjarige leeftijd was hij naar Zweden gekomen. Het Deens dat hij als kind had gesproken werd natuurlijk als koeterwaals beschouwd, temeer omdat het gezin niet uit de buurt van Kopenhagen of van Sjælland kwam, maar uit Jylland, met zijn karakteristieke dialect.

Eigenlijk waren alle moorden in Zuid-Skåne een zaak voor de regionale recherche in Malmö, maar op dit tijdstip zat de politie midden in de zoveelste reorganisatie.

Zijn vrouw werkte in de gezondheidszorg en daar zag je hetzelfde. Het had weinig zin je erover op te winden. En misschien werden sommige dingen zelfs beter, als je de juiste bril opzette.

Ze waren hoe dan ook weer op weg naar decentralisatie. Dat ging zelfs zo ver dat bepaalde onderzoeken door onervaren wijkagenten werden uitgevoerd. Wat dat voor de kwaliteit betekende, liet zich raden. Die was wisselend, simpel gezegd. Zo zag Jensen het tenminste. Maar hij hoorde dan ook bij de gehate generatie zestigers, die geacht werd elke verandering tegen te willen houden. Dat ze iets konden, leek plotseling vergeten. Het nieuwste plannetje van de overheid hield in dat zij uitgerangeerd werden om plaats te maken voor jonge enthousiastelingen. Functioneel leeftijdsontslag noemden ze dat. Maar Jensen was niet van plan zich erbij neer te leggen. Hij wilde per se tot zijn vijfenzestigste doorwerken.

In Malmö hadden ze genoeg te doen en ze hadden weinig behoefte om de zaak van de dode studente op zich te nemen, dat mocht de politie van Lund zelf doen. Nóg een moordonderzoek erbij, met andere woorden. Het technisch onderzoek van het appartement aan de Örnvägen 53 werd echter wel door mensen uit Malmö gedaan, aangezien er geen technische afdeling was in Lund.

De leider van het vooronderzoek werd ditmaal niet officier van justitie Malin Didriksen, maar de veel stijvere en correctere Christer Pettersson. Rechercheur Lars-Åke Mårtensson was aangewezen als leider van het rechercheteam. Laurs-Auge, zoals hij zichzelf voorstelde. Mårtensson kwam uit de omgeving van Veberöd en was op en top Skåning. En terwijl Gillis Jensen de boel redelijk op orde leek te hebben, gedroeg Lars-Åke zich alsof dat bij hem nooit het geval was. Met een hoogrood gezicht begon hij aan zijn taak; hij maaide met zijn armen alsof hij in een kajak zat. Maar ze waren deze energieke uitbarstingen wel gewend van een man die verder vooral gezapigheid uitstraalde.

Mårtensson en Pettersson vormden een interessante combinatie. Als een schiftende saus.

Gillis Jensen had de opdracht gekregen om in het beginstadium te helpen met de verhoren, aangezien tijd een belangrijke factor was. Daarna zou hij weer met de zaak-Jan Bodén verdergaan. Inmiddels wisten ze dat er geen aanwijzingen waren dat hij pas na de moord naar de werkkast zou zijn gesleept. Van achteren gewurgd, dat was nog steeds de mening van de gerechtsarts, dokter Ring.

Het was slechte pr voor de gezondheidszorg. Dat er dode mensen werden gevonden op een plaats waar ze levens moesten redden! Jensen vond het bijna komisch, hoe ernstig het ook was. Het eigenaardige was dat de pers er geen munt uit had geslagen. De boulevardbladen hadden eigenlijk alleen maar de gebruikelijke schreeuwende koppen geplaatst. Ook had er nog een kort stukje in *Sydnytt* gestaan en het was ook nog op het journaal geweest, maar daarna was het over. Ze slaagden er niet in de gezondheidszorg in diskrediet te brengen, ze beweerden niet dat het levensgevaarlijk kon zijn om het grote ziekenhuis in Lund te bezoeken. Daarvoor waren mensen veel te afhankelijk van de gezondheidszorg. En misschien lieten ze zich ook niet zomaar iets wijsmaken.

Ze slaagden er wel in de assistente van de KNO-kliniek te vinden die een tas met toiletartikelen en schoon ondergoed had gevonden achter een leunstoel in een gang, en die in een kantoortje had gezet. Later was de tas verdwenen. Er had een foto van haar op de voorpagina van de *Kvällsposten* gestaan. Schitterend witte tanden en wimpers, waar een Amerikaanse soapster jaloers op kon zijn. Dus zij had het gemaakt. Ze kon Jensen verder niet veel vertellen. Behalve dat het haar speet dat de tas verdwenen was. Maar ze keek er niet erg verdrietig bij.

Was de plaats, een bezemkast, belangrijk? Of het feit dat het in een ziekenhuis was gebeurd? Een soort troebele, of waarom niet glasheldere symboliek? Of was het gewoon toeval? Daar dacht Jensen dagelijks over na. Net als over de cijfercombinatie. Hij had het er zelfs met zijn vrouw over gehad, ook al mocht dat eigenlijk niet. Maar na veertig jaar samen wist hij dat hij haar kon vertrouwen.

Hij liet de zaak-Bodén voor wat ze was, trok zijn jas aan en ging naar buiten.

Hij zette zijn duim op de bel van Kenneth Larsson, die op de verdieping onder die van Emmy aan de Örnvägen 53 woonde. Gisteren was er niemand thuis geweest, maar nu hoorde hij zachte stappen achter de deur.

De man die opendeed, oogde gezond en fit. Hij was rond de vijftig, droeg een zwart T-shirt en een eveneens zwarte boxershort, alsof hij op weg was naar een training. Hij liep op sokken. Zwarte sportsokken. Er stond een volgepropte tas op de vloer van de hal.

Zonder aarzeling liet hij Gillis Jensen binnen.

'Tja, ik werk onregelmatig, dus gisteren was ik niet thuis. Ik wilde net...'

'Hebt u even tijd?'

'Ja, hoor! Ik kan wel op een ander tijdstip gaan trainen.'

'Waar traint u?'

Gillis Jensen was bezig met opwarmen, het interesseerde hem in feite niets in welk fitnesscentrum Larsson zich in het zweet werkte.

'In de Gerdahal,' zei hij.

'O, dat schijnt nogal in trek te zijn.'

'Voor iemand met onregelmatige werktijden zoals ik is het heel geschikt. Er is altijd wel een training waar ik aan kan meedoen.'

Ze gingen naar de keuken, waar ze op spijlenstoelen plaatsnamen. Er stond geen keukentafel. Gillis Jensen maakte zich niet druk om dat detail. Hij probeerde niet naar de harige bovenbenen van de man te staren.

'Erg naar om te horen dat ze dood is,' zei Kenneth Larsson, en het klonk alsof hij het meende.

'Kende u elkaar?'

'Nee. Ze woonde hier nog maar een paar weken. Ze huurde het van iemand anders. Dat gebeurt vaak. Studenten. We groetten elkaar in het trappenhuis. Een knap meisje.'

Jensen staarde hem aan en Larsson bloosde.

'En u woont hier alleen?'

'Ja. Maar... er gebeurde laatst wel iets op een avond. Het was rond middernacht,' zei hij, en hij wreef met beide handen over zijn bovenbenen alsof hij niet stil kon blijven zitten. 'Meestal beland ik voor de tv als ik weet dat ik niet vroeg op hoef. Een slechte gewoonte... maar ik zat dus te kijken toen ik buiten iemand hoorde roepen. Ik had het raam openstaan omdat het nogal warm was, dus stak ik mijn hoofd naar buiten en...'

De pauze was goed getimed en het was net alsof hij opeens op de rem stond. Gillis Jensen staarde naar Larssons lippen. Hij wachtte gehoorzaam op het vervolg. Maar dat kwam niet.

'En?' maande hij.

'Daar stond een man.'

Hij spelde het bijna. De spanning werd nog verder verhoogd. Gillis kende de truc. Dit komt wel goed, dacht hij. Als de man tegenover hem niet loog.

'Een man?'

'Ja.'

Larsson had een dot pruimtabak onder zijn bovenlip. Hij knipperde met zijn ogen.

'Nu vraag ik me natuurlijk af of u hem nader kunt beschrijven.'

Kenneth Larsson deed zijn ogen dicht, alsof hij het tafereel uit zijn geheugen wilde oproepen. Jensen zag dat er zwarte stukjes tabak tussen zijn tanden zaten.

'Tamelijk jong volgens mij. Maar ik kan het mis hebben.'

Hij hield zijn ogen nog steeds dicht.

'Jong?'

'Tja, een jaar of vijfentwintig, dertig. Zijn stem klonk in ieder geval jong. Het was donker buiten, dus durf ik niet meer te zeggen.'

Vastberaden sloot hij zijn lippen en zijn ogen gingen open.

'U zat voor de tv, zei u,' ging Jensen verder.

'Ja.'

'En waar hebt u die staan?'

Ze stonden op en liepen de woonkamer binnen. Het was een tweekamerappartement, identiek aan dat erboven, waar Emmy Höglund dood was aangetroffen. De deur naar de slaapkamer was dicht.

De woonkamer was verbazingwekkend leeg. Een tv en een strandstoel op een kleedje, waarschijnlijk om geen krassen te maken op het parket, waren zo'n beetje het hele meubilair.

'Ik slaap er net zo lekker in,' zei Larsson lachend, met een knikje naar de strandstoel, en Gillis Jensen besloot voor de tweede keer sinds hij dit appartement was binnengestapt om niet te wroeten in de reden van de spaarzame meubilering. Misschien was hij net gescheiden en op straat gezet.

'U zat dus daar?'

Jensen wees naar de strandstoel. Larsson knikte.

'Ik heb mijn meubels verkocht,' legde hij uit. 'Ik ga met mijn vriendin samenwonen, en we hoeven niet alles dubbel. Ik had mijn spullen op het internet te koop gezet, en er werd zo'n beetje meteen gebeld. Dus dat was geregeld.'

Zo simpel was het, dacht Jensen, die zijn hele garage vol rommel had staan.

'Dus het gaat om dit raam?'

Jensen wees naar het enige raam dat er was en voelde zich dom.

'Precies. Ik stak mijn hoofd zo naar buiten,' zei Larsson, en hij leunde over de vensterbank. 'Ik zag die man beneden, en hij was meteen stil zonder dat ik iets hoefde te zeggen. Anders had ik hem gevraagd of hij zijn kop kon houden.'

Hij trok zijn hoofd weer naar binnen en Jensen stak het zijne naar buiten. Een strookje gras omgeven door hoge, dichte seringenstruiken.

'Al begreep ik hem in zekere zin wel. Romeo en Julia. Natuurlijk wilde hij bij het meisje naar binnen,' meende Larsson.

'U bood niet aan om de deur open te doen?'

Kenneth Larsson krabde op zijn hoofd. Hij had donker haar, tegen het grijze aan, kortgeknipt en zonder dunne of kale plekken, waardoor hij er jonger uitzag dan hij waarschijnlijk was.

'Nee, daar wilde ik me niet mee bemoeien. Misschien wilde ze hem wel niet in huis hebben.'

'Heel verstandig,' zei Jensen instemmend. 'Als u nu uw hoofd nog een keer uit het raam wilt steken...'

Larsson deed wat hem was gevraagd.

'Herinnert u zich of er achter een ander raam licht brandde?'

'Nee.'

'Het leek of u alleen wakker was?'

'En mijn bovenbuurvrouw.'

'Hoe weet u dat?'

'Ze deed het raam open. Daarna. Na mij. En toen ging ze naar beneden om de deur open te doen. Maar dat was een poosje later.'

'Dus de man stond in het donker?'

'Ja. Kan ik nu mijn hoofd weer naar binnen halen?'

'Nee. Kijk eens naar beneden en probeer u te herinneren wat voor kleur haar die man had.'

'Dat kan ik niet zeggen.'

'Nee?'

'Nee. Hij droeg zo'n trainingsjack met capuchon.'

'Ja.'

'En hij had de capuchon op.'

'Hoe lang schatte u hem?'

Een hoofdschudden achter het raam.

'Moeilijk te zeggen. Maar het was geen dwerg.'

'Hij was niet klein van stuk?'

'Nee, dat geloof ik niet. Ik dacht van gemiddelde lengte.'

'Wat zei u tegen hem?'

Hij trok zijn hoofd naar binnen.

'Geen woord. Echt niet! Ik keek alleen naar hem.'

'Viel u iets op aan zijn stem?'

'Nee, daar was niets bijzonders mee, jong, dat zei ik al.'

'Dialect?'

'Hij kwam in ieder geval niet uit Skåne.'

'Nee? Waarvandaan dan, denkt u?'

'Geen idee, maar niet uit Stockholm en niet uit het noorden, want die dialecten ken ik van collega's op het werk.'

Gillis Jensen kreeg alle telefoonnummers en maakte aanstalten om te vertrekken. Larsson had hem verteld dat hij in drieploegendienst op een drukkerij in Malmö werkte.

'Wilt u verder nog iets zeggen?' vroeg hij toen ze in de lege hal stonden.

Kenneth Larsson krabde in zijn nek.

'Nou, net toen ik wilde gaan slapen, om een uur of twee, drie ongeveer, hoorde ik gebons en geluiden boven. Als van een jammerende kat.'

Waarom nou juist een kat? dacht Gillis Jensen.

'Maar toen dacht ik dat hij haar waarschijnlijk gaf wat ze wilde hebben,' zei hij met een scheve glimlach.

'U dacht dus dat ze seks hadden?'

'Ja. Sommigen schreeuwen altijd.'

Gillis Jensen glipte de Bar Express van Station West binnen en staande at hij een pastasalade. Hij kwam daar wel vaker. Vlotte bediening en goed eten. Vandaar was het nog geen tweehonderd meter naar het politiebureau. Natuurlijk kwam hij teamleider Lars-Åke Mårtensson in hoogsteigen persoon tegen zodra hij een voet binnen de deur had gezet.

'Kom mee,' gebaarde Lars-Åke met zijn kolenschoppen van handen.

Alles was trouwens groot aan deze man uit Skåne. Zijn kin en nek vloeiden geleidelijk in elkaar over. Sommige collega's vergeleken hem met een hangbuikzwijn als ze vals wilden zijn. Zijn broekriem verdween helemaal in zijn blubberbuik. Vandaag droeg hij zijn blauwe politieoverhemd en een donkere uniformbroek, alsof hij er correct wilde uitzien in zijn functie als teamleider. Gillis Jensen was bijna nooit in uniform. Lars-Åke haalde zijn handen door zijn roodblonde, stroeve stekeltjeshaar, dat de associaties van zijn tegenstanders nog eens versterkte.

Dat waren er nogal een paar. Met de energie en de eerzucht van Lars-Åke Mårtensson was het onmogelijk om geen vijanden te maken. Ambitieuze mensen wekten vaak de jaloezie op van anderen, slome mensen niet. Maar Gillis Jensen kon Lars-Åke betrekkelijk goed verdragen, zoals hij altijd zei wanneer er gekletst werd.

'Zeg, hoe heette dat meisje dat neergeslagen is bij de Hortus?'

'Ja, die...'

Er was iets raars aan de hand, bedacht Gillis Jensen. Hij had namen niet meer altijd paraat, maar hij weigerde te geloven dat hij vergeetachtig begon te worden. Het zat er allemaal nog wel, maar hij moest meer moeite doen om het tevoorschijn te halen. De jonge vrouw was de stiefdochter van een collega in Oskarshamn, Claes Claesson, een sympathieke vent. De moeder van dat meisje, die arts was, had gespannen tegenover hem gezeten. Ze was gekomen om naar de weinige gevonden bezittingen van haar dochter te kijken. En die dochter heette...

'Cecilia.'

'Achternaam?'

Lars-Åkes blauwe ogen glommen van enthousiasme.

'Westman, als ik me goed herinner.'

In één keer goed, warempel!

'Bravo, Jensen!' zei Lars-Åke, en hij sloeg hem zó hard op de rug dat hij ervan ging hoesten.

Gillis Jensen vroeg zich af waaraan hij deze loftuiting had verdiend.

*

Claes Claesson stond weer voor de kamer van directeur Kerstin Malm van het Oskar College. Ditmaal kwam hij onaangekondigd. De kamer was leeg. Een secretaresse die hij ernaar vroeg zei dat mevrouw Malm zo weer terug zou komen. Dat klonk alsof ze even naar het toilet was. Maar toen ze er een halfuur later nog niet was, gaf hij het op, gaf zijn mobiele nummer aan dezelfde secretaresse met het verzoek aan mevrouw Malm om hem te bellen. Haar overdreven verzekeringen dat ze dat zeker door zou geven, riepen bij hem de vraag op of Kerstin Malm hem niet ontweek. Maar dat was natuurlijk inbeelding.

Hij ging terug naar het bureau. Hij zag Nina Bodén naar de ingang van het zorgcentrum aan de overkant lopen. Dus ze is weer aan het werk, dacht hij. Ze zag er trouwens nog steeds zwak uit. Zou ze ziek zijn? Of kwam het van het verdriet? Of lag het aan de bedrieglijke bezigheden van haar man? Was ze achter de affaire met de buurvrouw gekomen?

Er waren nog wat andere klussen binnengekomen.

Janne Lundin haalde hem op voor de koffiepauze. Peter Berg zat met een vrolijk gezicht op de blauwe bank.

'Wat is er met jou?'

'Hoezo?'

Berg glimlachte nog steeds.

'Je kijkt zo vrolijk.'

'Is dat verdacht of zo?'

Nog steeds die brede glimlach.

'Nee. Alleen wat ongewoon.'

'Ik heb net een contract gekregen voor een appartement met uitzicht op zee.'

'Waar?'

'Aan de Munkgatan.'

'Gefeliciteerd!'

'Dus je gaat verhuizen?' vroeg Louise Jasinski, die erbij was komen zitten.

'Yes!'

'Had je het niet naar je zin?'

'Jawel, maar het was te klein geworden.'

'Hoe groot is je nieuwe flat dan?'

Waarom vraagt ze zo door? dacht Claesson. Ze wist even goed als hij dat Peter Berg ruimte nodig had voor de agent uit Kalmar. Ze mocht blij zijn dat hij bleef en niet naar de grote stad verhuisde, waar de tolerantie groter scheen te zijn en men minder homofoob was.

'Drie kamers,' antwoordde Peter Berg gehoorzaam.

'In die nogal nieuwe flats, die wat hoger liggen?'

'Ja.'

'Leuk!'

Ze keek Berg stralend aan. Soms was het kennelijk gepast om vrolijk te zijn, dacht Claesson.

Ze zaten rond een lage tafel in de kantine. Peter Berg en Claesson op de bank, Lundin en Louise op een stoel. Lundin droeg als gewoonlijk een geruit overhemd en zat op zijn stoel te wippen. Louise deed nu nog net of ze het niet zag. Peter Berg schonk meer aandacht aan zijn kleding en droeg een keurig gestreken zwarte spijkerbroek en een flesgroen tennisshirt van een goed merk. Louise zag er net zo uit als altijd, behalve dat ze was afgevallen en een ander kapsel had.

Het was het oude clubje, het was nog niet uiteengevallen, constateerde Claesson. Hij voelde dat hij het graag nog een tijdje zo wilde houden. De enige die ontbrak was Erika Ljung, maar die was met vakantie. Ze was met haar vader meegegaan naar het exotische eiland in de Zuidzee waar ze was geboren. Misschien had ze wel verteld welk eiland het was, maar dan hadden ze dat geen van allen onthouden. Of liever, ze waren niet goed genoeg in aardrijkskunde. De enige die met een zekere regelmaat naar het buitenland ging, was Lundin. Maar hij en zijn vrouw Mona gingen altijd naar dezelfde plaats, een dorpje ergens aan de Portugese kust.

Ze hoorden het zware Skåns van politiechef Gotte voor de deur. Het klonk alsof hij met Benny Grahn in gesprek was, de technisch rechercheur die het altijd veel te druk had.

'Zitten jullie hier?'

Gotte stond in de deuropening. Hij was buiten adem. Hij had zijn jasje uitgetrokken, en Claesson zag dat hij een wit shirt onder zijn overhemd droeg. Geen wonder dat hij glom van het zweet. Zijn stropdas zat bovendien zo stijf dat zijn wangen over zijn boord hingen; hij was net een hamster.

'Dat is mooi,' zei hun baas met een knikje en hij bleef staan.

Geen van hen sprong op om de indruk te wekken dat ze het druk hadden. Dat was niet nodig. Daarvoor was Gottfrid Ohlsson veel te veel democraat. De schare ogendienaren was ontzettend klein, wat niet betekende dat ze geen respect voor hem hadden. Integendeel. Het was geweldig, iemand voor wie je niet bang hoefde te zijn. En Gotte was slim. Dat wisten ze ook.

Gotte had nog één jaar te gaan als politiechef. Wie hem op zou volgen wisten ze niet, maar er deden wilde speculaties de ronde op het bureau. Het moest liefst iemand van buiten worden, vonden de meesten. Vers bloed, frisse ideeën. Hoewel de oude, beproefde concepten natuurlijk toch altijd weer terugkwamen. Wat je ook deed, dacht Claesson.

'Claesson, heb je even?'

Gotte moest hem dus hebben. Hij stond op en liep mee naar de gang.

'Er heeft een jongeman gebeld, Martin Bodén, met een klacht over jouw gedrag jegens zijn moeder. Wat kun je daarover zeggen?'

Hij werd overspoeld door een onbehaaglijk warm gevoel van

zijn kruin tot aan zijn voetzolen. Gotte zag het en hield zijn hoofd schuin. Zijn wangen bewogen mee.

'Zullen we naar mijn kamer gaan?'

'Nee, dat is niet nodig. Het overvalt me alleen.'

Gotte, in hemdsmouwen, bleef staan. Hij zou zijn bril eens moeten poetsen, dacht Claesson, en keek recht in Gottes blauwe irissen, die vanwege zijn leeftijd wat waterig waren.

'Ik heb niets bijzonders gezegd of gedaan. Alleen de gebruikelijke vragen gesteld naar aanleiding van de dood van haar man. We hebben het wel over een moordonderzoek.'

'Misschien daarom.'

'Misschien. Ik heb zelfs zoveel consideratie gehad dat ik haar niet heb verteld dat haar man iets met de buurvrouw had. Nóg niet.'

'Op die manier.'

'Hoe klonk de zoon aan de telefoon?'

'Een kakker. Zo zeg je dat toch?'

Het klonk vreemd uit Gottes mond.

'Ja.'

'Hij studeert economie in Stockholm. Hij denkt dat zijn moeder steun nodig heeft, en niet nog meer onrust. Hij vindt natuurlijk dat het onderzoek naar de dood van zijn vader veel te lang duurt... enzovoort. Ja, je kent dat wel.'

Ja, Claesson kende het wel. Maar toen hij bij Nina Bodén was, had ze niet laten merken dat ze zich door hem geschoffeerd voelde. Maar dat was natuurlijk altijd een kwestie van interpretatie. En de zoon zat zich vanuit Stockholm in zijn onmacht overal mee te bemoeien. Hij moest maar niet meer alleen naar haar toe gaan.

Mensen in nood doen rare dingen, dacht hij.

Toen ging zijn mobiel.

*

Kerstin Malm, ditmaal chic gekleed in iets heidekleurigs, zwaaide vrolijk naar hem.

'Het spijt me dat ik er de vorige keer niet was.'

'Geen probleem.'

Ze gingen weer aan het ronde tafeltje in haar kamer zitten. Ze stak de kaarsjes niet aan. Het lagedrukgebied uit het westen was verdwenen, de sluierbewolking verdreven en de herfstzon stond op het punt om door te breken.

Haar bureau leek wat minder vol. Dat zei hij ook.

'In deze tijd van het jaar liggen er altijd stapels om door te ploegen. Nu moet het milieuplan uitgevoerd worden. Wat een ellende! Sorry dat ik het zeg.'

Hij staarde haar met een lege blik aan en ze begon te grinniken.

'Maar daar hoeven we ons nu niet mee bezig te houden! Wat hebt u ditmaal op uw hart?'

Hij haalde het blaadje met de cijfercombinatie weer tevoorschijn. Ditmaal liet hij de kopie van Gillis Jensen zien, een stukje papier dat afgescheurd leek te zijn van een gelinieerd formulier met een dikkere kaderlijn.

'Ik weet dat ik u die cijfers eerder heb gegeven.'

Ze knikte.

'Ik heb geen idee wat het kan zijn.'

'Zouden het rapportcijfers kunnen zijn?'

Stilte.

'Waarom niet? Maar dan zijn ze oud. We geven nu geen cijfers meer. En het is geen compleet rapport.'

'Wanneer werden er voor het laatst cijfers gegeven?'

'In zesennegentig.'

'Het is niet bepaald een fantastisch rapport, áls het een rapport is.'

'Dat valt reuze mee. Een heleboel leerlingen halen dit niet eens. Er zit zelfs een vijf bij.'

Ze keken er onmiskenbaar met heel andere ogen naar. Over het papier als zodanig had Kerstin Malm niets op te merken. Ja, dat het geen formulier was dat ze in haar district gebruikten.

*

Veronika stapte uit de trein. Ze zag er afgetobd uit. Hij gaf haar een kus op de wang en Klara gaf haar een natte zoen op de mond. Ze reden onder bijna voortdurend zwijgen naar huis, laadden de auto uit, haar koffer en alle tassen met boodschappen. Daarna pakte Veronika Klara bij de hand en ze liepen een rondje door de tuin. Ze stopte haar neus in een laat bloeiende roos, kneep er een paar verdorde bottels af en bekeek de asters die om de hoek van het huis stonden te stralen. Klara was niet bij haar weg te slaan. Veronika ging met haar vingers door het dunne haar, dat aan de achterkant net een ragebol was.

Claesson maakte een biertje open, ruimde de koelkast en de vriezer in, zette het eten op en voelde zich een echte huiskat.

'Ik ben blij dat ik weer thuis ben,' zei ze, en ging met haar vingertoppen over zijn nek.

Hij rilde van welbehagen en keerde zich om om haar ditmaal een kus op haar mond te geven. Hij hoopte dat Klara net als anders in slaap zou vallen, zodat ze even een momentje voor elkaar hadden. Hij wist precies wat hij wilde. Zijn celibaat had lang genoeg geduurd.

Veronika begon de tafel te dekken, terwijl Klara aan haar benen hing.

'Zullen we morgen even weg?' vroeg ze.

'Waarheen?'

'Maakt niet uit, gewoon de natuur in. Paddenstoelen plukken misschien.'

Hij zei niets.

Plotseling doemde de hele berg klussen die er nog lagen voor hem op. Schoenen en een jas voor Klara kopen. Voorraden inslaan. Onder andere. En het huis dat aan het vervallen was. Hij had geen tijd gehad, of liever geen energie, om al het zand buiten te houden dat zijn dochter mee naar binnen nam. Maar hij had wel gewassen. De ene machine na de andere. Hoewel de schone was gesorteerd moest worden. En hij had stiekem ook nog een rondje hardlopen voor zichzelf gepland. Alleen. Tien kilometer minstens.

Toen hij niet meteen antwoord gaf, vroeg ze: 'Of wil je niet?'

Geen reactie.

'Want dan gaan Klara en ik wel alleen.'

'Ja, natuurlijk wíl ik wel. Maar er zijn zoveel andere dingen die moeten gebeuren!'

Zijn stem klonk vermoeid. Hij wierp haar een snelle en verrassend scherpe blik toe.

Een bedekt verwijt.

Wat nam hij haar kwalijk?

Ze nam Klara zonder iets te zeggen in de armen. Ze verborg haar gezicht achter het hoofd van haar dochter. Ze had bedenktijd nodig.

Ik kan dit niet hebben, dacht ze. Ik kan er nu gewoon geen ruzie bij hebben.

Hij wilde echt geen spelbreker zijn, maar opeens waren er onoverkomelijk veel huishoudelijke klussen die nodig aangepakt moesten worden. Een heleboel taken die geen uitstel meer duldden. En van een aantal ervan had hij stiekem gehoopt dat zij ze voor haar rekening zou nemen. Nu ze zo lang weg was geweest en niets aan de huishouding had hoeven doen.

Ze zou in ieder geval begrip moeten hebben voor zijn situatie.

Op dat begrip wachtte hij nu. Nog steeds zwijgend draaide hij zich om naar het fornuis en roerde verwoed in de pannen. Boos sloeg hij met de lepel tegen de rand van de pan.

Het was net of hij ervan genoot dat hij vastliep.

'Oké,' zei Veronika ten slotte vermoeid.

Verder niets. Geen woord meer.

Maar ze moesten zich toch ook ontspannen, dacht ze moedeloos. Iets doen voor de gezelligheid. Niet alleen samen het bedrijf 'gezin' runnen. Maar ze was nu niet in staat haar stem te verheffen. Ze had al haar kracht nodig om überhaupt overeind te blijven.

Nou, dan is hij maar chagrijnig, dacht ze, en ze kneep haar mond dicht. Hij lijkt wel een jongetje van drie dat aandacht wil, zoals hij daar demonstratief met de pannen staat te rammelen. Ik breng het niet op hem ook te bemoederen.

Met Klara op de arm ging ze naar de badkamer en liet het bad vollopen. Daarna liep ze de trap op om een schone pyjama voor haar te halen.

Twintig minuten later zat Klara met rozige wangen en een schone pyjama aan in haar kinderstoel. Hij had geprobeerd het eten warm te houden. De saus voor bij de rijst met stukjes ham en wortel was gaan klonteren. Maar hij maakte haar geen verwijten.

'Zullen we gaan eten?'

Ze klonk heel neutraal, bijna vlak. Maar ze keek hem niet aan.

'Het eten staat allang klaar.'

Hij leunde tegen het aanrecht en sloeg zijn armen over elkaar voor zijn borst.

'Dat begrijp ik.'

'Sorry,' mompelde hij, en hij zette de pan op tafel.

Toen keek ze hem aan. Hij sloeg zijn ogen neer.

Ik zal hem niet langer plagen, dacht ze liefdevol.

'Het is allang goed,' zei ze, en haar mondhoeken gingen vanzelf omhoog. Ze bleef nooit lang boos.

'Ik heb geen energie om ruzie te maken,' zei ze zacht.

Maar toch klonk ze als een schooljuffrouw. Helder en duidelijk.

Hij ging voorzichtig met zijn wijsvinger over haar wang. Daarna met zijn hele hand.

'Dan doen we dat niet.'

Haar tranen kwamen stilletjes boven. Ze snufte en veegde de tranen met de achterkant van haar hand af.

'Ik kan tegenwoordig niet veel hebben.'

'Dat geeft niet,' zei hij glimlachend, en hij omhelsde haar stevig.

Ze gingen zitten. Staken de kaarsen aan. Hij schonk wijn in. Veronika nipte voorzichtig van de wijn, maar zette haar glas weer neer.

'Is hij niet lekker?'

'Ik weet het niet. Hij smaakt een beetje raar.'

Hij hief zijn glas. Nam een slok. Liet de wijn langs zijn verhemelte rollen voordat hij hem doorslikte.

'Zo slecht is ie niet.'

'Dan komt het doordat ik moe ben.'

Claes' mobiel ging. Hij reikte naar het aanrecht om zijn telefoon te pakken en nam het gesprek aan tafel aan, zijn blik op het midden van het tafelblad gericht. Ze begreep dat het belangrijk was.

'Dat was Gillis Jensen uit Lund.'

'Zo laat nog?'

Haar hart maakte een sprongetje. Wist hij iets over Cecilia?'

Claes keek naar de keukenklok boven de deur. Het was bijna zeven uur.

'Wat had hij?'

Hij keek haar in de ogen.

'Emmy Höglund is vermoord.'

Veronika legde haar bestek neer. Toen vloog ze naar de wc om over te geven.

16

George Johansson deed met een brede glimlach open.

'Kom erin!'

Hij gebaarde energiek naar Claesson en Peter Berg dat ze binnen moesten komen.

'Hemel, u bent met z'n tweeën,' ging hij op schertsende toon verder. 'U moet het voorlopig met mij doen, mijn vrouw komt over een halfuur, maar ze weet dat u hier bent.'

Ja, dat zou ze moeten weten, dacht Claesson. George Johansson had hen zelf gebeld of ze konden komen.

Het echtpaar Johansson bezat een bungalow uit de jaren zeventig aan de Skärgårdsgatan, niet ver van de badplaats Gunnarsö. Een fraaie ligging. Bos aan de ene kant en de scherenkust aan de andere. De indeling was praktisch en de originele inrichting compleet met kurken vloeren en grenen keukenkastjes.

Overvolle woonkamers waren eerder regel dan uitzondering. Claesson en Peter Berg reageerden dan ook niet toen ze plaatsnamen op het bolle bankstel, dat omgeven was door kasten, boekenplanken en zogenaamde bijzettafeltjes met decoratieve glazen voorwerpen, aardewerken schaaltjes, rieten mandjes en andere huisvlijtproducten. Peter Berg probeerde zich een varen van het lijf te houden die zijn tentakels uitstrekte. Op het plantentafeltje stonden nog veel meer sierplanten. Dunne koffiekopjes en een overdadige schaal koekjes stonden op de salontafel klaar. Zeven soorten, dacht Claesson, en hij probeerde zich te bedwingen. Of in ieder geval drie, naast koffiebroodjes en cake. Kokoskoekjes, ruitwafeltjes en roomboterkoekjes. Dit zag er onmiskenbaar verleidelijk uit. Hij was met koekjes opgevoed.

George Johansson beweerde dat hij Jan Bodén dertig jaar had gekend. Ze waren collega's.

'Ik heb begrepen dat u Jans dood onderzoekt. Het klinkt raar, maar ik geloof niet dat de mensen die hem lang hebben gekend echt begrijpen wat er is gebeurd. Het wil er bij ons niet in dat hij van het leven is beroofd.'

Zo kun je het ook formuleren, als je een voorzichtig mens bent, dacht Claesson, en hij probeerde niet naar Peter Berg achter de varen te kijken. Woorden zijn gevaarlijk.

'Als ik ergens mee kan helpen, stel ik me natuurlijk graag ter beschikking. Mijn bazin, Kerstin Malm, vindt dat u meer over zijn verleden moet weten...'

Claesson knikte. Johansson glimlachte niet meer.

'Niet dat daar iets raars mee aan de hand is. Maar Jan was altijd nogal...'

De beide rechercheurs wachtten. Het was altijd weer fascinerend om te horen hoe mensen elkaar beschreven als het er echt op aankwam.

'... nogal zwijgzaam.'

'Op die manier. Had hij daar een reden voor, denkt u?'

Intussen zag Claesson Peter Berg verstolen blikken op de schaal met koekjes werpen. Vermoedelijk had hij geen tijd gehad om te lunchen, omdat Claesson hem opeens had meegesleept, wijs geworden van het incident met de zoon van Bodén. George Johansson zag kennelijk hoe het met Berg gesteld was, hij schoof de schaal naar hem toe en schonk koffie in uit de thermoskan.

'Suiker en melk?'

'Nee, dank u,' zeiden Claesson en Berg uit één mond.

'Ik weet het eigenlijk niet,' ging George Johansson verder, 'maar bij sommige mensen krijg je het gevoel dat ze een groot geheim meedragen. Bij Jan had je dat ook. Maar het kan natuurlijk ook komen doordat hij wat verlegen was.'

'O ja? Komt dat vaak voor, dat leraren verlegen zijn?' vroeg Claesson.

'Ik hoor dat het vreemd klinkt. Acteurs schijnen dat vaak te zijn, maar in hun rol bloeien ze op.'

George Johansson maakte een theatraal gebaar met zijn ene arm.

'Jan maakte zich opvallend druk om zijn uiterlijk,' ging hij verder. 'Niet dat hij de laatste modegrillen volgde, zo erg was het niet. Maar toch ijdeler dan je op het eerste gezicht zou denken. Hij was waarschijnlijk bang om oud te worden. Hij zorgde ervoor dat hij slank en soepel bleef, hij had echt geen buikje!'

Dat had Johansson zelf trouwens ook niet. Hij was een pezige man met een kaal, gebruind hoofd en een donkere haarkrans vanaf zijn oren en in de nek. Zoals je kon verwachten, droeg hij een bril, met een modern stalen montuur dat hem een intellectueel aanzien gaf. Bruine ogen, vermoedelijk getraind om de minste of geringste beweging in groepen van dertig kinderen waar te nemen. Een spijkerbroek, opgestroopte mouwen die pezige, behaarde onderarmen lieten zien. Een goed gestreken lichtblauw katoenen overhemd. Zulke dingen zag Claesson, die graag overhemden droeg. Maar ze niet graag streek. Strijken was Veronika's hobby helaas ook niet.

George Johansson maakt over het geheel een ontspannen indruk, niet ijdel of egocentrisch, wat ze van Bodén kennelijk wel vonden.

'Jan had de wind eronder in zijn klas,' ging Johansson verder.

'Een goede leraar?'

'Misschien wel.'

'O?'

'Hij gebruikte nogal harde methodes. Een echt goede leraar is democratisch. Dat was hij niet. Hij joeg de kinderen eerder angst aan. Maar tegelijkertijd was hij een uitstekende pedagoog.'

Altijd dat dubbele in de mensen, dacht Claesson. Hitler schijnt van kinderen gehouden te hebben. Maar was hij daarom een beter mens?

'In welke zin?'

'Hij kon wiskunde en natuurkunde overbrengen op zo'n manier dat de leerlingen het begrepen. De enigszins gemotiveerde leerlingen dan.'

'En de rest?'

'Die liet hij aan hun lot over. Maar dat moet iedereen tegenwoordig, hoe pijnlijk ook. Je kunt niet alles. Het niveauverschil is te groot. Daar is iedereen de dupe van. Het is sneu voor die kinderen, maar niet iedereen kan het bijbenen. Ze zitten liever ergens anders dan op school. En zo rooskleurig ziet de toekomst er niet uit, als je eerlijk moet zijn, het is moeilijk om een opleidingsplaats te krijgen, en de arbeidsmarkt wordt steeds krapper...'

Claesson hoorde dat het thema vaak was besproken. Tegelijkertijd probeerde hij de malende kaken van Peter Berg naast zich niet te horen. Hij had het zachte koffiebrood op en was nu aan de koekjes toe.

'Is er de laatste tijd nog iets bijzonders gebeurd?'

'Misschien werd Jan nog wat terughoudender. Dat kwam misschien wel doordat hij slechter ging horen. En omdat hij bang was zwak over te komen. Het is niet gemakkelijk met leerlingen om je heen. In die zin is het een hard vak. Jan wilde niet toegeven dat hem iets mankeerde. We hoorden het pas toen het duidelijk werd dat hij een vervanger zou krijgen.'

'En u had niets vermoed?'

'Nee. Misschien. Hij werd steeds ontwijkender, maar naarmate we ouder worden, worden we allemaal steeds introverter.'

Misschien wel ja, dacht Claesson.

'En ik wist niet waar hij mee bezig was.'

'Hoe bedoelt u?'

'Tja, wat hij in zijn vrije tijd deed.'

Op dat moment ging de voordeur open.

Zijn vrouw heette Marianne, een mollige vrouw die onmiddellijk aan het redderen sloeg, koffie inschonk en de beide rechercheurs nieuwsgierig en bereidwillig aankeek. Peter Berg had trouwens geen woord gezegd, alleen koekjes zitten eten, wat Claesson op zich niets kon schelen. Het voordeel was dat hij na afloop iemand had om mee te discussiëren.

'We hebben het over Jan Bodén. Kende u hem?'

'Jazeker! Nina is lid van dezelfde leeskring als ik,' kwetterde ze.

Het onbarmhartig montere type, dacht Claesson. Dat vond Berg kennelijk ook, want zijn ene wenkbrauw ging snel omhoog.

'Dus u ziet haar regelmatig?'

'Ja, en Nina is zo'n leuk mens. Niet direct met het hart op de tong, maar ze heeft...'

Haar blik ging van Claesson naar Berg en terug, om te zien of ze allebei opletten. Er ontgaat haar waarschijnlijk niet veel, dacht Claesson.

'Nina Bodén is integer.'

Dat klinkt mooi, dacht Claesson. Maar het kan ook zo zijn dat er dingen zijn die ze niet kan vertellen. Dat vermoedde hij namelijk.

'En ze maakt nu natuurlijk een moeilijke periode door. Ze waren al zoveel jaar samen,' verzuchtte ze.

Claesson wilde haar een poosje laten doorpraten en probeerde aan Berg te signaleren dat hij nog even niets moest zeggen.

'Dus dat is natuurlijk zwaar,' ging ze zalvend verder en ze zoog nieuwe lucht naar binnen. 'Maar voor haar was het op het eind waarschijnlijk ook niet gemakkelijk dat Jan het nergens over wilde hebben. Hij vatte de ziekte als een persoonlijke aanval op, bijna als een belediging.'

Het klonk populair, maar het was zo gek nog niet, dacht Claesson bij zichzelf. Hij wist dat Marianne Johansson iets therapeutisch deed met kinderen. Dat had haar man verteld.

'Jan was altijd afstandelijk,' constateerde ze, en ze schudde energiek haar hoofd. 'Daarom werd die geschiedenis zo snel in de doofpot gestopt. Niemand kon het van hem geloven.'

Claesson en Berg wisselden blikken uit. Ze werden warm.

'Pardon, maar wat voor geschiedenis was dat?'

'Weet u dat niet?' vroeg ze met een trouwhartige blik. 'Ik dacht dat de politie overal achter kwam?'

'We doen ons best.'

'Marianne!' siste haar man. 'Dat heeft hier niets mee te maken.'

'Nee, oké. Het is trouwens lang geleden. Minstens tien jaar.'

Ze wilde het echter dolgraag vertellen en was helemaal niet van plan terug te krabbelen.

'Misschien heeft het hier niets mee te maken, maar het is goed als u het toch vertelt, dan kunnen wij beslissen of we er iets mee moeten.'

Claesson knikte haar bemoedigend toe, terwijl zij aanstalten maakte om verder te vertellen.

Haar man deed een laatste poging, alsof hij zijn handen in onschuld wilde wassen voor wat er zou komen.

'Marianne, toe nou, dat hoeft toch niet?' smeekte hij.

Maar Marianne Johansson boog zich naar Claesson toe en dempte haar stem.

'Ik vind dat de waarheid aan het licht moet komen. Jan Bodén had een relatie met een leerling,' zei ze bijna fluisterend.

En daarmee was het gezegd.

Haar man klapte meteen met zijn bovenlichaam naar voren.

'Maar er waren geen bewijzen! Je moet uitkijken dat je mensen niet veroordeelt wier schuld niet is bewezen. Dat is schadelijk en immoreel.'

Hij beukte met zijn vuist op tafel.

'Maar iedereen praatte erover,' beweerde ze. 'En geen rook zonder vuur!'

'Ja, precies! Zo veroordeel je onschuldigen! Het kan net zo goed een verzinsel van dat meisje geweest zijn. Het was haar woord tegen het zijne. En ik herhaal: ze hebben nooit enig bewijs gevonden. Anders was Jan geen les blijven geven.'

'Er is geen aangifte gedaan,' constateerde Claesson.

'Die hebben ze geloof ik ingetrokken.'

George Johansson was nog steeds verontwaardigd, ook al praatte hij niet meer zo hard.

'De toenmalige rector zag geen reden tot maatregelen,' ging hij verder. 'Het is zo gemakkelijk voor jonge schoolmeisjes die verliefd zijn op de leraar om een verhaaltje te verzinnen over ongewenste intimiteiten als ze niet genoeg aandacht krijgen. Als ze het hadden kunnen bewijzen, was het natuurlijk wat anders geweest.'

Zijn bruine ogen zochten de instemming van Claesson, maar die vertrok geen spier. Johansson vouwde zijn handen.

'En misschien stemde ze toe...'

Dan was dat ook gezegd, dacht Claesson, en hij constateerde dat de grijsbruine buitenkleur op de wangen van adjunct-directeur George Johansson langzaam overging in vuurrood.

Schaamrood, misschien wel.

Claesson en Peter Berg verlieten de villawijk in stilte. Toen ze op de Östersjövägen kwamen en naar het centrum reden, slaakte Peter Berg, die achter het stuur zat, een diepe zucht.

'Oude mannen!' zei hij tegen de voorruit.

Claesson glimlachte. Jij hebt makkelijk praten op jouw leeftijd, dacht hij.

'We moeten met dat meisje praten,' zei hij vervolgens.

'Daar ziet het wel naar uit.'

*

'Uw naam is Karl Wallin en u bent eenendertig jaar oud, klopt dat?'

'Ja.'

Het was koel in de kamer van Gillis Jensen op het politiebureau van Lund. Dat was ook wel nodig zo aan het eind van de middag. Dan gingen zijn hersenen wat trager functioneren.

Hij had inmiddels schoon genoeg van het verhoren van hoogopgeleide jongvolwassenen. 's Ochtends had hij een studiegenoot van Emmy Höglund ondervraagd. Een rechtenstudent, lang en dun als een stengel prei. Op het eerste gezicht een slappeling, maar in werkelijkheid kritisch en superieur. Iemand die alleen maar achter de boeken zat en nog nooit een stuk gereedschap in zijn handen had gehad dat zwaarder was dan een pen. En dat graag zo wilde houden. Gillis Jensen ergerde zich aan dat soort. Hij vond het vervelend dat hij de hele tijd diep moest inademen om zelf geen bijtende opmerkingen te maken.

En nu deze Karl Wallin, die iets bescheidener leek. Hij noteerde de gegevens. Wallin vertelde dat hij in de Östra Vallgatan woonde, alleen in een kleine tweekamerflat aan de achterkant, waar hij het naar zijn zin had. Hij was klaar met zijn opleiding tot basisarts, hij had zijn coschappen gedaan en was nu net begonnen aan zijn specialisatie interne geneeskunde. Diabetes nam al zijn tijd in beslag. Deze ziekte, die steeds vaker voorkwam in de moderne welvaartsstaat, was zijn onderzoeksterrein en kennelijk ook zijn grote hobby.

Het zal wel een lucratieve keuze zijn, dacht Gillis Jensen cynisch.

Karl Wallin sprak in een rustig tempo. Vermoedelijk was hij eraan gewend dat hij zijn zegje kon doen zonder te worden onderbroken.

'Ik ben op dit moment vrijgesteld van ziekenhuiswerk, om mijn proefschrift af te maken. Ik wil over een jaar promoveren, als alles volgens plan verloopt. Op dit moment voorzie ik geen problemen.'

Alsof hij zijn cv oplepelt, dacht Gillis Jensen, en hij probeerde het te volgen, maar hij werd vooral moe van zoveel prestaties.

Het grootste gedeelte van zijn tijd bracht Karl Wallin dus door in een laboratorium of achter de computer. Hij beweerde dat hij zijn tijd zelf kon indelen, maar hij lette goed op dat hij geen tijd verspilde. Hij wilde het af zien te krijgen. Het was niet gemakkelijk om subsidie te krijgen voor onderzoek, dus kon je niet gemakzuchtig zijn. Hij woonde dus min of meer in het laboratorium en maakte van daaruit korte uitstapjes naar de Gerdahal. Zijn training was een welkome onderbreking die zijn capaciteiten als onderzoeker haast nog vergrootte, dacht hij.

Alsof je een haren boetekleed aantrekt, dacht Gillis Jensen. Je binnenshuis in het zweet werken, terwijl je lekker door de vrije natuur kon lopen met de hond.

Maar de opgewektheid van de man, die nergens over zeurde, werkte aanstekelijk. Hier zat iemand die vrolijk de handen uit de mouwen stak en ertegenaan ging. Die nergens problemen zag. Dat zou wel het recept zijn voor succes.

En hoe zat het met andere bezigheden?

Af en toe een biertje in het gezelschap van goede vrienden gunde de jongeman zichzelf wel. Godzijdank, dacht Jensen. Van overdreven doelbewustheid werden mensen even charismatisch als etalagepoppen.

Teamleider Lars-Åke Mårtensson zat op dit moment een paar kamers verderop met Therese-Marie Dalin, ook wel Trissan genoemd. Zij had haar vriendin dood gevonden en was al eerder verhoord. Zij en Karl Wallin maakten allebei deel uit van dezelfde kennissenkring, waartoe ook Cecilia Westman behoorde. Dat verband speelde continu door het hoofd van Gillis Jensen, maar hij hield de zaken vooralsnog gescheiden.

Cecilia was in elkaar geslagen, terwijl Emmy verstikt was op de bank in haar woonkamer. Daar gingen de technisch rechercheurs, de gerechtsarts en de politiemensen die in de flat waren geweest van uit. Emmy Höglund had languit op haar rug op de grijze kussens gelegen. Haar ene been hing naast de bank, met haar voet op het lichte linnen vloerkleed. Jensen had de foto's gezien. Volgens de gerechtsarts had de dader waarschijnlijk een kussen gebruikt. Ze hadden drie fluwelige kussens op de vloer gevonden, en er lag er nog één onder het lichaam. Ze had geen verkleuringen of vingerafdrukken in haar hals, daarentegen wel karakteristieke bloedinkjes in het oogwit.

Wat had de benedenbuurman gezegd? Geluiden als van een maartse kat. Maar die waren waarschijnlijk niet door genot veroorzaakt, maar door iets zachts wat het gillen van de jonge vrouw had gedempt.

Emmy Höglund had klappen gekregen. Haar lichaam vertoonde een aantal blauwe plekken, vooral op de romp. Ze had zich natuurlijk verzet. Onder haar nagels zat het een en ander. Ze wachtten nog op de laboratoriumresultaten.

Waarschijnlijk was ze niet verkracht. Cecilia Westman ook niet, maar verder waren er meer verschillen dan overeenkomsten tussen de twee misdaden. Hij had Cecilia gezien als een toevallig slachtoffer. Ze was toevallig 's nachts op straat toen iemand om onbekende redenen zijn macht moest demonstreren.

Maar hij kon zich vergissen.

Anderzijds, zij leefde. Ze konden van haar uiteindelijk iets aan de weet komen. Als ze geluk hadden.

Maar Emmy's dood was geen toeval.

'Je kende Emmy Höglund. Klopt dat?'

'Ja. We zagen elkaar af en toe.'

Gillis Jensen keek hem scherp aan, maar Karl Wallin keek niet weg.

'Vertel.'

'Wat moet ik vertellen?'

Karl Wallins gezicht was open. Hij was lang, had een goed figuur, blond, kortgeknipt haar, een regelmatig gebit, grijsgroene ogen, een bruine huidskleur. Hij droeg een spijkerbroek, een licht overhemd dat zijn gebruinde huid nog beter liet uitkomen en een grijs vest met capuchon waarin de kleur van zijn ogen terugkwam. Nonchalant, maar netjes. Blakend van zelfvertrouwen, dacht Jensen. Maar niet arrogant, zoals de jongen vóór hem.

'Kun je vertellen wanneer je haar voor het laatst hebt gezien?'

'Een week geleden ongeveer. We gaan vaak met een groepje een biertje drinken.'

'Waar?'

'Dat is verschillend, maar die keer zaten we in Carlssons Trädgård.'

Gillis Jensen noteerde het.

'Soms ontmoeten we elkaar op de Grote Markt, of in de & Bar.'

'Wil je iets vertellen over de laatste keer?'

'Er valt niet zo veel te vertellen... eh, of... Ik kan eigenlijk een heleboel vertellen.'

'Begin maar.'

'Ik heb Emmy leren kennen via Cecilia Westman, die...'

Hij kreeg een verdrietige glans in zijn ogen.

'Tot voor kort woonden ze in dezelfde flat,' ging hij verder. 'Cecilia is een vriendin van een vriendin van mij, Ylva... Ik hoor dat het ingewikkeld klinkt.'

'Nee hoor!' zei Jensen snel.

'Toen we elkaar de laatste keer zagen, was Emmy gestrest. Dat was ze eigenlijk altijd. Ze stelde hoge eisen aan zichzelf. We waren elkaar eerder tegengekomen, in de Gerdahal, daarna gingen we naar Carlssons Trädgård, waar de anderen later ook naartoe kwamen.'

'Hadden jullie dat zo afgesproken?'

'Nee. Ik had Leo Uhlm gebeld en Gustav Stjärne, maar alleen Leo kon komen. Een paar uur later namen we afscheid. Ik ben alleen naar huis gegaan.'

'Dus jij ging als eerste weg?'

'Ja.'

Hier moet ik een goed tijdschema van maken, besefte Jensen. Zulk werk deed hij graag. In zijn kamer zitten en de bewegingen van verschillende mensen in ruimte en tijd naast elkaar leggen.

'Wat denk jij dat er is gebeurd?'

'Daar heb ik geen idee van.'

Gillis Jensen hield zich stil. Hij bestudeerde Karl Wallin intensief van opzij totdat hij zijn ogen neersloeg.

'Wat moet ik ervan denken?' Wallin haalde ongelukkig zijn schouders op.

'Dus je bent Emmy Höglund na vorige week maandagavond niet meer tegengekomen. Je hebt haar daarna niet meer gezien. Klopt dat?' vatte Jensen samen.

'Ja.'

'Je weet dus niet wat ze dinsdag heeft gedaan?'

Hij schudde zijn hoofd.

'Ze heeft jou dinsdagavond om negentien uur vierentwintig op je mobiel gebeld.'

Hij trok wit weg.

'Dat heb ik gezien,' bracht hij moeizaam uit.

'Maar je hebt niet opgenomen.'

'Nee.'

Gillis Jensen wachtte. In de stilte hoorde hij zijn eigen maag knorren. Hij begon trek te krijgen.

'Ik had mijn mobiel de hele avond uitstaan,' zei Wallin. 'Ik was met een paar lastige proefjes bezig en ik wilde niet gestoord worden. Ik ben tot ongeveer half twaalf op het lab gebleven.'

'Was daar nog iemand?'

Hij schudde zijn hoofd.

'Nee. Ik was alleen.'

'En wat heb je na half twaalf gedaan?'

'Ik ben naar huis gefietst en in bed gesprongen. Ik heb mijn mobiel tot de volgende dag uit laten staan. Toen zag ik dat ze had gebeld.'

'Heb je teruggebeld?'

'Nee.'

'Wat wilde ze, denk je?'

Er volgde een lange pauze.

'Ik weet het niet. Gewoon wat praten.'

'Waarover?'

'Dat kan van alles zijn. Misschien wilde ze een afspraak maken. Dat stelde ze wel eens voor.'

'En?'

'Als het me uitkwam, deed ik dat wel, maar ik had er meestal geen tijd voor.'

'En zij wel?'

Hij haalde zijn schouders op.

'Ik had begrepen dat Emmy Höglund een drukbezette, ambitieuze studente was,' zei Jensen.

'Ja, natuurlijk! Maar zij stelde ook haar prioriteiten.'

'Wat bedoel je daarmee?'

'Nou...'

Rechercheur Jensen keek hem lang aan. Voor het eerst leek Karl Wallin zich niet helemaal op zijn gemak te voelen.

'Het gaat niet alleen om tijd,' zei hij.

'Waar gaat het dan om volgens jou?'

Karl Wallin trok zijn mondhoeken naar beneden en zwaaide met zijn handen.

'Dat weet ik niet!'

Jensen bleef hem even met een ernstig, onbewogen gezicht aankijken. De seconden verstreken. Ten slotte kon Karl Wallin er niet meer tegen.

'We waren geen stel. Gewoon vrienden,' zei hij met nadruk, en Gillis Jensen besefte dat er iets schortte aan zijn competentie. Hij was te oud. De jongere collega's hadden het waarschijnlijk allemaal beter kunnen interpreteren. Waren ze echt gewoon vrienden? Waren ze elkaar iets verschuldigd?

Karl Wallin schraapte zijn keel.

'Het is verschrikkelijk. We beginnen bijna met een scheef oog naar elkaar te kijken.'

Om vier uur vergeleken de leden van het team van Lars-Åke Mårtensson hun lijstjes onderling en ze vinkten de getuigen af die ze gehoord hadden. Mårtensson had regelmatig contact met de leider van het vooronderzoek, officier van justitie Christer Pettersson op de rechtbank.

'Als je de contacten van deze jongeren volgt, kun je wel aan de gang blijven. Ze kennen elkaar allemaal wel ergens van, wat natuurlijk normaal is op deze leeftijd,' bracht Mårtensson luidkeels uit.

'Ik weet niet of je ze wel jongeren mag noemen,' zei een rustige agent die Swärd heette. 'Ze lijken nogal gesetteld.'

'Met Karl Wallin ben ik klaar, het verhoor moet alleen nog uitgewerkt worden.' Hij wees naar de lijst in de handen van Mårtensson.

'Wat is hij voor iemand?'

'Een typische ideale schoonzoon. Maar zonder alibi voor de nacht van woensdag op donderdag vorige week. Hij bood zelf aan een DNA-test te doen, zonder dat ik daarom had gevraagd. Dus dat is geregeld.'

'Dan is hij het dus niet,' constateerde Mårtensson.

'We zullen zien,' remde Jensen hem af. 'Stjärne heb ik daarentegen nog niet te pakken kunnen krijgen. Die werkt nogal veel. Misschien had hij de nacht dat het gebeurde ook dienst.'

'Gewoon nog maar een keer proberen dan!'

Mårtensson klonk nog even strijdlustig als altijd, ook al was de werkdag bijna voorbij. Je werd er moe van. Jensen keurde hem nauwelijks een blik waardig.

'Ik heb zonet nog eens met Therese-Marie Dalin zitten praten. Een hele poos, feitelijk,' ging Mårtensson verder.

'Hoe was het met haar?' vroeg Swärd nieuwsgierig.

'Nog steeds van streek, natuurlijk. Ze zal zich vast nog een hele poos onveilig blijven voelen.'

'Ga daar maar van uit,' vond ook Jensen. 'Misschien zit er een indringer in hun vriendenclub. Iemand die daar niet thuishoort.'

*

Claesson reed. Louise Jasinski droeg een zonnebril, hoewel het licht dof en geelgrijs was en verborgen achter wolken. Er werd een lagedrukgebied uit het westen verwacht, zei de stem uit de autoradio.

'Regen, met andere woorden,' zei ze. 'Nu komt de tijd van rubberlaarzen en regenpakken.'

Hij zette koers naar Skeppsbron.

'Eens zien wat jij van haar vindt,' zei hij zacht.

Ze gingen naar Nina Bodén. Ze hadden een afspraak gemaakt.

'Ik begrijp niet wat ik haar heb misdaan toen ik daar laatst was. Eerst wilde ze me er zelf met alle geweld bij hebben.'

'Er zal wel iets anders achter zitten, net als altijd. De zoon, misschien wel. Een mengeling van angst, verdriet en schuldgevoelens.'

Hij had zijn boosheid gedeeltelijk van zich afgeschud.

'Ik denk dat ze een motief heeft,' zei hij.

'O?'

'Jaloezie.'

Louise zweeg. Het onderwerp lag erg dicht bij haar eigen leven.

'En passie.'

Ze staarde hem aan.

'Hoezo?'

'Ik vermoed dat ze allebei ontrouw waren.'

'Dat is toch niets bijzonders.' Haar stem was kurkdroog.

Louise wordt bitter, ze mag wel oppassen, dacht Claesson.

'Ze waren niet op huwelijkse voorwaarden getrouwd. Er was geen sprake van een groot vermogen, maar toch van een aardig bedrag. Het huis staat op hun beider naam, maar het kapitaal en het zomerhuisje op Gotland zijn van hem. Hoewel scheiden een beter alternatief was geweest dan hem te vermoorden, als het haar om het geld te doen was.'

'Dat hoeft niet. Beter een dode man dan eentje die je verlaat. Het geeft bovendien meer status. Weduwe staat beter dan aan de dijk gezet,' flapte ze eruit.

'Nou ja,' verzuchtte Claesson, 'puur praktisch kan zij de moord niet hebben gepleegd.'

'Ze kan een mannetje gestuurd hebben.'

'Hm.'

'Haar minnaar. Hoe zit het daarmee?'

'Ik weet het niet. Alleen vermoedens. Ik weet eigenlijk niet zeker of er iemand is, en nog minder wie het is.'

Maar nu waren ze uit op andere informatie.

Nina Bodén zag er wat fitter uit. De donkere wallen waren wat minder geworden en ze leek tijd te hebben gehad voor een bezoek aan de kapper. Ook vandaag droeg ze een donkere lange broek, maar haar blouse was roze.

Ze trippelde. Kleine, bijna zwevende stapjes. Claesson kreeg de kriebels van timide vrouwen. Achter de lieve buitenkant zat vaak een ijzeren wil.

Ze gingen weer in de woonkamer zitten. Ze bestudeerde Louise Jasinski; ze begreep natuurlijk wel waarom zij erbij was. Tegelijkertijd leek de vrouwelijke rechercheur haar te ergeren, ze keek met groter vertrouwen naar inspecteur Claesson. Ze koos duidelijk partij. De sfeer was gespannen.

Het werd er niet beter op toen Louise Jasinski haar mond opendeed.

'We zijn alleen geïnteresseerd in dingen die van belang zijn voor het onderzoek naar de moord op uw man. Soms kan het de moeite waard zijn om terug te gaan in de tijd.'

'O?'

Nina Bodén keek haar aan met ogen die zo kil waren als glazen knikkers.

'Uw man werd ervan verdacht een... relatie te hebben met een jonge vrouw, of beter gezegd een leerlinge. We willen haar naam weten.'

Louise had het woord 'intieme' opzettelijk weggelaten, aangezien dat niet was bewezen.

'Daar heb ik nooit iets over gehoord,' zei Nina Bodén.

'Goed,' zei Claesson, en hij stond meteen op. 'Dan gaan we maar weer.'

In de hal gaf ze het op.

'Het was een vreselijke tijd.'

Ze richtte zich tot Claesson. Louise bleef op de achtergrond.

'Ja,' zei hij met een hoofdknik.

'De praatjes werden steeds erger. Ik weet dat hij onschuldig was. Het waren gewoon vreselijk overdreven verzinsels van een jong meisje.'

Roze vlekken op haar wangen en in haar hals, tot aan de bovenste knoop van de blouse, die ze keurig had dichtgeknoopt.

'We hebben het over Melinda Selander,' zei Claesson. 'Zo heet ze toch?'

Nina Bodén knikte.

De jongen

Ze is niet zoals anderen

Ik herhaal het stil in mezelf.
Ze is verdomme absoluut niet zoals anderen.
En ze is de enige die mij op die manier aankijkt. Met een diepe, geheimzinnige blik en vurige ogen. Voor die blik doe ik alles.

De kleren die ze draagt zijn ook anders. Het is moeilijk te zeggen of ze voorzichtig is, of dat het een stijl is die ze zorgvuldig heeft ontwikkeld. Ik kan dat moeilijk beoordelen. Het is een beetje zoals mijn moeder op foto's van vroeger staat. Lange rokken en vestjes en lang, soepel vallend haar. Geen knalroze of glitter, waar Filippa zo van houdt. Geen spoortje make-up. Ze is zichzelf, puur natuur.

Na de zomervakantie kwam ze terug in een witte blouse die zo dun was dat je haar tepels erdoor kon zien. Maar dat was niet haar bedoeling. Dus bij het eerste commentaar trok ze een kort fluwelen jasje aan. Haar witte wangen werden roze. Verder merkte je niet dat ze het zich erg aantrok.

Ze is een natuurwezen. Stil, recht en slank, met het lange haar op haar rug. Net een elfje. Of Goudhaartje, met engelenhaar op haar rug. Ik moet steeds aan haar denken.

In de klas hoor ik soms commentaar van de jongens dat ze een saaie trut is, die nooit eens leuk meedoet. Dat ze lelijk is. Zonder make-up. Stil, bijna onzichtbaar, maar ik kan haar heel goed zien.

Dat ze niet zoveel zegt, dat vind ik juist prachtig. Ze is verlegen. Het is net of ik haar voor mezelf mag hebben. En dat de andere jongens commentaar op haar hebben, maakt me trots. Maar ook kwaad. Ze hebben niet het recht om aan mijn vriendin te zit-

317

ten. Ook niet met woorden. En ze is geen nul. Ze is het slimste meisje van de klas.

Ik denk dat ze heel goed wist wat ze deed toen ze haar hoofd schuin hield en mij vanonder haar pony aankeek. Het raakte me diep. Ze had mij uitgekozen, niemand anders, en ik was meteen verkocht. Ze is anders altijd voorzichtig, niet iemand die maar flirt en doet. Ze is eerder teruggetrokken. Alleen niet tegenover mij. Voor mij opent ze zich. Als een knop die gaat bloeien. We kunnen over bijna alles praten. Maar dat doet ze alleen met mij, dat weet ik heel zeker.

Ze loopt ook altijd alleen, en daar heeft ze voor gekozen, net als ik. De andere meisjes kijken haar kwaad aan. Ze is slimmer dan zij en ze hoeft het niet van haar borsten te hebben. Dus zullen ze wel jaloers zijn en zich dom voelen. Minderwaardig, gewoonweg. Ze laat hen niet toe in haar leven, en dat ergert hen natuurlijk. Ze verlaat de stad toch zo gauw ze kan, heeft ze verteld. Om naar een grotere plaats te gaan waar ze zich kan ontwikkelen. Zij en ik denken hetzelfde over de toekomst. We willen wat meer dan anderen. We willen niet blijven steken. Ik heb haar mijn plan durven toevertrouwen. Dat ik dokter wilde worden. Zij bleek hetzelfde plan te hebben. We lijken zoveel op elkaar, wij tweeën.

We hebben er een gewoonte van gemaakt om naar de jachthaven bij Corallen te fietsen en vervolgens over de rotsen vlak bij het water te lopen. Ik heb nog nooit op die manier naast iemand gelopen, en het ook nooit goed gevonden dat iemand mijn hand vasthield.

Maar met haar was het mooi. Niet belachelijk.

We besloten om op school nooit samen te worden gezien, een afspraak waar we de hand aan hielden. Niemand mocht iets weten. Wij zijn immers bijzonder, we hebben meer vuur dan anderen. Daar mag niemand aan komen.

Zelf ben ik blij dat ze er niet op heeft aangedrongen bij mij thuis te komen. Misschien komt dat nog wel een keer, maar dan moeten Filippa en ik eerst hard aan de slag om de boel schoon te maken. Ik heb een eigen kamer, maar het hele huis is nogal een bende sinds mijn moeder ervandoor is. Niemand heeft de puf om het netjes te houden. Mijn vader is door de week vaak niet thuis. In de weekenden ook haast nooit. Hij heeft belangrijke opdrachten, beweert hij. Mij maakt het niet uit wat hij doet. Het is fijn om van hem af te zijn. Filippa kan het ook niet schelen, zo te zien. Ze doet haar eigen dingen.

Het is afgelopen met slaan. Mijn vader raakt me niet meer aan. Maar hij laat mij of Filippa ook niet los.

Soms belt mijn moeder uit Göteborg om te horen hoe het met ons gaat. We mogen haar niet zien van mijn vader. Hij belt elke dag om ons te controleren. Vanaf het moment dat ze is weggegaan, is ze dood voor hem, zegt mijn vader, en we begrijpen dat we dat voorlopig moeten accepteren. Ik ben van plan het op mijn eigen manier op te lossen zodra ik van school af ben. Dan ga ik haar opzoeken.

Het is nogal frustrerend om zo te leven. Maar we zijn het gewend, mijn zus en ik. Hoewel het er bij mij soms op de verkeerde manier uit komt. Ik probeer echt om het niet op Filippa af te reageren. Ik doe mijn uiterste best, maar soms vraagt ze er gewoon om. En ik heb veel aan mijn hoofd gehad de laatste tijd.

Op een dag kwam ze niet naar de jachthaven. Het was weliswaar ongebruikelijk koud en winderig, maar toch was het raar. Ik had mijn fiets op de gewone plaats neergezet en heb zeker duizend rondjes gelopen over de paden en de rotsen bij het water, ik banjerde over de hei, raapte dennenappels op en gooide daar boos mee naar de dennenstammen. Eén vraag bleef door mijn hoofd malen: waarom komt ze niet?

Ten slotte kon ik mezelf niet meer bedwingen en ik verbrak de belofte dat ik haar nooit thuis zou opzoeken. Ik fietste dus naar Gröndal en klopte aan, maar er was niemand thuis. De ramen waren zwart en de auto was weg. In zekere zin was ik blij dat kennelijk het hele gezin weg was en niet alleen zij. Als haar moeder in de deuropening had gestaan en had gezegd dat ze bij een kennis was, dan was ik waarschijnlijk ter plekke dood neergevallen.

Haar ouders zijn heel gelovig, heeft ze verteld. Dus was het vermoedelijk goed dat ze mij niet te zien kregen. Ze hebben haar verboden om voor het huwelijk vleselijke omgang te hebben met iemand, vertelde ze een keer. Wat een ouderwetse uitdrukking, vleselijk. Alsof je het over sukadelappen hebt.

Maar zo ver ben ik niet bereid te gaan. Aan trouwen ben ik nog lang niet toe.

De volgende dag was ze niet op school. Een week later kwam ze terug, en toen was ze totaal veranderd. Ze zag me niet meer staan.

Pas toen we wiskunde hadden, ontdekte ik dat Bodén naar haar staarde. Die vieze ouwe man! Gadverdamme, wat smerig! Hij hield haar als het ware vast met zijn ernstige, waterige ogen en een frons op zijn voorhoofd, zodat je niet wist of hij boos was of iets anders. Ik begreep dat ze haar blik niet durfde af te wenden. Dat ze mij in ieder geval niet durfde aan te kijken. Ze was gewoon bang. En dat die eikel van een Bodén iets met haar had gedaan, was duidelijk. Hij had haar zó beïnvloed dat ze bang was geworden en zich van mij had afgekeerd. Het moest allemaal een grote vergissing zijn, en ik kon maar één ding doen. Ik moest haar uit de klauwen van Bodén bevrijden en ervoor zorgen dat ze weer zichzelf werd.

In de pauze liep ik meteen op haar af, ik pakte haar bij de arm en vroeg wat er aan de hand was. 'Laat me los!' zei ze boos en ze rukte zich los.

Maar ze schaamde zich ook. Dat zag ik. Ze zag dat ik het zag, en dat bracht haar in verlegenheid. Daarom moest ze mij op de een of andere manier kwetsen.

'Ik heb iemand leren kennen die wat volwassener is,' zei ze, en haar ogen werden smalle spleetjes.

Het was alsof er een brandende fakkel in mijn gezicht werd gegooid. Het werd rood voor mijn ogen en het suisde in mijn hoofd alsof er iets aan het overkoken was.

Ze draaide zich op haar hielen om en verdween op een holletje door de gang.

Ik bleef staan en zag haar engelenhaar op haar rug wapperen.

Ik zag haar verdwijnen.

Toen nam ik mijn besluit. Ik moet haar terug hebben.

17

Veronika had een niet al te zwaar operatieschema. Een vetbult, een lelijke spatader, een paar vlekken en andere veranderingen in de huid. Lunch en daarna middagspreekuur.

Er werden aardappelballen geserveerd. Grijs, zoals het hoorde. Gemaakt van rauwe aardappels en rijk gevuld met varkensvlees, ui en piment.

Ze was dol op dit streekgerecht, dat een delicatesse was geworden, maar ze kon er maar drie op. Met moeite. Ze voelde een aanhoudende, vage misselijkheid. Brandend maagzuur, dacht ze weer. Ze had op de afdeling al wat Novalucid genomen. Dat hielp even.

Ze leefde onder constante stress. Gelukkig kwam Ronny Alexandersson tegenover haar zitten. Behalve Else-Britt Ek was hij de collega bij wie ze zich het meest op haar gemak voelde.

Ronny was een geschikte knakker, zoals haar vader altijd zei. En een uitstekende arts. Ze hadden met elkaar gemeen dat ze zich hadden opgewerkt, en in hun geval betekende het ook dat ze niet nonchalant durfden te zijn. Heel weinig dingen waren tijdens hun opleiding vanzelfsprekend geweest. En later werd dat niet anders. Ze hadden geen bekende familieleden die als kruiwagen konden dienen, artsen die naam hadden gemaakt in de geschiedenis van de Zweedse geneeskunde. Ze hadden ook geen contacten gehad die een baan konden regelen in krappe tijden. Ze gingen niet op een gemakkelijke, vanzelfsprekende manier om met hun superieuren, iets wat veel studiegenoten die zelf dokterskinderen waren wel konden. Ze hadden hun succes aan zichzelf te danken, voor zover je van succes kon spreken en niet van gewoon keihard ploeteren. Ronny Alexandersson en Veronika waren allebei erg ijverig geweest, bijna braaf, en heel loyaal. Misschien ook wel een beetje sullig, omdat ze het zo graag goed wilden doen. Daar maakten ze vaak grapjes over. Ze constateerden dat ze het op een andere manier ook niet hadden gered.

Schandalig genoeg was ze aangenaam verrast geweest toen ze afgelopen maandag weer aan het werk was gegaan. Haar collega's waren erg aardig geweest en beloofden dat ze haar zo goed mogelijk zouden helpen. Niemand deed of hij van niets wist. Iedereen vroeg hoe het met Cecilia was.

Wat weet je er eigenlijk weinig van, dacht ze. Vreemd dat ze dat niet van hen had verwacht.

Het komend weekend zou ze naar Lund gaan, ditmaal samen met Claes en Klara. Ze waren van plan zo veel mogelijk meubels en spullen voor Cecilia's flat mee te nemen in de auto. Het bed dat ze had besteld zou maandagochtend komen, en Claes en zij zouden allebei vrij nemen. 's Middags zouden ze de dertig kilometer naar Orup rijden voor een voorlichtingsbijeenkomst voor familieleden. Cecilia was daar al.

Er viel veel te regelen en dat hield haar op de been, het belette haar machteloos bij de pakken neer te zitten.

Eén ding tegelijk.

'Hoe bevalt het werken weer?'

Ronny was aan zijn vijfde knoedel bezig. Hij was zo mager als een lat en ze vroeg zich af waar hij ze liet. Het leven was niet eerlijk.

'Het leidt me af en dat is best prettig. Maar helemaal scherp ben ik denk ik niet.'

Naar zijn blik te oordelen dacht hij dat ook niet.

'Mag ik erbij komen zitten?'

Er zweefde een dienblad boven haar hoofd vlak achter haar.

'Natuurlijk!'

Ze trok de lege stoel naast zich naar achteren. De onbekende ging zitten. Hij knikte naar Ronny.

'Dus jij bent er weer,' zei Ronny.

'Ik heb vannacht dienst en blijf hier het weekend en begin volgende week.'

Veronika herkende de man, die uit deze streek afkomstig moest zijn. Hij sprak een zangerig, bijna komisch soort Smålands. Ze stak haar hand uit en stelde zich voor.

'Pierre Elgh,' zei hij.

Ze voelde dat ze een kleur kreeg. Niet van schaamte, maar van opwinding.

'Waar werk je gewoonlijk?'

'In Lund.'

'Maar soms val je hier in?'

'Ja, als het zo uitkomt. Ik heb nog veel vrije uren staan in Lund. En jullie hebben een tekort aan anesthesisten.'

Ze had hem hier wel eerder gezien op de gang van de operatie-afdeling, maar ze had hem nog nooit in haar operatiekamer aan het werk gehad. Ze had hem ook in Lund gezien, in de kantine.

Plotseling wilde het gesprek niet meer vlotten. Ze kon zich niet vrolijker voordoen dan ze was en maar raak kwebbelen. Ronny had kennelijk op haar gehoopt, want hij zweeg.

Tegelijkertijd was ze nieuwsgierig. Ze vroeg zich af of hij ook bij neurochirurgie werkte. Ze wilde hem niet overvallen, maar alles wat met Cecilia's lotgevallen te maken had was zo belangrijk dat ze het uiteindelijk niet kon laten.

'Nee, daar werk ik bijna nooit,' antwoordde hij.

Ze had het middagspreekuur zo ver ingekort dat ze Klara even na drie uur op kon halen. Nu zat ze op haar fiets met drie versnellingen. Eerder had ze er zeven gehad, maar die gebruikte ze niet allemaal.

Ze werd moe van andere mensen. Het was net of al het gepraat en alle meningen van mensen haar uitholden. Net als het luisteren. Ze moest haar best doen om niet afwezig te lijken. Toch waren de rustige gesprekken met patiënten haar steeds meer gaan interesseren. Maar nu ging het niet meer. Ze was ook maar een mens.

Ze moest boodschappen doen, dat had ze Claes beloofd. Ze wilde iets goedmaken omdat ze zo vaak weggeweest was. Dat voortdurende terugbetalen. Hij verwachtte dat niet, of misschien toch wel een klein beetje. Want hij had wel medelijden gehad met zichzelf. Ze wist alleen niet hoe ze het voor elkaar moest krijgen, ze voelde zich moe en misselijk. Ze moest nog iets verzinnen voor het avondeten, maar ze had nergens trek in. Behalve misschien in ijs. Zacht, halfgesmolten vanille-ijs.

Dat had ze de vorige keer veel gegeten.

Het inzicht schoot als een kurk omhoog. Ze begon te rekenen. Wanneer was ze voor het laatst ongesteld geweest?

De bloedingen waren de laatste jaren wat sneller op elkaar gekomen, maar dat had haar niet gestoord en ze had er verder niet bij stilgestaan. Alleen koeltjes geconstateerd dat het bij de leeftijd hoorde.

Bovendien had ze zich de laatste tijd niet met zulke banale dingen als bloedingen bezig kunnen houden. Ze was zesenveertig, bijna zevenenveertig. Ze kende niemand die op haar leeftijd nog in verwachting was geraakt. In dat geval was het in het buitenland geweest, en waren er in een ziekenhuis eitjes ingeplant.

Klara was een groot geschenk geweest. Ze hadden zich al ingesteld op een aangenaam leven zonder kinderen van hen beiden samen.

Toen kwam hun dochter.

Bij de crèche stapte ze af. De kinderen waren buiten aan het spelen en ze bleef voor het lage houten hek staan. Klara kreeg haar in het oog en kwam met uitgestoken armen op haar af rennen. Ze ving haar dochtertje op, duwde haar neus in haar naar zand geurende haar, voelde de warme, plakkerige wang tegen haar hals. Idioot genoeg was ze bijna in staat te gaan huilen.

Je rolde van het een in het ander. Zo wisselend was het bestaan! Ze stond middenin het leven, bedacht ze.

Ze ging Klara's tas halen. Klara volgde haar op de voet, snel als kwikzilver. Veronika pakte haar beet voor ze naar de speelzaal kon gaan.

'Nee joh, we gaan nu naar huis.'

Veronika gespte Klara vast in het kinderzitje en zette haar de helm op. Die was glimmend rood met egeltjes erop.

Ze zette het van zich af. Het moest nog even haar geheim blijven. Ze wilde het eerst zeker weten. Geen onrust stoken als het niet nodig was. Het was zo al erg genoeg.

Ze vroeg zich wel af of ze een zwangerschapstest zou durven

kopen bij de ICA. Niet omdat ze de kwaliteit niet vertrouwde, maar ze wilde de verstolen blik van de caissière niet zien.

Dat oude mens, wat denkt ze wel!

De beperkingen van een kleine stad. De mensen bemoeiden zich veel te veel met elkaar.

*

Ester Wilhelmsson zat op de bank in de personeelsruimte van de vrouwenkliniek in Lund, samen met een andere verloskundige. Hun stemmen waren gedempt, ze hielden hun hoofden dicht naast elkaar.

Christina Löfgren stond met de rug naar hen toe te wachten totdat haar cappuccino klaar was. Desalniettemin hoorde ze dat Ester haar tranen bijna niet in bedwang kon houden. De passie en de pijn van de liefde, begreep ze, ook zonder dat ze alle details kon horen. Maar je hoefde niet alles te weten.

Gustav Stjärne zat een eindje verderop aan de eettafel en bladerde verstrooid in de *Sydsvenskan*. Het moet voor hem ook niet gemakkelijk zijn in deze vrouwenwereld, dacht ze, net toen ze iets over 'verhuizen' opving in het gesprek op de bank. En 'met mijn moeder afgesproken'.

Ja, het was fijn om een moeder te hebben. Hoezeer ze zelf ook moeder was – ze had vier thuiswonende kinderen, en soms vroeg ze zich af of ze haar man er ook niet toe kon rekenen – toch was het een groot voorrecht dat ze zelf nog een moeder had. Die bovendien nog zo gezond was. Niet dat haar moeder nog marathons liep, maar ze fietste nog steeds. Lange stukken over het Skånse platteland, om in conditie te blijven.

Op de verlosafdeling was het op dit moment rustig en Christina Löfgren maakte van de gelegenheid gebruik om even te ontspannen. Ze rustte wel vaker even uit op het werk, als ze daar kans toe zag. In tegenstelling tot thuis kon ze daar soms koffiedrinken én een paar samenhangende gedachten denken. Maar aan de andere kant kon het elke seconde omslaan. De onvoorspelbaarheid van het werk was een deel van de charme. Maar de pauzes waren nodig om de pieken aan te kunnen.

Lotten stond in de deuropening.

'Er is een man die je wil spreken.'

Ze had het tegen Gustav Stjärne.

'Wie dan?'

Hij bleef zitten als een standbeeld met de krant voor zich.

'Ik weet het niet. Ik heb hem nooit eerder gezien. Ik heb hem naar het dagverblijf gestuurd.'

Op dat moment klonk er een schelle schreeuw door de gang.

'Slechte harttonen in kamer drie.'

Christina Löfgren was al onderweg.

'Zeg tegen die man dat hij moet wachten,' riep ze naar Gustav, die achter haar aan kwam.

De deur was al achter haar dichtgevallen toen Gustav zich op zijn beurt tot Lotten richtte.

'Zeg maar dat ik bezig ben. Vraag zijn telefoonnummer, dan bel ik hem wel.'

Daarna snelde hij achter Christina aan de gang door.

*

Gillis Jensen liep naar het Blok om in de entreehal, die net een enorme, moderne kathedraal was, een kopje koffie te nemen. Hij ging aan een rond tafeltje bij de glazen pui zitten en staarde naar buiten. Het donkere asfalt lag in de schaduw van het hoge gebouw. Het was tamelijk somber hierbeneden. Boven was het vast beter, dacht hij. Plotseling was hij dankbaar dat hij een vrijere werkplek had. Of in ieder geval een gezondere.

Taxi's reden af en aan. De glazen draaideur was net een bek die mensen verslond. Sommigen werden uitgespuugd. Anderen bleven binnen.

Hij had de stellige indruk dat de jonge Stjärne niet zou bellen. Zijn mobieltje zou stil blijven. Terwijl hij de drukte om zich heen verstrooid gadesloeg, constateerde hij dat hij best op hem kon wachten. In ieder geval een poosje. Hij vond er verder weinig aan om achter jongemannen aan te jagen om ze te verhoren. Een paar van hen waren uit eigen beweging gekomen. Louter hoogopgeleide jongelingen en een paar goed van de tongriem gesneden vrouwen. Niemand had geweigerd DNA-materiaal af te staan. Ze boden het over het algemeen zelf aan, nog voor het verhoor was begonnen.

Hoge, hoekige, zeewiergroene pilaren rezen op tussen het cafégedeelte en de gang die naar de liften leidde. Personeelsleden, patiënten en bezoekers stonden in de rij voor de kiosk aan de overkant. Hij fronste zijn wenkbrauwen toen hij de gele reclameposters van de roddelbladen zag: 'Emmy's moordenaar gepakt'.

Ze weten meer dan ik, dacht hij droog.

Hij wond zich er echter niet over op. Dat stadium was hij allang gepasseerd. Bij het zien van de nu overal circulerende en sterk uitvergrote foto van Emmy Höglund, met sluik, donker haar en montere ogen onder een pony, kreeg hij het wel een beetje te kwaad. Arme ouders, dacht hij. Emmy glimlachte vrolijk. Vrouwen glimlachten altijd vrolijk op foto's. Alleen mannen mochten ernstig kijken.

Jensen zag de donkerharige arts, die Leo heette, zijn achternaam was hij even kwijt, samen met twee andere artsen aan een naburig tafeltje zitten. Leo zag hem niet. Zijn gezicht was nog witter en de wallen onder zijn ogen waren nog dikker geworden, constateerde Jensen. Dokter zijn was vast een zwaar beroep.

Nu boog deze Leo zich over de tafel heen naar de beide anderen, een jongeman die Gillis nog niet eerder had gezien, en een vrouw, ook met een witte jas aan. Ze zat met de rug naar hem toe. Haar blonde, verbluffend dikke haar hing zwaar op haar rug. Engelenhaar. Hij wist niet waarom hij het bijna onbehoorlijk vond dat ze met haar haar los rondliep tussen zieke mensen. Een arts mocht niet ijdel zijn. En anders was het wel onhygiënisch. Hij stelde zich voor hoe bacteriën hier ronddwarrelden, zich vastzetten en zich verspreidden. Of waren dat virussen?

Jensen keek weer naar de reclameposters. Ze zouden de moordenaar deze keer pakken. Daar was de leider van het onderzoek ook stellig van overtuigd. De energie van rechercheur Lars-Åke Mårtensson was nog niet verflauwd. Hij had zijn optimisme en dadendrang juist tot het maximum opgeschroefd. Hij was ambitieus. Dat kon erg stimulerend werken.

Zo was ik ook toen ik jonger was, dacht Gillis Jensen. Hij wist niet of het goed of slecht was dat hij nu minder gedreven was. Het leven werd er in ieder geval prettiger door.

Emmy Höglunds arme ouders wilden een antwoord hebben. Ze begrepen er natuurlijk helemaal niets van. Er mankeerde helemaal niets aan het leven van hun dochter. In hun ogen in ieder geval niet. Ze was bovendien enig kind. Niet dat hij ooit had gedacht dat een ander kind een overleden kind kon vervangen, maar het was wel veel eenzamer als je helemaal geen kinderen had.

Tot nu was uit het onderzoek ook niets naar voren gekomen waarin Emmy zich van andere hardwerkende studenten onderscheidde.

Maar op één punt had ze een beoordelingsfout gemaakt. Ze had de verkeerde persoon binnengelaten.

De koffie was op en het bruidsgebakje eveneens. Hij keek op zijn horloge. Vond dat het nog te vroeg was om al terug te gaan.

Hij kreeg de ingeving om weer de mogelijke route van Jan Bodén te volgen en de vermoorde studente even los te laten.

Bodéns laatste gang. Jensen had deze kruisweg natuurlijk een aantal keren gevolgd, maar dat was nu alweer een paar weken geleden. Misschien had hij nu weer meer afstand en kon hij er met een frisse blik naar kijken.

Hij passeerde de beide lifthallen. In de eerste heerste een levendig verkeer. De liften in de andere hal waren daarentegen in de eerste plaats bedoeld voor beddentransport. Het was er op dit moment doodstil. Tussen de beide lifthallen was de trap. Die had normale afmetingen, niet zoals in hotels waar je aan de achterkant duistere, smalle trappen kon vinden waarlangs het personeel ongezien naar buiten kon sluipen. Of brandtrappen waarlangs mensen geëvacueerd konden worden.

Met de trap kon je twaalf verdiepingen omhoog en twee verdiepingen naar beneden, naar het ondergrondse gangenstelsel. Het personeel maakte er druk gebruik van, in ieder geval de personeelsleden die niet op de hogere verdiepingen werkten. Maar van degenen die zich hadden gemeld naar aanleiding van de dood van Bodén, en dat waren er een heleboel, had niemand bruikbare informatie kunnen verschaffen. Ook al hadden ze in de pers een oproep gedaan.

Jensen bekeek vloeren, muren en bordjes en probeerde zich in Jan Bodéns situatie te verplaatsen. Een man, een paar jaar jonger dan hijzelf, met een kleine, goedaardige tumor diep achter zijn ene oor. Hij had van Claes Claesson gehoord dat het een enorme klap was geweest voor Bodén en dat hij erdoor in een crisis was geraakt. Hij had ervoor gekozen om in te storten.

Dat was op zich niet zo raar. Vooral omdat Bodén kennelijk eerder altijd gezond was geweest. Hoe groot en onsterfelijk hij eventueel in zijn eigen beleving was geweest, wist Jensen niet. Dat wist niemand. Maar hij had het idee dat Bodén niet heel sympathiek was geweest. Claes Claesson had uiteenlopende meningen gehoord. Misschien was het beroepsdeformatie. Als je onwillige jongeren iets bij wilde brengen, moest je waarschijnlijk bepaalde gemene trucjes gebruiken en een barse stem opzetten.

Maar was hij hier echt alleen langsgelopen?

Waar had hij zijn moordenaar ontmoet?

Bodén had geen gezelschap gehad toen hij de KNO-kliniek verliet, dat wist het personeel zeker. Iemand had hem later gezien toen hij op weg was naar het Blok. Toen stond hij boven aan de trap naar het geasfalteerde plein voor de ingang. Maar daarna waren er geen getuigen meer.

Jensen begreep gedeeltelijk hoe dat kwam. De mensen die hij hier had gezien, hadden het er al druk genoeg mee om vooruit te komen. Ze strompelden voort op krukken, reden in een rolstoel of duwden een brancard. In het achterste deel van de entreehal en bij de liften stonden geen bankjes waar je even om je heen kon zitten kijken. Het gebied werd bovendien aan het oog onttrokken door de cafetaria. En de mensen in witte kleren die er werkten schenen allemaal haast te hebben, terwijl de bezoekers al hun aandacht nodig hadden voor het lezen van de bordjes, anders kwamen ze niet waar ze moesten zijn.

Langzaam liep Jensen door naar de hal achter de entree, waar geen mens was. Hij keek naar de atriumtuin achter de glaswand. Het licht spiegelde zich royaal op de zandkleurige vloerbedekking. Hij stond waar hij al vaker had gestaan, met zijn rug naar de twee wc's en de nu beroemde, of liever beruchte, werkkast.

De atriumtuin zorgde voor de toevoer van licht, maar werd niet als recreatiemogelijkheid benut. Hij was bestraat, maar er stonden geen stoelen of tafels. Achter de ramen aan de overkant kon hij vaag computerschermen en bureaulampen onderscheiden. Daar zat Klinische Chemie. Natuurlijk hadden ze iedereen ondervraagd. Niemand had iets gezien. De lichtval was zodanig dat de gang rondom de collegezalen, en dus ook de werkkast, overdag in het donker lagen. En 's avonds, wanneer het licht aan was in de lokalen en je er gemakkelijker naar binnen kon kijken, was er niemand op kantoor. De moord was begin september gepleegd toen het nog niet zo vroeg donker werd.

Ook hier ondersteunden pilaren op fraaie wijze het plafond. Achter de gewelfde, baksteenkleurige wanden lagen collegezalen verscholen. Jensen vond het een prettige omgeving. Licht, en toch niet fantasieloos of strak.

Plotseling ging er een deur open en er klonk geroezemoes. Gillis Jensen bleef staan. Meteen daarna liep de zaal leeg en de studenten verdwenen in verschillende richtingen. Iemand ging naar de wc, sommigen passeerden hem en liepen verder door een smalle gang die naar een uitgang aan de achterkant van het Blok leidde. Je moest maar net weten dat die gang bestond. De meesten verdwenen door een deur naar een gang ernaast, die naar de grote entreehal leidde, juist niet in de richting van de liften.

Er gingen er maar een stuk of drie naar de lifthallen. Er had zich ook geen enkele medicijnenstudent bij de politie gemeld.

Binnen een minuut waren alle studenten weg. Ze moesten natuurlijk snel naar huis om weer in de boeken te duiken. Hij keek op de grote klok, die hoog aan een van de pilaren hing. Een paar minuten over drie.

Hij keerde om. Hij volgde de bordjes, maar ditmaal in tegengestelde richting, naar de spoedeisende hulp. Dat het een onofficiële route was, bleek niet in de laatste plaats uit het kleine formaat van de letters op de bordjes. Patiënten van buiten werden geacht gebruik te maken van de grote deuren aan de achterkant van het Blok, waar de nieuwe afdeling spoedeisende hulp tegenwoordig zat.

Wilde Bodén daarnaartoe? Was hij de dader hier tegengekomen of in de entreehal, of misschien zelfs buiten het ziekenhuis? Of was er iemand van de spoedeisende hulp gekomen, of uit het ondergrondse gangenstelsel? Was het een geplande ontmoeting die uit de hand was gelopen? Hadden ze om onnaspeurbare redenen hier afgesproken? Was de dader een student?

*

Christina Löfgren stond over de wond gebogen. Ze sloot de brede, bloedende opening in de baarmoeder. Ze hechtte die snel met doorlopende steken. Het bloeden stopte. Gustav Stjärne knipte de draad door. Zij maakte schoon en voelde of de baarmoeder zich goed had samengetrokken. Ze werkte geconcentreerd en zonder een woord te zeggen. De vrouw was onder narcose. Alles was gelukkig goed afgelopen. De vader was bij het kind, dat eerst wat suf was geweest toen het eruit was gehaald. Maar volgens de berichten uit het vertrek naast de operatiekamer was het meisje bezig zich te herstellen. De kinderarts was erbij.

Achter haar mondkapje stond Christina zich te verbijten. Ze probeerde zich niet aan Stjärne te ergeren. Ze keek niet eens op. Hij stond aan de andere kant van de operatietafel. Ze vroeg de operatieassistente om haken voor Stjärne, en die gaf ze hem. Christina kreeg een pincet en een naaldgeleider met nieuwe draad zonder dat ze erom had hoeven vragen. Stjärne hield de randen opzij met de haken terwijl zij de spierbundel hechtte. Hij had dan toch iets beter leren assisteren, viel haar op. Hij hield zowel weefsels als zijn vingers aan de kant. Hij stond niet langer stom toe te kijken.

Toch had ze de meeste dingen ongetwijfeld gemakkelijker én sneller kunnen uitvoeren als ze hem niet op sleeptouw had gehad.

'Doeken, instrumenten en naalden liggen klaar,' zei de operatieassistente.

'Dank je wel,' zei ze, en ze maakte een knoop in de draad. Daarna trok ze het uiteinde van de draad strak. Stjärne was er weer snel bij met de schaar en knipte de draad door.

Daarna kon hij weg.

'Jij bent nodig op de verlosafdeling,' zei ze, en ze keek hem voor het eerst in de ogen.

Hij knikte en droop af. Ze trok haar handschoenen uit, zette haar mondkapje af en ging op weg om te dicteren. Ze zag zijn groene rug door de gang verdwijnen.

Een zelfverzekerd loopje, dacht ze voordat hij om de hoek was verdwenen. Vreemd eigenlijk, want er was weinig waarop hij zich kon laten voorstaan. Behalve misschien het feit dat hij een man was, maar daar wilde ze niet over nadenken, want dan ging haar bloeddruk omhoog. En kennelijk de juiste achtergrond om hier binnen te kunnen dringen. Een beroemde vader. Eskil Nordin had allang beslag op hem gelegd. Volgens hem had Stjärne aanleg voor onderzoek.

Als dat zo was, was het naar haar idee ook het enige wat hij had. Ze had hem alles vanaf nul moeten leren. De meesten wisten altijd nog wel iets van hun blok gynaecologie. Stjärne was echt alles vergeten. Maar hij keek haar wel aan, of liever langs haar heen, met een uitgestreken, vorsende blik, als de een of andere hoge pief uit een film die rond de vorige eeuwwisseling speelde.

Hoe kon hij zo akelig verwaand zijn? Dat ging haar begrip te boven. Maar ze was niet de enige die begon te mopperen. Verpleegsters, verloskundigen en collega-artsen, er waren er veel die vraagtekens zetten. Maar zoals altijd waren de meningen verdeeld en leidde het zoals gebruikelijk nergens toe. Behalve dat zij als Stjärnes begeleider werd uitgekozen, min of meer tegen haar zin. Aan de andere kant was er niemand die deze taak vrijwillig op zich zou nemen, dus dan moest het wel met dwang. Een order van hogerhand. En met wat vleierij – ze had immers uitzonderlijk veel geduld, enzovoort, enzovoort, zei de chef met een glimlach – lieten ze haar erin lopen.

Maar ze was er toch maar mooi in geslaagd om Stjärne een halve keizersnede te laten uitvoeren. Hij kon een mooie bikinisnee in de huid maken, hij kon, weliswaar met trillende vingers, op een weefselvriendelijke manier bij de baarmoeder komen. En hij wist vervolgens het vlies boven de blaas door te knippen en dat naar beneden te duwen. Maar de eigenlijke snee in de baarmoeder en het halen van het kind, daarvoor had hij zich tot op heden nog niet capabel gevoeld. En natuurlijk mocht Gustav Stjärne zelf het tempo bepalen. Daar zei ze niets van. In die zin was ze een meelevend pedagoog.

Met dwang bereikte je op de lange duur niets.

Al kon hij wel een schop onder zijn kont gebruiken, dacht ze geërgerd, terwijl ze het bandje in de dictafoon stopte. De meeste co-assistenten wisten van geen ophouden. In hun ijver om vorderingen te maken draafden ze soms door. Ze deden meer op eigen houtje dan zou moeten en ze vroegen niet genoeg. Aan de andere kant was het vaak ook best moeilijk om iemand te vinden aan wie je dingen kon vragen. Zij was met andere woorden gedoemd om Stjärne als een blok aan haar been te blijven meeslepen. Ze zat in een hokje, niet groter dan een kast, op de operatieafdeling. Het drong tot haar door dat ze het een paar minuten rustig aan kon doen. Dit was de beste werkplek van de afdeling. Een deur die ze dicht kon doen en een raam waardoor ze de zon kon zien en de mensen kon volgen die beneden op straat heen en weer liepen tussen de ene vleugel van het Blok en de oncologische kliniek. Ze zat hier graag, in alle rust, zonder dat iemand haar stoorde of aan haar trok.

Ze noemde de datum, haar naam, de gegevens van de patiënt, de namen van de operateurs – zijzelf en Stjärne – alsmede de diagnose- en operatiecode. Ze ging verder met de ingreep zelf. Ze had die zo vaak samengevat dat de woorden vanzelf kwamen. Haar ogen gingen intussen naar de Lasarettsgatan en vielen op Ester, die de straat overstak en doorliep naar oncologie. Een donkerharige, jonge arts kwam haar tegemoet. Haar vriendje, dacht ze. Of haar ex? Ze omhelsden of zoenden elkaar niet. Ze bleven op een paar meter afstand van elkaar staan. Hij hield zijn hoofd een beetje achterover. Ester had haar schouders opgetrokken. Je kon van verre zien dat het geen prettig gesprek was. Ze hield haar handen in haar zakken toen ze een paar minuten later doorliep naar de hoofdingang van het Blok.

Christina Löfgren zette het apparaat uit, haalde het bandje eruit en liep naar de secretaresse, groette haar, liet het dictaat bij haar achter, verkleedde zich, gooide de groene kleren in de wasmand en zuchtte diep. Ze moest weer naar de verlosafdeling en naar Stjärne. Verstand op nul en blik op oneindig.

Maar waarom kon ze niet eerlijk zijn? dacht ze terwijl ze haar witte broek en blouse aantrok. Waarom kon ze niet proberen om Gustav Stjärne op een elegante manier, als die er was, te laten inzien dat hij beter een heel andere medische discipline kon kiezen. Een terrein waar het niet zoveel uitmaakte dat hij moeilijk beslissingen kon nemen. Hem een eerlijke kans geven. Zou hij het niet beter doen tussen reageerbuisjes en pipetten? Of waarom niet in de psychiatrie?

Ze had collega's wel vaker gehoord over hoe ontzettend goed Stjärne met patiënten om kon gaan, bedacht ze terwijl ze in haar jaszak naar een kam zocht. Door die operatiemutsen bleef er van je kapsel niet veel over.

Stjärne als psycholoog!

Het zou wel die keer geweest zijn toen hij een eenzame aanstaande moeder op de verlosafdeling geruststelde, dacht ze voor de spiegel. Of toen hij in staat bleek een patiënt aan te horen die veeleisender en lastiger was dan nodig werd geacht. Hij zat bijna een uur bij haar in een van de eerstehulpkamers en liet de zwaarmoedigheid van de vrouw over zich heen komen. Dat had ze waarschijnlijk nodig, en het was het enige waar Stjärne mee kon helpen. In dat opzicht deed hij het goed, dat moest ze toegeven. De meeste anderen waren allang uit hun vel gesprongen.

Ze liep de trap af en was al bij de entreehal toen ze erachter kwam dat ze haar pieper op de operatiekamer had laten liggen. Ze rende de trap weer op en botste bijna tegen een man aan die op weg was naar beneden. Ze vroeg een van de operatieassistentes of ze haar pieper voor haar kon pakken, ze kreeg hem en rende weer naar beneden.

Dezelfde man die ze op de trap was tegengekomen, stond nu voor de dichte deur van de verlosafdeling. Hij leek haar rijkelijk oud voor een aanstaande vader. Maar je wist het nooit. Of werd hij misschien opa?

'Pardon,' zei hij met een vriendelijke uitdrukking op zijn gezicht, dat zo gerimpeld was als dat van een bloedhond.

'Ik ben op zoek naar een arts die Gustav Stjärne heet. Hij

schijnt op verloskunde te werken. Zou u hem voor me kunnen ophalen?'

Voordat ze kon vragen waar het over ging, opende hij zijn mond.

'Ik ben Gillis Jensen, recherche. Ik heb een paar simpele vragen.'

*

Cecilia stond voor het raam. Ze had zich gewassen, haar tanden gepoetst en ze was half aangekleed. Ze had een lange broek aan, bijna helemaal zelf aangetrokken, waarvoor ze een compliment van haar ergotherapeute had gekregen. En een beha, wonderbaarlijk genoeg. Dat was niet gemakkelijk, daar had ze hulp bij gehad. Schouderbandjes en haakjes. Ze hadden tegen haar gezegd dat ze op de been moest blijven, dat ze niet mocht gaan liggen of zitten, hoe aanlokkelijk haar bed of haar stoel ook was.

'Ik weet dat je moe bent,' zei haar ergotherapeute. 'Maar hou vol!'

Ze was in Orup. Dit scheen een oud sanatorium te zijn. Wat haar betrof kon het van alles zijn. Ze was hier nu en kennelijk zou ze een poosje blijven. Revalidatie. Ze kon het woord haast niet eens denken, zo lang was het. De verhuizing hierheen, het was allemaal over haar hoofd heen beslist. Dat maakte haar trouwens niet uit. Ze was blij dat ze geen besluiten hoefde te nemen.

'Zeg, Cecilia, wat moet je nou nog meer aanhebben?'

De ergotherapeute heette Elke. Ze was aardig. En koppig. Dat was vast goed.

Cecilia wendde haar blik af van de boomtoppen achter het raam. Groene blaadjes en een paar gele, waar de wind aan rukte. De hemel was koelblauw. Ze zat hoog, het hele ziekenhuis stond op een berg. Beneden in de diepte lag het Ringmeer. De kamer had lichtgroene wanden. Een kalmerende kleur, goed voor de zenuwen, had iemand gezegd. De verzorgster waarschijnlijk. Maakte ook niet uit.

Ze moest iets doen. Wat had de ergotherapeute ook weer gezegd? Ze wist het opeens niet meer. Ze was zo moe dat ze niets meer kon. Ze wilde alleen nog maar liggen. Ze had niet eens meer de energie om te antwoorden.

Ze bleef de vrouw, die ze eigenlijk niet kende, aankijken. Ze was er op zich aan gewend geraakt dat er een heleboel vreemde mensen om haar heen waren, die aan haar en aan haar spullen zaten. Die tilden, duwden en verplaatsten.

Ze had het opgegeven. Ze liet ze maar begaan.

Deze vrouw was opgewekt, rond de vijftig, ze droeg een lange broek en een blouse met een blauw patroontje. Ze bleef haar bestuderen.

Ze vond deze ergotherapeute beslist aardig. Dat was het niet. Maar ze had gewoon niet de energie om te antwoorden. Niet eens om terug te glimlachen. Hoe heette ze ook weer? Zonet wist ze het nog. Ze staarde naar het bordje op het front van haar blouse.

'E-l-k-e,' spelde ze hardop.

'Ja, dat ben ik,' zei de vrouw met een bemoedigende en geduldige glimlach. 'Wat ging je doen? Weet je het nog?'

Cecilia keek haar met een lege blik aan.

'Weet je het nog?' herhaalde de vrouw met het blauwe patroontje op haar blouse die Elke heette.

Het was een mooie blouse.

Maar wat ging ze ook alweer doen? Jeetjemina! Ze zocht in haar hoofd. Helemaal leeg. Wat?

'Kijk eens naar jezelf,' zei Elke, nog steeds even enthousiast.

Ze boog langzaam haar hoofd. Ze zag gele gymschoenen die onder haar spijkerbroek uitstaken.

'Kijk wat hoger!'

Broekspijpen zag ze. Twee stuks. En vervolgens haar buik.

'Mis je nog iets?'

Haar buik was bloot. En haar armen ook. Ze had een naakt bovenlichaam. Maar wel een zwarte beha met kanten cups. Die had ze ten slotte dus aan weten te trekken. Goh!

Ze deed een stap in de richting van de kast. Ze wist zelfs de deur open te krijgen. Ze keek erin, liet haar blik langzaam omhoog- en omlaaggaan. Kleren. Een paar kledingstukken aan hangertjes en een paar op planken.

'Kies maar iets uit.'

Elkes stem klonk achter Cecilia. Ze wachtte op haar.

Ze moest dus uit de kast halen wat ze aan wilde hebben. Maar ze bleef steken. Ze stond maar te staren. Het ging niet. Ze kon niet kiezen. En ze kon al helemaal haar hand niet optillen om iets uit de kast te pakken. Ze was doodmoe.

Ze duwde de deur dicht, draaide zich om naar de stoel en liet zich erop zakken.

Met de koppigheid van een idioot deed Elke de kast weer open. Ze haalde er een wit shirt uit met blauwe breedtestrepen. Leuk. Ze had het nooit eerder gezien. Of ja, misschien toch wel.

'Wat vind je hiervan?' Elke hield het haar voor en porde haar op.

Ze staarde strak naar het shirt.

'Het lijkt me een lekker soepel shirt, het zit vast lekker en het past goed bij je spijkerbroek,' vond Elke.

Ze bleef ernaar staren.

'En wat moet je nu doen, denk je?'

Ze bleef staren. Ze kon niet anders. Ze was zo vreselijk traag.

'Wat moet je nu doen?' drong Elke aan.

Haar stem was duidelijk en dringend, maar toch aldoor vriendelijk.

'Het aantrekken,' hoorde ze zichzelf langzaam zeggen, met een stem die haar totaal vreemd was.

En ze tilde braaf beide armen op en liet Elke het shirt over haar hoofd doen.

Nu was ze in een gymnastieklokaal. Rust noch duur. Ze had een propvol schema. Ze mocht met de rolstoel naar het gymnastieklokaal. Het was lastig er te komen, trappen af, allerlei gangen door en god weet wat nog meer. Geen mens die het kon vinden! Nu mocht ze met de lift. In de rolstoel. Maar dat zou niet eeuwig zo blijven. Ze had immers benen om op te lopen, grapte Sara. Ze was bewegingstherapeute en zij had voor de rolstoel gezorgd. Daar wilde ze Sara voor bedanken, maar ze kon het niet. Ze was zo moe dat ze geen woord kon uitbrengen. Niet eens een kort 'dankjewel'. Ze moest haar energie sparen voor de training. De therapeute had lang haar in een staart. Cecilia keek naar haar lenige lichaam, naar de hometrainer en naar alle andere fitness-toestellen. Wat moest ze daar doen? Ze kon nog maar nauwelijks staan.

Nee, ze hoefde niet te fietsen. Nog niet. Maar het was mooi dat ze kon staan en kleine stukjes kon lopen, ook al ging het langzaam, zei Sara.

'Dat wordt wel beter,' zei ze, en ze vroeg Cecilia om in haar handen te knijpen. 'Flink hard,' spoorde ze haar aan. 'En dan loslaten.'

Ze deed haar best om te doen wat haar werd gezegd. Maar soms hoorde ze niet eens wat de mensen zeiden. Ze wilde echt wel bewegen. Ze wilde echt alles goed doen. Maar het lukte niet.

'Het is goed dat je de wil hebt,' zei Sara. 'Dat zie ik. Het heeft tijd nodig. Je komt er wel, dat zul je zien.'

Ze wist niet hoelang ze in de fitnessruimte was geweest. De tijd vloog. Ze wist alleen dat ze er elke dag heen zou moeten. Dat ze een vast schema had. Dat het belangrijk was dat ze zelf verant-woording probeerde te nemen.

Maar ze had het allemaal nog niet op een rijtje, ze waren aardig en hielpen haar als het niet lukte.

Terug in haar kamer viel ze meteen in slaap. Maar ze kon niet lang blijven liggen. De verzorgster kwam haar halen voor het eten.

Daarna kwam ze weer.

'Er is iemand voor je,' zei ze.

*

'Ik heb een paar simpele vragen over Emmy Höglund.'

Gillis Jensen zag de mondhoek van de jonge arts trillen.

'Ja, wat is er met haar?' zei Gustav Stjärne wrevelig.

Man, ze is vermoord, dacht Jensen bij zichzelf. Weet je dat niet?

Stjärne zat rechtop in de leunstoel met beide voeten op de vloer en zijn handen op de armleuningen. Zijn schouders hingen naar beneden, waardoor zijn nek langer leek. Hij keek Jensen koeltjes aan. Zijn doktersjas hing los, eronder droeg hij een wit overhemd en een witte broek, en een paar gymschoenen die wit waren geweest.

Gustav Stjärne had asblond haar, nogal een dikke bos die nodig geknipt moest worden. Zijn ogen waren lichtblauw met opvallende, eveneens lichte wenkbrauwen, vermoedelijk gebleekt door de zon. Zijn mond was klein en zijn bovenlip nauwelijks gewelfd; zijn onderlip daarentegen was dikker. Hij hield zijn lippen op elkaar, wat hem een nors aanzien gaf. Hij had een korte, misschien wat platte neus. Maar zijn gezicht had een zekere regelmaat, die ervoor zorgde dat hij er al met al goed uitzag, zonder dat zijn uiterlijk karakteristiek of charismatisch was. Uitstraling in die zin had hij niet, hij straalde hooguit een duistere ongerustheid uit.

Die man kan gemakkelijk opgaan in de massa, dacht Jensen. En je kunt hem gemakkelijk met iemand anders verwarren. De verklaring van de buurman van Emmy Höglund speelde door zijn hoofd. De man met de strandstoel. Dapper had hij geprobeerd de man te beschrijven die Emmy in het donker vlak na middernacht had geroepen, maar hij was niet verder gekomen dan dat hij er onopvallend uitzag.

Ze zaten op de verlosafdeling apart in een kamertje zonder ramen. Een zuster had hen daarheen gebracht. 'Gespreksruimte' stond er op het bordje naast de deur. Hij had het gevoel dat de geluidsisolatie even goed was als in een bunker. De kamer was pas geverfd, de hele verlosafdeling had trouwens net een ingrijpende renovatie achter de rug, dat had zelfs in de *Sydsvenskan* gestaan. De gangen waren licht en open en de kamers kennelijk voorzien van de modernste uitrusting.

Stjärne had verbeten gekeken toen de vrouwelijke arts hem had gehaald en hij de rechercheur in de gang van verloskunde zag staan. Hij wist natuurlijk niet wie Jensen was. Jensen was altijd in burger, maar misschien vermoedde Stjärne iets. Sommige geruchten verspreidden zich als een lopend vuurtje.

Natuurlijk ging hij meteen mee. Iets anders had ongetwijfeld opzien gebaard.

Nu was hij al opgevallen door moeilijk bereikbaar te zijn. En door zelf niets van zich te laten horen.

'Ja, u weet dat ik al een poosje naar u op zoek ben,' zei Jensen.
'Ik had geen tijd...'
Jensen ging er niet verder op in.
'U kent Emmy Höglund,' constateerde hij.
'Niet heel goed,' verweerde Stjärne zich.
Jensen knikte, zodat zijn lege wangzakken licht trilden.
'Wilt u over haar vertellen?'
Stjärne keek hem met holle ogen aan.
'Of vindt u dat moeilijk?' vroeg Jensen met een fluweelzachte stem.
'Er valt niets te vertellen,' vond Stjärne.
Gillis Jensen zweeg. Hij was wereldrecordhouder zwijgen.
'We kwamen elkaar weleens tegen,' zei Stjärne ten slotte zacht en nors. 'Ze is eigenlijk bevriend met een kennis van me.'
'O?'
'Karl heet hij.'
'En hoe heet hij nog meer?'
Stilte.
'Heet hij Karl Wallin?'
Stjärne kreeg een rode kleur op zijn wangen en boorde zijn blik in de zachte tinten van het gordijn dat iets van de hardheid van de wand tegenover hem wegnam. Tussen hen in stond een ronde tafel in een lichte houtsoort.
Ten slotte knikte hij.
'Wilt u vertellen wanneer u Emmy voor het laatst hebt gezien?'
'Dat weet ik niet zo goed meer; een week geleden misschien.'
'U was er vorige week maandag niet bij in Carlssons Trädgård?'
'Nee. Had ik daar moeten zijn?'
'Een paar kennissen van u waren er wel.'
'Maar ik niet.'
Jensen bedacht dat hij waarschijnlijk zou moeten blijven trekken, Stjärne zou uit zichzelf geen woord zeggen.
'U was dus niet met Emmy, Karl en de anderen bij Carlssons, ruim een week geleden?'
'Nee.'
'Waar was u dan?'

'Ik was hier.'

'Hier?'

'Ja, ik had de nacht van maandag op dinsdag dienst.'

Had hij dat nou niet meteen kunnen zeggen, verdomme, dacht Jensen. Hij stelde je geduld wel zwaar op de proef. Maar het was onmiskenbaar een goed alibi.

'En als we naar de dinsdagavond gaan. Wat deed u toen?'

'In ieder geval heb ik Emmy toen niet gezien.'

'Kunt u dat bewijzen?'

Het was net of de zuurstof op was. Er klonken voetstappen en stemmen op de gang. Toen ging de pieper in de jaszak van Stjärne.

Daar heb je geluk mee, dacht Jensen.

*

Op een gegeven moment kon Nina Bodén er niet meer tegen en ze had een paar dagen vrij genomen. Ze beschouwde zichzelf als een sterke vrouw, die net als iedereen bepaalde zwakheden had. Je kon niet altijd op volle kracht doorwerken. Thuis kwam ze ook niet tot rust, en nu zat ze weer in het autootje van de wijkzorg. Ze hield het stuur stevig vast en keek voor zich op de weg; ze wilde geen das of hert overrijden. En nog minder op een eland botsen.

Af en toe kreeg ze een fikse huilbui en dan liet ze haar tranen de vrije loop. Ze was van plan geweest zich tot de begrafenis goed te houden, daarna zou ze wel zien. Niet waarheen de wind waaide, maar wat ze wilde.

Ze was net een omgevallen boom. Er kwam van alles tussen de wortels uit gekropen. Een wereld vol kleine beestjes. Daar begon je niets tegen. Er zat geen structuur in het verdriet. Het was beurtelings zwart, overweldigend en teder. Het enige waar ze van op aankon, dat waren haar herinneringen. Ze had zich in het verleden vaak voor de gek laten houden, en soms maakte ze zichzelf iets wijs.

Maar de herinneringen waren in die zin ook bedrieglijk doordat sommige bleven zitten, terwijl andere wegzakten. Het waren werkelijk niet alleen de mooie momenten die bovenkwamen.

Ze snoot haar neus, droogde haar wangen en draafde plichts-getrouw het huisje binnen. Ze hoorde het tikken van de klok al in de vestibule. Dat soort wandklokken was ouderwets geworden toen alles elektrisch werd of op batterijen liep. Ze wist wat ze moest doen, dit was haar terrein. Niemand bemoeide zich ermee, en ze kreeg bijna nooit klachten. De man was blij haar te zien. Zo blij dat ze bijna weer ging huilen. Hij zwaaide met een brede, kromme hand vanaf de bank. Oude mensen kregen grote handen en neuzen.

'Ik krijg hem niet van de bank,' zei zijn vrouw, die op versleten heupen en met twee stokken aan kwam strompelen.

'Ik zit hier maar een beetje als een zoutzak op de bank,' grapte de man.

Hij zou daar wel door de tulen gordijnen naar de lucht liggen kijken, dacht ze.

'Het is een goed plekje,' zei ze.

Ze praatte met haar vrolijke stem. Ze verbond de wonden aan het been van de man en controleerde of ze beiden hun medicijnen hadden ingenomen.

Hadden zij en Jan in een onbekende toekomst zo kunnen wor-den? Ze moest er opeens onfatsoenlijk hard om lachen, maar toen zat ze alweer alleen in de auto, op weg terug naar het zorg-centrum. Ze kwam uit het noorden over de Björnfällevägen gere-den. Er stonden paarden te grazen in grote weilanden waarvoor bos was gekapt. Het werden er elk jaar meer. In die zin was het een levendige regio, je kon niet anders zeggen. Er waren natuur-lijk een heleboel kinderen die net zo lang doorzeurden totdat er zo'n arme pony kwam, waar ze vervolgens gauw genoeg van kre-gen en die ze bij huis lieten staan. Verwend, dat waren ze.

Het was vier uur. Het was donker geworden in het bos, maar het was een fluweelzachte duisternis die ze prettig vond. Dit jaar zou ze geen paddenstoelen plukken. Ook geen bessen. Helemaal niets.

Ze had zich aan Jan vastgeklampt als een drenkeling aan een reddingsboei. Daar had ze een prijs voor betaald. Voor zoiets be-taal je altijd een prijs. Ze was laf. Ze wou dat ze moediger was geweest, zelfstandiger. Niet zo op de centen en niet zo bang dat ze niet op feestjes gevraagd zou worden. Zo onnozel was ze wel geweest. Het was de vraag op welke feestjes ze na de begrafenis nog gevraagd zou worden, wanneer bekend was geworden wat ze zelf achter de rug van die arme Jan om had uitgespookt.

Ze grijnsde erom.

Gisteravond had ze de slaap niet kunnen vatten. Ze was opgestaan en was voor het raam in de woonkamer gaan staan. Ze keek naar de perken van Eva-Lena. Recht en triest. Vooral rozen, die waarachtig nog steeds bloeiden, en geen sprietje onkruid.

Ik moet hier weg, dacht ze. Ik moet weg.

Daarna kon ze slapen.

Ze zou niet in dit grote huis blijven zitten wachten. Ze wilde het verkopen en het zomerhuis aanhouden. Ze had ook plannen om haar baan op te zeggen en te verhuizen. Maar daar had ze nog niets over gezegd tegen de kinderen. Dan zou je de protesten horen, vooral die van Martin. Het was niet te geloven wat die zich opeens verbeeldde. Alsof hij de taak van Jan had overgenomen. Dat moest maar eens afgelopen zijn!

Toen ze bij de noordelijke toegangsweg was gekomen, waren haar huilbuien over. Ze bevond zich in een toestand die het best te beschrijven viel als een zeer tijdelijk gevoel van harmonie. Daarom kon ze haar eigen onvolmaaktheid accepteren. Jan had het vast wel doorgehad, bedacht ze. Hij had wel begrepen wat er gaande was. Ze hoopte het bijna. Het leukste vermaak was toch leedvermaak. Ze hoopte dat hij had gemerkt dat ze geen moment had geloofd dat hij na die ene leerlinge met zijn escapades was gestopt. Eva-Lena met haar onfatsoenlijk vuurrode haar zat bij haar in de keuken en dacht dat ze niets doorhad.

Op Gotland was de hemel helder die dag, afgelopen zomer, dat zij en Jan naar Visby gingen. Hij protesteerde niet toen zij achter het stuur ging zitten. Ze begon door te krijgen hoe het er met hem voor stond en ze schoot behoorlijk in de stress omdat hij net op dat moment ziek werd. Als het ernstig was, en er een lange periode van herstel volgde, zou ze het nauwelijks over haar hart kunnen verkrijgen om hem te verlaten. Ze kreeg het benauwd bij het idee dat ze tot aan zijn dood met hem opgescheept zou zitten. Dat had ze nooit eerder gehad. Vroeger werd ze bijna panisch bij het idee dat hij haar zou verlaten.

Ze hadden een afspraak voor hem gemaakt bij het zorgcentrum thuis, of liever: die afspraak had zij gemaakt. In de week dat ze thuiskwamen van Gotland kon Jan meteen bij dokter Björk terecht. Ze had speciaal om dokter Björk gevraagd, omdat hij veel ervaring had en goed met Jan zou kunnen praten. De angst en de ongerustheid gingen met Jan op de loop, zoals zij het zag. Hij werd natuurlijk wat doof op zijn leeftijd, en hij had last van onschuldige duizelingen, maar afgezien daarvan hield zij het erop dat het psychisch was. Van pijn in je lichaam krijg je pijn in je ziel, al was het alleen maar omdat je je moet wapenen tegen de pijn. En omgekeerd. Psychische nood kan de meest verbijsterende lichamelijke reacties teweegbrengen. Oorsuizingen, duizeligheid, kokerkijken, hartkloppingen.

Jan was bang om oud te worden. Zo zag zij het. Verschrikkelijk bang. En die angst werd met het jaar erger. Hij zat erin gevangen. Hij durfde zich nauwelijks meer te bewegen. Zijzelf genoot ervan dat ze meer zeggenschap kreeg over haar eigen leven. Dat ze haar plannen niet alleen maar aan iedereen, aan de kinderen of aan Jan hoefde aan te passen. Jan had zichzelf altijd als sterk beschouwd. Niet als een krachtpatser. Het was meer dat hij van zichzelf het beeld had dat hij alles aankon. Zeker zijn leerlingen.

Hij werd een binnenvetter en zei niet veel. Niet dat zij dacht dat het per se altijd beter was om overal over te praten, maar op de een of andere manier moest dit eruit. En er waren beslist dingen waar hij beter nog eens naar had kunnen kijken. Angst, benauwdheid en paniek hadden veel bronnen. Hij was een vreselijke slapjanus geweest! Maar bij nader inzien was ze waarschijnlijk zelf ook teruggedeinsd voor openheid over zulke grote zonden en zou ze ook op de vergeetachtigheid van mensen hebben gegokt. Of op hun vergevingsgezindheid en wil tot verzoening.

In de loop van de zomer was zij het autorijden voor haar rekening gaan nemen. Evenals veel andere dingen. Maar met het verwisselen van de ton van de latrine moest hij haar helpen. Voor de rest hield hij zich meestal kalm. Laat in de middag, als het koeler was, liep hij langzaam naar het strand. Dan zat hij op het zand op zijn oude badjas naar de rimpelingen van de avondbries in het water te kijken. Ze zei er niets van.

Ze gingen die dag naar Visby, omdat Jan naar de bibliotheek wilde om boeken te lenen en kranten te lezen. Ze zette hem dus in Almedalen af. Ze wist niet wat ze had gezegd dat ze zelf ging doen, maar ze parkeerde voor de muur bij het Söderplein. Pierre zat op een van de bankjes aan het Söderplein te wachten. Hij was uit Sysne gekomen.

Hoe was het mogelijk dat ze nog evenveel voor elkaar voelden als toen ze jong waren? Het was net alsof ze in het paradijs was aangekomen toen ze hem vorig jaar in Oskarshamn was tegengekomen. Hij was uit Lund gekomen om extra te werken in het ziekenhuis. Ze verliet opeens het dal van de schaduwen des doods om de hemel binnen te gaan. Het leven bruiste weer, ook al voelde ze zich in het begin erg schuldig. Maar dat wende. Het was het waard. Pierre regelde het zo dat hij nog eens af en toe een week in Oskarshamn kon werken. En tussendoor belden ze. Ze moffelde de telefoonrekeningen weg, die liet ze nooit slingeren. Gelukkig deed zij de betalingen, en die handelde ze snel af.

Ze ging naast hem op het bankje zitten en verbaasde zich er weer over dat er zulke buitensporige gevoelens bestonden, het borrelde en bruiste in haar binnenste, terwijl ze toch niet meer de jongste was. Voorbij de geparkeerde auto's en de daken van de huizen konden ze de zee zien en ze hadden daar gewoon eeuwig kunnen blijven zitten als de lucht niet betrokken was. Het weer kon plotseling omslaan op het door de zon opgewarmde eiland, het water van de Oostzee werd grijs en weerbarstig en er verschenen inktzwarte wolken. Het begon te hozen en er zat voor hen niets anders op dan restaurant Brinken binnen te vluchten. Daar heerste nog steeds de authentieke sfeer van de jaren zestig, het was geen namaak, zoals in Stockholm. De inrichting was donker en de sfeer intens en warm, aangezien het er bijna vol zat. Hij nam een stoofschotel en zij schol. Er zaten niet hoofdzakelijk toeristen, maar ook mensen van het eiland uit kantoren in de buurt, en natuurlijk een aantal bouwvakkers. Er was nog één tafeltje vrij.

Over de tafel heen vonden hun handen elkaar. Dat handen zo warm konden zijn en zo sensueel en dat ze de weg zo goed konden vinden! Zachtjes met je vingertoppen over de handpalm strijken, van de levenslijn naar de gevoelige huid aan de binnenkant van de onderarm. Toch voelde ze zich schuldig, ondanks alle voldoening die dit haar gaf. Ze wou dat het leven gemakkelijker was, zuiverder, dat het in duidelijke banen liep.

Toen vertelde Pierre over Laxen. Ze begreep pas achteraf waarom hij dat deed. En ze had er moeite mee, ook al wist ze wel dat Jan geen lieverdje was geweest, en dat er een andere kant zat aan de medaille van de soms gedistantieerde en cynische façade, en de grapjes die hij vaak maakte. Maar hoe erg het was, wist ze niet. Zijn ouders waren goudeerlijke mensen. Bijna op het overdrevene af.

'Het is nooit duidelijk geworden wat er was gebeurd,' zei Pierre, en hij keek er ernstig bij door zijn bril. 'Ze hebben Laxen dood in de kelder gevonden. Hij was toen zestien. De enige van wie men zeker wist dat hij in de kelder was geweest, was zijn broer. En die twee hadden altijd ruzie.'

'Dus die broer werd veroordeeld?'

Pierre knikte en bleef haar aankijken.

'Maar hij was te jong voor de gevangenis. Hij moest naar een tuchtschool.'

'O. Weet je hoe het daarna met hem is gegaan?'

Ze vond het altijd triest als het op jonge leeftijd al zo slecht met iemand ging.

'Nee. Maar je weet hoe die dingen meestal gaan.'

Hij trok er een gewichtig gezicht bij. Als een god die levenden en doden kon oordelen. Ze liet het verhaal bezinken, maar was toch verbijsterd. Waarom vertelde hij dit?

Pierre voelde haar twijfels waarschijnlijk aan, want hij leunde naar voren en ging op fluistertoon verder: 'Jan was erbij betrokken.'

'Daar heeft hij nooit iets van gezegd,' verweerde ze zich.

Het stak haar dat ze iets over haar echtgenoot te horen kreeg wat ze had moeten weten. Zij stond hem het naast.

'O nee?'

Hij keek haar onderzoekend aan, en om de een of andere reden reageerde ze daarop met een glimlach, iets wat hij interpreteerde als een sein dat de kust veilig was.

'Iemand had Jan het huis zien binnengaan. Maar veel later bleek pas dat niemand hem het huis weer had zien verlaten. Laxen was zijn beste vriend, en niemand kwam op het idee dat hij de dader zou kunnen zijn.'

Ze voelde de twijfel groeien. Tegelijkertijd had ze de smaak van de waarheid te pakken gekregen.

'Maar waar was hij dan gebleven?'

'Niemand die het weet. Misschien had hij zich in het huis verstopt, zoals een rechercheur dacht. Ze hadden in die tijd geen DNA of zo. De villa werd om te beginnen al helemaal niet doorzocht. Het schijnt dat Jan opeens in de hal stond en naar Laxen vroeg. Ze namen aan dat hij van buiten was gekomen, maar ze hadden hem niet horen aankloppen. Alles stond immers op z'n kop toen ze Laxen dood hadden aangetroffen. Ze dachten dat hij een steen tegen zijn hoofd had gekregen.'

'Een steen?'

'Ja, dat dachten ze. Op het perceel ernaast was een huis in aanbouw. Ze hebben het moordwapen nooit gevonden.'

Ze zei niets meer. Wilde Pierre haar hiermee duidelijk maken dat ze getrouwd was met een verstokte leugenaar en bedrieger? Een moordenaar zelfs?

Waren er mensen uit Jans verleden die het slecht met hem voorhadden? Die na al die tijd wraak hadden genomen? Ze huiverde bij de gedachte.

Welke bedoeling Pierre ermee had, was zonneklaar. Duidelijk en vleiend, maar er zat ook een andere kant aan. Hij wilde dat ze meteen ging scheiden. Dat ze de zijne werd, zoals hij zei.

Maar ze wilde niet van iemand worden. Ze wilde zichzelf zijn.

Toen Pierre en zij opstonden, zag ze wat ze al eerder had moeten zien. Karlgren, de buurman van het huisje naast hen, zat hen een paar tafeltjes verder in het halfduister aan te staren. Hij zag altijd alles, en het zou misschien te veel gevraagd zijn als hij dit voor zichzelf zou houden.

Maar dat maakt niet uit, had ze gedacht, en op weg naar buiten had ze hem toegeknikt. Alsof ze eindelijk los durfde te laten.

*

'Hoi, Cecilia,' zei hij. 'Ken je me nog?'

Misschien wel, maar er was iets raars met hem, had ze het idee. Vervelend. Ze probeerde na te denken. Dat kostte haar veel moeite. Er kwamen mensen bij haar die zeiden dat ze haar kenden, en dan wist ze er niets meer van. Ze kon zich met geen mogelijkheid herinneren hoe goed ze bevriend waren.

Laat ook maar, dacht ze. Ik moet er maar aan wennen. Ik kom er straks wel achter, wanneer mijn hersenen niet zo traag meer werken. Dan zie ik het wel.

'Jonathan,' zei hij, en hij ging met zijn hand langs zijn korte staartje waar hij een elastiek omheen had gebonden.

'Hoi...'

Zelf streek ze niet over haar stoppeltjeshaar, ook al jeukten de littekens af en toe.

'Kort haar staat je goed,' zei hij.

Ze keek hem sceptisch aan.

'Het groeit wel weer aan,' zei hij toen.

Dan word ik weer net als vroeger, dacht ze, maar ze kon haar mond niet opendoen. Ook niet dicht. Ze liet hem half openstaan, alsof ze niet goed bij haar hoofd was.

'Ik kom eens kijken hoe het met je gaat,' ging hij verder.

Waarom?

Ze wist niet of ze hem wel in de leunstoel in haar kamer wilde hebben. Ze voelde zich niet veilig met hem.

'Ik was nooit eerder in Orup geweest,' zei hij. 'Dus dit is eigenlijk ook een beetje een studiebezoek. Het is hier prachtig, met het beukenbos en het uitzicht. Het is een echt recreatiegebied; ze hebben hier zelfs een minigolfbaan en een dierentuin.'

Een dierentuin!

Ze staarde hem aan.

'Heerlijk rustig,' ging hij verder. 'Een goeie plek om tot jezelf te komen.'

Ze staarde hem nog steeds aan. Ze kon haar ogen niet van hem afhouden.

'Ja, ik wilde dus eens kijken hoe het met je gaat... We hebben elkaar immers vriendschap beloofd.'

O ja? dacht ze, en ze had iedereen liever op bezoek gehad dan

348

hem. Want nu ze aan de stem gewend was geraakt, begon ze de zachte, bijna vrouwelijke klank te herkennen. Haar geheugen werd langzaam wakker. Er kwamen beelden bij haar boven. Roerige beelden, met geluiden en geuren. Een warm bed. Een lichaam. Zweet. Man. Sperma.

Ze werd weer overvallen door vermoeidheid. Een zware vermoeidheid, die ze niet kon tegenhouden. Als een ijzeren deur met een automatische sluitinrichting.

Ze wilde van hem af.

Maar hij bleef zitten. Hij leunde achterover en sloeg zijn ene lange been over het andere.

Wat deed hij hier?

'Fijn dat het zo goed gaat,' zei hij.

Ze wist niet hoe het anders had kunnen gaan. Maar oké, dit zou dan wel goed zijn.

'Wat weet je er eigenlijk nog van?'

Zijn mooie tanden schitterden haar tegemoet, en plotseling voelde ze dat ze heel veel van die glimlach hield. Die was bekend en warm. Haar hart bonsde ervan, terwijl ze er tegelijkertijd van in de war raakte. Moest ze oppassen?

Maar zijn haar zat anders; het golfde niet meer, maar was strak naar achteren gekamd.

'Wat ik nog weet?' vroeg ze.

'Ja, ik bedoel, het moet een vreselijke ervaring zijn geweest om te worden neergeslagen door iemand...'

Weet ik niet, dacht ze, en ze haalde bijna onzichtbaar haar schouders op. Het was net een zwart gat.

'Hoeveel blijft je daar eigenlijk van bij?' drong hij aan.

Zijn mond was niet meer hetzelfde. Gretig glimlachend wachtte hij op antwoord.

Wat wilde hij?

Ze wilde hem daar niet hebben. Later zou de politie haar komen verhoren, hadden ze tegen haar gezegd. Maar hij was geen agent.

'Weet je wat er met Emmy Höglund is gebeurd?' vroeg hij.

Met Emmy?

'Zij heeft niet zoveel geluk gehad.'

Wie?

'Ze is dood.'

Wie? Wie is er dood?

Ze dacht dat ze gek werd. Ze was doodmoe van alle gedachten door elkaar. Ze gaapte.

'Ben je moe?'

Ze knikte en wankelde naar het bed. Ging languit liggen. Ze hoorde de deur dichtslaan op het moment dat haar oogleden dichtvielen.

De jongen

Inwendig kook ik. Ik heb een gloeiend hete woede in me. Ik ga er nog aan kapot. Mijn hersenen verbranden. Ik verbrand helemaal vanbinnen. Ik weet dat dat gaat gebeuren als ik geen verkoeling vind, ook al is het maar tijdelijk. Ik leef dag en nacht als een vulkaan die op het punt staat lava te spuwen. 's Nachts word ik badend in het zweet wakker, mijn lakens doorweekt. Ik krijg nooit rust.

Ik droom ervan een heel gewoon mens te zijn. Iemand die naar het voetballen gaat en hamburgers eet voor de tv met zijn gezin.

Maar dat gaat niet. Ik ben geen gewoon mens. Ik weet niet wat een gewoon leven is. Dat heb ik nooit geleerd.

Maar ik wil het wel hebben.

Want nu ben ik helemaal alleen. Ze ziet me niet meer staan. Ik hou me gedeisd. Als ze me niet wil, dan maar niet! Maar het is onmogelijk om haar niet van een afstand te volgen.

Haar zachte, wapperende haar, soms in een lange, korenblonde vlecht op haar rug, is net een touw dat je vast kunt pakken.

Ze draait wel bij. Dat weet ik. Ze krijgt nog wel spijt. Als ze beseft wat ze heeft verloren.

Ik kan denken. Ik ga iets slims verzinnen. Daarom moet ik mijn hoofd koel houden en rustig blijven, ervoor zorgen dat ik het niet met haar of met iemand anders aan de stok krijg zolang ik nog aan het denken ben. En ik denk continu, want ik kan mijn gedachten niet uitschakelen. Ze zijn een kwelling, net als de hitte en de vulkaan.

Het is allemaal een zootje. Een opgevoerde motor, die je niet kunt stoppen.

Ik blijf uit de buurt. Ik blijf op mezelf, want dan kan niemand erachter komen wat er is gebeurd en mij in ieder geval niet met zijn mening lastigvallen. En niemand kan me kwaad doen en ik kan ook niemand kwaad doen, en alles wordt gemakkelijker met een beetje lucht om me heen.

Als ik uit mijn concentratie raak, weet ik niet wat ik moet doen. Ik ga kapot aan mijn woede. Die vreet me vanbinnen op. Ik ben er bang voor. Bang voor mezelf. Voor wat mijn opvliegendheid kan aanrichten.

Daarom wacht ik totdat de vulkaan dooft, zodat ik mezelf weer in de hand heb. Ik wil me kunnen beheersen, ik wil cool zijn.

En dat terwijl ik dacht dat ik alles al had meegemaakt op het gebied van vernedering en woede, dat ik alle grenzen al had overschreden, getraind als ik ben vanaf mijn vroegste jeugd. Ik dacht dat ik inmiddels alles kon verdragen. Dat ik keihard was en dat niemand me kapot kon krijgen, ook al ben ik fysiek niet erg sterk. Ik ben niet zo'n hersenloze spierbundel, zoals die zwetende sukkels in de sportzaal. Ik moet er niet aan dénken!

Ze kunnen de wereld kapotmaken, als ze willen. Maar ze kunnen het ook niet doen. Ze kunnen kiezen. Ik zal ervoor zorgen dat ik ook kan kiezen. Ik zal hem eens wat laten zien! Maar dan op mijn eigen manier.

Ik zal haar terugkrijgen.

Mijn kracht is dat ik veel meer kan hebben dan de meeste anderen. Meer dan hij. Ik hoef alleen mijn gedachten maar de goede kant op te sturen. Ik moet me concentreren op wat belangrijk is en de rest negeren.

Het is mooi dat ik geen lafbek ben, zeg ik tegen mezelf wanneer ik voor de spiegel sta. Door mijn gebrek aan angst hoor ik bij een andere soort. Ik ben beter, denk ik, en ik kijk recht in mijn eigen ogen. Ik herhaal de mantra nog eens.

Ik ben beter.

Ik span mijn bovenlip over mijn tanden. Ik frons mijn wenkbrauwen. Met mij valt niet te spotten.

Je moet zorgen dat je nooit onderaan terechtkomt. Je moet zorgen dat ze je respecteren, anders maken ze misbruik van je. De spelregels van het leven schrijven voor dat je je niet op de kop laat zitten. De mensen die me zien, moeten meteen voelen hoe hard ik ben. Onder de indruk zijn van mij. Mij erdoor laten, omdat ze weten dat ik beter ben.

Ik heb zelfs geleerd hoe ik de schuldgevoelens moet verdringen die toch nog af en toe bovenkomen. Al gebeurt dat alleen als Filippa op haar donder heeft gekregen. Ik ben gek op mijn zusje, echt waar. Dat is mijn enige zwakte, dat ik haar niet met rust kan laten. Laf, laf, laf!

Maar ik kan er niets tegen beginnen. Filippa zou het verstand moeten hebben uit de buurt te blijven als ze ziet dat ik uit mijn gewone doen ben. Soms gaat het een hele poos goed. Maar ik kan het niet helpen dat ik soms gefrustreerd raak. Zoals vandaag. Het was niet mijn schuld. Mijn vuist schoot gewoon uit. Ze vraagt er ook gewoon om. Alsof ze mij uit mijn evenwicht wil brengen, alsof ze wil dat ik me dom voel, zodat zij me de baas is. Dan kijkt ze me aan met die gekwetste reeënogen. En ik word gek en nog bozer, omdat ze vindt dat ik me moet schamen. Dan vráágt ze er toch om!

Voor die ouwe vent geldt hetzelfde.

Ik sta boven hem. Ik ben jonger. Ik heb mijn leven nog voor me. Die vent is straks rijp voor een bejaardentehuis. Oude mensen zijn verliezers.

Ik weet dat er een kloof is ontstaan. Een kloof in mezelf. Daar zit Melinda in. Ze houdt van me. Haar warme hand in de mijne. Ze mag nooit vergeten dat ze van me houdt. Ze moet míj haar hand geven.

Het komt wel goed. Het moet goed komen. Wij worden gelukkig samen.

Ik zal mijn leven beteren en mijn zus niets meer doen.

Ik zal Melinda nooit een haar krenken. Als ze maar bij me blijft.

En niet bij die vent. Maar op een goeie dag krijgt hij zijn verdiende loon. En ik zal ervoor zorgen dat niemand mij ooit meer afwijst.

18

Vrijdag 27 september

'De veelplegers zijn het probleem,' zei Janne Lundin. 'Die moet je aanpakken, als je betere resultaten wilt boeken.'

De anderen knikten. Wat konden ze anders?

Het onderwerp van gesprek was de zoveelste verandering in de organisatie: een andere aanpak, gewijzigde werktijden en betere vooronderzoeksprocedures, vanuit de overtuiging dat men daarmee de criminaliteit zou kunnen terugdringen. De mensen van de praktijk, die niet op een administratief eiland zaten, hadden daar natuurlijk een heel andere kijk op. Een realistischer kijk, vonden ze zelf. Janne Lundin had de kwestie deze keer ter sprake gebracht, en in overeenstemming met zijn algemene traagheid was hij nogal lang aan het woord. Maar ze lieten hem zijn gang gaan. Hij wist in ieder geval waar hij het over had, als oudste.

Niemand anders had de puf om zich in de discussie te mengen, het was een zwaar onderwerp, het was triest en het hoorde zo bij de dagelijkse werkelijkheid dat ze er allang aan gewend waren. Zolang er niets werd gedaan om de omstandigheden buiten de gevangenispoorten te veranderen, zouden velen in hun oude fouten vervallen. Drugs, inbraken, autodiefstallen. Hopeloos. Ze hadden sowieso geen enkele invloed op beslissingen die over hun hoofden heen werden genomen.

'Jij kunt in elk geval lekker verder met die leraar, voor de variatie,' ging Lundin na een ongebruikelijk lange pauze verder met een hoofdknik naar Claesson.

'Heel stimulerend,' zei Claesson met een scheve glimlach.

Erika Ljung, die net terug was van vakantie, staarde hem ongelovig aan.

'Ik méén het.'

'Is dat inmiddels niet al een cold case?' vroeg Lundin.

'Misschien wel. In Lund is er iets anders tussengekomen, de zaak van die studente. Maar misschien kunnen we het van hieruit oplossen.'

'Denk je?' Peter Berg keek nieuwsgierig.

'Dat zou me wat zijn,' meende Louise Jasinski.

'De dader is óf gek, óf hij kende Jan Bodén. En hij kan best uit de omgeving van Oskarshamn komen. Bodén kwam hier vandaan en heeft het grootste gedeelte van zijn leven hier gewoond,' zei Claesson terwijl hij naar de vloer wees.

Ze zaten in de kantine van het politiebureau. Het was even over tienen en het regende zo hard dat het wel leek of er knikkers tegen de ruiten vlogen. Gotte had hen zojuist verlaten nadat hij hen vrolijk had toegeroepen. Hij was er absoluut van overtuigd dat dat het werk ten goede kwam. En hij had gelijk, ook al waren ze er zo aan gewend dat ze het vanzelfsprekend vonden. 'Een generaal moet zijn leger aanvoeren,' zei Gotte. Ze kregen complimenten, want geld kon hij hun helaas niet geven.

'Ik geloof niet dat de dader speciaal naar Lund is gegaan om hem te vermoorden,' ging Claesson verder. 'Dat lijkt me te ingewikkeld. Dan geloof ik eerder in een impulsieve daad. De moordenaar ziet Bodén, wordt kwaad om redenen die wij niet kennen en grijpt zijn kans. Geen wapens, geen bloedsporen. Een keurige, droge wurging.'

'Zijn er vingerafdrukken?' vroeg Peter Berg.

'Die zijn er natuurlijk wel, maar geen afdrukken die we in onze bestanden terug kunnen vinden.'

'Terug naar de basis dus?' vroeg Lundin.

'Zoiets, ja.'

Claes Claesson kreeg een auto mee en reed naar de Bragegatan. Het was een houten villa die wel een verfje kon gebruiken, de groene kleur was niet meer dan een herinnering. Maar de tuin zag er keurig uit.

Margareta Selander was net een ooievaar: lang, dun en recht, en alles aan haar was bleek, van haar kleren tot haar haar.

'Ik woon hier tegenwoordig alleen,' zei ze, terwijl ze zijn jas aannam en die aan een kapstok hing.

Een huis met kleurige geweven vloerkleden, dacht hij. Hij had er niets op tegen. Ze zorgden voor warmte en een gevoel van continuïteit, aangezien je nauwelijks een Zweeds huis zonder zulke vloerkleden kon vinden.

'Mijn man is een paar jaar geleden overleden, en eigenlijk is het huis te groot voor me, maar ik vind het moeilijk om weg te gaan. Ik heb mijn weefgetouwen immers ook nog.'

Hij gluurde het vertrek in waarvan hij vermoedde dat het de woonkamer was. Daar stonden weefgetouwen opgesteld, dicht op elkaar, als in een atelier. Er stond een ouderwets harmonium tegen de muur, met een crucifix erboven.

Ze gingen in een kleinere, aangrenzende kamer zitten, met een bankstel en een tv-toestel. Boven de tv hing een plank waar foto's op stonden. Hij zocht altijd naar de klassieke foto's. Die zeiden veel over waar je mee voor de dag wilde komen. Zelf had hij natuurlijk zijn trouwfoto opgehangen, naast een foto van Klara die aan tafel zat te lachen met haar gezicht onder het eten. En hij had Veronika in half profiel gevangen met haar mooie, lange hals bloot. Een beetje wazig, maar heel lief. Hij was toen net verliefd op haar, en dat zag je. Die heftige en tedere gevoelens kwamen weer boven zodra hij naar de foto keek. Hij had op het punt gestaan die op zijn kamer in het bureau te zetten, maar had toch gekozen voor een minder emotioneel beladen foto van Veronika met Klara op schoot. Eentje waarop ze recht in de camera keek.

Haar man was kennelijk ook mager geweest. Hij bestudeerde de zwart-witfoto van een paardengezicht. Margareta Selander leek wel een fotokopie van zichzelf van vroeger, alleen wat doffer, naar de trouwfoto te oordelen. Ze had donker haar gehad. De dochter op haar beurt was het evenbeeld van haar moeder, maar dan met het blonde haar van haar vader.

'Het zou fijn zijn als Melinda dit niet allemaal weer zou hoeven oprakelen. Ze is er na een aantal moeilijke jaren weer aardig bovenop, maar ik denk niet dat ze het aankan als al die nare... vreselijke dingen weer bovenkomen.'

'Het gaat om haar band met Jan Bodén...'

'Ja, daar heb je het al,' viel ze hem meteen in de rede, en ze maakte een grimas alsof ze iets zuurs had ingeslikt. 'Wat een afgrijselijke geschiedenis!'

'Ik zie dat het u raakt,' ging Claesson verder. 'En natuurlijk hebt u het er als ouders moeilijk mee gehad...'

Ze wierp hem een sombere, maar toch genadige blik toe.

'Maar in verband met het onderzoek waar we nu mee bezig zijn zouden we graag een duidelijk beeld willen krijgen van wat er eigenlijk is voorgevallen.'

'Hij heeft haar verleid!'

Ze klonk verontwaardigd. Haar gezicht kreeg op slag bijna dezelfde kleur als de geraniums waar de vensterbank achter haar mee vol stond.

'Ze was een onschuldig kind. En hij was een man van middelbare leeftijd, een echte...'

Ze zocht naar woorden.

'... vieze man.'

Ze duwde met haar magere hand tegen haar borst, als om zichzelf tot kalmte te manen. Het was bedompt en drukkend in huis, maar ze had het bovenste knoopje van haar blouse keurig dicht.

'Nee, een leraar moet geen verhouding beginnen met een leerling,' zei hij. 'Dan maakt hij misbruik van zijn positie.'

'Precies! Hij was gewoon een pedofiel.'

'Mag ik het u op de man af vragen: heeft hij haar verkracht?'

'Zo kun je het wel noemen. Hij zorgde ervoor dat zij verliefd op hem werd, terwijl hij alleen maar misbruik van haar wilde maken...'

Ze sloeg haar ogen neer.

'Maar of er sprake was van geslachtsgemeenschap weet ik niet,' ging ze verder.

'Er is geen aangifte gedaan?'

'Alsjeblieft zeg, nee! Het was al erg genoeg dat Gösta en ik erachter kwamen hoe ze met die Bodén dweepte, en dat ze stiekeme afspraakjes met hem had. Op school zelfs. Wat ze deden, hoef ik niet te weten. Zo zondig en verschrikkelijk, dat weet ik net zo lief niet.'

'Werd het bij geen enkele instantie gemeld?' vroeg hij nog eens.
Ze schudde haar hoofd.

'Melinda was zestien, bijna zeventien. Dus het was niet onwettig, in die zin. Dat hij haar niet meer wilde, was voor Melinda waarschijnlijk nog de grootste klap.'

Ze trok een gezicht alsof dat haar verdiende loon was.

Claesson slikte. Een vreemde opmerking voor een moeder.

'Hoezo?'

Hij vroeg het voorzichtig. Het was net lopen door een moeras.

'Zijn vrouw begon onraad te ruiken. En hij kreeg waarschijnlijk genoeg van haar. Ze was immers nog maar een kind. Maar Melinda was helemaal weg van die man die haar váder had kunnen zijn. Het kwam de rector natuurlijk ter ore wat er was gebeurd.'

'O?'

'Ja. Gösta heeft hem zelf gebeld om te zeggen dat die leraar zijn ontslag moest krijgen.'

Goh, dacht Claesson, en hij probeerde neutraal te blijven. Hij vond de moeder niet aardig, ook al kon hij zich wel enigszins verplaatsen in haar positie van ouder van een misbruikte dochter. Maar zijn sympathie ging eerder uit naar het meisje, dat hij nog nooit had ontmoet. Zij was de dupe geworden van alles. Had ze zich misschien alleen willen bevrijden uit een verstikkende thuissituatie?

'En wat gebeurde er?'

'Het werd allemaal in de doofpot gestopt bij gebrek aan bewijs. Het was zijn woord tegen het hare. Bodén was discreet geweest. Melinda leed erg onder alle roddels, en niet in de laatste plaats onder het feit dat ze was afgedankt.'

Het klinkt als iets uit een damesblad, dacht Claesson. Daar had ze er nogal wat van liggen, zag hij. Een grote stapel pulp, zoals zijn vader het genoemd zou hebben, op de plank onder de tafel.

'En toen mocht Melinda overstappen naar een andere klas.'

'Ik hoop dat dat goed uitpakte voor uw dochter.'

Claesson keek haar vriendelijk aan.

'Ze heeft zich er goed doorheen geslagen. Eerst at ze niet meer. Maar toen het afgelopen was met die flauwekul begon ze weer aan haar schoolwerk en is ze met de hoogste cijfers geslaagd. Ze is nu arts en werkt in Lund.'

'U zult wel erg trots op haar zijn,' zei hij.

Margareta Selander glimlachte feitelijk, en hij zag haar een paar centimeter groeien.

'Ze heeft een mooie naam,' ging hij verder.

De vrouw kreeg weer een kleur.

'Die heeft haar vader bedacht. Hij was kunstenaar,' zei ze, alsof dat de zaak verklaarde.

Maar Claesson had het stellige idee dat Gösta Selander geen kunstenaar was geweest. Dan had hij het geweten, aangezien hij jaren in de kunstclub van het politiebureau had gezeten.

'Ja, Gösta was haar vader niet,' vertelde ze.

Ze keek naar haar handen.

'Haar vader was een onrustige ziel. Het was hem hier te benauwd.'

'Op die manier.'

'Dus verdween hij naar het buitenland. Ze was toen nog maar drie. Hij liet niets meer van zich horen, en korte tijd later ontmoette ik Gösta. Hij was als een vader voor haar.'

'In die moeilijke periode had uw dochter vast andere vrienden. Weet u nog wie dat waren?'

Ze schudde haar hoofd. Eigenaardig, dacht Claesson. Het moet een erg eenzaam meisje zijn geweest. Of ze leefde een dubbelleven. Een leven thuis en een ander leven buitenshuis.

'Had ze...' zei hij, en hij dacht lang na over zijn woordkeus, '... aanbidders die belangstelling voor haar hadden?'

Ze staarde voor zich uit.

'Zou u nog iemand weten? Ik kan het natuurlijk aan haarzelf vragen, maar...'

'Ze had wel vrienden. Maar niet iemand die er speciaal uit sprong.'

'Misschien hebt u een klassenfoto?'

'Ja, die moet er wel zijn. Even denken...'

Ze stond op.

'Ik wacht wel, u hoeft zich voor mij niet te haasten,' zei Claesson terwijl ze naar boven verdween.

Even later hield hij de verbleekte kleurenfoto in zijn hand. Ernstige middelbare scholieren. Alsof de dood hen op de hielen zat, terwijl ze juist hun hele leven nog voor zich hadden. Maar dat was ook een hele opgave.

'Zit hier iemand bij van wie u weet dat Melinda daar veel mee optrok?'

De wijsvinger van Margareta Selander ging systematisch van de achterste rij naar beneden.

'Ja, met hem,' zei ze, en ze wees naar een jongen die zijn mond even stijf dichthield als de rest. 'Ik geloof dat hij nogal een zwak voor haar had.'

'Weet u nog hoe hij heette?'

Ze schudde haar hoofd.

'Zou ik de foto mogen lenen?'

Daarna liet hij Margareta Selander achter in haar gesloten wereld en reed naar het Oskar College. Daar zouden ze toch wel lijsten hebben, dacht hij.

*

Het afdelingshoofd van de vrouwenkliniek deed resoluut de deur dicht. Die stond gewoonlijk op een kier, als signaal dat hij beschikbaar was voor zijn medewerkers.

Eerst had hij een vergadering gehad over een conflict, of beter gezegd over een verschil in inzicht, over hoe bepaalde middelen voor het personeel gebruikt moesten worden. Er had een ijzige wind gewaaid tijdens de vergadering en hij was blij dat het voorbij was. Nauw verholen agressie en halsstarrigheid waren altijd een vermoeiende combinatie. Evenals mensen die niet wilden begrijpen wat niet in hun kraam te pas kwam.

Hij begon net weer een beetje bij te komen toen Christina Löfgren aanklopte. Ze stond in de deuropening en vroeg of hij een minuutje had. Hij zei meteen ja. In tegenstelling tot bepaalde anderen die de deur bij hem platliepen, kwam zij zelden, om niet te zeggen nooit.

'Ga zitten,' zei hij.

Hij had een lichte, gezellige kamer op het zuiden, waar het in de zomer misschien iets te warm was als de zon erop stond en het toch niet prettig was om de luxaflex neer te laten. Maar nu was het licht niet zo fel en het scheen niemand in de ogen.

'Ik voel me een klikspaan,' zei ze. Ze leek zich niet op haar gemak te voelen en keek op haar horloge.

Mooi, dacht hij. Ze gaat geen lang verhaal houden.

'Ik vind het heel vervelend. Alsof ik over mensen roddel achter hun rug.'

Dan ben je niet de enige, dacht hij. Dat is absoluut niets om moralistisch over te doen. Alle mensen roddelen en kletsen over elkaar. Dat is de smeerolie van de intermenselijke contacten. Hoewel ze het aan de top strategie en tactiek noemen.

'Geen probleem,' zei hij daarom.

Maar ze leek zo onzeker dat hij begreep dat ze nog een zetje nodig had.

'Is het iets persoonlijks?'

'Nee hoor.'

Ze schudde driftig haar hoofd.

'Het gaat om Gustav Stjärne.'

Hij was meteen alert. Zij was nu al de derde in zeer korte tijd die over Gustav Stjärne begon.

'En?'

'Ik vind het moeilijk om zijn mentor te zijn. Het is net of hij het niet echt opneemt, al denk ik wel dat hij het probeert...'

Ze keek met een ongelukkige blik naar buiten.

'Je weet dat het niet toevallig is dat jij zijn mentor bent geworden. Jij met jouw ervaring. Dus dat komt wel goed,' zei hij, in de hoop dat het vaderlijk vastberaden klonk. Hij zag het als een van zijn belangrijkste taken om zijn medewerkers te steunen.

'Ik bedoel dat ik er niet zeker van kan zijn dat hij geen stommiteiten uithaalt.'

Die zat. Hij haalde diep adem, maar zo langzaam dat zij het niet zou merken. Een ander trucje was om tot tien te tellen wanneer het onplezierig werd. Maar nooit meteen reageren. Dat kon verkeerd uitpakken.

'Dat is niet niks wat je daar zegt,' zei hij daarom beheerst.

Christina zei nooit zomaar iets. Haar bevindingen kwamen niet uit de lucht vallen; hij moest haar wel serieus nemen. Maar een halfjaar konden ze het toch wel uithouden met hem? dacht hij vermoeid. Dat zou het simpelste zijn, ook al was patiënttevredenheid natuurlijk de hoogste prioriteit van het ziekenhuis en dus ook van hem. Fouten stonden alleen op het verlanglijstje van de journalisten. En bloedbaden in de kranten wilde hij koste wat het kost vermijden. In tegenstelling tot de media was hij zich er terdege van bewust dat artsen ook maar mensen zijn. Ze doen hun best, maar zijn niet onfeilbaar. Anders zouden ze geen mensen zijn, maar goden. Al moesten ze de veiligheid van de patiënt natuurlijk altijd vooropstellen. Ze moesten van hun fouten leren en mochten nooit verslappen.

Gustav Stjärne leek een verkeerde keus te zijn.

'Soms doet hij helemaal niets op een moment dat hij in actie zou moeten komen of in ieder geval om hulp zou moeten vragen. En soms voert hij achter mijn rug om ingrepen uit. Ik kan hem niet elk moment in de gaten houden. Het is hier geen kleuterschool,' ging Christina Löfgren verder.

Ze klonk zuur.

'Ik geloof je wel,' zei hij. 'Maar hij is hier nog niet zo lang en heeft misschien wat meer tijd nodig. We moeten hem een eerlijke kans geven.'

Hij zwaaide met zijn handen terwijl hij zag hoe ze op zijn woordkeus reageerde. Zijn woordenschat bevatte trouwens nog veel meer van dergelijke begrippen. 'Redelijk', 'behoorlijk', 'passend'...

'En wat bedoel je met eerlijk?' vroeg ze.

Daar gaf hij natuurlijk geen antwoord op. Hij keek haar alleen diep in de ogen.

'Hoelang duurt zijn aanstelling?'

Ze stelde de vraag rustig en beheerst. Bovendien was hij ondubbelzinnig en exact, en dat beviel hem.

'Zes maanden, en daarna gaan we bekijken wat we van elkaar vinden.'

'Wie zijn "we"?'

Ze begon zich weer op te winden.

'De afdeling en Stjärne,' zei hij.

'Hij zal wel willen blijven,' mompelde ze. 'Het ontbreekt hem aan zelfkennis. Maar dit is toch een universitair centrum. Nieuwelingen moeten toch wel iets in hun mars hebben als ze hier komen!'

Er volgde een veelzeggende stilte.

'Er klopt iets niet. Eigenlijk is het best sneu voor hem. Alsof hij ergens door wordt geblokkeerd,' zei ze peinzend, terwijl haar verontwaardiging door haar hele lichaam te zien was. Haar bewegingen waren schokkerig en ze had een rimpel tussen haar wenkbrauwen.

Hij wist van zichzelf dat hij het moeilijker vond om met de vrouwelijke artsen om te gaan als ze kwaad waren. Waarom dat zo was had hij niet verder geanalyseerd, het was gewoon zo.

'Het klinkt serieus, dat hoor ik wel,' zei hij, en hij meende exact wat hij zei en deed zijn best om kalm over te komen.

Maar na drie klachten over Stjärnes eventuele ongeschiktheid was hij niet alleen moe, hij maakte zich ook ernstig zorgen. Met bepaalde mensen had je altijd gedonder.

Hij had Stjärne niet met eigen ogen aan het werk gezien. Hij had het van horen zeggen. En je moet nooit overhaast te werk gaan. Er in ieder geval een nachtje over slapen, wát het probleem ook was. Dat was een gouden regel.

Desalniettemin zou hij willen dat het zo wijs geregeld was dat hij de jongeman meteen naar huis kon sturen. Hem op staande voet kon ontslaan. Maar zo simpel was het niet. Ze moesten stevige argumenten hebben om zijn dienstverband te beëindigen. Het zou natuurlijk het mooiste zijn als ze het nog een halfjaar konden aanzien. Voor zover hij wist, ging Stjärne ervan uit dat hij daarna mocht blijven. Daar ging Eskil Nordin in ieder geval van uit. Stjärne was op voorspraak van Eskil aangenomen. En het was natuurlijk altijd onplezierig als je mensen moest teleurstellen. Hij wilde liever niet dat Eskil, een zwaargewicht op onderzoekgebied, over hem heen zou vallen. Die had hem eerder ook al driftig tegengewerkt. Maar wat moet, dat moet, dacht hij, en hij voelde ondanks alles een zekere voldoening over het feit dat hij de gelegenheid zou krijgen tegen Eskil in te gaan.

Het probleem was dat hij in dat geval overtuigd moest zijn van

Stjärnes ongeschiktheid. Helaas was Eskil niet de enige die Stjärne de hemel in had geprezen. Er waren onderzoekers die vonden dat mannelijke kandidaten meer waard waren. Je kon toch wel een oogje dichtknijpen? zoals een van de artsen het had geformuleerd.

Voor hem deed het geslacht van zijn medewerkers er weinig toe, zo beperkt was zijn visie nooit geweest. Als chef had hij geleerd om eenvoudige dingen te waarderen, zoals dat mensen hun werk deden en als het even kon ook nog gezellig en tevreden waren, dan losten de meeste problemen zich vanzelf op.

'Er kan nog veel gebeuren,' zei hij nu tegen Christina Löfgren. 'Dat is zo.'

Ze keek weer op haar horloge.

'Ik krijg zo een patiënt voor controle.'

Ze had het opgegeven.

'Ik heb je in ieder geval ingelicht,' zei ze, en haar stem klonk zakelijk.

'Als er nieuwe problemen opduiken kom je maar.'

'Die zijn er continu.'

Ze vloog uit de leunstoel als uit een katapult, knikte kort en verdween.

Iets te snel naar zijn smaak, dacht hij terwijl hij de deur achter haar dichtdeed.

Dit was niet goed, dacht hij bij zichzelf, en masseerde zijn voorhoofd met ronddraaiende bewegingen. Hij was eigenlijk een man van vrede. Dit was niets voor hem. Een onzekere factor. Hij kon van alles aanrichten, als hij op Christina Löfgrens verhaal af ging. Niet best.

Het was niet zijn idee geweest om Stjärne aan te nemen, maar hij had zich er ook niet actief tegen verzet, en daar zouden ze hem op pakken als er problemen ontstonden. Hij was de hoofdverantwoordelijke. Zo was het. Als er een kop moest rollen, dan was het de zijne. En sommige mensen waren dol op executies. Op dat punt zaten ze nog in de middeleeuwen.

Hij had het toen druk gehad met een heleboel andere dingen, het budget en de loonafspraken. Eskil Nordin wilde het zo graag dat hij zich verder zelf niet in Stjärne had verdiept. Stjärnes vader was een van Eskils vele contacten in onderzoekland, maar hij was geen praktiserend arts, voor zover hij wist. Wat daar voor Eskil tegenover stond, daar wilde hij niet over nadenken. Hij kende die vader zelf niet. Stjärne had tijdens zijn studie voortreffelijk onderzoek verricht, enzovoort, enzovoort, beweerde Eskil Nordin. En de vorige keer dat Nordin een nieuwe arts had aangeprezen was het inderdaad een schot in de roos geweest.

Dit was niet gemakkelijk.

Hij wreef met zijn hand over zijn kin. Hij deed zijn ogen even dicht en ging bij zichzelf te rade. Het zou waarschijnlijk verstandig zijn om nog eens naar Stjärnes gegevens te kijken. Hij zou zijn secretaresse vragen of ze die voor hem wilde opzoeken. Misschien moest hij zijn adjunct vragen wat zij te horen had gekregen toen ze Stjärnes vorige werkgever belde. Hij keek op zijn horloge. Waarschijnlijk stond ze nu te opereren, constateerde hij. Dan straks maar. Als hij het zich goed herinnerde, had ze maar een van de referenten kunnen bereiken. En had ze gezegd dat zijn vorige chef niet veel te melden had gehad, dat hij zelfs zwijgzaam te noemen was. Ze had verder moeten doorvragen. Er waren niet direct klachten geweest over Sjtärne, voor zover hij begreep, maar ook geen juichtonen. Maar in bepaalde situaties hoor je alleen wat je wilt horen. In dit geval dat het een prima kerel was, over wie verder weinig te vertellen viel.

Stjärne had eerder vooral in Noorwegen gewerkt, en tijdens het sollicitatiegesprek had hij een goede indruk gemaakt. Correct, misschien wat afstandelijk, maar dat kon je als verlegenheid interpreteren. Al had zijn onderbuikgevoel hem wel gezegd dat hij iets ongrijpbaars had. Niet iemand met duidelijke principes, zoals je dat graag zag bij je medewerkers. Behalve dat ze loyaal waren. Hij was gewoon een beetje een rare. Maar ze mochten toch wel een beetje ruimdenkend zijn, ze hoefden niet allemaal hetzelfde te zijn? Het ging trouwens niet om een vaste aanstelling, dus dan kon je nog wel een risico nemen.

Waar had hij zijn opleiding gevolgd?

Nou ja, daar kwam hij wel achter als de papieren op tafel kwamen.

Hij zuchtte, en dacht dat het vast wel over zou waaien. Hij stak zijn hand uit naar de stapel op de rechterhoek van zijn bureau, tilde de bovenste papieren op en greep met warme handen naar het boek dat daar lag verstopt. Hij legde het voorzichtig voor zich. Hij sloeg op goed geluk een bladzij op en verzonk in de woorden. De kamer werd stil, zijn hart sloeg opeens rustig en kalm. Niets kon op zo'n manier orde scheppen in de wereld als een paar strofes van een gedicht. Vandaag trof zijn oog meteen doel.

> *In woede de vuisten te ballen*
> *Om de ijdele menselijke strijd*
> *Je een spreuk te laten ontvallen*
> *Over de jeugd – een krankzinnige tijd.*

*

Ester Wilhelmsson had met haar moeder afgesproken op de hoek voor de boekhandel van Gleerup. Daar spraken ze altijd af. Als een van hen wat later kwam, was er de kleurige mensenmenigte om naar te kijken. Op vrijdagmiddag was het druk in de stad.

Het was bewolkt, maar zacht en ze had een dunne jas aan. Ze rammelde van de honger, ze had geen tijd gehad op het werk om te eten. Ze had net de verleiding weerstaan om een reep chocola te kopen, want eigenlijk had ze trek in echt eten, of in ieder geval in een broodje of een warme worst. Ze durfde niet naar de mobiele worstkraam verderop te hollen. Het was bijna half vier en ze wist dat haar moeder vandaag liever niet wilde wachten.

Opeens kreeg ze weer oog voor de wereld om zich heen. Ze was een hele poos heel onzeker geweest, alsof ze door de mist liep. Nu maakte ze zich lang en zwaaide naar een paar collega's. Ze had het zwarte haar hoog opgestoken. Dat zag er goed uit, had een van de arts-assistenten tegen haar gezegd. Ook al was het Gustav maar, toch voelde ze zich gevleid. Hij kon af en toe echt lief zijn. Ze schaamde zich een beetje omdat ze zich aan hem had geërgerd. En omdat ze over hem had geroddeld. Hij zei dat ze op iemand leek die hij kende. Niet vanwege de haarkleur of zo, meer als type. Ze vond het een tikje gênant, maar was ook nieuwsgierig.

'Op wie dan?'

Ze kon het niet laten het te vragen. Hij glimlachte scheef.

'Dat is mijn geheim.'

Eigenlijk kan het me niets schelen ook, dacht ze. Maar het was leuk dat hij kennelijk een meisje had leren kennen.

Ze keek in de richting van de domkerk om te zien of haar moeder er al aankwam, maar nee. In plaats daarvan zag ze Karl, die voor Kino stond te praten met een paar mensen die ze niet kende. Ze draaide zich snel om en hield haar hoofd gebogen. Hij mocht haar per se niet zien. Karl was de vriend van Leo, en ze meed de vrienden van Leo. Niet dat ze dacht dat Karl zich ergens mee zou bemoeien, het was meer dat ze zich schaamde, hoe onterecht dat ook was. Leo was het spoor volledig bijster, begreep ze toen ze elkaar ontmoetten op het ziekenhuisterrein omdat ze de sleutel terug zou geven. Hij wilde de woning in Djingis Khan houden. Kennelijk sliep hij niet en at hij niet, wat haar oprecht verbaasde. Toen ze samenwoonden, had hij nooit laten zien dat ze zo belangrijk voor hem was. Niet zoals zij het zag. In ieder geval had hij niet zijn best gedaan om naar haar te luisteren. Hij had het allemaal vanzelfsprekend gevonden. Maar nu zou hij wel verongelijkt zijn. En zij stond daar met een dubbel gevoel. Het was rot dat het zo slecht met hem ging, maar het was goed dat zij niet in al dat negativisme was blijven zitten. Geen medeleven en geen humor. Hij had het alleen druk met zichzelf, en met zijn werk natuurlijk. Nooit was hij op het idee gekomen dat zij ook toekomstplannen had.

Haar moeder kwam aanfietsen over de Lilla Fiskaregatan, tussen de voetgangers op de promenade door. Haar warme rode jack stond goed bij haar korte grijze haar.

'Ha, meis!'

Ze sprong van haar fiets en zette hem in het fietsenrek.

'Ik heb de sleutel bij me. We gaan morgenvroeg weg, papa en ik. We kunnen toch wel even gaan zitten?'

Ze staken de straat over naar Herkules en bestelden een cappuccino. De schuimende melk stilde haar honger enigszins. Die worst kwam straks wel.

Ester had besloten dat ze iets voor zichzelf wilde, maar ze had niet genoeg geld om een flat te kopen. Haar ouders hadden beloofd haar te helpen met de aanbetaling. Een voorschot op de erfenis, zeiden ze. Maar ze was nog niet zover gekomen dat ze al naar geschikte appartementen had gekeken. Ze had tijdelijk bij een goede vriend op de bank geslapen, maar dat kon niet langer. Nu ging ze bij haar ouders logeren. Ze zou niet weer thuis gaan wonen. Ze kon goed met haar ouders opschieten, en ze konden het best een tijdje met elkaar uithouden, maar ze wilde de goede relatie niet te zwaar op de proef stellen. Ze hadden een logeerkamer op de bovenverdieping, die haar moeder net had opgeruimd.

'Dat gaat prima, dat zul je zien,' zei ze, en ze streek over Esters hand.

Ester keek in haar koffie.

'Ik maak me geen zorgen.'

Ze had haar meubels nog niet opgehaald bij Leo, maar een collega met een grote auto had beloofd haar dit weekend te zullen helpen.

'Je zet het zolang maar in de schuur,' zei haar moeder. 'Ik heb onze spullen aan de kant gezet, dus er is plaats genoeg.'

De deur achter haar moeder ging open en dicht. Dat ging de hele tijd door. Ester kon het niet laten een blik te werpen op de mensen die kwamen en gingen. Nu keek ze weer op. Gustav Stjärne kwam binnen. Hij was alleen. Ze knikten naar elkaar.

'Wie was dat?' fluisterde haar moeder, en ze draaide zich om.

'Een van de nieuwe artsen.'

'Leuke jongen,' fluisterde haar moeder, en ze glimlachte bemoedigend.

Ester reageerde niet. Ze verschikte de knoet bovenop haar hoofd. Korte haartjes krulden in haar nek. Ze droeg een strak, pruimkleurig topje met een wijde hals, die haar sleutelbeen vrijliet. Ze kon haar eigen spiegelbeeld vaag zien in het raam. Niet gek, dacht ze, maar ze keek pas naar Gustav Stjärne toen ze zeker wist dat hij niet haar kant op keek.

'Ik leg een briefje op de keukentafel met het telefoonnummer en de datum dat we weer thuiskomen. En vergeet de planten niet!'

'Nee, natuurlijk niet.'

Ester kreunde zacht, maar glimlachte naar haar moeder. Ze bedoelde het goed. Dat haar moeder Leo eigenlijk nooit had gemogen was pas na hun breuk gebleken.

'Hij is veel te veel met zichzelf bezig,' had haar moeder een beetje bemoeizuchtig gezegd. 'Dat voelde ik meteen.'

Toen kreeg ze een spontane ingeving om het voor Leo op te nemen en voor de keuze die ze eens had gemaakt. Het was niet zo dat hij helemaal niet deugde. Hij had ook zijn goede kanten.

Maar dat was onnodig. Het was een open deur. Want natuurlijk begrepen haar ouders dat er ook positieve dingen over Leo te vertellen waren. Maar hij was misschien niet de juiste man voor hun dochter.

Gustav Stjärne was op een barkruk bij het raam met uitzicht op de Grote Markt gaan zitten. Het was heel druk buiten. Er zaten nog steeds mensen op het terras, met dekens over hun benen. Tussen haar en Gustav was een looppad, de mensen kwamen en gingen, maar af en toe was het leeg.

Nee, ze zou geen werk van hem maken. Dan zou ze van de regen in de drup komen. Zoveel verstand had ze nog wel. Ze verlangde dan wel naar een paar armen, maar die moesten wel warm zijn en veilig.

*

Het was vrijdagmiddag en Kerstin Malm wilde eigenlijk naar huis. Maar rechercheur Claesson had kort na de lunch gebeld en gevraagd of hij haar zo spoedig mogelijk kon spreken.

'Kan het niet tot maandag wachten? Dan kan ik genoeg tijd vrijmaken,' stelde ze met haar directeursstem voor, haar resolute, duidelijke stem.

Ze zat in gedachten al lekker thuis op de bank met een glas rode wijn, een snelle maaltijd en de afstandsbediening binnen handbereik. Haar man en zij waren in die gemakzuchtige, of liever slechte, gewoonte vervallen sinds de kinderen het huis uit waren. En ze genoten ervan.

De inspecteur ging niet zo ver dat hij haar op zijn blote knieën smeekte, maar hij was erg volhardend in zijn wens om te komen.

Hij klonk bijna even autoritair als zij. Verder was het een aardige man. En nu ze zich erop had ingesteld, moest ze schoorvoetend toegeven dat ze best nieuwsgierig was geworden.

Dus had ze gedaan wat er van haar werd gevraagd. Met praktische problemen wist ze zich meestal wel raad. Ze had meteen aan een van de secretaresses gevraagd om het benodigde materiaal uit het archief te halen. Dat kostte tijd. Klassenfoto's, namenlijsten en rapporten over een bepaalde periode uit het verleden lagen nu in keurige stapels op haar bureau. Niemand zou haar ervan kunnen beschuldigen dat ze niet meewerkte of dat ze een politieonderzoek belemmerde dat ten doel had de dader te vinden van een brute moord op een leraar van haar school.

Er werd natuurlijk gekletst, maar de roddels waren het hoogtepunt al gepasseerd. Zo ging het meestal. De storm bedaarde en men ging weer over tot de orde van de dag. Het maakte ook uit dat de moord driehonderd kilometer verderop was gepleegd. De belangstelling neemt af met de afstand, zowel in plaats als in tijd.

Haar eigen betrokkenheid was op dat punt niet anders. Die was geluwd. Ze had andere dingen te doen. Maar nu werd de tragedie, en ook de belangstelling, weer opgewekt doordat ze indirect bij het onderzoek betrokken was geraakt. Ze had haar gedachten echter met niemand kunnen delen. Ze sprak er met geen woord over, dat had ze Claesson beloofd. In die zin was het een opluchting om met deze politieman te praten. Maar ze moest voorzichtig blijven. Ze kon niet alles zeggen wat haar voor de mond kwam. Ze probeerde onderscheid te maken tussen wat ze had gehoord en wat ze zeker wist, wat niet altijd gemakkelijk was.

De verhalen die haar de afgelopen tijd ter ore waren gekomen, waren zowel ongelooflijk als onwaarschijnlijk. Sommige kon ze meteen als onzin afdoen. Toch gebeurden er af en toe dingen die je niet voor mogelijk had gehouden, daar waren voorbeelden genoeg van. En Bodéns reputatie was op z'n zachtst gezegd divers. Wie geloofde nou dat de duffe Bodén in ieder stadje een ander schatje had? Of dat hij jarenlang had samengewerkt met de Joegoslavische maffia, of dat hij schatrijk was geworden door te speculeren op de beurs? Zij in ieder geval niet. Al kon dat laatste best waar zijn. Handelen in aandelen was tegenwoordig een gewone hobby in alle lagen van de bevolking. Maar dat hij vermoord zou zijn voor geld leek te simpel. Bijna triviaal. En wie zou Bodén dan uit de weg hebben geruimd voor geld? Zijn vrouw misschien? Een vrouwelijke dader. Ze vond het een opwekkend idee.

Ze waren met z'n tweeën. Claesson had een in haar ogen jonge man op sleeptouw.

'Peter Berg,' stelde hij zich met een stevige handdruk voor.

Hij zag er bleek en vriendelijk uit. Ze schonk koffie in en ze namen de kopjes dankbaar in ontvangst, evenals de vanillekoekjes die ze in een bus in de boekenkast had staan.

Claesson legde de klassenfoto waar hij het over had gehad meteen voor haar neer. Dertig scherp afgebeelde kinderen. Ze zette haar leesbril op die aan een paars koordje om haar hals hing en bekeek de foto nauwkeurig. Ze liet zich niet opjagen. Ze hoorde die jongeman, Berg, koekjes eten dat het kraakte.

'Neem gerust,' zei ze, en ze schoof de hele bus naar hem toe, terwijl ze de gezichten rij voor rij volgde met haar wijnrood gelakte wijsvingernagel. Ze zag aan de kapsels dat de foto al wat jaren geleden was genomen. De jongens hadden een matje en de meisjes hadden zo'n beetje allemaal gepermanent engelenkroes. Alleen Melinda Selander niet. Zij doorbrak het patroon met haar lieftallige maar gesloten wezen. Grote ogen en een kersenmondje. Haar gezicht was half verborgen achter een gordijn van dik, blond haar, dat bijna tot haar middel reikte. Ze keken allemaal heel serieus, alsof het leven dat ze voor zich hadden hen angst aanjoeg. Behalve twee jongens. Ze losten de onzekerheid op door bekken te trekken en achter de rug van hun klasgenoten twee vingers op te steken.

Zo ging het altijd. Iemand die in jeugdig protest de norm wilde overtreden.

'Hier zijn we zo mee klaar,' zei ze optimistisch. 'Kijk maar, ik heb alle klassenfoto's van Melinda Selander uit de drie hoogste klassen opgezocht, en alle leerlingenlijsten.'

Claesson was er blij mee. Deze vrouw had haar zaakjes goed op orde.

'Melinda is trouwens in het laatste jaar van klas veranderd. Dat is niet zo gebruikelijk, maar het komt voor,' ging ze verder.

Ze begon snel de leerlingenlijsten van de desbetreffende leerjaren door te bladeren.

'Hier staat ze. Melinda Selander.'

Ze zweeg.

'Dat weet ik nog,' zei ze plotseling.

Ze bestudeerde de ernstige gezichten weer.

'Ik was nog geen directeur in die tijd. Maar vakgroepcoördinator.'

Ze zweeg abrupt.

'Waar denkt u aan?'

Claessons blik was priemend.

'Dat onduidelijk was wat er was gebeurd en dat het ook niet opgehelderd werd. Zulke dingen blijven je bij. De fantasie krijgt veel te veel speelruimte.'

'Vertelt u eens.'

'Bodén zei zelf niet veel. Hij ging niet in op de verwijten, die hij als leugens afdeed, en zonderde zich nog meer af. Maar de collega's die hem beter kenden, zeiden dat hij inwendig diep gekwetst was dat hij met de vinger nagewezen werd. Melinda Selander, of misschien waren het haar ouders, beschuldigde hem van ongewenste intimiteiten. George Johansson kan u daar meer over vertellen.'

Claesson knikte. Die had hij al gesproken.

'En verder?'

'De meningen stonden tegenover elkaar. Het gerucht ging dat Melinda dweepte met haar leraar. Dat komt vaker voor,' constateerde Kerstin Malm, en ze trok met vastberaden gebaren de voorpanden van haar rookblauwe jasje recht over haar hoge boezem. Haar blouse was zachtroze en stak op een effectvolle manier af tegen het mahoniebruine haar.

'Het is altijd naar als iets dergelijks aan het licht komt. Niemand wil zijn vingers eraan branden.'

'Wat werd er geconstateerd?' vroeg Claesson.

'Niets.'

'Helemaal niets?'

'Het is heel goed mogelijk dat Melinda Selander er meer onder leed dan wij vermoedden. Ze moest naar een andere klas, en zoiets grijpt diep in. Ik weet niet of dat op verzoek van de ouders is gebeurd. Ze moet hoe dan ook onder grote druk hebben gestaan. Ik stel me voor dat iemand die melding maakt van ongewenste intimiteiten of iets dergelijks het zwaar te verduren krijgt. Als ik een dochter had zou ik haar aanraden het niet te melden,' zei ze, en ze werd vuurrood toen Claesson haar gezicht in detail bestudeerde. 'Omdat alles wat daarna komt, verhoord worden en door de rechtbank niet serieus genomen worden, het allemaal nog erger maakt...'

Ze sloeg haar ogen neer. Claesson telde tot tien. Hij begreep haar wel, misschien was hij het zelfs ten dele met haar eens, in ieder geval zoals de rechtsgang toen was, lompe en ondeskundige politiemensen en aartsconservatieve rechters, maar daar kon hij nu niet op ingaan. Bovendien werd er hard gewerkt aan verbeteringen, ook al ging het langzaam.

'Heeft Bodén wel eens toenadering gezocht tot andere leerlingen?' vroeg hij.

Ze pruilde met haar wijnrode lippen. De kleur was er al half af en gedeeltelijk buiten de lipcontour gelopen.

'Er waren wel geruchten, maar geen bewijzen. Het gevaarlijke is dat ze volledig uit de lucht gegrepen kunnen zijn. Soms ontstaat er rook zonder vuur of wordt van een mug een olifant gemaakt. Neemt u dat maar van mij aan!'

Claesson geloofde haar op haar woord. En hij raakte weer gefascineerd door de zilveren veren die heen en weer zwaaiden aan haar oren wanneer ze praatte. Zonder twijfel een prachtige vrouw.

'Doen die praatjes nog steeds de ronde?'

'De laatste jaren heb ik er niets meer over gehoord. Bodén bleef relatief onopvallend doorwerken zonder zich ergens bijzonder voor in te zetten. Hij draaide zijn lessen af. Niet meer en niet minder.'

Peter Berg bestudeerde de klassenfoto. Melinda Selanders lange, spichtige lichaam, haar ietwat truttige kleding en plechtige ernst. Ze stond vooraan. Hij kende het type van zijn kerkgemeente. Vooral de lange, beige rok viel hem op, gemaakt van een dunne stof die waarschijnlijk wapperde als ze liep. Misschien zaten er borduursels aan de onderkant in Indiase stijl. Misschien was hij ook enigszins doorschijnend. Verleidelijk en braaf tegelijk. Van onder de zoom van de rok kwamen keurige bruine leren schoenen tevoorschijn. Op de rok droeg ze een donkerrode blouse met lange, wijde mouwen en een niet al te diep uitgesneden hals. Om haar hals een ketting, of iets wat daarop leek. De stijl deed hem heel erg denken aan een meisje bij hem uit de kerk aan wie ze hem hadden willen koppelen. En dat was echt niet zo'n doetje als je zou denken, maar een pittige tante. Hij had maar net op tijd kunnen ontsnappen.

Misschien was deze serieuze jongedame net zo. Een studiebol. Je zag meteen dat ze boven de rest uitstak. Vast iemand die probeerde een wit voetje te halen bij de leraren. De jaloezie jegens de echte slimmeriken zat er bij hem diep in. Jegens degenen die altijd alles met twee vingers in hun neus leken klaar te spelen.

'Hebt u haar ook in de klas gehad?' vroeg hij aan Kerstin Malm. Ze zag nog steeds een beetje rood.

'Nee. Maar ik geloof, als mijn geheugen me niet helemaal in de steek laat, dat ze heel goed kon leren. Een stil meisje met veel aanleg. Hoorde bij de top,' zei ze, en ze begon haar eindlijst op te zoeken. 'Ja, ik had het goed. Allemaal vijven en een enkele vier.'

Ze bogen zich over haar heen en keken naar de lijst.

'Ze is tegenwoordig arts,' informeerde Claesson haar.

Kerstin Malm knikte.

'Leuk dat ze het zo goed heeft gedaan. Dat weet je immers nooit. Er gaat veel talent verloren, om diverse redenen.'

Dat het goed was gegaan met haar carrière zei echter niets over hoe gelukkig ze was. Kerstin Malm frunnikte verstrooid aan een koperen broche die een kat voorstelde met de staart om het lijf gekruld.

'Staat er verder nog iemand op de foto waar u zich bijzonderheden van herinnert?'

Peter Berg schoof de klassenfoto weer naar haar toe.

'Ja, een van de jongens had er op de een of andere manier iets

374

mee te maken. En dat moet dan iemand uit haar oude klas zijn geweest. Dus iemand op deze foto.'

*

Regina Hertz, chef-arts in de vrouwenkliniek, had altijd te horen gekregen dat ze een buitengewoon beheerste vrouw was. Ze was zelden bang. Daarentegen ergerde ze zich vaak aan de traagheid van anderen. Niet aan hun domheid. Domheid, daar kon je niets aan doen. Ze had veel plannen voor de afdeling, allemaal verstandige plannen. Een beter georganiseerde, betere en goedkopere patiëntenzorg was natuurlijk een belangrijke doelstelling. En iemand moest de veranderingen in gang zetten, dus waarom zij niet. En aangezien ze daadkrachtig en realistisch was, waren veel van haar plannen in praktijk gebracht, wat geen geringe prestatie was. De conservatieve krachten, oude structuren en niet in de laatste plaats de angst, waren onuitputtelijk.

Maar als je druk bezig bent met het keren van een oceaanstomer, dan kan het gebeuren dat minder urgente dingen in de verdrukking komen. Vooral omdat Regina Hertz tijdens het hele vernieuwingsproces met dezelfde onuitputtelijke energie als voorheen kankerpatiënten bleef behandelen. Een dag had nog steeds maar vierentwintig uur. Dat wilde ze soms niet zien.

Nu zat ze echter in de kamer van de afdelingschef, terwijl buiten de avondnevel optrok. Het was laat in de middag, het was vrijdag en haar baas was er nog, en dat alleen al had haar nare voorgevoelens bezorgd toen hij haar wilde spreken. Op vrijdag hielden de artsen er kort na de lunch mee op, aangezien ze op maandag langer doorgingen en altijd tot half zeven vergaderden. De gang was opeens leeg en stil, door de kier van een enkele openstaande deur hoorde je het discrete geluid van een toetsenbord, dat werd gebruikt door een buitenlandse onderzoeker wiens familie aan de andere kant van de aardbol zat.

Regina Hertz kwam rechtstreeks van een lange operatie. Ze had uren gestaan en was druk bezig met het dicteren van het operatieverslag – ze moest aan een boel dingen denken – toen hij haar kwam zoeken. Na die onderbreking pakte ze de draad weer op en maakte eerst haar dicteerwerk af voordat ze zich naar zijn kamer haastte.

Ze was de deur nog niet in of hij stortte het hele verhaal al over haar uit.

'Wat zeg je me nou!' zei ze buiten adem, en ze begon de papieren die hij voor haar neer had gelegd nauwkeurig te bekijken.

Ze legde een voet op haar knie en begon met haar groene been te wippen, terwijl ze zorgvuldig wat pruimtabak in haar mond stopte. Ze had haar witte jas inderhaast over haar operatiekleren aangetrokken. Het recht afgeknipte haar viel futloos op haar oorlellen, en de afdrukken van haar mondkapje stonden nog op haar wangen. Eigenlijk zou ze iets moeten eten. Straks dan maar.

Ze voelde dat de tabak haar honger langzaam stilde.

Terwijl ze nog steeds naar de vier documenten staarde, bracht haar chef met opeengeperste lippen verslag uit van het bezoek van Christina Löfgren en zijn eigen onmiddellijke actie. Hij zei er niet bij dat hij eerst tot maandag had willen wachten, maar dat hij in de personeelslift koude rillingen had gekregen en teruggekeerd was naar zijn kamer om snel de desbetreffende aktes op te vragen.

Het was niet gemakkelijk om te zien dat het vervalsingen waren.

'Zie je?' zei hij, met een gebaar naar de papieren.

'Het is niet te geloven!' zei ze met nadruk. 'Dat iemand zó durft te bluffen.'

Misschien was het logo van de werkgever erop geplakt. Het zag er op de een of andere manier knullig uit.

'Er zijn veel dingen die niet te begrijpen zijn.'

Wilde hij gaan filosoferen? Ze wachtte op een nadere verklaring, maar die kwam niet.

'Maar hij had aldoor wel iets raars,' zei ze. 'Daar waren we het allemaal over eens. Behalve Eskil misschien.'

Ze viel niet van haar stoel van verbazing. Ze was absoluut niet geshockeerd. Daar was ze het type niet voor. Misschien verbaasd. Als een kind dat zich erover verwondert hoe bont de wereld is.

'Bizar gewoon. En fascinerend!' barstte ze dan ook uit.

'Vind je?' Haar baas kneep zijn lippen op elkaar. Hij was boos.

En heel moe. Maar het was beneden zijn waardigheid om dat te laten merken.

'Wat zei zijn vorige baas eigenlijk?' vroeg hij, om het over feiten te hebben.

Ze dacht na. De sollicitatiegesprekken waren in een drukke periode gevoerd. Ze had veel aan haar hoofd gehad en moest overal tegelijk zijn. Wat er precies was gezegd, wist ze daarom niet meer in detail. Ze had alleen een vaag gevoel. En dat was niet onverdeeld positief, dat moest ze ondanks alles toegeven.

'Die zei eigenlijk niet zoveel,' antwoordde ze naar waarheid.

En dat was een feit dat haar alert had moeten maken, dat zag ze nu wel in.

'Hij prees hem niet in alle toonaarden, om het zo maar uit te drukken,' verduidelijkte ze. 'Maar hij waarschuwde me ook niet.'

'Ook niet tussen de regels door?'

De spanning steeg. Het was ongebruikelijk dat haar baas zich zo opwond, en hij wond zich ook niet op over haar, maar dat wist Regina Hertz niet. Ze vroeg zich even af of ze haar nederige verontschuldigingen moest maken.

Echt niet!

In plaats daarvan werd ze kwaad.

'Er mankeert toch niet zoveel aan zijn papieren? Behalve dat ze vals zijn dan. En daar reken je niet op. Je gaat niet alles heel precies uitpluizen voor een tijdelijke aanstelling van een halfjaar.'

Zijn gezicht bevroor heel even tot ijs. Zo had ze hem nog nooit meegemaakt. Heilig verontwaardigd.

De reputatie van de kliniek, daar ging het natuurlijk om. Dat begreep ze maar al te goed. Al die aandacht in de pers was vervelend, vooral omdat het werk goed liep.

Tegelijkertijd kreeg ze een naar voorgevoel. Wilde hij haar de schuld in de schoenen schuiven?

'Jij hebt zelf het sollicitatiegesprek met hem gevoerd,' merkte ze daarom zuur op.

Hij kreeg een strakke trek om zijn mond. Het door de zon gebleekte, krijtwitte haar begon te glimmen van zweet dat uit zijn hoofdhuid werd geperst. Zijn adamsappel bewoog op en neer langs zijn pezige hals. *Zijn vorige chef zei niet zoveel.* Dat alleen al had alarmbellen moeten laten rinkelen in haar arme hoofd. Maar het was natuurlijk absoluut niet alleen haar schuld, en hij was niet iemand die de schuld op anderen schoof. Hij had alleen zo'n ontzettende hekel aan half werk.

Moet ik dan alles zelf doen?

Ze had beter moeten weten!

Hij haalde diep adem.

'We waren met z'n drieën,' zei hij.

'Oké. Dat is dan nog erger. Drie paar ogen zouden meer moeten zien dan een.'

Ze trok haar pas geëpileerde donkere wenkbrauwen op en glimlachte welwillend. Hij zweette. Hij had het warm met zijn doktersjas over zijn overhemd en stropdas.

'Niemand is volmaakt,' zei ze edelmoedig, en ze vuurde een ontwapenende glimlach af, in de hoop dat hij wat zou ontspannen. 'Wat doen we nu?'

'Bij Personeelszaken moeten ze de papieren maar eens goed bekijken. Als ze, wat wij vermoeden, vals zijn, wordt er aangifte gedaan bij de politie. En dan moet de Gezondheidsraad ook worden geïnformeerd. Misschien weten ze waar hij nog meer heeft gewerkt. Maar zolang dit niet is uitgezocht, doen we niets. Hij heeft in feite niemand schade berokkend.'

Nee, dacht ze. Hij heeft zijn uiterste best gedaan om helemaal niets te hoeven doen. Zo'n werkschuwe collega konden ze missen als kiespijn. Ze hadden al genoeg collega's die moe waren of weinig energie hadden.

Een ongepaste vrolijkheid borrelde in haar op. Ze schudde haar hoofd, zodat het platte haar een eindje omhoogkwam.

'Dit verzin je toch ook niet! Bij de *Sydsvenskan* zouden ze hun vingers erbij aflikken. Ik zie de kop al voor me: "Nepgynaecoloog in vrouwenkliniek",' kwetterde ze.

Hij staarde haar strak aan. Zijn neusgaten verwijdden zich. Geen zweem van een glimlach te bespeuren.

Ze ging naar huis.

Ik hoop dat het eten klaarstaat, dacht ze.

*

Claesson zat aan de korte kant van het grote bureau, Kerstin Malm op haar bureaustoel erachter en Peter Berg zat aan het kleine ronde tafeltje. De tl-buis aan het plafond van de directiekamer brandde en het was er benauwd. Ze waren hun gevoel voor tijd en ruimte gedeeltelijk kwijt.

Ze namen rapporten door. Claesson en Kerstin Malm hadden allebei hun bril opgezet en hun jasje uitgetrokken. Ze hadden allemaal een blaadje voor zich met de cijfers 335223. Ze vergeleken het rijtje met de rapportcijfers van alle leerlingen die bij Melinda Selander in de klas hadden gezeten. Ze hadden zó intensief naar die cijfers zitten staren dat ze nu als mieren over het papier kropen. En ze waren er nog niet.

Het was allemaal gebaseerd op een veronderstelling, maar die was niet helemaal uit de lucht gegrepen. Louise Jasinski was met het idee gekomen, en de gedachte dat de cijfers deel zouden kunnen uitmaken van een rapport was ook al bij Kerstin Malm opgekomen. Twee personen die onafhankelijk van elkaar dezelfde associatie hadden, dat versterkte de hypothese. Het probleem was dat ze niet wisten voor welke vakken de cijfers waren gegeven en in welk jaar.

'Het moet het laatste rapport zijn geweest,' dacht Kerstin Malm. 'Andere rapporten doen er voor niemand meer toe.'

'Ik weet mijn eindlijst ook niet meer,' zei Peter Berg.

'Ik ook niet,' zei Claesson.

'Maar dat is ook alweer zo'n poos geleden.'

Claesson wierp hem een schuine maar geamuseerde blik toe.

Claesson had geleerd dat het in een geval als dit alleen maar ingewikkelder werd als je snel wilde. Dit was echt politiewerk, dacht hij. Geen gebraden vogels die in je mond vlogen. Zulk werk deed hijzelf niet vaak meer. Hij wist niet of hij het wel leuk vond, maar het was in ieder geval concreet. Delegeren heeft zijn voordelen, maar af en toe wat contact met de basis kon geen kwaad. Dan stond je dichter bij de zaak. Dat beviel hem wel.

Die vijf sprong er wel uit, vergeleken met de andere cijfers.

'Vast een bijzondere belangstelling of een speciaal talent, zoals gymnastiek of muziek,' dacht Malm.

'Waarom geen wiskunde?' vroeg Claesson.

'Dan zijn de cijfers voor natuur- en scheikunde meestal ook goed. Of een taal. Maar in principe is alles mogelijk. Zoals u ziet, staan de vakken op alfabetische volgorde. Aangezien dit B is, zoals het in die tijd heette, vóór de tijd van de vakkenpakketten, staat het cijfer voor biologie bovenaan, dan Engels, filosofie, enzovoort.'

'Je bent toch stapelgek als je je rapportcijfers nog weet, alsof het om een lottonummer gaat,' vond Peter Berg.

'Vermoedelijk heeft hij ze niet allemaal op een rijtje,' mompelde Claesson.

'Er zijn toch ook mensen die lange gedichten uit hun hoofd kunnen opzeggen,' zei Kerstin Malm.

'Ja, maar dat is toch onderhoudender.'

Ze hadden de klas in tamelijk eerlijke stapeltjes verdeeld. Kerstin Malm was het snelst, viel Claesson op. Hij kon zijn neiging om te wedijveren niet helemaal onderdrukken. Hij wilde graag degene zijn die 'bingo' kon roepen.

Kerstin Malm leunde achterover op de stoel en wreef in haar ogen. Ze was klaar met haar deel.

'Zal ik wat fruit halen? Ik geloof dat er een paar appels in de lerarenkamer liggen.'

'Ja, graag.'

Malm was oké sinds ze was gezwicht en het idee had opgegeven om naar huis te gaan. Haar man zou haar later afhalen. Claesson had natuurlijk geweifeld. Ze hadden al het materiaal naar het bureau kunnen slepen om er maandag mee aan de slag te gaan, maar dan had hij het aan iemand anders moeten delegeren, aangezien hij zelf in Skåne zou zijn. Nu maakte hij van de gelegenheid gebruik, dan was het maar klaar. Bovendien kon hij zo op een ongedwongen manier gebruikmaken van de competentie van de rector. En hij wilde er zelf bij zijn.

De tijd vloog. Ze kwamen geen van drieën op het idee om te stoppen. Nu niet.

Kerstin Malm kwam eraan met drie appels in haar handen. Peter Berg en Claesson waren nu ook door hun stapels heen.

'Dan gaan we met het tweede jaar aan de slag,' zei ze, en ze beet in de appel.

Ze had snel de rol van leider op zich genomen. Claesson liet het passeren. Ze bevonden zich op haar terrein, ze zaten in haar kamer, dus het had geen zin om te protesteren.

Ze kregen ieder tien rapporten. Ze namen ze snel door zonder een vergelijkbaar rijtje te vinden. De lucht stond helemaal stil. Het ventilatieraampje stond open, maar Kerstin Malm zette ook het grote raam op een kier.

'Tja,' zei ze. 'Nu wordt het moeilijk. Melinda is in het laatste jaar naar een andere klas gegaan.'

'Dan nemen we eerst de klas waar ze in zat toen ze eindexamen deed,' zei Claesson. 'Daarna nemen we de klas waar ze uit kwam.'

Kerstin Malm pakte de map, haalde de rapporten eruit en deelde ze uit. Twintig minuten later waren ze klaar. Niets gevonden.

'Het scheelt nogal, het ene rapport of het andere,' zei Peter Berg. 'Erg om mensen zo in een hokje te stoppen. Voor sommigen is het vast niet leuk. Leraren moeten wel eerlijk zijn.'

'Het ís niet eerlijk,' zei Kerstin Malm. 'In ieder geval niet op de vierkante millimeter. Cijfers geven is mensenwerk. Maar we hebben geen beter systeem.'

Scherpzinnig voor een rector, dacht Peter Berg. Hij kreeg de kriebels van cijfers. Dat je beoordeeld werd terwijl je liever met rust gelaten wilde worden. Hij had altijd bij de anonieme middenmoot gehoord. En dat was niet zo verkeerd geweest. Met de jaren was hij gegroeid en was hij gaan begrijpen dat hij goed was in bepaalde dingen. Onder andere in verhoren. Hij had er aanleg voor, misschien vooral omdat hij goed kon luisteren. Dat was gewoon zo. Claesson had hem erom geprezen, en daar was hij nog meer door gegroeid.

'Sommigen schoppen het ver, anderen bereiken niks, maar kunnen toch een goed, aangenaam leven leiden,' zei Claesson, alsof hij zijn gedachten had gelezen.

'En dan heb je nog de laatbloeiers,' vulde Kerstin Malm voor de volledigheid aan. 'Dat moeten we niet vergeten. Ze volgen cursussen of vinden op een andere manier hun bestemming in het leven. Als ze niet vast komen te zitten, de greep verliezen en overal de brui aan geven. Het is ook een kwestie van discipline, en er kan natuurlijk van alles gebeuren.'

Deze keer vonden ze weer niets. Malm zette een paar mappen op de grond en tilde een nieuwe op. Daarin zaten de rapporten uit de oude klas van Melinda.

'Kijk,' zei ze, en ze deelde de rapporten uit met de handigheid die een leraar na jaren van blaadjes uitdelen eigen is.

De spanning steeg. Nu moest het gebeuren. Anders moesten ze onverrichter zake naar huis. Nou ja, ze hadden dan wel iets verricht, maar zonder resultaat.

Toen Malm achteroverleunde tegen de rugleuning en haar handen in haar schoot legde, begreep Claesson dat zij het rijtje niet had gevonden. Twee minuten later constateerde hij dat voor hem hetzelfde gold.

Peter Berg zat met zijn rug naar hem toe. Zijn hoofd was tussen zijn magere schouders verdwenen. Claesson hoorde dat hij een blaadje neerlegde. Hij durfde niet te kijken hoeveel hij er nog had. Hij zat even roerloos te wachten als Kerstin Malm. Toen legde Berg weer een blaadje neer. Claesson kon zich niet meer bedwingen, maar leunde naar opzij en zag dat Berg nog meer dan één rapport over had. De spanning was niet ondraaglijk, maar wel voelbaar.

Plotseling kuchte Peter Berg.

'Ik geloof dat ik het heb,' zei hij rustig.

Claesson en Malm veerden omhoog. Ze keken over de schouders van Berg, die met zijn handen naar het document op tafel wees.

'Kijk maar.'

Hij zette zijn vinger ongeveer halverwege neer. 'Geschiedenis 3' konden ze lezen.

De volgende cijfers klopten. Lichamelijke oefening 3, muziek 5, natuurkunde 2, scheikunde 2 en wiskunde 3.

Ze lieten alle drie hun ogen omhooggaan naar de naam.

'Het is niet waar!' zei Claesson.

Ze keken elkaar aan.

Gustav Stjärne.

Kerstin Malm draaide zich om en pakte de lerarenlijst erbij. Ze had rode vlekken van opwinding in haar gezicht toen ze erdoorheen bladerde. Ze liet de lijst langzaam zakken.

'Voor scheikunde en biologie had Stjärne George Johansson.'
Claesson keek teleurgesteld.
'Maar voor wis- en natuurkunde had hij Jan Bodén,' zei ze, en
ze klapte de lijst dicht.

*

In Lund goot het. De straten stonden blank en het blauwe bank-
gebouw aan de overkant van de straat was nauwelijks te zien.
Het was herfst, dat kon je duidelijk merken. Het weer was ontzettend wisselvallig, het ene moment zon, het volgende moment
een plensbui. Gillis Jensen had altijd een regenpak in zijn fietstas.
De tas stond in zijn kamer. Het was een degelijke ouderwetse van
bruin kunstleer, die je gemakkelijk aan de bagagedrager kon
haken. Hij wist dat het er oubollig uitzag, van zijn dochter mocht
hij die destijds niet meenemen de school in wanneer hij haar
bracht. Maar de nieuwe fietstassen van stof waren niet zo praktisch. Papieren en mappen gingen erin kapot.

Net toen hij zijn groene regenbroek had aangetrokken en die
om zijn middel had strakgetrokken, ging de telefoon. Het was de
technisch rechercheur uit Malmö, die een bericht had binnengekregen van het Forensisch Laboratorium in Linköping.

'Ze hebben op de plaats delict van Jan Bodén en op de plaats
delict van Emmy Höglund hetzelfde DNA aangetroffen.'

Jensen vroeg zich stiekem af of dit inhield dat hij zijn regenbroek weer uit moest trekken en moest blijven.

'Zowel in de werkkast in het Blok als in het appartement van
Höglund, dus,' ging de technisch rechercheur verder.

'Dezelfde dader, met andere woorden,' zei Jensen.

'Zou kunnen,' meende de collega.

Hij trok zijn regenbroek maar weer uit. Misschien is het straks
droog, dacht hij, en hij draafde naar de kamer van de teamleider,
maar betwijfelde of Mårtensson er nog wel was. Hij was er wel.

'Nou zeg!' bulderde Lars-Åke, en hij gaf hem een klap op zijn
rug alsof hij een klein jochie was. 'Wat zeg je me daarvan?'

'Niets,' zei Gillis droog.

Hij zei niet zo gauw iets.

'Een doorbraak,' ging Mårtensson bulderend verder.

Dat was het waarschijnlijk inderdaad.

En een heleboel werk. Snijpunten vinden. Twee totaal verschillende slachtoffers, en een netwerk van jonge mensen die hij op zijn leeftijd niet echt begreep. Vriendschappen en relaties, alles door elkaar. Soms beide tegelijk. Net een in de knoop geraakte kluwen.

Waar ging dit eigenlijk over?

Zodra hij alleen was, toetste hij het mobiele nummer in van inspecteur Claes Claesson uit Oskarshamn. Toen was de bui overgegaan in een rustig motregentje. Als hij nog even wachtte, werd het misschien helemaal droog.

De telefoon ging over. Claesson nam pas op toen hij al bijna wilde ophangen.

Hij wilde iemand met zelfbeheersing spreken, nu hij ontsnapt was aan de greep van de overijverige en licht ontvlambare Mårtensson, die tekeerging alsof de hele wereld in brand stond. Daar kon je ontzettend moe van worden. Je had gewoon een brandblusser nodig.

In plaats van de brandblusser werd het nu Claesson.

Het werd tijd dat ze elkaar eens ontmoetten, bedacht hij terwijl hij Claesson de resultaten van het Forensisch Instituut meedeelde.

De jongen

Het huis is leeg. De herfst is overgegaan in winter. Tweede advent nadert. Filippa heeft een adventskandelaar tevoorschijn gehaald, wonderbaarlijk genoeg. Het gaat goed met haar, ze redt het wel. Filippa is niet hard. Ze is een engel. Ondanks alles.

Glinsterende sterren voor de ramen, lichtslingers in de tuinen, gezelligheid alom. Ik krijg het er benauwd van. Maar het is ook mooi.

Misschien gaan we met kerst naar mijn moeder. Mijn moeder rekent erop, maar wij weten hoe het kan gaan, Filippa en ik. Opeens verandert hij van gedachten. Dan komt hij op het laatste moment thuis om ons in de gaten te houden. Dan werkt hij opeens thuis. Hij heeft zijn baan als arts allang opgegeven. Hij gaat voor het grote geld. Alles is groot en hij is de beste. Hij is een kei in het oplichten van mensen. Hij houdt lezingen. Hij leutert over hoe de gezondheidszorg het best georganiseerd kan worden. Hoe mensen door beter en harder te werken toch harmonieuzer en gelukkiger worden. Zoiets. Hij heeft er onderzoek naar gedaan en weet hoe de wereld in elkaar zit. Hij praat je de oren van het hoofd, dat is een ding dat zeker is. Als hij een toespraak houdt, dan vliegen de vonken ervan af. Hij is akelig goed, mijn vader. Je kunt niet anders zeggen.

Mijn vader weet alleen niet veel van zichzelf. En ook niet van Filippa of van mij. Misschien iets meer van Filippa, die praat veel. Ik ben zo gesloten als een oester. Daar wordt mijn vader onzeker van.

Maar hoe het met kerst wordt, hangt er natuurlijk van af of ik het met mijn vader eens kan worden. Als ik er echt heen wil, dus. Filippa wil wel. Ze heeft waarschijnlijk heimwee naar moeder. Dan zou ik het dus voor Filippa doen. Zelf blijf ik waarschijnlijk liever thuis, ook al zit ik dan alleen. Er zijn een paar dingen die ik in de gaten moet houden.

Als ik niet elke nacht zwetend van onmacht en van een vurige haat wakker was geworden, was ik deze periode nooit doorgekomen. Die hel houdt me op een eigenaardige manier op de been. Boosheid en opwinding dwingen mij ertoe door de stad te lopen. Te spioneren. Te kijken zonder gezien te worden. Ook al is het midden in de ijskoude winter.

Kerst is een merkwaardige combinatie geworden van gezelligheid en cadeautjes bij mijn moeder in Göteborg, terwijl ik tegelijkertijd het gevoel had dat ik helemaal alleen op een onbewoond eiland zat. Mijn moeder heeft een goede baan. Ze werkt bij de sociale dienst in Partille, ze heeft immers de sociale academie gedaan. Ze was veranderd, alsof ze een mooie, nieuwe wereld was binnengaan. De schaduwen in haar gezicht waren weg. Maar ze mist ons. Ze weet dat het geen zin heeft er ruzie over te maken. Daarom heeft ze er weinig over gezegd dat wij bij haar moesten komen wonen. Dat was maar goed ook. Dat had het alleen maar erger gemaakt.

Waar vader met de kerstdagen heeft gezeten weet ik niet. In een kuuroord waarschijnlijk, om bubbelbaden te nemen.

Melinda laat me niet los.

En die vieze ouwe vent.

Zodra ik thuiskwam uit Göteborg ging ik kijken of Melinda er nog was. In het echte leven dus. Soms vraag je het je af. Misschien is ze maar een geest die in mijn hoofd is gaan zitten.

Ik sta achter het hek, in de schaduw tussen de lantaarnpalen in om niet gezien te worden. Ik zie haar achter het raam van de villa opstaan. Mijn hart gaat als een razende tekeer, het is alsof ik gek word. Ze bestaat echt, dat is een ding dat zeker is. Ze bestaat en ze leeft intenser dan de meeste mensen. Ze leeft in mij.

De februarivakantie was saai. Ze was ergens aan het skiën. Daarna kwam ze terug. Ze gaat nog steeds in het geniep naar die man toe. En ik volg haar als een geruisloze schaduw.

Het is weer voorjaar, merkwaardig genoeg. Dat maakt het leven gemakkelijker in die zin dat ik het niet koud hoef te hebben. Ik hang meestal buiten rond. Ik hou het binnen niet uit. Dan is het net of ik jeukpoeder over mijn hele lichaam heb. Ik móét weten waar ze uithangt.

Op een dag zie ik Melinda toevallig op een bankje in de gang van de school zitten. De laatste les is net afgelopen. Ik glip de wc in, terwijl de gang leegloopt. Ik doe het licht uit en zet de deur voorzichtig op een kier. Ik zie haar op het bankje zitten met een boek op schoot. Met de deur op een kier zit ik doodstil op de wc en ik sla haar als betoverd gade. Ik durf haast geen adem te halen.

Ik begrijp immers op wie ze wacht. Je hoeft geen hoog IQ te hebben om dat te bedenken. Het duurt nog een paar uur voordat het alarm van de school wordt ingeschakeld. Ik ken de tijdstippen.

Maar die vent zal er wel voor zorgen dat Melinda voor die tijd weg is.

Ze zit dus op een van de houten bankjes net te doen of ze leest wanneer die kerel aan komt sluipen. Ik zie hen duidelijk door de kier van de deur. Wanneer ze is opgestaan en me de rug heeft toegekeerd, ga ik geruisloos achter hen aan. Haar rug is smal en recht, haar haar zilverblond en golvend zacht. Er gaat een scheut door mijn lichaam wanneer ik me voorstel dat ik er met mijn vingers doorheen ga.

Onze schoenen raken de vloer van de lege gang bijna niet. We zweven. Die behoedzaamheid is aangeboren. We zijn net lenige nachtdieren.

Ze loopt achter die vent aan.

En ik volg haar naar een lokaal achteraan in de gang. Ik verstop me achter de kluisjes wanneer ze naar binnen glippen. Ik hoor de deur zachtjes dichtgaan. Ik sluip erheen en leg mijn oor tegen de kier van de deur.

Ik hoor zachte stemmen. Geen woorden. Misschien maakt hij grapjes, want ik hoor haar giechelen. Dan komen de smakgeluiden en daarna een eeuwigdurende stilte. Ik ga eraan kapot en ik moet mezelf geweld aandoen om de deur niet open te rukken. Ze kreunt zachtjes. Het snijdt door mijn ziel, want het is kreunen van wellust. Ze geniet ervan, die slet! Van die klootzak!

In mijn hoofd gebeurt het allemaal. Het misbruik van die vent. Ritmische stoten, sneller, steeds sneller. En zij geeft zich aan die eikel. Waar zit haar verstand? Maar die vent houdt haar voor de gek. Hij heeft haar van alles wijsgemaakt over de zin van het leven, hij heeft een lofzang gezongen op de liefde, hij heeft het geloof erbij gesleept en beweerd dat man en vrouw voor elkaar geschapen zijn, en waaraan je dat merkt. Hij heeft het over dromen, over de toekomst en god weet wat niet allemaal gehad. En hij bezweert haar dat ze de mooiste vrouw op aarde is, terwijl hij haar neukt. Niemand is zoals zij. Niemand op deze hele verrekte rotwereld. Zijn vrouw zeker niet. Die doet er niet meer toe. Die heeft hij verdrongen.

Ik hoor het gesmak en de woorden door de deur heen. Ze dringen tot me door ook al gaat mijn hart zo tekeer dat mijn borstkas bijna explodeert.

Vervuld van afschuw sluip ik weg.

Op een dag stuur ik een anonieme brief, ik kan me niet bedwingen. Dan wacht ik af wat het effect is. Die vent laat niets merken tijdens de lessen. Hij doet net als altijd, arrogant en bemoeizuchtig.

De tijd verstrijkt, ik schrijf meer brieven.

Op een dag vraagt hij me of ik na de les even wil blijven. Het lokaal loopt leeg. Ik sta in het gangpad tussen de banken.

'Je begrijpt toch wel dat je geen anonieme dreigbrieven mag sturen?'

Zijn ogen schieten vuur. Ik zie zijn kaakspieren bewegen.

'Wablief?' zeg ik, en ik blijf strak naar een punt ergens midden tussen Bodéns ogen kijken. Dat is een trucje dat ik heb geleerd om mijn vader aan te kunnen kijken. Ik zie dat oppervlakkige, blauwachtige aders als wormen over Bodéns gezicht kronkelen. Het zijn er een heleboel, zijn hele gezicht zit er vol mee. Vooral nu hij zich dreigend opstelt.

'Stel je niet aan,' zegt de man. 'Ik weet het heus wel.'

Zijn gitzwarte oog doorboort me, hard en trefzeker. Zijn borst naar voren, nek en rug recht. Zijn hand in de ene zak van zijn jasje rammelt met de sleutels.

Een standbeeld, net zo moeilijk van zijn plaats te krijgen als een zwerfkei.

Ik word zenuwachtig, ook al geef ik dat niet graag toe. Hoe weet hij dat ik het ben? Ik wacht op het vervolg, maar er komt niets meer. De zwerfkei zwijgt. De stilte is verstikkend. De gitten van zijn ogen glinsteren.

Plotseling begrijp ik hoe hij erachter is gekomen. Die vernedering is nog het ergste van alles.

Melinda! Niemand anders kan me hebben verraden. Verder weet niemand het.

'Ik kan u aangeven,' zeg ik tegen hem.

Mijn haat rijst de pan uit. Angst en woede, jaloezie en vernedering. De verzamelde haat van de hele wereld.

Hij ziet het en kijkt doodkalm op me neer.

'Het zijn mijn brieven,' zegt hij. 'Ik kan ermee doen wat ik wil. Misschien verbrand ik ze wel. Wie weet.'

Hij lacht spottend.

'Het is verboden om iets met een...' stamel ik uitdagend, en ik voel mijn knieën knikken.

'Je hebt geen enkel bewijs.'

Ik had een mooie kans om die kerel te pakken. Dacht ik. Maar er komt niets van terecht. Besluiteloos zoek ik nu meer punten waarop ik hem kan aanvallen, maar ik kan niks verzinnen. Mijn hoofd is even leeg als een voetbalveld zonder spelers.

'Je kunt gaan.'

Dat zijn zijn laatste woorden. Voor die keer.

En ik ga.

Na die dag is de fut er bij mij uit. Niets doet er nog toe. Ik voel me net een drenkeling die overboord is geslagen en niet van de zeebodem omhoog kan komen.

Ik krijg steeds slechtere cijfers. Aanvankelijk is het bijna een opluchting om het kalm aan te doen. Om het gewoon te laten gebeuren.

Maar zóveel slechter was nou ook weer niet nodig. Ik staar

naar de cijfers die opeens veranderd zijn. Ook van Johansson krijg ik slechte cijfers, hoewel ik met hem geen ruzie heb. Ik besef dat ze het leuk vinden om zo oneerlijk te zijn. Wát ik ook doe, ook als ik bij alle proefwerken de beste ben, wat helaas niet zo is, ze nemen me hoe dan ook te grazen. Bodén wil mijn leven verpesten, en Johansson, die lafbek, helpt hem een handje. Bodén haat me en wil mijn toekomst verwoesten. Verbijsterd constateer ik dat. Ik sta volkomen machteloos, denk ik. Het is een hel.

Die vent is me een doorn in het oog.

Maar ik ben niet achterlijk. Ik weet dat ik slim ben. Ik zal hun eens wat laten zien! Hem en Melinda. Nu niet. Later. Mijn tijd komt wel, wanneer ik zelf baas ben over mijn leven. Dan bereik ik iets. Dan heb ik het voor het zeggen. Dan krijg ik macht over leven en dood. Ik word dokter. Net als mijn vader en net als Melinda.

Wacht maar af!

19

Zaterdag 28 september

Veronika stond onder de douche. Er ging een mobieltje. Claes kwam binnenstommelen en liet de voordeur openstaan. Hij was de Volvo aan het inladen.

'Het is de jouwe!' schreeuwde hij door de deur van de badkamer heen.

'Neem dan op! Hij zit in mijn tas.'

De signalen waren net opgehouden toen hij het mobieltje uit haar bruine leren tas had gehaald. Hij vond het om meerdere redenen vervelend om in haar tas te duiken.

'Ik was net te laat,' riep hij naar de dichte deur.

Tegelijkertijd viste hij een opgevouwen blaadje uit de tas. Hij kon het niet laten het open te vouwen. Klara hield haar handen naar hem uitgestrekt. Ze wilde dat hij haar optilde.

'Even wachten,' zei hij afwezig.

Een telefoonnummer.

Zijn vrouw had een blaadje met een telefoonnummer in haar tas. Wat doe ik nu? dacht hij, en hij staarde naar het blaadje. Een scène maken? Haar dwingen het uit te leggen? En als dat niet genoeg is, haar onder druk zetten totdat ze bekent?

Was het Dans nummer? Ze had in Lund veel tijd met hem doorgebracht.

Maar terwijl zijn fantasie en zijn emoties met hem op de loop gingen, besefte hij hoe stom hij was. Hij kon het haar gewoon vragen.

Het werd stil in de douche. Hij deed de badkamerdeur open en de damp sloeg hem tegemoet. God, wat een prachtvrouw! dacht hij ondanks zijn net gewekte jaloezie. Ze stond naakt met haar

haar in een tulband en een rode huid van de dampende warmte.

Ze keek hem aan.

'Wat is er met je?'

'Wat is dit?'

Hij hield het blaadje tussen duim en wijsvinger. Zijn toon was beschuldigend.

'Een blaadje, dat zie je toch?'

De blik vanonder de tulband was kort. Ze smeerde haar gezicht in met crème. Kleine draaiende, doorgaande bewegingen.

'Waar heb je dat vandaan?'

'Uit je tas.'

Nog een korte blik vanonder de tulband als antwoord. Maar ze keek ook geamuseerd.

'Ik wilde niet snuffelen. Ik zag het toen ik jouw mobieltje pakte.'

Ze stapte de hal in. Nu glimlachte ze, maar ze liet hem nog even op de pijnbank liggen.

'Het is geen geheime minnaar,' zei ze, en ze bukte om met haar hoofd naar beneden haar haar droog te wrijven.

'Nee?'

'Nee, echt niet.'

Hij schaamde zich.

'Wat is het dan?'

'Ben je jaloers?'

Haar ogen glinsterden. Ze griste het blaadje uit zijn handen.

'Ach, dat is gewoon het nummer van de pruikenmaker. Als Cecilia een pruik wil hebben voor de periode dat haar haar nog niet is aangegroeid, kunnen we met hem contact opnemen. Maar ze heeft nog niet gezegd dat ze dat wil.'

Dat laatste ging aan hem voorbij. Het was een pak van zijn hart, en door de opluchting hoorde hij niets meer. Wat was hij kinderachtig geweest! Hij pakte haar snel bij haar bovenarm, het enige wat hij te pakken kon krijgen toen ze snel naar boven liep om zich aan te kleden.

Hij was weer gekalmeerd en wilde het blaadje net weer in haar tas in de hal stoppen toen hij er opnieuw naar keek. Het kwam hem op de een of andere manier bekend voor. Maar waarom?

Hij liep naar de keuken waar hij meer licht had, zette zijn bril op die hij uit het borstzakje van zijn overhemd had gehaald. Hij legde het blaadje op de keukentafel en streek het glad. Klara was met Veronika mee naar boven. Het was opeens stil en rustig om hem heen.

Het was een soort formulier op A5-formaat. Het logo van de regio Skåne stond in de linkerbovenhoek gedrukt. Daaronder stond in vette letters 'Mededeling'. Er zat een dun zwart kader om het hele formulier heen. In de kop stonden twee rechthoekige vakjes naast elkaar, in het ene moest de naam van de geadresseerde komen, in het andere die van de afzender. De woorden 'Van', 'Dienst' en 'Medewerker' waren voorgedrukt. Daaronder lijntjes waarop de eigenlijke mededeling geschreven kon worden en verticaal geplaatste kleinere vakjes om een vinkje in te zetten. 'Volgens afspraak', 'ter behandeling', 'ter aanvulling', 'voor kennisgeving', 'ter goedkeuring', 'ter ondertekening', enzovoort.

Hij schonk niet aan al deze details aandacht. Wel aan de lijnen en het iets vettere kader. En dat er in kleine lettertjes op stond hoe het formulier heette en waar het was gedrukt. In de linkerbenedenhoek las hij 'Lidbergs drukkerij Skurup'. Hij wist niet waar Skurup precies lag, maar hij dacht dat het in de omgeving van Ystad was.

Hij keek op de klok. Negen uur.

'Hoe oud denk je dat Gillis Jensen is?' riep hij naar boven.

Veronika kwam bij het traphekje staan. Ze had een spijkerbroek aangetrokken en een zandkleurig shirt met een V-hals.

'Waarom vraag je dat?'

Hij had geen energie om het uit te leggen.

'Nou?'

'Minstens zestig. Hij is best rimpelig,' zei ze.

Dan zal hij wel wakker zijn, dacht hij, en hij toetste het nummer in dat hij in zijn portemonnee had zitten.

*

Toen Claesson belde, was Gillis Jensen net weer thuis met Rose, een stevige boxer die als pup echt schattig was geweest.

'Dus je hebt het weekend vrij?' vroeg Claesson.

'Ja, maar ik zal nog wel iets moeten doen.'

'Ik zal je niet lang ophouden. Het blaadje met de cijfers dat in Bodéns jaszak is gevonden, komt van een voorgedrukt formulier voor de regio Skåne.'

Jensen vond dit een verrassend staaltje samenwerking op afstand.

'Weet je het zeker?'

'Tamelijk zeker. Op het afgescheurde blaadje dat wij hebben gezien staat buiten het zwarte kader iets wat je als een acht kunt lezen. Dat is ook een acht, en er staan nog meer cijfers. Dat is het nummer van het formulier van de drukkerij, die in Skurup zit.'

Gillis Jensen had de deur naar de tuin openstaan. Daar pronkten de herfstbloemen, nog vochtig van de nacht. De stokrozen die op een rij tegen de witte schutting met de buren stonden, waren als dennen omgevallen tijdens de laatste hoosbui. Hij zou het volgend jaar waarschijnlijk geen stokrozen meer nemen, ook al waren het dankbare planten. Vlambloemen, goudsbloemen en dahlia's in warme kleuren en lage rozenstruiken in verschillende koelroze tinten groeiden weelderig dichter bij het terras. De appelboom boog door onder zijn zware last. Hij had een paar takken met palen gestut. De oogst was zo groot dat ze er maar een klein deel van konden benutten.

'Dan kunnen we ervan uitgaan dat de dader in de gezondheidszorg werkt,' zei hij, en hij probeerde of hij zo gauw kon bedenken wie van degenen die ze hadden verhoord in die sector werkten.

Dat waren er een heleboel, concludeerde hij.

'Ik kom later vandaag naar Skåne, zoals ik gisteren zei.'

'Mooi,' zei Jensen. 'Tot straks dan.'

Jensen was blij dat Cecilia zo goed vooruitging, ook al kende hij haar niet. Hij probeerde het onderwerp van de ernstige mishandeling zorgvuldig te vermijden. Ze waren immers nog nergens met het vooronderzoek, en Claes Claesson had de goede smaak hem er niet aan te herinneren.

Inwendig zat hij aan de zaak te wrikken, ongeveer zoals wanneer je een vastgeroeste spijker probeert los te trekken.

Hij wilde beweging in de zaak zien te krijgen. Snel.

Er was dus een verband tussen de moord op de leraar en de moord op Emmy Höglund, hoe vreemd dat ook mocht lijken. Afkomst, leeftijd, geslacht en plaats van het misdrijf, niets was hetzelfde. Niets klopte, maar ergens was er een snijpunt.

Hij brandde van nieuwsgierigheid. Hij had zelf niet genoeg fantasie om een zinnig verband in elkaar te flansen. Verder was er ook niemand met een verstandig idee gekomen. Intuïtie was kennelijk niet genoeg. Mårtensson had niets gezegd, maar hij hoorde dan ook niet bij de meest creatieven. Hij was er goed in een kudde voor zich uit te drijven, hij kon goed leidinggeven, daarmee was het afgelopen. Maar je hoefde niet overal goed in te zijn, en daarom werkten ze in een team.

Misschien had Claesson ideeën. Het zou interessant zijn met hem te praten. Nieuwe inzichten.

Hij pakte de hoorn op. Hij kon Mårtensson net zo goed meteen bellen over het formulier, dan kon hij er een mannetje op zetten om die zaak nader te onderzoeken.

*

Cecilia had net haar ontbijt op. Karl stond in de deur van haar kamer in het revalidatiecentrum van Orup. Hij was de eerste die het niet pijnlijk of gênant scheen te vinden om haar zo te zien. En Karl was de eerste die ze vrij snel herkende. Hij was net als anders, een brede, onbevangen glimlach. Karl voelde zich zelden slecht op zijn gemak.

'Ik wist niet wat ik mee moest nemen,' zei hij, en hij gaf haar een zak snoepjes.

Ze maakte hem niet open. Ze nam hem niet eens aan. Hij legde het gele papieren zakje van Godisgrottan op haar nachtkastje neer.

'Weet je nog dat ik in Lund bij je op bezoek ben geweest?'

Ze dacht diep na, maar raakte plotseling de draad kwijt. Waar moest ze ook alweer over nadenken?

'Wat?'

'Ik ben een paar keer bij je in het ziekenhuis geweest. Weet je dat nog?'

'Misschien,' zei ze toonloos.

Maar ze wist er niets meer van. Ze vond het erg dat ze zo weinig kon onthouden. Er kwamen allerlei mensen bij haar op bezoek die van alles en nog wat vertelden, maar dat zei haar dan helemaal niets. Het bleef leeg in haar geheugen. Hol, als het ware. Daar schrok ze heel erg van.

Had ze dingen gezegd of gedaan die ze niet meer wist en waar ze zich voor moest schamen? Ze wisten kennelijk dingen van haar waar ze zelf geen idee van had.

Wat wilde Karl zeggen? Ze durfde haast niet naar hem te kijken.

'Weet je nog, dat feest bij Ester?' vroeg Karl, en hij keek haar opeens wat onzeker aan.

'Ja, dat weet ik nog.' Ze hoorde hem slikken en ze dacht dat hij zijn ogen afwendde.

'Weet je nog dat we op de bank zaten?' Hij lachte, maar keek niet meer zo vrolijk.

Ze staarde voor zich uit.

'Nee, hadden we het gezellig?' vroeg ze, en ze keek hem aan.

'Het is helemaal niet erg dat je het niet meer weet!' zei hij. 'Ik ben alleen maar blij dat het zo goed is afgelopen.'

Dat had ze ook vaker gehoord. Het is zo goed afgelopen. Ze had een engelbewaarder en veel geluk gehad. En ze was zo flink. Maar wat had ze dan zelf gedaan? Niets. Het was allemaal buiten haar om gegaan. En je had toch geen geluk als je werd neergeslagen? Dat was alleen maar ellende! Een hel, gewoonweg! Maar dat zei niemand. Ze praatten tegen haar alsof ze een tere porseleinen pop was.

'Je bent formidabel. Je zult straks gauw weer de oude zijn.'

Een vrijmoedige glimlach. Hij meende echt wat hij zei. Maar ze kromp ineen en voelde een steen in haar maag.

De oude zijn, hoe was dat? Was ze niet goed zoals ze nu was?

Hij keek haar aan.

'Ben je verdrietig?'

'Nee.'

Maar de tranen stroomden. Dat deden ze echt. Karl stond op en nam haar in zijn armen. Eerst verstijfde ze, ze wilde haar lichaam voor zichzelf houden. Maar toen rook ze de geur van zijn shirt. Haar neus in het kuiltje van zijn hals. Als piment in een warme stoofschotel. Geen laurier, geen peper. Ze kon niet zeggen wat het was, maar ze herkende de geur. Ze werd er warm en ontspannen van en hij aaide voorzichtig over haar hoofd.

'Biljartballetje,' grapte hij.

Ze wist niet wat ze moest zeggen. Woorden vinden was nog het allermoeilijkste. Al werd het wel elke dag gemakkelijker. Dat zei het personeel. Ze moest het proberen van hen. Ze mocht de moed niet opgeven.

Ze was weer kind geworden. Ze wilde bij Karl blijven zitten. Net als bij moeder op schoot. Veilig en warm. En nog veel meer.

Misschien zaten ze een paar minuten zo. Ze hield het niet bij.

'Wil je naar buiten?' mompelde hij in haar oor.

Kon ze dat? Kon ze lopen? Ze keek over zijn schouder naar de rolstoel.

'Ik duw je,' zei hij liefdevol en hij liet haar los. Hij ging met zijn vingers over haar stoppelige haar, naar haar wang en volgde de lijn van haar lippen. Het kietelde. Ze lachte. Dat klonk vreemd. Ze hoorde het zelf.

'Ik kan wel lopen,' zei ze.

'Dat weet ik.'

'Maar misschien word ik dan moe of duizelig.'

'We nemen de rolstoel mee. Het is hier zo mooi buiten.'

Ze verlieten de afdeling. Hij duwde haar in de rolstoel door de lichtgroene gang naar de lift.

'Is Trissan hier trouwens al geweest?' vroeg hij in de lift.

Weer die vragen! Ze had er zo'n hekel aan.

Was Trissan hier geweest? Wie was dat nou weer?

Ze haalde haar vriendinnen door elkaar. Hoe zat het nou? Het waren er twee. Trissan en...

'O ja,' zei ze, want nu wist ze het weer precies. 'Emmy is hier geweest,' zei ze trots.

Karl keek haar vreemd aan. Toen pakte hij de rolstoel vast en duwde haar naar buiten.

*

Claes Claesson deed de voordeur op slot. Veronika zette Klara in het kinderzitje en voelde dat haar maag in opstand kwam toen ze vooroverboog. Ze moest overgeven. Die ellendige misselijkheid ook! Toen ze rechtop ging staan, zakte het weer af.

Ze had nog niets gezegd. Dat was onaardig, dat wist ze. Ze zou nog een paar dagen wachten, totdat ze zeker wist dat ze niet ging bloeden of een miskraam kreeg. En ze wilde een goede gelegenheid afwachten. Een rustig moment, zodat ze mee kon gaan in zijn reactie.

De Volvo zat stampvol, er kon echt niets meer bij. Ze ging op de achterbank zitten, naast Klara, aangezien er ook van alles op de voorstoel stond, evenals achter Klara's stoeltje en voor haar eigen voeten. Ze zat nogal ingeklemd. Maar ze hoefden niet verder dan Lund, drieënhalf uur, en ze zouden vermoedelijk nog wel een stop moeten maken onderweg om even de benen te strekken en Klara te verschonen.

Claes reed achteruit de smalle straat op. Langzaam passeerden ze de mooie houten huizen, waarvan de bewoners net wakker waren. Een idylle. Ze boften maar. Bij de twee-onder-een-kapwoning, net een bunker uit de voormalige DDR, zagen ze een man het pad op fietsen. Veronika keek hem na. Claes herkende de fiets.

'Ken je die man?'

Hij had in de achteruitkijkspiegel gezien dat ze zich had omgedraaid.

'Nee. Kennen niet, maar ik weet wel wie het is. Het is een anesthesist die af en toe bij ons invalt.'

'Op die manier.'

De gedachte dat de man naar Nina Bodén toe ging, liet hem niet los. Vermoedelijk was het net wat hij al had gedacht. Er was iemand in huis geweest. Toch verbaasde het hem dat hij gelijk had gehad.

De fietser bleef hem dwarszitten terwijl hij verder reed door het ochtendverkeer. Het was zaterdag en iedereen moest de stad in om boodschappen te doen.

Hij kon Louise Jasinski bellen en haar vragen of ze hem wilde natrekken. Ze kon altijd Peter Berg of Erika Ljung eropaf sturen als ze zelf geen tijd had. Ze wisten wel ongeveer waar het om ging in deze zaak. Janne Lundin was op reis, anders zou hij het hem gevraagd hebben.

'Weet je hoe hij heet?' vroeg hij aan Veronika.

Ze staarde recht voor zich uit om haar opstandige maag rustig te houden. Ze dacht na.

'Pierre Elgh,' zei ze. 'Waarom vraag je dat?'

Hij had zijn mobieltje gepakt, was zo langzaam gaan rijden dat hij bijna over de Kolbergavägen kroop, terwijl hij Louises nummer aanklikte. Een van haar dochters nam op. Hij ging nog langzamer rijden, in z'n twee. De dochter riep Louise. Veronika zat te zuchten op de achterbank. Hij hoorde stappen naar de telefoon komen. Louise klonk opgewekt. Maar dat werd straks misschien wel anders, dacht hij.

Hij vertelde waar hij voor belde. Ze werd niet chagrijnig, steunde niet en klonk niet stroef, maar beloofde er iemand op af te sturen en hem daarna verslag uit te brengen.

'Waar gaat het eigenlijk over?'

Veronika strekt haar nek uit naar de voorstoel. Hij zag haar verbazingwekkend ingespannen gezicht in de achteruitkijkspiegel.

'Over moord.'

*

Therese-Marie Dalin was de trap afgelopen en was de smalle, autovrije Bytaregatan op gelopen waar al druk geflaneerd werd. Ze ging snel bij Ebba's naar binnen in het lage gebouw dat tussen een oudere en een nieuwere flat in zat en bestelde zwarte koffie en een croissant. Ze hield van een continentaal ontbijt. Het maakte haar niet uit dat het niet gezond was. Havermoutpap, yoghurt of müsli waren niet haar ding.

En nu had ze troost nodig. Net als elke dag, eigenlijk. Ze had slecht geslapen. Om tien uur nog eens ontbijten. In ieder geval was ze niet zo diep gezonken dat ze de halve dag in bed bleef liggen. Ze moest studeren, maar dat ging niet.

Zo jong als ze was, zou ze binnenkort naar een begrafenis moeten. Wanneer was nog niet bekend, maar ze zat er nu al over in.

Ze was nog nooit op een begrafenis geweest, ze kende zoiets alleen van films. Ze was bang voor alle heftige emoties. Hoe je je moest gedragen. Misschien kon ze een smoes verzinnen, maar vermoedelijk zou ze zich nog rotter voelen als ze ervoor wegliep.

Emmy's moeder had het zo fijn gevonden om met haar te praten. Ze stelde het contact met een van Emmy's *fantastische vriendinnen* bijzonder op prijs. Dat Trissan op die treurige dag naar de Örnvägen was gegaan, beschouwde Emmy's moeder als een goede daad. Dat Trissan zo ruimhartig was en bereid om te helpen. Hoe vreselijk het ook was. Maar dat wisten ze toen immers nog niet. En misschien voelde Emmy's moeder zich wel schuldig omdat ze Trissan erheen had gestuurd. Dat zij, jong meisje dat ze was, zo'n verschrikkelijke ontdekking moest doen. Emmy's moeder dacht misschien dat ze meteen de politie had moeten bellen. Ze zei het niet, maar Trissan had het idee dat haar gedachten in die richting gingen. Trissan wees alle lof bescheiden af.

'Uiteraard ben ik erheen gegaan,' zei ze met een vriendelijke glimlach.

Ze was een beetje een heldin geworden. Bij nader inzien was het misschien toch niet zo vanzelfsprekend dat je een jonge vrouw recht een tragedie in stuurt. Maar dat zat haar nu niet dwars. Lang niet zo erg als de begrafenis.

Het was toch fijn dat Emmy's moeder haar aardig vond. Dat maakte het allemaal gemakkelijk. Emmy's moeder had haar omhelsd en gehuild alsof het de gewoonste zaak van de wereld was. Ze klampte zich aan haar vast, alsof ze een deel van Emmy was. Geen kwaad woord. Niks raars. Alleen verdriet. Ze waren helemaal kapot, de ouders van Emmy. Maar daar kon ze wel mee overweg.

Langzamerhand had ze de laatste dagen de gedachten aan haar contact met Emmy toegelaten. Emmy en zij waren zo raar met elkaar omgegaan sinds ze verhuisd waren. Emmy deed narrig, en ze begreep niet waarom. Had Emmy zich aan haar geërgerd zonder dat ze het had gemerkt? Dan kon zij daar niets aan doen.

Maar de allerlaatste keer dat ze elkaar hadden gezien was het in ieder geval weer gewoon geweest. Gelukkig wel!

Dat was toen ze bij Cecilia op bezoek gingen, dat arme kind. Zou zij ooit weer de oude worden?

Ze huiverde bij de gedachte en vroeg zich af wat erger was, dat er iets misging in je hoofd zoals bij Cecilia, of vermoord te worden zoals Emmy.

Ze bladerde door de *Sydsvenskan*. Er stond niets meer over Emmy in. Haar dood was geen nieuws meer. Er was een krantenjongen neergeslagen, daar stond een groot artikel over in, en een onoplettende medewerker van de thuiszorg had twee parkieten laten ontsnappen, las ze in een berichtje.

Ze had er lang over nagedacht wie de dader zou kunnen zijn. Ze wist dat het meestal iemand uit de naaste omgeving van het slachtoffer was. Dat de dader een volslagen onbekende was kwam minder vaak voor.

Het was wel rot om in gedachten alle vrienden na te gaan en je af te vragen of ze misschien moordenaars waren. Zo zag je hen met heel andere ogen. Ze had het zich van zo'n beetje iedereen afgevraagd. Ze probeerde voor zich te zien hoe hun gezicht plotseling verwrongen werd en ze draculatanden kregen, hoe ze van gedaante veranderden en het kwaad in eigen persoon werden.

Haar moeder had gisteren gebeld. Ze vond dat Trissan maar een paar dagen in Ystad moest komen uitrusten. Wandelen op het strand en goed eten. Ze ried haar aan het volgende tentamen over te slaan. Soms moet je aardig voor jezelf zijn, zei ze, en toen moest Trissan huilen. Haar moeder was minstens even lief als die van Emmy. Ze had ook voorgesteld dat ze met de Öresundtrein naar Kopenhagen konden gaan om daar te winkelen.

Maar ze kon geen besluit nemen. Het was net of ze Lund niet durfde te verlaten. Er gebeurde zoveel. Ze wilde erbij zijn als ze hem pakten. En ze had de politie beloofd dat ze niet te ver weg zou gaan voor het geval ze haar iets wilden vragen.

Ze ging een tweede kop koffie halen. Ze gebruikte geen suiker meer, alleen nerds deden suiker in de koffie.

Degene van wie ze echt geen hoogte kreeg, was Karl. Ze blies op de hete koffie. Emmy had niet gedacht dat Trissan het doorhad, maar het was zo duidelijk als wat dat Emmy verliefd op hem was. Dat had ze al gezien toen ze nog in de Gyllenkroks allé woonden en hij bij Cecilia op bezoek kwam. Dan hing Emmy altijd in zijn buurt rond. Cecilia nam het nogal luchtig op, het kon haar waarschijnlijk niet zoveel schelen dat Emmy met hem dweepte en zo duidelijk geïnteresseerd was in hem. Was ze zo zeker van hem, of had hij inderdaad verkering met een ander kennisje van Cecilia?

Maar ze dacht niet dat Karl Emmy had vermoord. In dat geval zou ze erg teleurgesteld zijn. Dan zou ze het gevoel hebben dat ze nooit meer op haar eigen oordeel af kon gaan.

En waarom zou hij Emmy iets hebben willen aandoen? Hij leek haar aardig te vinden, ook al was hij misschien niet verliefd op haar.

Of hij moest een op seks beluste idioot zijn. Achter die leuke buitenkant van ideale schoonzoon zat misschien wel een gestoorde, geile gek. Dat hoorde je wel eens. Het hele internet was ervan vergeven. Van compleet gestoorde lieden. Ze gebruikten kettingen, latex, zwepen en Joost mag weten wat nog meer, en ze hielden zich in duistere krochten op. Misschien had Karl haar ergens toe gedwongen? En had hij haar gewurgd toen het niet lukte...

Ze zette haar kopje neer en keek door een van de kleine ruitjes naar buiten. Nee, zo was hij niet. Dat sloeg nergens op. Maar het prikkelde haar fantasie.

Hadden ze misschien iets gehad samen voordat zij werd vermoord, Emmy en Karl? Dat zou interessant zijn om te weten. Maar ze kende hem niet goed genoeg om het te vragen. Dat was dan wel lullig voor Cecilia, vond ze, die kon daar niets tegen beginnen. Zij zat daar immers in dat herstellingsoord, of wat het ook was. In ballingschap. Je had een auto nodig om er te komen. Of je moest met de Pågåtrein naar Höör en vandaar met de bus naar Orup, maar dat was een heel gedoe. Dat had ze gisteren ook tegen Karl gezegd, toen ze een praatje maakten. Toen beweerde hij dat hij van plan was erheen te gaan. Ze had niets meer gezegd. Voor zover ze wist, had hij geen auto. Die had je niet nodig in Lund.

Ze voelde een steek van jaloezie.

Hij had mooie ogen, dacht ze. Aantrekkelijk.

*

Veronika zat muisstil op de achterbank. Ze waren de stad nog niet uit. Ze stonden te wachten voor het stoplicht op de Norra Fabriksgatan in de richting van de volkshogeschool.

'Moord,' zei ze toen. 'Op wie dan?'

Claes werd zich er opeens van bewust dat zij het drama niet had gevolgd. Ze was nauwelijks thuis geweest en ze had andere dingen gehad om zich druk over te maken.

'Je kent hem niet,' zei hij toen het licht op groen sprong. 'Hij woonde in het bakstenen huis verderop bij ons in de straat.'

Ze zweeg. Ze keek met een lege blik voor zich op de weg. Ze fronste haar voorhoofd en kwam met haar vraag op de proppen.

'Hoe ziet hij eruit? Hoe zag hij eruit, bedoel ik.'

Lieve hemel, dacht Claes.

'Tja, nogal gewoon, zou ik willen zeggen. Een leraar.'

Alsof dat al genoeg zei.

'Je kunt toch wel iets meer vertellen?'

'Van middelbare leeftijd, gemiddelde lengte, dun blond haar.'

'Hoe is hij vermoord?'

'Van achteren gewurgd, denken ze.'

'Goh. Naar dat zoiets bij ons in de straat gebeurt. Misschien moeten we toch een alarminstallatie nemen.'

Dat onderwerp was een jaar geleden aan de orde geweest toen er dievenbendes door Småland trokken en de typische rode huisjes met witte kozijnen ongenode gasten kregen. Maar het was er nooit van gekomen. Ze vonden waarschijnlijk dat het iets voor de grote steden was. Zoiets had je in het kleine Oskarshamn toch niet nodig?

'Het is hier niet gebeurd,' zei hij. 'Maar in Lund. In het ziekenhuis. In het Blok, zoals ze dat blijkbaar noemen. Ja, jij weet dat natuurlijk wel.'

Ze zat als versteend. Beelden schoten voorbij. Ze zag het weer voor zich. Een man uit haar eigen woonplaats rent langs haar heen. Misschien is het geen rennen, maar eerder slingeren of zwieren. Een hevige angst in zijn ogen. Ze had zoiets eerder gezien. Een schokkerig bewegend lichaam, gespannen en in oproer. Pure, naakte angst. Paniek. Doodsangst misschien.

Ze probeerde zich de situatie weer voor de geest te halen. Ze wilde de beelden stopzetten om ze beter te bekijken.

Ze waren onderweg naar de rotonde bij het Volkspark en zouden net de E23 oprijden toen Claes opnieuw constateerde dat Veronika als een standbeeld achterin zat. Met grote, starende ogen, alsof ze heel ver weg was.

Hij probeerde oogcontact met haar te maken in de achteruitkijkspiegel.

'Veronika. Is er iets?'

'Ik geloof dat ik hem heb gezien,' zei ze rustig.

Hij zou boven op de rem hebben gestaan als dat had gekund, maar ze zaten op de rechterrijstrook. Het ziekenhuis lag links en een rij auto's wilde de toegangsweg oprijden. Hij reed door in de richting van Svalliden en Döderhult, die verderop aan zijn rechterhand lagen. Hij reed erlangs en vroeg zich af of hij de afslag naar Forshult zou nemen.

'Zeg, daar moet je me meer over vertellen.'

Hij klonk energiek en probeerde zich om te draaien om haar aan te kunnen kijken.

'Kijk voor je! Ik kan het zo ook wel vertellen.'

Hij werd rustiger, hield beide handen aan het stuur en bleef doorrijden, aangezien hij het nu nog belangrijker vond om zo snel mogelijk in Lund te komen.

'Het is toch niet te geloven dat je hem hebt gezien!' juichte hij. 'Wat een dag! We moeten dat straks maar bespreken, als Klara slaapt.'

De hei bloeide weelderig roze en zacht in rotsspleten. Het bos was dicht, met open plekken waar boerderijen stonden of kleine meertjes lagen. Hij zag hoe mooi het was. Ze kwamen langs rode huizen, schuren en vakantiehuisjes met witte veranda's vol houtsnijwerk dat schitterde in de herfstzon. Ze reden langs het Smältenmeer. Ze kwamen bij Bockara, hij schakelde terug en reed vijftig langs de oude rode houten kerk die achter de bomen stond weg te dromen. Hij reed door naar de T-splitsing, sloeg linksaf naar Högsby en reed verder richting Växjö. Het was stil geworden in de auto. Klara sliep eindelijk.

Nu begon hij aan iets wat het midden hield tussen een getuigenverhoor en een echtelijke ruzie.

'Kom op, Veronika. Hoe zag die andere man eruit? Die achter hem liep?'

Het gesprek duurde van Fagerhult tot aan Åseda. Pas toen ze Växjö naderden, belde hij Gillis Jensen. Toen was het hem duidelijk dat het ging om een man in witte kleren, dat wil zeggen een doktersjas, en waarschijnlijk ook een witte broek en een wit overhemd, die zeer waarschijnlijk in verband gebracht kon worden met de man die waarschijnlijk niemand minder was dan Jan Bodén. Claes stopte echter niet om Veronika de foto's van de verdachte te laten zien, die hij in zijn aktetas had. Dat moest de politie in Lund, die geen familie was, maar doen.

Gillis Jensen zei eerst niets. Hij vond het een beetje gênant, of eerder irritant, dat de enige zinnige getuige in de zaak-Bodén in principe weken geleden al tegenover hem had gezeten, al was het dan voor een heel andere aangelegenheid. Jammer dat hij daar toen niet aan had gedacht.

'Dat kon je toch niet weten?' vond Claesson. 'Soms zit het mee. Zoals nu.'

'Heel mooi. Gewoonweg briljant, verdorie!'

Jensen had trouwens op aandringen van Claesson het adres opgezocht van de jongedame die een kleine tien jaar geleden vermoedelijk een relatie had gehad met Bodén. De klassenfoto was al onderweg naar Lund.

Misschien hadden ze contact gehouden, dacht Claesson. Wie weet?

'Zou je het bezoek aan haar nog even kunnen uitstellen totdat ik er ben?' vroeg hij, met één hand aan het stuur en in de andere zijn mobieltje.

Hij had een oortelefoon moeten gebruiken, zodat hij handsfree kon bellen.

'Wil je mee?'

'Ja, als jij er geen bezwaar tegen hebt.'

'Nee,' zei Gillis. 'Helemaal niet.'

Claes schakelde het apparaatje uit. Ze zaten op de ringweg rond Växjö. Ze kwamen langs de afslag naar Alvesta, daarna langs de kruising bij Räppe. Toen ze de stad uit waren, gaf hij plankgas. De weg was niet breder dan normaal. Overal stonden waarschuwingsborden met elanden erop. De toegestane snelheid was negentig. Hij reed iets harder.

*

Ester Wilhelmsson was de stad in geweest. Ze was vrij tot zondag half drie, dan had ze middagdienst tot negen uur. Eigenlijk had ze nu net zo lief willen werken, vierentwintig uur aan één stuk als het kon, om haar zinnen te verzetten. Maar het rooster was lang geleden gemaakt.

Het was zacht buiten en er waren massa's mensen op de been. Aan het begin van het studiejaar was het op zaterdag in het centrum van Lund net feest. De sfeer was fantastisch. Het was druk op de markt op het Mårtensplein, er stonden lange rijen voor de viskarren, je kon er vossenbessen en cantharellen krijgen en ze zag zeeën van bloemen in heldere, diepe kleuren. De deuren van winkels en cafés stonden open, en het waren niet alleen maar jongeren en studenten die de tafeltjes bevolkten. Het leek wel of iedereen op pad was.

Ze keek vooral. Ze kocht alleen een nieuwe spijkerbroek, die ze niet nodig had, maar niet kon laten hangen. En een paar boeken in de Pocketboekwinkel om mee weg te dromen. Op weg naar huis kwam ze een collega tegen die ook single was. Aangezien Ester nergens heen hoefde, stelde ze voor samen koffie te gaan drinken. Ze moest de tijd om zien te krijgen. Ze gingen naar de Lundagård. De tafeltjes stonden nog buiten. Daar bleven ze ruim een uur zitten.

Haar collega vertelde dat ze plannen had om naar Afrika te gaan. Ze durfde wat meer dan Ester, misschien was ze ook wat volwassener. Ze kwam uit Lycksele, dus was ze gewend zich aan een andere omgeving aan te passen. Ester niet. Zoals veel anderen was ze na haar studie in Lund blijven plakken. Maar zij kon ook naar Afrika nu ze niet meer samenwoonde, bedacht ze. Ze raakte geïnspireerd, maar ze beloofde haar collega dat ze het er op het werk met niemand over zou hebben voordat alle plannen rond waren. Het afdelingshoofd mocht het niet horen, want ze had maar een tijdelijke aanstelling.

Daarna fietste Ester het hele stuk naar haar ouderlijk huis in Norra Fäladen, een wijk die in de jaren zestig was ontwikkeld. Hij lag ongeveer even ver van het centrum als de wijk Djingis Khan, maar ze had nog steeds hetzelfde gevoel dat ze in haar jeugd ook al had, dat het het einde van de wereld was. En ze moest het hele stuk heuvelop. Een gemene helling waar geen eind aan kwam.

Ze had geen boodschappen gedaan in de stad en reed nu het Fäladsplein op. Daar had ze vaak broodjes en snoep gekocht toen ze nog op school zat, in het gebouw hier recht tegenover. Ze kwam hier tegenwoordig nooit meer. Ze voelde zich een toerist in eigen stad. Het plein was een groot, kaal vlak met baksteenkleurige tegels. De moderne kerk aan de oostkant had een hoekige klokkentoren. Ze raakte gedeprimeerd. Het plein was uitgestorven. Er hingen een paar mannen voor de pizzeria, maar in het steegje waar de winkels waren, was het drukker. Fäladen was de meest internationale wijk van de stad, met vertegenwoordigers uit alle hoeken van de wereld. Zoals Rinkeby dat was voor Stockholm.

Ze ging de Coop binnen. Ze nam yoghurt, melk, brood, een potje pesto en pasta mee. Haar ouders hadden wel wijn in huis, dat wist ze zeker. Ze kwam Fathi, een oud-klasgenote, tegen. Die voelde zich kennelijk even verloren als Ester. Ze woonde nu in Brussel en was hier maar even. Ester voelde zich weer braaf en saai. Ze had totaal geen vooruitzichten, besefte ze. Behalve op het nieuwe leven. Het baren zelf.

Voor de winkel kwam ze uitgerekend Gustav Stjärne tegen. Hij had ook boodschappen gedaan, maar dan bij de ICA.

'Dus jij woont hier?' vroeg hij.

'Nee, alleen nu toevallig.'

Ze legde kort uit dat ze in het huis van haar ouders logeerde, die op dit moment in Australië zaten.

'Dat is ook niet naast de deur,' grapte hij.

Ze vond dat hij haar raar aankeek. Hij grijnsde en vroeg niet veel, terwijl zijn blik wel nieuwsgierig was. En hij bleef staan. Hij leek totaal geen haast te hebben. Straks vraagt hij me nog mee uit, dacht ze. Wat zou ze dan zeggen? Ze zei niets over Leo en alles. Dat ging hem niet aan. En trouwens, dat zou hij wel weten, dacht ze. Al was dat niet helemaal zeker. Misschien zei Leo niets, uit schaamte. Zij had het immers uitgemaakt.

Gustav woonde in de Kulgränd. Hij was onderhuurder van een klein appartementje. Dat was goed te doen, vertelde hij. Hij wist niet of hij in Lund zou blijven, hij had immers maar een tijdelijke aanstelling in de vrouwenkliniek, en misschien wilde hij uiteindelijk wel naar het buitenland. Hij bleef nooit lang op dezelfde plaats.

'Nee? Waar ben je allemaal al geweest?' vroeg ze, en het drong tot haar door dat hij vandaag al de tweede was die ze sprak en die verschillende werelddelen had bereisd.

'Overal en nergens,' zei hij. 'Noorwegen, Dalarna, Värmland, Denemarken.'

O, als dat alles is, dacht ze. Geen China of Afrika.

'Waar heb je eigenlijk gestudeerd?'

Ze wist niet waarom ze zo nieuwsgierig was. Misschien omdat hij niet het type was dat uit zichzelf iets zei. Hij had vast in Lund gestudeerd, daar ging ze van uit. Hij kende hier zoveel mensen. Leo, Karl en alle anderen.

'Ik heb hier in Lund eerst geesteswetenschappen gedaan,' vertelde hij, zonder dat nader te preciseren. 'Toen woonde ik in dezelfde studentenflat als Karl Wallin, in het Mikael Hansen College.

Ze knikte. Ze kende die flats wel, waar je minder huur betaalde als je goede studieresultaten kon laten zien. Oorspronkelijk was het waarschijnlijk de bedoeling geweest om minder bemiddelde maar veelbelovende studenten zo een financieel steuntje in de rug te geven. Nu woonde er van alles.

'En daarna heb ik in Denemarken gestudeerd,' zei hij met een cryptische blik. Hij pakte het stuur van zijn fiets vast en zette de fiets rechtop, alsof hij van plan was weg te gaan.

Ze vroeg niet verder.

Plotseling vloog er een krijsende vrouw tussen hen door, die achter haar kind aan zat dat naar de auto's op de parkeerplaats holde. Ze namen afscheid. Hij kreeg niet de kans haar mee uit te vragen. Dat was mooi, dan hoefde ze geen nee te zeggen.

Ze fietste in oostelijke richting over het fietspad, met de tas met boodschappen aan het stuur. Ze deed het kalm aan. Ze kwam achter Delphi met alle onlangs gerenoveerde studentenflats, ze kwam langs de klavertjevierhuizen en ten slotte in de buurt waar ze was opgegroeid. Een serie vrijstaande huizen van donkere baksteen van twee verdiepingen, dicht op elkaar aan korte straatjes met hoge, schaduwrijke heggen ertussen. Haar ouderlijk huis lag aan de Ritaregränd, achteraan bij het pleintje waar je kon keren. Het waren fantastische huizen. Veel mensen vonden dat ze er Engels uitzagen. Het deed haar goed dat de buurman, die ze al haar hele leven kende, naar haar zwaaide toen ze de voordeur opendeed.

'Leuk dat je er bent!'

Ze zwaaide terug en zei dat alles goed ging. Toen zette ze haar tas op de vloer van de hal neer en deed de deur dicht.

Het rook naar thuis. Zo voelde dat nog steeds aan.

✳

Om half drie waren ze in Lund. Claesson zette de spullen gauw in het kleine flatje in de Tullgatan neer, het meeste was voor Cecilia. Veronika ging een eindje lopen met Klara, die haar energie kwijt moest. Daarna reden ze naar het politiebureau aan de Byggmästaregatan. Dat kostte tijd. Claes was er nooit eerder geweest, en Veronika kon het wel vinden, maar wist niet wat de snelste manier was om er met de auto te komen.

Een agent die Swärd heette nam Veronika mee naar een kamer waar ze foto's zou gaan bekijken.

Claes Claesson en Gillis Jensen keken elkaar verlegen aan terwijl ze elkaar een hand gaven.

'Je bent jonger dan ik dacht,' zei Jensen.

Jensen was niet jonger dan Claesson had gedacht, eerder ouder. Bijna aan zijn pensioen toe. Hij deed hem denken aan Janne Lundin, maar dan niet zo lang. Een man uit één stuk, gerimpeld, een speurhond die nog genoeg energie had om een spoor op te pakken.

Claesson had groot respect voor collega's die al lang meeliepen. Als ze het niet hadden opgegeven, star geworden waren of een zootje hadden gemaakt van hun leven met drank en problemen thuis. Voor de meeste beroepen moest je lang oefenen, daar ontkwam je niet aan. Je had de ouderen nodig voor de stabiliteit.

Ze zaten in de kantine, waar Klara om de tafels heen kon rennen. Met een uitgebreider verhoor van Veronika zouden ze tot maandag wachten. Nu deden ze alleen het belangrijkste.

Veronika pijnigde haar hersenen af terwijl ze de gezichten op een oude schoolfoto bekeek. Swärd zei niets.

'Ik weet het niet,' zei ze, en ze wilde het opgeven.

Toen legde Swärd nog een paar foto's neer, uitvergrote pasfoto's van een paar mannen. Die waren allemaal van latere datum. Volwassen kerels.

'Herkent u hier iemand van?'

Het was nog steeds moeilijk. Ze keken allemaal even ernstig, waardoor ze op elkaar leken. En ze waren allemaal blond. Dat maakte het ook moeilijker.

'Hem misschien,' zei ze, en ze wees naar een man met bruine ogen. 'Ja hoor, dat is 'm! Als hij iets langer is dan gemiddeld,' zei ze, en ze hield haar hand een eindje boven haar eigen hoofd. 'Maar hij heeft nu langer haar dan op de foto. Met een slag, geloof ik.'

Met gemengde gevoelens ging Veronika Klara halen, die heen en weer holde door de gang. Stel dat ze de verkeerde persoon had aangewezen!

Claes en Jensen liepen met haar mee naar de auto. Ze zou een paar boodschappen gaan doen voor het ontbijt en daarna teruggaan naar de flat. Gillis Jensen nodigde hen uit om 's avonds bij hem te komen eten. Zijn vrouw rekende erop, zei hij. Veronika was doodop en Klara zou helemaal van slag raken door een avond bij vreemde mensen, maar natuurlijk namen ze de uitnodiging aan.

'Dan gaan we,' zei Jensen tegen Claesson, en ze liepen naar een Saab.

Lund was geen stad waar je even snel doorheen reed met de auto. Een wirwar van straatjes met eenrichtingsverkeer en smalle, doodlopende steegjes. Middeleeuwse steden waren zelden geschikt voor modern autoverkeer. Daarom fietste iedereen. In Lund kon je op de fiets overal komen, beweerde Jensen. De stad was zo goed als rond. Hij dijde in alle windrichtingen uit over de akkers.

Ze moesten nu naar een woonwijk aan de zuidkant, Klostergården. Jensen kon het natuurlijk wel vinden. Het kostte alleen nog wat moeite om de juiste flat en het juiste portiek te vinden op het uitgestrekte terrein. Het adres was Virvelvindsvägen, een U-vormige straat waarvandaan je verschillende panden kon bereiken, sommige tamelijk hoog, rondom verschillende binnenplaatsen gegroepeerd. Het waren huur- en koopflats door elkaar, informeerde Jensen hem. De wijk was begin jaren zestig ontwikkeld en was nu erg in trek, de prijzen van de appartementen waren omhooggeschoten. Het was er rustig, de indeling van de flats was goed, er waren genoeg al wat oudere groenvoorzieningen en er waren goede scholen. Vanuit sommige flats kon je de Sont en Kopenhagen zien liggen.

Ze had hen verwacht. Ze klonk verkouden, zei Jensen.

En dat was ze onmiskenbaar. Melinda Selander had een knalrode neus en haar ogen traanden. Ze liet hen binnen in een tweekamerflat op de tweede verdieping met uitzicht op de binnenplaats.

Claesson herkende haar van de schoolfoto. Ze was niet erg veranderd, haar gezicht had alleen scherpere contouren gekregen. Het haar was nog hetzelfde, alleen had ze geen pony meer en zag je nu haar gladde voorhoofd. De dikke bos haar hing in een staart op haar rug. Hij had nooit eerder zulk lang haar gezien. Net een bosnimf. Ze keek niet zo verschrikt uit haar ogen als op de foto. Helemaal niet verschrikt, eigenlijk. Ze droeg ook nu een lange, wijde rok van zachte stof en een kort vestje over haar shirt.

De flat was gezellig ingericht met oude en nieuwe meubels door elkaar. Er stonden foto's van een hond, een man, vermoedelijk haar vader, aangezien haar moeder in een lijstje ernaast stond. Claesson vond dat ze er op de foto beter uitzag. Steviger, duidelijker. Er was ook een kleinere foto van een blonde, glimlachende jongen met zijn arm om Melinda heen. Op de achtergrond was vaag het stadhuis van Kopenhagen te zien.

Ze gingen in de keuken zitten, ze pasten net om de tafel. Ze bood hun niets aan en daar waren ze blij om. Ze gedroeg zich bijna koninklijk, ook wanneer ze haar neus snoot, wat ze vrijwel het hele gesprek door bleef doen. Ze was in opleiding voor reumatoloog, vertelde ze.

'Het klopt dat ik Jan Bodén als leraar had. Het klopt ook dat ik een moeilijke periode had aan het eind van de middelbare school. Die man kon zijn handen niet thuishouden en hij verleidde me,' zei ze. Zo zeker en onaangedaan dat ze daar professionele hulp bij gehad moest hebben, dacht Claesson. Ze was vast in therapie geweest of zoiets.

'Dat hij gewurgd is, of wat het ook precies was, in het Blok, wist ik niet. Ik heb het nogal druk gehad op het werk en ik heb de kranten niet bepaald gespeld. Hij heeft zijn verdiende loon gekregen,' constateerde ze, en ze veegde haar pioenrode, glimmende neus grondig af.

'Was er meer gebeurd in die periode?' vroeg Claesson.

'Er gebeurden een heleboel dingen. Ik was een puber,' zei ze met een scheve glimlach, en ze maakte een nieuw pakje zakdoekjes open.

'Was er nog een andere man in het spel?'

'Hoezo?'

Ze snoot weer haar neus en Claesson realiseerde zich dat hij blij mocht zijn als hij niet aangestoken werd.

'Iemand anders behalve Bodén die een zwak voor u had?'

Ze keerde haar hoofd naar het raam. Haar blauwe ogen werden smaller.

'Alsjeblieft zeg! Dat waren jeugdzonden. Dat betekent nu toch niets meer?'

'Nee, misschien niet. Maar ik zou toch graag willen weten of u...'

'Er was wel iemand die me achternaliep,' zei ze met doffe stem. 'Het was best zielig. Ik ben hem laatst nog tegengekomen en het gaat gelukkig goed met hem. We hebben met elkaar gesproken.

Vroeger is voorbij. Hij heeft het niet gemakkelijk gehad, zijn vader was een tirannieke arts. Bekend om zijn stellingen over het verband tussen lichaam en geest. Zoiets was het. Maar hij was een duivel, dus heeft die jongen het best moeilijk gehad.'

'Hoe heet hij?'

'Gustav Stjärne. Hij is één brok onzekerheid en hij zal geen vlieg kwaad doen.'

Ze stond op en ging met haar rug naar hen toe staan om te voorkomen dat de heftige niesbui waar haar hele lichaam van schokte als een douche in het gezicht van de beide rechercheurs terechtkwam.

De jongen

Een nieuwe dag breekt aan. Ik weet niet of het een goede of een slechte dag wordt.

Of beter gezegd: een minder slechte. Beter te dragen.

Ik ben mijn houvast kwijt. Zo simpel is het, en ik heb er geen probleem mee dat toe te geven. Ik weet dat je sterk moet zijn om te overleven, dat heb ik als kind al van mijn vader geleerd. Ik weet nu ook dat het geweldig is om bovenaan te drijven. Maar het is niet zo gemakkelijk om de grote dokter te zijn als ik had gedacht. En ook niet om meisjes die de moeite waard zijn te verschalken.

Het lijkt wel of ik vergiftigd ben. Alsof er een virus op mijn harde schijf zit, in mijn hersenen, dat mij heeft aangetast.

Ik wist dat ik veel opgekropte woede in me had, maar ik dacht dat ik daarmee om kon gaan, die kon kanaliseren en om kon buigen naar pure energie. Maar de woede is me de baas geworden, nu zit hij te wachten tot hij eruit kan. Totdat ik uit mijn vel spring.

Ik kan er niets aan doen.

Mijn oude leven, dat ik had getracht uit te wissen, overviel me plotseling weer. Bodén, die rotzak, vroeg mij om hulp. Kwam daar als een stakker aangestrompeld. Hoe kwam hij nou uitgerekend bij mij terecht? Had hij mij herkend? Ik ben nu arts. Dat had hij vast niet verwacht. Zoals hij had geprobeerd alles voor mij te verpesten!

Misschien was het toeval of een soort diepere bedoeling dat ik de kans kreeg het hem betaald te zetten. Dat ik die woede weer voelde die ik nu tevoorschijn kon laten komen. Die ik kon richten op de persoon voor wie die woede bestemd was.

Want ik ben het helemaal niet vergeten. Kun je dat verlangen, dat je iemand vergeet die alles kapot heeft gemaakt?

Ik kan er niets aan doen dat ik hem heb gegeven wat hij al veel eerder had moeten krijgen. Ik kon niet stoppen. Maar het was stom, dat besef ik wel. Het wordt een obstakel voor mijn toekomst, voor de rest van mijn leven. Ik zal altijd heel erg goed moeten opletten.

En wat er met Emmy is gebeurd, daar kon ik ook niets aan doen. Ik raakte volledig buiten zinnen. Het was helemaal niet de bedoeling dat het zo zou gaan. Ik had al een paar nachten niet geslapen, ik had zo'n brandend gevoel vanbinnen, dat kan ik niet beschrijven. Ik moest verkoeling zoeken. Iets doen. Ik wilde iemand die aardig was. Maar niet zomaar iemand. Iemand die zacht was en warm, iemand bij wie ik tot rust kon komen.

Misschien wilde ik alleen maar seks. Een ontlading. Ik dacht zo niet, maar het zat wel in mijn achterhoofd.

Na Bodén waren de dagen net één lange nachtmerrie. Soms dook Emmy's gezicht op. Daar werd ik wat vrolijker van. Alsof ik lang naar haar had gezocht. Ze doet me aan een ander meisje denken, maar zij is nu verleden tijd. Dat hoofdstuk van mijn leven is afgesloten, gek genoeg. Ik ben Melinda een paar keer tegengekomen, maar ik voel helemaal geen spanning meer. Het is kennelijk waar wat ze zeggen dat de tijd alle wonden heelt.

Ik had wel door dat Emmy Karl leuk vond, iedereen vindt hem leuk, maar ik dacht dat daar wel verandering in te brengen zou zijn en dat ze mij leuk zou gaan vinden in plaats van hem. Want Karl voelt niets voor Emmy, hij ziet haar gewoon als een vriendin. Dat heeft hij een keer gezegd toen we op een avond in de kroeg hadden gezeten en zij wat te aanhankelijk werd. Alsof hij het wilde uitleggen. Maar wie zou niet zo willen zijn als Karl? Hij valt bij iedereen in de smaak en kan alle meisjes krijgen die hij wil. Maar op dit moment wil hij niemand, zegt hij. Hij heeft het druk met zijn onderzoek. Maar ik wil het wel. In ieder geval soms. De kruimels van de tafel van de rijke. Ik wil proberen de meisjes te krijgen die op Karl vallen.

Het kwam gewoon zo uit dat ik naar Emmy's huis ging. Ze is zo klein en knap, met lieve, flitsende ogen. De hele weg erheen zag ik in gedachten haar glimlach voor me. Het was midden in de nacht, dan is de storm in mijn binnenste op zijn hoogtepunt. Er brandde licht achter haar raam. Ze zit zeker te studeren, dacht ik. Dan hoefde ik haar niet eens wakker te maken. Het kón niet beter.

Ze leek vrolijk en liet me binnen. En omdat ze me binnen had gelaten, had ze al ja gezegd. Zo is het gewoon. Anders had ze de deur niet moeten opendoen. Als ze geen seks wilde, bedoel ik. Je zou kunnen zeggen dat ze er min of meer om vroeg.

En dat zei ik ook toen zij eronderuit wilde.

Ik zou niet goed kunnen zeggen wat er daarna gebeurde. Ze deed moeilijk, en ik werd zó kwaad dat ik een rood waas voor mijn ogen kreeg. Ik pakte een kussen en duwde dat in haar gezicht. Ze had niet moeten schreeuwen! Ik kon dat gekrijs gewoon niet aanhoren. Daarna klonk het meer als kreunen. En ik moest het kwijt, anders was ik geëxplodeerd.

Maar ze schopte en spartelde, dus duwde ik nog harder met het kussen. Ik ging bovenop haar liggen en probeerde haar broek uit te trekken.

Toen werd ze opeens rustig. Ze bleef doodstil liggen.

Ik tilde het kussen op.

Gadverdamme, nee hè!

Nu kan ik doen wat ik wil.

Het maakt toch niets meer uit.

Ik ben een verliezer.

20

De nacht van zaterdag 28 op zondag 29 september

Haar vader was haar met de auto komen halen en had de lood-
zware koffer gedragen, zonder dat ze hem daarom had gevraagd.
Ze was achter hem aan gelopen. Achter zijn veilige rug. Ze voelde haar hart samentrekken, ze kon tegenwoordig weinig hebben.

Toen ze met Leo samenwoonde, had ze het meeste zelf moeten
doen. Leo was niet zo van het meehelpen. Niet als ze het hem niet
uitdrukkelijk vroeg, en dat deed ze niet graag. Ze wilde een man
zoals haar vader. Die zag wat ze nodig had zonder dat ze dat van
de daken hoefde te schreeuwen.

Leo zag zo weinig, hij leek wel blind. En toch zei hij altijd dat
hij nog nooit zoveel van iemand had gehouden als van haar. Beter
kon hij het waarschijnlijk niet.

Haar moeder had haar witte kastje leeggemaakt. Het ondergoed en de shirts pasten er maar net in. Ze had niet zoveel kleren
die moesten hangen. Eigenlijk alleen de mouwloze rode jurk van
ruwe zijde die haar moeder in Thailand had gekocht. Ze schudde
de kreukels eruit en hing het hangertje aan de deur van de kast.
Het zou vermoedelijk wel even duren voor ze die weer aankon.
Leo had het een mooie jurk gevonden. Hij vond háár mooi in die
jurk. Ze wist nog niet of dat zou betekenen dat ze hem nooit
meer wilde dragen.

Ze manipuleerde haar gedachten continu. Ze probeerde niet
aan hem te denken. En vooral wilde ze niet aan de pijn denken.
De zachtheid. Ook niet aan de seks. Dan hield ze het niet meer,
dan begonnen de tranen te stromen en zag ze hem voor zich als
op een geretoucheerde reclamefoto. Mooi, warm en liefdevol.

Niet stijf en met zichzelf bezig. Hij was goed in bed. Gek genoeg. Dat zou ze missen.

Het was stil in huis. Het stond daar al toen ze geboren werd. Haar beide zussen en zij hadden alle kamers gevuld. Ze deed de koelkast open. De schappen waren net zo overvol als altijd. Haar moeder was meer bezig met vullen dan met opmaken. Augurken, pickles, allerlei soorten jam, dijonmosterd, vossenbessen, rode bietjes en ingelegde uien. Ze pakte er een paar potjes uit en smeerde een paar dik belegde boterhammen, haalde toen een fles rode wijn uit de kast en ging zitten.

Het werd donker buiten. Ze stak een kaars aan op de salontafel, sloeg een plaid om haar schouders en ging lekker voor de tv zitten. Ze moest eigenlijk gaan slapen, maar dat stelde ze nog even uit. Dat was eenzaam en saai. Ze zapte en vond een film die tot na middernacht zou duren.

Plotseling meende ze geluid te horen in de tuin. Ze schrok op, rukte de plaid van haar schouders en liep op sokken naar de tuindeur. Ze schrok van haar eigen schaduw op de muur van de woonkamer en bleef een eindje van de deur af staan luisteren. Geen rare geluiden. Ze liep verder en probeerde in het donker te kijken. Pikdonker. Maar ze hoorde geen vreemde geluiden meer. Een dier, misschien? Iets anders kon het haast niet zijn. Haar hart ging weer terug naar een normaal tempo. Ze ging weer zitten.

Ze liet zich op de leren bank zakken, trok de pluizige plaid naar zich toe en probeerde zich op de film te concentreren. Maar toen hoorde ze die geluiden weer, als van doffe voetstappen en krakende takjes, maar nu kwamen ze bij de voordeur vandaan. Sloop er iemand om het huis?

Ze dwong zichzelf om weer op te staan, ze sloop de hal in, viste haar mobieltje uit haar tas en stopte dat in haar broekzak. Ze liep terug naar de bank. Maar nu was het net of de film niet leuk meer was.

Er verstreek een kwartier, toen hoorde ze weer dat slepende geluid, als van takken en bladeren langs een lichaam in beweging. Inbrekers! schoot het opeens door haar heen. Ze hadden misschien uitgezocht dat haar ouders weg waren. Misschien hadden ze de taxi gezien die hen met hun koffers kwam ophalen.

Ze moest de gordijnen dichtdoen, anders werd het niets meer met de film. Ze slofte weer naar de tuindeur, zette haar handen tegen de ruit en duwde haar gezicht tegen het glas. Misschien stond er een onbekende vlak voor haar neus te gluren. Ze huiverde bij de gedachte en durfde zich nauwelijks te bewegen. Ze durfde zelfs de gordijnen niet vast te pakken en dicht te trekken. Ze bleef staan, keek naar de hal, maar daar durfde ze ook niet heen te lopen.

De voordeur. Had ze die op slot gedaan? Ze probeerde het zich te herinneren. Ja toch? Ze kon het beter controleren, maar het was net of haar benen haar niet meer wilden dragen. Ze keek weer uit het raam en constateerde dat ze echt vrij woonden, met bomen en struiken om het huis. De buren waren er natuurlijk wel, maar ze zag achter geen enkel raam licht.

Ze zag alleen de nacht.

Plotseling klonk er gekraak en werd er een wit gezicht tegen de ruit gedrukt. Ze schrok zich dood, en van angst plaste ze bijna in haar broek.

Toen schreeuwde ze het uit.

Maar het gezicht bleef onverstoorbaar glimlachen. Met een platte neus en platgedrukte lippen. Het hoofd ging heen en weer, net een pop die kon knikken.

Het was maar een grapje. Maar zij stond verstijfd en hulpeloos te staren.

Toen tikte hij voorzichtig tegen de ruit.

'Laat me nou binnen!'

'Jemig, ben jij het?' zei ze, toen ze na enige aarzeling de tuindeur toch had opengedaan.

Lachend stapte hij de woonkamer binnen.

*

Gillis Jensen woonde in Vallkärra, een dorpje vlak buiten Lund aan de noordwestkant. Bij het witgekalkte kerkje boven op de heuvel, dat uit de twaalfde eeuw stamde, was de laatste slag geleverd in de slag bij Lund in 1676, vertelde hij.

Ze begonnen de avond met een whisky en een wandeling. Veronika nam geen drank, zij was de bob. De school stond naast de kerk. Het dorpje was een harmonieuze idylle. Het echtpaar Jensen woonde in een later aangelegde wijk vlak bij een mooie natuurbegraafplaats.

'De slag bij Lund was een gruwelijk bloedbad dat de Zweden uiteindelijk hebben gewonnen,' vertelde Jensen. 'Maar de Denen, die de oorlog waren begonnen om Skåne te heroveren, gingen door. Ze gebruikten de tactiek van de verbrande aarde, ze staken boerderijen en huizen tot in het hart van de stad in brand. De domkerk bleef ternauwernood gespaard. Er was sprake van dat de universiteit, die al in 1668 was ingewijd, verplaatst moest worden, maar dat ging niet door. Die stadsbrand van 1678 zou het einde betekenen van de bloeiende renaissance in Lund. Het jaar daarop begonnen de vredesbesprekingen onder leiding van internationale bemiddelaars. Het ging erom bij welk land Blekinge, Halland en Skåne moesten horen. Die provincies zijn zoals bekend Zweeds gebleven! Als Lund toen zijn universiteit niet had mogen houden, dan was het vandaag een boerengat geweest.'

De Jensens hadden geen kleinkinderen. Nog niet, zei Ingegerd, die zenuwachtig naar Klara keek. Maar het eerste was op komst.

Ten slotte kuchte Veronika.

'Je mag best een paar dingen wegzetten waar je zuinig op bent. Dat mooie glazen beeldje bijvoorbeeld.'

Ze barstten in lachen uit.

'Dan wen ik er vast aan,' zei Ingegerd, en ze begon de meest breekbare voorwerpen opzij te zetten.

De tuin stond vol en was kleuriger dan zij op hun schrale Smålandse grond voor elkaar konden krijgen. Skåne was de graanschuur van Zweden, zoals ze op school hadden geleerd.

Het werd een ongedwongen avond, zoals altijd wanneer je aardige, genereuze mensen ontmoet. Tijdens de gegratineerde casselerrib belde Louise Jasinski Claes op zijn mobiel om te vertellen dat Pierre Elgh inderdaad anesthesist was in Lund, maar dat hij voor de variatie af en toe in zijn oude woonplaats Oskarshamn werkte. Louise was zelf naar het huis van Bodén gegaan.

'Hij kon zijn relatie met Nina Bodén niet ontkennen. Dat kon je zo van hun gezicht aflezen,' giechelde ze verrukt. 'Net twee verliefde pubers. Pierre Elgh beweerde dat hij Jan Bodén in zijn jeugd had gekend, maar dat ze elkaar uit het oog waren verloren. Elgh heeft wel een motief. Hij wilde Nina, maar die scheen om onbegrijpelijke redenen niet te willen scheiden. Toch lijkt het me vergezocht. Ik weet niet waarom,' zei ze. 'Hij ontkende dat hij Jan Bodén in Lund had gezien. Beetje duister. We houden hem in de gaten!'

Het werd een zware nacht. Het was lang geleden dat Claesson er plezier in had gehad om op een matras op de grond te bivakkeren. En nu deelde hij dat ook nog met Veronika en Klara.

Zondag zouden ze naar Ikea in Malmö gaan. Maandag kwam het echte bed.

*

Het was drie uur 's nachts. Het uur van de wolf.

Ze kon niet meer praten. Ook niet meer denken. Maar ze dwong zichzelf ertoe. Ze dacht zozeer na dat haar hersenen ervan gloeiden. Ze had een tong als leer. Ze was nog nooit zo bang geweest, maar dit duurde nu al uren, en het was net of ze de angst niet meer kon dragen.

Na twee keer seks, of hoe moest je dat noemen, twee verkrachtingen – ze had niet durven protesteren – had ze hem aan de andere kant van de keukentafel neergezet en hem nog een glas wijn ingeschonken, die hij dronk alsof het limonade was. Hij zag grauw. Zijn wispelturigheid vond ze het engst. Zijn onvoorspelbaarheid. De plotselinge uitvallen wanneer hij haar omhelsde en zoende. En zij liet het toe. Ze had begrepen dat dat het beste was. Hou je koest en laat het toe!

Een gevaarlijk man.

Een heel gevaarlijk man.

Ze durfde niet zo veel vragen te stellen. Niet over details. Maar toch was het net of het gesprek hem rustig hield. Dat hij mocht praten. Dat zij daar zat te luisteren. Dat ze niet protesteerde. Niet tegen hem in ging.

'Je denkt dat ik het niet red, hè?'

Hij keek haar strak aan.

'Je denkt dat ik niet zo goed word als de andere artsen.'

Ze zei niets. Ze probeerde een glimlachje en hield haar hoofd een beetje schuin.

'Ja toch?!'

'Waarom zou ik dat denken? Je gaat heel goed met de patiënten om,' wist ze uit te brengen.

Een sprankje blijdschap in zijn ogen.

Maar zijn gelaat betrok meteen weer.

'Dat zeg je alleen om mij naar de mond te praten. Omdat je eigenlijk doodsbenauwd voor me bent.'

Ze ging rechtop zitten en probeerde weer vriendelijk te glimlachen. Ze dacht aan die vriendin van Cecilia. Ze kende haar zelf niet, maar ze was thuis in haar flat vermoord. Had hij dat gedaan?

'Ik meen het. Veel mensen zeggen dat je zo aardig bent voor de patiënten,' zei ze met lippen die zich toch niet helemaal natuurlijk bewogen.

'Ik meen het,' deed hij haar na, terwijl hij met zijn onderarmen op tafel overeind kwam van zijn stoel en zijn gezicht tegen het hare aan duwde. Ze voerde een zware innerlijke strijd om niet terug te deinzen.

'Je moet één ding weten: mijn vader was echt een beroemde dokter. Hij reisde heel Zweden door... de hele wereld door,' verbeterde hij zichzelf. 'Maar nu is hij dood. Ontzettend triest! Prostaatkanker. En ik heb hem op zijn sterfbed beloofd dat ik arts zou worden, net als hij. De roeping voortzetten. Want hij was groot, mijn vader. En Filippa kan de familietraditie immers niet voortzetten. Niks mis met Filippa, maar ze is niet bepaald slim. Lief, maar dom.'

'O?'

Dronkemanspraat, dacht ze.

'Énig idee hoe dat aanvoelde?'

'Hoe bedoel je?'

'Dat je weet dat je de kans van je leven hebt, en dan komt Bodén, die rotzak, om alles te verpesten.'

Ze begreep er niets van. Wie was Bodén?

'Wat vervelend,' zei ze, en ze hoopte dat hij daar genoegen mee nam.

'Vervelend?!' schreeuwde hij. 'Het was meer dan vervelend. Hij heeft mijn leven verwoest. Maar ik heb hem teruggepakt,' ging hij verder, en nu was zijn toon vriendelijker. 'Dat heeft hij geweten, hij deed het in zijn broek van angst.'

Zijn bloeddoorlopen ogen waren veel te dicht bij. Dat iemand zó kan veranderen, dacht ze. Van een grijze muis in een monster.

'Het deed me echt goed hem zo bang te zien. Hij liet me zakken, zodat ik er niet in kwam.'

'Waar niet?'

Ze moest het vragen.

'Je snapt er niets van.'

Dat was ze met hem eens, dus zweeg ze.

'Ik was voor arts in de wieg gelegd. Voorbestemd. Maar toen...'

Hij boog voorover en snikte als een beledigd kind.

'Maar jij bent een schatje,' zei hij plotseling. Hij sloeg een arm om haar hals en drukte zijn vochtige lippen op de hare.

Ze moest bijna overgeven, ze vloog van haar stoel en zou weggerend zijn als hij haar niet stevig bij de arm had gepakt.

'O nee, we gaan nog een potje vrijen.'

Hij kneep haar hard, duwde zijn lichaam tegen haar aan. Ze voelde zijn erectie. Ik kan het niet nog een keer, dacht ze. Ze stond er stijf bij, als een pop. Hij werd kwaad.

'Laat zien dat je echt van me houdt!' zei hij, en hij liet haar los, deed een stap terug en keek haar indringend aan.

Ze draaide zich bliksemsnel om, stoof de hal in naar de voordeur, maar hij haalde haar in. Ze wurmde zich los uit zijn greep en vloog naar het washok. Maar hij was sneller, hij pakte haar bij het haar en beukte haar hoofd tegen de muur totdat ze dacht dat ze flauw zou vallen. Zijn vingers knepen in haar hals, duwden tegen haar strottenhoofd zodat ze bijna moest overgeven. Ze gaf hem een knietje en hij klapte dubbel, maar bleef toch pal voor de deur staan. Ze kwam er niet langs. Hij kwam wankelend overeind, keek haar aan met haat in zijn ogen en sloeg haar met zijn gebalde vuist in het gezicht. Er ging iets kapot. Een ondraaglijke pijn. En toen kwam de volgende klap. En nog een.

Daarna raakte ze de tel kwijt.

21

Zondag 29 september

Het was kwart voor drie 's middags. Verloskundigen en verzorgsters zaten in groepjes om de rechthoekige tafel voor de overdracht. Rigmor had niemand om aan over te dragen, Ester was er nog niet. Een kwartier te laat, en ze had niet gebeld. Toen er nog drie kwartier verstreken was, begon men zich af te vragen waar Ester was gebleven. Ze nam haar mobiel niet op.

'Toen ik haar gisteren zag, heeft ze niets gezegd.'

Dat was een van de jongere verloskundigen. Ze belden nog een paar keer naar haar mobiel, maar het bleef even stil. Ze overwogen een andere verloskundige te bellen, maar besloten uiteindelijk om te wachten. Er lagen op dit moment maar drie vrouwen te bevallen, dat konden ze wel aan.

'Raar,' zei een van de verloskundigen.

'Ze zit in het huis van haar ouders,' zei een ander.

'O ja?'

'Ze is bij haar vriend weg,' informeerde Lotten hen.

'Dat wist ik niet. Waarom?'

'Ruzie,' zei Lotten.

De uren gingen voorbij. Ze moesten nog tot tien uur. De dienstdoende arts, Annika Holt, werd echter al om zes uur afgelost door Giorgios Kapsis, de trotse en niet bepaald zwijgzame Griek van de afdeling. Hij zou de hele nacht werken. Samen met Gustav Stjärne, maar dat zag Kapsis niet echt als een verlichting van zijn taak.

'Ik dacht dat jij met Christina Löfgren meeliep?' zei Kapsis.

'Nee,' zei Stjärne, en hij sloeg zijn ogen neer.

Hij zag er ontzettend moe uit. Asgrauw, met wallen onder zijn rode ogen en schrammen op zijn ene wang.

'Heeft de kat je gekrabd?' plaagde Lotten.

'Nee, ik ben met de fiets omgevallen,' zei Stjärne.

'Zo!' zei Kapsis. 'Stoer!'

De Griek glimlachte. Hij dacht er het zijne van.

Ongeveer een uur nadat de artsen aan hun dienst waren begonnen, werd het druk. Er werd een jonge vrouw met de ambulance binnengebracht. Haar bloeddruk was nauwelijks meetbaar, ze bewoog niet, ze had zo'n buikpijn dat het bijna onmogelijk was haar te onderzoeken. Giorgios Kapsis bekommerde zich om haar, met Stjärne in zijn kielzog. Ze namen een paar druppels urine af, de zwangerschapstest was positief, dus het kon in principe maar om één ding gaan: een buitenbaarmoederlijke zwangerschap. Ze waarschuwden de anesthesist en brachten haar meteen naar de operatiekamer. Net toen ze de brancard naar de lift duwden, werden ze weer opgepiept. Bij verloskunde hadden ze hulp nodig.

'Ga jij maar kijken wat er is,' zei Kapsis.

Stjärne droop ietwat teleurgesteld af naar de afdeling verloskunde. Hij had Kapsis liever willen assisteren. Lotten stond hem op te wachten en duwde hem een van de verloskamers in.

'Maak jij dit maar af,' zei de verloskundige streng, met een hoofdknik naar de alarmerende curve.

Het was een bevel. Zijn maag bevroor tot ijs. Ze was een van de meest ervaren verloskundigen en hij kon niet protesteren.

'Wil je een vacuümpomp of een tang?'

Ze keek hem gebiedend aan. Haar voorhoofd glom van het zweet, ze maakte zich ernstig zorgen. Dat maakte de zaak er niet gemakkelijker op.

Een tang. Moest hij een tang gebruiken? Meende ze dat?

'Nou, wat neem je?'

'Ik onderzoek haar eerst,' zei hij, en hij kreeg even uitstel.

Hij had nog nooit een tangverlossing uitgevoerd. Alleen toegekeken. Het moest niet zo moeilijk zijn. De lepels van de tang een voor een inbrengen, dichtknijpen en dan trekken, dacht hij. Dan zou die verloskundige wel anders piepen.

Lotten wierp hem een schort toe.

'Welke maat handschoenen?' vroeg ze.

'Zeven.'

Hij knoopte het schort vast. Kapsis, dacht hij. Die moet ik hier hebben.

'Vacuümpomp,' hoorde hij zichzelf toch zeggen.

Dat had hij het vaakst gezien, dus dat leek hem het minst eng. Hij kreeg een droge mond. Het kon toch verdorie geen kwaad om het te proberen? Eens moet de eerste keer zijn!

Lotten scheurde de verpakking open. Ze hield het platte, ronde voorwerp in haar hand en plaatste het tegen het hoofdje van de baby, terwijl de moeder alles bij elkaar gilde.

'Nu snel,' siste de verloskundige hem in het oor. 'De harttonen...'

Ze draaide haar ogen omhoog en dat zei hem genoeg.

De weeën kwamen en hij trok, maar het hoofdje kwam geen millimeter van zijn plaats.

'Naar beneden trekken,' fluisterde de verloskundige hem toe, en beschamend genoeg vroeg ze aan Lotten of ze versterking wilde halen. Alsof hij het niet alleen afkon. Die bemoeizuchtige vrouwen waren echt hoogst irritant!

Er kwam nog een verloskundige bij staan, die op de buik duwde.

'Naar beneden, niet recht vooruit,' beet de verloskundige hem toe.

Maar hij zag niet in waarom hij naar beneden moest trekken; het kind moest eruit en het was niet de bedoeling dat het op de grond viel, dus ging hij door zoals hij was begonnen. Ze moest niet denken dat ze hem de wet kon voorschrijven!

Er gingen minuten voorbij. Hij trok en trok. Het hoofdje van de baby kwam niet van zijn plaats. De ongerustheid in de kamer werd groter, ging over in angst, paniek bijna. De verloskundigen begonnen naar elkaar te seinen.

Ik zal ze eens wat laten zien, verdomme, dacht Gustav Stjärne. Nog één keer trekken, dan floept het hoofdje naar buiten.

'Aan de kant jij.'

De stem van Kapsis klonk hard. Hij stond in groene operatiekleren naast hem.

Stjärne ging bij de muur staan. Kapsis keek ernstig naar de curve. Die had hij zelf in alle consternatie bijna vergeten. Toen kneep Kapsis in de buik van de moeder, voelde van onderen aan het hoofdje, gaf verschillende instructies aan de verloskundigen die hij niet kon verstaan, maar ze deden wat Kapsis zei. Zelf was hij als het ware verdoofd door zijn eigen ontoereikendheid.

Ruim een minuut later was het kind er. Was het zo gemakkelijk? dacht hij.

'We hebben het hier nog over,' zei Kapsis op scherpe toon toen ze in de gang stonden. Vervolgens liep hij terug naar de operatie-afdeling.

*

Ze werd wakker. Haar hoofd bonsde. De pijn was zo hevig dat ze zich bijna niet durfde te bewegen. Ze probeerde te slikken, maar dat deed te veel pijn. Haar mond deed ook pijn. Ze had het gevoel dat haar kaak ontwricht was en dat er een paar tanden loszaten.

Ze deed haar dichtgeslagen ogen open. Ze lag op de grond van het washok met haar rug naar de wasmachine. Ze had geen idee hoe laat het was, maar ze zag het daglicht door de bladeren van de klimop die voor het raam hing.

Ze had ontzettend weinig ruimte. Ze kon haar benen niet eens uitstrekken. Ze kwam voorzichtig overeind en pakte de deurkruk vast. De deur zat op slot. Ze zocht met haar vingers naar de sleutel, maar het sleutelgat was leeg. En ging een schok door haar lichaam. Ze zat opgesloten. Ze voelde over haar jeans naar haar mobieltje. Dat zat in de rechterzak. Ze wurmde hem eruit en probeerde de cijfers te zien. Het was net of ze een waas voor haar ogen had. Ze knipperde een paar keer met haar ogen en constateerde dat de batterij leeg was.

'Gadverdamme!'

Ze stond op, maar liet zich meteen weer neerploffen. Alles draaide. Ze voelde met haar hand aan haar achterhoofd. Nat, plakkerig haar. Ze keek naar haar vingers. Bloed. Ze strompelde naar het raam, maar zakte in elkaar.

Ik ga hier even liggen uitrusten, dacht ze.

Toen werd het weer donker.

*

Ester schrok wakker. Haar lichaam lag zwaar op de tegelvloer. Pijn in haar hoofd, haar armen en haar benen. Een holle maag.

Ze krabbelde overeind en zat op de vloer van haar gevangenis. Ze keek naar het raam. Het was nu donkerder tussen de bladeren. Avond. Ze moest een paar uur bewusteloos zijn geweest.

Haar hoofd voelde zwaar en opgezet aan, maar ze kon nu beter nadenken. Het raam, ze moest het raam opendoen en daardoor naar buiten kruipen. De kruk zat stijf dicht, haar vingers gleden eraf. Ze dwong zichzelf ertoe haar greep te verstevigen, en ten slotte kreeg ze het raam open. Een kleed van bladeren en kronkelende takken bedekte de raamopening. Ze keek om zich heen of ze ergens iets zag waar ze de klimop mee door kon snijden. Ze vond alleen onbruikbare voorwerpen: pakken waspoeder, vlekkenmiddeltjes en knijpers.

Ze begon met haar handen te rukken en te trekken totdat ze uiteindelijk een gat had gemaakt dat zo groot was dat ze haar hoofd erdoorheen kon steken. Ze schreeuwde de longen uit haar lijf. Haar stembanden waren droog en ze dronk wat water bij de wasbak. Ze schreeuwde nog harder.

Haar schreeuw stroomde naar buiten, naar het gazon, de rozenstruiken en de seringen. Maar er was geen mens die haar hoorde. Ze wachtte een eeuwigheid. Er kwam niemand.

Ze rukte en trok weer aan die rottige klimop. Toen vond ze een plastic emmer, die ze op de kop zette. Ze ging erop staan en kon nu haar hoofd iets verder uit het raam steken. Maar ze gleed weer terug. Het gat in de klimop was nu in ieder geval groter. Het deed haar overal zeer, maar ze was het stadium allang gepasseerd waarin het lichaam nog enige betekenis heeft.

Ze probeerde het weer, en wist ditmaal haar ene schouder naar buiten te wringen. Bij de volgende poging ook de andere schouder. Nu kon ze een arm uitsteken, zich afzetten tegen de buitenmuur en langzaam naar buiten kruipen.

Vervolgens bleef ze trillend liggen. Was hij er nog? Op pijnlijke knieën kroop ze langs de muur. Om het terras heen. De tuindeur zat dicht. Om de hoek van het huis. Nog een klein eindje. Nu zag ze vaag de gapende zwarte ramen boven haar.

Kon hij haar zien?

Ze stond op, maar het deed zoveel pijn dat ze voorover klapte, gebogen als een oud vrouwtje. Kwam hij achter haar aan sluipen? Ze was niet in staat zich om te draaien om het te controleren.

Ze stapte de weg op. Ze bleef wankelend staan.

'Mama, kijk een heks! Ze zit onder het bloed!'

Met de stem van het kleine kind in haar oren zakte ze op straat in elkaar.

*

'Een zuster die ik ken heeft gebeld om te zeggen dat Ester op de eerstehulpafdeling ligt,' zei Rigmor.

Om de tafel heen zweeg iedereen ontsteld. Gustav Stjärne werd merkbaar bleek, terwijl hij toch al stil en witjes was na zijn mislukking.

'Mishandeling,' zei Rigmor, en ze wisten allemaal dat dat tegen de geheimhoudingsplicht was.

'Dat is waanzin,' zei een van de verloskundigen, die opkeek van de sudoku van de dag.

'Hoe gaat het met haar?' wilde Lotten weten.

'Niet zo best.'

De somberheid sloeg toe.

De telefoon ging. Gustav Stjärne kwam op wankele benen overeind en nam op.

*

De pijn werd minder en ze werd slaperig. Ze sliep bijna toen de chirurg haar achterhoofd hechtte. Ze was op de röntgenafdeling geweest en op een heleboel andere plaatsen.

Maar nu werd ze in een gewoon bed gelegd. Een zachter bed met schone lakens. Ze lag te wachten tot ze naar een verpleegafdeling werd gebracht.

Nu was alles goed. Toch miste ze haar moeder. Die had hier moeten zijn.

Toen deed ze haar ogen dicht en sliep een hele poos.

Ze deed haar ogen weer open, het waren net spleetjes. Het gebied eromheen was dik en opgezet. Ze was alle gevoel voor tijd en ruimte kwijt. Een wit plafond. Witte wanden.

Nu hoorde ze stappen. Waarschijnlijk een verpleegster die haar ergens anders heen zou brengen. Maar de verpleegster bleef staan. Ester probeerde haar hoofd op te tillen.

'Hoi,' zei hij. 'Hoe gaat het met je?'

Gustav!

Gustav Stjärne.

*

'Er is een man die Stjärne wil spreken. Weet jij waar hij is?' vroeg Lotten.

Giorgios Kapsis zat onderuitgezakt voor de tv in de kantine van de afdeling verloskunde.

'Nee. Misschien op de afdeling, maar ik ga wel met hem praten,' zei hij. Dat leek hem beter, want hij moest de problemen toch oplossen, wát er ook aan de hand was. Na de gebeurtenis met de vacuümpomp begreep hij waar iedereen het over had gehad. Aan Stjärne had je niks. Óf hij maakte zich uit de voeten, óf hij nam te veel hooi op zijn vork.

Hij liep door de lichte, brede gang. Een oudere man stond bij de deur te wachten, met nog twee mannen op sleeptouw. Kapsis zag aan hun houding dat het geen vaders waren die bij hun pas bevallen echtgenotes op bezoek gingen.

'Kunt u Gustav Stjärne voor ons zoeken?' vroeg de man, en hij liet zijn legitimatiebewijs zien.

Kapsis staarde ernaar. Politie. Godallemachtig! Wat had Stjärne nu uitgevreten?

Hij deed zijn mond open en weer dicht.

Ze bevonden zich bij een van de twee ingangen van verloskunde, het dichtst bij de uitgang van de vrouwenkliniek.

'Ik kan hem oppiepen,' zei Kapsis.

'Graag,' zei de man die zich had voorgesteld als Gillis Jensen.

Kapsis keerde om en liep de gang door naar het kantoortje en toetste Stjärnes piepernummer in. Vervolgens hing hij op. Nu hoefde hij alleen maar te wachten tot hij werd gebeld.

Er gebeurde niets. Hij toetste het nummer nog eens in. Hing op. Wachtte. Hij zag dat de agenten stonden te trappelen van ongeduld.

Stjärne reageerde weer niet.

Kapsis liep terug naar de agenten.

'Hij reageert niet,' zei hij, en hij voelde dat er een gespannen sfeer ontstond. Er was een groepje in het wit geklede vrouwen om hen heen komen staan.

'Waar denk je dat hij kan zijn?' vroeg Jensen.

'Ik weet het niet. Hij mag het ziekenhuis niet uit,' zei Kapsis. 'Misschien is hij de pieper vergeten bij het verkleden. Misschien in de operatiekamer?'

Maar Gustav was niet in de operatiekamer geweest, en vóór de mislukking met de vacuümpomp was hij gemakkelijk te bereiken geweest.

'Ik heb hem in de keldergang gezien, toen ik uit het patiënten-hotel kwam,' zei Lotten.

'Welke kant liep hij op?'

'De kant van het Blok op.'

De drie politiemensen namen een strakke houding aan. Jensen knikte.

'Jij wijst de weg,' zei hij, en hij wees naar Lotten.

Ze renden in de richting van de trap naar de ondergrondse gangen. Jensen ook, maar hij voelde algauw dat hij afzakte. Zijn hart was versleten, hij was geen twintig meer. Hij pakte zijn mobieltje. Geen bereik in de lange, halfduistere gang, waar het hele buizensysteem van het ziekenhuis tegen het plafond te zien was.

In de verte zag hij de voorhoede met Lotten aan het hoofd de trap op gaan. Even later was hij daar ook. Op de trap naar de begane grond kreeg hij bereik en belde hij naar het bureau. Toen hij goed en wel in de lifthal was gekomen, zag hij de anderen nergens meer.

Lotten was de gids. Zij wist de weg.

Maar hij kon het ook vinden.

Net als Stjärne.

*

Gillis Jensen ging met grote stappen de trap van de kelderverdieping op. Hij rende door de lifthal. De achterdeur van de eerstehulppost zat op slot. Hij belde aan en rukte tegelijkertijd aan de deur. Seconden gingen voorbij, maar er kwam niemand. Hij bonsde, maar kennelijk voor dovemansoren. Door de glazen deur zag hij grote glimmende, donkere vloeroppervlakken, maar geen mensen.

Plotseling ging er even verderop een witte deur open. Een mannenhoofd keek voorzichtig om de hoek. Wat een stumper, dacht Jensen, een beetje krom, met achterovergekamd haar en een gebogen hoofd, met een grijze slobberbroek aan en een blauw jasje. Hij probeerde de aandacht van de man te trekken. Hij beukte keihard op de glazen deur. De man draaide zich langzaam om.

Gustav Stjärne.

Op het moment dat Gillis Jensen met zijn vuisten op de deur bonsde, maakte Stjärne rechtsomkeert en liep snel de andere kant op. Machteloos keek Jensen toe hoe Stjärne door de brede gang verdween in de richting van de receptie en de wachtkamers van de eerstehulppost.

Hij had niets waarmee hij de glazen deur kon inslaan, dus pakte hij zijn mobieltje en belde om versterking, toen er eindelijk een verzorgster kwam opendoen.

'U mag hier niet langs,' wees ze hem terecht.

Maar hij was allang binnen. Hij holde langs gele schermen tussen bedden, stalen roltafeltjes, afvalzakken, deuren en nog eens deuren. Het heilige der heiligen binnen. Hij zag witte ruggen bij een bed in een van de kamers. Hij holde erlangs en hoorde de verzorgster achter zich schreeuwen.

'U mag hier niet komen!'

Hij liep door naar de receptie, verbaasde gezichten volgden hem op zijn weg, hij kwam in de wachtkamer, maar daar hield het op. Hij bleef steken achter een gesloten hindernis, die tot aan zijn heup reikte.

'Doe open, verdomme,' schreeuwde hij naar de secretaresse in het glazen hokje ernaast, die de aangewezen persoon zou moeten zijn om het obstakel te openen.

Maar ze staarde hem alleen als versteend aan.

Hij had geen keus, hij nam een aanloopje en sprong eroverheen. Vermoedelijk de laatste hordeloop van mijn leven, dacht hij nog, want hij voelde zijn knieën kraken bij de landing.

De hele wachtkamer, die zo groot was als een luchthaventerminal, keek naar hem. Het zat er vol op zondagavond. Hij stond abrupt stil bij de ambulance-ingang.

Het was donker buiten en hij zag alleen een taxi zijn kant op komen. Verder geen kip.

Hij hijgde. Hij gaf de moed op en overwoog weer naar binnen te gaan toen de eerste politiewagen aan kwam rijden, waar een ploegje geüniformeerde agenten uit sprong. Jensen stond daar met zijn geradbraakte lichaam en probeerde de situatie te schetsen. Hij wist nog steeds niet waar zijn beide collega's gebleven waren.

Toen kwam de tweede wagen. Daar zat Mårtensson in. Hij nam het bevel over en gelastte onmiddellijk grootscheepse inzet.

'Het hele ziekenhuisterrein moet doorzocht worden. Met honden en wat we maar hebben.'

Jensen keek om zich heen, rustiger nu en bedachtzamer. Waar kon Stjärne in vredesnaam zitten? Er waren hier op zich wel een paar gebouwen waar je in kon verdwijnen. Maar had dat zin? Ze zouden hem uiteindelijk toch te pakken krijgen.

Hij belde naar de afdeling verloskunde van de vrouwenkliniek en kreeg de grote Griek aan de lijn.

'Als jullie vannacht nog een arts nodig hebben, moeten jullie iemand anders roepen, want met Stjärne wordt het niks meer,' beeindigde hij het gesprek.

'We redden ons wel. We redden ons uitstekend,' antwoordde Giorgios Kapsis zelfverzekerd.

Hij vroeg niet verder, en daar was Jensen blij om.

Opeens kwam er een arts naar buiten gestormd. Zijn jas wapperde achter hem aan.

'Wat is hier in godsnaam aan de hand?'

Hij zag er duidelijk gestrest en ietwat arrogant uit.

'Zojuist heeft iemand geprobeerd een vrouw met een kussen te verstikken. Het gaat nu wel weer met haar, maar wat is dit hier allemaal?'

Dat zou ik ook graag willen weten, dacht Jensen, en hij keek naar Mårtensson, die niet meteen antwoordde. Hij wist niet veel meer dan wat de meldkamer te horen had gekregen toen er iemand belde dat er een mishandelde jonge vrouw was gevonden in Norra Fäladen, en wat Jensen had gerapporteerd toen hij om assistentie vroeg. De collega's van opsporing hadden Stjärne niet thuis aangetroffen, ze hadden Jensen gebeld omdat hij hem eerder had verhoord. Jensen wist waar hij werkte, dus gingen ze daarheen. Maar toen ze arriveerden, was hij gevlogen.

Genoeg spanning en sensatie, dacht Jensen.

'Hoe gaat het met de vrouw die zojuist is binnengebracht?'

'Ze was er al slecht aan toe, en dan komt er ook nog een gek binnen die probeert haar te verstikken,' begon de arts weer.

'Maar hoe gaat het nu met haar?' kapte Jensen hem af.

Ik hoop dat alles goed is, dacht hij in één adem door. Er moet een keer een eind komen aan wat Stjärne allemaal aanricht.

'Ze komt er wel bovenop. Maar iemand heeft haar behoorlijk te pakken gehad. Ik kan daar zo kwaad om worden. Ze heeft het steeds over ene Gustav...'

Jensen keek opzij en zag een donkere auto langzaam langsrijden. Die nieuwsgierige mensen ook altijd, dacht hij vermoeid, en hij wilde net naar binnen gaan toen hij een wit gezicht achter het opengedraaide zijraampje meende te zien. En een spottende grijns.

Je hebt er gekken bij, dacht hij.

Op dat moment besefte hij wie daar in die auto zat.

'Mårtensson!' riep Jensen luid.

'Wacht even,' zei Mårtensson, en hij wapperde afwerend met zijn enorme handen door de lucht; hij wilde verder praten met de arts.

'Die kerel reed hier net langs,' schreeuwde Jensen.

Mårtensson staarde hem aan.

'Wie?'

'Stjärne!'

Toen was iedereen in rep en roer en werd het een complete chaos. Iedereen rende heen en weer. De twee verloren collega's voegden zich bij de groep voor de ingang van de eerstehulppost.

Ze hadden Stjärne niet gevonden, maar wel een stapel witte kleren in een wc.

Jensen kon helaas niet zeggen in welk merk auto Stjärne precies was langsgekomen. Een middenklasser, geen Saab of Volvo, maar waarschijnlijk een japanner, een Mazda of zoiets. Het was in ieder geval een donkere auto. Mogelijk zwart.

Mårtensson gaf opdracht om alle wegen rond Lund af te zetten. Dan is Stjärne daar al langs, dacht Jensen. Opeens voelde hij een leegte, hij miste iets. Claes Claesson, bedacht hij. Die moest hij op de hoogte stellen. Daarom toetste hij zijn mobiele nummer in en bleef even met het telefoontje tegen zijn oor staan praten. Claesson had een paar interessante ideeën. Of het waren de ideeën van zijn vrouw, die ergens op de achtergrond stond.

'Doe wat je goeddunkt,' zei Jensen ten slotte.

Dat ving Mårtensson op.

'Wie was dat?'

'Claes Claesson.'

Teamleider Mårtensson staarde hem aan.

'We kunnen het zelf wel aan. We hoeven er niet ook nog iemand uit Småland bij.'

Nee, dacht Gillis Jensen. Maar die lui uit Småland volgen hun eigen kop. En dat schijnt een harde kop te zijn.

Claes Claesson had net weer een Billy-boekenkast in elkaar geschroefd en er zelfs een paar boeken in gezet. Hij was blij dat hij niet nog een nacht op een smalle matras zou hoeven slapen. Ze hadden een extra bed gekocht toen ze toch bij Ikea waren. De meubelzaak in Lund had beloofd dat het exclusieve, supercomfortabele bed dat Veronika haar dochter wilde geven – en dat nu extra goed van pas kwam – de volgende dag om tien uur bezorgd zou worden. Klara sliep net. Ze lag in de breedte op de matras met haar kleine lijfje.

Toen zijn mobiel ging, hoorde hij dat het niet het moment was om te bedanken voor gisteravond. Dat soort plichtplegingen hoefde voor Gillis Jensen niet.

'Ester Wilhelmsson?' herhaalde Claesson. 'Ik weet geloof ik niet goed wie dat is.'

435

Veronika verstijfde achter zijn rug en pakte hem bij zijn arm, terwijl Jensen het uitlegde.

'Was is er?' vroeg ze fluisterend, en ze ging vlak naast hem staan, alsof ze dacht dat zij de stem uit de mobiel dan ook kon horen. 'Ester is een vriendin van Cecilia.'

'Lelijk toegetakeld, zeg je? Maar ze heeft het overleefd,' herhaalde hij in Veronika's richting. Veronika leek wit weg te trekken.

'Cecilia,' siste ze.

Hij keek naar haar, voelde een zweem van irritatie omdat ze zich ermee bemoeide, maar besefte net voordat hij wilde uitschakelen dat al die vrouwen, Cecilia, Emmy Höglund en Ester Wilhelmsson, iets met elkaar te maken hadden. Hij probeerde zich te herinneren hoe het derde meisje uit het huis van Cecilia heette, het meisje dat Emmy Höglund dood had aangetroffen, en hij keek hulpzoekend naar Veronika.

'Trissan,' fluisterde Veronika.

'Zou het geen goed idee zijn om iemand naar het huis van Trissan te sturen, voor het geval dat...'

Jensen begon over een alarminstallatie.

'Maar is dat genoeg?'

Dat dacht Jensen eigenlijk ook niet. Hij zou kijken of ze iemand naar het huis van Trissan konden sturen. Claesson begreep dat Jensen op de vingers werd gekeken door die vleesberg van een Mårtensson.

'Kunnen jullie ook iemand naar Orup sturen?'

Jensen aarzelde. Misschien, maar dat was wel een heel eind uit de richting. Daar zou hij toch niet naartoe gaan?

Even later zat Claes Claesson opeens in de auto. Veronika had hem vrijwel de weg op gejaagd.

Hij kwam Lund opmerkelijk gemakkelijk uit en nam de snelweg naar het noorden. Hij had de afslag naar de Växjövägen bijna gemist. Het was pikdonker buiten. De weg was bochtig en nogal smal. Hij wist dat het een heel mooie omgeving was, maar hij zag nu alleen de weg voor zich in het licht van de koplampen, verlichte dorpen, erven, en ramen van huizen. Vaak waren er korte stukken waar hij maar vijftig mocht rijden, waardoor die verschrikkelijk lang leken. Er was bijna geen verkeer, hij kon goed doorrijden. Maar vermoedelijk was er geen reden voor haast. Hij zette de radio niet aan, hij wilde zijn mobiel kunnen horen. Hij probeerde zijn gesprek met het personeel voor te bereiden, hoe hij hen op een geloofwaardige manier, zonder hen nodeloos bang te maken, van de ernst van de situatie zou weten te doordringen.

Op de heenweg waren ze de afslag naar het ziekenhuis van Orup gepasseerd, dus wist hij ongeveer waar dat stond. Hij minderde vaart toen hij bij de lange helling kwam, zag het bord en sloeg af. Hij kwam langs donkere percelen met grote villa's en daarna een zwarte bospartij. Daar lag opeens het ziekenhuis, witgekalkt en verlicht, met een toren in het midden. Het leek een combinatie van een vesting en een kasteel.

Hij parkeerde op de grote, nagenoeg lege parkeerplaats. Er waren veel ingangen, maar alles leek dicht en op slot. Hij vond echter bordjes die naar een soort eerstehulppost leidden, ongeveer midden in het gebouw.

Zuster Tuula stond in het geneesmiddelenmagazijn, de biecht genaamd, dat was voorzien van een stevig slot en dat buiten de afdeling in het trappenhuis zat. Ze had de deur op een kier gezet, maar was van plan zorgvuldig af te sluiten als ze wegging. Haar collega van de afdeling een verdieping onder de hare was net weggegaan met een mandje medicijnen voor de nacht. Hier kwamen de afdelingen elkaar tegen. Het was een praktische regeling, en het was vooral een groot voordeel dat niet elke afdeling een eigen ruimte hoefde te hebben voor de zware geneesmiddelen die in bepaalde kringen erg in trek waren. En het leverde hun bovendien een plaats op waar ze ongestoord een praatje met elkaar konden maken.

Plotseling hoorde ze iets beneden in het trappenhuis. Alsof iemand zwaar stond te hijgen. Ze wachtte en luisterde of ze stappen hoorde, maar dat was niet het geval. Ze vroeg zich af of ze beneden moest gaan kijken. Misschien was het een patiënt met een astma-aanval. Maar eerst moest ze snel het mandje met alle medicijnen naar de afdeling brengen. Ze sloot het magazijn af, deed de deur naar de afdeling open, bracht de medicijnen naar binnen en zette het mandje in het kantoor neer, liep terug, deed de deur naar het trappenhuis open, maar hoorde het zware ademen niet meer. Waarschijnlijk was het gewoon een van de jongens met ruggenmergletsel, die even naar buiten waren gegaan in hun rolstoel om te roken, dacht ze. Ze glipte weer naar binnen en liep snel door naar het kantoor.

Ze keerde zich niet om voordat de deur weer helemaal dichtviel.

Ze hoorde de deur piepen en draaide zich om in bed. Van de gang viel een lichtstreep naar binnen, en een gestalte die de deur voorzichtig achter zich dichttrok. Het zou de nachtzuster wel zijn, dacht Cecilia vermoeid. Wat kwam die nou doen?

Ze viel weer in slaap. Toen ze zich wat later om wilde draaien, voelde ze dat er iemand op de rand van haar bed zat. Ze tastte met haar hand in het donker. Een lichaam.

'Wat is er?' vroeg ze slaapdronken.

'Niets,' hoorde ze een mannenstem zeggen.

Ze werd wakker.

'Wie ben je?'

'Ik ben het maar,' zei de stem.

'Ik?'

Ze werd onzeker, ook al vond ze de stem wel iets bekends hebben.

'Doe het licht aan,' vroeg ze.

'Is niet nodig. Ik zit hier gewoon in het donker en ik hou je hand vast.'

'Mijn hand?'

Ze liet het toe, ook al was het wel raar.

'Ja,' zei hij, en hij gaf een kneepje in haar hand.

Ze probeerde het te snappen, er een kloppend geheel van te maken. Een man kwam binnen, ging op de rand van haar bed zitten en hield midden in de nacht haar hand vast, ook al had ze daar niet om gevraagd. Nee, dat klopte toch niet? Het zou wel komen doordat het zo'n rommeltje was in haar hoofd. Mensen konden met haar doen wat ze wilden. Soms trokken ze zich gewoon niets van haar aan. Hij trok zich in ieder geval wel iets van haar aan.

'Waarom?' vroeg ze ten slotte toch.

'Omdat je aardig bent,' zei hij.

'Aardig?' herhaalde ze zacht.

'Aardig voor mij,' zei hij.

'Voor jou?'

Wat vreemd, dacht ze. Tegen wie was ze aardig?

Ruim een halfuur later werd er aangebeld. Tuula was nog lang niet klaar met de medicijnen voor de nacht. Waar Brita zat, daar had ze geen idee van. Vermoedelijk was ze in een van de kamers bezig een patiënt klaar te maken voor de nacht.

Er kwam zelden iemand op dit tijdstip, bedacht ze, en ze keek op haar horloge. Orup lag afgelegen, en de patiënten, die allemaal meer of minder getraumatiseerd waren door hun hersenletsel, waren geen nachtbrakers.

Er stond een man voor de glazen deur. Ze zag hem van verre en zette een grimmig gezicht. Hoe haalde hij het in zijn hoofd om zo laat nog aan te bellen?!

De man vroeg beleefd of hij binnen mocht komen.

'Nu?' barstte ze uit, en ze keek demonstratief op haar horloge.

Ze nam hem kritisch op. Hij maakte weliswaar een vriendelijke en keurige indruk, maar iemand die zomaar onaangekondigd langskwam konden ze gewoon niet binnenlaten. Ze moesten de patiënten beschermen.

'Ik kom voor Cecilia Westman,' zei hij. 'Mag ik naar haar toe?'

Dat kon echt niet.

'Mag ik weten waar het over gaat?' kon ze niet nalaten te vragen, want ze begon nieuwsgierig te worden.

Hij trok een peinzend gezicht.

'Ik ben van de politie.'

Haar mond viel niet open van verbazing, maar haar ogen namen hem achterdochtig op.

'Verhoren vinden overdag plaats en volgens de daarvoor geldende regels,' deelde ze hem snibbig mee.

Hij had net zijn legitimatiebewijs tevoorschijn gehaald, maar ze kreeg geen tijd om dat goed te bekijken omdat er achteraan in de gang een deur piepte. Ze draaiden beiden hun hoofd in die richting. Het zou Brita wel zijn, dacht Tuula.

'U mag best meelopen. Ik heb alleen maar goede bedoelingen,' drong hij beleefd aan.

Maar ze kon duidelijk horen dat hij hierna een autoritaire stem zou opzetten.

'Voor deze keer dan,' zei ze daarom, en ze wees door de gang naar de deur van Cecilia's kamer. 'Maar ik denk dat ze slaapt.'

Het leek haar het beste om te controleren wat hij deed, maar ze geneerde zich voor haar overdreven voorzichtigheid en bleef daarom een paar meter achter hem.

Cecilia hoorde een mannenstem in de gang. Iemand zei iets en ze herkende die stem.

'Er komt iemand aan,' fluisterde ze.

Ze wist niet waarom ze fluisterde. Misschien omdat hij dat ook deed. Het was net of ze samen een geheim hadden. Hij was aardig, had niet zo veel gezegd. Hij had zwijgend bij haar gezeten en haar af en toe voorzichtig geaaid. Over haar hoofd, haar arm en haar schouder, hij had haar hand vastgehouden, meer niet.

Maar nu raakte hij zo gespannen als een veer.

'Kun je rechtop gaan zitten?' siste hij, en hij begon aan haar te trekken, zodat het sneller ging.

Ze was nogal onhandig, maar uiteindelijk zat ze op de rand van het bed en ze begon met haar blote voeten naar de pantoffels op de vloer zoeken.

'Wat doe je?' vroeg hij, en ze had het idee dat hij bang was.

'Mijn pantoffels,' jammerde ze.

'Laat die maar.'

Ze voelde de ruwe stof van zijn broek tegen haar bovenbeen, ze leunde tegen hem aan. Hij rook schoon en lekker. Ze leunde met haar hoofd tegen zijn schouder. Ze had het idee dat ze wilde weten wie hij was volledig opgegeven. Hij was aardig, en zij was aardig, het was allemaal pais en vree.

De voetstappen kwamen dichterbij. Plotseling werd het doodstil aan de andere kant van de deur. Cecilia en haar vriend op de rand van het bed durfden nauwelijks adem te halen.

Toen vloog de deur open en viel het licht van de gang de kamer binnen. Iemand deed het licht aan het plafond aan, terwijl op hetzelfde moment de man van het bed sprong, haar meetrok en haar wiebelig en draaierig voor zich op de grond zette.

Ze voelde dat zijn armen haar van achteren stevig beet hadden, zodat ze niet in elkaar zakte. Op hetzelfde moment zag ze dat er iemand naar haar stond te staren. Ze kende die man.

Ze knipperde met haar ogen.

De nieuwe vriend van haar moeder.

Wat moest die hier?

'Raak haar niet aan,' hoorde ze de stem achter haar uitbrengen.

De vriend van haar moeder stond stil en staarde alleen maar. Hij was ontzettend boos. Of ernstig. Ze begreep er niets van.

'Leg dat mes weg,' zei de vriend van haar moeder rustig.

Welk mes? Ze zag geen mes. Hij had zijn ene arm om haar middel geslagen, zijn lichaam was warm tegen haar rug. Het was prima zo.

Maar waar was zijn andere hand?

Ze probeerde haar hoofd te draaien, maar daar schrok hij van en hij duwde haar steviger tegen zich aan.

'Gooi het mes weg,' zei de vriend weer.

Hij klonk ongevaarlijk. Misschien was hij ook wel aardig.

'Als je mij laat gaan, gooi ik het mes weg,' zei de stem achter haar.

'Laat haar eerst los.'

Na enige aarzeling liet hij haar los, en dat voelde zo koud en naakt aan dat ze opeens niet meer wist wat ze moest doen. Ze bleef gewoon staan.

Toen zag ze iets naast zich glinsteren. Hij had zijn hand laten zakken, het lemmet bevond zich vlak naast haar dijbeen.

De vriend wachtte af. Vervolgens deed hij voorzichtig een stap naar voren.

Toen brak de hel los.

Twee seconden later was ze helemaal alleen. Ze liet zich op het bed neerploffen. Ze dook in elkaar en bedacht huiverend dat ze er niets van begreep.

Claesson kwam keihard met zijn rug tegen de muur. Stjärne had hem met zijn elleboog een stomp in zijn middenrif gegeven toen hij voor hem langs de kamer uit stormde. Claesson kon zo gauw niet zien of hij het mes had weggegooid, maar rende achter hem aan zodra hij weer overeind gekomen was.

Hij zag niet welke kant Stjärne op gegaan was, maar de verpleegster die op de gang stond wees het aan.

'Bel de politie,' schreeuwde hij terwijl hij de achtervolging inzette.

Stjärne was snel, hij zag hem niet, hij moest op het geluid van zijn wanhopige voeten af gaan. Hem zo goed en zo kwaad als dat ging op de hielen blijven zitten. De jacht werd niet bemoeilijkt door zijn conditie, die was goed, maar door de doolhof van gangen, trappen en hoekjes. Hij moest op zijn gehoor vertrouwen.

Hij was zich er pijnlijk van bewust dat hij niet bewapend was.

Tot nog toe had Stjärne geen gebruik gemaakt van wapens. Zijn ego had kennelijk geen versterking nodig gehad. Hij gaf de voorkeur aan zachte krachten, dacht Claesson terwijl hij achter hem aan rende. Titels. Handen. Kussens.

Hij mocht nu niet nadenken over wat er met Cecilia had kunnen gebeuren. Dat kwam later wel.

Hij was achter Stjärne aan een smalle trap afgerend die niet erg geschikt was voor mindervaliden. Daarna een lange, verlichte gang door, en toen was hij in het meer centrale en vermoedelijk oudste deel van het enorme, uitgebouwde ziekenhuis aangekomen. De gang was hier smaller, deuren en ramen waren hoger en deden ouder aan.

Stjärne was uit zijn blikveld verdwenen en Claesson ging langzamer lopen. Hij bleef staan, luisterde of hij iemand hoorde lopen of uithijgen. Toen zag hij een trap en hoorde voetstappen naar boven verdwijnen.

Hij holde er met twee treden tegelijk achteraan. Hij proefde bijna bloed. De voetstappen weergalmden. Nog een verdieping omhoog. En nóg een. Hij kreeg er pijn in zijn borst van.

Hield het nooit op?

Eindelijk kwam hij op een grote overloop, het leek wel een lege wachtkamer. De trap hield hier op. Claesson begreep dat hij op het hoogste punt van het gebouw was. In de toren. Er waren twee deuren. Welke moest hij kiezen?

Aarzelend deed hij de dichtstbijzijnde deur voorzichtig op een kiertje open. Een wc, leeg. Hij haalde opgelucht adem.

Hij moest dus de tweede deur hebben. Dat kon niet anders.

Hij concentreerde zich en sloop naderbij. Hij durfde bijna geen adem te halen. Hij hoorde het doffe kraken van zijn ene knie. Die deed hevig pijn, en hij bleef staan, vertrok zijn gezicht en wachtte tot het overging. Zijn oude voetbalblessure speelde weer op.

Daarna liep hij verder naar de deur, met al zijn zintuigen op scherp. Zijn hart bonsde. Verder geen menselijke geluiden. Geen verkeerslawaai. Hij was hier midden op het platteland.

Hij duwde de kruk langzaam naar beneden. De deur kraakte een beetje en zwaaide toen open.

Hij keek voorzichtig door de kier.

Door een rij ramen in de vierkante torenkamer zag hij de flonkerende sterrenhemel. Hij hoorde geluiden die versterkt werden door de wind die tegen de ramen duwde in het hol galmende vertrek. Hij hoorde de hijgende ademhaling als van een opgejaagd dier.

Maar het was een mens.

Hij stapte naar binnen en plantte beide benen stevig op de vloer. Balans. De nachthemel zweefde om hem heen. De maan glinsterde in het meer diep beneden.

En aan de overkant van de lege torenkamer, in het doffe duister in de hoek onder het raam, zag hij een ineengedoken gestalte. Als een klein kind dat zich verstopt, dacht Claesson.

Machteloos, doodsbang en moederziel alleen.

22

Als een adelaarsnest lag het voormalig sanatorium van Orup hoog op een berg. Het water van het Ringsjömeer spiegelde zich in de diepte. Het zag er overdag in de stralende zon heel anders uit. Majestueus, met het open landschap dat zich aan de voet ervan uitbreidde.

Het was vlak voor lunchtijd en er was weinig verkeer op de weg. Claes Claesson had net gas gegeven nadat hij zich in de bocht om Bosjökloster keurig aan de maximumsnelheid had gehouden. Golfbanen op een glooiend terrein aan de ene kant en lommerrijk beukenbos aan de andere kant.

Hij pakte zijn zonnebril uit het handschoenenkastje, verblind door de late septemberzon en misschien ook door het unieke uitzicht dat in schril contrast stond met de somberheid van de afgelopen dagen.

Een neparts. Hoe durfde hij?

Maar hij had Cecilia niets gedaan. 'Ik had medelijden met haar,' had hij gezegd. Zijn sympathie voor andere gewonde mensen was plotseling door alle frustratie en razernij heen gedrongen.

'Waar was hij eigenlijk op uit?' vroeg Veronika.

'Ik weet het niet. Liefde, misschien.'

'Daar kun je niet om vragen. En die kun je niet pakken.'

'Nee.'

'En al helemaal niet opeisen. Het is iets wat je krijgt.'

Maar het is niet iedereen vergund, dacht hij. Niet eens alle kinderen.

Hij zette zijn auto op de parkeerplaats. Een natuurpark met een klein café en een minigolfbaan die open scheen te zijn onder de zachte schaduw van de beuken, en een paar omheinde terreinen voor dieren. Vogels, varkens en geiten. Daar had hij gisteren niets van gezien.

Ze waren een uur te vroeg en hadden net gegeten. De reis uit Lund had nog geen drie kwartier geduurd. Hij kocht twee ijsjes, Veronika wilde niet. Ze gingen met Klara bij de dieren kijken.

Een paar slome varkens lagen in de zon te bakken. Claes sloeg zijn arm om Veronika heen en trok haar tegen zich aan. Ze voelde dat dit het moment was.

En toen vertelde ze het aan hem.

Claes dacht eerst dat hij het verkeerd had verstaan.

'Waarom heb je het niet eerder verteld?'

Ze slikte.

'Het is er gewoon niet van gekomen...'

'Niet van gekomen! Ben je niet helemaal lekker?'

Ze hoorde dat hij niet echt boos was.

Hij hoorde dat hij stom bezig was.

Gedurende een minuut die een eeuwigheid leek te duren keken ze elkaar indringend aan. Daarna, als op een afgesproken teken, barstten ze in lachen uit.

Dank

Ik heb veel hulp gehad, van veel mensen. Desalniettemin kunnen er fouten binnensluipen. Die zijn uiteraard voor mijn rekening.

Professor Måns Magnusson van de KNO-kliniek in Lund, heeft met groot enthousiasme verteld over het ziektebeeld, het onderzoek en de behandeling van patiënten met een akoestisch neuroom. Die achtergrond had ik nodig voor dit verhaal. Carl Henrik Nordström, docent aan de neurochirurgische kliniek in Lund, heeft me ingewijd in de acute behandeling van traumatische hersenbeschadigingen. Voor inzicht in de lange weg terug, de revalidatie na een hersentrauma, ben ik veel mensen van het ziekenhuis Orup dank verschuldigd. Daar werd ik op een stralende lentedag warm onthaald. In het bijzonder wil ik chef-arts Brita Edholm bedanken, ergotherapeute Elna Tykesson-Jansson, fysiotherapeute Hanna Johansson, neuropsychologe Lena Wenhov, en lest best Helén Fagerlind-Nilsson, mijn begeleidster. Zij heeft mij de torenkamer aan de hand gedaan.

Bedankt, gerechtsarts Peter Krantz, omdat je tijd voor me vrijmaakt als ik bel.

Tijdens de totstandkoming van al mijn boeken heb ik op verschillende manieren voorzichtig contact gezocht met de politie. Zonder technisch rechercheur Lars Henriksson uit Helsingborg was het me niet gelukt. Rechercheur Jerker Lefèvre uit Lund en ik hebben in een ander verband jarenlang samengewerkt, maar ditmaal heb ik ook hulp gehad bij het schrijven.

Ik ben erg blij met mijn twee lezers, Maria Ploman en Eva Andersson, die mijn werk enthousiast hebben gevolgd en me waardevolle tips hebben gegeven.

Met warmte denk ik ook aan mijn redactrice Katarina Ehnmark Lundquist en mijn uitgever Charlotte Aquilonius, die niet alleen hun vak verstaan maar mij ook goed kunnen oppeppen.

Ten slotte: dank je wel, Peter, voor je steun en voor het lekkere eten.

Karin Wahlberg